nsformkanone

Lauf) der Kanone bringt diesen mpuls nach Art des Fiktivtransmitters auf den Weg. Der Zielmaterialisator peilt Impulse des Zieles an und erwirkt eine exakte Treffsicherheit, indem er das Ziel praktisch zur Empfangsstation der Transmitterabstrahlung macht.

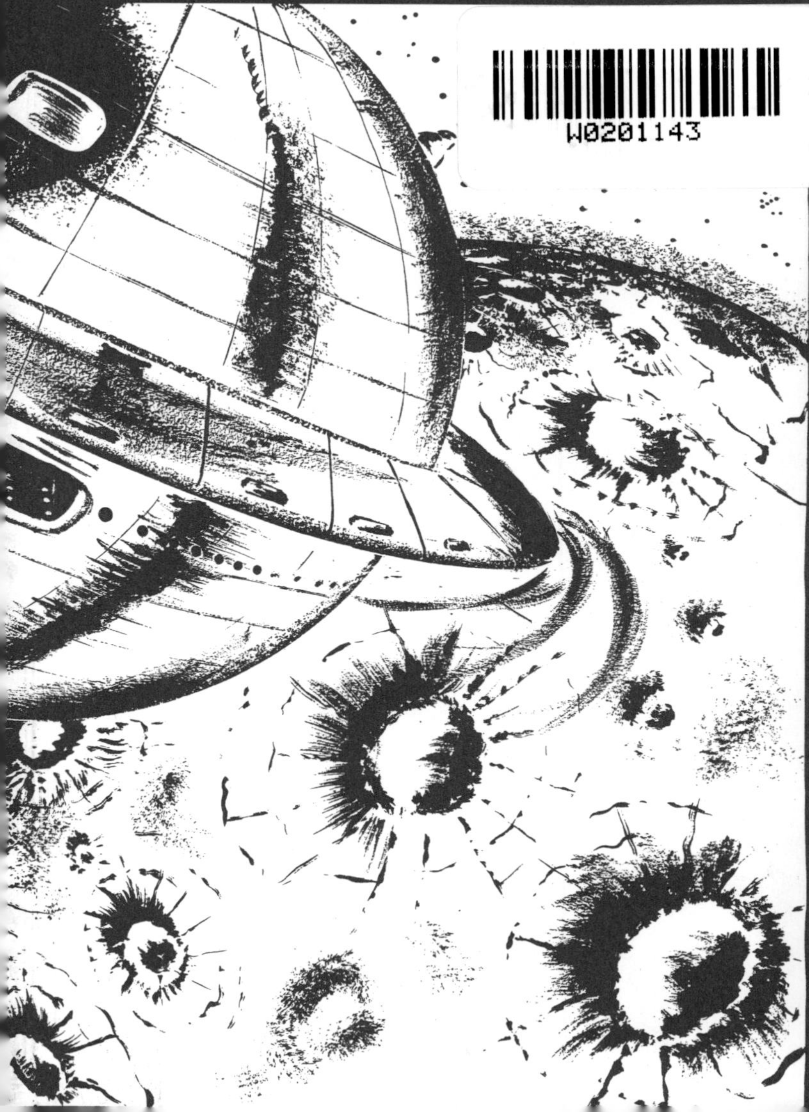

Perry Rhodan

Die Cynos

Perry Rhodan

Die Cynos

VPM Verlagsunion
Pabel Moewig KG, Rastatt

Redaktion: Horst Hoffmann
Titelillustration: Johnny Bruck
Druck und Bindung: Mohndruck
Graphische Betriebe GmbH, Gütersloh
Printed in Germany 1997
ISBN 3-8118-2080-X

Vorwort

Wieder einmal liegt mit dem sechzigsten ein »runder« Band der PERRY RHODAN-Bibliothek vor, und man könnte von einem »Mutantenband« reden. Denn selten wurde die Handlung eines RHODAN-Buches stärker von Mutanten fast sämtlicher Couleur getragen – von »guten« und von »bösen«.

Zu den Guten gehören natürlich die für Terra tätigen – obwohl man bei den Fähigkeiten einer Irmina Kotschistowa schon etwas das Grausen bekommen könnte. (Kenner der Heftserie wissen, daß die Metabio-Gruppiererin später diese Kräfte zum Heilen statt zum Zerstören einsetzte.) Takvorian, der Movator, kommt wie kaum je zuvor zur Geltung, und was Gucky und Ras Tschubai diesmal zu leisten haben, ist schon rekordverdächtig. Merkosh übt noch mit seiner »bösen Stimme«, und von unserem Heißsporn Sandal Tolk behaupten spöttische Zungen, er müsse ebenfalls ein Mutant sein, und zwar ein »Überschall-Pfeileverschießer«. Soweit die Guten.

Ihr Gegenpart ist ein ganz besonders übler Fiesling, ein typischer Voltz-Bösewicht (vergleiche auch seine Taschkar-Schilderungen). Die Figur des Cryt Y'Torymona darf man getrost als kraß schwarzweißgemalt sehen, doch besiegt wird der Götze ausgerechnet von dem Mann, mit dessen Schilderung William Voltz wieder einmal ein kleines Meisterstück gelungen ist. Wie er Alaska Saedelaere angelegt hat und wie er das Finale zwischen ihm und dem Götzen gestaltete, das geht sogar unter die Haut, wenn man den betreffenden Roman zum zweiten- oder drittenmal gelesen hat. Dazu noch das Wiedersehen mit dem blinden Mädchen Kytoma und die Andeutungen großer kosmischer Geheimnisse – was kann man mehr verlangen?

Bevor ich jetzt noch mehr vom Inhalt verrate, hier die Titel (und Heftnummern) der Originalromane: *Das letzte Aufgebot der MARCO POLO* (543) von *Ernst Vlcek, Die Späher der GEVARI* (544) von *Hans Kneifel, Der Maskenträger* (545) von *William Voltz, Menschen unter Cynos* (546) von *H.G.Ewers, Die Sonne warf keinen Schatten* (547) von *Kurt Mahr* und *Testflug zur Erde* (548) von *H.G.Francis.*

Bedanken möchte ich mich heute einmal bei meiner Frau, die mir die Hefte nach vorangegangener Recherche (z.B. Festlegen der Kürzungen und Überleitungstexte) schneidert, reißt, klebt und zur abschließenden Endbearbeitung auf den Tisch legt – oder knallt, je nach Schwierigkeitsgrad.

Horst Hoffmann

Zeittafel

1971 Perry Rhodan erreicht mit der STARDUST den Mond und trifft auf die Arkoniden Thora und Crest.

1972 Mit Hilfe der arkonidischen Technik gelingen die Einigung der Menschheit und Aufbruch in die Galaxis.

1976 Das Geistwesen ES gewährt Rhodan und seinen engsten Wegbegleitern die relative Unsterblichkeit.

2040 Das Solare Imperium ist entstanden und stellt einen galaktischen Wirtschafts- und Machtfaktor ersten Ranges dar. In den folgenden Jahrhunderten Bedrohung durch die Posbi-Roboter und galaktische Großmächte wie Akonen und Blues.

2400 Entdeckung der Transmitterstraße nach Andromeda; Abwehr von Invasionsversuchen von dort und Befreiung der Völker vom Regime der Meister der Insel.

2435 Der Riesenroboter OLD MAN und die Zweitkonditionierten bedrohen die Galaxis. Nach Rhodans Odyssee durch M 87 Sieg über die Erste Schwingungsmacht.

2909 Während der Second-Genesis-Krise kommen fast alle Mutanten ums Leben.

3430 Um einen Bruderkrieg zu verhindern, läßt Rhodan das Solsystem in die Zukunft versetzen. Bei Zeitreisen lernt er den Cappin Ovaron kennen.

3437/38 Expedition mit der MARCO POLO in die Cappin-Galaxis Gruelfin, um einer Invasion der Pedotransferer zuvorzukommen. Ovaron wird als Ganjo identifiziert. Beim Kampf um das Solsystem wird der Planet Pluto zerstört.

3441/42 Die MARCO POLO kehrt nach zeitlicher Verzögerung in die Milchstraße zurück und findet die Intelligenzen der Galaxis verdummt vor. Der Schwarm dringt in die Galaxis ein. Gleichzeitig wird das heimliche Imperium der Cynos aktiv.

Prolog

Als Perry Rhodan Mitte des Jahres 3441 mit der MARCO POLO von Gruelfin in die Milchstraße zurückkehrt, findet er eine ihm fremd gewordene Galaxis vor. Mit Ausnahme relativ weniger Immuner sind alle Intelligenzen verdummt – auch auf Terra herrscht das Chaos. Verantwortlich für die Verdummung ist die Veränderung der galaktischen Gravitationskonstante durch die Vorhut eines ungeheuerlichen Gebildes aus Sternen, Planeten und Raumfahrzeugen, das sich über tausende Lichtjahre ausdehnt und mit Transitionen in die Milchstraße schiebt: der Schwarm!

Perry Rhodan bricht mit dem Kreuzer GOOD HOPE II auf, um die Geheimnisse des Schwarms zu ergründen und letztlich dafür zu sorgen, daß in der Milchstraße wieder normale Verhältnisse einkehren. Reginald Bull konzentriert sich anfangs darauf, mit der INTERSOLAR so viele Immune wie möglich aufzulesen.

Im Herbst 3441 verlassen erstmals Objekte den Schwarm, Erkundungs- und Vermessungsschiffe. Ihnen folgen gewaltige Pilzraumer; sie landen auf Planeten, deren Bewohner keine Mittel und Waffen gegen sie finden. Es erfolgt eine sogenannte Sekundäranpassung der Gravitationskonstante, in deren Verlauf die verdummten Menschen einen Teil ihrer Intelligenz zurückerhalten. Die Gattung des Homo superior, des »Übermenschen«, dagegen stirbt restlos aus. Als neue ernstzunehmende Bedrohung der galaktischen Völker erweisen sich die Cynos, deren heimliches Imperium die Geschicke der Milchstraße viele Jahrtausende lang unerkannt beeinflußt haben soll. Sie haben ihre Anonymität aufgegeben und verfolgen geheimnisvolle Ziele.

Im Frühjahr 3442 beginnen die Pilzraumschiffe auf den ersten von ihnen besetzten Planeten die Atmosphäre aufzuheizen und die Gravitation hochzutreiben. Gleichzeitig verlassen große Flotten von Wabenraumschiffen der sogenannten Gelben Eroberer den Schwarm und landen auf diesen Welten. Wie sich herausstellt, benötigen die Gelben Eroberer diese neugeschaffenen Umweltbedingungen, um sich zu teilen, während die Bewohner der Planeten qualvoll sterben.

Um endlich die Wahrheit über den Schwarm und dessen Herrscher zu erfahren und das Grauen zu beenden, faßt Perry Rhodan – inzwischen wieder mit der MARCO POLO – den Entschluß, eine Fünfte Kolonne in den Schwarm zu schicken. Mit der Spezial-Space-Jet GEVARI findet eine schlagkräftige Truppe ein Versteck auf dem Plasmaplaneten Kokon und erhält Kontakt mit »entarteten« Gelben Eroberern. Ein sogenanntes Regulationsvirus sorgt für die Hoffnung, die gebärfreudigen Gelben Eroberer zu infizieren und an der Teilung zu hindern, wodurch unzählige Milchstraßenwelten und deren Bewohner gerettet werden könnten.

Perry Rhodan dringt mit der MARCO POLO ebenfalls in den Schwarm ein und sorgt für Verwirrung und Panik – und die GEVARI erhält einen neuen Auftrag ...

1.

Juni/Juli 3442
Bericht Atlan

Am 20. Juni des Jahres 3442 gelang es Gucky endlich, das Energiewesen Harno auf telepathischem Weg auch geistig an Bord der MARCO POLO zurückzuholen. Harno, von dem Mausbiber aus einer Kristallwelt des Schwarms befreit, hatte bis dahin als eine zusammengeschrumpfte, leblose Kugel von Tennisballgröße in Guckys Kabine gelegen. Der Ilt lotste das verschollene Bewußtsein Harnos von »weit jenseits der Zeit« in den Kugelkörper zurück, der daraufhin seine Größe von über einem Meter zurückgewann.

Harno blieb nicht lange bei uns. Etwas lockte ihn wieder fort. Unsere Hoffnungen erfüllten sich nicht, daß er uns weitere Hinweise auf die geheimnisvollen Beherrscher des Schwarms geben könne. Doch eines teilte er uns mit: die Position eines Sonnensystems im Kopfende des Schwarms, dem im Gefüge der wandernden Kleingalaxis eine besondere Bedeutung zukommen sollte. Es war, wie wir bald feststellten, identisch mit einem System, von dem aus kurz vorher paranormale Befehlsimpulse in den Schwarm abgestrahlt worden waren.

In Anbetracht von Harnos Warnungen vor großen Gefahren und seiner Aussage, das fragliche System besitze nur einen einzigen Planeten, benannte Perry Rhodan diesen Planeten »Gepla I – gefährlicher Planet I«. Seine Sonne wurde »Intern Alpha« getauft.

Es wurde beschlossen, die Sonder-Space-Jet GEVARI mit einer Mannschaft auszurüsten und zum 2310 Lichtjahre von Kokon entfernten Intern-Alpha-System zu schicken, während die MARCO POLO in ihrem Versteck auf Kokon blieb. Zum Kommandanten des Unternehmens wurde ich bestimmt, und mit mir gingen Icho Tolot, Toronar Kasom, der Emotionaut Mentro Kosum, Sandal Tolk und sein Freund Tohanka-No an Bord, dazu die Mutanten Gucky, Balton Wyt, Ras Tschubai, Merkosh und Takvorian.

Während unseres Fluges belauschten wir die Funksprüche, die im Schwarm gewechselt wurden. Die jeweils fünfzig Korvetten und Kreuzer, die von der MARCO POLO ausgeschleust worden waren, um mit Raketen Regulationsviren auf die Welten der Gelben Eroberer abzuschießen, die sie an ihrer Teilung hindern sollten, hatten ihr Ziel erreicht. Sie nutzten nun ihre Rückkehr dazu, zusätzliche Verwirrung unter den Schiffen des Schwarms zu stiften, um von uns abzulenken und das Durchkommen nach Intern-Alpha zu ermöglichen. Auf den Brutwelten herrschte das Chaos. Noch hatte kein einziges Wabenschiff einen jener Planeten verlassen, um seine verderbliche Saat hinaus in die Galaxis zu tragen.

Dafür begannen jetzt andere Schiffe, Angehörige der Jagdflotte des Schwarms, unsere Einheiten zu hetzen. Unter den Herren des Schwarms schien eine große Unsicherheit zu herrschen, doch wir machten uns keine Illusionen. Uns war mit dem Eindringen der MARCO POLO und ihrer vielen Beiboote durch den Schmiegeschirm zwar ein Coup gelungen, mit dem hier niemand gerechnet hatte. Doch es war nur eine Frage der Zeit, wann die Beherrscher ihren Schock überwunden hatten und das Signal zur gnadenlosen Jagd auf uns gaben.

Daß wir so gut wie überhaupt noch nichts über ihre Mittel wußten, zeigte sich, als wir zwei Tage nach unserem Abflug das Intern-Alpha-System erreichten.

Es bestand tatsächlich aus einer blaßgelben Sonne und nur einem Planeten – allerdings kam dazu eine Kugelschale aus vielen Millionen Asteroiden und Planetoiden bis hin zur Marsgröße, die sowohl die Sonne als auch den Planeten umschloß. Erste Spekulationen, die sich später bewahrheiten sollten, gingen in die Richtung, daß es sich bei den Asteroiden um Überreste eines riesigen ehemaligen zweiten Planeten handelte.

Gepla I war mit rund 13.400 Kilometern Durchmesser etwas größer als die Erde, und das war das einzige, was wir vorerst von dem vermeintlichen Befehlsplaneten erfahren sollten.

Denn kaum hatten wir in einem letzten kurzen Linearmanöver die Asteroidenschale knapp hinter uns gebracht, gerieten wir in den Bann eines offenbar systemumspannenden Panikfelds, dem wir, obwohl mentalstabilisiert, alle erlagen – seltsamerweise bis auf Gucky und Icho Tolot. Allein diesen beiden war es zu verdanken, daß wir nicht in einen gewaltigen, 120.000 Kilometer durchmessenden Ring aus Energie hineinflogen, der sich urplötzlich im Weltraum gebildet hatte und uns Beeinflußten vorkam wie das »Auge der Erlösung«. Unser einziger Wunsch bestand nur noch darin, in dieses Auge hineinzufliegen und dort das ewige Glück zu finden.

Den Göttern sei Dank! Icho Tolot schaffte es, uns aus der gefährlichen Zone zu steuern. Er und Gucky hatten ein fremdes, pyramidenförmiges Raumschiff beobachtet, das ebenfalls auf den energetischen Ring im All zuflog, allerdings bedeutend schneller als wir. Als es darin entmaterialisierte, wußten wir, daß wir es bei dem Energiegebilde mit einem gigantischen Transmitter zu tun hatten, der offenbar die Aufgabe hatte, in Verbindung mit dem Panikfeld ungebetene Besucher an einen Ort zu befördern, wo sie keinen Schaden anrichten konnten.

Tolot konnte diesen Ort anhand des Rematerialisierungsschocks anmessen und steuerte die GEVARI darauf zu. Es war ein Planetoid von knapp Marsgröße, der Gucky wie eine »Pforte zur Hölle« vorkam – also taufte er ihn in seinem schwarzen Humor auf den Namen »Portier«. Kurz bevor der Haluter uns auf Portier landete, kamen wir wieder zu uns. Das Panikfeld reichte nicht bis an den Kleinplaneten heran.

Wir verbargen die Space-Jet in einer Schlucht und schickten die Teleporter zur Erkundung aus. Bald entdeckte Gucky eine gewaltige unterirdische Station, die unter anderem durch Parafallen getarnt war. Nur unter allergrößten Schwierigkeiten gelang es ihm, während die GEVARI entdeckt und zunächst von Robotern, dann von neuen Panikfeldern attackiert wurde, in diese Station einzudringen und drei Mikrobomben zu deponieren. Durch ihre Explosion, so hofften wir alle, sollten die Generatoren für die Panikfelder und den Giganttransmitter ein für allemal ausgeschaltet werden.

Die Besatzung der Station, darunter Kleine Purpurne, wurde vom Mausbiber rechtzeitig gewarnt, um sich in Sicherheit bringen zu können.

Gucky kehrte gerade noch rechtzeitig zurück, um mit uns zu starten und vom Weltraum aus zu verfolgen, wie der Planetoid Portier zerstört wurde.

Damit, so hofften wir jedenfalls, war das Fallensystem außer Kraft gesetzt, das ungebetene Gäste daran hindern sollte, zum Planeten Gepla I und seinen Geheimnissen vorzudringen. Wie wir bald darauf erkennen mußten, war dies ein Irrtum.

Die großangelegten Vorsichtsmaßnahmen unserer Gegner machten den Planeten Gepla I für uns jedenfalls noch geheimnisvoller. Wir beschlossen, mit einer Landung vorerst zu warten und zunächst das seltsame System weiter zu erkunden. Unser Augenmerk galt dabei ähnlichen Planetoiden wie Portier.

Bei der Vielzahl entsprechender Weltenkörper war es kein Wunder, daß wir schon bald fündig wurden. Jeder von uns spürte zunehmend, daß die Gefahren noch *nicht* vorbei waren, auch wenn wir uns von Gepla fernhielten.

Doch niemand konnte sich auch nur entfernt vorstellen, was uns auf »Pförtner«, wie wir den durch die Fernortung entdeckten Kleinplaneten in der Asteroidenschale nannten, an Fantastischem erwartete.

Als wir beim Anflug auf den Planetoiden abermals in das Panikfeld gerieten und sich das Transmitterauge im All aufbaute, mußten wir begreifen, daß unsere Aktionen auf Portier nicht den erwünschten Erfolg gehabt hatten. Nach wie vor war das Sonnensystem von dem Parafeld umhüllt, und wir hatten die bekannten Schwierigkeiten, es zu durchstoßen.

Erst kurz vor Pförtner kamen wir wieder zur Besinnung. Abermals hatten uns Gucky und Tolot vor Schlimmerem bewahrt.

Pförtner hatte die Form eines Faustkeils und ebenfalls etwa die Größe des Mars. Er besaß genauso eine künstliche Atmosphäre und schien wie Portier als Transmitterempfangsplanet zu fungieren. Die Oberflächenschwerkraft betrug 0,67 Gravos, die Umlaufbahn um Intern-Alpha 4,86 Jahre Standardzeit. Das Besondere an dem Kleinplaneten war allerdings, daß sich Pförtner während eines Sonnenumlaufs nur zweimal um die eigene Achse drehte – das hieß nichts anderes, als daß der Tag auf Pförtner ganze 2,43 Jahre dauerte. Tag und Nacht wanderten um den Planetoiden wie extrem ins Lange gezogene Jahreszeiten.

Das bedeutete, daß die Nachtseite ständig Temperaturen weit unter dem Gefrierpunkt ausgesetzt war, während die Tagesseite sich stark aufheizte. Die Folge hätten eigentlich heftigste Stürme entlang der Zwielichtzone sein müssen, was jedoch seltsamerweise nicht der Fall war.

Wieso und weshalb, das fanden wir nach unserer Landung in einem Eishöhlenversteck in einer tiefen Schlucht auf der Nachtseite heraus, einige Tage von der immer weiter heranrückenden Zwielichtzone entfernt: Der Tag näherte sich uns.

Wir entdeckten überall auf der Nachtseite wie konserviert wirkende Städte und begriffen bald, daß sich die Bewohner des Himmelskörpers dessen Eigendrehung angepaßt hatten und als »Rotationsnomaden« mit der Helligkeit und Wärme unaufhörlich um ihren eigenen kleinen Planeten bewegten. Das heißt, sie blieben immer auf der Tagseite, und wenn eine Stadt in die Nachtseite geriet, wurde sie für 2,43 Jahre konserviert und blieb so, bis sie wieder ins Tageslicht geriet und ihre Bewohner sie erneut für sich in Betrieb nahmen. Große Energiestationen gehörten zu jeder Stadt.

Erkundungsunternehmen der Mutanten zeigten, daß diese Bewohner, die sofort Jagd auf uns machten, große Ähnlichkeit mit terranischen Enten besaßen, allerdings bis zu drei Meter groß. Vermutlich waren sie als weiteres Schwarmvolk hier angesiedelt worden. Wir nannten sie aufgrund ihrer Gabe, den normalen Zeitablauf bis zum Faktor sechshundert zu verlangsamen, die Skurrils. Im allgemeinen lebten die Skurrils jedoch in einem Zeitfeld (von uns auch als Hemmfeld bezeichnet), das um das Sechzigfache verlangsamt war. Es erstreckte sich über die gesamte Taghälfte, was zweifellos durch zusätzliche, verstärkende Projektoren zustandekam. Dazu dienten mit ziemlicher Sicherheit die Energiestationen.

Wir konnten nicht verhindern, daß sich diese Zeithemmung sprunghaft auf das Versteck unserer Space-Jet ausweitete, als es sich mit der Drehung Pförtners auf die Tagseite zubewegte und die Skurrils uns suchten. Wir waren zum Nichtstun verurteilt. Allein der Movator Takvorian konnte dem Hemmfeld trotzen. Er, der den Zeitablauf dank seiner Mutantengabe beschleunigen konnte, schaffte es, dem Einfluß entgegenzuwirken und Gucky in ein sogenanntes Rothyer-Feld einzubeziehen, das die parapsychische Fremdeinwirkung neutralisierte und in dem der Mausbiber auch wieder dem normalen Zeitablauf ausgesetzt war. Ziel des Ganzen war es, eine telepathische Kontaktaufnahme mit Fellmer Lloyd zu versuchen, der, wie ich hoffte, inzwischen mit einem Kreuzer der MARCO POLO außerhalb des Intern-Alpha-Systems stand und auf ein Signal von uns warten würde. So war es jedenfalls mit Perry Rhodan abgesprochen gewesen, bevor wir aufbrachen. Es gab, wie es schien, nur noch eine Rettung für uns, nämlich per Transmitter an Bord eines unserer Schiffe zu gelangen und von dort aus auf die MARCO POLO zurück.

Für uns, die wir dem Hemmfeld unterworfen waren, waren Takvorian und der Mausbiber nur Schemen, die sich unglaublich schnell bewegten. Doch sie waren unsere einzige Hoffnung. Wenn Gucky keinen Erfolg hatte, dann würden wir hier warten und sitzen, bis uns die Skurrils, zweifellos ein Wächtervolk des Schwarms, entdeckten und gefangennahmen oder gar auf der Stelle töteten.

Die Minuten vergingen. Für uns waren es Stunden, jede einzelne von ihnen.

Ende Bericht Atlan

2.

Eine Frage beschäftigte die Mannschaft der CMP-3 seit Tagen: »Was ist mit der GEVARI los?«

Der Kreuzer der MARCO POLO befand sich weit außerhalb des Intern-Alpha-Systems auf Warteposition.

Fellmer Lloyd wandte sich vom Panoramabildschirm ab. »Warum nur gibt die Besatzung der GEVARI kein Lebenszeichen von sich?« fragte er wie zu sich selbst.

»Es gibt viele unerfreuliche Antworten darauf«, seufzte Major Ruog Talhayo, der Kommandant des Schiffes. »Wir haben sie alle schon erörtert.«

»Warum meldet sich Atlan nicht?« grübelte Fellmer Lloyd weiter, als habe er ihn nicht gehört. »Er weiß, daß wir im Zuge des Einsatzplanes nach hier abkommandiert wurden, um notfalls Hilfe leisten zu können.«

»Sicher ist es so, daß das Einsatzkommando keine Funksprüche riskieren kann«, meinte Ruog Talhayo dazu. »Sie wissen schon, wegen der Ortungsgefahr.«

»Und was ist mit den Mutanten?« hielt Lloyd dagegen. »Gucky hätte sich schon längst telepathisch mit mir in Verbindung setzen können.«

Talhayo deutete in Richtung der Ortungszentrale. »Das parapsychische Feld, das das gesamte System umschließt, könnte ihn daran hindern. Es ist anzunehmen, daß sämtliche Personen des Einsatzkommandos in irgendeiner Form darunter zu leiden haben. Wenn wir es nicht rechtzeitig geortet hätten, wären wir ebenfalls hineingeflogen.«

Lloyd schüttelte den Kopf. »Die Mutanten – Gucky, Wyt, Merkosh, Tschubai und Takvorian – hätten sich nie hineinbegeben, wenn das Feld für sie schädlich gewesen wäre.«

»Die Sache ist nur, daß die GEVARI nicht so gute Ortungsgeräte besitzt wie wir, so daß diese parapsychische Barriere wahrscheinlich nicht einmal angemessen werden konnte«, gab Major Talhayo zu bedenken.

Lloyd schüttelte wieder den Kopf. »Trotzdem. Wir kennen die Natur dieses Feldes und haben herausgefunden, daß es in unmittelbarer Nähe der größeren Planetentrümmer nicht existiert. Wir müssen einfach davon ausgehen, daß Atlan die GEVARI auf einem dieser Himmelskörper landen ließ.«

Das parapsychische Feld war bereits im Anflug von der Ortungszentrale der CMP-3 ausgemacht worden. Da es Lloyd nicht gelungen war, die Auswirkungen der Barriere auf die menschlichen Gehirne zu erkennen, hatte man eine Sonde mit einem biopositronischen Gehirn ausgeschickt. Als die Sonde in das System eintauchte, hatte man anhand der aufgefangenen biopositronischen Gehirnimpulse festgestellt, daß das Feld Panikstimmung hervorrief, die sogar zur Selbstvernichtung des betroffenen Individuums führen konnte. Gleichzeitig damit wurde der Wunsch geweckt, das »Erlösungsauge« aufzusuchen.

Später hatte man das sogenannte Erlösungsauge durch Fernortung entdeckt. Es handelte sich dabei um eine 120.000 Kilometer durchmessende Leuchterscheinung innerhalb des Systems, dessen Energieemission eindeutig den Charakter eines Transmitterfeldes besaß.

War die Mannschaft der GEVARI der Panikstrahlung unterlegen? War sie von dem Erlösungsauge magisch angezogen und von dem Giganttransmitter mit unbekanntem Ziel abgestrahlt worden?

Diese letzte Frage besaß jedoch nur dann eine Berechtigung, wenn der Giganttransmitter auch auf Empfänger außerhalb dieses Systems umzuschalten war. Von der CMP-3 aus hatte man durch Fernlenkung eine Sonde in das Erlösungsauge geschickt und daraufhin festgestellt, daß sie auf einem fast marsgroßen Himmelskörper *innerhalb* des Systems materialisierte.

Deshalb glaubte Lloyd, daß sich auch Atlan und seine Leute noch im Intern-Alpha-System aufhielten.

»Diese Ungewißheit macht mich noch wahnsinnig«, murrte Lloyd. Tatsächlich wirkte der sonst so gefaßte und selbstbeherrschte Telepath unruhig und nervös.

Die geistige Belastung war für ihn auch zu groß. Seit Tagen war er angespannt und lauschte mit seinen parapsychischen Sinnen auf eine telepathische Nachricht.

»Wir müssen endlich handeln – bevor es zu spät ist«, sagte Lloyd.

»Es wäre Selbstmord, in das System einzufliegen. Und Sie wissen das«, erwiderte der Kommandant der CMP-3.

Lloyd nickte geistesabwesend. Damit war das Gespräch beendet, das in ähnlicher Form schon etliche Male stattgefunden hatte. Diese Dialoge führten zu nichts, das war Major Ruog Talhayo natürlich klar.

Der 30. Juni war bereits angebrochen. Wenn Atlans Team in Gefahr war, dann genügte ein kurzer Funkspruch, oder ein telepathischer Kontakt, und die vorbereiteten Sicherheitsvorkehrungen würden in Kraft treten.

Auf der CMP-3 war speziell für dieses Unternehmen ein leistungsstarker Transmitter installiert worden, um die elf Personen schnellstens an Bord nehmen zu können. Obwohl dieser Transmitter stark genug war, um jeweils zwei Personen zu der über zweitausend Lichtjahre entfernten MARCO POLO abzustrahlen, waren zusätzlich vier Kreuzer in regelmäßigen Abständen als Relaisstationen postiert worden.

Man hatte an alles gedacht.

Doch was nützten diese exakten Vorbereitungen, wenn sich die GEVARI nicht meldete? Dabei wurde es höchste Zeit, denn die hyperphysikalische Fernortung hatte gezeigt, daß in diesem Ostsektor des Schwarmkopfes eine starke Massierung der feindlichen Flotte erfolgte. Talhayo hatte zwar sämtliche Kraftmaschinen abgeschaltet und so eine Ortung aufgrund abgestrahlter Eigenenergie ausgeschlossen. Dennoch konnte eine Entdeckung durch die näherrückenden Schiffe nicht mehr lange auf sich warten lassen.

Talhayo geriet deshalb nicht in Panik. Er besaß die seltene Eigenschaft, auch in ausweglosen Situationen die Ruhe zu bewahren.

»Sie sind überanstrengt, Lloyd«, sagte er zu dem Telepathen. »Ruhen Sie sich etwas aus. Wenn etwas Unvorhergesehenes passiert, werde ich Sie sofort ... *Lloyd, was ist mit Ihnen?«*

Der Telepath saß vollkommen reglos da; seine Augen waren geschlossen, in seinem Gesicht zuckte es, die Hände waren verkrampft. Endlich entspannte er sich.

»Gucky ... Kontakt ...«, sagte er mit leiser Stimme. Es klang wie ein Seufzer der Erleichterung.

Die telepathischen Impulse überfielen Fellmer Lloyd so plötzlich, daß sich sein Körper augenblicklich versteifte. Und er empfing sie mit solcher Intensität, als befände sich der Sender ganz in der Nähe.

Da dies jedoch nicht gut möglich war, schloß Lloyd daraus, daß Gucky seine Parakräfte durch eine Blockbildung mit den anderen Mutanten verstärkte.

Fellmer! Und wieder: *Fellmer!*

Endlich war der so lange erwartete Kontakt da! Lloyd empfand unbeschreibliche Erleichterung.

Wir sind mit der CMP-3 am Rand des Intern-Alpha-Systems, telepathierte er zurück. *Ich empfange dich ausgezeichnet. Warum hast du dich noch kein einziges Mal gemeldet? Wir waren schon versucht, Kurs auf Gepla I zu nehmen.*

Tut das auf keinen Fall! Das Panikfeld würde euch zum Verhängnis werden, warnte Gucky.

Seid ihr davon betroffen?

Wir haben mit ganz anderen Schwierigkeiten zu kämpfen ...

Daraufhin erhielt Lloyd von Gucky in Stichworten einen Lagebericht übermittelt.

Wie ist es möglich, daß ich deine Gedanken ohne die geringste Verlangsamung empfange, wunderte sich Lloyd, nachdem er die Nachrichten verdaut hatte. *Ich merke nichts von einem Zeitlupeneffekt!*

Das ist Takvorian zu verdanken, berichtete Gucky. *Aber verlange jetzt keine näheren Erklärungen von mir. Die Zeit ist knapp.*

Lloyd stimmte zu: *Ganz meine Meinung. Ihr solltet schnellstens euren Transmitter auf Sendung schalten und euch zu uns abstrahlen lassen.*

Schnell ist gut. Wir können laufen, was unsere Beine hergeben, und brauchen dennoch für jeden Meter fünfzehn Sekunden. Das nenne ich Tempo!

Fellmer Lloyd konzentrierte sich auf seine Umgebung. Er sah die angespannten Gesichter der Mannschaft. Nur Kommandant Ruog Talhayo blieb gelassen.

»Was ist passiert?« fragte er sachlich.

»Atlan und sein Team sind in Schwierigkeiten«, antwortete Lloyd.

»Sollen wir sie heraushauen?«

»Lassen Sie auf jeden Fall den Transmitter aktivieren und auf Empfang schalten.«

Lloyd hörte Major Talhayo die entsprechenden Befehle geben und vernahm gleichzeitig den telepathischen Anruf in seinem Geist.

Fellmer, hier ist Atlan!

Es war nicht ungewöhnlich, daß sich der Arkonide mit Guckys Hilfe in die parapsychische Verbindung der beiden Telepathen einschaltete. Aber immerhin zeigte es den Ernst der Situation noch deutlicher auf.

Ich höre, telepathierte Lloyd.

Atlan erklärte: *Unser Problem ist, daß Takvorian uns nicht alle gleichzeitig in sein Schutzfeld transportieren kann, sondern maximal zwei Personen. Eine andere Frage ist überhaupt, ob er Icho Tolot schafft. Im Augenblick sind wir nicht gefährdet, so daß wir unser Problem ohne besondere Hast in Angriff nehmen können. Ihr dürft ebenfalls nichts überstürzen, Fellmer. Gebt uns eine halbe Stunde Zeit, mehr brauchen wir nicht.*

Lloyd antwortete nicht. Er war durch Major Talhayo abgelenkt worden.

»Der Transmitter ist eingeschaltet und justiert«, meldete der Kommandant der CMP-3. »Sie können die Justierungswerte durchgeben, damit sie auf der GEVARI den Sendertransmitter auf unseren Empfänger abstimmen können.«

In diesem Augenblick heulte die Alarmsirene auf. Talhayo reagierte blitzschnell.

»Welcher Narr hat den Alarm ausgelöst?« rief der Kommandant unerwartet heftig.

»Das automatische Vorwarnsystem«, kam über die Rundrufanlage die lakonische Antwort aus der Ortungszentrale.

»Und der Grund?« fragte Talhayo, obwohl er ihn bereits zu kennen glaubte.

»Die feindliche Flotte ist uns gefährlich nahe gekommen«, antwortete der Ortungsspezialist. »Inzwischen ist es uns gelungen, einige der Schiffstypen zu identifizieren. Dabei handelt es sich in erster Linie um Manips, jene Rochenraumschiffe, die aus ihren Stachelauswüchsen die Verdummungsstrahlung gebündelt auf ein Ziel lenken können, und um die riesigen Walzenraumschiffe, die in der Regel ›Schwarze Dämonen‹ an Bord haben. Dies hatten jedenfalls Beobachtungen der Kreuzer und Korvetten ergeben, die solchen Schiffen begegnet waren.«

Fellmer! Was ist los mit Ihnen?

»Wann werden sie hier sein?« verlangte Talhayo zu wissen.

Die Mannschaft der CMP-3 war hervorragend aufeinander eingestellt. Während die Ortungszentrale noch die frisch erhaltenen Daten durchgab, waren in der Hauptpositronik gleichzeitig alle erforderlichen Berechnungen angestellt worden.

Deshalb bekam Talhayo sofort Antwort: »Der Gegner wird in zweieinhalb Minuten auf Schußweite sein. Spätestens dann müssen wir einen Standortwechsel vornehmen.«

»Wir bleiben bis zur letzten Sekunde.« Talhayo wandte sich an Lloyd. »Geben Sie das durch. Die Mannschaft der GEVARI hat zweieinhalb Minuten, um das Transmitterfeld zu passieren. Das müßte reichen.«

Fellmer, melden Sie sich, kamen Atlans drängende Gedanken. *Ist etwas vorgefallen?*

Das kann man wohl sagen, telepathierte Lloyd resigniert zurück. *Sie haben zweieinhalb Minuten Zeit, um an Bord unseres Schiffes zu kommen. Keine Sekunde länger.*

Das ist Wahnsinn! Wissen Sie, was zweieinhalb Minuten für uns sind?

Lloyd wußte es. Für Atlan und die anderen, die im Ablaufhemmer-Feld gefangen waren, mußten jedoch vollkommen andere Maßstäbe angelegt werden.

Atlan hatte beobachtet, wie die Mutanten einer nach dem anderen scheinbar verschwanden. Er wußte, was das zu bedeuten hatte. Takvorian nahm sie zu sich in die schützende Sphäre, damit sie Gucky bei der Kontaktaufnahme mit Fellmer Lloyd unterstützten.

Die fünf Mutanten, einschließlich Takvorian, waren für Atlan nicht unsichtbar, denn sie wechselten nicht ihren Standort. Vielmehr umstanden sie den Movator mit dem Pferdekörper und waren in tranceähnliche Konzentration verfallen. Dennoch, obwohl sie sich für ihre Begriffe vollkommen reglos verhielten, bekam Atlan von ihnen nur einen verschwommenen Eindruck.

Es genügte, wenn sie ein wenig schwankten, zwinkerten, mit einem Arm zuckten, mit den Füßen scharrten, so verwischte sich das Bild sofort. Es war wie bei einem Film, bei dem man alle zwei Sekunden ein Bild aufgenommen hatte und den man dann mit einer Geschwindigkeit von dreißig Bildern pro Sekunde ablaufen ließ. Atlan bekam die Mutanten nur als konturlose Schemen zu sehen.

Icho Tolot sagte mit seiner donnerartigen Stimme gerade: »Wenn Takvorian nicht zu schwach wäre, würde ich auf seinem Rücken zu den Skurrils reiten und ...«

Atlan erfuhr nicht mehr, was Icho Tolot in diesem Fall tun würde.

Plötzlich erstarrte die Szenerie um ihn, die Stimme des Haluters fiel zu einem gleichmäßigen Brummen ab und wurde schließlich unhörbar. Dafür wurden die Mutanten für ihn sichtbar.

Sie hatten sich auf ihn zubewegt, bis er von Takvorians neutralisierender Sphäre umhüllt war. Jetzt befand er sich außerhalb des Einflußbereichs des Ablaufhemmers und im normalen Zeitablauf.

»Ich habe Kontakt zu Fellmer Lloyd«, berichtete Gucky aufgeregt. »Er befindet sich an Bord der CMP-3. Kommandant Talhayo war so klug, nicht in das Panikfeld einzufliegen. An Bord des Kreuzers befindet sich ein leistungsstarker Transmitter. Wir können sofort zur CMP-3 überwechseln.«

»Du weißt, daß das einige Schwierigkeiten mit sich bringt, Kleiner«, gab Atlan zu bedenken.

»Ich wußte schon immer, daß du ein Pessimist bist!«

Atlan überging diese Bemerkung. »Ich möchte selbst mit Lloyd in Verbindung treten.«

»Du willst das Funkverbot aufheben?« wunderte sich Gucky. »Ausgerechnet jetzt, wo es zu einer Schiffsmassierung in diesem Raumsektor kommt?«

»Ich denke nicht daran!« sagte Atlan. »Ich werde mit deiner Hilfe telepathisch Verbindung zu Lloyd aufnehmen.«

Atlan fühlte die kleine Hand des Mausbibers an der Seite und spürte gleich darauf, wie er in seinen Geist eindrang.

Fellmer, hier ist Atlan! dachte der Arkonide intensiv. Gucky übernahm den Gedanken, verstärkte ihn und sandte ihn als parapsychischen Impuls ab.

Ich höre, kam Lloyds Antwort.

Atlan erklärte ihm, daß es für Takvorian unmöglich sei, sie alle gemeinsam in sein Schutzfeld aufzunehmen und sie durch den Transmitter zu schleusen. Er verschwieg auch nicht, daß Icho Tolot wegen seiner Größe und Körpermasse ein besonderes Problem darstellte. Während der Gedankenübertragung stellte er eine kurze Berechnung an und erbat sich eine halbe Stunde Zeit für den Transmittertransport seines Teams.

Lloyd blieb ihm die Antwort schuldig. *Fellmer!* Der Telepath reagierte auch darauf nicht.

Seine Gedanken sind in Aufruhr, meldete sich Gucky in Atlans Geist. *Vielleicht ist es zu einem Zwischenfall gekommen.*

Fellmer! Was ist los mit Ihnen?

Lloyd meldete sich erst auf den nächsten Anruf.

Sie haben zweieinhalb Minuten Zeit, um an Bord unseres Schiffes zu kommen. Keine Sekunde länger.

»Das ist Wahnsinn!« rief Atlan impulsiv. Wußte Fellmer denn nicht, wie lange sie für eine Tätigkeit brauchten, die im normalen Zeitablauf zweieinhalb Minuten beanspruchte?

Mit Takvorians Unterstützung durften sie in diesem Fall nicht rechnen. Das hieß, natürlich würde der Movator sich und sein Schutzfeld zur Verfügung stellen, doch waren auch ihm Grenzen gesetzt.

Er konnte höchstens immer nur zwei Mann befördern, Icho Tolot und Toronar Kasom konnte er überhaupt nur einzeln schaffen. Bis sie alle den Transmitter erreicht hätten, würden sie die zweieinhalb-Minuten-Frist überschritten haben.

Aber das tatsächliche Problem war die Bedienung des Transmitters. Denn der Transmitter war, wie alle Maschinen, ebenfalls vom Ablaufhemmer betroffen. Takvorian müßte demnach sein Schutzfeld über die Justierungsgeräte und über die Energieversorger des Transmitters spannen und ihn zusätzlich noch bedienen. Das bedeutete aber wiederum, daß die Männer nur mit sechzigfacher Verlangsamung das Transmitterfeld passieren könnten.

Die zweieinhalb Minuten Frist waren angesichts dieser Tatsachen ein Hohn. Atlan hatte für diese Überlegungen nur wenige Sekunden gebraucht.

»Der Transmitter des Kreuzers ist auf Empfang geschaltet, die Feinjustierung vorerst einseitig durchgeführt«, berichtete Gucky. »Was soll ich antworten?«

Atlan resignierte. »Es ist zwecklos. Wenn die CMP-3 nicht auf Position bleiben kann, schaffen wir es nie. Zweieinhalb Minuten sind dafür viel zu wenig.«

»Fellmer sagte, Talhayo hätte bereits einen Funkrichtstrahl zur MARCO POLO abgeschickt«, meldete Gucky. »Perry wird also den Ferntransmitter aktivieren.«

»Na und?« meinte Atlan ärgerlich. »Wir können nur auf Pförtner ausharren und auf die nächste Gelegenheit warten. Versichere Fellmer, daß wir im Augenblick in Sicherheit sind. Die Skurrils wissen offenbar nicht genau, wo wir sind, das läßt sich daraus schließen, daß das Hemmungsfeld immer weiter auf die Nachtseite hinauswandert.«

»Talhayo will türmen!« rief Gucky aufgebracht. »Er hat die Hosen voll, nur weil einige Manips und Walzenraumschiffe Kurs auf seinen Kreuzer nehmen.«

»Ich kann Major Talhayo verstehen«, meinte Atlan. »Er darf seine Leute nicht der Gefahr einer Verdummung aussetzen. Vielleicht ergibt sich später eine Gelegenheit für Talhayo, eine ähnlich günstige Position anzufliegen.«

»Ich werde das nicht dem Zufall überlassen«, sagte Gucky entschlossen und klappte den Helm seines Raumanzuges zu. Über die Außensprechanlage fuhr er fort: »Innerhalb von Takvorians Sphäre kann ich meine Fähigkeiten voll einsetzen – auch jene der Teleportation. Ich werde zur CMP-3 springen und Talhayo dazu überreden, daß er den Bereich dieses Systems nicht verläßt. Gibst du mir dein Einverständnis?«

Atlan schüttelte den Kopf. »Die CMP-3 ist zu weit entfernt. Du schaffst den Sprung dorthin nie.«

»Ich bin schon über weitere Strecken teleportiert!«

»Ja, aber unter günstigeren Bedingungen«, erinnerte ihn Atlan. »Diesmal aber wirken sich das Hemmungs- und das Panikfeld, die beide auf fünfdimensionaler Paraebene liegen, nachteilig für dich aus.«

»Ich versuche es dennoch.«

Seine Worte waren noch nicht verklungen, da entmaterialisierte er auch schon. Er handelte, noch bevor Atlan ihm befehlen konnte, dieses Wagnis zu unterlassen.

»Er hat keine Chance«, sagte Ras Tschubai, ohne dabei jemanden direkt anzusehen.

Für Atlan schien die Zeit auch innerhalb des Schutzfeldes stillzustehen. Er hatte die ganze Zeit über daran gedacht, die Fähigkeiten der Teleporter einzusetzen. Aber er hatte sich diese Möglichkeit bis zuletzt aufheben wollen, falls sie von den Skurrils in die Enge getrieben würden und keinen anderen Ausweg mehr hätten.

Guckys Wagnis war jedoch sinnlos. Selbst wenn er – wider alle Erwartungen – die CMP-3 erreichte, würde es im Endeffekt nichts an ihrer Lage ändern.

Atlan wurde aus dem wirbelnden Strudel seiner Gedanken gerissen, als Gucky auf dem Rücken Takvorians materialisierte. Offensichtlich hatte er sich an den Gedanken des Movators orientiert.

Sein Raumanzug war mit gefrorenem Sauerstoff beschlagen, was bedeutete, daß sein Teleportersprung mitten im Weltraum geendet hatte.

Er versuchte, sich an Takvorians Rücken festzuklammern, hatte jedoch nicht mehr die Kraft und glitt seitlich ab. Ras Tschubai fing ihn auf. Atlan öffnete seinen Raumhelm.

»Nichts zu machen«, sagte Gucky keuchend. Er war so schwach, daß er kaum sprechen konnte. »Du hattest recht ... der Einfluß des Hemmungsfeldes auf die fünfdimensionale Paraebene ist zu groß ...«

»Schon gut«, meinte Atlan.

Er ließ sich seine Enttäuschung über den mißglückten Teleportersprung nicht anmerken. Dabei hatte Gucky noch Glück gehabt, daß er im Weltraum nicht dem Einfluß des Panikfeldes erlegen war.

Während Fellmer Lloyd mit den Mutanten in telepathischer Verbindung stand, wurden in fieberhafter Eile die Vorbereitungen für den Transport der elf Personen getroffen. Um 11 Uhr 7 gab Major Talhayo den Befehl, den bordeigenen Transmitter zu aktivieren.

Bereits eine Minute später wurde von der Funkzentrale ein geraffter und chiffrierter Richtstrahl-Hyperfunkspruch an die MARCO POLO abgeschickt. Darin wurde die Lage des Atlan-Teams umrissen und die Notwendigkeit, die Transmitter einzusetzen, erklärt. Gleichzeitig wurde die Aktivierung des Transmitters gemeldet.

Vier Minuten später, um 11 Uhr 12, kam die Antwort von der MARCO POLO in Form eines gerafften und verschlüsselten Funkspruchs. Er ging nicht nur an die CMP-3, sondern war auch an die Kreuzer gerichtet, die in gerader Linie auf der 2310 Lichtjahre langen Strecke von dem Planeten Kokon und dem Intern-Alpha-System postiert waren.

Obwohl der Transmitter der CMP-3 stark genug war, um jeweils bis zu zwei Personen über die mehr als 2300 Lichtjahre bis zur MARCO POLO abzustrahlen, hatte Rhodan die vier Kreuzer für alle Fälle für dieses Unternehmen abgestellt.

In dem Funkspruch, den die MARCO POLO um 11 Uhr 12 Standardzeit an die fünf 100-Meter-Schiffe abschickte, war die Bestätigung enthalten, daß der riesige Ferntransmitter auf Empfang geschaltet sei. Zu diesem Zeitpunkt glaubten noch alle, daß die Rettungsaktion trotz des Ablaufhemmer-Feldes verwirklicht werden könnte.

Doch um 11 Uhr 17 änderte sich die Lage schlagartig. Die CMP-3 wurde von einer starken Schwarmflotte angegriffen. Die Bordcomputer errechneten, daß es in zweieinhalb Minuten zur Feindberührung kommen mußte.

Major Talhayo gab diese Tatsache an die MARCO POLO durch und erhielt gleich darauf von Perry Rhodan den Bereitschaftsimpuls der Transmitterstation. Es handelte sich dabei um einen sogenannten »Justierungs-Vollzugsimpuls auf fünfdimensionaler Ebene«.

Dieser Justierungs-Vollzugsimpuls, der die Aufnahmefrequenz des MARCO POLO-Empfangstransmitters umfaßte, wurde von dem Sendergerät der CMP-3 aufgenommen. Dort kam es innerhalb der Rechenpositronik nochmals zu einer Feinjustierung. Das war unbedingt notwendig, denn die Abstrahl- und Empfangswerte mußten im fünfdimensionalen Frequenzbereich absolut genau übereinstimmen.

Bei normalen Transmittertransporten genügte es, die Frequenzen beider Geräte zu kennen und sie einfach im Sender und Empfänger zu programmieren. Hier jedoch, innerhalb des Schwarms, lagen vollkommen andere physikalische Verhältnisse vor, erklärten die Physiker der MARCO POLO. Denen mußte unbedingt Rechnung getragen werden. Sie gingen deshalb ganz sicher und gaben diesen Justierungs-Vollzugsimpuls durch.

Die CMP-3 hatte ihn kaum erhalten, da waren die ersten Schiffe der Schwarmflotte auf Schußweite herangekommen. Es handelte sich dabei um ein Dutzend Manips, die aus ihren Stachelauswüchsen konzentrierte Verdummungsstrahlung abschossen.

Major Talhayo blieb keine andere Wahl, als die Flucht zu ergreifen. Die CMP-3 beschleunigte mit 800 km/sec und entkam dem Gegner in den Linearraum. Von den Kommandanten der Relaiskreuzer traf die Meldung ein, daß sie ebenfalls ihre Positionen verließen. Es wurde jedoch abgemacht, daß alle fünf Schiffe in Bereitschaft bleiben sollten, um notfalls im System Intern-Alpha eingreifen zu können.

Bevor die CMP-3 im Linearraum verschwand, hatte Fellmer Lloyd noch einen verzweifelten telepathischen Impuls von Gucky empfangen, der aus einer Richtung kam, die weitab von dem Planetoiden Pförtner lag.

Der Impuls erlosch so schnell und plötzlich, wie er entstanden war.

Lloyd ahnte, was dies zu bedeuten hatte, und hoffte, daß Gucky nach seinem mißglückten Teleportersprung die Rückkehr nach Pförtner gelungen war.

Und Lloyd konnte im Augenblick auch nur hoffen, daß sie bald eine zweite Gelegenheit finden würden, Atlan und sein Team aus der mißlichen Lage zu befreien.

3.

Die MARCO POLO war bereits einen vollen Monat innerhalb des Schwarms auf Kokon. Die Befürchtungen der Zwillinge Blazon Alpha und Blazon Beta, die Immun-Kranken könnten den Terranern wegen der Vorfälle auf Trantus-Tona grollen, bewahrheiteten sich nicht. Sie waren nur noch von ihrem Haß gegen die Beherrscher des Schwarms erfüllt und boten Perry Rhodan ihre volle Unterstützung an.

Das ockergelbe Zellplasma hüllte die MARCO POLO mit seiner gigantischen Masse ein und schützte das zweitausendfünfhundert Meter durchmessende Ultraträgerschlachtschiff auf diese Weise vor einer zufälligen Entdeckung aus dem All.

Das Projekt INFEKT war gestartet worden, doch brachte es nicht ganz den Erfolg, den man sich davon erwartete. Es war einfach nicht möglich, alle Planeten zu erfassen, auf denen sich teilungsbereite Gelbe Eroberer befanden. Doch wenn man auch nicht ihren Geburtendrang entscheidend hemmen konnte, so war es immerhin möglich, in ihren Reihen immer stärkere Panik zu verursachen.

Die MARCO POLO befand sich auf Kokon im Schutze des Zellplasmas in Sicherheit – zumindest war das die allgemeine Ansicht. Rhodan war überzeugt, daß ihnen Kokon selbst dann, wenn die MARCO POLO geortet werden konnte, bis zuletzt Schutz bieten würde. Die hypermodernen Ortungsgeräte waren in der Lage, jeden Gegner rechtzeitig auszumachen, so daß das Ultraträgerschlachtschiff immer noch rechtzeitig starten konnte.

Niemand ahnte zu diesem Zeitpunkt, daß zwei winzige Fehler, herbeigeführt durch menschliches Versagen, der MARCO POLO zum Verhängnis werden sollten.

Den einen beging Perry Rhodan selbst – es handelte sich dabei um eine scheinbar unbedeutende Unterlassungssünde, die aus einer Vorsichtsmaßnahme resultierte. Den zweiten Fehler beging Captain Tjico Raim, der Kommandant einer der fünfzig ausgeschleusten Korvetten gewesen war.

Selbst auf einem Ultrariesen wie der MARCO POLO herrschte Platzmangel, und da war es nicht einmal so verwunderlich, daß in dieser engen Kabine Kisten mit Ersatzteilen verstaut waren.

Oberst Elas Korom-Khan hätte sich einen bequemeren Ort für diese Unterredung denken können, seine eigene Kabine etwa, doch stand er im Augenblick so unter Zeitdruck, daß er den nächstbesten Raum gewählt hatte. Ursprünglich wollte er den Korvetten-Kommandanten kurzerhand abweisen, doch beharrte dieser so hartnäckig darauf, ihm eine *dringende* Mitteilung machen zu müssen, daß er schließlich nachgab.

»Was haben Sie mir zu berichten, Captain Raim?« erkundigte sich Korom-Khan knapp.

Raim räusperte sich. »Ich weiß nicht, ob ich richtig handle, wenn ich Sie in dieser Angelegenheit behellige, Sir. Ich habe lange hin und her überlegt und mich schließlich dazu entschlossen, Sie aufzusuchen.«

»Vielleicht sagen Sie mir erst einmal, worum es geht«, verlangte Elas Korom-Khan.

»Jawohl, Sir.« Tjico Raim schien sich gefaßt zu haben. Er erzählte: »Ich war mit meiner Korvette im Nordsektor des Schwarms im Einsatz. Wir hatten den Auftrag, die Sonnen dieses Gebiets auf das Vorhandensein von Planeten zu überprüfen und diese zu katalogisieren. Dabei hatten wir einen Zusammenstoß mit einer Flotte aus dem Schwarm. Es waren zwei Dutzend Schiffe, darunter vier Manips. Wir flüchteten vor dieser Übermacht, bevor es zu einem Feuerwechsel kam. Wir flogen mit insgesamt zwei Linearetappen das Praspa-System an, stießen im Direktflug auf Kokon zu und ließen uns von der MARCO POLO einschleusen. Ich bin mir nicht sicher, glaube jedoch, einen schwerwiegenden Fehler begangen zu haben.«

»Wieso?« fragte Korom-Khan ungeduldig.

Raim fuhr fort: »Nach der ersten Linearetappe vergewisserten wir uns, daß sich keine gegnerischen Schiffe in unmittelbarer Nähe befanden. Deshalb hatte ich keine Bedenken, das Praspa-System anzufliegen. Doch als wir am Rande des Systems herauskamen und Direktkurs auf Kokon nahmen, materialisierte ein Dutzend Kreuzhantel-Schiffe ...«

»Von welchem Schiffstyp reden Sie?« fragte Korom-Khan verwundert.

»Entschuldigung, Sir«, bat Raim etwas nervös. »Das ist eine Bezeichnung, die ich diesen Schiffen gegeben habe. Sie sehen nämlich aus wie zwei fünfhundert Meter lange, kreuzförmig übereinandergelegte Hanteln. Die Verbindungsröhren sind etwa hundert Meter dick, die Kugelgebilde an deren Enden durchmessen hundertundfünfzig Meter ...«

»Wir haben diese Schiffe auch auf der MARCO POLO geortet«, unterbrach der Emotionaut. »Aber das war bereits vor zwanzig Stunden. Inzwischen haben sich diese, äh, Kreuzhantel-Schiffe, zwei Lichtjahre von Praspa zurückgezogen. Für uns bestand also keine Veranlassung, sie weiter zu beachten.«

Raim nickte. »Ich erfuhr von ihrem Rückzug, deshalb konnte ich mich auch nicht entschließen, Sie aufzusuchen, Sir. Denn ich kam mit meiner Korvette bereits vor zwanzig Stunden aus dem Einsatz zurück.«

Elas Korom-Khan schaute den jungen Captain wütend an. »Und um mir das zu sagen, wollten Sie mich sprechen?« sagte er mit gefährlich leiser Stimme.

»Nein, Sir, nicht nur deshalb«, versicherte Raim schnell. »Meine Ortungsspezialisten haben eindeutig festgestellt, daß wir von den Kreuzhantel-Schiffen angepeilt wurden. Sie haben unseren Flug bis nach Kokon verfolgt, Sir! Das ist der eigentliche Grund, warum ich Sie aufsuchte. Die Besatzung der Kreuzhantel-Schiffe weiß von unserer Landung auf Kokon. Wie gesagt, ich glaubte, das sei nicht weiter von Bedeutung, als ich erfuhr, daß sich die Schiffe zurückzogen. Aber jetzt, nachdem ich die Angelegenheit überschlafen habe, entschloß ich mich, zur mündlichen Berichterstattung bei Ihnen zu erscheinen, Sir. Das ist alles.«

»Er hat die Angelegenheit überschlafen«, sagte Korom-Khan. »Ja, wissen Sie, was sich inzwischen über unseren Köpfen zusammengebraut haben könnte? In zwanzig Stunden kann sich eine riesige Flotte formieren!«

Der Emotionaut und Kommandant der MARCO POLO entließ den Captain und setzte sich über Interkom mit Perry Rhodan in Verbindung. Es war 11 Uhr 21, Standard-Zeit, wenige Minuten nachdem der Großadministrator den Transmitter-Justierungs-Vollzugsimpuls an die CMP-3 abgeschickt hatte.

Der Ferntransmitter der MARCO POLO lief auf Empfang. Der Justierungs-Vollzugsimpuls war abgegeben worden. Dann kam die Meldung durch, daß die CMP-3 aufgegeben hatte und vor angreifenden Manips flüchten mußte.

Nun stand für Rhodan fest, daß der Rettungsversuch des im Intern-Alpha-Systems befindlichen Einsatzkommandos fehlgeschlagen war. Atlan und seine zehn Begleiter waren nach wie vor in Gefahr. Da sie es nicht mehr geschafft hatten, den Transmitter der GEVARI zu betreten, blieben sie einem ungewissen Schicksal ausgesetzt.

Rhodan konnte im Augenblick nichts für sie tun.

Einer der Offiziere, die in der Kommandozentrale Dienst versahen, kam zu Rhodan und meldete: »Die Transmitterhalle fragt an, ob der Empfänger weiterhin eingeschaltet bleiben soll.«

Rhodan überlegte. Hatte es überhaupt noch einen Zweck, den Ferntransmitter laufen zu lassen? Es mußte schon ein Wunder geschehen, wenn Atlan und seine Leute in den nächsten Minuten noch Gelegenheit fänden, sich zur CMP-3 abzustrahlen. Ein Wunder!

Aber vielleicht gelang es ihnen, dem Zeitlupenfeld doch irgendwie zu entrinnen? Rhodan rang noch mit sich, als ein anderer Offizier an ihn herantrat.

»Oberst Elas Korom-Khan wünscht Sie dringend am Interkom zu sprechen, Sir«, meldete er.

Rhodan wandte sich dem nächsten Interkom zu, innerlich froh darüber, daß er die Entscheidung noch einige Minuten hinausschieben konnte. Vom Schirm des Bild-Sprechgerätes blickte ihm ein sehr besorgter Kommandant der MARCO POLO entgegen.

»Was ist vorgefallen, Oberst?« erkundigte sich Rhodan.

»Erinnern Sie sich, Sir, daß wir vor zwanzig Stunden ein Dutzend fremder Schiffe im Praspa-System orteten, die ungefähr so aussahen wie überkreuzte Hanteln?« fragte Elas Korom-Khan. »Wir maßen dem keine Bedeutung bei, weil sich die Schiffe wieder zurückzogen. Doch eben hat mir ein Korvetten-Kommandant gestanden, daß er bei seiner Landung auf Kokon von ihnen eindeutig beobachtet wurde. Das könnte bedeuten, daß der Gegner nun das Versteck der MARCO POLO kennt.«

Rhodan bat den Emotionauten sofort in die Kommandozentrale. Dann befahl er der Ortungszentrale, das Gebiet um das Praspa-System aufmerksamer zu beobachten als bisher und augenblicklich zu melden, falls eine Konzentration von gegnerischen Schiffen erfolgen sollte.

Tatsächlich erhielt er noch in derselben Minute die Meldung, daß in östlicher Richtung, zwei Lichtjahre vom Praspa-System entfernt, ungewöhnlich viele Einheiten kreuzten. Die Auswertung der Fernmessung ergab, daß es sich um nicht weniger als vierzig Schiffe verschiedener Größenordnungen und Formen handelte. Mehr als die Hälfte davon waren Kreuzhantel-Schiffe.

Diese kleine Flotte ließ keinerlei feindselige Absichten erkennen. Aber allein die Tatsache einer Schiffsmassierung in der Nähe des sonst gemiedenen Praspa-Systems gemahnte Rhodan zur Vorsicht.

Er ließ sämtliche Stationen besetzen, um die MARCO POLO notfalls in Sekundenschnelle gefechtsklar und startbereit zu haben.

»Wir sind auf alle Eventualitäten vorbereitet«, äußerte sich wenig später Oberst Elas Korom-Khan zufrieden.

Aber in diesem Punkt irrte der Emotionaut gewaltig.

Es war 11 Uhr 26 und dreizehn Sekunden, als die vollpositronischen Warnanlagen Vollalarm gaben.

Die Männer in der Kommandozentrale sahen einander verblüfft an. Sie waren auf ihren Posten, doch wußten sie nicht, wie sie sich verhalten sollten. Sämtliche Geschützstände waren besetzt, doch die Feuerleitoffiziere bekamen keinen Gegner zu sehen.

Die Techniker in der Ortungszentrale nahmen in fieberhafter Eile Schaltungen vor, überprüften ihre Geräte, desaktivierten die Automatiken und bedienten die verschiedenen Ortungsanlagen manuell. Doch an den Tatsachen änderte sich nichts – im Umkreis von mehreren Lichtmonaten waren keine Angreifer zu entdecken.

Trotzdem gellte der durchdringende Heulton der Alarmsirene durch das Schiff.

Rhodan war blaß geworden. Er hatte schon beim ersten Ton der Alarmsirene geahnt, welcher Art die Bedrohung für die MARCO POLO war. Die Tatsache, daß rund um das Praspa-System keine Gegner zu erkennen waren, ließ seine Ahnung zur Gewißheit werden.

Er ordnete sofort die Abwehr an, doch wurde sie um einige Minuten zu spät wirksam.

Die Besatzung der MARCO POLO war einem gnadenlosen Feind ausgeliefert, der eine winzige Chance erkannt und genutzt hatte.

Da Professor Warlo Pottkin auf Terra bei einer Auseinandersetzung mit einer Horde Verdummter umgekommen war, hatte sein Assistent Galzhasta Rouk die Ezialistische Abteilung auf der MARCO POLO übernommen. Rouk sah seine große Stunde für gekommen.

Pottkin war ein guter Ezialist gewesen, doch viel zu konventionell und zu zurückhaltend, als daß er der Extra Zerebralen Integration hätte zum Durchbruch verhelfen können. Er ging von dem veralteten Grundsatz aus, daß der Ezialismus keine Werbung brauchte, sondern daß seine Erfolge für sich selbst sprachen. Die Tatsache jedoch, daß der Ezialismus während der Expedition nach Gruelfin kaum in Erscheinung getreten war und kaum jemand von der achttausendköpfigen Besatzung wußte, daß es einen Vertreter dieser Wissenschaft überhaupt an Bord gab, war nicht sehr ermutigend.

Rouk hatte sich dennoch vorgenommen, dem Schattendasein des Ezialismus ein Ende zu bereiten und den Vertretern der konventionellen Wissenschaften den Kampf anzusagen. Er stürzte sich mit jugendlichem Eifer in die Verwirklichung seiner Pläne. Er hielt in seinen bescheidenen Räumen Vorlesungen ab und scheute auch nicht den Weg zu den Kollegen von den »altehrwürdigen« Wissenschaften.

Im Augenblick versah er freiwilligen Dienst in der Transmitterhalle. Er vertrat einen mit ihm befreundeten Techniker, der seit dem Einflug in den Schwarm an einer Störung seiner Gesichtssinne litt.

Rouk hatte seinen Posten keineswegs aus reiner Freundschaft eingenommen, sondern hauptsächlich in der Absicht, die Mitglieder des Atlan-Teams bei ihrer Ankunft auszuhorchen und so einige Dinge zu erfahren, die nicht offiziell bekannt gegeben wurden.

Rouk machte es nicht viel aus, daß ihn die anderen fünf Techniker scheel anblickten und als willkommenes Opfer für ihre derben Späße betrachteten. Er besaß ein ziemlich dickes Fell.

»Was mag das zu bedeuten haben?« fragte Rouk in die Stille der Transmitterhalle hinein. »Der Justierungs-Vollzugsimpuls ist schon vor Minuten abgegeben worden. Schlafen die auf der CMP-3?«

»Es wird Schwierigkeiten geben«, vermutete der Erste Transmittertechniker, der mit zwei anderen links des roten Gefahrenkreises an den Kontrollen saß. Rouk arbeitete mit den restlichen beiden Männern auf der anderen Seite.

Zwischen ihnen standen die beiden hohen Torbogenschenkel des Ferntransmitters, die sich dicht unter der Ecke der gigantischen Halle trafen und zu einem Spitzbogen vereinten.

»Ist etwas aus der Kommandozentrale zu erfahren?« erkundigte sich Rouk bei dem Techniker, der über Interkom mit den Funkern, den Ortungsspezialisten und den Emotionauten in Verbindung stand.

Er schüttelte den Kopf, doch plötzlich wirkte er konzentriert. Er lauschte in die Kopfhörer, die an den Interkom angeschlossen waren.

»Fehlgeschlagen«, sagte er. Alle Gesichter wandten sich ihm zu. Er erklärte: »Die CMP-3 muß die Position wechseln, um eine Feindberührung zu vermeiden. Die Abstrahlung des Atlan-Teams wird auf unbestimmte Zeit verschoben.«

»Erkundige dich, ob wir das Transmitterfeld abbauen sollen«, verlangte der Erste Techniker.

»Ist es denn notwendig, dazu einen ausdrücklichen Befehl zu erhalten?« wunderte sich Rouk. »Ich meine, wenn jetzt kein Transport erfolgt, sollte das Hyperfeld auf jeden Fall desaktiviert werden.«

»Davon verstehen Sie nichts, Galz«, sagte der Erste Techniker abfällig. Oder können Sie mir einen vernünftigen Grund dafür nennen?«

»Es gibt einige«, antwortete Rouk. »Zum Beispiel könnten wir ungeheure Energien sparen, wenn wir den Transmitter stillegen.«

Der Erste Techniker grinste. »Das hört sich an wie ein Schottenwitz.«

»Eine andere Sache wäre es, den Transmitter aus Sicherheitsgründen auszuschalten«, fuhr Rouk unbeirrbar fort.

»Hört, hört«, machte der Erste Techniker. Die anderen feixten.

»Ich bekomme den Großadministrator nicht an den Apparat«, sagte der Mann, der sich mit der Kommandozentrale in Verbindung gesetzt hatte. »Man hat mir geraten, auf weitere Befehle zu warten.«

»Besteht dann Veranlassung, das Transmitterfeld aufrechtzuerhalten?« bohrte Rouk weiter.

»Wir haben keinen Befehl erhalten, es auszuschalten«, sagte der Erste Techniker.

»Sie tun also nur, was man Ihnen ausdrücklich befiehlt«, konterte Rouk. »Es besteht doch immerhin die Möglichkeit, daß der Großadministrator vergaß, die Anordnung für die Abschaltung des Transmitters zu geben. Verlassen Sie sich immer darauf, daß die Obrigkeit unfehlbar sein müsse?«

Der Erste Techniker schnaubte ungehalten. »Hören Sie, Galz, langsam fallen Sie uns auf die Nerven. Sagen Sie uns lieber, welche Gefahren Sie in einem eingeschalteten Transmitter sehen.«

Rouk zuckte mit keiner Wimper. »Nun, die mögliche Gefahr liegt auf der Hand. Wir haben mit dem Justierungs-Vollzugsimpuls die Frequenz bekanntgegeben, auf der unser Transmitter empfängt. Wenn also jemand diesen Impuls aufgefangen hat, dann könnte er unseren Transmitter anzapfen.«

Der Erste Techniker lächelte spöttisch. »Klug gedacht, Ezi-Galz, aber leider nicht sehr logisch. Erstens haben wir den Justierungsimpuls gerafft abgeschickt, und zweitens mittels Richtstrahl. Unwahrscheinliche Zufälle müßten mitspielen, wenn dieser Impuls abgefangen werden sollte. Der Feind müßte sich auf dem Kurs des Richtstrahls befinden und gerade in jener Millionstelsekunde auf unserer Wellenlänge empfangen, in der wir sendeten. Und selbst dann, mein kluger Ezi-Galz, könnte er damit noch nichts anfangen, weil er unseren Standort nicht kennt. Sehen Sie jetzt ein, wie haarsträubend Ihre Überlegungen sind?«

Rouk erwiderte den triumphierenden Blick des Ersten Technikers mit einem mitleidigen Lächeln.

»Sie haben mein Argument keineswegs entkräftet«, sagte er. »Denn Sie gehen von der Annahme aus, daß unser Gegner keine Ahnung davon hat, wo die MARCO POLO steht. Es ist sogar wahrscheinlich, daß er unseren Standort kennt. Bedenken Sie nur, wie oft die Kreuzer und Korvetten das Praspa-System anfliegen, um auf Kokon zu landen. Dabei ist die Wahrscheinlichkeit sehr groß, daß eines dieser Beiboote geortet wurde.«

»Hm«, machte der Erste Techniker nachdenklich.

Rouk fuhr fort: »Außerdem ist es erwiesen, daß der Standort der CMP-3 dem Gegner bekannt ist. Für einen klugen Strategen würde also nichts näherliegen, als eine imaginäre Gerade zwischen der MARCO POLO und der CMP-3 zu ziehen und irgendwo darauf einige Wachschiffe zu postieren.« In Rouks Stimme schlich sich ein sarkastischer Unterton. »Und diese Schiffe würden natürlich die modernste technische Ausrüstung besitzen. Und sie würden Funkgeräte besitzen, und sie würden bestimmt Transmitter besitzen. Und sie *haben* bestimmt den Justierungs-Vollzugsimpuls abgefangen und ihn raschest ausgewertet, da er nur gerafft und nicht verschlüsselt war. Und was, glauben Sie, werden sie daraufhin mit ihren Transmittern anstellen? Ist es nicht eine logische Schlußfolgerung, daß sie schleunigst ihre Transmitter auf unsere Wellenlänge abstimmen und ...«

»Hören Sie auf!« schrie ihn der Erste Techniker an. »Sie können einen ja das Gruseln lehren.« Er wandte sich an den Mann am Interkom. »Richten Sie sofort eine dringliche Anfrage an die Kommandozentrale, ob wir den Transmitter abschalten dürfen.«

Rouk rang die Hände. »Eine dringliche Anfrage! Was muß denn erst passieren, daß Sie aus eigener Initiative etwas unternehmen?«

»Hauen Sie ab!« schrie ihn der Erste Techniker wütend an.

Rouk wandte sich ab. Er selbst hatte erst während seiner eigenen Ausführungen erkannt, welche ungeheuerlichen Gefahren der eingeschaltete Transmitter für sie bergen konnte. Sicher, es waren lediglich Spekulationen, die sich aus dem eher fragwürdigen Gedankenspiel »Was-würde-geschehen-wenn« ergaben. Aber es hing zuviel davon ab, als daß man sie achtlos beiseite schieben konnte.

Wäre es nach ihm, Rouk, gegangen, er hätte den Transmitter sofort ausgeschaltet. Die »dringliche Anfrage« mutete ihn dagegen wie eine Farce an.

Rouk hatte sich demonstrativ von den anderen entfernt. Als er jetzt stehenblieb und sich umdrehte, stand er am Ende der Schaltanlagen. Sein Blick wurde von der Empfangsplattform wie magisch angezogen.

Er erstarrte. Das hyperenergetische Feld zwischen den beiden Torbogenschenkeln hatte zu flimmern begonnen ...

»Achtung!« schrie er und suchte gleichzeitig hinter einer Konsole Dekkung.

Der Transmitter spie eine Horde nichtmenschlicher, fremdartiger Gestalten aus. Sie quollen in einem nicht endenwollenden Strom auf die Empfangsplattform, über die rote Markierung des Gefahrenkreises hinaus und ergossen sich in die Transmitterhalle.

Die fünf Techniker hatten keine Chance. Bevor sie noch irgend etwas unternehmen konnten, vergingen sie im konzentrierten Beschuß von mehr als einem Dutzend Hitzestrahlern.

Rouk konnte aus seinem Versteck keine Einzelheiten erkennen. Er mußte mit beiden Händen die Abdeckplatte der Konsole von innen gegen die Öffnung pressen und konnte nur durch einen schmalen Spalt in die Transmitterhalle sehen.

Er konnte keinen klaren Gedanken fassen. Der Schock beim Anblick der aus dem Transmitter strömenden Armee von Fremdwesen war zu groß gewesen. Der Schweiß brach ihm aus allen Poren, und er zitterte am ganzen Leib.

Er hatte im entscheidenden Augenblick richtig reagiert und sich damit das Leben gerettet. Doch jetzt war er am Ende seiner Kräfte.

Der Strom von Fremdwesen quoll immer noch aus dem Transmitterfeld. Es mußten bereits Hunderte sein – und es wurden immer mehr.

Sie schossen mit ihren Hitzestrahlern scheinbar ziellos um sich, auf die Wände, gegen die hohe Decke und auf die Schaltelemente des Transmitters. Doch was wie eine sinnlose, disziplinlose Schießerei ausgesehen hatte, erkannte Rouk schnell als taktisch wohlüberlegtes Vorgehen.

Die Fremdwesen zerschossen die Wände, um die darunterliegenden Leitungen freizulegen und zu durchtrennen. Sie zerschmolzen die Schaltelemente nicht planlos, sondern nur so weit, daß die Alarmanlage, die automatischen Abschaltgeräte und die an sie angeschlossenen Notaggregate ausfielen. Dadurch erreichten sie, daß ihre Artgenossen ungehindert in die MARCO POLO nachströmen konnten.

Rouk mußte ohnmächtig zusehen, wie immer mehr der Fremdwesen aus dem Transmitterfeld kamen. Sie überfluteten die Halle, drangen durch die Schotte in die Korridore hinaus und besetzten das Schiff ...

Welche Verhaltensmaßnahmen schrieb der Ezialismus in solch einem Fall vor? Es war müßig für Rouk, darüber nachzudenken. Er war in seinem Versteck vollkommen hilflos. Der Gestank von durchgebrannten Isolatoren drang ihm in die Atemwege und raubte ihm die Luft.

Es ging für ihn im Augenblick ums Überleben.

Er hörte wie aus weiter Ferne die Alarmsirenen, doch änderte auch ihr Geheul nichts daran, daß die Fremdwesen nach wie vor aus dem Transmitter strömten. Ihre schrillen, lauten Schreie geisterten durch die Transmitterhalle und übertönten die Alarmsirene.

»Lacoon!« war ihr Kriegsruf – zumindest hörte es sich so an.

Nur langsam überwand er seinen Schock und ging daran, seinen Verstand zu gebrauchen, um einen Ausweg aus seiner mißlichen Lage zu finden.

»Lacoon! Lacoon!« schrien sie unentwegt und drangen immer tiefer in die MARCO POLO vor.

»Der Ferntransmitter!« sagte Perry Rhodan.

Joak Cascal, der sich beim Ertönen des Generalalarms bei Rhodan eingefunden hatte, verstand sofort die Bedeutung dieser Worte, obwohl er die Zusammenhänge noch nicht begriff. Aber für ihn stand es fest, daß der Gegner nur durch den Transmitter in die MARCO POLO eingedrungen sein konnte.

Das wurde gleich darauf bestätigt. Die ersten Meldungen trafen aus den unteren Schiffsregionen ein. Sie kamen durchweg aus jenen Abteilungen, die rund um die Transmitterhalle lagen.

Augenzeugen berichteten von einem furchtbaren Massaker, das »gepanzerte Echsenwesen mit Schlangenköpfen« anrichteten.

In den unteren Decks hielten sich zu diesem Zeitpunkt zum Glück die wenigsten Besatzungsmitglieder auf. Rhodan beorderte sie alle sofort in die oberen Schiffsregionen.

Gleichzeitig damit liefen die Bemühungen, den Transmitter von der Kommandozentrale aus abzuschalten. Der erste Versuch, die ausgefallenen Automatik-Abschaltgeräte durch die zwischengeschalteten manuell zu bedienenden Notanlagen zu ersetzen und so das Transmitterfeld zu desaktivieren, schlug fehl.

Die Eindringlinge hatten sämtliche Verbindungsleitungen zur Kommandozentrale zerschossen.

Desgleichen mißlang der Versuch, einen Zusammenbruch des Transmitterfeldes zu erreichen, indem man die Sicherheitsschaltung für die separate Energieversorgung der Transmitterhalle aktivierte. Die Sicherheitsschaltung funktionierte zwar, doch war die separate Energieversorgung schon längst durch den Beschuß der Eindringlinge ausgefallen. Dadurch sprangen automatisch die Hauptkraftstationen als Energieversorger ein.

Es dauerte Minuten, bis die Techniker in dem allgemeinen Durcheinander diese Tatsache herausgefunden hatten. Minuten, in denen die Fremdwesen ungehindert durch den Transmitter an Bord der MARCO POLO strömen konnten. Nachdem die Techniker erst herausgefunden hatten, woher der Transmitter die Energie bekam, dauerte es keine Minute mehr, um die weitere Energiezufuhr zu unterbinden.

Das Transmitterfeld brach zusammen. Keine Fremdwesen konnten mehr in die MARCO POLO eindringen. Dennoch waren viel zu viele an Bord.

Eine genaue Schätzung konnte noch nicht angestellt werden. Aber es waren mindestens tausend, eher noch mehr.

Oberst Elas Korom-Khan hatte angesichts des Notstandes das Kommando an Perry Rhodan übertragen. Das war formlos und ohne große Gesten geschehen.

»Sollen wir die MARCO POLO starten, Sir?« wollte Elas Korom-Khan wissen.

Rhodan lehnte ab. »Auf keinen Fall – wenn wir nicht dazu gezwungen werden. Wir dürfen uns nicht verzetteln. Unsere vordringlichste Aufgabe ist es, die Eindringlinge von Bord zu jagen. Auf Kokon können wir mit der Unterstützung der Immun-Kranken und des Zellplasmas rechnen. Das sind starke Verbündete. Im Weltraum sind wir zusätzlich geschwächt, weil wir Leute für die Bedienung der Schiffsanlagen abstellen müssen.«

Rhodan zog sämtliche Mannschaften von ihren Posten ab, rüstete sie mit Nahkampfwaffen aus und ließ die Decks unterhalb der Kugelzentrale von ihnen besetzen. Das war die erste entscheidende Maßnahme, um ein Vordringen des Gegners in die oberen Schiffsregionen und eine Eroberung der Kommandozentrale zu verhindern.

Von einer massierten Gegenattacke sah Rhodan einstweilen ab, weil er die Stärke des Gegners noch nicht kannte. Er dachte dabei weniger an zahlenmäßige Stärke, sondern an die physische, technische und eventuell parapsychische Schlagkraft.

Im Augenblick war es nur wichtig, den Vormarsch der Eindringlinge zu stoppen. Schotte wurden geschlossen, Antigravschächte gesperrt, Förderbänder abgestellt, Schutzschirme aktiviert und ganze Zwischendecks unter Energie gesetzt.

Der Gegner wurde über das Interkomnetz beobachtet, sofern es noch nicht zerstört war. Fliegende Mikro-Spione siganesischer Bauart flogen in die von den Eindringlingen besetzten Sektionen, machten Aufnahmen, nahmen Messungen vor und schickten das erhaltene Material über Funk zur Auswertung an die Schiffspositronik.

Spähtrupps und Rettungskommandos drangen im Schutz der Deflektorfelder ihrer Kampfanzüge in die von den Eindringlingen besetzten Sektionen vor. Sie hatten viele Erfolge zu verzeichnen, retteten Männer und Frauen, die von der übrigen Besatzung abgeschnitten waren, aus akuter Lebensgefahr und gaben eine Menge aufschlußreicher Daten an die Kommandozentrale zur Auswertung weiter.

Langsam rundete sich das Bild ab. Das erste Chaos legte sich, die Grenzen waren abgesteckt. Das Aussehen der Fremden war bis ins kleinste Detail aufgezeichnet, ihre Fähigkeiten, ihre waffentechnische Ausrüstung und ihre Möglichkeiten klar umrissen.

Das Gesamtbild war trotz der momentanen Beruhigung der Situation erschütternd. Es stand fest, daß ungefähr zweitausend Fremde durch den Transmitter an Bord der MARCO POLO gekommen waren.

»Es war meine Schuld«, stellte Rhodan verbittert fest.

»Wieso, weil Sie den Justierungs-Vollzugsimpuls an die CMP-3 abgeschickt haben?« fragte Oberst Elas Korom-Khan. »Dieser Impuls war unbedingt nötig, weil sonst jeglicher Transmittertransport unter den im Schwarm herrschenden Bedingungen für die Beteiligten ein Unternehmen auf Leben und Tod gewesen wäre. Abgesehen davon konnten Sie nicht ahnen, daß man den Justierungsimpuls abfangen würde.«

»Doch, als ich erfuhr, daß Captain Raim geortet worden war, mußte ich damit rechnen«, argumentierte Rhodan bedrückt. »Der Gegner hatte zwanzig Stunden Zeit, sich in günstiger Position zu postieren. Ich hätte das sofort erkennen und den Transmitter abschalten lassen müssen. Von Zufällen kann hier nicht gesprochen werden. Es war eindeutig ein menschliches Versagen.«

Der Emotionaut blickte dem Großadministrator fest in die Augen.

»Sie haben natürlich recht, Sir«, sagte er bedächtig. »Man muß von einer menschlichen Schwäche sprechen. Nun möchte ich Sie etwas fragen. Glauben Sie tatsächlich, daß Sie unfehlbar sind?«

»Nein, so vermessen bin ich nicht, Oberst. Aber man erwartet es von mir.« Rhodan zögerte. »Jedenfalls danke ich Ihnen, Elas.«

Rhodan wußte, was der Emotionaut gemeint hatte. Es änderte nichts an der Situation, wenn er sich selbst Vorwürfe machte.

Phillip Grohen und Miryll Prue hatten sich im Spezialladeraum SL 17 aufgehalten. Dort waren leicht zerbrechliche Güter untergebracht, und entsprechend gering war die Schwerkraft.

Als sie in den Korridor hinaustraten, sah sich Miryll scheu um und richtete sich das Haar. »Komm schnell, Phil, bevor uns jemand sieht«, drängte sie und eilte den Korridor hinunter, auf den hundert Meter entfernten Antigravschacht zu.

Es war keine Menschenseele zu sehen.

Nur ein Reinigungsroboter zog auf der anderen Seite des Korridors seine gewundene Bahn.

Phillip grinste. »Du kannst niemandem etwas vormachen, Miry, deine Augen sagen alles. Wann treffen wir uns wieder? Morgen? Gleiche Zeit, gleicher Ort?«

»Ich werd' mir's überlegen ...«

Sie hatten die Hälfte des Weges zum Antigravschacht zurückgelegt, als die Alarmsirene aufheulte.

Sie ergriff instinktiv seine Hand, während ihr Schritt schneller wurde. Sie sprachen kein Wort. Sie wußten beide, daß es sich nicht bloß um ein Manöver handelte.

Hinter ihnen barst der Reinigungsroboter in einer Explosion. Sie war kaum abgeklungen, als ein vielstimmiger Schrei durch den Korridor hallte. »Lacoon!«

Sie begannen zu laufen. Miryll schrie, als sie durch die Rauchwolke fremdartige Geschöpfe kommen sah. Phillip hatte sie ebenfalls entdeckt. Sie erinnerten ihn an Schlangen mit Echsenkörpern. Er sah vier tentakelartige Arme, einen langen Hals mit einem Schlangenkopf; ihre Körper waren von rot-blauen Panzeranzügen umhüllt.

Wie war das möglich? Wie hatten diese Wesen in die MARCO POLO eindringen können?

Phillip hielt sich nicht lange mit der Frage auf. Es konnte sich bei diesen Wesen nur um Feinde handeln. Er mußte mit Miryll schnellstens den Antigravlift erreichen.

»Dreh dich nicht um!« ermahnte er sie, ohne genau zu wissen warum.

Doch vielleicht stachelte das gerade ihre Neugierde an. Jedenfalls drehte sie sich um – und blieb stehen.

»Miry!«

Phillip versuchte, sie mit sich zu ziehen, doch sie stemmte sich mit ihrem ganzen Körpergewicht dagegen.

Ihr Gesicht war bar jeglichen Ausdrucks und auf die heranstürmenden Invasoren gerichtet.

»Lacoon!« Das wurde Phillip blitzartig klar, und er bemühte sich, den Blick der Fremdwesen zu meiden, während er Miryll zu dem zehn Meter entfernten Antigravschacht zu ziehen versuchte. Er kam nur langsam vorwärts.

Und dann blickte er unabsichtlich auf, wurde von den glühenden Punkten, die in geringer Entfernung durch den Korridor geisterten, magisch angezogen. Das waren die Augen der Fremdwesen. Man konnte sich ihrem hypnotischen Blick nicht mehr entziehen, wenn man erst einmal in ihren Bann geraten war.

»Lacoon!« gellte es durch den Korridor. Die Invasoren kamen näher.

Phillip Grohen und Miryll Prue standen starr und willenlos da und warteten auf den Tod.

Der durchdringende Heulton, der aus dem Interkom seiner Kabine drang, riß Switt Crustas aus dem Schlaf. Er war Ingenieur, und der Generalalarm bedeutete für ihn, daß er sich sofort zu den Maschinenräumen zu begeben hatte.

Switt legte mit geübten Bewegungen seine Kombination an, nahm den Strahler an sich, der griffbereit neben seiner Schlafkoje hing, und eilte auf den Korridor hinaus.

Die Mannschaftsunterkünfte glichen einem aufgeschreckten Ameisenhaufen. Männer, halbbekleidet, unausgeschlafen, hasteten durch die Korridore, rannten über die schnell dahingleitenden Förderbänder, um schneller an ihr Ziel zu kommen.

Doch dieses scheinbar chaotische Bild trog. Jeder der Männer wußte genau, was er zu tun hatte, obwohl keiner auch nur ahnte, was der Alarm bedeutete.

Switt rannte auf der schnellsten Spur des Förderbandes dahin und überholte zwei Wissenschaftler. Dabei wartete er gespannt, daß Verhaltensmaßregeln über die Rundrufanlage durchgegeben wurden. Er hatte den abwärtsführenden Antigravschacht fast erreicht und wechselte über die langsamen Förderbänder auf den ruhenden Steig über, als eine Lautsprecherstimme verkündete:

»In einer Minute werden sämtliche Antigravschächte ausgeschaltet. Sie sollen ab sofort nicht mehr benützt werden!«

Switt überlegte kurz und kam dann zu dem Entschluß, daß er den Antigravschacht gefahrlos benützen konnte. Er würde ihn in der Hälfte der angegebenen Zeit ans Ziel bringen.

Er sprang in den Schacht und spürte sogleich, wie sich die schnelle Abwärtsfahrt in seiner Magengegend bemerkbar machte. Bei jedem Hauptdeck wurde die Geschwindigkeit langsamer, um den Benützern die Möglichkeit zu geben, den Schacht zu verlassen.

Switt blickte auf die Uhr. Noch 29 Sekunden. Er hatte sich verschätzt, aber ihm stand noch ausreichend Zeit zur Verfügung. Das übernächste Hauptdeck war sein Ziel. Die Sekunden verstrichen.

Dreiviertel der Frist war abgelaufen, als Switt die Verlangsamung physisch zu spüren bekam.

Er sprang aus dem Schacht, verließ den Ringkorridor und drang in einen schmalen Laufgang ein, der hundert Meter weiter vor einem zehn Zwischendecks hinabreichenden Schacht endete. An seinen Wänden lagen Positronik-Schaltstellen, die nur über schmale Stege oder aber mittels Antigravplattformen zu erreichen waren.

»Oberstleutnant Cavaldi!«

Switt bekam keine Antwort auf seinen Ruf. Es schien, als sei der Leitende Ingenieur der MARCO POLO nicht hier, obwohl er bei Vollalarm anwesend zu sein hatte. Überhaupt wirkte diese ganze Sektion, als wäre sie fluchtartig geräumt worden.

Switt begab sich zum nächsten Gerät der internen Rundrufanlage, schaltete es ein und rief nochmals den Namen des Leitenden Ingenieurs.

»Oberstleutnant Cavaldi!« plärrte es wie ein Echo aus den verschiedenen Lautsprechern. Sonst war Stille. Dann erschollen von weither gedämpfte Stimmen. Undefinierbare Geräusche wurden laut, kamen näher.

In der Rundrufanlage ertönte ein kaum hörbares Knacken, und die Stimme des Leitenden Ingenieurs meldete sich.

»Welcher Idiot geistert denn noch bei den Positroniken herum? Verdammt, haben Sie denn nicht den Aufruf gehört? Alle Mann nach oben. Machen Sie schnell, sonst werden Sie von den Invasoren niedergemacht!«

Invasoren! Das bedeutete, daß die MARCO POLO von feindlichen Mächten besetzt war. Switt fragte sich nicht, wie das möglich sein konnte. Sein erster Gedanke war, diese gefährdete Region schleunigst zu verlassen. Er mußte auf dem schnellsten Weg von hier verschwinden, bevor sich durch das Eintreffen des Gegners die automatischen Sicherheitseinrichtungen aktivierten, sich die Schotte zum Schutze der Positronik-Schaltstationen schlossen und die energetischen Schutzschirme eingeschaltet wurden.

Und dann fiel ihm ein, daß die Antigravschächte nicht mehr benützbar waren. Ihm blieb nichts anderes übrig, als den beschwerlichen und zeitraubenden Aufstieg über eine der Nottreppen zu nehmen.

Switt rannte den schmalen Laufgang entlang bis zum nächsten Hauptkorridor. Dort traf er auf die Eindringlinge.

Es mußten zwanzig oder dreißig sein. Sie hatten lange Hälse mit Schlangenköpfen, auf deren Stirn ein über zehn Zentimeter langer Dorn saß.

Switt hob den Strahler und schoß sofort. Zwei der Wesen fielen. Bevor Switt jedoch seinen Strahler ein zweites Mal einsetzen konnte, begegnete er dem Blick eines der Fremdwesen. Er verspürte augenblicklich den Zwang, der von diesen unheimlichen, starren Augen ausging, und wandte sich abrupt ab.

Diese fremdartigen Geschöpfe waren *Hypnostarrer!*

Als er dies erkannt hatte, wußte er, daß seine einzige Chance in schneller Flucht bestand. Er schoß blindlings hinter sich, während er sich durch den Hauptkorridor von den Eindringlingen entfernte. Der nächste Schacht mit einem Notaufstieg war zweihundert Meter entfernt.

Vielleicht gelang es ihm, ihn noch rechtzeitig zu erreichen.

Switt kam keine zehn Meter weit. Plötzlich traf ihn etwas in den Rükken, das seine Bewegungen erlahmen ließ. Er hatte gerade noch die Kraft sich umzudrehen. Aber als er die Waffe heben wollte, gehorchten seine Arme nicht mehr.

Switt wußte nicht, was das zu bedeuten hatte. Er konnte keine Verletzung an sich entdecken, verspürte keinen Schmerz. Mit Hypnose konnte sein Zustand ebenfalls nichts zu tun haben. Denn obwohl er seine Glieder nicht bewegen konnte, arbeitete sein Gehirn wie bisher.

Er konnte klar und unbeeinflußt denken, Befehle an seine Arme und Beine geben – nur gehorchten sie ihm nicht. Es war, als sei sein Körper tot und als lebe nur sein Gehirn. Er konnte sehen und hören ...

»Lacoon!«

Einige der Schlangenwesen hoben eine Waffe, die einer klobigen, altertümlichen Maschinenpistole nicht unähnlich sah. Eines von ihnen schoß damit auf ihn. Switt sah keinen Feuerstoß, keinen Energiestrahl, aber spürte, wie sich die Lähmung seines Körpers verstärkte. Er hatte ein Kribbeln in den Fingern gehabt, was auf eine gewisse Wiederbelebung des Nervensystems schließen ließ. Dieses Kribbeln war jetzt gänzlich verschwunden.

Er konnte denken, aber die befehlgebenden Impulse erreichten die entsprechenden Nervenzentren nicht! Das war seine endgültige letzte Erkenntnis.

Die Fremdwesen erreichten ihn. *»Lacoon! Lacoon! Lacoon!«* hallte es triumphierend durch die Maschinenräume.

Fredor Japin war vom Rollenoffizier zum Dienst in der Rüstkammer abgestellt worden, als Perry Rhodan die Mannschaften auf ihre Stationen befohlen hatte. Falls es zu Kampfhandlungen kommen sollte, war man in der Rüstkammer für den Ansturm auf die Kampfanzüge und sonstigen Sonderausrüstungen gewappnet.

Doch es kam anders. Es wurde zwar Vollalarm gegeben und die Rüstkammern mußten unter erhöhter Bereitschaft stehen, aber gleichzeitig kam der Befehl zur Räumung der unteren Schiffssektionen. Es hieß, daß fremde Invasoren über den Ferntransmitter in die MARCO POLO eingedrungen seien.

Die Rüstkammern waren nicht von dem Räumungsbefehl betroffen, denn sie lagen nicht in den gefährdeten Sektionen, und man hätte sie auch auf keinen Fall geräumt.

Für Fredor Japin trat jedoch eine besondere Situation ein. Ein Freund von ihm befand sich auf dem Weg zur Transmitterhalle.

Ohne lange zu überlegen, zog Fredor einen der bereitliegenden Kampfanzüge an und flog mittels der Antigraveinrichtung in die tieferen Regionen der MARCO POLO hinab.

Er hatte den Deflektor eingeschaltet, um von seinen Vorgesetzten nicht entdeckt zu werden. Dieser Schutz ließ sich allerdings nur so lange aufrechterhalten, bis er ins »Feindgebiet« vordrang. Dorthin waren von der

Schiffsführung inzwischen Ortungssonden und fliegende Mini-Spione entsandt worden.

Abgesehen davon, daß sie ihn sowieso entdeckt hätten, wollte Fredor nicht zusätzlich Verwirrung in der Kommandozentrale stiften und schaltete das Deflektorfeld aus. Es machte ihm nichts aus, daß er nun auch für den Gegner sichtbar war, denn im Schutze des Kampfanzuges fühlte er sich ziemlich sicher.

Bereits einige hundert Meter vor der Transmitterhalle hatte Fredor die erste Feindberührung.

Er flog einem Dutzend der Schlangenwesen entgegen, deren rotblaue Kampfanzüge aus Panzerringen bestanden. Die Schüsse aus ihren Hitzestrahlern zeigten an Fredors energetischem Schutzschirm keine Wirkung. Sein Energiestrahler dagegen bereitete den Schlangenwesen große Verluste und schlug die Überlebenden in die Flucht.

In diesem Augenblick glaubte Fredor noch, daß es einem Kommando von Männern in Kampfanzügen gelingen müßte, mit den Invasoren spielend fertig zu werden. Er wollte seine Erfahrungen an die Kommandozentrale weitergeben, doch dann überlegte er es sich anders. Bestimmt würde man ihn kurzerhand zurückbeordern, wenn er Verbindung aufnahm. Deshalb war es besser, er schaltete das Sprechfunkgerät erst gar nicht ein.

Schon bei seiner zweiten Feindberührung mußte Fredor erkennen, daß auch Kampfanzüge keinen sicheren Schutz gegen die Waffen der Eindringlinge darstellten.

Er mußte diese Erfahrung mit dem Leben bezahlen.

Wieder tauchten etwa zwanzig der Schlangenwesen auf. Sie marschierten nicht in geschlossener Formation, so daß sie für Fredor ein schlechtes Ziel boten. Dennoch eröffnete er sofort das Feuer, in der Gewißheit, daß ihn sein Kampfanzug ausreichend schützte. Er maß dem Umstand, daß diese Schlangenwesen mit maschinenpistolenähnlichen Waffen ausgerüstet waren, keine besondere Bedeutung bei.

Er hatte einige von ihnen getötet, da traf ihn eine volle Salve aus ihren Waffen. Anfangs zeigte sich noch keine Wirkung, aber nach längerem und immer heftiger werdendem Beschuß begannen die Zeiger der Kontrollskalen an seinem Kombigürtel auf einmal verrückt zu spielen. Sie zeigten entgegengesetzte und ganz unmögliche Werte an.

Das war alarmierend. Plötzlich erkannte Fredor schlagartig die Ursache für den Ausfall der Kontrollgeräte. Sein Schutzschirm war umgepolt worden; er besaß nun nicht mehr die Eigenschaft, auftreffende Energien aufzuhalten und abzulenken. Er war wirkungslos geworden und zeigte eine gänzlich andere Wirkung, die nach innen gerichtet war. Der umgepolte

Schutzschirm wurde für den zum Verhängnis, den er vor Schaden hätte bewahren sollen.

Fredor konnte sich nicht bewegen. Er gab die Gedankenbefehle an seinen Körper weiter, doch der Körper reagierte nicht darauf. Er konnte denken, sehen, hören, aber nicht handeln.

Er sah die Fremdwesen näher kommen. Und er vernahm ihre schrillen Triumphschreie: *»Lacoon! Lacoon! Lacoon!«*

4.

Am Abend des 30. Juni hatte sich die Lage stabilisiert, und Perry Rhodan beorderte die führenden Persönlichkeiten der MARCO POLO für 22 Uhr zu einer Besprechung in die Offiziersmesse. Er faßte zusammen:

»Es ist uns gelungen, die Lacoons in den unteren Schiffsregionen festzusetzen. Die wichtigsten in diesem Teil befindlichen Anlagen wurden durch Schotte, Schutzschirme und Vorwarnsysteme geschützt. Da aber alle diese Vorrichtungen nicht ausreichend sind, wurden Spezialtrupps zusammengestellt, die immer dann eingreifen, wenn die Lacoons Übergriffe auf die Einrichtungen des Schiffes vorhaben. Außerdem wurden Rettungskommandos eingesetzt, die Eingeschlossene aus den unteren Schiffsregionen befreien sollen. Wir haben diesbezüglich viele Erfolge zu verzeichnen gehabt, trotzdem sind noch hundert Männer und Frauen abgängig. Nach ihnen wird gesucht. Von einigen wissen wir den Aufenthalt, so daß wir gezielt an ihre Befreiung gehen können. Aber wir wissen auch, daß viele der Verschollenen nicht mehr am Leben sind. Wer das ist, wie viele Gefallene es sind, werden wir wohl erst erfahren, wenn diese Gefahr gebannt ist.«

Nach kurzer Unterbrechung fuhr Rhodan fort: »Bevor wir Einzelheiten über den Abwehrkampf erörtern, möchte ich Ihnen alle Daten über die Lacoons vermitteln, damit Sie sich ein genaues Bild von ihnen machen können.«

Ein Film zeigte zuerst die Lacoons in Bewegung, wie sie die Korridore der unteren Sektionen überschwemmten und mit ihren Hitzestrahlern Zerstörungen in Laderäumen und an technischen Anlagen verursachten. Dann wurde mittels Vergrößerung ein einzelner Lacoon aus der Masse herausgeholt, bis er die ganze Projektionsfläche bedeckte.

Nachdem eine Scharfeinstellung vorhanden war, konnte das fremdartige Wesen in allen Einzelheiten beobachtet werden. Der Lacoon ging aufrecht, besaß zwei kurze, starke Beine, vier knochenlose, muskulöse, tentakelartige Schlangenarme, von denen jeder in Händen mit sechs Fingergliedern endete. Insgesamt besaß der Lacoon eine Körperlänge von 2,10 Metern. Von dem Körper selbst war nichts zu sehen, da er von einem Schutzanzug aus Panzerringen bedeckt war.

Aus dem obersten Ring wuchs ein achtzig Zentimeter langer, wendiger

Hals heraus, der etwas mehr als fünfzehn Zentimeter durchmaß. An seinem Ende saß ein flacher Schlangenkopf, dessen Stirn von einem zwölf Zentimeter langen Dorn gekrönt wurde. Der Film lief ein Stück weiter, dann wurde er wieder gestoppt. Jetzt war zu sehen, wie der Lacoon das Maul aufriß. Er klappte die beiden Kiefer so weit auseinander, daß sie beinahe in einem Winkel von hundertundfünfzig Grad zueinander standen.

Dazu erklärte der Xenologe: »Die Lacoons sind eindeutig aus Echsen hervorgegangen, wenn auch die Tentakel mit Händen und Fingern dagegen zu sprechen scheinen. Was die Psyche der Lacoons betrifft, haben wir erst ziemlich magere Ergebnisse erzielt. Bisher ist es uns noch nicht gelungen, einen von ihnen zu fangen und einem Test zu unterwerfen. Dennoch haben wir einige interessante Aufschlüsse aus ihrem Verhalten erfahren. Die Lacoons sind bedingungslose Kämpfer, so daß es nicht zu weit hergeholt ist, wenn wir sie zu den Kampftruppen der Schwarmmacht zählen. Die Lacoons marschieren kompromißlos auf ihr Ziel los, sie vernichten alles, was sich ihnen in den Weg stellt. Gefangene machen sie keine. Zumindest ist uns noch kein Fall bekannt, daß die Lacoons Gefangene gemacht hätten.

Der wichtigste Punkt, den wir über sie herausfinden konnten, ist, daß sie parapsychisch begabt sind. Wir bezeichnen sie als Hypnostarrer. Das heißt, daß sie jedes Wesen hypnotisieren können, das ihren Blick kreuzt. Sie machen es dadurch willenlos und sich gefügig. Das läuft darauf hinaus, daß sie ihre Opfer dann kaltblütig töten. Gegen die Hypnostarrer hilft nur ein Mittel: ihnen nicht in die Augen zu sehen. Über die anderen Waffen der Lacoons berichtet Ihnen mein Kollege von der physikalischen Abteilung.«

Der Physiker ergriff das Wort.

»Eigentlich fällt nicht alles, was ich Ihnen zu sagen habe, in mein Gebiet, aber es hat sich so ergeben, daß ich zu Ihnen spreche. Bisher haben wir festgestellt, daß die Lacoons zwei Arten von Waffen besitzen. In erster Linie handelt es sich um Hitzestrahler mit herkömmlicher Fusionsenergieabstrahlung. Gegen diese Waffe bieten die Schutzschirme unserer Kampfanzüge in der Regel ausreichend Schutz.

Anders ist es mit den Waffen, die aussehen wie veraltete, terranische Maschinenpistolen. Wir haben sie Schwundstrahler getauft, weil ihre Impulsstrahlung sowohl physikalische als auch psychische Vorgänge schwinden läßt beziehungsweise eine Umpolung herbeiführt.

Der Schwundstrahler bewirkt eine Bewegungsablaufhemmung, wie wir sie aus dem Bericht der Gruppe Atlan kennen. In unserem Fall wird aber eine Ablaufhemmung besonderer Art bewirkt. Wird ein Mensch von den Schwundstrahlen getroffen, arbeitet sein Gehirn nach wie vor in gewohnter Weise. Doch wird die Verbindung zum Körper ungefähr in der Höhe des obersten Halswirbels unterbrochen. Die Nervenimpulse können nicht mehr weitergeleitet werden. Das Gehirn denkt, aber es lenkt nicht mehr.

Schutzschirme schützen vor den Schwundstrahlen *nicht.* Ganz im Gegenteil, sie werden für den Träger beim Beschuß durch sie zu einer Falle. Denn wenn Schutzschirme durch Schwundstrahler lange genug beschossen werden, polen sie sich um und werden selbst zu sekundären Schwundstrahlern. Unsere Auswertung hat ergeben, daß man sich vor Schwundstrahlern am besten dadurch schützt, indem man hinter dicken Panzerwänden Zuflucht sucht. Denn die können sie nicht durchdringen.«

Nachdem der Physiker geendet hatte, kamen jene Offiziere, Techniker und Wissenschaftler zu Wort, die Vorschläge zur Einsatzplanung vorzubringen hatten.

Zusätzlich beantwortete Rhodan noch Fragen allgemeinen Interesses. Er erklärte, wie es überhaupt zur Invasion der Lacoons kommen konnte und beantwortete die Frage ihrer Herkunft mit der Anwesenheit der vielen Kreuzhantel-Schiffe in der Nähe des Praspa-Systems. Weiter machte er die Besatzung mit der deprimierenden Tatsache vertraut, daß immer mehr Schwarmschiffe in diesen Raumsektor vorstießen. Im Augenblick betrug der Stand mehr als fünfhundert Einheiten.

»Wahrscheinlichkeitsrechnungen haben ergeben«, sagte Rhodan dazu, »daß diese Flotte, die immer noch ständig wächst, zu einem großen und entscheidenden Schlag ausholen wird. Einesteils sind natürlich wir das Ziel des massierten Aufgebots, andererseits aber der Planet Kokon, auf dem die entarteten Nachfahren der Gelben Eroberer leben. Die Schwarmbeherrscher stört es anscheinend empfindlich, daß uns das Zellplasma den Grundstoff für die Regulationsviren liefert, mit denen wir den Vermehrungszyklus der Gelben Eroberer beeinflussen. Deshalb werden sie Kokon kaum verschonen. Wir haben einstweilen jedoch nicht mit einem konzentrierten Angriff zu rechnen, so daß wir das Schwergewicht auf die Bekämpfung der Lacoons legen können.«

Es kamen viele Vorschläge, daß man einfach eine Generaloffensive gegen die Lacoons starten solle. Etwa nach dem Motto: »Laßt uns die MARCO POLO rasch säubern – und zwar mit der gleichen kompromißlosen Härte, mit der die Lacoons vorgehen«.

Davon wollte Rhodan nichts wissen. Er hatte den ersten Schritt zu Verhandlungen mit den Lacoons getan. Ferngesteuerte Translatoren waren ausgeschickt worden, die das Idiom der Lacoons speichern sollten. War diese Phase abgeschlossen, wollte Rhodan mit den Lacoons in Verbindung treten. Er beabsichtigte, einige Gefangene zu machen und mit ihnen zu verhandeln.

Auch wenn dieser Versuch fehlschlug, war keine Großoffensive vorgesehen. Allein schon deswegen, weil es zu viele Verluste in den eigenen Reihen geben würde.

»Wir werden, wenn die Verhandlungen scheitern, die Lacoons von der MARCO POLO zu vertreiben versuchen«, sagte Rhodan. »Wir werden den Lacoons den Aufenthalt zur Hölle machen.«

Es sollte auch versucht werden, die Lacoons auszuhungern. Es war klar, daß sie sich durch ihren Überraschungsangriff Chancen ausrechneten, die MARCO POLO in einem Handstreich zu nehmen. Daraus ergab sich, daß sie nicht ausreichend Verpflegung mitgenommen hatten – abgesehen davon, daß sie in den wenigen Minuten, die sie den Transmitter benützen konnten, nicht Zeit genug dafür hatten.

Das war ein Punkt, wo man einhaken konnte. Selbst die härtesten Krieger konnten nicht mit leeren Mägen kämpfen. Ob dadurch eine Kapitulation zu erwirken war, würde die Zukunft weisen. Soweit war man noch nicht.

»Den Partisanenkampf werden in der Hauptsache die Mutanten führen«, verkündete Rhodan. Dabei dachte er wie bestürzend die Tatsache war, daß sich nur zwei vollwertige Mutanten an Bord der MARCO POLO befanden:

Irmina Kotschistowa, Terra-Kirgisin, mittelgroß, langes, tiefschwarzes Haar, in der Stirn zu Ponyfransen geschnitten, klassisch schönes Gesicht. Sie besaß die parapsychische Fähigkeit des Metabio-Gruppierens. Sie hatte ihren Platz in der vordersten Reihe bei Rhodans Rednerpult. An ihrer Seite befand sich Ribald Corello in seinem Trageroboter. Seine Mutantenfähigkeiten waren allseits bekannt. Er war es auch gewesen, der mittels seiner Telepsimatrie der GEVARI den Einflug in den Schwarm ermöglicht hatte.

Diese beiden Mutanten sollten versuchen, die Lacoons zu zermürben und Verwirrung unter ihnen zu stiften. Gleichzeitig sollten sie die Suchtrupps und Rettungskommandos unterstützen. Genauere Richtlinien wurden nicht erstellt, denn der Einsatz ihrer Fähigkeiten hing immer von der jeweiligen Situation ab.

Mitten in Rhodans Rede hinein ertönte plötzlich aus den Lautsprechern der Rundrufanlage eine unbekannte Stimme.

»Wenn es stimmt, daß Sie Rettungskommandos in die von den Lacoons besetzten Sektionen entsenden, wäre es dann nicht möglich, einige Helfer zu mir zu schicken. Ich sitze ganz schön in der Tinte!«

Überraschtes Schweigen senkte sich über die Offiziersmesse.

»Was ist?« klang es besorgt aus der Rundrufanlage. »Haben Sie etwa meine Nachricht nicht empfangen, Sir?«

»Doch«, sagte Rhodan in den Interkom an seinem Pult. »Ich habe Sie gehört. Wahrscheinlich hat man Ihre Stimme aus allen Lautsprechern der MARCO POLO vernommen. Von wo aus sprechen Sie?«

»Aus der Transmitterhalle.«

»Was?« rief Rhodan überrascht. »Wir hätten nie vermutet, daß es dort noch einen Überlebenden gibt.«

»Es gelang mir, mich hinter eine Konsole zu flüchten, als die Schlangenköpfe aus dem Transmitter strömten«, kam es aus der Rundrufanlage. »Ich kann mich kaum bewegen, aber es gelang mir, ein nahegelegenes Interkom innerhalb der Aufbauten zu erreichen und das Mikrophon auszubauen. Es ist ein wahrer Segen, daß die Leitung nicht unterbrochen war, an die ich es anschloß.«

In der Offiziersmesse wurde anerkennendes Raunen laut.

Rhodan sagte nachdrücklich: »Sie stellen mich vor ein schweres Problem ...«

»Galzhasta Rouk, Ezialist«, stellte sich der Sprecher vor.

»Mister Rouk«, fuhr Rhodan fort, »ich weiß im Augenblick noch nicht, wie ich Ihnen helfen kann. Aber seien Sie unbesorgt, wir werden schnellstens etwas unternehmen. Wie lange können Sie noch aushalten?«

»Ich wüßte schon, wie Sie mir Hilfe leisten könnten«, sagte Rouk.

»Wie?«

»Durch Ribald Corello.«

Es hatte Galzhasta Rouk einige Mühe gekostet, den Empfangsteil seiner improvisierten Gegensprechanlage auf eine angemessene Lautstärke herabzumindern. Doch jetzt war er ganz sicher, daß die Lacoons nichts hören konnten.

Er hatte die Abdeckplatte von innen mit einem Stück Draht fixiert und einen Spalt frei gelassen, um die Transmitterhalle im Auge behalten zu können.

Die Schlangenköpfe hatten hier ihr Hauptquartier aufgeschlagen. Während in einer Ecke überschüssige Bestände der Handfeuerwaffen, Schwundstrahler und Hitzestrahler aufgestapelt waren, wurden in einer anderen alle übrigen Ausrüstungsgegenstände gelagert.

Es handelte sich durchweg um kleine Tornister, die die Lacoons bei ihrem Überfall auf die MARCO POLO umgehängt gehabt hatten. Einige der Tornister waren nun geöffnet. Die Lacoons hatten technische Bestandteile herausgenommen und sie zu verschiedenen Geräten zusammengebaut. Damit manipulierten sie an den von ihnen zerstörten Transmitteranlagen herum.

Ihre Absicht lag auf der Hand. Bestimmt wollten sie versuchen, den Transmitter erneut zu aktivieren und weitere ihrer Artgenossen an Bord zu holen.

Rouk sah auch, daß die Lacoons aus anderen, besonders gekennzeichneten Tornistern Konzentratnahrung nahmen und an die Kampftruppen verteilten. Animiert von Perry Rhodans Proklamierung des Partisanenkampfes, spielte Rouk mit dem Gedanken, diese Nahrungsbehälter zu zerstören.

Aber vorerst war es noch nicht einmal sicher, ob es für ihn überhaupt eine Rettung gab. Auf seinen, Rouks, Vorschlag hatte Ribald Corello eher pessimistisch reagiert: »Ich weiß nicht, ob ich das schaffe.«

Corello konnte zwar Gegenstände mit einem Gesamtgewicht von 750 Gramm bis zu einer Entfernung von 45 Kilometern in der Art eines Fiktivtransmitters befördern, doch mußte er sein Ziel optisch erfassen können. Rouk wußte aber auch, daß es dem Supermutanten früher möglich gewesen war, optisch nicht erkennbare Ziele auch durch besonders markante Strahlungsquellen zu erfassen. Inwieweit es ihm jetzt, nach Einbüßung eines Großteils seiner Fähigkeiten, möglich war, organische Körper oder tote Materie zu einem Vorstellungsziel zu transmittieren, würde sich bald erweisen.

Corello hatte ihm aufgetragen: »Schließen Sie an Ihre Sprechleitung einen Unterbrecher, einen Zerhacker oder sonst ein Störgerät an, so daß in Ihrer Frequenz ein typischer Phasensprung der elektromagnetischen Wellen entsteht. Daran kann ich mich am besten orientieren.«

Rouk war diesem Wunsch nachgekommen. Er hatte einfach eine der vielen Energiequellen, die es innerhalb der halbzerstörten Transmitteranlage gab, an seine Gegensprechanlage angeschlossen, so daß ein individuelles Störgeräusch entstand. Daraufhin hatte Ribald Corello bestätigt, daß die Grundlage für eine Strahlungskontaktaufnahme gegeben war. Er mußte sich nur noch zur Störungsquelle vortasten, dann hatte er sein Ziel erfaßt.

Für den Ezialisten verging eine unendlich lang erscheinende Zeitspanne, bis sich Corello wieder meldete. Seine schrille Stimme klang nur schwach durch die Störgeräusche des Empfängers.

»Ziehen Sie sich jetzt von der Störquelle zurück, Mister Rouk«, sagte er. »Ich werde jetzt versuchen, den Deflektor zu Ihnen zu transportieren. Es ist ein siganesisches Gerät und wiegt mitsamt der Energieversorgung nur 533 Gramm. Am Gewicht sollte es nicht liegen. Aber ich muß befürchten, daß ich das Ziel nicht exakt erfassen kann. Es ist besser, Sie ziehen sich zurück, sonst könnte es sein, daß ich den Deflektor in Sie *hineinversetze!*«

»Auf diese Art möchte ich nicht aus dem Leben scheiden«, sagte Rouk schaudernd und drückte sich in den hintersten Winkel seines Verstecks. »Ich bin jetzt gut einen Meter entfernt.«

Er wartete und versuchte, die Dunkelheit seines Verstecks mit den Blikken zu durchdringen. Plötzlich war ihm, als spiegle sich der fahle Lichtschein, der durch den Spalt der Transmitterhalle zu ihm hereinfiel, in einem flachen Gegenstand, der in einer Entfernung von einem Meter materialisiert war. Rouk griff danach und hielt im nächsten Moment den angeforderten Deflektor in der Hand.

»Sie haben es geschafft, Corello!« rief er ins Mikrophon.

»Das freut mich«, erklang die schrille Stimme des Supermutanten. »Da es mich weniger angestrengt hat, als ich zunächst vermutete, werde ich Ihnen jetzt sofort die Mikrosender und die anderen Ausrüstungsgegenstände schicken.«

Nacheinander materialisierten in Rouks Versteck zwanzig erbsengroße Mikrosender, ein handliches Sprechfunkgerät und ein zierlicher Paralysator, der aber trotz seiner geringen Größe eine Mindestdauerleistung von einer halben Stunde erbrachte.

Rouk schnallte sich den Deflektor um die Hüfte und schaltete ihn ein. Nachdem er die Mikrosender eingesteckt, das Sprechfunkgerät umgehängt und den Paralysator in die Rechte genommen hatte, hob er vorsichtig die Abdeckplatte weg und verließ in einem günstigen Augenblick sein Versteck.

In der Transmitterhalle waren nur etwa dreißig Lacoons anwesend. Zwei von ihnen standen bei den Ausrüstungsgegenständen Wache, die anderen beschäftigten sich mit der Instandsetzung des Transmitters und mit der Bedienung der von ihnen mitgebrachten Geräte.

Rouk lächelte triumphierend. Selbst wenn die Lacoons inzwischen das Schaltschema des Transmitters kannten, würde es Tage dauern, den von ihnen angerichteten Schaden zu beheben und die transmittereigene Kraftversorgung anzuschließen. Sie besaßen einfach nicht die technische Ausrüstung, um ihr Vorhaben schneller in die Tat umzusetzen.

Sollten sie aber die Absicht hegen, bis zu den Hauptkraftstationen der MARCO POLO vorzudringen, dann würden sie eine böse Überraschung erleben.

Aber den Lacoons standen auch so einige unangenehme Überraschungen bevor.

Im Schutze seines Deflektorfeldes war es für Rouk leicht, sich einen

Weg zwischen den in ihre Arbeit vertieften Schlangenköpfen zu bahnen. Er war für sie unsichtbar und fühlte sich vollkommen sicher.

Ziemlich sorglos begab er sich zu der Stelle, wo die Tornister mit der Konzentratnahrung deponiert waren, schnitt dem reglos dastehenden Wachtposten eine Grimasse und deponierte einen der Mikrofunksender. Vorher hatte er den Sicherheitsstift niedergedrückt, so daß jene Impulse ausgestrahlt wurden, nach denen sich Ribald Corello orientieren konnte. Wenn Rouk das Zeichen dafür gab, würde der Supermutant mittels seiner telepsimatrischen Fähigkeiten winzige Sprengkörper zu den Mikrosendern abstrahlen und zur Zündung bringen.

Rouk befand sich gerade auf dem Weg zu dem Berg von Waffen, um den zweiten Sender zu deponieren, da ertönte links von ihm ein unartikulierter Aufschrei.

Er wandte sich in diese Richtung und erblickte einen Lacoon hinter einem klobigen Gerät, der mit allen vier Schlangenarmen auf ihn wies und abwechselnd auf einen Bildschirm und dann wieder nach vorne sah.

Rouk maß dem keine besondere Bedeutung bei. Er nahm an, daß der Lacoon etwas durch sein Meßgerät entdeckte, das zufällig in seiner Richtung lag. Als er jedoch unbeirrbar weiterging, folgten ihm die Tentakel.

Da wußte er, daß die Energiequelle seines Deflektors angemessen worden war. Er hob den Paralysator und schoß, ohne den Lacoon dabei voll anzublicken. Er wußte inzwischen, welche hypnotische Kraft ihre Augen hatten.

Der Lacoon warf die Arme in die Luft, fiel auf das Meßgerät und stürzte mitsamt ihm um.

Rouk schaltete einen Mikrosender ein, brachte ihn bei den Waffen unter und verließ hastig die Transmitterhalle. Als er in den Korridor einbog, entluden sich hinter ihm einige Hitzestrahler. Doch die Schüsse verfehlten ihn um Meter und trafen nur die gegenüberliegende Wand.

Immerhin zeigte ihm dieser Vorfall, daß er sich trotz des Deflektors nicht allzu sicher fühlen durfte. Von jetzt an mußte er vorsichtiger sein, denn die Lacoons wußten jetzt, daß sich einer ihrer Gegner unter ihnen befand, den man nicht sehen, aber dafür orten konnte.

Rouk wartete, bis keine der Schlangenköpfe in seiner Nähe waren, dann setzte er sich über Sprechfunk mit Ribald Corello in Verbindung.

»Sie können jetzt die beiden ersten Sprengkörper zünden«, bedeutete er ihm. »Ich habe die Sender bei den Lebensmittelvorräten und dem Waffenarsenal hinterlegt.«

Wenige Minuten später verkündeten zwei mittlere Explosionen davon, daß Ribald Corello die Vorräte der Lacoons zerstört hatte.

»Kommen Sie jetzt über einen der Notschächte in die Kommandozentrale«, ordnete Ribald Corello über Sprechfunk an.

»Aber ich habe die Taschen noch voller Mikrosender«, wandte Rouk ein.

»Die kommen eben nicht zum Einsatz.«

Rouk wollte der Aufforderung schon Folge leisten, als er zu einem der Laderäume kam. Alle Schotte waren offen. Lacoons waren davor postiert. Andere Schlangenköpfe, mit Hitze- und Schwundstrahlern bewaffnet, durchsuchten in Gruppen zu dreien die bis obenhin mit Ladegut vollgestopfte riesige Halle.

Für Rouk stand es fest, daß die Lacoons nach Besatzungsmitgliedern suchten, die offensichtlich nicht mehr in die oberen Decks flüchten konnten und hier Zuflucht gesucht hatten. Das war ein Grund für den Ezialisten, der Aufforderung, sofort die Kommandozentrale aufzusuchen, nicht nachzukommen.

Nachdem die Versammlung in der Offiziersmesse aufgelöst worden war, hatten sich auch Irmina Kotschistowa und Ribald Corello in die Kommandozentrale begeben. Hier wurden sie über alle Geschehnisse auf dem laufenden gehalten und konnten im Bedarfsfall die Rettungskommandos besser einsetzen.

Um die Meldungen über die ständig wachsende Schwarmflotte in der Nähe des Praspa-Systems kümmerten sie sich nicht. Dafür waren andere zuständig.

Irmina hörte hinter sich Oberst Korom-Khan sagen: »Mir gefällt diese Ruhe nicht. Warum sind die Lacoons so zurückhaltend? Warum unternehmen sie keine Ausbruchsversuche? Das paßt doch nicht zu ihrer Kriegermentalität.«

»Zerbrechen Sie sich darüber nicht den Kopf«, entgegnete Rhodan nervös. »Seien wir froh, daß uns die Lacoons solchen Spielraum lassen. So können wir unsere Vorbereitungen treffen und nach den Verschollenen suchen.«

Er machte eine Pause und fragte dann unvermittelt: »Wie sieht es beim Rettungskommando aus, Irmina?«

Sie zuckte unwillkürlich zusammen. Aber sie faßte sich schnell und sagte: »Galzhasta Rouk hat auf dem Weg nach oben einen Laderaum entdeckt, in dem sich aller Wahrscheinlichkeit nach Eingeschlossene befinden.«

Sie erwähnte nicht, daß die Lacoons die eingeschlossenen Terraner ebenfalls entdeckt hatten und nun eine großangelegte Suchaktion starteten. Warum sollte sie Rhodan auch damit belasten? Er hatte ohnehin genug Sorgen.

Sie scheuchte diese Gedanken fort und konzentrierte sich auf ihre Aufgabe. Da sie in den letzten Minuten abgelenkt worden war, mußte sie sich bei Ribald Corello über den Stand der Dinge erkundigen.

Der Supermutant mit dem Körper eines Kleinkindes und dem überdimensionalen Kopf stand mit Galzhasta Rouk über die Sprechanlage seines Trageroboters in Verbindung.

»Hat Rouk schon eine Spur der Eingeschlossenen gefunden?« erkundigte sie sich.

Corello schüttelte kaum merklich den Kopf, der fast zur Gänze unter der SERT-Haube des Trageroboters verschwand. Nur sein kleines Gesicht und die großen, runden Augen blickten darunter hervor. Seine zierlichen Hände lagen auf den Armaturen der Armstützen.

»Rouk kann sich den Eingeschlossenen nicht zu erkennen geben«, erläuterte er. »Er muß den Deflektor eingeschaltet lassen, weil ihn sonst die Lacoons entdecken würden. Er hat keine andere Wahl, als zu warten, daß er einen der Eingeschlossenen durch Zufall findet. Sie haben sich anscheinend gut versteckt.«

Irmina biß sich auf die Lippen. Das Warten machte sie nervös.

Plötzlich zuckte sie zusammen. Aus dem Lautsprecher von Corellos Funksprechgerät erklang ein Schrei, der von weit her zu kommen schien. Dann war ein Fluchen, ein Keuchen vermischt mit anderen undefinierbaren Geräuschen zu hören. Der Kampfruf der Lacoons ertönte, brach jedoch abrupt ab.

Gleich darauf meldete sich Rouk, schweratmend und erregt.

»Die Schlangenköpfe haben einen der Männer in seinem Versteck aufgestöbert. Ich kam gerade noch rechtzeitig, bevor sie ihn töten konnten. Er war bereits hypnotisiert. Jetzt befindet er sich bei mir innerhalb des Deflektorfeldes. Aber das ist kein Zustand auf Dauer. Wir sind in unserer Bewegungsfreiheit zu stark eingeschränkt.«

»Kann der Mann sagen, wie viele es sind, die Zuflucht in dem Lagerraum gesucht haben?« fragte Corello.

»Er soll es Ihnen selbst sagen.«

Zuerst war eine Reihe von Geräuschen zu hören, dann meldete sich eine fremde Stimme.

»Hier spricht Sergeant Müller. Mit mir halten sich sechzehn Mann in diesem Lagerraum auf. Als wir den Lagerraum beim Aufheulen der Alarmsirene verlassen wollten, wimmelte es auf allen Korridoren von Schlangenköpfen. Wir waren unbewaffnet und konnten uns auch nicht mit der Hauptzentrale in Verbindung setzen, weil alle Leitungen zerstört sind.

Jetzt durchsuchen die Lacoons den Laderaum systematisch, und es ist keine Frage, daß sie uns früher oder später finden werden.«

»Halten Sie noch eine Viertelstunde aus«, sagte Corello. »Wir werden Sie befreien. Suchen Sie alle Leute zusammen und begeben Sie sich gemeinsam an einen Platz, wo Sie einstweilen vor den Lacoons sicher sind. Sie, Rouk, schalten einen der Minisender ein, damit wir Sie finden können.«

»In Ordnung«, ertönte wieder Rouks Stimme aus dem Lautsprecher. Dann fügte er hinzu: »Wenn Sie hier gewaltsam eindringen, dann setzen Sie keine Sprengkörper ein. Hier sind überall wertvolle Geräte gelagert, und es wäre ein großer Verlust für die MARCO POLO, wenn Sie sie zerstörten.«

»Ich werde meinen Aggressionstrieb im Zaume halten«, gab Corello zurück. Der Spott in seiner schrillen Stimme war unverkennbar. »Bleiben Sie mit mir in Verbindung.«

Er wandte seine großen Augen Irmina zu. »Sind Sie bereit, mit mir allein in die Höhle des Löwen zu gehen?«

»Wir werden es schon schaffen«, sagte sie zuversichtlich.

Die beiden Greifarme hingen an der Seite des Trageroboters herunter, während die beiden Waffenarme schußbereit nach vorn gerichtet waren. So flog er in dem energielosen Antigravschacht in die Tiefe.

Corello saß konzentriert in der körpergerechten Schale aus weichem, anpassungsfähigem Schaumstoff. Er war darauf vorbereitet, die Waffen seines Roboters oder seine parapsychischen Fähigkeiten einzusetzen. Außer einigen Phiolen mit einem schnell wirkenden Nervengift, das jedoch keine schädlichen Rückstände hinterließ, hatte er keine zusätzliche Ausrüstung mitgenommen.

In Höhe des von Rouk beschriebenen Laderaumes flog er mit seinem Tragerobot aus dem Antigravschacht hinaus und glitt auf den Prallfeldern den Hauptkorridor entlang.

Irmina Kotschistowa trug einen Kampfanzug und folgte ihm im Schutz ihres Deflektorfeldes. Sie hatte ebenfalls nur eine Waffe an sich genommen, einen Paralysator, und verließ sich im übrigen auf ihre Fähigkeit der Metabio-Gruppierung. Sie konnte damit organische Zellen umgruppieren, das hieß, sie zerstören, sie mutieren lassen, sie zur Metamorphose reizen.

Sie hoffte innerlich, daß sie diese furchtbare Waffe nicht einsetzen mußte.

Ribald Corello sprach leise in sein Sprechfunkgerät. Irmina konnte ihn in ihrem Helmempfänger hören. »Rouk, wie sieht die Situation bei Ihnen im Laderaum aus?« Es erfolgte keine Antwort.

Corello glitt mit seinem Trageroboter schnell den Korridor hinunter, die großen Augen geradeaus gerichtet, eingehüllt in einen energetischen Schutzschirm, den er jederzeit kraft seines Geistes tausendfach verstärken konnte. Aber es schien, als würde das nicht nötig sein. Denn der breite Hauptkorridor lag wie ausgestorben vor ihnen. Nirgends war ein Lacoon zu sehen.

»Das gefällt mir nicht, Ribald«, raunte Irmina in ihr Helmsprechgerät.

»Mir gefällt es auch nicht«, gestand der Supermutant. »Es hat fast den Anschein, als wären uns die Lacoons aus dem Weg gegangen. Rouk!« Wieder wurde nicht geantwortet.

Corello und Irmina waren nur noch zweihundert Meter von ihrem Ziel entfernt.

»Warum nur reagiert Rouk nicht auf Ihre Anrufe?« grübelte Irmina. »Wenn er und die sechzehn Mann von den Lacoons entdeckt worden wären, hätte er zumindest Zeit gehabt, uns davon zu informieren.«

»Corello!« Das war Galzhasta Rouk.

»Endlich«, seufzte Corello erleichtert. »Warum haben Sie sich nicht gemeldet?«

»Ich hielt es für besser, den Sprechfunkkontakt für einige Zeit zu unterbrechen«, antwortete Rouk mit seltsam veränderter Stimme. »Die Lacoons haben ganz unvermittelt die Suche nach uns abgebrochen und sich zurückgezogen. Ich vermute, daß dahinter bestimmt eine Teufelei steckte. Deshalb wollte ich abwarten.«

»Seien Sie sicher, daß die Lacoons irgend etwas im Schilde führen«, sagte Corello überzeugt. Er kicherte. »Aber keine Sorge, wir sind darauf vorbereitet.«

Er schaltete die Verbindung zu Rouk ab und sendete auf jener Frequenz, auf die Irminas Helmfunkgerät abgestimmt war. Er sagte: »Die Lacoons werden sich tatsächlich wundern, wenn sie merken, daß wir ihre Absichten durchschaut haben. Können Sie sich vorstellen, welcherart die Falle ist, die man uns gestellt hat?«

Irmina runzelte die Stirn. »Ich denke schon«, sagte sie unbehaglich. »Es ... ist schrecklich.«

»Wir werden ihnen schon entkommen, Irmina«, sagte er beruhigend. »Sie dürfen nur nicht zögern, Ihre Fähigkeit im entscheidenden Moment einzusetzen.«

Sie hoffte immer noch, daß sie gerade das nicht tun mußte. Aber wie sie die Lage sah, würde ihr keine andere Wahl bleiben.

Corello verlangsamte die Geschwindigkeit seines Trageroboters, denn sie hatten das Hauptschott des Laderaumes erreicht. Sie hatten noch immer keinen einzigen Lacoon zu Gesicht bekommen, und auch jetzt war keiner von den Schlangenköpfen zu erblicken.«

»Man darf ihre Intelligenz nicht unterschätzen«, meinte Corello.

»Was haben Sie gesagt?« fragte Rouk an, der wieder mit dem Mutanten in Sprechfunkverbindung stand.

Corello schwebte langsam in den Lagerraum ein. Übereinandergestapelte Kisten, Plastikbehälter, halbverpackte Maschinenteile verdeckten die Sicht.

»Ich habe nur laut gedacht«, antwortete Corello. »Wo halten Sie sich verborgen, Rouk?«

»Links vom Hauptschott, hinter ...«

»Kommen Sie hervor!«

»Aber ...«

»Kommen Sie aus Ihrem Versteck!« wiederholte Corello mit befehlender Stimme. »Es sind keine Lacoons in der Nähe.«

Corello hatte den Trageroboter zum Stillstand gebracht. Seine wachsamen Blicke glitten ruhelos über das übereinandergetürmte Ladegut. Irmina stand mit dem Rücken zu ihm und ließ das Hauptschott nicht aus den Augen.

Sie hörte rechts von sich das Geräusch schlurfender Schritte, ließ sich davon aber nicht ablenken. Als sie aus den Augenwinkeln eine Bewegung zwischen den Kisten wahrnahm, sah sie nur kurz hin und wußte Bescheid.

Dort tauchten siebzehn Männer auf, deren hölzerne Schritte wie die von Marionetten anmuteten. Ihre Gesichter waren bar jeglichen Ausdrucks, die Augen hatten sie starr auf verschiedene Punkte des Laderaumes gerichtet.

Diese Tatsache verwirrte Irmina im ersten Augenblick. Sie hatte, genauso wie Ribald Corello, damit gerechnet, daß diese Männer irgendwann während ihres Aufenthaltes im Lagerraum den hypnotischen Blikken der Lacoons zum Opfer gefallen waren und von diesen nun als Köder für eine Falle verwendet wurden. Doch daß diese Männer in verschiedene Richtungen blickten, konnte sich Irmina nicht sogleich erklären.

»Lacoon!«

Dieser Kampfruf gellte plötzlich aus allen Richtungen des Lagerraumes. Die Luft begann unter der Einwirkung unzähliger Fusionsenergieemissionen aus Hitzestrahlern zu kochen. Irminas Schutzschirm flammte auf, sie mußte ihn auf Höchstleistung schalten.

Die Lacoons schlugen erbarmungslos zu.

Als Irmina von den ersten Salven eingedeckt wurde, bekam sie die Antwort auf die Frage, warum die Beeinflußten in verschiedene Richtungen geschaut hatten. Sie waren gezwungen gewesen, die Blicke der Hypnostarrer zu suchen, damit diese nicht die Gewalt über sie verloren.

Jetzt, am Beginn der Kampfhandlungen war die Starre von den Männern abgefallen, sie waren wieder Herr über sich selbst – und sie suchten schleunigst Deckung.

Irmina merkte, wie die Leistung ihres Schutzschirmes sichtlich abfiel, wie er sich langsam aber sicher unter dem Beschuß der Schwundstrahler umzupolen begann.

Wenn du nicht handelst, bist du verloren, Irmina, sagte sie sich.

Ihr Selbsterhaltungstrieb, der stärkste aller menschlichen Triebe, erwachte jäh, und sie griff mit ungestümen parapsychischen Impulsen ihre Widersacher an.

5.

Irmina sah die Lacoons nicht, sondern sie esperte sie. In ihrem parapsychischen Sensorium waren die Lacoons keine Echsen mit Schlangenarmen, Schlangenhälsen und Schlangenköpfen. Nein, es waren faszinierende Zellgebilde. Sie sah nur die Zellen, die sich zu endlosen Ketten aneinanderreihten, zu gigantischen Ballungen vereinten.

Und in diese Ballungen stieß sie ihre metabio-gruppierende Parakraft wie ein Schwert. Sie brachte die Mitochondrien dazu, die ATP-Säure in übermäßigen Mengen zu produzieren – dadurch wurden die Zellen mit Energie übersättigt, quollen auf, mutierten. Ganze Zellenketten, ganze Kulturen begannen sich aufzublähen und explodierten schließlich.

Irmina hatte jedoch keine Zeit, die ganze Phase dieser tödlichen Metamorphose jedesmal bis zu ihrem Abschluß zu beobachten. Die Lacoons kamen zu Dutzenden aus ihren Verstecken, bombardierten ihren Schutzschirm mit Schwundstrahlern und sonnenheißen Hitzestrahlen. Sie mußte diese Angriffe abwehren, um die Stabilität ihres Schutzschirmes zu erhalten. Sie mußte kämpfen, um nicht den Tod zu finden.

Durch ihr parapsychisches Sensorium hindurch sah sie nach der Art einer Doppelbelichtung die Lacoons zusammenbrechen ... ihre Gesichter verformten sich durch die Metabio-Gruppierung ... ihre Schlangenarme quollen auf, die Waffen entfielen den sechsfingrigen Händen ... der Blick ihrer starren, hypnosuggestiven Augen wurde trüb, sie verloren ihre Parakraft ... ihre stämmigen Beine wurden weich – sie brachen kraftlos zusammen.

Das Triumphgeheul der Lacoons ging in ein klägliches Wimmern über.

Corello ließ seinen Tragerobot wie einen Geschützturm kreisen. Aus den vorgestreckten Waffenarmen zuckten die Impuls- und Desintegratorstrahlen und trafen die heranstürmenden Lacoons mit unheimlicher Zielgenauigkeit. Das war weiter nicht verwunderlich, denn er lenkte die Waffenarme über seine SERT-Haube, reagierte also so schnell wie jede Positronik, verbuchte dabei jedoch noch den Vorteil einer individuellen Einsatzplanung für sich.

Die Lacoons hatten keine Chance, obwohl sie in der Überzahl waren. Ihr größter Nachteil war es, daß sie nur durch das Hauptschott in den Laderaum eindrangen, so daß Irmina und Corello sie spielend leicht in ihr

»Visier« bekamen. Jene Lacoons, die sich hinter dem Ladegut verschanzt hatten, waren schon lange ausgeschaltet. Sie lagen mit Zellschäden in ihren Verstecken, kämpften mit ihren Schmerzen, oder sie lagen still, regungslos, gelähmt da. Sie waren jedenfalls für einige Zeit nicht einsatzfähig.

Obwohl Corello keine Wahl blieb, als die Waffenarme seines Trageroboters gegen die Gegner einzusetzen, schaltete er den Großteil von ihnen mit Hilfe seiner Parafähigkeit aus.

Sein erster Versuch, die Lacoons mittels seiner hypnosuggestiven Fähigkeit zu bezwingen, mißlang, da sie ihm die gleiche hypnotische Kraft entgegenbrachten. Mit genügender Anstrengungen wäre es ihm sicherlich gelungen, über die Lacoons zu triumphieren, aber das hätte zuviel Zeit gekostet. Deshalb bemühte er nur noch seine beiden anderen Fähigkeiten.

Er war ein Individualauflader. Er verwendete diese Fähigkeit jedoch nur als Defensivwaffe, um seinen eigenen energetisch erzeugten Schutzschirm so zu verstärken, daß die Schwund- und Hitzestrahlen der Lacoons wirkungslos abprallten.

Und er war ein Telepsimat. Mit dieser Fähigkeit brachte er den Schlangenköpfen die größten Verluste bei. Er konnte jegliche Art von Materie in der Art eines Fiktivtransmitters in die Körper der Lacoons hineinversetzen.

Da er jedoch wußte, daß Perry Rhodan Verhandlungen über eine Kapitulation anstrebte, tötete er die Angreifer nicht, sondern machte sie nur kampfunfähig. Er transportierte reihenweise jene Phiolen mit dem Nervengift in ihre Körper, das eine Wirkung von mehreren Stunden erzielte, jedoch keine nachhaltigen Schäden hinterließ. Die betroffenen Lacoons verloren die Herrschaft über ihren Organismus und schließlich das Bewußtsein. Sie brachen wie tot zusammen.

Während die beiden Mutanten die hartnäckigen Angreifer souverän zurückschlugen, leiteten sie gleichzeitig den Vormarsch ein. Galzhasta Rouk, der als einziger von den Geretteten eine Waffe besaß, schaltete sich zwar in das Kampfgeschehen ein, doch konnte er für seinen Paralysator nur selten ein Ziel finden. Denn Irmina und Corello reagierten so schnell und agierten so umsichtig, daß höchstens jeder fünfte Lacoon ihre parapsychische Abwehrbarriere durchdringen konnte. Diese Lacoons liefen dann meistens in das Feuer der Waffenarme von Corellos Trageroboter.

Die Männer und die beiden Mutanten näherten sich rasch dem von ihnen auserkorenen Schacht mit der Notleiter. Dabei zeigte es sich, daß sich die Lacoons nicht von der Stärke ihres Gegners abschrecken ließen. Sie griffen nach wie vor mit unverminderter Vehemenz an.

Galzhasta Rouk schrieb das nicht einer Todesverachtung und einer blinden Heldenhaftigkeit zu, sondern ihrer Intelligenz.

»Die Lacoons haben sicher erkannt, daß nur die wenigsten von ihnen tödlich getroffen werden«, erklärte er während ihres Vordringens zum Notschacht. »Sie nehmen es auf sich, kampfunfähig gemacht zu werden, in der Hoffnung, uns doch noch beizukommen.«

Corello fand, daß das etwas für sich hatte. Es schien sogar, daß die Lacoons immer mehr ihrer Leute in den Kampf warfen, nachdem sie erkannt haben mußten, daß ihre Ausfälle nur vorübergehend waren. Als zwei der Geretteten von den Hitzestrahlen tödlich getroffen wurden, stimmten die Lacoons ein Triumphgeheul an.

Die Bildsprechanlage an Corellos Trageroboter schlug an. Ohne sich von dem Kampfgeschehen ablenken zu lassen, nahm er das Gespräch entgegen. Der Anrufer war Perry Rhodan.

»Wir haben zwei Mann verloren, aber wir haben es gleich geschafft«, antwortete Corello auf die Anfrage des Großadministrators.

»Ich habe den Kampf über die Beobachtungssonden verfolgt«, sagte Rhodan. »Es steht ein Kommando bereit, das sofort zum Einsatz gekommen wäre, wenn Sie sich nicht so gut geschlagen hätten. Es kann sein, daß Sie immer noch Verstärkung gebrauchen können.«

»Wir sind ohne weiteres in der Lage, uns die Lacoons vom Hals zu halten«, entgegnete Corello und versetzte ein halbes Dutzend Nervengiftpatronen in die Körper der hartnäckigen Angreifer. Einer von ihnen war von Irmina aufs Korn genommen worden und brach mit verformten Beinen zusammen.

Plötzlich begriff Corello den Grund von Rhodans Anruf. »Haben Sie etwa einen Sonderauftrag für uns?« fragte er.

»Ich möchte sofort mit den Lacoons über eine Kapitulation verhandeln«, sagte Rhodan.

»Warum so eilig?«

»Die Schwarmflotte im Praspa-Sektor hat inzwischen einen Umfang von annähernd tausend Schiffen erreicht«, antwortete Rhodan. »Wir haben also nicht mehr viel Zeit. Außerdem haben wir durch die Vernichtung der Vorräte eine günstige Verhandlungsbasis geschaffen. Weitere Vorbereitungen, die auf dieses Ziel ausgerichtet sind, wurden ebenfalls getroffen. Ich brauche also unbedingt einen gefangenen Lacoon als Mittelsmann. Können Sie mir den beschaffen?«

»Ich brauche dazu keine Verstärkung«, versicherte Corello und beendete das Gespräch.

Er handelte sofort und ohne umständliche Überlegungen anzustellen. Nur wenige Meter von ihm entfernt hatten sich zwei Lacoons von den übrigen abgesondert und bereiteten in einem Seitengang einen Hinterhalt vor.

Corello schoß mit seinem Trageroboter in den Seitengang hinein, versetzte zwei der Nervengiftpatronen in die Körper der überraschten Lacoons und ließ sie von den Greifarmen des Trageroboters an den Panzeranzügen packen, während sie sich noch in konvulsivischen Zuckungen wanden. Die beiden Gefangenen vor sich hertragend, glitt der Trageroboter zurück auf den Hauptkorridor.

Ohne weitere Verluste erreichte die Gruppe den Notschacht und setzte sich in ihm in die oberen Schiffsregionen ab. Ribald Corello und Irmina Kotschistowa sorgten für Rückendeckung. Nur Corello mußte sich wegen der Ausmaße seines Trageroboters bis zu einem der größeren Antigravschächte durchschlagen.

Nach einer Aussprache mit dem Zellplasma von Kokon und einem Vertreter der Immun-Kranken schickte Rhodan einen Leichten Kreuzer aus. Die Besatzung hatte die Aufgabe, in einem vom Zellplasma freigehaltenen Gebiet einen Transmitter aufzustellen. Obwohl sich die Immun-Kranken mit Rhodans Plan einverstanden erklärt hatten, glaubte er nicht recht, daß sie sich an die Abmachung halten würden. Ihr Haß gegen die Schwarmbeherrscher und alle, die ihnen dienten, war zu groß.

Aber so sehr er ihnen in diesem Punkt mißtraute, hatte er keine andere Wahl, als diesen Weg zu beschreiten, wenn er sich der Lacoons ohne Blutvergießen entledigen wollte.

Gleichzeitig mit der Entsendung des Kreuzers wurde eine dreiköpfige Gruppe von Technikern damit beauftragt, den Ferntransmitter so weit zu reparieren, daß man mit ihm über eine Entfernung von hundert Kilometern senden konnte.

Das war ein gefährliches Unternehmen, denn die Techniker mußten sich in die Transmitterhalle vorwagen. Und Galzhastas Beispiel hatte gezeigt, daß man vor den Lacoons nicht einmal im Schutze von Deflektorfeldern absolut sicher war.

Dennoch fanden sich drei Freiwillige, die sich für dieses Unternehmen meldeten. Sie bekamen einige Minispione und Beobachtungssonden mit auf den Weg, die zusätzlich Ortungsgeräte beinhalteten, so daß sie immer über die Truppenbewegungen des Gegners unterrichtet waren und den sichersten Weg zur Transmitterhalle wählen konnten.

Vor zwei Stunden waren Irmina Kotschistowa und Ribald Corello mit den Geretteten und zwei gefangenen Lacoons eingetroffen. Während die völlig erschöpften Männer in die Krankenstation eingeliefert wurden, weigerten sich die beiden Mutanten, ihre Posten zu verlassen, und nahmen nur Wachhaltetabletten und Stärkungsmittel zu sich.

Der Ezialist Galzhasta Rouk behauptete fest, sich ebenfalls blendend zu fühlen, und schloß sich dem Partisanenkommando der beiden Mutanten an.

Die gefangenen Lacoons waren in einen eigens dafür eingerichteten Raum gebracht worden. Sie litten noch immer unter der Wirkung des Nervengiftes, würden aber nach Aussage des herbeigeholten Arztes innerhalb der nächsten Stunde wieder zu sich kommen.

Rhodan gab sich damit zufrieden. Er wartete diese eine Stunde ab.

Inzwischen kam der Kreuzer zurück und meldete die Installierung des Empfängertransmitters in dem vom Zellplasma geräumten Gebiet. Der Transmitter war ferngelenkt einzuschalten und zu steuern und konnte jederzeit eingesetzt werden.

Nicht viel später meldeten auch die in die Transmitterhalle entsandten Techniker, daß sie ohne große Schwierigkeiten die entsprechenden Reparaturen und Veränderungen am Großtransmitter vorgenommen hatten. Auch hier waren Geräte für die Fernsteuerung eingebaut worden, so daß der Transmitter jederzeit von der Kommandozentrale auf Sendung geschaltet werden konnte.

Der Erfolg dieses Unternehmens wurde leider von einem Zwischenfall überschattet. Auf dem Rückweg in die oberen Schiffsregionen wurden die drei Techniker von den Lacoons entdeckt und beschossen. Da sie den Schlangenköpfen jedoch durch die Deflektormaschine kein optisches Ziel boten, kamen sie noch relativ glimpflich davon. Zwei von ihnen erlitten Verbrennungen und mußten in die Plastochirurgische Abteilung der Krankenstation gebracht werden.

Fünfundzwanzig Minuten nach der festgesetzten Frist von einer Stunde meldete der Arzt, daß die beiden gefangenen Lacoons vernehmungsfähig seien. Ribald Corello bot sich an, Rhodan zu begleiten und ihn vor dem hypnosuggestiven Einfluß der Lacoons zu beschützen. Doch Rhodan wollte davon nichts wissen.

»Ich besitze einen genügend starken Abwehrblock, um einer Beeinflussung durch die Hypnostarrer entgegenwirken zu können«, argumentierte Rhodan.

Der Raum war zehn mal zwanzig Meter groß. In seiner Mitte stand ein wuchtiger Konferenztisch, in den für jeden Teilnehmer ein eigener Computer als Gedächtnisstütze und Informant sowie Nahrungsspender und Bildsprechgeräte eingebaut waren.

Im Augenblick standen nur drei Sessel um den Tisch. Auf der einen Seite zwei Vielzweckkonstruktionen, die man den Körpermaßen der Lacoons angepaßt hatte. Sie hatten bereits darin Platz genommen und wirkten wie unbeteiligte Zuschauer.

Der ihnen gegenüberstehende Sitz war für Rhodan gedacht. Er hatte darauf verzichtet, sich zu bewaffnen, oder seine Gesprächspartner durch Fesselfelder spüren zu lassen, daß sie Gefangene waren. Hinter den beiden Lacoons standen lediglich drei Offiziere, die mit Paralysatoren bewaffnet waren. Mehr hatte Rhodan zu seinem persönlichen Schutz nicht unternommen, denn er wollte den Lacoons seine Verhandlungsbereitschaft und seine friedlichen Absichten erkennen lassen.

Nachdem sich Rhodan vor den Schlangenköpfen leicht verneigt und anschließend Platz genommen hatte, schwebte von der Decke ein kugelförmiger, vierzig Zentimeter durchmessender Translator. Es handelte sich dabei um eines jener Geräte, die Rhodan in das von den Lacoons besetzte Gebiet geschickt hatte, um ihre Sprache analysieren zu lassen. Einer Kontaktaufnahme stand nichts mehr im Wege.

»Ich bin nicht hier, um über Sie Gericht zu halten«, begann Rhodan und vermied es, den Lacoons direkt in die Augen zu sehen. Obwohl sie ihm nicht ihren Willen aufzwingen konnten, so irritierte ihn doch die suggestive Kraft ihrer Blicke. »Sie sind mit Gewalt in mein Schiff eingedrungen, haben ohne Warnung getötet und zerstört, mit der unverkennbaren Absicht, uns zu unterwerfen. Wie Sie selbst erkennen müssen, sind Ihre Invasionspläne gescheitert. Es wäre für uns ein leichtes, Ihre Truppen in kürzester Zeit zu zerschlagen. Doch ich brauche mich nicht einmal solcher Gewaltmittel zu bedienen, um Sie zu beseitigen. Sie sind von Ihren Schiffen abgeschnitten, besitzen keine Nahrungsmittelvorräte und können nicht auf Nachschub hoffen. Trotzdem, obwohl Sie uns ausgeliefert sind, möchte ich Ihnen ein Friedensangebot machen. Deshalb habe ich Sie hierherbringen lassen.«

Rhodan brach ab, um den Lacoons Gelegenheit zu geben, ihren Standpunkt darzulegen. Er brauchte nicht lange auf eine Antwort zu warten.

Der links sitzende Lacoon hob die vier Schlangenarme, ballte die sechsfingrigen Hände zu Fäusten und ließ sie auf den Tisch fallen. Er sagte: »Wir kapitulieren nicht. Friede wird erst herrschen, wenn ihr tot seid!«

»Sie scheinen nicht über die Situation informiert zu sein«, sagte Rhodan unbeeindruckt. »Alle zweitausend Angehörigen Ihrer Armee sind in unserer Hand. Wir können allen Kampfhandlungen aus dem Wege gehen und brauchen nur zu warten, bis ihr zu schwach zum Kämpfen seid. Die Zeit arbeitet für uns!«

»Die Zeit arbeitet für *uns!*« erwiderte der Lacoon überzeugt.

Rhodan nahm diese Aussage mit Unbehagen zur Kenntnis. Da war wieder das Gefühl, daß die Lacoons auf ein bestimmtes Ereignis warteten, um dann mit aller Härte zuzuschlagen. Und sein Gegenüber hatte ihm diese Vermutung praktisch bestätigt. Rhodan entschloß sich zu einem Bluff, um die Lacoons aus der Reserve zu locken.

»Ihr seid uns in allen Belangen unterlegen«, sagte er. »Ich habe nur zwei meiner Kämpfer ausgesandt, um einige unbewaffnete Männer zu befreien, und diese beiden Kämpfer haben es gegen eure ganze Armee aufgenommen. Mir stehen jedoch achttausend gleichwertige Kämpfer zur Verfügung.«

Der Translator hatte Rhodans Worte simultan übersetzt. Zufrieden registrierte er, wie die sonst starren Augen der beiden Lacoons nach seiner Rede unruhig zu zucken begannen. Er führte diese Reaktion darauf zurück, daß sie eingeschüchtert und unsicher geworden waren.

Ihre Antwort zeigte ihm jedoch, daß sie sich schnell faßten. »Die beiden Krieger haben tapfer gekämpft«, sagte der rechts sitzende Lacoon, »doch waren sie nicht in der Lage, uns zu töten, weil Cryt Y'Torymona seine schützende Hand über uns hielt.«

Cryt Y'Torymona – das war ein neuer Name für einen Götzen, den die Schwarmbewohner verehrten. Wie viele gab es von ihnen, die sich die Macht im Schwarm untereinander aufteilten?

»Nicht Cryt Y'Torymona war es, der euch schützt«, erklärte Rhodan, »sondern ich habe euch das Leben geschenkt, weil ich ein unnützes Blutvergießen vermeiden möchte. Ich gebe euch die Möglichkeit für einen ehrenvollen Rückzug. Ich werde die Schleusen meines Raumschiffes öffnen, damit ihr euch auf diesen Planeten zurückziehen könnt, auf dem wir uns gerade befinden.«

»Nein!« riefen die Lacoons wie aus einem Mund. »Der Tod ist besser als ein Leben unter den Entarteten.«

»Es gibt eine Alternative«, meinte Rhodan. »Auf dieser Welt steht ein Transmitter. Eines eurer Schiffe soll ihn an Bord nehmen. Wenn das geschehen ist, könnt ihr euch durch den Transmitter zurückziehen, durch den ihr gekommen seid, und werdet bei euren Artgenossen materialisieren.«

»Nur Feiglinge würden diese Bedingungen akzeptieren!«

»Aber nur Selbstmörder würden sie ablehnen.«

»Wir sind Krieger. Leben und kämpfen ist unsere Bestimmung. Kämpfen und sterben unser Schicksal. Wir fürchten den Tod nicht.«

Rhodan ahnte, daß er so mit den Lacoons nicht weiterkommen würde. Aber er unternahm noch einen Versuch.

»Ihr habt nicht die geringste Chance, uns zu besiegen. Ein guter Krieger sollte nicht nur von blinder Opferbereitschaft beseelt sein. Er sollte auch erkennen können, wann er vergeblich gegen einen übermächtigen Feind ankämpft.«

»Cryt Y'Torymona macht uns stark!«

»Er schickt euch in den Tod!«

»Cryt Y'Torymona ist bei uns!«

Rhodan seufzte. »Ich werde euch freilassen«, sagte er. »Geht zurück zu euren Artgenossen und unterbreitet euren Anführern meine Vorschläge. Wenn ihr eure Einstellung geändert habt, dann schickt einen Unterhändler, der zum Zeichen seiner friedlichen Absichten ein weißes Tuch tragen soll, zu mir.«

Rhodan gab den drei Wachtposten, die Infrarot-Brillen trugen, um vor den hypnosuggestiven Blicken der Lacoons einigermaßen geschützt zu sein, ein Zeichen. Sie schickten sich an, die beiden Gefangenen abzuführen, als die Alarmsirene aufheulte.

Mit einer blitzschnellen Handbewegung schaltete Rhodan den Interkom ein, der ihn mit Oberst Elas Korom-Khan in der Kommandozentrale verband. Der Emotionaut saß an seinem Steuerpult, über seinen Kopf war die SERT-Haube gestülpt.

»Was hat der Vollalarm zu bedeuten?« erkundigte sich Rhodan und ließ dabei die Lacoons nicht aus den Augen, die abwartend sitzengeblieben waren.

»Mehr als tausend verschiedenartige Raumschiffe sind plötzlich innerhalb des Praspa-Systems aus dem Linearraum aufgetaucht«, berichtete Oberst Korom-Khan nüchtern. »Es handelt sich dabei um jene Flotte, die sich in diesem Gebiet gesammelt hat. Damit ist das eingetreten, was wir befürchtet haben. Kokon wird angegriffen.«

Da der Translator immer noch eingeschaltet war, hatten die beiden Lacoons das Gespräch mit anhören können. Als sei die Erwähnung der angreifenden Flotte das Zeichen für sie, wirbelten sie fast gleichzeitig herum und wollten sich auf die drei Wachtposten stürzen. Doch die Offiziere waren aufmerksam. Noch bevor die Lacoons sie erreicht hatten, traten ihre Paralysatoren in Tätigkeit.

»Sperrt sie in eine Zelle!« ordnete Rhodan an und begab sich auf dem schnellsten Weg in die Kommandozentrale.

Er wußte jetzt mit Sicherheit, warum sich die Lacoons bis jetzt so ruhig verhalten hatten. Sie hatten nur darauf gewartet, daß sich die Flotte gesammelt hatte und zum Angriff überging. Jetzt würden auch sie zum Sturm blasen und versuchen, die MARCO POLO von innen her zu erobern.

Rhodans Versuch einer friedlichen Beilegung des Konflikts war von Anfang an zum Scheitern verurteilt gewesen.

»Vielleicht werden sie es nicht wagen, auf das Plasma zu schießen«, hatte Rhodan gesagt.

Doch seine Hoffnungen erfüllten sich nicht.

Die mehr als tausend Raumschiffe verschiedenster Bauart flogen den Planeten aus allen Richtungen an und eröffneten gleichzeitig das Feuer auf Kokon. Sofort ließ Rhodan den HÜ-Schirm über der MARCO POLO errichten, um zu verhindern, daß ein Zufallstreffer das Schiff beschädigte.

Bisher konnten die Angreifer noch nicht die Position des Ultraträgerschlachtschiffes kennen. Aber lange würde sie ihnen nicht mehr verborgen bleiben, denn die gigantischen Feuerorkane aus den Geschützen der Schwarmschiffe schmolzen das Zellplasma rasend schnell hinweg. Außerdem würden sie bald den HÜ-Schirm orten.

An verschiedenen Stellen Kokons waren bereits Atombrände geortet worden, die Planetenkruste brach auf, und gigantische Magmamassen ergossen sich auf die Oberfläche.

Rhodan wurde klar, daß die Schwarmbeherrscher diese Attacke nicht nur starteten, um die hier versteckte MARCO POLO hervorzulocken. Er erkannte jetzt, daß seine schlimmsten Befürchtungen wahr geworden waren. Die Schwarmbeherrscher wollten auch jenen Seuchenherd vernichten, der eine permanente Gefahr für alle gesunden Gelben Eroberer darstellte.

»Wir können nicht länger auf Kokon bleiben«, drängte Senco Ahrat. Der Emotionaut saß neben Oberst Korom-Khan im Kontursessel, die SERT-Haube auf dem Kopf, die Hände angespannt vor sich auf dem Instrumentenpult liegend. »Hier sind wir dem Wirkungsfeuer der Schwarmflotte fast hilflos ausgeliefert. Wir müssen in den Raum hinaus, um den Paratronschirm einschalten und uns verteidigen zu können.«

Das Zellplasma, das sich bisher schützend über die MARCO POLO gespannt hatte, war zurückgewichen. Auf dem Panoramabildschirm zeichnete sich der brennende Himmel von Kokon ab. Feuerspiralen kreisten darüber, Blitze zuckten, ganze Flammenwände sanken hernieder – leuchteten in allen Farben des Spektrums. Es war das Spektrum des Todes.

Ringsum explodierten tonnenweise Bomben, deren Sprengkraft nicht mehr anzumessen war. Im HÜ-Schirm zeigten sich Strukturrisse und schlossen sich wieder. Leuchtbahnen geisterten darüber, wurden abgelenkt und stürzten sich in die brennende, wogende Masse des vergehenden Zellplasmas.

Rhodan konnte nicht helfen. Er hatte mit allem gerechnet, nur nicht damit, daß die Schwarmbeherrscher so kompromißlos zuschlagen würden. Das Zellplasma und die Immun-Kranken waren nicht mehr zu retten. Kokon war zu einem gigantischen Atomofen geworden.

In derselben Sekunde, als die Schwarmflotte das Feuer eröffnet hatte, waren auch die Lacoons zum Angriff übergegangen. Sie hatten die vorangegangene Kampfpause dazu genutzt, die schwachen Punkte im Abwehrnetz der Verteidiger herauszufinden, und konzentrierten nun ihre Kräfte darauf. Wenige Minuten nach dem Wiederaufflammen der Kampfhandlungen wurde Rhodan berichtet, daß den Lacoons der Durchbruch an zwei Stellen gelungen war.

Rhodan ließ diese gefährdeten Sektionen durch zusätzlich abkommandierte Kampfmannschaften verstärken, und es gelang auch, die Lacoons dort zurückzudrängen. Doch bald zeigte sich, daß die Lacoons dadurch keine Schwächung erfuhren. Denn sie durchbrachen die Barrieren an jenen Stellen, von wo Rhodan die Männer abgezogen hatte.

Die Lacoons gewannen an Boden. Die Terraner zogen sich auf allen Linien zurück. Rhodan mußte dem ohnmächtig zusehen. Es wäre gar nicht erst so weit gekommen, wenn er die vollständige Besatzung zur Verfügung gehabt hätte. Doch durch den bevorstehenden Start der MARCO POLO mußten die Kommandozentrale, die Funk- und Ortungsstation voll besetzt sein. Selbstverständlich war es auch unumgänglich, die Feuerleitzentrale und die Geschützstände voll zu bemannen, denn bei der bevorstehenden Raumschlacht mit der Schwarmflotte konnten die Geschütze nicht ausschließlich über Fernlenkautomatik bedient werden.

Rhodan steckte in einem schweren Dilemma. Auf der einen Seite benötigte er jeden Mann, um die heftigen Angriffe der Lacoons abzuwehren. Andererseits brauchte er die geschulten Kräfte in den Kommandoständen der MARCO POLO.

Er mußte darauf bauen, daß es ihnen gelang, die feindlichen Linien mit dem Ultraträgerschlachtschiff schnell zu durchstoßen und heil den Linearraum zu erreichen, damit sie sich dann mit dem ganzen zur Verfügung stehenden Potential der Bekämpfung der Lacoons widmen konnten.

Die Lage wurde aussichtsloser, sowohl was den Kampf innerhalb als auch außerhalb der MARCO POLO betraf. Nur von jenem Teil der Front, in dem Irmina Kotschistowa und Ribald Corello kämpften, trafen positive Meldungen ein.

Aber ihre Erfolge waren nur ein Tropfen auf einem heißen Stein. Sie konnten nicht überall gleichzeitig sein. Zwei Mutanten waren eben nicht genug.

»Start!« ordnete Rhodan an.

Der gigantische, zweieinhalb Kilometer durchmessende Kugelkörper erhob sich langsam aus der brennenden Zellmasse. Die MARCO POLO wurde jedoch immer schneller, je weiter sie sich von der Planetenoberfläche entfernte. Der grüne Hochenergie-Überladungsschirm spannte sich wie ein schützender Schild über die Schiffshülle und hielt die energetischen Gewalten fern.

Den beiden Emotionauten, Elas Korom-Khan und Senco Ahrat blieb keine Zeit, nach einer Lücke in dem Netz der Energieschienen über Kokon zu suchen. Sie hielten sich an Rhodans Befehl für einen Alarmstart. Das hieß, daß sie diese dem Untergang geweihte Welt auf dem schnellsten Wege verlassen mußten. Deshalb stiegen sie mit der MARCO POLO senkrecht auf und durchstießen mit dem HÜ-Schirm einfach das Schienennetz.

Wenige Minuten nach dem Blitzstart hatte die MARCO POLO die obersten Schichten der Planetenatmosphäre hinter sich gelassen und schoß in den freien Raum hinaus. Augenblicklich wurde der Paratronschirm eingeschaltet.

Die über tausend feindlichen Raumschiffe, die bisher den Planeten wahllos aus allen Geschützen unter Feuer genommen hatten, wandten sich nun dem neuen Gegner zu. Sie hatten die MARCO POLO schon vor ihrem Start geortet und Zeit gefunden, sich in günstigere Positionen zu bringen.

Der Paratronschirm war kaum eingeschaltet, da eröffneten die Schwarmschiffe das Feuer. Sie hatten Wartepositionen entlang der voraussichtlichen Flugbahn der MARCO POLO bezogen und bildeten nun im All eine Art Korridor, den das Ultraträgerschlachtschiff passieren mußte. Gleichzeitig war die MARCO POLO im Schnittpunkt der von den Schwarmschiffen gezogenen Feuerlinien.

Doch es zeigte sich wieder einmal, daß die Defensiv- und die Offensivbewaffnung der terranischen Schiffe viel stärker war als die der Einheiten aus dem Schwarm. Selbst das konzentrierte Wirkungsfeuer aus Tausenden von Geschützen konnte dem Paratronschirm nichts anhaben.

Die MARCO POLO flog unbeirrbar und mit steigender Geschwindigkeit auf der vorbestimmten Bahn jenem imaginären Punkt zu, an dem sie annähernde Lichtgeschwindigkeit erreicht haben würde und in den Linearraum überwechseln konnte.

»Feuer frei!«

Im selben Augenblick, da Rhodan den Schießbefehl gab, traten die Transformkanonen der MARCO POLO in Tätigkeit. 60 Kanonen mit einem Kaliber von je viertausend Gigatonnen TNT strahlten gleichzeitig ihre tödliche Last ab. Schon bei der ersten Salve materialisierten acht der abgestrahlten Bomben exakt in den erfaßten Zielen. Acht Schwarmschiffe vergingen in gigantischen Feuerblumen.

Die nächste Salve aus den Transformkanonen traf fünfzehn Schwarmschiffe und vernichtete sie. Dann waren es vierundzwanzig, dann vierzig. Eines nach dem anderen verglühten die feindlichen Schiffe, doch schreckte das die anderen nicht davon ab, ihre Positionen beizubehalten und ihr Feuer gegen den Paratronschirm der MARCO POLO zu schleudern.

Das Ultraträgerschlachtschiff beschleunigte weiterhin mit einem Wert von siebenhundertundzwanzig Kilometersekunden hoch zwei.

»Eintauchmanöver erfolgt in einer Minute und siebzehn Sekunden«, gab der Navigator bekannt.

Die Gesichter der Emotionauten unter den mächtigen SERT-Hauben blieben ausdruckslos.

Die MARCO POLO ließ eine Straße von ausglühenden Wracks hinter sich.

Auf dem Heckbildschirm sah Rhodan, wie der Planet Kokon weiterhin von einigen Schwarmschiffen beschossen wurde. Die atomaren Brandherde hatten sich bereits über den halben Planeten ausgebreitet. Es konnte nicht mehr lange dauern, dann würde er auseinanderbrechen.

Rhodan hatte dem Zellplasma und den Kranken nicht helfen können. Doch besaß er wenigstens genügend Regulationsviren an Bord, um die Gelben Eroberer weiter bekämpfen zu können. Die Schwarmbeherrscher schienen ähnliche Überlegungen anzustellen. Denn warum sonst würden sie solche Verluste ihrer Flotte auf sich nehmen? Bestimmt nur, weil sie hofften, vielleicht doch noch diesen Träger von Regulationsviren vernichten zu können.

»Manips!« erscholl die Warnung aus der Ortungszentrale.

Elas Korom-Khan und Senco Ahrat versuchten unabhängig voneinander, sich augenblicklich auf diese neue Situation einzustellen. Sie wußten beide, daß die Manips als einzige der MARCO POLO gefährlich werden konnten. Einige Treffer aus den Verdummungsgeschützen würden sich fast für die gesamte Besatzung der MARCO POLO verhängnisvoll auswirken. Denn nur etwa zweihundert Männer und Frauen der insgesamt achttausendköpfigen Besatzung waren gegen die Verdummung immun. Die restlichen hatten ihre Intelligenz erst wieder in vollem Umfang zurückerhalten, als man in den Schwarm eindrang. Vorher waren sie alle verdummt gewesen.

Die beiden Emotionauten gaben die Kursänderung in Form von Gedankenmustern an die SERT-Haube weiter, von wo sie als Befehlsimpulse direkt in die Hauptschaltpositronik gelangten. Das alles lief mit Lichtgeschwindigkeit ab, die Befehlsimpulse wurden ohne Verzögerung angenommen und von der Hauptschaltpositronik in die Tat umgesetzt.

Trotzdem war es nicht mehr möglich, das Verhängnis abzuwenden. Einfach aus dem Grund, weil ein Schiff mit einer so ungeheuren Masse wie die MARCO POLO und bei annähernder Lichtgeschwindigkeit nicht beliebig manövrierfähig war. Obwohl die Emotionauten sofort reagierten und die Kursänderung eingeleitet wurde, gelang es nicht mehr, die MARCO POLO aus dem Wirkungsbereich der um vieles wendigeren Manips zu steuern.

Als die Manips auftauchten, stellten die übrigen Schwarmschiffe das Feuer ein. Es gelang der Feuerleitzentrale der MARCO POLO noch, vier der Rochenschiffe zu vernichten, doch dann traf die Verdummungsstrahlung das Ultraträgerschlachtschiff mit voller Wucht.

7800 Menschen verdummten schlagartig. Nur zweihundert Immune behielten ihre Intelligenz. Sie mußten gleichzeitig die Schiffsanlagen bedienen und gegen die zehnfache Übermacht der Lacoons ankämpfen.

Rhodan selbst, der gegen die Verdummungsstrahlung immun war, glaubte schon, daß sie den Manips entronnen seien. Doch dann erblickte er die Menschen in der Kommandozentrale, und der Atem stockte ihm.

Sie saßen teilnahmslos vor ihren Instrumentenpulten. Die Augen träumerisch in unbekannte Fernen gerichtet, gaben sie kindliche Laute von sich und ließen ihre Finger spielerisch über die Tastaturen tanzen.

»Eintauchmanöver!« befahl Rhodan.

Oberst Elas Korom-Khan schüttelte leicht den Kopf. Durch die abrupte Kursänderung hatte die Fahrt der MARCO POLO gedrosselt werden müssen. Minuten würden vergehen, bis sie wieder jene Geschwindigkeit erreichte, die nötig war, um in den Linearraum überwechseln zu können.

Die beiden Emotionauten waren nun völlig auf sich allein gestellt. Sie waren ohne weiteres in der Lage, die gigantische MARCO POLO durch »Simultane Emotio- und Reflex-Transmission« zu steuern. Doch wurde ihnen dies durch die Verdummten erschwert, die unsachgemäß an den Instrumenten hantierten und falsche Schaltungen vornahmen.

»Der Paratronschirm!«

Rhodan sah, wie der Paratronschirm zusammenbrach und nur noch der grünliche HÜ-Schirm die MARCO POLO umspannte. Irgendein Verdummter mußte ihn abgeschaltet haben!

Und plötzlich tauchten vor dem Hintergrund des brennenden Planeten Kokon die verbliebenen Verbände der Schwarmflotte auf. Sie hatten den Angriff der Manips abgewartet. Jetzt schlugen sie zu.

6.

Der erste unerwartete Ausbruchsversuch der Lacoons konnte von Joak Cascals Gruppe zurückgeschlagen werden. Oberst Cascal hatte seinen Männern befohlen, die Schutzschirme ihrer Kampfanzüge unter keinen Umständen einzuschalten. Als Ersatz hatte er Barrikaden aus dicken Panzerplatten aufstellen lassen, hinter denen sich seine Männer verbergen konnten. Die Panzerplatten hatten sich bisher vorzüglich bewährt. Die Lacoons waren vergeblich dagegen angerannt.

Ihre Schwundstrahlen prallten von den Barrikaden wirkungslos ab, und sie hatten nie Gelegenheit, die Panzerplatten lange genug mit ihren Hitzestrahlern unter Beschuß zu nehmen, denn das Abwehrfeuer von Cascals Männern schlug sie immer wieder zurück.

Die Lacoons erkannten bald, daß ihnen an dieser Stelle kein Durchbruch gelingen würde. Sie zogen die Konsequenzen daraus und konzentrierten ihre Kräfte auf schwächere Stellungen der Verteidiger. Der Erfolg blieb nicht aus.

Eine Viertelstunde nach dem Rückzug der Lacoons erhielt Joak Cascal die Meldung, daß ihnen in einem der schwächer besetzten Längskorridore der Durchbruch gelungen war und sie sich durch einen der Notschächte auf dem Vormarsch zum nächsthöheren Deck befanden.

Cascal handelte augenblicklich. Seine Gruppe war zwar durch die Startvorbereitungen der MARCO POLO um die Hälfte reduziert worden. Da sich die Lacoons aus diesem Sektor jedoch zurückgezogen hatten, glaubte er, es verantworten zu können, zehn Mann zur Verteidigung zurückzulassen und die anderen in die gefährdeten Sektionen abzuziehen.

Er gab das Kommando über die zehnköpfige Gruppe an den Ezialisten Galzhasta Rouk. Rouk war aber der Ansicht, daß zehn Mann nicht ausreichten, um die Stellung zu halten. Sie hatten zehn schmale Verbindungskorridore zu verteidigen, so daß jeder nur von einem Mann besetzt werden konnte. Wenn sich die Lacoons hier zu einem neuen Angriff formierten, würden sie die ungenügend bemannten Barrieren einfach überrennen.

Aus dieser Überlegung heraus entschloß sich Rouk, schwere Desintegratorgeschütze anzufordern. Die Desintegratoren sollten hinter den Panzerplatten aufgestellt werden, damit die Männer die Möglichkeit hatten, nach dem Zusammenbruch der Barriere mit dem Desintegrator eine Art zweite Verteidigungslinie zu schaffen.

Die auf Prallfeldern schwebenden Desintegratoren besaßen viele Vorteile. Erstens waren die Bedienenden durch Stahlpanzerschilde vor den Schwundstrahlen geschützt, zweitens besaßen die Desintegratoren einen starken Schutzschirm, der länger als der Schutzschirm eines Kampfanzuges einem Schwundstrahler standhalten konnte. Und drittens hatte man mit dem Desintegrator die Möglichkeit, Angriffe zu starten oder sich in seinem Schutze zurückzuziehen.

Allerdings war die große Vernichtungskraft der Desintegratoren ein Nachteil. Es konnte nicht verhindert werden, daß durch ihren Einsatz starke Beschädigungen an den Schiffseinrichtungen eintraten. Darum befahl Rouk, den Einsatz der Desintegratoren bis zum letzten Augenblick hinauszuzögern.

Bisher hatten die Lacoons in dieser Sektion keinen weiteren Vorstoß mehr gewagt. Rouk erkannte aber an verschiedenen Anzeichen, daß mindestens vierzig der Schlangenköpfe noch hier lauerten.

»Verliert nicht gleich die Nerven, wenn einer von ihnen auftaucht«, riet er über Helmfunk seinen Männern. Sie hatten die Helme der Kampfanzüge geschlossen, weil beim Einsatz der von den Lacoons gebrauchten Hitzestrahler die Temperatur in den Korridoren bis hundert Grad anstieg. »Ihr sitzt am Drücker. Ihr könnt jeden Angriff zurückschlagen.«

Rouk stand mit einem der anderen in einem Hauptkorridor. Er leitete von hier die Aktionen seiner Gruppe und konnte in kritischen Situationen jederzeit und überall aushelfen.

»Rhodan hätte sich schon längst entschließen sollen, mit den Lacoons kurzen Prozeß zu machen«, hörte Rouk einen der Männer über Helmfunk sagen. »Jetzt ist es vielleicht zu spät. Es wird nicht mehr lange dauern, dann haben sich die Schlangenköpfe über alle Decks verteilt.«

»Der Großadministrator wollte eben das Problem ohne Blutvergießen lösen«, sagte ein anderer.

»Jetzt wird er hoffentlich erkannt haben, daß die Lacoons diese humane Geste nicht zu schätzen wissen.«

»Warte nur, bis die MARCO POLO in Sicherheit ist und Rhodan die Mannschaft von den Stationen abberufen kann!«

»Wir müßten das Praspa-System doch bald verlassen haben!«

»Wann tauchen wir denn endlich in den Linearraum ein?«

Diese Frage hatte sich Rouk auch schon gestellt. Man durfte die Gefahr nicht unterschätzen, die durch die Manips ... Irgend etwas Unsichtbares fuhr messerscharf zwischen seine Gedanken und schnitt sie entzwei. Rouk konnte den begonnenen Gedankengang nicht mehr beenden. Er war sich auch nicht einmal bewußt, daß mit ihm eine unheimliche Veränderung vor sich gegangen war.

Er besaß nicht mehr die Intelligenz, um aus dem Vorgefallenen einen folgerichtigen Schluß zu ziehen.

Er war von einem Augenblick zum anderen verdummt – und mit ihm insgesamt siebentausendachthundert andere Männer und Frauen der MARCO POLO.

Da war ein langer, schmaler, hoher Gang. Wenn man mit dem Knöchel gegen die kahle, kalte Wand pochte, so hörte man kaum ein Geräusch, obwohl die Wand aussah, als müßten Klopfgeräusche an ihr gut hörbar sein.

Galz grübelte nicht lange darüber nach. Es gab so viele Eindrücke zu verarbeiten.

Neben ihm stand ein Ding, von dem ein mit seltsamen Verzierungen bedecktes Rohr geradeaus in den Gang hineinragte. Das Rohr endete in einem plumpen Körper. Rohr und plumper Körper waren durch eine dicke Wand getrennt. Auch diese Trennwand mutete wie ein guter Klopfgeräusch-Träger an.

Galz klopfte mit dem Knöchel dagegen. Er hörte kaum etwas.

Vielleicht war der Handschuh daran schuld, daß das Klopfen nicht gut übertragen wurde?

Galz nahm auf dem Sitz Platz, der sich hinter dem Körper befand, in dem das Rohr endete. Galz ritt darauf. Der Sitz schaukelte lustig. Es war ein Heidenspaß, auf dem Sitz zu schaukeln.

»Wo bin ich?«

Galz zuckte zusammen. Die fremde Stimme war nahe an seinem Ohr. Er drehte sich nach allen Richtungen, konnte aber den Sprecher nirgends sehen.

Doch, da war jemand. Zehn Meter von ihm entfernt lag jemand auf dem Bauch hinter einer Metallbarriere.

Metall! so hieß der gute Klopfgeräusch-Träger.

Aber der, der da zehn Meter von ihm entfernt auf dem Bauch lag, konnte nicht gesprochen haben. Der Sprecher mußte viel näher sein, das hatte Galz sofort erkannt.

Jemand weinte ganz dicht an seinem Ohr. Ein anderer sagte, wieder ganz nahe.

»Versteckt euch nur vor mir! Ich finde euch schon, aber dann schlage ich euch die Augen blau. Ich bin stärker als ihr. Kommt her, ihr Feiglinge, wenn ihr mir nicht glaubt.«

»Ich glaube dir«, sagte Galz. Er war schon immer dem Raufhandel aus dem Weg gegangen. Der Klügere gab nach.

»Feiglinge!«

Die Stimme war zu laut. Galz wollte sich ans Ohr greifen, stieß jedoch gegen ein Hindernis.

Er trug eine Kopfbedeckung! Panik überkam ihn. Er zerrte mit beiden Händen an dem Helm, konnte ihn jedoch nicht abnehmen.

»He, Freund, hilf mir!« rief er dem zu, der nicht weit von ihm entfernt auf dem Bauch lag.

»Wem?«

»Ich sehe niemanden.«

»Meinst du mich?«

Galz erschrak darüber, daß ihm auf seine Bitte so viele Stimmen antworteten und er die Sprecher immer noch nicht sehen konnte.

»Wo seid ihr denn?«

»Hier.«

»Da.«

»Wo bist du denn überhaupt?«

Galz verlor die Freude an dem Gespräch mit den Unsichtbaren. Er konnte sich den Stimmen zwar nicht entziehen. Aber er antwortete einfach nicht.

»Nanni!«

Es war ein Schrei in höchster Not.

»Weg! Verschwinde, Scheusal!«

Schluchzen. Ein Schrei, langgezogen, erklang und erstarb dann in einem Wimmern.

Plötzlich empfand Galz Furcht. Er wußte, daß eben etwas Schreckliches mit einem der unsichtbaren Sprecher passiert war.

»Hilfe. Helft mir, bitte, bitte! Ungeheuer kommen!«

Galz wich bis an die Wand zurück. Er versuchte sich die Ohren zuzuhalten, aber der Helm hinderte ihn daran. Wieder ertönte ein qualvoller Schrei.

Jener, der vor Galz auf dem Boden gelegen hatte, sprang auf und deutete den Gang hinunter.

»Da kommen wahrhaftig Ungeheuer!«

Jetzt sah Galz sie ebenfalls. Sie sahen unheimlich und fremdartig aus, wie Riesenschlangen, die gerade ein riesiges Tier verschluckt hatten und sich nun auf den Beinen ihres Opfers fortbewegten. Dennoch kamen sie Galz irgendwie bekannt vor, als hätte er sie irgendwann einmal schon gesehen.

Er hätte sich nicht vor ihnen gefürchtet, aber die Schreie der unsichtbaren Sprecher hatten ihn einfach beeinflußt, ihre Angst hatte auch auf ihn übergegriffen.

Die Schlangen mit den unförmigen Körpern kamen rasch näher. Sie hielten Knüppel in den Händen, die ähnlich geformt waren wie der, den Galz besaß. Zwei von ihnen hoben die Knüppel und zeigten damit in seine Richtung.

Galz wartete gespannt, was geschehen würde. Als er sah, wie jener, der vor ihm stand, plötzlich von Flammen eingehüllt wurde, wirbelte Galz herum und rannte schreiend davon.

Er zitterte am ganzen Körper. Als er sich einmal umdrehte, sah er, daß ihm die unförmigen Schlangen folgten. Sie warfen mit heißen Flammenbündeln nach ihm, trafen ihn jedoch nicht.

Das kann ich auch, dachte er und fingerte während des Laufens an dem Ding herum, an dessen Namen er sich nicht mehr erinnern konnte. Es hieß Paralasor, oder Paralyst...

Er hatte ganz entsetzliche Angst vor den Schlangen, aber er würde ihnen das gleiche antun, was sie ihm antun wollten, wenn er nur den Para-irgendwas betätigen konnte.

Sein Zeigefinger legte sich um den Drücker. Der Drücker gab nach, aber nichts passierte. Das heißt, Galz hatte erwartet, daß sich ein Flammenstrahl lösen würde und die Schlangen verbrannte, damit sie ihm nichts tun konnten. Kein Flammenbündel löste sich, aber dafür wurde sein eines Bein auf einmal vollkommen gefühllos, es war wie gelähmt, es gehorchte ihm nicht mehr. Es gab nach, knickte einfach ein, und Galz flog der Länge nach zu Boden.

Tränen traten ihm in die Augen, als er vergeblich versuchte, wieder aufzustehen.

Und die Schlangen kamen immer näher. Gleich hatten sie ihn erreicht, dann würden sie ihn verbrennen wie den anderen.

Er begann haltlos zu weinen. Er verzog den Mund und plärrte mit tränenerstickter Stimme: »Mammi! Mammi!«

Und sie kam.

Sie war nicht seine Mutter, aber er kannte sie. Seine Mutter war schön und trug immer kostbare Kleider. Diese Frau versteckte sich jedoch in einem klobigen Anzug und trug Glas vor dem Gesicht.

Oder war es nur ein Spiegel, und er sah sich selbst und seine Mutter? Und war das alles nur ein Traum und würde sie gleich zu ihm sagen: »Du hast nur schlecht geträumt, mein Liebling. Es ist alles wieder gut!«

Sie schloß ihn in die Arme, drückte ihn an sich und sagte: »Sie haben es gleich überstanden, Rouk. Ich werde Sie in Sicherheit bringen.«

Er schluchzte erneut auf und befreite sich aus ihrer Umarmung. Als er sich nach den Schlangen umdrehte, sah er, wie ihre Hände aufquollen, ihre Beine unförmig wurden und ihre Schlangenköpfe Beulen bekamen.

Galz' Tränen versiegten. »Gib es ihnen!« rief er und trommelte mit den Fäusten auf sein gefühlloses Bein. Er feuerte mit seinen Rufen die Frau an, die nicht seine Mutter war, aber die er von irgendwoher kannte.

»Verjag die Bestien. Töte sie ...«

Er verstummte jäh. Plötzlich war ihm, als hätte jemand den Druck von seinem Gehirn genommen. Er konnte wieder klarer denken. Und er sah alles mit ganz anderen Augen – als hätte jemand den Schleier, der seinen Blick trübte, gelüftet.

»Irmina!« rief Galz erstaunt aus, als er die Frau erkannte, die er beinahe für seine Mutter gehalten hatte. Er hatte eine lückenlose Erinnerung an die vorangegangenen Geschehnisse und erkannte, was passiert sein mußte.

»Ich war verdummt«, sagte er dumpf.

Irmina Kotschistowa hatte die Lacoons zurückgeschlagen. Nur drei der Schlangenköpfe hatten sich durch Flucht dem Zugriff ihrer parapsychischen Fähigkeiten entzogen.

»Die MARCO POLO wurde von Manips beschossen«, erklärte sie. »Aber durch den Einsatz Korom-Khans und Ahrats ist es uns gelungen, aus dem Bereich der Verdummungsstrahlung zu gelangen und in den Linearraum einzutauchen. Können Sie die Antigraveinrichtung Ihres Kampfanzuges bedienen?«

Er bejahte; eine schmerzliche Erinnerung überkam ihn. »Ich habe mir mit dem Paralysator selbst ins Bein geschossen.«

»Fliegen Sie in die Kommandozentrale«, trug sie ihm auf.

»Und Sie?« fragte er.

»Vielleicht werde ich hier unten noch gebraucht.«

Während er im Schutze des Deflektorschirmes in Richtung der Kommandozentrale flog, schaltete er das Helmfunkgerät auf die allgemeine Frequenz. Aus den Meldungen, die er empfing, ging hervor, daß sich die Lacoons bereits über weitere Decks der MARCO POLO verteilt hatten.

Perry Rhodan verfolgte das Geschehen auf einem Monitor. Die sechs Wachtposten nahmen links und rechts und gegenüber den beiden Zellen Aufstellung. Sie hielten ihre Paralysatoren entsichert und schußbereit in den Händen.

Als die Impulsschlösser aufschnappten und sich die Türen in die Wand schoben, stürzten die beiden gefangenen Lacoons sofort aus ihren Zellen. Sie kamen nur zwei Schritte weit, dann brachen sie zusammen, von den Lähmstrahlen getroffen.

Schnell wurden zwei bereitstehende Schwebetragen herangeschafft. Die Wachtposten verluden die beiden paralysierten Lacoons darauf und brachten sie fort.

»Vielleicht wäre alles anders gekommen, wenn ich gleich von Anfang an schärfer durchgegriffen hätte«, sagte Rhodan wie zu sich selbst.

Oberst Korom-Khan hatte die SERT-Haube abgenommen und überließ die Steuerung der MARCO POLO Senco Ahrat. Jetzt, nachdem sie den Linearraum erreicht hatten und die Verdummung von der Mannschaft abgefallen war, gab es keine Navigationsprobleme mehr.

Der Großteil der Besatzung war soweit wieder für den Kampf gegen die Lacoons frei, und Rhodan hatte den Männern erklärt, daß er nun gegen die Lacoons mit allen zur Verfügung stehenden Mitteln vorgehen werde. Es gab keinen unter den leitenden Offizieren, der dies nicht begrüßt hätte.

Um so überraschter waren sie, als Rhodan den weiteren Rückzug befahl.

»Das Leben der Besatzung ist mir viel zu wertvoll, als daß ich es zu weiteren Auseinandersetzungen mit den Lacoons kommen ließe«, begründete Rhodan die Abberufung der Männer aus den umkämpften Sektionen.

»Aber wie können wir die Lacoons sonst besiegen, wenn nicht im Kampf?« fragten die Offiziere.

»Wir werden nicht selbst kämpfen«, antwortete Rhodan. »Wir werden den stärksten Verbündeten der Menschheit in die Schlacht werfen – die Technik.«

Da begriffen die Offiziere.

Rhodan verfolgte auf dem Monitor den Weg der sechsköpfigen Gruppe, die den Transport der beiden paralysierten Lacoons bewachte. Sie wurden in die Hauptprogrammierungsstation für die bordeigenen Kampfroboter gebracht. Dort wurden die Individualimpulse der Lacoons angemessen, Enzephalogramme erstellt und in die Speicherbänke eingegeben. Anschließend wurden die Kampfroboter auf die Individualmuster der Lacoons programmiert.

»Warum haben Sie nicht sofort von dieser Möglichkeit Gebrauch gemacht, Sir?« erkundigte sich Oberst Korom-Khan.

»Sie wissen selbst, daß uns dafür einfach keine Zeit blieb«, antwortete Rhodan.

»Ich glaube, der Grund ist anderswo zu suchen«, sagte Korom-Khan.

»So?«

»Jawohl, Sir. Ich meine, daß es in der Natur des modernen Menschen liegt, zuerst nach einer friedlichen Lösung eines Problems zu suchen.«

Rhodan schwieg.

Galzhasta Rouk hatte sich in der Kommandozentrale gemeldet und war daraufhin in die Krankenstation geschickt worden. Aber er dachte nicht daran, wegen eines paralysierten Beines vielleicht einem Schwerverwundeten das Bett wegzunehmen.

Er hätte sich am liebsten in die Ezialistische Abteilung zurückgezogen und in aller Ruhe über das Problem der Lacoons nachgedacht.

Da die Abteilung jedoch in den untersten Decks lag, die noch immer von den Lacoons beherrscht wurden, mußte er sich mit einer Notlösung begnügen. Er hatte schon früher, als er noch Professor Pottkin assistierte, gelegentlich mit den Xenologen der MARCO POLO zusammengearbeitet. Es wäre übertrieben, zu behaupten, daß die Xenologen den Ezialismus als Wissenschaft anerkannten, aber immerhin hatte Rouk bei ihnen Sympathie gefunden.

Deshalb machte er sich daran, die Xenologische Abteilung aufzusuchen. Als er in jenen Sektor kam, in dem die wissenschaftlichen Abteilungen untergebracht waren, stieß er auf eine dichte Postenkette, die das gesamte Gebiet abriegelte. Schwere Desintegratoren waren aufgestellt. Schutzschirmprojektoren standen bereit.

Er schaltete den Antigravprojektor ab und landete bei den Wachtposten, obwohl sie ihm durch Zeichen zu verstehen gegeben hatten, daß er passieren konnte. Rouk stützte sich auf sein gesundes Bein, als er dem Wachkommandanten gegenüberstand.

»Was hat das zu bedeuten, Captain?« erkundigte er sich. »Befinden sich die Lacoons bereits auf dem Vormarsch zu den wissenschaftlichen Abteilungen?«

»Es besteht kein Grund zur Besorgnis«, antwortete der Captain. »Wir haben lediglich die Aufgabe, Splittergruppen der Lacoons am Eindringen in diese Schiffssektion zu hindern.«

Rouk betrachtete die lange Reihe von Soldaten skeptisch. Alle zehn Meter stand einer von ihnen, und sie trugen komplette Kampfausrüstungen. Um die ganze wissenschaftliche Sektion hermetisch abzuschirmen, mußten fünfhundert bis sechshundert Soldaten abgestellt worden sein. Für eine eventuell hier eintreffende Splittergruppe der Lacoons war das ein ganz schöner Aufwand, dachte sich Rouk. Und er sagte seine Meinung auch dem Captain.

Der Offizier wurde abweisend. »Sie dürfen passieren«, sagte er, und es klang wie ein Befehl.

»Wollen Sie mich nicht doch aufklären, was das zu bedeuten hat?« bohrte Rouk weiter.

»Ich sagte es schon«, entgegnete der Captain. »Ich bin nicht befugt, weitere Angaben zu machen.«

Er hatte kaum ausgesprochen, da tauchten aus verschiedenen Längskorridoren Roboter auf. Sie kamen auf Prallfeldern herangeschwebt, rollten auf Raupenketten oder marschierten auf Gelenkbeinen aus Terkonitstahl.

Von so unterschiedlicher Bauart sie auch waren, hatten sie doch eines gemeinsam: Es handelte sich durchweg um Kampfroboter.

»Sieh an«, sagte Rouk zu dem Offizier, dessen Gesicht rot angelaufen war. »Sie stellen ein Aufgebot von fünfhundert Mann und gut doppelt so vielen Kampfrobotern, nur um eventuelle Splittergruppen der Schlangenköpfe hier abzufangen.«

Jetzt verlor der Offizier die Geduld. »Verschwinden Sie hier, Mann«, herrschte er Rouk an. »Hier wird es bald heiß zugehen.«

»Sie wissen also mit Bestimmtheit, daß Lacoons hier eintreffen werden. Kennen Sie auch ihre Zahl?«

»Wenn wir Glück haben, werden es tausend sein«, antwortete der Captain ungehalten. »Aber jetzt verschwinden Sie endlich.«

Rouk deutete über seine Schulter. »Kann ich zurück in die Kommandozentrale?«

»Sie würden den Lacoons geradewegs in die Arme laufen.«

Rouk biß sich auf die Lippen. Es schien fast so, als würde er etwas spät damit dran sein, wenn er jetzt noch nach einer Lösung des Problems suchen wollte.

»Was haben Sie mit den Robotern vor?« fragte er weiter. »Sie sind nicht entsprechend programmiert und würden die Lacoons nicht als Feinde erkennen. Stehen sie nur da, um die Schlangenköpfe abzuschrecken?«

Jetzt grinste der Captain. »Nein, wir haben sie hier postiert, um *Sie* zu beeindrucken.«

Rouk resignierte. Ihm wurde schlagartig alles klar. Selbstverständlich hatte schon jemand anderer daran gedacht, die Roboter entsprechend zu programmieren. Warum hatte nicht er, *ein Ezialist,* früher auf diese Idee kommen können!

Er ließ die Schultern hängen. Vielleicht war er auch gar kein so guter Ezialist, wie er glaubte, oder der Ezialismus war keine so umwälzende Wissenschaft, wie er sich einbildete.

»Hauen Sie endlich ab, Mann! Die Lacoons kommen!« schrie ihn der Captain an und setzte das tragbare Bildsprechgerät wieder ab, über das er eben eine Meldung bekommen hatte.

Rouk hätte nicht daran gedacht, zu gehorchen, denn er war in seinem Kampfanzug nicht weniger geschützt als die hier aufgestellten Posten. Aber dann sah er, daß sich auch die Soldaten zurückzogen.

Sie fuhren die schweren Desintegratoren tiefer in die Verbindungsgänge hinein, schalteten die Schutzschirmprojektoren auf Fernlenkung und hielten die Impulsgeber griffbereit. Nur die Kampfroboter blieben zurück.

Galzhasta Rouk heftete sich an die Fersen des kommandierenden Offiziers, in dessen Begleitung sich zwei Techniker mit einer fahrbaren Bildschirmwand befanden. Rouk sah, daß alle zehn Bildschirme liefen und verschiedene Abteilungen des Schiffes zeigten und wußte, daß er hier richtig war, wenn er die bevorstehende letzte Auseinandersetzung mit den Lacoons beobachten wollte.

Das erste Zusammentreffen zwischen Lacoons und Robotern fand vor einem der Laderäume statt, in dem die Roboter abgestellt waren.

Sie hatten eben den Programmierungsimpuls erhalten und waren anschließend durch einen weiteren Funkimpuls aktiviert worden. Sie verließen in einer langen Kolonne den Laderaum.

Eine Gruppe von zwanzig Lacoons, die diesen Teil nach versteckten Terranern absuchte, sah die Kampfmaschinen und eröffnete augenblicklich das Feuer aus ihren Waffen. Die Hitzestrahlen trafen die ersten beiden Roboter und vernichteten sie. Bevor die Roboter jedoch weitere Verluste erlitten, hatten sie sich auf den Gegner eingestellt und eröffneten aus den Desintegratoren ihrer Waffenarme das Feuer.

Acht Lacoons lösten sich auf. Die anderen versuchten nun, durch den Einsatz der bisher so erfolgreichen Schwundstrahler eine Wendung herbeizuführen. Doch die Roboter reagierten nicht darauf.

Sie besaßen kein Nervensystem, das von den Schwundstrahlen blokkiert werden konnte. Ihre drahtlosen Leiter, die die Befehlsimpulse von dem Positronengehirn empfingen und an die mechanischen »Ausführungsorgane« weitergaben, wurden von den Schwundstrahlen nicht beeinflußt. Die Roboter marschierten weiter.

Während des überstürzten Rückzuges versuchten die Lacoons noch, ihre natürliche Waffe einzusetzen. Sie suchten mit ihren hypnosuggestiven Blicken die Sehorgane der Kampfmaschinen, um ihnen ihren Willen aufzuzwingen.

Doch die Lacoons versagten bei den Robotern auch als Hypnostarrer. Deren kalte, blicklose Optiken konnten von den parapsychischen Befehlen nicht beeinflußt werden. Sie marschierten weiter und rieben die Gruppe der Lacoons völlig auf.

Überall auf der MARCO POLO wiederholten sich ähnliche Vorfälle. Die Lacoons, bisher siegesgewohnt, wurden durch die Konfrontation mit diesem neuen Gegner völlig konfus.

Sie erkannten zwar, daß die einzige Waffe, mit der sie etwas gegen die

Roboter ausrichten konnten, die Hitzestrahler waren. Doch half ihnen diese Erkenntnis nicht viel. Viele der Lacoons waren nur mit Schwundstrahlern ausgerüstet und hatten keine Möglichkeit, sich noch im letzten Moment mit Hitzestrahlern zu bewaffnen, denn das Waffendepot war von Ribald Corello in Zusammenarbeit mit Galzhasta Rouk zerstört worden.

So blieb den Lacoons keine andere Wahl, als sich auf allen Linien zurückzuziehen.

Die Lacoons wurden über ferngesteuerte Translatoren in ihrer Sprache weiterhin aufgefordert, sich zu ergeben.

Sie antworteten auf die Aufforderung, indem sie die Translatoren mit ihren Hitzestrahlern zerschossen.

Sie dachten auch in dieser ausweglosen Situation nicht daran, sich ihrem Gegner zu unterwerfen. Lieber starben sie in einem aussichtslosen Kampf. Und sie starben!

Die Roboter holten die Lacoons aus ihren Verstecken und trieben sie in einem gnadenlosen Rückzugsgefecht vor sich her – ja, sie dirigierten sie in die von ihnen gewünschten Richtungen.

Rhodan hatte die Hände zu Fäusten geballt, während er die Geschehnisse in den Räumen und Korridoren der MARCO POLO auf den Monitoren beobachtete. »Sie ergeben sich nicht«, sagte er.

»Sie werden bis zum letzten Atemzug kämpfen«, bestätigte Elas Korom-Khan.

Die inzwischen bis auf sechshundert Köpfe zusammengeschmolzene Armee der Lacoons versuchte verschiedentlich Ausbrüche in jene Regionen, in die sich die Besatzung zurückgezogen hatte. Doch wurden sie immer wieder von den dort postierten Robotern mit Salven aus den Desintegratoren empfangen.

Den Lacoons blieb nur noch die Flucht. Von der Möglichkeit einer bedingungslosen Kapitulation machten sie nach wie vor keinen Gebrauch.

»Diese Narren vergeben ihre letzte Chance!« rief der Captain.

Da erkannte Rouk, daß er ihm unrecht getan hatte. Es gab keine Rettung für die Lacoons, weil sie sich einfach nicht helfen lassen wollten. Für sie mußte Gefangenschaft schlimmer als der Tod sein, deshalb fielen sie lieber im Kampf.

Und sie fielen alle – bis auf den letzten Krieger.

Die MARCO POLO befand sich seit einiger Zeit wieder im Normalraum. Rings um das gigantische Ultraträgerschlachtschiff waren die für den Schwarm typischen dichten Sternenballungen. Die Fern- und Nahortungen zeigten, daß im Umkreis von mehreren Lichtjahren keine Konzentration von schwarminternen Raumstreitkräften erfolgte. Die MARCO POLO hatte die Schwarmflotte abgeschüttelt.

Während die Robot-Patrouillen das ganze Schiff durchstreiften, überlegte Perry Rhodan die weiteren Schritte. Kokon war für sie verloren. Durch die Vernichtung des Planeten hatten sie einen wichtigen Stützpunkt, wertvolle Verbündete und die Lieferanten der Regulationsviren verloren.

Letzteres war nicht so schlimm, denn an Bord der MARCO POLO gab es ausreichend Vorräte an Viren, um sie auch weiterhin züchten zu können. Anders war es schon mit den Immun-Kranken als Verbündete und Freunde der Terraner. Konnten sie als Produkt einer (wenn auch künstlich gesteuerten) progressiven Evolution gelten? Konnten sie die Nachfolge der heutigen Gelben Eroberer antreten?

Das waren Fragen, auf die die Wissenschaftler bestimmt Antworten gefunden hätten, wenn Kokon noch existierte. Aber durch die Zerstörung Kokons würde der ganze Fragenkomplex noch lange seiner Beantwortung harren.

Welche Ziele verfolgten die Schwarmbeherrscher?

Rhodan ahnte, daß diese Frage nicht so einfach zu beantworten war. Aber vielleicht würde Atlan eine Teilantwort finden. Es schien ziemlich sicher zu sein, daß es innerhalb des Intern-Alpha-Systems einen starken Machtfaktor gab. Doch würde es Atlan und seiner Handvoll Männer gelingen, sich diesem Machtfaktor zu nähern? Im Augenblick sah es jedenfalls nicht danach aus – sie mußten froh sein, wenn sie überhaupt überlebten.

Man schrieb inzwischen den 4. Juli 3442. Die Gruppe Atlan hatte demnach vier Tage kein Lebenszeichen von sich gegeben. Und nicht einmal Fellmer Lloyd hatte mit Gucky noch einmal in telepathischen Kontakt treten können, obwohl die CMP-3 einige Male Annäherungsflüge gestartet hatte. Das Schicksal der elfköpfigen Einsatzgruppe unter Atlans Führung blieb ungewiß.

Das war einer der Gründe dafür, warum sich Rhodan entschloß, einem der vorher festgelegten Einsatzpläne vor den anderen den Vorzug zu geben.

Rhodan setzte sich mit der Funkzentrale in Verbindung und ordnete an: »An alle ausgeschleusten Beiboote, an die Relaisschiffe und an die CMP-3 folgende Meldung durchgeben: Sämtliche Einheiten sollen sich, unabhängig voneinander und getrennt, zu dem Treffpunkt »Gruppe Atlan« begeben. Selbstverständlich haben alle Kommandanten darauf zu achten, daß sie nicht von Schwarmeinheiten verfolgt werden. Sie sollen nach eigenem Ermessen die entsprechenden Ausweich- und Ablenkungsmanöver fliegen.«

Der Treffpunkt mit der Kodebezeichnung »Gruppe Atlan« lag südlich des Systems Intern-Alpha und war allen Kommandanten der Korvetten und Leichten Kreuzern bekannt.

Rhodan brauchte sich nun nicht mehr zu scheuen, den großen Hypersender einzusetzen, denn die Anwesenheit und die ungefähre Position der MARCO POLO war innerhalb des Schwarmes ohnehin bekannt.

Als das Kodesignal von der Dauer einer fünf Millionstel Sekunde den Hyperkom der MARCO POLO verließ – und bald darauf die Empfangsbestätigungen aller ausgeschleusten Beiboote eintrafen –, gab sich Rhodan keinen Illusionen hin. Er wußte, daß der geraffte und chiffrierte Funkspruch von der Schwarmflotte aufgefangen worden sein mußte. Aber selbst wenn man ihn entschlüsselte, würde man nicht wissen, wo der Treffpunkt »Gruppe Atlan« lag.

»Nehmen Sie Fahrt auf, Oberst!« befahl Rhodan und übertrug damit automatisch das Kommando über die MARCO POLO an den Emotionauten Elas Korom-Khan.

Drei kurz hintereinander eintreffende Meldungen ließen Rhodan erkennen, daß die Lacoons endgültig besiegt worden waren.

Die erste Meldung kam von Irmina Kotschistowa. Die Metabio-Gruppiererin begleitete eine Roboterpatrouille auf deren Rundgang. In einem evakuierten Observatorium standen sie plötzlich einem Lacoon gegenüber, der einen Astronomen als lebendes Schild benützte. Die Roboter waren nicht in der Lage, zu handeln. Ihre Positroniken gerieten in ein Dilemma, da einesteils die Robotgesetze zum Schutze des als Geisel verwendeten Menschen, andererseits aber auch die zusätzliche Programmierung wirksam wurde, die sie den Lacoon als Feind erkennen ließ.

Dadurch wurden die Positroniken blockiert, die Roboter erstarrten. Irmina Kotschistowa dagegen handelte augenblicklich. Sie erfaßte die Gehirnzellen des Lacoons mit ihrer parapsychischen Fähigkeit und gruppierte sie um ...

Einen weiteren Zwischenfall erlebte die Mutantin auf ihrem Kontrollgang nicht mehr.

Die zweite Meldung ähnlicher Art stammte von Ribald Corello. Er war in den leerstehenden Hangar der CMP-3 gerufen worden.

Dort hatte sich ein Lacoon versteckt, der aus einem der Waffendepots eine faustgroße Atombombe erbeutet hatte. Die Wachmannschaft, die den Lacoon bis hierher verfolgt hatte, wagte nicht, gegen ihn vorzugehen, weil sie befürchtete, er könnte die Bombe zünden. Immerhin war ihre Sprengkraft so groß, daß dieser und die umliegenden Hangars und außerdem die angrenzenden Impulstriebwerke vernichtet worden wären. Dieses Risiko wollten die Soldaten nicht eingehen.

Sie verständigten Ribald Corello. Der Supermutant flog mit seinem Trageroboter in den Hangar hinein. Als er den Lacoon entdeckte, versetzte er mittels seiner telepsimatrischen Fähigkeit einen winzigen Sprengkörper in dessen Körper und brachte ihn zur Explosion. Der Lacoon hatte nicht mehr die Zeit, die Atombombe zu zünden.

Schließlich traf noch die allerletzte Meldung über einen Lacoon aus der Ezialistischen Abteilung ein.

Galzhasta Rouk hatte sich nach Beruhigung der Lage in die ihm zugeteilten Räumlichkeiten auf einem der unteren Decks begeben. Als er die Schiebetür in die Wand zurückschob, erstarrte er. In dem körpergerechten und anpassungsfähigen Sitz des Hypnoschulers saß ein Lacoon. Seine vier sechsfingrigen Hände waren um die Lehne gekrampft. Der Hals hing schlaff vom Rumpf, der Schlangenkopf war aus der Halterung des Hypnoschulers geglitten und lag auf dem gepanzerten Brustteil. Ein Blick auf die Instrumente zeigte Rouk, daß das Gerät noch immer lief.

Der Lacoon war tot. Eine später vorgenommene Untersuchung des Leichnams und eine Rekonstruktion der Vorgänge bewiesen, was Rouk sofort vermutete.

Der Lacoon war intelligent genug gewesen, um die Funktionsweise des Hypnoschulers zu erkennen, und benützte ihn, um sich Informationen zu beschaffen. Doch wurde es ihm zum Verhängnis, daß er die Ziffern auf jener Skala nicht richtig deutete, auf der man die Intensität der hypnotischen Informationsströme einstellte. Er ließ die Skala bei maximaler Leistung einrasten ... Er mußte auf der Stelle, gleich nach dem ersten, explosionsartigen Impuls, tot gewesen sein.

Rouk nahm die Informationsspule aus dem Eingabeelement. Er las: »Die Grundelemente der Extra Zerebralen Integration.«

Er lächelte schmerzlich. Es war das erstemal, daß jemand sein Leben für den Ezialismus gegeben hatte. Aber natürlich handelte es sich um einen unglückseligen Zufall, denn der Lacoon konnte nicht wissen, welche Informationsspule er in den Hypnoschuler eingegeben hatte.

Ihm war es nur darum gegangen, sein Wissen über seine Feinde, die Terraner, zu vergrößern. Das war der letzte Akt in der Bekämpfung der Lacoons.

Die MARCO POLO flog nach mehreren Kursänderungen und in einigen Linearetappen einem Punkt entgegen, der südlich des Intern-Alpha-Systems lag.

7.

Die Stimmung an Bord der GEVARI war gedrückt. Daran konnte auch die Tatsache nichts ändern, daß die Skurrils seit dem Anflug der CMP-3 keine konzentrierten Angriffe durchgeführt hatten. Das Ablaufhemmerfeld war jedoch weiter auf die Nachtseite des Planetoiden Pförtner hinausgewandert. Man schrieb außerhalb des Feldes bereits den 4. Juli.

Sandal Tolk ging unruhig im Kommandostand auf und ab. Er hielt den großen Kompositbogen so fest in der Hand, als wolle er sich jeden Moment in den Kampf stürzen. Er mußte sich seinen Weg zwischen den anderen hindurchbahnen, die wegen des herrschenden Platzmangels dicht beieinanderstanden. Plötzlich blieb er vor Atlan stehen.

»Ich muß kämpfen«, sagte Sandal Tolk. »Wozu habt ihr mir diese Pfeile mit atomaren und chemischen Sprengköpfen geschenkt? Wofür habe ich denn diese Waffen, wenn nicht zum Kämpfen! Sag mir das bitte, Freund Atlan.«

»Gedulde dich«, war alles, was Atlan dazu sagen konnte.

Er fragte sich im stillen, was Sandal getan hätte, wenn er nicht vom Ablaufhemmerfeld betroffen gewesen wäre. Er gebärdete sich schon jetzt wie ein gefangenes Raubtier, obwohl ihm die vier Tage wie 96 Minuten erschienen.

Sie konnten sich in dieser Beziehung glücklich schätzen, außerhalb des normalen Zeitablaufs zu stehen. Aber wie stand es mit Takvorian, dem Movator, der innerhalb seiner schützenden Sphäre nicht vom Ablaufhemmerfeld betroffen war?

Vor Atlan war eine verschwommene Bewegung. Der Schatten gewann schnell an Konturen, und Guckys Gestalt formte sich.

»Nichts«, sagte der Mausbiber. Er hatte sich in das von Takvorian erzeugte Schutzfeld begeben, um eine neue telepathische Kontaktaufnahme zu Fellmer Lloyd zu versuchen.

»Was mag passiert sein, daß wir vier Tage weder von der MARCO POLO noch von den Kreuzer- und Korvettenverbänden etwas gehört haben?« fragte er und blickte sich herausfordernd um.

Er sah nur ausdruckslose Gesichter.

»Es wäre an der Zeit, die Position der GEVARI erneut zu verändern«, sagte der Emotionaut Mentro Kosum. »Die Skurrils suchen noch immer nach uns, und wenn wir uns nicht von der Stelle rühren, werden sie uns auch finden.«

»Lassen Sie sich damit Zeit«, rief Atlan. »Ohne Takvorians Unterstützung kämen wir ohnehin nur langsam vorwärts. Und der Movator ist im Augenblick nicht einsatzfähig, er hat sich durch die Aufrechterhaltung des Schutzfeldes parapsychisch ziemlich verausgabt.«

Toronar Kasom hatte den Platz in der Funkstation eingenommen. Der Ertruser verdeckte mit seinem mächtigen Rücken den anderen die Sicht auf den Hypersender. Er fing alle erreichbaren Funksprüche auf, speicherte sie und wertete sie aus.

»Auf allen Frequenzen, die von den Schwarmbewohnern benützt werden, ist wieder allerhand los«, meldete er. »Ein Funkspruch jagt den anderen.«

»Können Sie die Funksprüche entschlüsseln?« wollte Atlan wissen.

»Unmöglich!« behauptete Kasom mit seiner dröhnenden Stimme.

»Ich glaube, ich habe eine Erklärung für die hektische Funktätigkeit«, sagte Balton Wyt, der Ras Tschubai an der Ortung abgelöst hatte. »Meine Meßergebnisse sind natürlich ungenau, schon wegen des Einflusses, den der Ablaufhemmer darauf hat, aber ich konnte einige Objekte orten, deren Masse und Energieemission terranischen Beibooten entspricht. Wenn ich recht vermute, dann sind Kreuzer und Korvetten der MARCO POLO in dieses Gebiet eingedrungen. Das dürfte die Schwarmstreitkräfte im Intern-Alpha-System durcheinanderbringen.«

»Moment«, rief Toronar Kasom lautstark dazwischen. »Ich habe mich so sehr auf die Entschlüsselung der Funksprüche der Schwarmfrequenz konzentriert, daß ich die Flottenwelle vernachlässigte. Vor wenigen Minuten wurde ein Funkimpuls der MARCO POLO aufgezeichnet.«

Alle wandten sich der Funkzentrale zu. Selbst Sandal Tolk, der gerade dabei war, Tahonka-No zu erklären, wie gerne er kämpfen würde, schenkte Toronar-Kasom seine Aufmerksamkeit.

Für einige Sekunden, die in Wirklichkeit Minuten waren, herrschte vollkommene Stille an Bord der GEVARI. Dann gab Kasom den Inhalt des Funkimpulses bekannt.

Darin teilte Rhodan den Kommandanten der ausgeschwärmten Korvetten und Kreuzer mit, daß Kokon vernichtet worden war und die MARCO POLO die Flucht ergreifen müsse. Als Treffpunkt für alle Einheiten wurden die Koordinaten »Gruppe Atlan« genannt.

Auf den Gesichtern der menschlichen Mannschaftsmitglieder zeichnete sich Erleichterung ab.

»Rhodan kommt!« rief Icho Tolot in seiner gewohnten Lautstärke.

»Jetzt wird gekämpft!« stellte Sandal zufrieden fest.

Aber noch befand sich das elfköpfige Team innerhalb des Ablaufhemmerfeldes. Noch drohte Gefahr durch die Skurrils.

Vielleicht würde die Ankunft der MARCO POLO im Intern-Alpha-System einiges an der Situation ändern. Doch bis dahin konnte noch viel geschehen. In jeder Sekunde, die für das Atlan-Team verstrich, hatten die Skurrils eine Minute Zeit. Und jede Minute war für sie ein Gewinn von einer Stunde.

Atlan wußte genau, daß er nicht auf eine wundersame Rettung durch die MARCO POLO bauen durfte, während sich rund um die GEVARI das Verhängnis zusammenbraute. Um mit Sandal Tolk zu sprechen: Sie mußten handeln!

8.

Wenn Takvorian seinen Kopf drehte, sah er aus der Kuppel der GEVARI das rissige Eis der Schlucht. Eine fahle Dämmerung verwischte die Konturen. Takvorian war ausgelaugt, erschöpft.

Wir müssen einen Weg finden, uns von selbst aus diesem Feld zu befreien! dachte er entschlossen.

Im Augenblick hielt sich auch Takvorian in diesem Hemmfeld auf, das die Skurrils aussandten, um die Gefangenen auf ihrem Planetenfragment zu fesseln.

Takvorian dachte nach ... Vermutlich näherte sich die MARCO POLO ihrem Standort. Aber das war nicht sicher.

Wieder betrachtete er das Eis. Vor einigen Stunden hatte er den Arkoniden in sein Rothyer-Feld genommen. Atlan hatte sich an die Maschinen der Jet gesetzt und den Diskus weiter in diese Schlucht mit den überhängenden Eisabstürzen gesteuert. Nun stand die Jet in einem verrückten Winkel zwischen den Eiswänden: Die Deckung war noch besser. Mehr als zweihundert Meter stiegen rechts und links des Flugkörpers die Eisflächen in die Höhe, von langen Spalten durchzogen. Die Jet selbst war um fünfundvierzig Grad gekippt. Sie berührte mit einem Stück ihrer scharfen Kanten den Winkel zwischen Boden und Wand, mit dem gegenüberliegenden lag sie auf dem Eis auf und hatte dort eine breite Spur hineingeschmolzen. Die gesamte Konstruktion lag ruhig. Nur hin und wieder ging ein kaum wahrnehmbarer Ruck durch die Metallmasse – dann war wieder ein Stück Eis geschmolzen, und unendlich langsam sackte die Jet etwas ab. Auch diese Bewegung verlief mit reduzierter Geschwindigkeit.

Was können wir tun? fragte sich Takvorian.

Nur wenige Maschinen liefen, die das Innere der Jet und ihre elf Insassen mit lebensnotwendiger Luft versorgten. Der Zustand trieb einem Punkt entgegen, der den Gipfel der Unerträglichkeit darstellte. Nur beschränkte Zeit konnten die so verschiedenen Lebewesen diesen Druck aushalten.

Sie mußten die Quelle der Ablaufhemmerstrahlung finden und ausschalten.

Takvorian ruhte sich aus; im Augenblick erzeugte er kein Gegenfeld.

Auch ein Teil der Besatzung schlief. Es war schwerlich etwas Sinnvolleres zu unternehmen. Aber das Unbehagen und die Ahnung der Gefahr wuchsen. Sie alle wußten, daß die skurril geformten Wesen, ein anderes Sklavenvolk des riesigen Schwarms, den Wert der Verlangsamung noch einmal um das Zehnfache des augenblicklichen Zustandes steigern konnten. Aus einer Bewegung, die normalerweise in einer Sekunde vorbei war, wurde dann eine kleine Ewigkeit, von sechshundert Sekunden, also zehn Minuten.

Takvorian nahm aus dem Augenwinkel eine Bewegung wahr.

Er holte unendlich langsam Atem und baute ein kleines Rothyer-Feld auf. Er umfaßte nur die Ausdehnung seines Körpers. Dann drehte er sich herum, wobei er sorgfältig darauf achtete, seine vier Hufe richtig zu setzen. Mit der Flanke stieß er gegen einen Sessel und sah, daß Sandal den Arm gehoben und versucht hatte, ihm, Takvorian zuzuwinken. Die Bewegung war für den Pferdemutanten grotesk langsam.

Das Rothyer-Feld dehnte sich aus und erfaßte Sandal Tolk, der in einem zurückgeklappten Sessel lag. Dann war das Feld stabil und begann, an der Energie des Mutanten zu zehren. Sandal schwang sich aus dem Sessel, schaute auf den schlafenden Mausbiber und deutete auf Atlan.

»Wir müssen unbedingt etwas unternehmen, Takvorian. Bitte, nimm Atlan in dein Feld!« forderte er laut.

Takvorian nickte. Im Augenblick war er die wichtigste Figur in diesem kleinen Drama. »Eine Sekunde!« sagte er unruhig.

Dann befand auch Atlan sich innerhalb des neutralisierenden Rothyer-Feldes.

Takvorian sagte leise: »Ich bin am Ende meiner Kräfte. Zwischen den nächsten Aktionen, die im Schutz des Rothyer-Feldes ablaufen, muß ich lange Pausen einlegen. Was hast du vor, Sandal?«

Sandal Tolk, der Mann von Exota Alpha, holte Atem. »Es gibt, wie uns der Versuch, durch den Transmitter zu entfliehen, gezeigt hat, keine Möglichkeit, den Planeten zu verlassen, solange das Feld andauert. Habe ich recht, Freund Atlan?«

Der Arkonide kam schnell heran und blieb neben Takvorian stehen; die Ausdehnung des Feldes wurde dadurch verringert, die Kräfte des Mutanten geschont. Sandal, der weißhaarige Barbar, stellte sich neben den menschlichen Oberkörper Takvorians.

»So ist es. Dein Gesichtsausdruck gefällt mir nicht, Sandal. Woran denkst du?«

Sandal sagte wütend: »Es ist nicht damit zu rechnen, daß diese Wesen freiwillig das Feld der Verlangsamung aufheben.«

»Kaum!« sagte Atlan. Sein Extrasinn flüsterte eindringlich: *Sandal will den Zustand mit Gewalt ändern – und ich glaube, er hat mittlerweile alle Chancen dazu, wenn wir es richtig anfangen.*

Sandal erklärte: »Mein Bogen und ich – und Takvorian. Wir sind die Waffe, mit der wir die Fremden zwingen können, von dem Unheil abzulassen.«

»Ich frage noch einmal: Was hast du vor?« sagte der Arkonide mit unbewegtem Gesicht.

»Ich denke folgendermaßen: Die Skurrils benutzen zur Verstärkung ihrer Ausstrahlung gewisse Maschinen. Richtig?«

»Richtig«, sagte Takvorian.

Er senkte den Kopf, hob die Arme. Atlan und Sandal sahen, daß die Finger des Mutanten zitterten, daß auch die Knie seines Zentaurenkörpers unruhig bebten. Unter dem glatten Fell zitterten die Muskeln des Pferdekörpers. Der Schweif zuckte.

»Wenn es uns gelingt, die Energie der Maschinen zu drosseln oder abzuschalten, dann haben wir die Chance, die wir brauchen!« sagte Sandal hastig.

»Du hast recht, Sandal!« sagte Atlan. »Aber ...«

Sandal wischte alle Argumente mit einer einzigen schnellen und fließenden Handbewegung weg und fuhr drängend fort: »Nur wir beide, Takvorian und ich!«

»Einverstanden!« sagte der Pferdemutant. »Wir stoßen vor und versuchen, die Skurrils zu beeinflussen?«

»So habe ich es geplant. Wenn wir auf energetische Waffen verzichten können ...«

Atlan warf ein: »Und dein Bogen ist keine Energiewaffe ...«

Sandal nickte entschlossen. »Richtig. Wenn wir darauf verzichten, haben wir ein Höchstmaß an Möglichkeiten. Wir bewegen uns im Rothyer-Feld durch eine Landschaft von eingefrorenen Bewegungen und zwingen die Wesen, den Block der fesselnden Strahlung aufzuheben.«

Atlan erinnerte sich, daß einige der Standorte bekannt waren; Städte, die aus dem langen Winterschlaf der planetaren Nacht aufgewacht waren und wieder erschlossen wurden.

»Ich bin einverstanden!« sagte er. »Wann?«

Sandal entgegnete aggressiv: »Ich bin bereit – aber alles hängt von Takvorian ab.«

Er sah in die großen Augen des menschlichen, schmalen Kopfes des Pferdemutanten. Takvorian hob die Schultern und ließ sie langsam wieder sinken.

»Ich fühle mich erschöpft«, sagte er. »Wenn ich aufmunternde Medikamente bekomme, dann halte ich vielleicht einige Stunden durch. Aber nicht länger!«

Atlan runzelte die Stirn. Seine innere Stimme wisperte: *Das ist riskant. Angenommen, sie brauchen drei Stunden, dann ist Takvorian am Ende. Es gibt vorläufig keine Möglichkeit, sie zu retten.*

»Und wenn ... wenn ihr dort draußen nicht ans Ziel kommt? Wer holt euch zurück?«

Sandal blieb gelassen: »Frag Tahonka den Knöchernen! Ich bin aus jeder Gefahr entkommen.«

Atlan wandte sich an den Pferdemutanten: »Takvorian. Werden Sie es aushalten können?«

Nach einem langen Atemzug erwiderte der Movator: »Fünf Stunden. Das ist die Grenze, die ich mir selbst zubillige. Dabei rechne ich damit, daß wir in den energetischen Schatten der Projektoren geraten und hin und wieder weniger Widerstand zu überwinden haben. Vermutlich müssen Sie uns abholen – irgendwo dort draußen.«

Die Zwielichtzone kam immer näher. Sie sahen es an dem Glanz über der Eisbarriere, der um einen geringen Betrag heller geworden war.

Atlan sagte schließlich: »Ich bin einverstanden. Fünf Stunden also – mit der Reserve, zurückzukehren?«

Takvorian senkte den Kopf und scharrte nervös mit dem Huf.

»Ja. Ich werde von Ihnen einige Spritzen mit aufputschenden Medikamenten brauchen und vorher genügend essen. Das gleiche empfehle ich auch Sandal. Und wir brauchen auch eine Spezialausrüstung.«

»Natürlich«, sagte der Arkonide. »Sie ist an Bord. Erholen Sie sich – Sandal und ich suchen zusammen, was wir brauchen. Behalten Sie uns im Feld?«

Takvorian nickte nur.

Während Atlan die Bordapotheke öffnete, dachte er über den verwegenen Plan nach. Sandals Wut und Unruhe waren verständlich und keineswegs geringer als die aller anderen zehn Gefangenen. Sein Plan war aus der Notlage entsprungen. Sie wußten, daß es unter Umständen nur noch kurze Zeit dauern konnte, bis die Jet von den Skurrils entdeckt wurde.

Alles das waren Faktoren großer Unsicherheit. Sie mußten handeln, dem Gegner den zweiten Zug im Spiel aufzwingen und ihn schon beim ersten Zug in eine ungünstige Lage bringen.

Während Atlan sorgfältig die Medikamentenkapsel in die Preßluftspritze schob, in dem Antifeld des Mutanten geschützt, hörte er einen leisen Ruf.

»Atlan!« Es war Takvorians Stimme.

»Hier! Was gibt es?«

Atlan fuhr herum, als er die Antwort hörte. »Das Feld ändert seine Stärke!«

Atlan stürzte in die Kuppel und sah Takvorian an. Krachend schlug ein langer Eissplitter auf das Metall der Jet. Der Ton des Aufschlages klang anders. Langsam rührte sich der Haluter und öffnete seinen Rachen. Das war eigentlich schon die Antwort, aber Atlan fragte ein zweites Mal: »In welcher Richtung, Takvorian?«

»Es ist eben schwächer geworden, sehen Sie!«

Einige Sekunden vergingen. Die anderen Mitglieder der Crew bewegten sich langsam. Zwar lagen sie noch immer unter dem Eindruck der verlangsamenden Strahlung, aber deren Stärke hatte drastisch abgenommen.

Takvorian flüsterte: »Sie scheinen uns nicht geortet zu haben. Sie suchen planlos. Im Augenblick schwindet das Feld fast völlig.«

Die wenigen Maschinen der Jet liefen jetzt fast völlig normal. Die Bewegungen der Menschen wurden schneller. Es war wie eine Galgenfrist. Sandal schleppte die Ausrüstungsgegenstände herbei, und Takvorian blieb einfach stehen.

»Das Hemmungsfeld ist stark abgeflacht«, sagte er. »Es ist weit auf die Nachtseite hinausgewandert. Sie suchen uns also noch immer – sie wissen nicht, wo wir sind.«

Man vermutete die Eindringlinge offenbar überall, nur nicht mehr in der Nähe der Zwielichtzone.

»Ausgezeichnet!« sagte Sandal und schleppte seine beiden Köcher herbei. »Los! Zieh dich an, Takvorian!«

»Ja, natürlich!« meinte der Mutant zerstreut.

Während Atlan die Spritze ansetzte, begann Sandal ruhig, aber mit entschlossenen Bewegungen, sich auszurüsten. Er wußte, welche Kälte draußen herrschte – er würde lieber schwitzen als einen einzigen Bogenschuß riskieren, den er mit klammen Fingern ausführen mußte. Dicke Socken, zwei Hosen übereinander, zwei dicke Pullover und dann einen leichten Schutzanzug, dessen Energie ohne meßbare Strahlung ausgetauscht wurde. Dazu die Flaschen und Batterien der Atemgase. Die gleiche Ausrüstung legte Takvorian an, nachdem die ersten Hitzewellen der Medikamente durch seinen Körper gerast waren.

Seit drei Minuten lief die Uhr des Schiffes völlig normal – seit dieser Zeit konnten sich alle bewegen.

Icho Tolot grollte: »Ich habe erfaßt, was Sie vorhaben – ich wünschte, ich könnte diesem Feld ebenfalls entgehen. Dann könnte dieser junge Fanatiker auf meinen Schultern reiten.«

»Tut mir leid, Icho!« sagte Takvorian. »Entschuldigung: Tolotos!«

Der halutische Gigant winkte ab und duckte sich, als erwarte er einen erneuten Stoß der hemmenden Strahlung.

»Schon gut. Ich wünsche Ihnen viel Glück.«

Einige Minuten später waren Takvorian und Sandal marschbereit. Die tastenden Versuche, die Fremden in den Griff des verlangsamenden Feldes zu bekommen, hatten die Vorbereitungen dreimal kurz unterbrochen. Völlige »Freiheit« und hart zuschlagende massive Strahlung hatten abgewechselt; Atlan gab jeden Versuch auf, die Jet zu starten.

»Los!« sagte er. »Ihr habt ein Funkgerät dabei – ihr könnt uns also erreichen, wenn es lebensnotwendig ist. Ich muß nicht betonen, daß es gefährlich ist, das Funkgerät einzuschalten.«

Takvorian, der jetzt entfernt einem mittelalterlichen Turnierpferd ähnlich sah, sagte unter der Spezialmaske hervor:

»Und überdies überflüssig, denn hier ist dann vermutlich niemand, der uns antworten könnte. Ich schlage vor, daß alle, ehe ich die Jet verlasse, ihre bequemsten Plätze einnehmen, da niemand mehr da ist, der ein Rothyer-Feld aufbauen könnte.«

Atlan ging zu seinem Sessel, der vor der Steuerung der Jet stand, und setzte sich hinein.

»Gut!« sagte er. »Viel Glück. Ihr wißt, was zu tun ist!«

Sandal nickte grimmig. »Ich weiß es sehr genau, Freund Atlan. Schade, Tahonka, daß wir beide nicht zusammen gehen können!«

Tahonka-No öffnete den Mund mit den harten, hornigen Lippen und sagte laut: »Die Zeit, da wir zusammen kämpfen, kommt wieder – so sicher wie der lange Tag des Planeten.«

»Wahr gesprochen!« Sandal folgte Takvorian hinunter zur Schleuse. Noch hatte der Würgegriff des Feldes die Jet nicht wieder erreicht. Noch konnten sie sich ohne das Antifeld des Mutanten bewegen. Hinter ihnen schloß sich das Schott.

»Wir haben vergessen, eine lange Rampe mitzunehmen«, sagte Sandal als sich die Polschleuse öffnete und ihnen eine eisige Luft entgegenschlug.

Takvorians Antwort war nur undeutlich zu vernehmen: »Es dauert noch eine Weile.«

Sie blieben am Rand der Öffnung stehen. Der Boden hing schief unter ihnen. Sie sahen hinunter in die ungewisse Dämmerung der Schlucht. Der Grund des Eisspaltes lag einige Meter unter ihnen. Wie viele Meter? Sprangen sie, dann bestand die Gefahr, daß sie sich die Knochen brachen – wie kamen sie, ohne die energetisch arbeitenden Aggregate einzuschalten, hinunter? Schalteten sie ein solches Feld ein, war die Gefahr der Ortung sehr groß.

»Wir warten eine Weile«, schlug Takvorian vor.

Sandal fragte: »Warum?«

Im gleichen Augenblick begriff er und begann sich zu schämen, weil er nicht gleich die Mechanik des Vorganges begriffen hatte.

Das Hemmungsfeld bewegte sich in unterschiedlicher Stärke und zudem schwankend über die Oberfläche des Planeten. Zwei Minuten später erreichte es wieder die Schlucht, in der Atlan die Jet versteckt hatte.

Takvorian hob die Hand und sagte: »Jetzt. Einfach springen!«

Er neutralisierte für einige Sekunden das Feld völlig. In diesen Sekunden sprangen zuerst er, dann Sandal. Dann verringerte der Mutant seinen Einfluß und verharrte so. Aus der schnellen Bewegung des Sturzes wurde eine unendlich langsame. Beide Freunde schwebten langsam abwärts, über sich die offene Polschleuse. Sie hofften, diese Schleuse wieder per Zugstrahl zu erreichen, wenn ihre Mission vorbei war. Sie würden nicht scheitern, schwor sich Sandal.

Seine Rache war noch nicht vollzogen – noch lange nicht.

Die Fürsten des Schwarms versteckten sich vor ihm und vor seinen tödlichen Pfeilen.

»Rache für Burg Crater!« flüsterte er.

Seine schweren, gefütterten Stiefel berührten den Boden. Takvorian stand wartend da und sagte: »Schwing dich auf meinen Rücken. Wir werden alles versuchen, was in unserer Macht liegt.«

Er baute ein Rothyer-Feld auf, das ihn und Sandal einhüllte. Aber schon der erste Pfeil, den Sandal abfeuerte, würde dieses schützende Feld verlassen und somit den veränderten Gesetzen des Planeten Pförtner im Sonnensystem Intern-Alpha unterworfen sein.

Vorsichtig setzte Takvorian einen Huf vor den anderen. Stählerne Dornen gruben sich knirschend ins Eis.

Der Weg aus der gewundenen Schlucht heraus begann.

Aus der Zwielichtzone bewegten sich Sandal und Takvorian hervor. Sie erreichten den Eingang der Schlucht.

Hier befand sich das Zehrgebiet des periodischen Riesengletschers. Der Bach, der unter der mächtigen Eisplatte hervorsickerte ... es war sehenswert und verblüffend.

Zwanzig Meter lang sprudelte er über die kalten Steine, höhlte das Eis aus und wand sich zwischen Sandflächen und Moränenschutt hindurch.

Nach diesen zwanzig Metern staute sich der Bach – das Hemmungsfeld griff hier wieder an.

Das Wasser sah aus, als sei es in einer Momentaufnahme erstarrt. Sogar die hochgeschleuderten Tropfen schwebten in einer Parabel durch die Luft, unendlich langsam. Sandal zwinkerte unter seiner dicken Maske und spürte den Warmluftstrom, der die Scheibe der großen Brille von Eiskristallen freihielt.

»Los!« sagte er. »Begrüßen wir die Rotationsnomaden!«

Takvorian kontrollierte ein letztes Mal seine Sauerstoffzufuhr, spürte die belebenden Medikamente in seinem Körper und trabte los. Sandal war jetzt noch leicht; außerdem saß der Barbar derart gut, daß er Takvorian die Last erleichterte.

»Wohin?«

»Dort vorn ist eine Stadt. Sie wird eben von der Sonne erreicht – etwa zehn Kilometer!« sagte Sandal.

Takvorian warf sich vorwärts.

Innerhalb von fünfhundert Metern wechselte die Landschaft mindestens zehnmal ihren Charakter. Und die Hemmstrahlung wechselte viermal ihre Intensität. Minutenlang war sie so gut wie gar nicht vorhanden. In einem scharfen, schnellen Galopp sprengte Takvorian auf das Licht zu. Der Himmel über ihnen wurde heller und heller. Sie waren schneller als der Sonnenaufgang, als die Geschwindigkeit, mit der die Zwielichtzone den Planeten umrundete. Einige Minuten vergingen, in denen Sandal und Takvorian das Gelände begutachteten. Aus den Felsschichten wurden Moospolster. Die Natur erwachte mehr und mehr, je näher sie dem Licht kamen. Irgendwo würde für sie jetzt die Sonne aufgehen. Sie sahen ihre Strahlen bereits auf den Spitzen der Berge, von denen sie herkamen. Und auch die Stadt wurde bereits zu zwei Dritteln beleuchtet.

Hinter sich wußte Sandal das Schiff, das wieder unter der Strahlung lag. Wie stark sie war, konnte im Augenblick niemand sagen. Sie würden es starten können, trotz der gekippten Lage. Die Maschinen, unterstützt von den steuerbaren Antigravprojektoren, würden die Jet innerhalb von Sekunden in den Himmel über Pförtner schießen lassen, war einmal die Gefahr der Zeithemmung beseitigt.

»Nach rechts!« schrie Sandal.

Takvorian hob den Arm; er hatte verstanden. Wenige Meter weiter sah er, was Sandal gemeint hatte. Eine Barriere, die aus Eisresten, aus Felsen und Bäumen bestand, deren Äste von Rauhreif und Eiszapfen verziert waren, erwartete sie hier, einige Kilometer lang. Erstaunlich, überlegte Takvorian, wie dieser junge Mann blitzschnell die beste Deckungsmöglichkeit herausfand – als sei er sein ganzes Leben auf der Flucht gewesen.

Die Landschaft um sie herum war auf zweierlei Arten erstarrt.

Während die dumpfen Geräusche der Hufe an die Ohren der beiden Eindringlinge schlugen, sahen sich Sandal und Takvorian um. Sie mußten ungesehen näher an die Stadt herankommen. Der Ausläufer des Gebirges, aus dem sie kamen, spaltete sich hinter ihnen zu der Schlucht mit dem Gletscher, mit den hochragenden Wänden der Eisspalte. Zwischen den langen Reihen der eingefrorenen Bäume und dem Gletscherabriß befand sich eine schräge, weiße Geröllfläche – die Endmoräne. Aus ihr ragten riesige Felsentrümmer hervor, die von dem Eis aus den höheren Bergzonen hierher transportiert worden waren. Binnen weniger Tage oder Wochen würde sich diese Zone in ein breites grünes Band verwandeln. Sämtliche Pflanzen und viele Tiere lagen im tiefen Winterschlaf.

Das Licht kam näher. Genauer: Der schnelle Ritt brachte Takvorian und Sandal unter dem blassen Himmel des Planetenfragmentes immer näher in die Zone, die mit »Morgensonne« beschienen war. Noch bewegten sie sich in der ausgezeichneten Deckung der Bodenspalte, hinter den eisbedeckten Bäumen und den runden Sträuchern.

Sandal nahm seinen Bogen von den Schultern und prüfte die Spannung der Sehne. Es war bitterkalt.

»Takvorian?«

Der Pferdemutant stemmte die Stollen an seinen Hufen in den eisigen Boden und hielt an. Sandal spürte, daß Takvorian langsam ermüdete trotz der Medikamente.

»Ja?«

Sandal hob seine Maske hoch und spürte den eisigen Wind, der hier entlangstrich. Da er die Bewegung des Windes feststellen konnte, bedeutete dies, daß das Feld augenblicklich an dieser Stelle nicht oder nur wenig wirksam war.

»Kannst du noch einen zweiten Spurt einlegen?«

Takvorian schüttelte den Kopf und schlug mit seinen Armen um sich; auch er litt unter der Kälte.

»Nicht gleich. Ich brauche etwas Ruhe. Im Augenblick ist das Feld an anderer Stelle wirksam, Sandal. Unser Ziel ist die Ansiedlung dort drüben?«

»Ja. Aber nicht im direkten Vorstoß, sondern auf Umwegen. Sie dürfen uns nicht sehen. Klar?«

»Völlig klar«, sagte Takvorian. »Ich muß stehenbleiben.«

Sandal schwang sich aus dem provisorischen Sattel und berührte den Boden. »Bleib hier stehen«, sagte er. »Ich gehe dort hinauf, zu dem Baumriesen. Sollte das Hemmungsfeld kommen, mußt du mich zurückholen.«

»Selbstverständlich.«

Sie waren ungefähr eine dreiviertel Stunde unterwegs. Zwanzig oder mehr Kilometer hatte Takvorian in einem rasenden Ritt zurückgelegt.

Sandal spannte seine Muskeln unter dem dicken Zeug, das er trug. Nur an den Stellen, wo die Maske nicht ganz fest saß und nicht vom Stoff der hellen Kapuze bedeckt war, schnitt die Kälte in seine Haut. Hin und wieder entwich warme Luft aus dem Atemgerät und vertrieb die Kälte. Trotzdem prickelte und biß die Gesichtshaut.

Sandal nickte Takvorian zu und lief los. Er sprang auf den Rand des Geländespaltes, kletterte gewandt wie eine Katze an gefrorenen Erdbrokken, an Eiszapfen und Steinen empor und erreichte das erstarrte Gebüsch zwischen dem kleinen Hügel, der von gewaltigen weißen Eisbäumen bewachsen war, und dem Standort seines Freundes.

Er rutschte mehrmals aus und fing seinen Sturz mit den Händen ab. Über engen, dünnen Handschuhen aus einem porösen Kunststoff, der besser als natürliches Leder war, trug er dicke, gefütterte Handschuhe, die ihn vor der Kälte schützten – zum Schießen brauchte er warme, bewegliche Finger.

Dann tauchte er hinter einem der eisüberkrusteten Stämme auf und sah in die Sonne.

Er wartete. Er registrierte aufmerksam jeden Punkt der Gegend, jede Besonderheit.

Etwa fünf Kilometer von seinem Standort entfernt erwachte gerade eine Stadt zum Leben. Sie war eben von ihrer Konservierung befreit worden. Einige geduckte Kuppeln erhoben sich, von Eisresten umgeben, inmitten von Zonen, in denen bereits das Gras und das Moos grünten und die Bäume sich unter der wärmenden Sonnenstrahlung vom Eis befreiten. Langsam sickerte Wasser die Stämme entlang, aufgehalten durch das Fesselfeld. Hinter den durchsichtigen Fenstern der Stadt sah Sandal Gestalten, die sich bewegten. Wieviele Skurrils gab es dort wohl? Fünfhundert? Mehr? Weniger?

»Wir können uns bis zur ersten Energieanlage nähern!« sagte er leise zu sich. »Dort, entlang der Straße, verborgen im Eiswald, der von der Sonne beschienen wird.«

Ein warmer Hauch kam ihm entgegen. Eine sehr geringfügige Bewegung einer großen, erhitzten Luftmasse. Weit hinter sich hörte er das auf- und abschwellende Geräusch der Coriolisstürme aus der Nachtseite über der Zwielichtzone. Der Himmel über ihm war von einem blassen, aber lichterfüllten Grau.

Der Mann von Exota Alpha kannte den Weg. Er duckte sich und glitt den Hang wieder zurück, bis er neben Takvorian stand.

Die Hemmstrahlung irrte, eingeschlossen in ein kegelförmiges Feld, irgendwo hinter ihnen umher und schlug völlig unsystematisch zu.

»Was hast du gesehen?« fragte Takvorian. Seine Stimme sagte Sandal, daß der Mutant sich etwas erholt hatte.

»Einen relativ bequemen Weg, um uns der Stadt zu nähern. Insgesamt fünftausend Meter Strecke. Und ständig unsichtbar.«

Takvorian fragte zurück: »Worauf warten wir noch?«

Sandal schwang sich auf seinen Rücken, hielt sich fest und sagte dem Mutanten, welchen Weg er zu laufen habe.

Zuerst ritten sie in rasender Eile fünfhundert Meter entlang des Grabens. Niemand sah sie, und plötzlich gerieten sie in eine Zone wütenden Sturmes. Das Fesselfeld hatte die Luftmassen aus seinem verlangsamten Griff entlassen und strich über andere Gebiete der Nachtseite.

Der Sturm heulte heran; er brachte riesige Massen von Schnee und kleinen Eistrümmern mit sich. Er rollte über die Landschaft, fegte die Oberfläche des Gletschers leer und schlug über Sandal und Takvorian zusammen. Minutenlang konnten sie fast nichts sehen; ein rasendes Schneegestöber hüllte sie ein. Eisstückchen prasselten gegen ihre Körper. Die Eismassen wurden in die Zone der Wärme und des Lichtes hinausgeweht, verwandelten sich dort in Wasser und regneten ab. Sämtliche Bauwerke waren für kurze Zeit naß und leuchteten schimmernd auf. Dann lief das Wasser wieder ab – der kalte Sturm vermischte sich mit der warmen Luftfront und hob sie hoch. Eine riesige Wolke entstand über der Stadt.

Dann berührte das Feld wieder dieselbe Gegend, und der Sturm endete abrupt.

Das Heulen in der Luft verwandelte sich in ein dumpfes Brausen, hörte ganz auf. Nur hin und wieder hörten die Freunde einige Geräusche von fern, die wie Flötenmelodien klangen; kurze, abgerissene Töne.

»Links!« sagte Sandal und wischte den Schnee von seiner Kleidung.

Der Mutant stob einen schrägen Hang hinauf und hinterließ eine Spur glitzernden Eises. Dann waren sie an den ersten Ausläufern des eisigen Waldes.

»Geradeaus durch den Wald!« sagte Sandal laut.

Er spürte an Takvorians Anstrengung, daß sie sich wieder in einem sechzigfach verlangsamenden Feld befanden. Eines war sicher: Die Jet war noch nicht entdeckt worden. Und sie selbst auch nicht. Sie hatten noch alle Chancen.

»Jawohl!« keuchte Takvorian. Er holte das Letzte aus sich heraus, als sie zwischen den ersten Stämmen verschwanden.

Der eisige Wald sah aus wie eine futuristische Bühnendekoration. Es waren einige tausend Stämme, doppelt oder dreifach mannsdick. Sie ragten rund fünfzig Meter hoch in die Luft, die von den wärmenden, hellen Sonnenstrahlen durchflirrt war. Ihre Äste breiteten sich waagrecht aus und berührten einander. Hoch über Sandal und seinem Freund bildete sich ein Dach, das aus feinstem Filigran bestand. Holz, das unter zentimeterdicken Eisschichten verborgen war und dunkel durch das glasig gewordene Eis schimmerte.

Ein ständiger Regen ging herunter. Die Tropfen schwebten jetzt wie Flaumfedern zu Boden nieder, aber in senkrechten Fallbahnen. Ihre Bewegung war ebenso verlangsamt wie die der breiten Ströme von Wasser, die an den Stämmen herunterrannen und zwischen den Wurzeln knöcheltiefe Pfützen bildeten. Als Takvorian in schärfstem Galopp hindurchsprengte, gab es einen langsamen Regen aus Tausenden von Tropfen. Von rechts drangen lange, funkelnde Sonnenstrahlen durch den Wald und bildeten waagerechte Muster.

»Nicht so schnell!« sagte Sandal und duckte sich, als ihm ein breites Stück Eis, das unter einem Ast abgebrochen war, ins Genick fiel.

»Je schneller wir unsere Mission erledigen«, keuchte Takvorian, »desto früher kann die Jet starten.«

Einen oder eineinhalb Kilometer lang ging es durch den Wald, dann blieb der Mutant stehen. Vor ihnen erhob sich ein Streifen aus Büschen, die langsam abtauten.

»Dort ist die Stadt!« Sandal schirmte seine Augen mit der Hand ab. Sie schauten direkt in die Sonne.

»Ich sehe sie!« sagte Takvorian.

Sie vermuteten inzwischen, daß die Skurrils, wenn sie eine große Landfläche mit ihrem Hemmungsfeld bedecken und beeinflussen wollten, einen Parablock bilden mußten.

Es war also zu erwarten, daß sich eine bestimmte Gruppe dieser merkwürdigen Fremden versammelt hatte, um mit Hilfe von mechanisch arbeitenden Verstärkeranlagen und riesigen Projektoren dieses Feld anzustreuen.

Jetzt erreichten sie die Zone, in der die Wärme ausgesprochen stark war. Die Hufe des Mutanten versanken im auftauenden Boden. Er würde jetzt rund zwei Standardjahre ununterbrochen im Licht liegen; ein langer Tag war für diesen Bereich des Planeten angebrochen.

»Wie gehen wir vor?« wollte Takvorian wissen.

Er stand zwischen den triefenden Büschen, deren Rinde an vielen Stellen aufgeplatzt war. Die ersten Ansätze von Knospen zeigten sich. Das Laub unter den Büschen war naß und klebte, schwarz und mit Eisresten dazwischen, aneinander und am Boden. Eine warme Luftschicht brodelte hier und erzeugte einen diffusen Bodennebel, aus dem sich Bäume und Bauwerke erhoben.

Sandal lachte und dachte: *Tahonka-No hätte nicht zu fragen brauchen – der Knöcherne hätte es gewußt.*

»Langsam!« antwortete er.

Leicht gereizt fragte Takvorian zurück: »Das nahm ich auch an – welche Richtung?«

Sandal hob beschwichtigend die Hand. »Wir bleiben zwischen den Büschen, bis wir die ersten Gebäude dort erreichen. Ich jage meine Pfeile durch die Öffnungen hinein und in die Projektoren. Wir müssen auf alle Fälle unsichtbar bleiben.«

»Gut.«

Takvorian wandte sich wieder nach vorn. Er schob sich langsam und vorsichtig durch die Büsche, deren Ästchen splitterten und mit hellen, krachenden Geräuschen brachen. Bisher hatte sich das Hemmfeld immer wieder eingestellt; es kam und ging wie ein Wind, in unregelmäßigen Rhythmen.

»Außerdem muß ich mein Ziel erkennen können«, sagte Sandal laut. »Ich muß also mindestens dreihundert Meter oder noch näher an das Ziel heran.«

»Verstanden.« Takvorian wurde schneller.

Er schob sich mit seiner letzten Kraft durch die Büsche und bahnte sich eine schmale Gasse, die von abgebrochenen und gesplitterten Ästen gekennzeichnet war und von einer tiefen Spur im morastigen, auftauenden Boden. Dann endete der Grüngürtel, und eine niedrige Mauer schloß sich an. Sie umgab die vier Blöcke der Energiestationen. Wie ein rasender Schatten galoppierte Takvorian, Sandal auf dem Rücken, die Mauer entlang und hielt an, als sie sich an der Rückwand des massiven Gebäudes befanden.

»Ist es leichter für dich, wenn ich absteige und du hierbleibst?« fragte Sandal.

Takvorian brauchte nicht lange zu überlegen. Er keuchte. »Ja. Ich werde ein Feld schaffen, in dem du dich ungehindert bewegen kannst. Auch deine Pfeile werde ich in mein Gegenfeld nehmen. Mach schnell, Freund Sandal – meine Kräfte haben deutliche Grenzen. Wir sind jetzt zweieinhalb Stunden unterwegs.«

Sandal sprang zu Boden und nahm die Köcher herunter. Er zog die dikken Handschuhe aus und schnallte sich die Köcher auf den Rücken. Heute brauchte er mit seinen Pfeilen nicht sparsam umzugehen – es gab genügend Nachschub.

»Warte hier auf mich!« bat er. »Ich bin ziemlich schnell. Aber verlier mich nicht aus den Augen.«

»Ich weiß, was von unserem Einsatz abhängt!« betonte Takvorian und hob die Maske von seinem Gesicht. Sekundenlang konnte Sandal die Spuren der Erschöpfung erkennen.

Für kurze Zeit konzentrierten die Skurrils ihr Feld auf einen anderen Fleck des Planeten. Hier stellten sich binnen einiger Sekunden völlig normale Verhältnisse ein. Takvorian konnte sich entspannen. Sandal wartete; langsam zog er die wärmenden Handschuhe wieder an. Als er ausatmete, erschien zum ersten Mal keine Dampfwolke vor seinem Gesicht. Die Bogensehne zirpte, als er daran zupfte.

Dort war eine Kuppel mit winzigen Öffnungen, in der Sandal eine große Menge von Skurrils erkannte. Unweit davon, im Schatten der Stadt, lagen die Energiestationen. Hinter gläsernen Scheiben sah Sandal große blitzende Maschinen – wahrscheinlich hatten sie mit dem Feld zu tun.

In unmittelbarer Nähe erhob sich ein Bauwerk, das alle Teile der Stadt miteinander verband. Es war eine vierstöckige Kreuzung aus Bändern, Treppen und Rampen, geraden und gekrümmten Flächen. Von dort aus hatte er ungehindertes Schußfeld nach allen Seiten, selbst bis zu den untersten Fenstern der pyramidenähnlichen Stadt.

Dort lag sein Ziel.

Aber dort oben war er auch ausgezeichnet zu sehen. Er vertraute auf seine Schnelligkeit und auf den Überraschungseffekt.

Er beugte sich zurück zu Takvorian, und dann sagte er: »Ich bewege mich, ständig schießend, dort hinauf und bleibe dort oben, solange ich nicht entdeckt werde. Von hier aus kannst du alles sehen, ohne gesehen zu werden. Ich brauche etwa dreißig Minuten. Einverstanden?«

Der Mutant sah ihn aus roten, müden Augen an und nickte schweigend. Dann sagte er leise: »Viel Glück, Sandal ... für uns alle.«

Sandal zog beide dicke Handschuhe aus, steckte sie in die Taschen und suchte einen Pfeil mit roter Befiederung aus dem Köcher. Dann nahm er den zweieinhalb Meter langen Bogen, legte den Pfeil ein und lehnte sich an die Mauer.

»Danke!« sagte er.

Dreißig schwierige Minuten brachen an. Die ersten Schüsse mußten den Gegner derart in Verwirrung setzen, daß letzten Endes der Start der GEVARI möglich war. In den dreißig Minuten, die sich Sandal Tolk zubilligte, konnte er seine zweihundert tödlichen Pfeile verschießen.

Er hob die Hand, trat drei Meter von der Mauer zurück und setzte dann mit einer Flanke darüber weg.

9.

Die Wolke über der Stadt wurde größer und höher, wölbte sich dem Himmel entgegen. Die Sonnenstrahlen rissen aus sämtlichen gläsernen oder glatten Flächen funkelnde Reflexe. Überall hing Nebel in der Luft, überall taute der Boden auf, überall regten sich die Pflanzen. Die Sonne war eine riesige, rotgelbe Scheibe, optisch durch Wasserdampf in der künstlichen Atmosphäre von Pförtner vergrößert. Sie hing drei Handbreit über dem Horizont. Sandal landete mit beiden Beinen im Morast und blieb stehen. Zwischen ihm und dem Beginn der ersten, geschwungenen Rampe erkannte er aufgetaute Bäume und Zierpflanzen; er stand in einem kleinen Park.

Er hatte sein Ziel bereits im Auge. Sandal brachte seine Füße in die richtige Position, zog den Bogen aus und spürte die Sehne an seiner Wange. Er zielte sorgfältig zwei Sekunden lang, dann richtete er die drei Finger geradeaus. Der Pfeil heulte von der Sehne.

Sandal stürzte nach vorn. Gleichzeitig mit der Bewegung seiner Füße griff er über die Schulter und zog mit einer fließenden Bewegung den zweiten Pfeil aus dem Köcher. Als die schwere Spitze des einhundertfünfzig Zentimeter langen Geschosses den Bogengriff berührte, erfolgte die erste Detonation. Sie riß eine der riesigen Scheiben in Trümmer und schickte eine weiße, von Flammen durchzuckte Explosionswolke nach allen Seiten. Sandal hatte sich um zwanzig Meter geradeaus weiterbewegt und stand jetzt regungslos zwischen zwei Baumstämmen.

Der zweite Schuß verließ die Sehne, die hart gegen Sandals linken Unterarm schlug. Der Pfeil fauchte durch die neugeschaffene Öffnung, durchschnitt heulend die Rauchwolke und detonierte, als seine Spitze auf Widerstand stieß. Die Explosionsladung verwandelte den Raum mit den Skurrils in ein Inferno.

Sandal hastete weiter, verließ den Park und rannte etwa fünfzig Meter die Rampe hoch. Hinter ihm schlugen Flammen und Rauch aus dem kleinen Bauwerk. Ein schrilles Geräusch hing in der Luft. Es stank nach verbranntem Material.

Sandal stand jetzt ohne Deckung da. Er holte noch einmal tief Luft und konzentrierte sich dann auf seinen Privatkrieg gegen dieses Volk des Schwarms, der seinen Heimatplaneten verwüstet hatte.

Er nahm schnell einen Pfeil mit blauer Befiederung, legte ihn auf und spannte den Bogen, bis die Sehne hinter dem Ohr lag. Ein Weitschuß heulte davon, beschrieb eine ballistische Kurve und schlug mehr als dreihundert Meter entfernt, durch eine Öffnung in der Flanke der aufragenden Stadt. Sandal sah die Explosion nicht mehr, sah die Flammen nur aus den Augenwinkeln. Vor seinem inneren Auge lief wieder die Szene ab, als sein Großvater im Feuer der kleinen purpurnen Stummen zusammenbrach und starb, als die Blöcke der Mauern von Burg Crater barsten. Ein anderer Pfeil – wieder ein Weitschuß. Dann kam ein besonders schwieriger Schuß.

»Der Projektor!« flüsterte Sandal haßerfüllt. Eisige Kälte durchdrang ihn. Langsam drehte er sich um dreihundert Grad, und seine Blicke suchten die Umgebung ab. Niemand hatte ihn bisher entdeckt.

Diesmal zielte er besonders lange und genau. Sein Blick verschmolz förmlich mit dem Ziel. Der Pfeil verließ zischend die Sehne und heulte davon. Krachend schlug die Sehne gegen den Armschutz über dem dicken Stoff des Unterarms.

Noch während der Pfeil seine Bahn beschrieb, riß Sandal zwei Pfeile mit gelber Befiederung aus dem Köcher. Es waren ausnahmslos Projektile, in deren langem Lauf Ladungen verschiedener Größe untergebracht waren. Aufschlagzünder besorgten die Detonation. Sandal legte die Doublette ein, drehte sich und jagte beide Pfeile hinunter zu der Energiestation.

Sie durchschlugen die Scheibe und explodierten dabei. Durch das Loch feuerte Sandal innerhalb von zehn Sekunden sechs weitere Pfeile. Dann warf ihn der Explosionsdruck um.

Der Projektor hatte sich in eine zerfetzte, glühende Metallmasse verwandelt. An drei Stellen in verschiedenen Höhen brannte es aus dem Gebäude der Stadt. Dort, wo die Kraftstation gestanden hatte, wolkte ein schwarzer Rauchpilz in die Luft. Rauch und giftige Gase krochen dicht über den Boden und verteilten sich nach allen Seiten.

»Gut! Rache für Burg Crater ... für Beareema!« keuchte Sandal.

Er raffte sich auf, schüttelte die Pfeile im Köcher zurecht und zog ein weiteres Geschoß heraus, als er der Spitze der Kreuzung zurannte. Das Fesselfeld schien unwirksam geworden zu sein.

»Hier bleibe ich!« stellte er fest.

Er war auf einer runden Plattform, auf der sieben oder mehr Rampen und Treppen zusammenliefen: der höchste Punkt der Anlage, abgesehen von der Stadt. Unter ihm und rings herum herrschte Panik. Der Sturm aus der Zwielichtzone kam heran und trieb den Rauch weg. Sandal sah genauer, welche Ziele er noch nicht getroffen hatte.

Der kleine Hyperkomsender an seinem Arm empfing pausenlos Alarmsignale und Notrufe – Sandal kümmerte sich nicht darum. Er schoß jetzt schnell, aber methodisch.

Langsam drehte er sich, während er in Drei-Sekunden-Abständen einen Pfeil nach dem anderen abfeuerte. Er arbeitete wie eine Maschine, aber mit der Kunst eines Mannes, dessen Bogen eine Art verlängerter Arm war. Rings um ihn breiteten sich glühende Wolken aus. Überall krachten die Detonationen der speziell angefertigten Pfeile. Der Projektor war zerstört. Aus geschmolzenen Kabeln tief im Boden zuckten unaufhörlich elektrische Entladungen und sprangen auf die Gebäude und auf Metallteile über. Eine zweite Kraftstation ging nach der Detonation in Flammen und Rauch auf. Eine Gruppe fliehender Skurrils wurde getötet.

Der fünfzigste Schuß ...

Sandal lehnte sich kurz an das steinerne Geländer der Rampe. Der Sturm aus der Zwielichtzone zerrte an ihm. Das Feld war also unwirksam geworden. Überall gab es Vorhänge aus Rauch und Flammenwände. Einige Minuten später hatte der orkanartig auffrischende Sturm den Rauch wieder weggeblasen.

Sandal drehte sich herum. Er suchte wieder nach unzerstörten Anlagen. Überall sah er geschwärzte Ruinen und aufgerissene Mauern. Irgendwo über ihm ertönten eine Menge schriller Schreie, als ob Vögel sich etwas zuriefen.

»Zurück!« sagte er.

Schließlich gab es nicht nur diese Stadt; eine andere konnte die Aufgabe übernehmen. Es war wichtig, schnell zur Jet zurückzureiten, solange die Verwirrung anhielt. Sandal nahm einen Pfeil, der eine starke Ladung enthielt, und jagte ihn aus kürzester Distanz in den Turm der Stadt hinein. Dann wandte er sich zur Flucht.

Er raste die geschwungene Rampe hinunter, wich den glühenden Brokken aus, die überall herumlagen, sprang über einen ausgeglühten Stahlträger, der sich langsam in den Belag hineinfraß und erreichte den Park, dessen Bäume zerfetzt waren und dessen Büsche brannten. Er flankte über die Mauer und sah sich Takvorian gegenüber.

»Das Feld ist zusammengebrochen«, sagte der Mutant. »Wir müssen zurück!«

Sandal schwang sich auf den Rücken Takvorians und sagte: »Ja. Schnell, aber in Etappen!«

Takvorian hatte sich glänzend erholt. Er raste los, in der eigenen Spur. Sandal hielt sich mit den Beinen fest und drehte sich im Sattel um. Hinter ihnen lag die Zone, die völlig zerstört war. Der Sturm wütete, und das Sonnenlicht war von dem Rauch und dem Gas verdunkelt. Hin und wieder erschütterten sekundäre Detonationen die weiträumige Anlage. Sandal nahm einen Pfeil aus dem Köcher, rief »Halt!« und feuerte ihn ab. Noch während das Projektil seine ballistische Bahn beschrieb, raste Takvorian in gestrecktem Galopp weiter.

»Ich kann bald nicht mehr!« stammelte er.

»Vielleicht holt uns der Mausbiber ab!« schrie Sandal, einen neuen Pfeil aus dem Köcher fischend. Er lag flach auf Takvorians Rücken, hatte sich vorgebeugt und lehnte sich gegen die Schultern des Mutanten.

»Halt!«

Sie hatten den Grüngürtel der Büsche erreicht, nachdem sie einen flachen Abhang hinaufgesprengt waren. Zwischen den ersten Büschen brach Takvorian in die Knie, raffte sich aber augenblicklich wieder auf.

»Ist ... schon ... in ... Ordnung!« keuchte er.

Sandal schoß innerhalb von zehn Sekunden fünf Pfeile ab. Es waren gewagte Weitschüsse, aber sie waren so gut wie ungezielt. Der Sturm schleppte die Projektile mit sich und warf sie an fünf verschiedenen Stellen in den Bereich der Stadt. Noch während der dritten Detonation galoppierte Takvorian weiter. Er sprengte durch den Wald, dessen Stämme im Sturm knisterten und knackten. Dann erreichten sie den Graben. Wieder stolperte Takvorian.

Sandal schrie gegen den Sturm, der ihm unaufhörlich Eis und Schnee ins Gesicht warf: »Ist das Feld wirksam?«

Takvorian stammelte: »Ich kann nichts spüren, Sandal ...«

Sandal spannte seine Muskeln, lockerte seine Füße in den provisorischen Steigbügeln und schwang sich mitten im harten stoßenden Galopp aus dem Sattel. Er legte seinen linken Arm um den Brustkorb des Mutanten und rannte neben ihm her. Halb riß er Takvorian mit sich. Sie rannten keuchend und schwer atmend durch den Graben und sahen vor sich, wenn die Wut des Sturmes nachließ, die Geröllfläche aus Moränenschutt.

Kein Mausbiber ... kein Teleporter ...

»Wir müssen die Jet erreichen!« rief Sandal. Er fühlte sich ebenfalls erschöpft und mitgenommen.

»Wir sind gleich da ...«, sagte Takvorian.

Sie rannten und stolperten weiter. Einmal fiel Sandal hin und prellte sich schmerzhaft ein Knie. Er humpelte weiter. Unter der Maske rann ihm der Schweiß über das Gesicht und biß in den Augen. Es gelang ihm, den Sauerstoffanteil seiner Atemluft etwas zu erhöhen, und es ging wieder etwas besser. Takvorian setzte mit seinen letzten Kräften zu einer Gewaltanstrengung an, griff nach Sandals Gürtel und riß ihn mit sich. So sprengte er den schrägen Hang hinauf, donnerte durch das hoch aufspritzende eisige Wasser des Gletscherbaches und erreichte endlich den Windschatten des Gletscherrisses.

Sandal schrie: »Noch zweihundert Meter! Durchhalten!«

Die Luft in seinen Lungen stach und brannte. Seine Seiten schmerzten. Das Knie schien angeschwollen zu sein. Sie kamen in das Halbdunkel der Schlucht und sahen einen Scheinwerfer aufleuchten.

Das konnte nur eines bedeuten: Das Hemmfeld war abgeschaltet oder ausgefallen – sie waren frei. Alle elf Mitglieder der Expedition. Die rasende Flucht zurück zur Jet war beendet.

»Wir sind da!« stöhnte Takvorian.

Er war dem restlosen Zusammenbruch nahe, als er in seinen eigenen Spuren durch die Schlucht hindurchstolperte. Sandal hielt sich neben ihm fest, als der Scheinwerferstrahl sie traf, und zeigte, wie sie rutschend und stolpernd einem Punkt entgegentaumelten, der genau unter der Polschleuse der schrägstehenden Jet war.

Atlan schrie von oben: »Los! Wir starten gleich!«

Gucky und Ras Tschubai holten Sandal und Takvorian in die Jet. Hinter ihnen fuhr die Polschleuse zu. Augenblicklich hatte Atlan die Chance ergriffen, die sich ihm bot.

Für einige Zeit war das Hemmungsfeld erloschen. Die GEVARI war frei.

Die Maschinen heulten auf. Sämtliche Uhren und sämtliche Abläufe aller Prozesse gingen mit normaler Geschwindigkeit vor sich.

Die Jet kippte weiter. Sie schwebte bereits, ihre beiden Kanten lösten sich aus den Vertiefungen. Eis löste sich und krachte herunter. Die Jet stellte sich aufrecht und schoß mit einem gewaltigen Satz senkrecht in die Höhe, schürfte zwischen den Eiswänden hoch und löste einen weiteren Hagel von Eisbrocken aus.

Die Düsen der Partikeltriebwerke erfüllten die Schlucht mit einem grollenden, heulenden Geräusch. Die Jet schoß, schneller werdend, zwischen den Eiswänden hoch, durchstieß den Nebel und wurde vom auftreffenden Sturm durchgeschüttelt. Atlan hockte in seinem Steuersessel und kippte das kleine Raumschiff wieder in die Normallage zurück. Dann beschleunigte er voll.

»Es ist vorbei«, sagte er. »Sie erwischen uns nicht wieder. Wir verlassen diesen Planetoiden.«

Das diskusförmige Raumschiff wurde schneller. Atlans Finger bewegten sich rasend; sie kippten Schalter, warfen Maschinen an, regulierten Werte ein. Die GEVARI stieß fast senkrecht in den wolkenverhangenen Himmel hinein, durchschnitt die Zwielichtzone und fegte in den Bereich der planetaren Nacht.

Sandal sagte laut: »Die Funkgeräte! Tahonka ... du kennst die meisten Sprachen im Schwarm! Merk dir, was sie sagen!«

Der Mann von Gedynker Crocq nickte und drehte an den Abstimmknöpfen.

Die elf Besatzungsmitglieder reagierten schnell und mit der Erfahrung von Männern, die solche oder ähnliche Situationen schon oft durchgestanden hatten. Sandal und Takvorian befreiten sich von den durchnäßten und schmutzigen Kleidungsstücken. Icho Tolot schleppte den Pferdemutanten hinunter in eine geräumige Kabine. Takvorian fiel in einen todesähnlichen Schlaf.

Als nach einigen Minuten, in denen sich die Jet mit eingeschalteten Schutzschirmen und höchster Maschinenleistung von dem Planetenfragment namens Pförtner entfernte, Sandal wieder seine alten Kleidungsstücke angezogen hatte, blieb er neben Atlan stehen. Auf der anderen Seite des Pultes stand jetzt der Emotionaut Mentro Kosum.

»Atlan?« fragte Sandal halblaut.

Er zwinkerte überrascht, als er sah, wie der Arkonide aufstand und dem Emotionauten winkte. Sie sahen sich in die Augen.

»Die Schwarm-Wachschiffe werden natürlich erwarten, daß wir versuchen, den interstellaren Weltraum zu gewinnen!« sagte Sandal.

»So ist es.« Atlan wartete, bis Kosum sich im Sitz festgeschnallt hatte, und fuhr dann fort: »Genau das denke ich auch, Sandal. Wie viele Pfeile hast du verschossen?«

»Nicht ganz hundert«, sagte Sandal. »Aber dort draußen werden sie uns einkesseln, ehe Hilfe von der MARCO POLO da ist.«

Atlan grinste. »Dein Großvater ...«, sagte er leise. »Was hat er dich gelehrt?«

Sandal überlegte kurz, dann schaltete er den Hypersender seines Armbandgerätes ab, der pausenlos Signale auffing und Alarmmeldungen der Schiffe.

»Ich soll nie das tun, was der Gegner erwartet«, sagte Sandal mißmutig. Er fühlte sich wie während einer Schulstunde, von Joaquin Cascal oder Chelifer Argas geleitet. Dann sah er das Grinsen in Atlans scharfgeschnittenem Gesicht und begriff.

»Du hast also nicht vor, das zu tun, was die Herrscher des Schwarms von uns erwarten – oder ihre Sklavenvölker!«

»Nicht im mindesten!« Der Arkonide blickte auf die aktivierten Bildschirme der Jet.

Sie zeigten einen annähernd freien Raum. Hinter ihnen blieb der Faustkeil des Planetenbruchstückes zurück.

Der Emotionaut fragte: »Welches Ziel, Lordadmiral?«

»Gepla I!« sagte er. »Auf Umwegen und in voller Deckung. Nützen Sie alle Ihre Tricks und die Möglichkeiten dieser Maschine aus, Mentro!«

»Mit Vergnügen!« sagte der Emotionaut und schob sich die SERT-Haube über den Kopf.

Atlan und Sandal nickten sich zu. »Gut. Sehr gut!« sagte Sandal.

Immer mehr entfernte sich die Jet von dem Planeten der Gefahren. Atlan fürchtete die Panikstrahlung, aber nicht die gegnerischen Schiffe, obwohl er wußte, daß sie auch die Linearraumtechnik beherrschten – eine der bestürzenden Erkenntnisse der letzten Zeit.

Gegen die Schiffe konnte man sich erfolgreich wehren – nicht aber gegen jene unheimliche Strahlung.

An Bord der GEVARI normalisierten sich die Verhältnisse zusehends. Zwei der Besatzungsmitglieder bereiteten in der Kombüse ein schnelles Essen. Becher mit Getränken wurden ausgeteilt. Takvorian schlief ungestört.

Insgesamt betrachtet, hatten sie kaum ein weiteres Rätsel des Schwarms lösen können. Sie hatten noch keinen der Herrscher des Schwarms gesehen oder ausgemacht. Die Fürsten über die vielen Sklavenvölker und über die Wesen, die bisher den Namen »Gelbe Eroberer« innehatten, reagierten nicht.

»Wo sind wir?« fragte Sandal.

Unter der SERT-Haube erklärte der Emotionaut: »Rund vierhundert Millionen Kilometer von dem Gefährlichen Planeten I entfernt. Wir dürften die Schale des Panikfelds hinter uns haben.«

»Danke.«

Die Jet vollführte in den nächsten Stunden eine Reihe von komplizierten Manövern. Sie ging in den Linearraum, blieb dort eine Weile, verließ ihn wieder, um dem Piloten Gelegenheit zu geben, sich zu orientieren. Eine Weile rasten sie im Normalraum weiter und hörten die Funksprüche ab. Anscheinend herrschte an einigen Stellen, die den Wachschiffen Befehle gaben, einige Panik, denn die wenigsten Funksprüche waren verschlüsselt. Tahonka-No schrieb mir, was er konnte, außerdem arbeitete die Aufzeichnungsanlage.

Die Verfolger waren verwirrt.

Atlan setzte sich und nahm ein Tablett entgegen, auf dem die Teile einer schnell zubereiteten Mahlzeit standen. Er war ziemlich hungrig und aß schweigend und schnell.

Die Rätsel blieben. Offensichtlich war die Hierarchie des Schwarms aufgebaut wie eine Pyramide. Es gab eine Menge von Sklavenvölkern, die ihrerseits wieder kontrolliert und beaufsichtigt wurden. Diejenigen, die das taten, schienen auch nur ausführende Gruppen zu sein. Es war für die

Terraner wichtig, die Gruppe oder den einzelnen an der Spitze zu treffen. Sie mußten die Herren oder »Fürsten« des Schwarms stellen und sie auf irgendeine Weise zwingen, das Unheil von den zahlreichen Planeten dieser Galaxis abzuwenden.

Aber im Augenblick zeichnete sich noch keine Möglichkeit ab. Vielleicht waren sie klüger, nachdem sie Gepla I erreicht hatten ...?

Einige Stunden später sagte Atlan leise: »Lange Linearflüge sind unmöglich, aber wir haben uns in einem verrückten Zickzackweg in die Nähe des Planeten laviert. Sehen wir weiter.«

Innerhalb des Intern-Alpha-Systems herrschte helle Aufregung. Überall rasten kleinere Raumschiffsverbände umher und suchten die entkommenen Fremden. Die meisten Schiffe flogen, so schnell sie konnten, dem Außenrand des Sonnensystems entgegen. Pausenlos wurden Funksprüche gewechselt, zwischen den Schiffen und einer übergeordneten Befehlsstelle. Ununterbrochen gab Tahonka-No wichtige Passagen durch.

»Sie denken jedenfalls nicht daran«, sagte der Knöcherne abschließend, »uns im Zentrum des Systems zu suchen.«

»Ausgezeichnet!« rief Atlan.

Die Space-Jet war, nachdem sie von Pförtner aus einen riesigen Bogen geflogen war, im Zickzackflug zwischen Normalraum und Linearetappen kürzester Dauer auf den »Gefährlichen Planeten« zugerast.

Jetzt hob der Emotionaut die SERT-Haube und sagte: »Sir!«

Atlan drehte sich schnell herum und blickte auf die Schirme und Instrumente des kleinen Raumschiffes. »Was gibt es?« fragte er.

Nur noch vier Mitglieder der Besatzung befanden sich in der Zentrale der Jet. Die anderen erholten sich noch von den Strapazen der letzten Tage.

»Wir stehen eine winzige Linearetappe vor Gepla I!«

»Wie steht es mit den Anzeigen der Ortung?« fragte Atlan, während er die Bildschirme musterte.

»Vorläufig negativ!«

Atlan, der Emotionaut, Sandal und Tahonka hielten sich unter der durchsichtigen Kuppel auf. Die Jet flog im Normalraum. Ihre Ortungsgeräte waren eingeschaltet, aber nur ferne Echos zeichneten sich auf den Schirmen ab.

Tahonka-No lachte kurz auf, dann heftete er den Blick seiner milchigen Augen auf Atlan. »Haben wir Unterstützung vom großen Schiff?«

»Unter Umständen«, sagte Atlan. »Aber wir sollten uns nicht darauf verlassen.«

Die GEVARI ging wieder in den Linearraum, hielt sich dort sehr kurz auf und verließ die Zwischenzone wieder. Vor ihnen lag der Planet.

»Da ist er!« sagte Sandal.

Seit dem Tag, an dem er Atlan und Cascal getroffen hatte, nach der Rache an den kleinen Purpurnen, hatte sich Sandal nicht nur äußerlich verändert. Er trug zum größten Teil Kleidung aus der Ausrüstung des Schiffes, hatte aber seine Ansichten über die richtige Ausrüstung eines Jägers und Kriegers nicht geändert. Nach wie vor hielt er seine weißen Haare mit einem Lederband zusammen, trug seinen breiten Gürtel, das Messer und die schwere Energiewaffe, ein Geschenk von Atlan.

Seine eigentliche Veränderung war aber innerlich und nicht sichtbar.

Er war inzwischen das Objekt einer Erziehung gewesen, die ihn durch eine Menge Abenteuer geführt hatte, aber auch innerhalb des Schiffes stattgefunden hatte. Chelifer Argas und Atlan, Cascal und viele andere Menschen hatten ihm beigebracht, daß seine Vorstellungen von Rache falsch waren. Er hatte sehr viel gelernt, aber sein fernes Ziel war – vorläufig – noch immer, die Herren des Schwarms zu treffen und sie zu zwingen, ihren tödlichen Weg durch die Milchstraße zu ändern.

»Was werden wir hier finden?« fragte Sandal und stellte sich hinter Atlan, der die Geräte der Fernerfassung einschaltete und versuchte, nähere Daten über Gepla I herauszufinden. Die Feststellungen wurden von robotischen Geräten getroffen und lagen entsprechend schnell vor, obwohl der Planet optisch noch nicht größer war als ein Ball.

»Ich weiß es ebensowenig wie du«, sagte Atlan halblaut. Er beugte sich gespannt vor und las die ermittelten Werte ab. »Aber es war unser Ziel von Anfang an, diesen Planeten zu erreichen.«

Es war eine reich bewachsene Sauerstoffwelt. Die Schwerkraft betrug mehr als die gewohnte irdische – sie war um zehn Prozent höher. Die rechnerisch ermittelten Durchschnittstemperaturen der Planetenseite, die der Jet zugewandt war, hielten sich bei sechsundzwanzig Grad Celsius.

Der Planet rotierte ziemlich schnell; sein Tag dauerte siebzehn Stunden im terranischen Normalmaß und achtzehn Minuten und einige wenige Sekunden.

»Bremsen Sie etwas ab, Mentro!« sagte Atlan.

»Verstanden!« versetzte der Emotionaut unter der Haube hervor.

Durch seine Gedankenbefehle wurde die Jet mit einer Schnelligkeit und Zuverlässigkeit gesteuert, die kaum übertroffen werden konnte. Sämtliche Steuerbefehle verliefen derart harmonisch, daß die GEVARI eine selbständig denkende Maschine zu sein schien, deren Flug in vollendeter technischer Harmonie verlief. Sandal sah den Planeten näherkommen und rechnete sich aus, daß er hier an Atlans Seite versuchen würde, das Geheimnis dieser Welt zu erkunden.

Tahonka-No erhob sich langsam und drehte den Lautstärkenregler des Funkgerätes ein wenig zurück. Die zahlreichen sich überlagernden Stimmen aus dem Lautsprecher wurden leiser. Der Knöcherne streifte die Kopfhörer ab und drehte seinen Kopf herum. Er sah Sandal an, dann öffnete sich sein schmallippiger Mund.

Mit seiner knarrenden Stimme sagte er: »Es ist also ein Planet, auf dem wir alle atmen und uns frei bewegen können. Sandal und ich werden gehen und suchen.«

Atlan tippte mit dem Nagel des Zeigefingers auf einen Schirm. Er zeigte, ziemlich blaß und grau, die Kugel des Planeten, in eine dunkle Nachthälfte und eine helle Hälfte geteilt, auf der es Tag war. Dieses Bild war von kleinen, viereckigen Punkten in einem unregelmäßigen Muster überdeckt. Die meisten dieser Punkte blinkten aufgeregt und schufen ein psychedelisches Muster.

»Energieortungen!« sagte Atlan. »Eine hochtechnisierte Welt!«

»Auf solchen Welten gibt es viele Verstecke, weil solche Anlagen meist vollrobotisch arbeiten!« sagte Sandal. »Ein guter Planet für uns, Freund No!«

Der Knöcherne, der von seinem Heimatplaneten verstoßen worden war, lachte laut.

Atlan hob beide Hände. »Wir befinden uns gegenwärtig erst noch im Anflug auf Gepla! Ihr solltet noch keine Pläne machen – es ist noch zu früh. Es kann sein, daß eine Landung unmöglich gemacht wird. Wartet noch, bevor ihr euch freut, die Jet verlassen zu können.«

Er erklärte die Echos der Energieortungen. Seiner Meinung und nach der Stärke und Farbintensität der kleinen Quadrate zu urteilen, befanden sich die großen Schaltstationen, die Energieerzeuger und Kraftwerke, die Fabriken und anderen Anlagen meistenteils unterhalb der Oberfläche. Die Dämpfung von Gesteinsschichten und einem dicken Pflanzenwuchs war unverkennbar. Wären alle Anlagen über dem Boden gewesen, würden die abgestrahlten Eigenfrequenzen nicht so stark gedämpft werden.

Der Planet wurde größer. Aufmerksam beobachteten sie die Schirme. Keine anderen Schiffsbewegungen waren zu orten. Die Chance, unbemerkt zu landen, wuchs.

Rund fünfzehn Minuten später sagte der Emotionaut etwas unschlüssig: »Wir sollten uns klar darüber werden, wo und wann wir landen, Sir!«

Atlan sagte: »Auf alle Fälle steuern wir die Nachthalbkugel an, nähern uns weiterhin mit großer Vorsicht und versuchen, sofort ein gutes Versteck zu finden. Dann können wir die Teleporter einsetzen. Fluganzüge werden sich von selbst verbieten.«

»Gut. Ich versuche es!«

Tahonka sprang plötzlich mit einem Satz auf den Sessel vor dem Funkgerät, drehte den Lautstärkeregler auf und horchte konzentriert. Sandal verstand einige Gesprächsbrocken. Er hielt den Atem an.

»... Y'Xantramon ... Aufforderung, die neu fabrizierten Geräte zur Hemmung der Bewegungsabläufe ... schneller zu liefern!«

»Ein Funkspruch an die Wesen von Pförtner!« flüsterte No.

Er war in eine terranische Bordkombination gekleidet, trug leichte Stiefel und eine halblange Jacke mit vielen Taschen und eingearbeiteten Geräten.

»Still!« rief Sandal.

Auf den vergrößernden Schirmen der Fernbeobachtung zeichneten sich als helle, scharfe Lichtfelder die Städte in der Nachtzone ab. Zahlreiche Energieechos von Funkstationen und Raumhafentürmen wurden angemessen. Die Erwähnung eines Götzen machte sie alle stutzig. Noch war es zu früh, die anderen Insassen der Jet zu wecken – bis zur Landung würde noch einige Zeit vergehen, und der Emotionaut brauchte keinerlei Hilfe.

»Y'Xantramon!« sagte Sandal haßerfüllt. »Einer der Fürsten oder Götzen. Er ist schuld daran, daß Tausende von Planeten in Gefahr sind, daß die Galaxis verdummt ist. Ich werde ihn finden ...«

»Vergiß einen Augenblick lang deine Rache«, mahnte Atlan und hörte zu, wie Tahonka übersetzte.

Der Knöcherne berichtete: »Die Funksprüche sind Befehle oder Anordnungen. Sie werden im Namen eines der Götzen gegeben, der Y'Xantramon heißt. Vielleicht wartet ein solcher Herrscher auf Gepla I. Vielleicht auch nicht; das ist unsicher. Er fordert die Wesen, die wir »Skurrils« nennen, auf, eine gewaltige Menge von derartigen Geräten fertigzustellen und hierher zu liefern.«

Atlan lachte. *Also hat das Eingreifen der Terraner doch Erfolg gehabt!* meldete sich sein Extrasinn deutlich. *Dieser Götze legt Wert darauf, daß die Geräte dorthin gebracht werden, wo die sogenannten Gelben Eroberer sich teilen wollen. Die Wesen im Innern des Schwarms versuchen, die Bevölkerungsexplosion zu hemmen, hinauszuschieben, indem sie die körperlichen Abläufe der Gelben mit aller Kraft verlangsamen.*

»Das ist im wesentlichen alles, Freunde«, sagte der Mann von Gedynker Crocq.

Langsam kletterte die Spannung. Sie bemächtigte sich der vier ungleichen Insassen des Steuerraumes. Sie ahnten, daß sie nahe der Auflösung eines weiteren Schwarm-Geheimnisses waren.

Atlan meinte nachdenklich und leise: »Ein weiteres Zeichen dafür, daß die Fürsten des Schwarms sich in einer Notlage befinden. Wir haben sie deutlich gezwungen, sich mit einem Gegner zu befassen, dessen sie nicht habhaft werden können.«

Plötzlich sagte Mentro laut und alarmiert: »Schiffsverband auf Kollisionskurs!«

Die kleine Gruppe stob auseinander. Atlan beobachtete die Bildschirme. Er zählte langsam die riesigen Objekte, die sich dort abzeichneten. Sie flogen genau auf den Terminator zu, auf die Trennungslinie zwischen Nacht und Tag, während die Jet sich dem Zentrum der Nachthalbkugel näherte und sich dadurch im Schlagschatten des Planeten befand. Einige der Schiffe konnte Sandal trotz der Filter in der Kuppel mit bloßem Auge erkennen, aufschimmernd im Sonnenlicht.

»Keine Ausweichmanöver!« ordnete Atlan an. »Wir fliegen gleichzeitig mit ihnen ins Feld des Planeten ein.«

»Verstanden.«

Die Jet paßte ihre Geschwindigkeit an, ging in eine kleine Kurve und lavierte sich in eine Position, in der sie als Teil des Schiffsverbandes gelten konnte. Das Bild auf dem Schirm explodierte nach allen Seiten, als Atlan die Raste für Vergrößerungen drückte. Ein Koloß zeichnete sich ab; ein riesiges Transportschiff, das sich jetzt von dem Konvoi absonderte und weiterhin auf Gepla zuraste.

Alle Schiffe schienen auf auseinanderliegenden Raumhäfen landen zu wollen, denn sie flogen einen Landekurs, der sie, vorausgesetzt, sie hielten die gewählte Gerade ein, an siebenundzwanzig verschiedene Punkte des Planeten führen würde.

»Wir landen gleichzeitig mit ihnen!« sagte er. »Unsere beste und einzigste Chance.«

»Auf der Nachthalbseite?« fragte Sandal und sehnte sich nach dem festen Boden eines warmen Sauerstoffplaneten, wo er sich natürlich und schnell bewegen konnte.

»Jawohl!«

Dann betätigte Atlan den Summer, der die anderen Insassen der Jet wecken sollte. Als sie sich wenige Minuten später versammelten, erläuterte er ihnen seinen Plan und fand allgemeine Zustimmung. Sie sehnten sich alle nicht danach, in Lebensgefahr zu geraten, aber sie wußten genau, daß sie die einzige Waffe der Erde darstellten, wenn es galt, die Drohung des Schwarms von einer Galaxis zu nehmen, die sich nur langsam und zögernd aus der Verdummung erhob.

Auf den Bildschirmen gab es inzwischen wertvolle Einblicke in die Oberflächenstruktur des Planeten.

Er schien seit vielen Jahrhunderten zweckgerichtet kultiviert worden zu sein. Alle sichtbaren Gebiete, die sorgfältig eingeteilt waren, wirkten fruchtbar. Riesige Felder wechselten mit Wäldern ab. Es gab vorwiegend runde Städte, an deren Außenrand langgestreckte, unauffällige Bauelemente standen. Nutzbauten und merkwürdige Turmhäuser wechselten miteinander ab. Straßen und Wege, Flüsse und Bergzüge ... ein alter, aber schöner Planet. Herrschte hier Y'Xantramon?

»Hinunter!« sagte Atlan.

Sie sahen zu, wie der Emotionaut die GEVARI an den Planeten heranbrachte, wie er abbremste und den Diskus durch die dünnen Schichten der Atmosphäre jagte. Ein kurzer, heller Schauer vor dem Schiff zeigte, daß sie die dünne Schutzschicht der Magnetosphäre durchstießen. Dann begannen die Geräusche, mit denen die Luft um das Schiff heulte und tobte. Auf den Radar- und Infrarotschirmen zeichnete sich ein Gebirgszug ab, der den Planeten genau auf der Äquatorlinie teilte und mehr als sechstausend Kilometer lang war. Der Emotionaut steuerte auf den höchsten Punkt zu.

Als die Anzeigen ein riesiges, langgestrecktes Binnenmeer zeigten, das unmittelbar unter den Ausläufern der größten Bergmassive seinen langen, weißen Strand hatte, flog die Jet darauf zu. Angespannte Mienen verrieten, daß die Insassen jederzeit mit einer Ortung rechneten.

Niemand schien sie zu bemerken.

Gleichzeitig, mit einigen der siebenundzwanzig Frachtschiffe, näherten sie sich dem Boden. Sechstausend Meter, fünftausend. Ein Berggipfel kam näher, zeichnete sich als Relief auf dem Schirm ab. Die Echolotungen zeigten, daß ein Teil des Bergstockes Karstgebirge war – von Höhlen, Schründen und riesigen Spalten durchzogen.

»Ich suche nach einem Versteck, das uns einigen Spielraum läßt!« sagte der Pilot unter der Haube hervor.

»Tun Sie Ihr Bestes!« mahnte Atlan.

Die Jet sank weiter und schwebte, als der Pilot in einen langsameren Horizontalanflug überging, nur noch zweitausend Meter über dem Meeresspiegel. Schwach leuchtend erstreckte sich die Wasserfläche unter ihnen. Die Radargeräte liefen ununterbrochen. Sie zeigten an, daß unter einer dünnen Felskruste, hauptsächlich kalkigem Gestein, eine Reihe verschieden großer Höhlungen von Osten nach Westen verlief.

Dann, plötzlich, schnellten die Anzeigen nach oben – die suchenden Strahlen hatten eine Höhle entdeckt, die seitlich in die Felsen führte. Summend bremsten die Maschinen des Schiffes.

Kosum hielt an und änderte seine Richtung um neunzig Grad, ging abermals fünfhundert Meter tiefer und näherte sich einer Höhlenöffnung, die mehr als hundert Meter breit und höher als zwanzig Meter war. Auf dem Schirm des Superradars zeichneten sich die Strukturen des Eingangs ab, dahinter erschienen diffus und undeutlich Gebilde, die wie Eiszapfen aussahen. Stalagmiten und Stalaktiten, im Lauf von Jahrtausenden aus dem Kalk des Felsens herausgewaschen, als sich Regenwasser mit Kohlensäure aus der Luft und aus Pflanzen verband und den Kalk löslich gemacht hatte.

Behutsam steuerte der Emotionaut die Jet in den Hohlraum hinein, der sich nach zwanzig Metern Flug abermals vergrößerte.

Eine riesige, domartige Halle öffnete sich für sie. Die Jet folgte hundert Meter jenem flachen Gang, bog dann ab, und sämtliche Landescheinwerfer flammten auf.

Sie zeigten eine farbige Pracht aus Tropfsteinen, Kalkschleiern, Vorhängen und Wasserbecken, die wie von Korallenbauwerken, von Barrieren farbigen Kalkes umgeben waren.

Nicht eine einzige harte Fläche erschien: Überall sah man die Rundungen des gewachsenen Kalks.

»Achtung ... wir setzen auf.«

»Wir sind bereit!«

Die Jet fuhr die Landestützen aus und sank unendlich langsam tiefer. Dann gingen einige leichte Erschütterungen durch das Metall der Zelle. Fast völlig waagrecht stand der Diskus da, nur noch zwei Scheinwerfer suchten die Höhle ab.

»Gibt es Ausstrahlungen von lebenden Wesen, Gucky?« fragte Atlan besorgt. Sandal packte seine Waffe fester.

Nach kurzem Zögern sagte der Mausbiber: »Ich kann nichts feststellen. Auch nicht in größerer Entfernung. Die Landschaft ist zu kahl und zu arm, um besiedelt zu sein.«

»Wir haben also ein ideales Versteck!« sagte Tahonka-No. »Warten wir, bis es hell wird?«

»Wir warten auf den Tag!« entschied der Arkonide. »Gucky und Ras – ihr könnt, wenn es euch nichts ausmacht, in kurzen Sprüngen das Gelände erkunden und die Stellen aussuchen, von denen aus wir morgen suchen können.«

»Mit Vergnügen«, sagte Gucky. »Vielleicht finde ich Gewächse, die den irdischen Mohrrüben ähneln.«

»Oder giftige Pilze!« lachte dröhnend der Haluter.

Immer dann, wenn er in der Steuerkanzel erschien, bekamen sie alle leichte Anfälle von Klaustrophobie. Das lag daran, daß seine mächtige

Gestalt die Zelle des Schiffes zu sprengen schien und sich alle vorkamen, als wären sie Zwerge.

»Maschinen aus. Nur die notwendigen Anlagen laufen noch mit geringster Kapazität!« sagte der Emotionaut und hob die SERT-Haube von seinem Kopf.

Die GEVARI war in Deckung.

Sie konnten weder aus dem Weltraum, noch, was geradezu unglaublich erschien, von einer anderen Stelle des Planeten aus geortet werden. Sie standen in einem verlassenen Gebirgsmassiv dieses Planeten, fünfzehnhundert Meter über dem Spiegel eines großen Binnenmeeres, im Schutz einer gewaltigen Tropfsteinhöhle. Von hier aus konnten sie einige Tage lang versuchen, den Planeten zu erkunden.

Sandal rechnete fest damit, einen der Fürsten des Schwarms zu treffen. Das waren seine letzten Gedanken, ehe er einschlief.

10.

Nach einigen Schritten stieß Sandal, als er später Atlan aufsuchen wollte, auf Ras Tschubai. »Neuigkeiten?« fragte er.

Lakonisch deutete Ras nach oben zum Steuerraum.

»Ha!« sagte der Krieger. »Foltere mich nicht mit unechter Spannung. Was ist geschehen?«

Ras grinste und entblößte eine Doppelreihe schneeweißer Zähne. Er sagte leise: »Wir haben einen Rafferfunkspruch von Rhodan aufgefangen, etwas undeutlich, aber sehr informativ.«

»Informiere mich!« bat Sandal.

Weit jenseits des Intern-Alpha-Systems«, sagte Ras, »hat Rhodan ein tolles Ablenkungsmanöver entfesselt. Er verwickelt mit zweiundzwanzig Kreuzern und achtzehn Korvetten die Schiffe des Schwarms in Gefechte. Die Kommandanten scheinen ganz genau zu wissen, wie lebenswichtig es ist, die Schwarmschiffe von uns abzulenken. Schließlich geht es um das Leben der Gruppe Atlan.«

»Darum geht es!« bestätigte Sandal. »Noch mehr Informationen?«

»Ja. Von der MARCO POLO kamen entsprechende Befehle. Rhodan meint, es wäre an der Zeit, den Gegner in eine Position zu zwingen, in der er reagieren muß.«

Sandal schlug Ras leicht auf die Schulter und fragte: »Und hier ... auf Gepla I?«

»Wir haben die Umgebung erkundet«, versicherte Ras und zog seine Stirn in Falten. »Wir haben mehrere Dutzend Sprünge hinter uns gebracht, teilweise weit in die Tageszone hinein. Und in den letzten Stunden haben wir die Stadt in der Ebene entdeckt, im Morgenlicht. Hast du schon einen Blick auf die Höhle geworfen?«

»Noch nicht. Sehenswert?« fragte Sandal, der einen deutlichen Hunger verspürte.

»Bizarr. Tahonka erwartet dich. Neben der kleinen Kombüse.«

Sandal verabschiedete sich und suchte die Kombüse auf. Der Großteil der Mannschaft hatte bereits gegessen. Icho Tolot war außerhalb des Schiffes unterwegs. Ein Bildschirm zeigte Sandal, als er daran vorbeiging, den Blick in die Kalksteinhöhle mit ihren wunderbaren Bildern.

Licht fiel aus zahlreichen Öffnungen und strahlte flach durch die Höhle.

Es war später Morgen. Eine Wunderwelt aus fließenden Formen, wie zu Eis erstarrt, zeigte sich dem jungen Krieger. Er hatte in seinem Leben noch nie eine solche Höhle gesehen, noch niemals solche Vorhänge, die wie wallende Stoffe aussahen und steinhart waren. Wasser lief von einem Becken zum anderen. Eine ganze Reihe solcher Becken, aus Kalk gebildet und von verschiedenen Farben und Größen, fiel von der Rückseite der riesigen Höhle, in der ein Kreuzer Platz gehabt hätte oder die halbe Burg Crater, bis zum Mittelpunkt ab. Ein Schlund, in dem das Wasser sich drehte, öffnete sich direkt zwischen zwei Landestützen der Jet. Sandal beschloß, sich die Höhle der Wunder nach dem Essen genau anzusehen, ehe die Gruppe sich über den Einsatz beriet.

Tahonka-No griff nach Sandals Arm und zog ihn auf einen Sessel nieder. Zwischen dem Knöchernen und Sandal stand ein ausgesprochen reichhaltiges Frühstück, aus Bordbeständen von der Robotküche zubereitet.

»Wir werden die Stadt in der Ebene erkunden«, sagte Tahonka. »Atlan, du und ich. Mit Hilfe von Ras Tschubai.«

Er legte, während Sandal mit gewaltigem Appetit aß, einige Fotos zwischen die Teller und Becher. Sandal studierte sie.

»Eine gewaltige Stadt!« meinte er bewundernd.

»Du solltest erst die Stadt auf der Halbinsel sehen – am anderen Ende des Binnenmeeres«, sagte No.

Sandal betrachtete die Bilder und aß schweigend. Die Stadt in der Ebene würde also ihr erstes Ziel sein. Am nördlichen Abfall des großen Gebirgsmassivs, innerhalb der subtropischen Zone dieser Welt, breiteten sich sanfte, dicht bewachsene Hänge aus. Sie bildeten, vermischt mit Wäldern und einem bogenförmig verlaufenden Fluß, einen Dreiviertelkreis. Innerhalb dieser Formation lag eine völlig plane Fläche.

»Vermutlich das Ergebnis von urzeitlichen Gletschern, die einst von diesem Gebirge kamen und dort eine Ebene geschliffen und zusammengeschoben haben. Es finden sich auch einige typische Gletscherseen darin – gespeist aus schnellen Bächen des Gebirges«, sagte der Knöcherne.

Inzwischen gehörte der Anblick von Essenden nicht mehr zu seinen Tabus. Auch er selbst aß und trank, ohne daß sein Appetit darunter litt, in Gesellschaft anderer. Er hatte eingesehen, daß dies kein Grund war, verstoßen zu werden. Es gab genügend andere Dinge, die die Terraner nur dann taten, wenn sie unbeobachtet waren.

»Die Ebene ist riesig groß. Mindestens hundert Kilometer durchmißt sie«, sagte Sandal ohne rechte Begeisterung. In einer Ebene war es nur schlecht möglich, sich anzuschleichen. Man wurde zu schnell gesehen.

»Genau achtzig Kilometer. Und in der Mitte steht das Gebäude. Hier.«

Tahonka legte ein weiteres Foto auf den Tisch. Augenblicklich wurde Sandal von einer Art Jagdfieber ergriffen. Er sah eine riesige Pyramide, deren Basislinie mehr als fünfhundert Meter breit war. Vierhundert Meter oder etwas weniger ragte diese Konstruktion in den Himmel empor. Die Aufnahme war zu einem Zeitpunkt gemacht worden, als das Sonnenlicht nur die oberen drei Viertel des Bauwerks traf – alle anderen Teile der Pyramide und der Stadt lagen im Dunst eines dünnen Frühnebels.

»Ein Raumhafen ... ein Hafenturm ... viele flache Gebäude, die wie Robotfabriken aussehen, breite Förderanlagen zum Raumhafen ... hier wird viel hergestellt und schnell verladen«, sagte Sandal mit vollem Mund.

»So ist es«, sagte Atlan. Der Arkonide kam herein, nickte ihnen zu und setzte sich. Er zapfte von der Maschine einen Becher Kaffee ab und lehnte sich entspannt zurück.

»Wir haben uns entschlossen«, begann er nach einem tiefen Schluck, »bis zum Zehnten des Monats hier zu bleiben – vorausgesetzt, der Götze zwingt uns nicht zu einem Start zu einem früheren Zeitpunkt!«

»Das sind weniger als fünf Tage!« sagte Sandal.

»So ist es geplant!« bestätigte der Arkonide.

Sie waren sich nicht nur äußerlich ähnlich, er und Sandal. Ihre Gedanken verliefen meist in denselben Bahnen. Was sie in Wirklichkeit unterschied, waren zwei Dinge: Erstens die geradezu überwältigend größere Lebenserfahrung des Arkoniden, die mit seinem Alter und seinen Erlebnissen in vielen Teilen der Galaxis untrennbar verbunden war. Und zweitens seine größere Fähigkeit, abzuwägen und zu planen. Sandal war noch zu jung und zu schnell bereit, zu handeln, ohne lange nachzudenken. Für ihn sprach hingegen, daß er fast mit dem Instinkt eines schnellen Raubtieres meist das Richtige tat.

Sandal schob den Becher zurück, betrachtete die größere Aufnahme und sagte dann: »Die kritische Zone ist das Gebiet zwischen den ersten, flachen Gebäuden und dem Gelände kurz unterhalb der Hügel. Es ist vermutlich sinnlos, gleich zu versuchen, in den Pyramidenbau einzudringen.«

Atlan deutete zuerst auf Tahonka-No dann auf den Mann von Exota Alpha und sagte scharf: »Es ist wichtig, daß wir die Frist, die wir uns gesetzt haben, ausnützen können. Versteht ihr, was das bedeutet?«

Tahonka-No legte seinen muskelstarrenden Unterarm auf einen Tisch, schob das Funkgerät am Handgelenk hinauf und nickte.

»Wir müssen unsichtbar bleiben. Auf keinen Fall darf einer von uns gesehen werden. Der Teleporter, der uns hinbringt, muß uns auch wieder abholen.«

Sandal nickte anerkennend. »Recht so!«

Die Stadt in der Ebene war ungefähr kreisförmig angelegt. Im Zentrum standen die höchsten Gebäude; das überragende Zentrum war jene merkwürdige Pyramide mit ihren zahlreichen Öffnungen. Von da ab fiel die Höhe der Gebäude und aller Verbindungsanlagen gleichmäßig ab, bis sie das Bodenniveau erreichten. Zwischen den Gebäuden lagen ausgedehnte Grünzonen, die auf dem Foto wie alte Parks aussahen. Sandal wußte, daß dies eine Menge idealer Verstecke bedeutete.

»Wann starten wir?« fragte er gespannt.

»In einigen Stunden. Wir müssen erstens die Rückkehr Guckys abwarten, der noch auf Erkundung ist, und zweitens einen genauen Plan aufstellen.«

»Einverstanden!« sagten Sandal und der Knöcherne wie aus einem Mund.

Sie konnten vorläufig nicht daran denken, Fluganzüge einzusetzen, überlegte der junge Krieger, als er die Rampe der Polschleuse hinunterging und in den märchenhaften Garten aus Tropfsteinen kam, den die einfallenden Sonnenstrahlen in ein Labyrinth aus Licht und Farben, Schatten und Formen verwandelten. Er ging langsam durch die gewaltige Tropfsteinhöhle, zwischen den Landestützen hindurch.

»Welch ein Bild!« äußerte er, als er ins helle Sonnenlicht hinaustrat.

Er hatte die Höhle durch den breiten, niedrigen Gang verlassen und stand jetzt neben dem Eingang auf einem breiten Streifen Fels. Geröll und Schutt hatten sich in den windgeschützten Winkeln abgelagert. Der Wind hatte Pflanzensamen herangeweht. Ein schmaler Streifen von zwergwüchsigen Pflanzen wuchs hier und markierte den Eingang. Fast neunzig Grad steil fiel die Flanke des Berges ab und mündete direkt in das Wasser. Fünfzehnhundert Meter ...

So weit Sandal blicken konnte, sah er eine fast unbewegte Wasserfläche. Die kleinen Wellen und die riesigen Flächen, die vom Wind gekräuselt wurden, bildeten winzige Muster, in denen sich das Sonnenlicht eines späten Morgens spiegelte und zahllose Reflexe schuf. Es war ein Anblick von großartiger Leere und Verlassenheit.

»Kein einziges Schiff, kein Boot ...«, stellte Sandal enttäuscht fest. Hinter sich hörte er schwere Schritte, und als er sich umdrehte, sah er Icho Tolot, der auf ihn zukam.

»Mein Kleines!« röhrte der Haluter. Einige Steinchen lösten sich und kugelten die Felswand hinunter.

»Ja?«

»Gucky ist zurück. Er hat interessante Aufnahmen gemacht, die werden gerade vergrößert.«

»Ich komme«, sagte Sandal und steckte die Finger in die Ohrmuscheln. Der Haluter sprach so laut, daß der Krieger befürchtete, man würde ihn irgendwo am Fuß des Gebirges hören können.

Sie gingen nebeneinander zurück. Eine halbe Stunde später versammelten sich alle elf Mitglieder der kleinen Expedition und berieten, wie sie vorgehen wollten. Aus verschiedenen interessanten Standorten hatte Gucky Aufnahmen von der Stadt in der Ebene angefertigt. Sie war sechshundert Kilometer entfernt.

Die Stadt war von einem vier- oder fünffachen Ring von Robotfabriken umgeben, deren Erzeugnisse mit unterirdischen Leitungssystemen direkt zum Raumhafen geschafft wurden, der sich vierzig Kilometer nördlich der Stadt befand.

Dann stand die erste Gruppe fest: »Ich hoffe, ihr werdet mit mir zufrieden sein!« sagte Ras Tschubai.

Er sollte Sandal und Tahonka-No in die Stadt bringen und sie, falls die Gefahr der Entdeckung bestand, zurückbringen. Sie hatten insgesamt sechsunddreißig Stunden Zeit für diesen kleinen Ausschnitt eines großen Planeten.

Binnen einer halben Stunde waren Sandal und Tahonka ausgerüstet. Sandal trug einen schweren Köcher mit zweihundert verschiedenen Pfeilen und seinen Bogen, dazu seine »normale« Bewaffnung. Er wußte, daß er sich, je leichter er trug, umso schneller bewegen konnte. Das gleiche galt für den Knöchernen.

Jeder von ihnen trug ein kleines, leistungsfähiges Aufzeichnungsgerät am Arm, dessen Auslöser mit einem Fingermuskel kombiniert war. Alle Informationen waren wichtig.

Schließlich konzentrierte sich Ras Tschubai, faßte die beiden Späher an den Armen und teleportierte.

Tahonka-No fühlte sich unsicher und nervös. Seine Magennerven waren aufs äußerste angespannt; er ahnte Gefahren. Nichts kannte er: weder die Stadt noch deren Zweck. Er wußte, daß Sandal der beste Partner war, den er sich wünschen konnte, aber eine Aufgabe, die in der Größe unbekannt war, konnte niemand richtig einschätzen. Was erwartete sie dort?

In dem Moment, da Sandal und er aus der Jet verschwanden und hinter einem halbrunden Vorsprung auf einem Dach im Zentrum erschienen, verließ die Unruhe den Ausgestoßenen von Gedynker Crocq. Er war völlig ruhig. Jetzt steckten sie mitten in der Gefahr.

Der erste Eindruck wurde von Sandal zusammengefaßt: »Ich glaube, die Stadt ist ziemlich leer – ich vermisse Geräusche und die Äußerungen des Lebens.«

Sie kamen langsam hinter den Deckungen hervor. Die Sonne stand hoch im Himmel, in etwa einer terranischen Stunde würde sie den höchsten Stand erreicht haben. Wie ausgestorben lag die Stadt in der Ebene unter ihnen.

Ras Tschubai meldete: »Dort! Ein Gleiter!«

Die Köpfe der beiden Freunde fuhren herum. Aus einer Öffnung, ziemlich weit unten in dem pyramidenähnlichen, silbergrau leuchtenden Riesengebäude schwebte ein weißer, großer Gleiter. In ihm saßen einige Purpurne. Der Gleiter nahm schnell Fahrt auf und raste etwa zwanzig Meter über dem Boden auf eine Rampe zu.

»Wachtruppen!« sagte Sandal. »Ras?«

»Ja?«

»Bring uns zurück, bis an den Rand der Stadt. Wir wollen sehen, was hier hergestellt wird – falls das dort Robotfabriken sind.«

Ras nickte und beschattete die Augen mit der flachen Hand. In sein Gesicht kam ein angestrengter Zug.

»Faßt mich an!« sagte er und konzentrierte sich auf sein Ziel.

Sie hielten sich an seinen Armen fest. Ein Ruck, ein Schmerzgefühl, das sie traf, als sie bereits an ihrem Ziel angelangt waren.

»Hier sind wir.«

Sandal versuchte, das Gleichgewicht wiederzuerlangen. Sie standen nebeneinander auf einem dicken Ast, etwa dreißig Meter über dem Boden. Dicht vor ihnen erhob sich das flache, weit gespannte Dach der halb unterirdischen Fabrik. Lüftungsöffnungen und halbkugelige Verschalungen sahen daraus hervor.

Sandal entschied: »Wir dringen ein, Ras? Machst du mit?«

»Selbstverständlich!«

Sandal warf seinen Bogen über die Schulter, sicherte die Strahlwaffe und schwang sich von Ast zu Ast tiefer hinunter. Auf dem untersten Ast kauernd, sah er sich um. Er bemerkte weder Wachtruppen noch den Schatten eines kontrollierenden Gleiters, noch halbverborgene Reflektoren einer Warnanlage. Es gab keinerlei Fußspuren im Gras um die Anlage. Dann sprang er mit einem Satz drei Meter tief, fing den Sprung mit den Händen ab und drehte sich einmal um dreihundertsechzig Grad.

»Niemand hier!« rief er unterdrückt, duckte sich und war in fünfzehn langen Sätzen an dem Gitter der Lüftungsöffnung. Als er davorstand, schlug ihm ein Geruch in die Nase, der sich aus zahllosen Komponenten zusammensetzte: der säuerliche Geruch eines Hefepilzes, verschiedene Aromen, der Geruch nach erhitzten Maschinen. Sandal griff in den Stiefelschaft und hatte, noch ehe Tahonka und Ras bei ihm waren, die Klemmverschlüsse am Rand des Gitters mit dem Messer geöffnet. Viermal erklang ein metallisches Schnappen. Ras wunderte sich nicht mehr, wie schnell dieser junge Mann die technischen Tricks beherrschte – er hatte miterlebt, mit welch brennender Intensität Sandal gelernt hatte.

»Hinein!«

Sandal schwang sich durch die Öffnung. No reichte ihm den Bogen nach. Dann spähte Sandal schräg nach unten. Er blickte durch ein zweites, größeres Gitter und sah eine riesige, relativ flache Fabrikhalle.

»Glitzernde Kessel und viele Röhren, eine Menge von merkwürdigen Maschinen ... sehen wir nach, was sie herstellen!«

Schnell machte er mit der automatischen Kamera ein paar Aufzeichnungen und entfernte dann fast geräuschlos das Gitter. Er sah einige Wartungsroboter umherschweben, aber kein einziges Lebewesen. Dabei hatte er mindestens Schwarminstallateure erwartet, jene baumartigen Wesen mit den acht Armen und Füßen und dem Augenkranz.

»Folgt mir«, sagte er drängend, zerrte das Gitter zur Seite und sprang hinunter auf eine spiralig gewundene Rampe, die sich um einen runden Mittelpfeiler drehte. Geräuschlos huschten die drei Späher die Spirale hinunter und befanden sich am Boden der Halle. Direkt neben ihnen ragte eine gewaltige Schaltanlage empor, in der zahlreiche Anzeigen flimmerten.

»Wenn ich richtig überlege, könnte dies eine Fabrik sein, die irgendwelche Nahrungsmittel herstellt«, meinte Ras Tschubai. »Wir müssen das Ende des Bandes finden.«

Er hakte von einem Gürtel eine rechteckige, flache Schachtel ab, verstellte eine Uhr und befestigte die Schachtel mit einem selbsthaftenden Klebesatz unterhalb der Schaltanlage.

Tahonka-No hatte inzwischen festgestellt, wo das Band endete. Er lief geduckt zwischen den Maschinen umher, wich den schwebenden Robotern aus und hatte die Hand am Griff seiner Waffe. Aber noch immer waren sie unentdeckt geblieben.

Einige Minuten später standen sie neben einer ratternden, summenden und klappernden Abfüllmaschine. Von irgendwo unterhalb der Halle kamen würfelförmige Container heran. Eine Düse senkte sich in die Öffnung, und eine pastöse Masse, gelbrot, wurde unter hohem Druck schnell in die durchsichtigen Behälter gepreßt.

»Wir kennen diese Behälter!« Tahonka stieß Sandal an.

»So ist es«, bestätigte Sandal.

»Woher?« fragte Ras.

»Aus unserer ereignisreichen Reise im Innern einer Sechskantröhre. Aus solchen Behältern nahm einer der Gelben Eroberer Nahrung zu sich – auf seinem Flug zu einem Planeten, auf dem er sich teilen sollte.«

Ununterbrochen ergoß sich eine Masse dieser Nahrung in die Behälter. Sie besaßen bereits einen dicken Kunststoffschlauch mit einem seltsam geformten Mundstück. Eine weitere Anlage schraubte einen Verschluß mit einem einfachen, aber raffiniert konstruierten Ventil auf. Dann wanderten die Behälter auf einem schnellaufenden Band weiter und verschwanden in einer Öffnung der Wand.

Ras sagte leise: »Wenn wir den Raumhafen besuchen wollen ... hier ist ein schnelles Transportmittel für diesen Zweck!«

Sandal schlug ihm leicht auf den Rücken und versicherte grinsend: »Ich ziehe deine Beförderungsart vor. Sie ist risikoärmer!«

»Auch gut!« meinte der Afroterraner.

Sie schauten noch einmal auf die Anlage und fanden einen Ausweg. An der Stirnseite der Halle, deren Maschinen ein dumpfes Brausen erzeugten, lief eine Rampe hoch bis auf einen Vorsprung. Dort befand sich wahrscheinlich ein Verbindungssteg in eine andere Halle.

»Warum sind diese Fabriken so leer?« fragte Ras verwundert, als er sich und die Freunde in einem winzigen Sprung direkt vor eine gläserne Schiebetür gebracht hatte. Vor ihnen lag ein breiter, hellerleuchteter Korridor, etwa fünfzig Meter lang. Niemand war zu sehen.

»Vielleicht Personalknappheit?« meinte Sandal ironisch.

»Vermutlich ist es anders«, widersprach No mit seiner dunklen Stimme. Er durchschritt eine Lichtschranke, die Türen schoben sich zurück, und sie marschierten in den Gang hinein. Sandal legte einen Pfeil auf die Sehne; es war ein Geschoß mit messerscharfer Jagdspitze, ohne Explosionsladung.

»Was glaubst du?«

»Ich glaube«, entgegnete Tahonka-No, während sie den Korridor entlangstürmten und sich dem jenseitigen Ausgang näherten, »daß die Robotanlagen derart narrensicher gebaut sind, daß sie keine Kontrolle brauchen. Und wenn schon Kontrolle, dann durch speziell programmierte Wartungsroboter.«

»Du hast recht«, sagte der junge Krieger und trat durch die sich öffnenden Glasplatten in einen anderen Saal. Augenblicklich setzte die Erinnerung ein.

Die runden, flachen Gegenstände, die hier auf ein Band gestapelt den Fabrikationsprozeß verließen, waren ebenfalls in den versenkten Fächern innerhalb der Sechskantröhre gewesen, in der jene sich aufblähenden Gelben die »Insel der Glückseligen« verlassen hatten. Sandal sagte, von der Erkenntnis verblüfft:

»Eines ist sicher: Ein Großteil dieser Werke produziert Ausrüstungen für die Gelben Eroberer, die keine Eroberer sind.«

»Bist du sicher?« erkundigte sich Ras, während sie die Halle betraten und auf die Schalttafeln zueilten.

»Ziemlich sicher«, stimmte Sandal zu.

Wieder fertigte er einige Aufnahmen an, wieder heftete Ras eine seiner Schachteln an die Schalttafel.

»Was jetzt?« fragte er.

Sie hatten genug gesehen. Schließlich war es weder ihre Aufgabe noch besonders sinnvoll, von einer Robotfabrik in die andere zu springen und Ausrüstungsgegenstände aufzuzeichnen. Tahonka und Sandal sahen sich an, dann schlug der Knöcherne vor:

»Gehen wir ein Stück weiter auf das Zentrum zu. Vielleicht entdecken wir dort Dinge, die mehr Aufsehen erregen.«

»Ich bin bereit. Aber zuerst müssen wir dieses Gebäude verlassen, weil ich das Ziel nicht kenne. Und ein blinder Sprung bringt uns vermutlich in arge Bedrängnis«, schränkte der Teleporter ein.

Sie orientierten sich schnell, liefen wieder hinauf auf die Rampe und suchten nach einem Ausgang. Schließlich entdeckten sie ihn: eine undurchsichtige Platte, die sie zuerst für einen Teil der Wand gehalten hatten. Tahonka-No stellte sich rechts von der Platte auf und drückte eine runde Scheibe in der Wand. Summend bewegte sich die Fläche nach oben und verschwand in einem Spalt in der Decke.

Sandal bückte sich noch während der Bewegung, und als er sich wieder aufrichtete, sah er den offenen Gleiter.

»No! Achtung!« rief er. »Keine Energiewaffen!«

Zwanzig Meter vor ihm hielt gerade der Gleiter an. Sechs Purpurne saßen darin. Als sie sich bewegten, flatterten ihre langen Haarschöpfe. Sandal richtete sich auf, spannte den Bogen und schoß übergangslos. Neben ihm tauchte Tahonka-No auf. Sein langer, muskulöser Arm beschrieb einen Halbkreis, und das lange Messer, das er schleuderte, blitzte in der Luft auf und schlug in die Brust des Piloten. Dann erst drehten sich die Purpurnen herum. Zwei von ihnen suchten hinter dem Gleiter Deckung, als der zweite Pfeil von der Sehne schwirrte.

Sandal lief, während er einen weiteren Pfeil aus dem Köcher riß und ihn auf die Sehne legte, die kleine Treppe hinunter. Er blieb stehen und schoß. Tahonka warf sein zweites Messer. Ras hielt seine Waffe in der

Hand und warf sich vorwärts. Er mußte verhindern, daß einer der Purpurnen das Funkgerät betätigte. Rechts und links von Sandal detonierten, während er schoß, die Einschläge aus den langen Waffen der Wachtruppe.

Tahonka-No landete im Gras, überschlug sich und sprang seitlich um den Gleiter herum. Sein Weg wurde von einem Flammenstrahl markiert, der ihm aus der Waffe eines Purpurnen entgegenschlug. Nur noch zwei Purpurne lebten. Sie hatten hinter dem Gleiter Schutz gesucht.

Sandal wartete kurz, zog den Bogen bis ans Kinn aus und schoß. Der Pfeil schlug krachend in die jenseitige Innenwand des offenen Gleiters. Er raste durch das selbstgeschaffene Loch und bohrte sich in den Körper des dahinterkauernden Purpurnen.

»Hierher!«

Während Ras um den Gleiter herumlief, vollführte Tahonka-No eine Reihe ineinandergreifender Bewegungen. Er spurtete heran, bückte sich und riß im Lauf das Messer aus der Brust des Purpurnen. Dann machte er einen gewaltigen Satz, sprang über den Gleiter und warf sich über den letzten Überlebenden. Seine Hand mit dem Messer zuckte herunter; der Feuerstrahl aus der Waffe des kleinen Stummen erlosch.

»Wir müssen die Leichen und den Gleiter verstecken«, sagte Ras Tschubai und steckte die entsicherte Waffe wieder ein.

»Selbstverständlich!« Sandal kam näher und sah sich wachsam um. Kein zweiter Gleiter war zu sehen, nur die Brandspuren und die Abdrücke der Stiefel im Gras.

Tahonka sagte leise, während er einen der Purpurnen aufhob und in den Gleiter fallen ließ: »Der Planet ist groß und wenig besiedelt. Wenn wir die Steuerung des Gleiters ...«

»Ich verstehe.«

Sie arbeiteten blitzschnell und mit knappen, beherrschten Bewegungen. Die sechs toten Wesen wurden in die Sitze gelegt, die Waffen dazu. Ras befestigte eine Sprengladung mit Zeitzünder unter dem Armaturenbrett.

»Du kennst die Steuerung, No! An die Arbeit!« sagte Sandal.

Der Knöcherne schaltete, drehte an Knöpfen und befestigte dann die Waffe eines der Purpurnen auf dem Pedal des Geschwindigkeitsreglers. No trat zurück, die Hand am Hauptschalter und fragte: »Diese Richtung, Ras?«

»Ja«, sagte der Afrikaner nach einem schnellen Blick zu den Bäumen des Parks. »Der Gleiter rast dann auf das Gebirge zu. Hast du das Funkgerät ...«

Tahonka winkte ab. »Ist ausgeschaltet!« erklärte er. Dann ließ er los und sprang zurück.

Die weiße Schale des Fahrzeugs schwebte hoch, etwa zwanzig Meter. Gleichzeitig wurde sie schneller. Sie schnitt durch die Baumkronen, stieg unaufhaltsam und entfernte sich dabei auf geradem Kurs. Nur wenige Sekunden lang sahen die drei Männer ihr nach, dann warf Ras ein:

»Das war die erste Klippe. Andere Zwischenfälle dieser Art werden mit einiger Sicherheit folgen.«

»Wahrscheinlich. Wir müssen weiter, Ras«, sagte Sandal.

Tschubai konzentrierte sich auf das nächste Ziel. Sie erreichten es und waren jetzt hinter der umlaufenden Brüstung im oberen Drittel eines runden, säulenförmigen Gebäudes. Sie wußten nicht, welchem Zweck es diente. Langsam erhoben sie sich aus ihrer geduckten Stellung und sahen hinunter auf die seltsamen Straßen der Stadt.

»Weiterhin wie ausgestorben!« stellte Sandal fest. »Was mag sich in den Gebäuden hier befinden?«

»Bevor wir eindringen, sollten wir uns überlegen, ob es auch das Risiko wert ist. Die Wahrscheinlichkeit, hier auf Arbeiter oder Bewohner oder auch Wachtruppen zu stoßen, ist wesentlich höher.«

»Suchen wir einen Eingang.«

Sie sahen sich um. Sandals Herz schlug rasend schnell, als er ein breites Fenster etwa zwanzig Meter von ihrem Standort entfernt entdeckte. Als sich Ras in Bewegung setzte, hörten sie ein bekanntes Geräusch. Ein Donner tobte über die Stadt hinweg, wurde verstärkt, ein drittes, schrilles Geräusch übertönte die dumpfen Schwingungen, und einige Sekunden später sahen sie im Osten dicht hintereinander drei Raumschiffe aufsteigen und senkrecht in den hellen Himmel hineinstarten. Es waren große Transportraumschiffe; sie alle kannten ihre Formen bereits zur Genüge.

»Vermutlich werden von hier aus die Nahrungsmittel für die Gelben an eine Verteilerstelle geflogen«, meinte Ras.

Das galt sicher auch für die anderen Ausrüstungsgegenstände der Wabentransporter. Sie wurden hier erzeugt. Sicher brachten andere Schiffe die Grundsubstanzen oder die entsprechenden Halbfertigfabrikate hierher nach Gepla I. Ein Fabrikationsplanet?

»Gehen wir!« sagte Sandal. »Je mehr wir finden, desto kürzer ist der Aufenthalt.«

Als sie sich im verklingenden Geräusch der startenden Schiffe dem »Fenster« näherten, warf Tahonka ein: »Und desto geringer sind die Kontakte mit Wachtruppen.«

Als erster erreichte Sandal die Glasplatte, die ohne ersichtlichen Rahmen direkt in die massive Wand eingesetzt schien. Er ließ sich auf Knie und Ellbogen nieder, schob seinen Kopf nach vorn und spähte in den dahinterliegenden Raum hinein.

Leise sagte er, was er sah: »Ein einziger Raum, rund und flach. Er ist voller Computer und Dinge, die so ähnlich aussehen. Ich sehe keinen einzigen Wächter. Aber einen Verschluß für diese Scheibe. Bring uns hinein, Ras!«

Tschubai zögerte.

Sandal sagte drängend: »Visier vorher ein anderes Ziel an, damit wir nötigenfalls den Raum schnell wieder verlassen können.«

»Das klingt schon besser!« meinte der Teleporter.

Er griff nach den beiden Männern, und plötzlich standen sie in einem angenehm gekühlten Raum. An ihre Ohren schlug ein tiefes, summendes Geräusch.

Ras sah sich um, Sandal konzentrierte sich auf den Eingang, der sich in einer dicken, milchigen Säule im Zentrum des zylindrischen Raumes befand. Langsam gingen sie darauf zu.

Sämtliche Maschinen arbeiteten. Sandal konnte sich vorstellen, daß hier eine Art Nervenzentrum dieser Stadt stand. Die logistischen Probleme konnten nur mittels solcher Maschinen gelöst werden. Rohstoffvorräte, Maschinen, Energieverbrauch, Ausstoß, Versand und Transport wurden ununterbrochen neu berechnet und gesteuert, Millionen von Gelben Eroberern waren zu betreuen. Obwohl ihr Gebärvorgang in den nächsten Tagen vielleicht stark verlangsamt werden würde, bestanden dennoch die Probleme, sie alle zu versorgen, den Ablauf der Aktionen sicherzustellen.

»Es wäre ein empfindlicher Schlag gegen die Fürsten des Schwarms«, sagte Sandal nachdenklich, »diese Anlage auszuschalten. Nicht nur auszuschalten – zu zerstören.«

»Nichts anderes habe ich vor«, verkündete Ras. »Wartet hier, sichert den Eingang.«

In einer Serie von kleinen, schnellen Sprüngen wirbelte der Teleporter durch den Raum und befestigte überall seine Sprengladungen mit Zeitzünder. Nachdem sie die Stadt verlassen hatten, würden an vielen Stellen schwelende Brände um sich greifen und die Herstellung unterbrechen, zumindest jedoch recht empfindlich stören. Dies galt nicht nur für die Lebensmittelerzeugung, sondern auch für andere Zweige des Nachschubs.

Während Sandal neben der Öffnung stehenblieb und angespannt horchte, ob er einen Wächter hören konnte, starteten wiederum mehrere Raumschiffe von dem Raumhafen. Auf diesem Planeten gab es eine ganze Anzahl von Häfen, folglich gab es auch viele Landungen und Starts. Das bedeutete, daß große Mengen an Material umgeschlagen wurden. Und diese Folgerung war klar: Je mehr Material, desto mehr waren die Herren des Schwarms von Gepla I abhängig und vom Funktionieren aller Einrichtungen.

»Fertig!« rief Sandal. Er glaubte, etwas gehört zu haben, aber die klirrenden Scheiben verhinderten eine genaue Identifikation. Nur langsam verebbte der Lärm der Triebwerke.

»Sofort!« rief Ras.

Sekunden später stand er wieder neben ihnen. Es war still geworden. Bis auf das Geräusch der arbeitenden Maschinen und die hastigen Atemzüge der Männer war nichts zu hören.

»Ich muß mich wohl getäuscht haben«, murrte Sandal. »Wir sind hier im drittobersten Stockwerk – wir gehen hinauf, Ras!«

Sie verließen schnell den Raum, rannten die Treppen hinauf und blieben erst stehen, als sie das nächsthöhere Stockwerk erreichten. In diesem Raum befanden sich riesige Speicher von Datenverarbeitungsanlagen. Ras setzte an zwei Stellen seine hochbrisanten Sprengsätze an und kehrte zurück.

»Noch dreiunddreißig Stunden!« sagte er.

»Genügend Zeit für alles!« konterte Tahonka-No.

Sie sahen sich kurz an. Ihre Gesichter waren ernst und angespannt und verrieten, daß die Männer wußten, in welche Gefahr sie sich begaben. Schließlich kamen sie in den obersten Raum dieses Bauwerks – es war nur eines von rund fünfhundert. Und das dritte, das sie betreten hatten.

»Und wo sind wir jetzt?« fragte Sandal.

Er sah sich in dem Raum um. Es schien eine Art Konferenzraum zu sein, denn auf einer Grundfläche von weniger als fünfzig Metern Durchmesser standen verschiedene Typen von Sitzgelegenheiten und unterschiedlich hohe Tische. Eine Vielzahl von Kommunikationsgeräten standen zwischen den Sitzen und an den Wänden; Bildschirme, Schreibgeräte, Interkome und anderes.

»Uninteressant!« sagte Ras Tschubai. Sein Blick wanderte hinauf an der Flanke des pyramidenähnlichen Gebäudes, das entfernte Verwandtschaft mit einem Ameisenbau hatte. »Versuchen wir es?«

»Meinetwegen. Der Fluchtpunkt ist hier?« erkundigte sich der Knöcherne und packte seine Waffe fester.

»Ja!« sagte Sandal laut.

Sie gingen auf Ras Tschubai zu, packten ihn an den Armen, und einen Sekundenbruchteil später rematerialisierten sie dicht unterhalb der Spitze des Bauwerks. Sie waren im Zentrum der Stadt in der Ebene.

Und jetzt sahen sie eine Gruppe von Schwarminstallateuren, die nur drei Ebenen unter ihnen auf der breiten Terrasse standen und sich unterhielten. Sandal erkannte die hohen, schrillen Stimmen augenblicklich.

In der gleichen Sekunde startete ein dichter Raumschiffpulk. Das Geräusch der Triebwerke vermischte sich mit dem eines großen Verbandes von rund einem Dutzend Lastschiffen, die eben zur Landung ansetzten.

11.

Atlan ging unruhig in der Steuerkanzel der GEVARI hin und her.

»Nichts hat sich verändert«, sagte er. »Die meisten Mutanten sind außerhalb der Jet auf Erkundigung. Würden wir einen Funkverkehr riskieren können, wüßten wir, ob sie etwas gefunden haben und ob sie sich in Gefahr befinden.«

Er war im Augenblick allein.

Immer wieder hatte er die Datenträger abgespielt, auf denen aufgenommen war, was die Teleporter festgestellt hatten. Immer wieder hatte der Arkonide die Bilder angesehen und versucht, aus ihnen klug zu werden. Die Sorge um das Leben der Freunde marterte ihn. Dieses Suchen im trüben Wasser innerhalb dieses fremden Mediums ... die Versuche, den Schwarm von innen heraus mit den Mitteln des Gegners zur Aufgabe des mörderischen Laufes durch die Milchstraße zu bewegen ... es war nicht seine Art, so zu handeln.

Es ist schon oft nicht deine Art gewesen, Arkonide! sagte der Extrasinn. *Die Zeit muß genutzt werden! Je mehr ihr über den Schwarm wißt, desto wirkungsvoller könnt ihr handeln. Du und Rhodan!*

»Ich weiß!« flüsterte Atlan.

Er dachte an die Lacoons, jene Wesen mit den Schlangenköpfen, die direkt den terranischen Sagen entsprungen zu sein schienen: Damals wurden sie Basilisken genannt oder Gorgo Medusa, deren Blick den Menschen lähmte oder gar versteinerte. Gegen diese lautlose Waffe waren die Begabungen der Mutanten ebenso unwirksam wie Sandals Pfeile.

Was geschah, wenn die Späher in der fremden Stadt und im umliegenden Gelände, in den Energiezentralen und den Schaltwerken von einem solchen Wesen überrascht wurden? Dann war das Vorhaben aussichtslos geworden. Die Herrscher des Schwarms würden an den bewegungsunfähigen Freunden fürchterliche Rache nehmen.

Für die Unbekannten mußten die Terraner eine Art »unsichtbarer Gegner« sein, von dem man fast ausschließlich die Schiffe kannte. Und die Aktionen, die an vielen Punkten gestartet worden waren.

Der Arkonide sah auf die Uhr. »Noch dreißig Stunden!« sagte er angespannt. Er sehnte sich nach dem Augenblick, in dem er dieses System verlassen konnte, möglichst um viele Erfahrungen reicher.

Sandal griff nach einem Pfeil und zog sich geräuschlos von der Brüstung zurück. Rechts hinter den drei Freunden gähnte ein dunkler Eingang – nur ein einziger auf dieser kleinen Terrasse.

Er flüsterte in Tschubais Ohr. »Spring hinein, und sieh dich um. Und komm augenblicklich zurück, falls Gefahr besteht, entdeckt zu werden.«

In den ausklingenden Lärm der Raumschiffe mischte sich das Schnattern der hohen Stimmen.

»In Ordnung!« wisperte Ras zurück und verschwand.

Drei Sekunden später stand er wieder neben den beiden anderen, griff nach ihnen und sprang abermals.

Sie fanden sich in einem halbdunklen Raum wieder, etwa fünfzehn Meter im Geviert. Es schien keinen Eingang zu geben, aber als sich Sandals Augen an die Dämmerung gewöhnt hatten, bemerkte er eine rechtekkige Luke im Boden und eine Anzahl niedriger Stufen. Er drehte sich langsam um. An den Wänden sah er eine Reihe von ausgeschalteten Bildschirmen. Zwei Sessel standen davor.

»Ein Kontrollraum!« flüsterte Tahonka-No und schlich geduckt zur Treppe. Er setzte seine Füße vorsichtig auf die Stufen und spähte nach unten. Die Mündung seiner Waffe deutete in den nächsttieferen Raum. Kein Laut war zu hören außer dem Stimmengewirr unter ihnen, das undeutlich von draußen kam.

Sandal schnippte mit den Fingern. No sah auf, ihre Blicke begegneten sich.

»Kannst du verstehen, was sie sagen?« fragte Sandal leise.

»Sofort!«

Tahonka schlich weiter, während Ras und Sandal ihm zusahen, aufs äußerste gespannt und sichtlich darauf vorbereitet, gesehen oder unter Beschuß genommen zu werden. Die Nervosität, die dieses schrille Dauergeräusch dort draußen ausdrückte, übertrug sich auf die beiden Männer. Offensichtlich nicht auf den Knöchernen, der jetzt den Raum darunter überschauen konnte. Ras wagte nicht zu atmen.

Dann winkte No. »Kommt!« sagte er.

Sie folgten ihm schnell und möglichst lautlos. Sobald sie den Raum überblicken konnten, stellten sie mehrere Einzelheiten fest, die wichtige Aussagen ermöglichten. Es war dies ein Raum, um einiges größer als der darüberliegende. Er war ein Zentrum für ein Wesen, das gewohnt war, Anordnungen zu geben. Eine Art Schreibtisch, viele Bildschirme, von denen nur einige in Betrieb waren, ein merkwürdig geformter Sessel ...

»Derjenige, der hier Platz nimmt – denn um einfaches »Sitzen« kann es sich bei diesem Prunk nicht mehr handeln –, ist wesentlich größer als wir«, flüsterte Ras. »Größer als zweihundert Zentimeter.«

Sandal keuchte auf. »Ein Fürst des Schwarms!«

Tahonka huschte hinüber an das offene Fenster oder die offene Einflugluke und ging gebückt bis an den Rand der Brüstung. Langsam richtete er sich auf. Die Sonne stach und brannte unbarmherzig herunter. Dort, wo sich die Stadt auf der Halbinsel befand, direkt an der Linie des Äquators, würde es noch viel heißer sein. Aufmerksam lauschte der Knöcherne der Unterhaltung der Schwarminstallateure.

Sandal und Ras machten einige Aufnahmen, dann wußten sie genau, daß dieser Raum eine Art Residenz war. Hier hielt sich mit größter Wahrscheinlichkeit einer der Herrscher des Schwarms auf, wenn er die Stadt in der Ebene besuchte.

Sie liefen hinüber zu Tahonka-No, der ihnen entgegensah und den Finger an die Lippen legte. Ununterbrochen redeten die Schwarminstallateure.

Sie warteten eine halbe Stunde. Dann schlich Tahonka-No zurück und sagte leise: »Ich habe genug gehört. Bring uns in ein sicheres Versteck, wo wir uns unterhalten können, Ras!«

Kurze Zeit später standen sie am Ufer eines kleinen Baches weit außerhalb der letzten Gebäude der Stadt.

Augenblicklich fragte Sandal: »Was sagten sie?«

Tahonka winkte ab. »Fast mehr, als ich mir merken konnte. Zudem verstand ich sie auch nicht besonders gut. Wir haben richtig vermutet – das hier ist eine fast vollautomatische Fabrikationsstätte. Sie stellen annähernd alles her, was die Gelben Eroberer brauchen.«

Sie setzten sich auf einige große Steine, über denen gerade der Schatten eines mächtigen Baumes lag. Sandal ging langsam in einem Kreis um ihr provisorisches Lager herum und sicherte nach allen Seiten. Sie waren unbeobachtet, sah er von einigen Baumtieren und vielen bunten Vögeln ab.

»Hier gibt es wenige Skurrils, wenige Lacoons, dazu viele kleine Purpurne, Schwarze Dämonen und viele Schwarminstallateure. Es sind alles Wachtruppen, deren Funktionen sich gegenseitig ergänzen. Aber in dieser Stadt ist nur ein einziges Gebäude bewohnt, nämlich das, in dem wir eben waren. Soviel über die Bewohner.«

»Ich verstehe«, sagte Sandal und holte einige Konzentratwürfel aus dem Saum seiner Jacke. Er brach sie auf und reichte die Packung herum. Sie aßen hastig.

»Überall auf dem Planeten sind Robotfabriken und Energiestationen, Raumhäfen und Verladeeinrichtungen. Die hauptsächlichen »Ausfuhrartikel« sind die Nahrungsmittel für die Gelben. Auf keinem anderen Planeten werden wahrscheinlich solche Mengen erzeugt – sollte Gepla I ausfallen, bedeutet es für den Schwarm eine existentielle Katastrophe. Das liegt nicht in unserem Sinn, deswegen genügt es, wenn wir eine schwerwiegende Stockung herbeiführen. Aber wir wissen, womit wir drohen können – im Fall einer ernsthaften Auseinandersetzung.«

Sandal nickte langsam; so etwas hatte er hören wollen.

»Weiter, Tahonka!« bat Ras eindringlich.

»Wir können uns weitere Vorstöße in die einzelnen Fabrikationsgelände sparen«, sagte der Knöcherne. »Ich habe erfahren können, was hier außerdem noch hergestellt wird. Allerdings nicht nur in dieser Stadt, auch an anderen Stellen des Planeten.«

Er schwitzte gewaltig. Die Hitze setzte ihnen zu.

»Ja?«

»Verteilt auf den gesamten Planeten finden täglich Tausende von Landungen und Starts statt. Die Schiffe sind fast ausschließlich Transporter, die Rohstoffe hierher bringen und mit fertigen Fabrikaten aller Arten wieder starten und alle Teile des Schwarms anfliegen. Im Augenblick wartet man gerade dringend auf eine Sendung der Hemmstrahl-Projektoren von Pförtner.«

Aufmerksam hörten Sandal und Ras zu. Als Tahonka erwähnte, daß der Überfall auf die Skurrils auf Pförtner eine geradezu fassungslose Panik ausgelöst hatte, grinste er und sah den jungen Krieger an.

»Sie wissen nicht, wie das geschehen konnte – natürlich hat man den Schnellstart der GEVARI beobachtet.«

Tahonka fuhr fort: »Andere Fabriken, die meistenteils unterirdisch angelegt sind und offensichtlich eine bemerkenswerte Ausdehnung erreichen, stellen die sechskantigen Wabenröhren her. Sie arbeiten augenblicklich auf Hochtouren, wie die Schwarminstallateure ausführten. Stellenweise ist es bereits zu Materialengpässen gekommen.«

Vor ihren Augen entstanden Bilder, die genau schilderten, welche Gefahr auf Terra und die anderen Planeten der Milchstraße zukam.

Unermüdliche Maschinen schufen ununterbrochen die Wabenröhren, in denen die Gelben Eroberer ihre Reise zu den todgeweihten Planeten unternahmen. Andere Fabriken statteten diese metallenen Särge aus. Wenn man die Kapazitäten kannte, war es möglich, das Verderben auch zahlenmäßig zu erfassen und auszudrücken.

Ras Tschubai stellte verdrossen fest: »Es ist sinnlos. Wir können nicht alle diese Fabriken besuchen und dort Sprengladungen verstecken. Es würde auch nichts an der Größe der Bedrohung ändern. Lassen wir es also. Aber wenn es uns gelänge, den Herrscher ...«

Tahonka-No hob drohend seine Faust. »Das könnte gelingen. Y'Xantramon befindet sich in der Stadt auf der Halbinsel«, sagte er leise.

»Wie?« Sandal sprang auf.

»So ist es. Und er ist etwa so gut bewacht wie Rhodans Gedanken«, sagte Tahonka und bemühte sich, auf seinem bewegungslosen Gesicht eine Regung zu zeigen.

Sandal stand schwitzend vor ihm, blickte ihn mit flammenden Augen an und hielt den Griff des Bogens umklammert, als wolle er ihn zerbrechen.

»Beruhige dich, Sandal!« sagte Ras Tschubai. »Von unserer Frist ist noch nicht einmal ein Fünftel verstrichen.«

Sandal nickte und setzte sich wieder. Er hörte kaum zu, wie Tahonka-No weitersprach: Die Wabenröhren wurden hier also nicht nur hergestellt, sondern auch völlig gebrauchsfertig ausgestattet und verschifft. Dieser Planet war, was diese Behälter betraf, ein Knotenpunkt innerhalb des Schwarms. Nur hier, ausgenommen vielleicht einige kleinere Fabrikationszweige auf anderen Welten, stellte man diese Transportbehälter her. Die Raumschiffe nahmen vollausgerüstete Röhren an Bord und rasten dorthin, wo die wachsenden Gelben Eroberer auf ihren Abtransport warteten.

Einige Minuten lang herrschte ein gedrücktes Schweigen. Ras überlegte, ob er mit diesen neuen Erkenntnissen schnell in die Jet zurückspringen sollte oder nicht. Sandal hatte nur noch einen Gedanken: *Ich muß diesen Herrscher finden und stellen!*

Und Tahonka-No begann sich schuldig zu fühlen. Die Männer von Gedynker Crocq waren Mediziner, die mithalfen, jene Gelben zu heilen und ihnen einen ungestörten Teilungsvorgang zu ermöglichen. Sie hatten bisher nicht geahnt, daß sie dadurch mithalfen, systematisch Leben – fremdes Leben – zu vernichten. Mithalfen, fremde Planeten für alle Zeiten zu zerstören und unbewohnbar für jedes andere Volk zu machen.

Langsam sank die Sonne dem Horizont entgegen. Die Nacht kündigte sich an.

»Was jetzt, Freunde?« fragte Sandal leise.

Tahonka schaute ihn unschlüssig an. »Ras?«

»Ich schlage vor, wir besuchen den nächsten Raumhafen und sehen dort nach. Vielleicht entdecken wir etwas, das uns noch mehr Erkenntnisse über die Mechanismen innerhalb des Schwarms verschafft.«

»Die Dunkelheit wird uns schützen!« sagte der junge Krieger hoffnungsvoll.

Ras Tschubai kannte die Lage des Raumhafens von den Aufnahmen her. Er wartete, bis die beiden anderen Männer ihre Ausrüstung verstaut hatten, dann konzentrierte er sich und sprang mit ihnen. Als sie im hohen Gras jenseits einer Mauer materialisierten, startete mit einem donnernden Geräusch ein Schiff. Mit Sicherheit hatte es Sechskantröhren geladen.

Und gleichzeitig ertönte eine Sirene.

Die drei Späher kamen sich wie Ameisen vor, die am Fuß eines Gebäudes standen, das nicht aus ihrer Welt war. Fast mannshohes Gras umgab sie; ein erstklassiges Versteck, gleichzeitig eine Falle, wenn sie entdeckt wurden. Das Wimmern der Sirene verklang, dafür hörten sie jetzt die Geräusche vieler schwerer Lastengleiter. Weit vor ihnen, am gegenüberliegenden Rand des Raumhafens, stand eine Reihe kleinerer Lastenschiffe. Tahonka-No zählte ihre Spitzen; es waren rund fünfzig Stück.

»Was bedeutet die Sirene?« fragte Ras Tschubai, drehte sich mehrmals und trat das Gras zu seinen Füßen nieder.

»Keine Ahnung. Vielleicht die Ankündigung einer Landung eines oder mehrerer Schiffe«, sagte der Knöcherne.

Sandal deutete nach oben. »Vielleicht die erwarteten Raumschiffe der Skurrils«, sagte er.

Eine Flotte von zehn Schiffen setzte mit ohrenbetäubendem Lärm zur Landung an, sie schienen es sehr eilig zu haben, denn die Geräusche nahmen an Hektik zu.

»Das müssen wir uns ansehen«, sagte Sandal.

Ras hob die Hand und deutete auf die Konstruktionen von riesigen Krananlagen, die sich rechts von ihnen, umgeben von großen, flachen Schuppen und Hallen erhoben. Der Teleporter schlug vor:

»Wir springen dorthin. Dort sehen wir mehr.«

»Einverstanden«, sagte Sandal. »Das gilt für euch. Ich werde mich bis an den Rand des Raumhafens heranpirschen und dort einen kleinen Rundgang machen. Auf diese Weise sehe ich andere Dinge als ihr – und bisher haben wir ziemlich viel Glück gehabt!«

Ras war unsicher. Das Wagnis schien ihm zu groß. Aber er schwieg und machte mit dem jungen Krieger einen Treffpunkt aus. In einer halben Stunde würden sie sich unter einem der größten Bäume treffen, die man von hier erkennen konnte.

»Gut. So halten wir es«, sagte Sandal. »Viel Glück! Versucht herauszufinden, was sie umladen.«

Sie mußten sich schreiend verständigen, denn eben landeten die Schiffe, eines nach dem anderen. Sie sanken in der Nähe der kleineren, wartenden Schiffe zu Boden. In zehn Intervallen verringerte sich der Lärm, als die Schiffe ihre Triebwerke abstellten. Ras und Tahonka verschwanden. Sandal war allein. Er huschte durch das Gras.

Die roten Sonnenstrahlen stachen jetzt fast parallel zum Boden. Die Bauwerke und die Schiffe verwandelten sich in rotleuchtende Giganten. Schließlich hörten die wilden Geräusche auf.

Sandal blieb stehen und atmete tief ein und aus. Das Gras roch intensiv nach Feuchtigkeit und nach dem Aroma der kleinen, weißen Blüten. Es war wie auf vielen anderen Planeten: ruhig, doch fremd und wiederum vertraut. Die Schemata einer Jagd, und sei es nur nach Informationen, waren überall gleich. Viel sehen und nicht gesehen werden. Als Sandal die schmale Gasse im Gras betrachtete, wußte er, daß er dieses Gebiet schnell verlassen mußte. Seine Spur war im sinkenden Licht ausgezeichnet zu sehen.

Er nahm drei der unpräparierten Pfeile aus dem großen Köcher, strich die Handschuhe straff und nahm Pfeile und Bogen in die linke Hand. Mit der Rechten zerteilte er die Grashalme und lief in weiten Sprüngen dem Rand des Raumhafens entgegen. Dort, wußte er von Ras, befand sich eine relativ breite Straße.

Einige Minuten vergingen. Das Schleifen der Stiefel an den Halmen, das Knistern des bewegten Grases, das Reißen der Blätter, wenn sie sich zwischen Bogen und Sehne verfingen und abrissen, Sandals Atem – das waren die einzigen Geräusche. Dann kamen andere hinzu: Auf dem Raumhafen wurde schnell und intensiv gearbeitet. Einzelne Scheinwerfer gingen an.

Sandal hetzte weiter durch das Gras, erreichte eine Buschzone und verschwand zwischen den Zweigen. Einige zwanzig Sprünge weiter, und er erreichte eine Art Wald. Die Bäume waren schwarze Riesen in der graugrünen Dämmerung, und seine Schritte wurden auf dem Waldboden unhörbar. Er schob sich hinter einen Stamm, blieb stehen und lehnte sich an die glatte Borke.

Vor ihm lag der Raumhafen. Genauer: unter ihm, aber nur wenige Meter Höhenunterschied bestanden. Sandals Blick ging von dem mächtigen runden Kontrollturm bis zu den Ladegerüsten, von den umherhuschenden Robotern und schweren Gleitern zu den Schiffen und zu dem Gebäude, in dem wohl die Besatzung dieses Raumhafens untergebracht war. Es sah aus wie eine der Höhe nach halbierte Pyramide. Sämtliche Sichtöffnungen gingen auf das Hafengelände hinaus, und die Rückwand bestand aus einem Stück, auf dem die letzten Sonnenstrahlen spielten.

Plötzlich spürte der Jäger, daß er beobachtet wurde. Langsam drehte er sich um.

Mit drei schnellen Sprüngen hatten Ras und Tahonka die Grasebene verlassen, waren auf der robotisch ausgerüsteten Kabine eines nicht eingesetzten Kranes gelandet und befanden sich jetzt in einer Deckung, die nur vorübergehend sicher war.

»Noch zwei Minuten ... nicht länger«, flüsterte Tahonka.

Sie lagen dicht nebeneinander auf der Ladung eines schweren Gleiters. Die Ladung war aus einem der zehn gelandeten Schiffe ausgeschleust worden. Aufmerksam studierte der Knöcherne den Text auf den großen und schweren Verpackungen. Der Lastengleiter bewegte sich zwischen zwei Lichtzonen entlang. In wenigen Sekunden würde er die Scheinwerferbatterien um einen der kleineren Transporter erreichen.

»Es sind tatsächlich Hemmstrahler«, stellte No fest. »Sie kommen von Pförtner und werden in alle Teile des Schwarms verschickt. Das ist sicher.«

Ras' Hand tastete nach dem Arm Tahonkas, griff zu, und als das Licht die Vorderkante des Gleiters erreichte, rematerialisierten die zwei Männer in einer dunklen Ecke des Raumhafens. Sie sahen sich an; undeutlicher Lichtschein fiel in ihre Gesichter.

»Wir haben mit diesem Planeten eine entscheidende Zentrale entdeckt«, stellte Tschubai wieder einmal grimmig fest. Er sah hinüber zu den Zonen kalten, weißen Lichts, in denen ununterbrochen der Austausch der Hemmstrahler vor sich ging.

»Ja. Eine Plattform, auf der die strahlenförmigen Kommunikationslinien in alle wichtigen Teile des Schwarms beginnen. Sieh nur diese erstaunliche Eile, mit der die Geräte verladen werden!«

Die Antwort ging im Aufbrüllen der Triebwerke unter. Das erste der fünfzig Schiffe startete mit vollen Laderäumen zu seinem noch unbekannten Ziel. Aber auch dort würden die Strahler dazu verwendet werden, die Geschwindigkeit der Bevölkerungsexplosion um den Faktor sechzig zu verzögern.

Wabenröhren ... Die Ausrüstung dieser Raumschiffteile ... Die Nahrungsmittel für die Gelben Eroberer ...

»Der Götze Y'Xantramon ist also für drei Dinge verantwortlich. Diese Erkenntnis eröffnet erstaunliche Perspektiven, Tahonka«, erklärte Ras und sah auf die leuchtenden Digitalzahlen seiner Uhr.

»So ist es. Y'Xanthymr ist einer von ihnen, Y'Xantramon ein anderer ... und wir kennen nur wenige Namen, also wenige Götzen. Haben wir hier noch zu tun?«

Ras sagte leise: »Nein. Wir haben gesehen, was wichtig ist. Suchen wir Sandal – kehren wir zurück zum Raumschiff in der Tropfsteinhöhle.«

»Noch scheint es zu früh zu sein«, widersprach Tahonka. »Zurück zu Sandal.«

Sie blieben stehen und überblickten noch einmal den Raumhafen. Wie erwartet, stellte Ras eine starke Ähnlichkeit mit einem terranischen Hafen fest. Aber es gab einen entscheidenden Unterschied in der Struktur, die innerhalb des Schwarms herrschte, und derjenigen von Menschen besiedelter Planeten.

»Sie sind wie intelligente Tiere«, sagte Tahonka. »Ich kann mich nicht richtig ausdrücken. Aber seit ich dem Zwang des Gehorsams entronnen bin, kann ich frei denken. Alle Völker im Schwarm werden benutzt. Manipuliert. Sie sind jeweils Zwischenglied zwischen Ausführung und einer weiteren Kontrollinstanz. Ihre Neigungen und Fähigkeiten werden von den Götzen benutzt und ausgenutzt. Sie tun mir leid.«

Ein neuer, unbekannter Ton lag in seiner Stimme. Es war, als schäme er sich. Ras schwieg und versuchte nicht, die Ausführungen dieses Mannes zu unterbrechen.

»Sie wissen nicht, daß es auch anders sein kann. Sie gehorchen, ohne darüber nachzudenken, daß sie nur Werkzeuge sind. Entweder hält eine ungeheuer wirksame Ideologie sie in dieser Position, oder die Angst; wobei beides gleich verwerflich ist. Wer sind also die Schuldigen? Die Götzen?«

Er schwieg und sah mit seinen blind wirkenden Augen Ras an, als erwarte er von ihm eine umfassende Erklärung. Ras räusperte sich.

»Ich glaube nicht an die ultimate Bosheit einiger Lebewesen, die über Milliarden anderer Wesen herrschen«, sagte er. »Ich meine vielmehr, daß auch die Götzen irgendwie getrieben werden und sich nicht anders verhalten können. Wie immer es auch sein mag, No, wir werden es erstens nicht ändern, zweitens wird es Zeit, Sandal zu suchen und zu beratschlagen. Ich fühle mich einigermaßen müde und hungrig.«

»Einverstanden. Springen wir.«

In dieser Sekunde startete das zweite Schiff. Auch dort, wo es landen würde, mußten die Gelben Eroberer gelähmt werden. Die Herrscher des Schwarms schienen in einer echten Notlage zu sein.

Was sie betraf, die elf Späher im fremden Raum, so würden sie alles tun, um die Konfusion zu steigern.

Ras teleportierte sich hinweg.

12.

Vorsichtig drehte sich Sandal um.

Er sah niemanden. Langsam bewegte er sich um den Stamm des Baumes herum und versuchte, die fast vollkommene Dunkelheit zu durchdringen. Seine Schritte waren unhörbar.

Mit einer schnellen Bewegung wischte er eine Strähne seines schulterlangen, weißen Haares aus der Stirn. Er hielt den Atem an; seine Gestalt verschmolz mit dem Stamm. Wenn ihn jemand gesehen hatte, war es wichtig, den Standort zu wechseln. Er glitt langsam an der Rinde des Baumstammes herunter, berührte mit den Ellenbogen die knorrigen Wurzeln und huschte dicht über dem Boden davon. Zwanzig Meter, fast geräuschlos, so gut wie unsichtbar zwischen den Wurzeln; den niedrigen Sträuchern ...

Dann sah er die beiden Augen. Es waren phosphoreszierende kleine Lichter neben einem benachbarten Baumstamm.

Sandal überlegte rasend schnell, während er sich hinter einem anderen Stamm versteckte. Die Augen befanden sich etwa fünfzig Zentimeter über dem Boden. Ein Tier? Vermutlich. Er dachte an die weißen, wolfsähnlichen Tiere, mit denen No und er schon zu tun gehabt hatten. Jetzt schlossen sich die Augen wieder, öffneten sich – das Tier war an eine andere Stelle gehuscht.

Sandal zischte kurz zwischen den Zähnen.

Er drehte den Kopf, während er einen Pfeil auf die Sehne steckte. Wieder schlossen sich die Augen. Gleichzeitig, sonst hätte er annehmen können, daß sich das Tier fortbewegt und sich ein Baum zwischen ihn und die Augen geschoben hatte.

Verdammt! dachte er. Ein zweites Augenpaar.

Er mußte schnell handeln.

Er löste sich vom Stamm, konzentrierte sich auf das erste Augenpaar. Die Entfernung betrug etwa fünfzehn Meter. Jetzt hörte er auch hinter sich das hechelnde Geräusch eines Tieres. *Vermutlich doch einer der weißen Wölfe!* überlegte er.

Seine Fingerkuppen berührten die Koralle an seinem Ohrläppchen. Er sah direkt in die Augen des Tieres, dann schnellten die Finger zurück.

Ein schnelles, fauchendes Geräusch.

Dann schlug der Pfeil ein; so schnell, daß die Geräusche nicht mehr zu unterscheiden waren. Augenblicklich erscholl ein wildes Heulen, das jäh abriß. Sandal nahm einen zweiten Pfeil, spannte die Sehne und schoß abermals. Er zielte eine Handbreit unterhalb der Augen, und der dumpfe Laut, der in ein kurzes, kläffendes Jaulen überging, bewies ihm, daß er getroffen hatte.

Er drehte sich herum.

Dann sah er die Gestalt, die sich scharf gegen den fernen Lichtschein vom Raumhafen abhob. Größer als zwei Meter, mit vier langen Armen. Einer von ihnen hielt drei Leinen. Diese drei Leinen endeten in den Halsbändern dreier Wölfe. Auf einem mächtigen Rumpf saß ein langer Hals mit einem Kopf, der entfernt schlangenähnlich wirkte. Sandal hatte den nächsten Pfeil auf der Sehne.

Was war gefährlicher?

Die Gestalt zischte: *»Lacoon!«*

Sandal schoß. Er hatte von diesen Wesen gehört. Sie waren in die MARCO POLO eingedrungen. Nur der Umstand, daß es dunkel war, hatte ihn gerettet. Der hypnotisierende Blick dieses Wesens hatte ihn nicht voll erfassen können.

Der Pfeil traf sein Ziel.

Während der Lacoon zusammensackte, ließ er die Leinen los. Mit heiserem Bellen und knurrenden Lauten, die Sandal Schauer über den Rükken kriechen ließen, rasten die drei Tiere auf ihn los. Den ersten erledigte er mit dem letzten Pfeil, dann verbiß sich der andere in seinen Arm. Die Fangzähne gruben sich in den Armschutz. Sandals rechte Hand fuhr herunter, riß das Messer aus dem Stiefelschacht und suchte sein Ziel.

Das Tier starb, als der blanke Stahl seine Kehle durchschnitt. Sandal riß seinen linken Arm hoch, holte mit der rechten aus und rammte das Messer dreimal in den Körper des dritten Tieres. Dann schüttelte er den Arm, schmetterte das sterbende Tier gegen einen Baumstamm und hob den Bogen auf, als er das Messer viermal in den Boden stieß, um die Klinge zu säubern.

»Es wäre beinahe zu spät gewesen«, sagte er, während er die Geräusche des ersten startenden Schiffes hörte.

Er zog aus alter Gewohnheit den Pfeil aus dem toten Tier, behielt ihn in der Hand und ging vorsichtig auf den toten Fremden zu.

Drei Meter von dem Schlangenkopf mit dem langen Giftdorn auf der Stirn blieb er stehen und sah sich langsam und suchend um.

Niemand?

Er konnte nichts erkennen. Außerdem war die Zeit bald um, nach der ihn Ras abholen wollte. Der Baum, an dem sie sich treffen würden, war noch rund einen Kilometer entfernt. Sandal bückte sich, um den Pfeil aus dem toten Körper zu ziehen. Im gleichen Augenblick erhob sich das Raumschiff, und die Feuerstrahlen aus seinen Düsen beleuchteten die gesamte Umgebung. Wider Willen blickte Sandal in die Reptilaugen des Wesens.

Ein Gedanke durchzuckte ihn: *Er ist noch nicht tot!*

Die sterbenden Augen sahen ihn an. Sandal erstarrte augenblicklich. Seine rechte Hand, um den Griff des Messers geklammert, konnte sich nicht bewegen. Er verharrte in seiner geduckten Haltung. Der hypnotische Blick aus den Reptilaugen traf seine Augen und nagelte ihn fest. Er konnte die Augen nicht von dem Schlangenkopf lösen. Aber er konnte ungehindert denken.

Dieses Wesen lebt nicht mehr lange, dachte er. *Aber solange es lebt, bin ich gelähmt! Verdammte Vorsicht! Ich hätte den Pfeil nicht anrühren sollen ...! Wo bleiben Ras und Tahonka?*

Sandal blickte in die Augen, die ihn mit magischer Kraft versteinerten. Sein Pfeil, das konnte er außerhalb des Schärfezentrums seines Blickes sehen, hatte eine tödliche Wunde hervorgerufen. Noch etwas sah er: An einem der vier Schlangenarme dieses Wesens war eine Art Funkgerät befestigt, dessen Kontrollämpchen unaufhörlich flackerte. Wahrscheinlich rief jemand diesen Wachtposten, und wenn er sich nicht meldete, würde man nach ihm suchen.

Traf man Sandal neben ihm an, bedeutete dies für ihn der Tod.

Er muß vorher sterben, dachte Sandal angstvoll. Die Lähmung beschränkte sich auf seine Bewegungsmuskulatur, nicht auf die Schweißdrüsen. Sein Körper war schweißgebadet, und er versuchte, sich zu wehren. Jetzt spürte er etwas!

Sein rechter Fuß stand auf einem Ast, der sich über eine Wurzel gelegt hatte. Langsam rutschte der Ast auf der feuchten Wurzel, und der Fuß rutschte mit ihm. Die Sohle des Stiefels verkantete sich mehr und mehr.

Langsame, millimeterweise Bewegungen ...

Hoffentlich! dachte Sandal drängend.

Er war völlig passiv. Die Augen, die ihn fixierten und bannten, verschleierten sich mehr und mehr, aber die Kraft, die sie ausdrückten, war keineswegs gebrochen.

Der Ast rutschte von der Wurzel. Der rechte Fuß knickte ein, die Sohle rutschte ab, und Sandal war so gelähmt, daß die normale Reaktion, nämlich die, das Gleichgewicht wiederzufinden, nicht mehr ablaufen konnte. Er kippte langsam, rutschte und – fiel.

Sein Kopf krachte gegen die Wurzel. Der Bann war gebrochen.

Er holte sich einige blaue Flecken, die teuflisch schmerzten, aber er rollte auf dem Waldboden ab. Einige Dornen zerkratzten sein Gesicht. Er fiel, fing sich schließlich ab und kam auf die Beine.

»Das war knapp«, sagte er leise und wütend.

Er näherte sich mit abgewandtem Gesicht dem erstarrten Körper, schraubte den Pfeil aus der Spitze heraus und steckte ihn zurück in den Köcher. Dann holte er Atem und lief davon, dem Baum entgegen, an dem sie sich treffen wollten. Das dritte Schiff startete, als er einhundert Meter zurückgelegt hatte.

»Wir haben Glück gehabt, bis jetzt ...«, sagte er aufatmend und lief weiter.

Die nächsten Minuten brachten ihn zwischen den Baumstämmen hindurch über einen Teil des Raumhafenrandes. Kurz vor dem bewußten Baum, den er mehrmals im Licht startender Schiffe oder beleuchteter Flächen nahe des Randes sah, sah er zwischen der niedrigen Begrenzungsmauer und der Straße einen kleinen geparkten Gleiter.

Er wurde langsamer, blieb stehen. »Eine zweite Patrouille?« fragte er sich.

Er beobachtete den Gleiter einige Minuten lang, dann merkte er, daß das Fahrzeug verlassen war. In der näheren Umgebung konnte er niemanden sehen oder hören. Vorsichtig, in bester Deckung, pirschte er sich heran, bereit, jederzeit zu flüchten oder sich zu wehren, falls man ihn entdeckte.

Jetzt stand er neben dem Flugkörper. Er blickte hinein.

Die Aggregate schienen ausgeschaltet zu sein, kein einziges Kontrollicht brannte. Sandals Blick blieb an einem Würfel haften, der auf den hinteren Sitzen lag. Er streckte zögernd die Hand aus, um danach zu greifen – es konnte eine Falle sein. Aber dann sagte er sich, daß ihre Anwesenheit hier sicher noch nicht entdeckt worden war. Er nahm den Würfel an sich und wunderte sich über dessen geringes Gewicht. Als sich sein Daumen bewegte, berührte er zufällig einen Auslöserknopf. Die Vorderseite des Würfels begann zu flimmern; eine halbe Sekunde später auch die anderen Flächen.

»Ein Bild?«

Sandal sah das Bild einige Sekunden lang mit immer größer werdendem Erstaunen an, dann nickte er zufrieden und schaltete den Bildwürfel wieder aus.

»Das wird Atlan freuen!« stellte er fest, klemmte den Würfel unter seiner Jacke fest und lief weiter.

Minuten später hatte er den Treffpunkt erreicht. Schon von weitem sah er die beiden vertrauten Gestalten.

Tahonkas dunkle Stimme sagte: »Wir waren in Sorge, Sandal!«

»Mit einigem Recht«, sagte der junge Krieger fast fröhlich. »Ich wäre beinahe getötet worden.«

»Wie?« fragte Ras überrascht.

Sandal berichtete, was er erlebt hatte. Er sagte, daß es sinnvoll sei, dieses Gebiet zu verlassen, weil früher oder später die Pfeile in den Körpern der Suchhunde gefunden werden würden. Außerdem habe er eine ausgezeichnete Entdeckung gemacht ...

»Stimmen wir ab«, sagte Tschubai. »Zurück zur GEVARI oder nicht?«

Sandal antwortete: »Zurück, Ras! Schnell! Was wir wissen müssen, haben wir gesehen – und noch einiges mehr.«

»Ich bin nicht dagegen«, sagte Tahonka. »Es wird glaube ich, Zeit, sich die Stadt auf der Halbinsel näher anzusehen. Außerdem ist es ziemlich riskant, mit müden und unausgeschlafenen Spähern zu arbeiten.«

»Mehrheitsbeschluß«, stimmte Ras zu. »Los! Wir gehen zurück!«

Sie ergriffen seine Arme, und der Teleporter konzentrierte sich auf das Innere der Tropfsteinhöhle. Dann, plötzlich, waren sie dort.

Ein einzelner Landescheinwerfer beleuchtete die merkwürdigen Formen unterhalb des Bauches der Space-Jet. Icho Tolot stand wie ein Turm neben der Polschleuse und erkannte sie augenblicklich.

»Sie kommen gerade zur rechten Zeit!« rief er. Es gab in der Höhle ein starkes Echo.

Sandal löste sich von Ras. »Warum?«

»Atlans Unruhe hat ein Übermaß erreicht. Er wollte sich eben von Gucky wegbringen lassen, um euch zu suchen.«

Icho Tolot lachte gutgelaunt. Das bedeutete, daß es keine Probleme gab; keine großen Probleme wenigstens. Und der Nachhall seiner Worte verwandelte die Höhle in ein Geräuschinferno.

Kurz darauf standen sie Atlan gegenüber. Es war deutlich zu sehen, wie erfreut der Arkonide war, sie relativ wohlbehalten wiederzusehen.

Binnen weniger Minuten versammelte sich der Rest der kleinen Crew im Steuerraum der GEVARI. Merkosh und Balton Wyt, Gucky und Ras Tschubai berichteten, was sie festgestellt hatten.

Sandal griff unter seine Jacke und stellte den Bildwürfel auf ein Klapppult. »Unter anderem dieses«, sagte er. Er schaltete den Würfel ein.

Wie gebannt blickten die anderen Teammitglieder auf die fünf sichtbaren Flächen. Sie zeigten ausnahmslos das gleiche Bild, aber in einiger Verzögerung. Nacheinander erhellten sich die Flächen.

Das Gesicht eines Götzen erschien: So hatten es Tahonka-No und Sandal am Ausgang jener schicksalhaften Schlucht gesehen, in der sie sich getroffen hatten. Dann wechselte das Bild und zeigte einen riesenhaften Pyramiden-Turm.

Gucky schrie: »Das ist der Turm im Zentrum der Halbinsel! Ich erkenne ihn genau. Dort sind die Bilder, die ich angefertigt habe.«

Er, Merkosh und Wyt hatten sich in der Stadt auf der Halbinsel umgesehen.

»Ruhig!« mahnte Sandal.

Das Bild wurde vergrößert. Die Kamera näherte sich dem oberen Drittel dieses Wohnturmes und filmte einen Ausschnitt. Bildwechsel. Man sah in ein riesiges Zimmer hinein, in dem eine erstaunliche Gestalt saß. Von ihr war nur die Hälfte, nämlich der Oberkörper, zu sehen.

Der Ertruser Toronar Kasom sagte: »Das muß einer der Götzen sein!«

»Richtig!« sagte Sandal. Jetzt gab der Würfel Töne von sich. Eine barbarische Musik ertönte. Nur einige Takte lang. Dann schwieg sie, und der Götze sagte laut einige Sätze.

Tahonka-No nickte, dann übersetzte er laut: »Hier spricht Y'Xantramon: Der Herr über diesen Planeten. Es sind alarmierende Meldungen eingetroffen, meine Freunde.«

Der Ton, der aus dem versteckten Lautsprecher des Bildwürfels kam, war scharf, aber er schlug plötzlich um. Irgendwie unecht und salbungsvoll, fand Sandal Tolk. No übersetzte weiter.

»Fremde sind eingedrungen und haben auf dem Planetoiden ...«, es folgte ein unübersetzbarer Name, »... gewaltige Schäden hervorgerufen. Es besteht die Gefahr, daß sie sich auch hier sehen lassen. Ich fordere alle Wachtruppen sämtlicher Städte auf, ununterbrochen und sehr sorgsam ihren Dienst zu versehen. Wir müssen die Fremden fangen und töten: Sie stören unsere Sicherheit und die Ordnung des Schwarms.«

Atlans Hand schoß nach vorn und schaltete den Würfel ab. Der Arkonide fragte Sandal mit großer Verwunderung: »Woher hast du diesen aufsehenerregenden Fund, Sandal?«

Sandal grinste und berichtete, wie er zu diesem Würfel gekommen war. Als er endete, wußten sie alle, daß innerhalb kurzer Zeit ihre Anwesenheit entdeckt werden würde. Aber niemand würde sie hier in diesem Labyrinth aus erstarrtem Kalk suchen.

»Schalte das Ding wieder ein, ja?« bat Ras Tschubai.

Sandal drückte den Knopf, und wieder sahen die Terraner einen der Herren des Schwarms.

Er richtete seine Botschaft an die Sklavenvölker.

Tahonka-No übersetzte die nächsten Sätze, die der Götze sprach.

»Es ist uns allen klar, daß unser Planet drei wichtige Aufgaben zu erfüllen hat. Wir stellen die Behälter her, mit deren Hilfe wir unsere

Freunde auf Welten bringen, auf denen sie sich in Ruhe reproduzieren können.

Wir rüsten Schiffe aus, mit denen jene sechskantigen Behälter transportiert werden. Auch das ist nicht weniger wichtig als die erste Aufgabe, die unsere Robotwerkstätten haben.

Außerdem stellen wir Nahrungsmittel und verschiedene Hilfsgüter her, die von unseren Freunden während ihres Teilungsvorganges gebraucht werden. Schon allein aus diesen Gründen müssen wir wachsam sein und dürfen uns nicht von den Fremden beobachten lassen.

Ich fordere jeden von uns auf, rücksichtslos vorzugehen. Wir müssen uns gegen diese Wesen wehren, die unser Staatsgefüge und den Ablauf unserer lebensnotwendigen Prozesse stören. Bekämpft sie, wo immer sie zu treffen sind!

Eine vierte Aufgabe ist dazugekommen. Wir müssen die Verladearbeiten schneller vorantreiben. Von den ...« wieder folgte für Tahonka-No ein unübersetzbarer Begriff, der aus wenigen Vokalen und vielen Konsonanten bestand, »... kommen Güter, die in alle Richtungen verteilt werden müssen. Dabei geht es um unsere sich teilenden Freunde. Diese Umladearbeiten sind schnellstens durchzuführen.

In einigen Tagen, wenn die Aktion vorbei ist, werde ich mich an Ort und Stelle davon überzeugen und die Verantwortlichen belohnen oder bestrafen. Das ist im Augenblick alles.«

»Fertig!« sagte Tahonka abschließend.

Das Bild auf dem Würfel wurde abermals größer. Jetzt zeigte es den Kopf des Götzen in Großaufnahme. Er war kugelrund, aber die riesigen Facettenaugen machten aus diesem Kopf eine unverhüllte Drohung. Wenigstens kam es den Terranern so vor; Icho Tolot beispielsweise mochte einen anderen Eindruck haben. Diese Formen und Ausdrucksweisen waren archetypisch; niemand konnte sich gegen den Eindruck wehren.

Das Bild erlosch. Die fünf sichtbaren Flächen des Würfels wurden nacheinander dunkel.

»Das war einer der Fürsten des Schwarms«, sagte Sandal. »Wir finden ihn in der Stadt auf der Halbinsel. Was hast du vor, Freund Atlan?«

Er drängt dich in eine vorschnelle, schlecht überlegte Entscheidung! wisperte das Extrahirn.

»Ich weiß es noch nicht. Heute Nacht werden wir – Icho Tolot und ich – alles auswerten. Gucky hat eine Menge Material aus der Stadt auf der Halbinsel mitgebracht.«

»Das bedeutet ... morgen oder übermorgen einen harten Einsatz in dieser Stadt?«

»Unter Umständen. Wir sind elf. Dort wohnen Tausende oder Zehntausende. Unter anderem auch Lacoons, Sandal«, erinnerte ihn Atlan.

»Ich verstehe. Und ich bin, merkwürdigerweise, müde genug, um deinen Entschluß völlig richtig zu finden«, sagte Sandal.

Trotzdem kamen sie in den nächsten Stunden nicht zur Ruhe.

Alle eingesetzten Mutanten und auch jene, die von den Teleportern mitgenommen worden waren, gaben ihre Berichte ab. Zahlreiche weitere Aufnahmen wurden begutachtet und kommentiert. Schließlich waren sie alle müde und erschöpft. Ein Tag war beendet, ihre Mission war es nicht.

Sie alle wußten aus eigener, bitterer Erfahrung: Zu große Eile würde ihnen schaden.

Außerdem hatten sie einen Rafferfunkspruch von Rhodan aufgefangen. Die MARCO POLO würde »südlich« des Systems Intern Alpha auf die GEVARI stoßen und sie einschleusen.

Rhodan hatte ebenfalls die ersten Stunden des zehnten Juli als Treffpunkt vorgeschlagen. War es ein Zufall? Oder Schicksal?

Glaubst du nicht, daß du von den Ereignissen hoffnungslos überfordert bist? Mit einer Mannschaft von insgesamt elf Mann, deine Wenigkeit eingeschlossen? fragte der Extrasinn.

Der Arkonide lag in dem Sessel, der neben der Spezialkonstruktion des Emotionauten stand. Der Kontursessel war auseinandergeklappt, und wenn Atlan an seinen Knien vorbeiblickte, sah er das furchterregende Gesicht des Haluters. Für ihn und die anderen hier war es jedoch alles andere als furchterregend.

»Was meint mein halutischer Freund?« fragte Atlan.

Icho Tolot dämpfte seine Stimme; er wollte die neun anderen Männer nicht wecken. Vor Atlan stand ein Becher voller heißen, schwarzen Kaffees. Sie konnten sich diese Pause erlauben – hier waren sie so sicher, daß sie sich nicht vorstellen konnten, diese Sicherheit noch steigern zu können.

»Ich meine«, sagte der halutische Gigant, »daß wir es versuchen sollten. Nicht, daß ich eine Drangwäsche nötig hätte ... ich habe in den letzten Monaten genug erlebt, um auf meine Kosten zu kommen. Aber wir haben eine Menge Pluspunkte.«

Atlan erklärte: »Wir müssen losschlagen, kurz bevor wir starten. Wir können es nicht riskieren, lange Zeit versteckt zu bleiben. Ich sehe es so: Wir nähern uns der Stadt. Mit Hilfe der Teleporter wird dies so gut wie unbemerkt geschehen können. Dann versuchen wir, in den Tempel des

Götzen einzudringen und ihn zu stellen. Wir müssen ihn zwingen, die Richtung des Schwarms zu ändern. Möglicherweise ...«

»Wahrscheinlich sogar!« sagte Tolot.

»... wird es Kampf geben. Ich kann mir nicht vorstellen, daß der Götze Y'Xantramon sich von uns überzeugen läßt.«

Icho Tolot lachte diskret. Die Geräuschentfaltung entsprach einem anlaufenden Triebwerk. »Wohl kaum!« bestätigte er.

»Das bedeutet zwei Tage Pause, dann schnelles Handeln. Wir müssen uns auf den Überraschungseffekt verlassen. Ich gebe uns nicht mehr als eine oder zwei Stunden, in denen wir handeln können.«

Wieder stimmte der Haluter zu.

Atlan war überzeugt, einen der Herrscher des Schwarms gefunden zu haben.

Selbstverständlich teilte er nicht den mythologischen Glauben beispielsweise Sandals. Der Götze war kein Götze, sondern ein Angehöriger des herrschenden Volkes oder der herrschenden Kaste. Sie mußte zahlenmäßig sehr gering sein, denn sonst würde es viel mehr Götzen geben. So viele, daß die Terraner als Fremde hier im Schwarm mehr von ihren Spuren gesehen hätten.

So aber kannten sie nur einige Namen, die vermutlich identisch waren mit der Person eines Verantwortlichen für bestimmte Bezirke oder bestimmte Abläufe innerhalb des Schwarms.

Atlan fragte laut: »Wie gesagt: Es wird Kampf geben. Der Götze wird sich wehren. Haben wir Chancen?«

»Wir haben einige sehr fähige Mutanten hier«, grollte Tolot. »Kein Wort braucht über ihre Kräfte verloren zu werden. Der springende Punkt ist die Überraschung. Wir müssen plötzlich auftauchen, zuschlagen und wieder verschwinden. Die dann ausbrechende Verwirrung müssen wir nutzen, indem wir schnell fliehen und uns mit Rhodan treffen.«

Zweifellos war, abgesehen von Schutzvorrichtungen oder technischen Besonderheiten der Umgebung, der Götze eine kraftvolle, machtstrotzende Persönlichkeit. Das stand außer Zweifel. Immer wieder war Atlan mit Tolot, einem Meister der Planung, die Informationen durchgegangen und hatte stufenweise, in kleinen Schritten, einen Plan entworfen. Er sollte in den ersten Stunden des neunten Juli anlaufen.

Atlan trank seinen Becher leer, stand auf und sagte: »Wir ruhen uns aus und sprechen mehrmals den Plan durch. Dann schlagen wir zu – mit aller Kraft.«

»Einverstanden!«

Atlan verabschiedete sich von dem Haluter und ging hinunter in seine kleine Kabine, um zu schlafen. Verschiedene technische Geräte, im Höhleneingang aufgestellt, wachten über die Sicherheit der GEVARI und ihrer Insassen.

Die kurze Nacht verging.

Wieder war es Nacht: Die elf Mitglieder des kleinen Teams trafen sich ausgeschlafen, ausgerüstet und bewaffnet im Eingang zu der Karsthöhle. Bis zum Tagesanbruch waren es sechs Stunden. In dieser Frist, hoffte der weißhaarige Arkonide, würde man ein Problem aus der Welt geschafft haben.

So oder so. Auf irgendeine Weise.

»Sie bleiben hier. Das ist eine unwiderrufliche Anordnung«, sagte Atlan. Seine Stimme war rauh; Ausdruck seiner Besorgnis. Zehn von elf Teammitgliedern, bis auf den Emotionauten, waren in schwere Kampfanzüge gekleidet.

»Ich rekapituliere«, sagte der Pilot der Space-Jet halblaut. Er horchte auf das Echo in der Höhle, dann fuhr er fort: »Ich halte die Jet startbereit, bringe sie in den Eingang und rase los, sobald das letzte Mitglied unserer kleinen Gemeinschaft an Bord ist. Das Ziel ist bekannt. Funkstille – ausgenommen, die Höhle wird entdeckt und angegriffen. Ich bin dafür verantwortlich, daß die GEVARI samt Inhalt den Treffpunkt erreicht.«

Der Arkonide nickte. Aus seinem Gesicht war unschwer die Sorge um den Einsatz abzulesen. Icho Tolot trug Gucky auf der Schulter.

»Alles klar«, sagte Atlan. »Gehen Sie zurück in die Steuerkanzel, räumen Sie hier auf und warten Sie auf uns. Ich verlasse mich auf Sie.«

Nervöse Gespanntheit erfüllte ausnahmslos alle elf Männer.

»Sie können sich darauf verlassen!« sagte der Pilot. Er wußte, daß die Wartezeit für ihn furchtbar sein würde. Untätigkeit würde diese Stunden noch mehr zur Qual machen. Aber es war nicht anders möglich. Der Emotionaut setzte sich auf einen Kalkstein nieder.

Atlan fuhr fort: »Alles ist durchgesprochen worden. Wir haben keinen einzigen Funkspruch aufgefangen, der sich auf die Geschehnisse in der Stadt in der Ebene bezieht.«

Ras Tschubai sah auf die Uhr und meinte: »In einer Stunde detonieren meine Sprengsätze und zerstören einen Teil der elektronischen Geräte und Regelmechanismen. Dann wird sich die Aufmerksamkeit auf diese Siedlung konzentrieren.«

»Gut. Die Teleporter fangen jetzt an – wir haben unser Ziel.«

Der Mausbiber und Ras Tschubai verschwanden schlagartig. Mit ihnen gingen Sandal, Tahonka-No, Icho Tolot und Takvorian.

Zwanzig Sekunden verstrichen schweigend und ereignislos.

Dann erschien Gucky wieder und krähte vergnügt. »Sie sind abgesetzt – die nächsten bitte!«

Er nahm Merkosh mit und Balton Wyt. Ras Tschubai, der gleich darauf erschien, nahm Atlan und den Ertruser mit sich.

Der Höhleneingang war leer. Mentro Kosum begann die einzelnen Funkgeräte wegzuräumen, die Antennenkabel aufzurollen und alles im Schiff zu verstauen. Er machte einen Rundgang durch die Jet, beseitigte hier und da die Unordnung, schloß Gegenstände weg und kontrollierte alles.

Dann startete er die Jet und setzte sie dicht am Höhlenausgang ab, kurz vor der grünen Zone des gewaltigen Felsabsturzes. Er schaltete die Maschinen ab, sah auf die Uhr und versuchte, seine Unruhe zu bekämpfen.

Dann wartete er ...

13.

Zehn verschiedene Wesen standen in einer Gruppe beieinander. Ras Tschubai und Gucky trugen eine Serie von Bomben mit sich, mit denen man Teile der arbeitenden Rechenmaschinen und Speicher zerstören konnte. Sie unterhielten sich leise mit Atlan, dann verschwanden sie.

Jeder von ihnen sprang rund fünfzehn Mal.

Die Ziele waren bekannt. An jedem Zielpunkt wurden die Bomben abgelegt und versteckt, die Zeitzünder eingeschaltet. Der Höhepunkt ihrer Aktionen würde mit der Detonation an insgesamt dreißig verschiedenen Stellen zusammenfallen.

Atlan, der seinen Kampfanzug noch nicht geschlossen hatte, sah sich um. Sie standen auf dem Dach eines niedrigen Gebäudes, über das die Kronen einiger dichter Bäume hinausragten. Sie waren hervorragend gedeckt.

Fünfzehn Minuten später waren die Teleporter wieder bei ihnen, erleichtert und mit entschlossenen Gesichtern.

»Genau sechzig Minuten«, sagte Ras Tschubai. »Dann detonieren die Bomben. Vorher aber dürften noch die Notrufe aus der Stadt in der Ebene hier eintreffen.«

»Gut. Tahonka und Ras – versucht, in den Zentralbau einzudringen!«

»Sofort.«

Tahonka-No und Ras Tschubai schlossen ihre Kampfanzüge, schalteten die Innenversorgung ein und unterließen es aber, die Schutzfelder, die Funkgeräte und sonstige Geräte, deren Energien angemessen geortet werden konnten, in Betrieb zu setzen. Dazu war später Zeit.

Dann verschwanden sie erneut.

Atlan und die anderen warteten ungeduldig. Sie ahnten, daß dieser Punkt eine entscheidende Phase darstellte.

Tahonka-No und Ras materialisierten am Fuß des zentralen Gebäudes. Sie mußten versuchen, in das Innere einzudringen.

No flüsterte: »Eine Serie schneller Sprünge – jeweils in Sichtweite, Ras!«

»Ich weiß.«

Sie standen im schwarzen Schatten jenseits des schwach erleuchteten Einganges, der sich hinter einer Rampe befand. Glastüren waren zu sehen, zusätzlich durch Schirmfelder gesichert. Dahinter ein breiter, tiefer Korridor, dessen hundert Meter gut einzusehen waren. Plötzlich standen Ras und der Knöcherne am Ende des Korridors. Drei Sekunden später änderte sich die Umgebung. Ein halbdunkler, leerer Raum, der von Röhren, Schaltern, Hebeln und Turbinen erfüllt war – kein Lebewesen war hier.

»Heizungszentrale! Bring die anderen hierher!« wisperte der Knöcherne, huschte bis zur Wand und legte eine Bombe in die Turbinenanlage. Dann verbarg er sich hinter dicken, verschlungenen Rohren.

Ras Tschubai verschwand – und kam bald wieder.

Zwei Minuten später befanden sich die zehn tollkühnen Späher in diesem Raum. Die Schotte wurden verriegelt, und Tahonka rief sich ins Gedächtnis, wie nach seiner Meinung die Energieversorgung installiert war.

Er flüsterte Atlan zu: »Wir müssen rund dreihundert Meter aufwärts. Von dort kommen die stärksten Ortungen. Ich bin dafür, daß wir dies in dem Schacht versuchen.«

»Einverstanden, No!« bestätigte der Arkonide.

Der Schacht mit sämtlichen Energieleitungen! sagte sein Extrasinn. *Ein hervorragendes Versteck – bis auf weiteres!*

Gucky schaltete die starke Lampe an seinem Kampfanzug an, visierte die mächtige Klappe an, hinter der Röhren und Kabel verschwanden und teleportierte. Sekunden später war er wieder auf der Schulter Tolots und sagte:

»Es geht fast zweihundert Meter senkrecht aufwärts. Ihr könnt folgen. In Abständen sind Nischen eingelassen. Dort können wir uns verbergen. Ich gebe ein Signal mit dem Scheinwerfer. Und weil er der Größte ist – zuerst Icho Tolot!«

Nacheinander holten die Teleporter alle neun Männer in den Schacht. Kurze Zeit später drängten sie sich, die entsicherten Waffen in den Händen, auf einer kleinen Plattform, auf der Reparaturrobots und Werkzeuge schwach zu erkennen waren.

Atlan flüsterte: »Jeder kennt seine Aufgabe. Gucky – such den Götzen.«

Während der Mausbiber die gefährlichste Aktion begann, packte Sandal seinen Bogen fester und sah auf die Uhr.

Die parapsychische Strahlung kam aus dem oberen Drittel der »Bunkerburg«. Irgendwie hatte sich die Bezeichnung in die Diskussion eingeschlichen. Die Pyramide mit ihren zahlreichen Öffnungen, den Rampen und den Antennen hatten diesen Namen erhalten.

»Wo bleibt nur Gucky?« fragte sich Atlan.

Bisher hatte er immer gefunden, was er suchte, beschwichtigte ihn sein Extrasinn.

Plötzlich war Gucky wieder da. »Ich habe ihn!« sagte er. »Er scheint zu arbeiten. Es ist ein hoher, großer Saal. Wer wagt es zuerst?«

Atlans Stimme war schärfer geworden: »Ras! Gehen Sie mit Gucky! Orientieren Sie sich. Und dann schnellster Transport dorthin. Seid äußerst vorsichtig!«

»Verstanden.«

Ras und Gucky verschwanden, einige Sekunden vergingen, dann erschienen sie wieder.

Ras sagte leise: »Außerhalb des Saales befinden sich mindestens zweihundert Wachen. Der Götze selbst ist hervorragend geschützt. Wer geht zuerst?«

Atlan entschied: »Icho Tolot und ... ich.«

Die Luft prallte in den Hohlraum, als die beiden Teleporter Atlan und den Haluter mit sich rissen. Dann begannen die Ereignisse sich zu überstürzen.

Die erste Detonation erfolgte, als der Haluter in dem Saal erschien. Er nahm sofort Deckung hinter einer mächtigen Schaltbank. Der Kopf des Götzen kam hoch, als die Erschütterungen der Explosion sein Ohr erreichten. Er schrie etwas.

Plötzlich standen zehn fremdartige Wesen in dem Saal. Drei von ihnen drehten sich schnell herum und richteten gefährlich aussehende Waffen auf die Portale, die aus dem Raum hinausführten.

Ein großer, schlanker Mann, dessen weißes Haar unter dem Helm des schweren Raumanzuges zu erkennen war, stand neben einem Mann von Gedynker Crocq.

Der Götze Y'Xantramon sprang auf. Er streckte seine Hand aus, um einen Knopf zu drücken.

Der schlanke Mann hob die Waffe in einer irrsinnig schnellen Bewegung, und ein Feuerstrahl zuckte durch die halbe Breite des Saales und zerfetzte einen Teil des Pultes.

Ein Lautsprecher knackte. Eine fremde Stimme. Eine zweite. Sie übersetzte. Der von Crocq sagte laut: »Hier sind Wesen aus der Milchstraße, die ihr durchstoßt! Ich fordere dich auf, den Kurs des Schwarms zu ändern.«

Weiter kam er nicht. In die Kette der fernen Detonationen mischten sich andere Geräusche. Die Portale flogen auf, und Wachtruppen erschienen.

Die Mutanten begannen, ihre Fähigkeiten einzusetzen. Takvorian verlangsamte die Bewegungen der Angreifenden. Der Mausbiber und Balton Wyt rissen die Waffen aus den Händen der Wachen und schmetterten sie gegen die Wände. Sandal Tolk, der mit einigen schnellen Sätzen rings um den Saal gerannt war, feuerte einen Pfeil nach dem anderen durch die mächtigen Öffnungen. Glutbälle detonierten. Rauchsäulen schossen hoch, und Feuervorhänge breiteten sich aus. Summer, Gongs und Sirenen arbeiteten ununterbrochen und erzeugten einen höllischen Lärm.

Sandal feuerte zwanzig oder fünfundzwanzig Pfeile ab, dann hatte er vor den Portalen eine Feuerzone geschaffen, durch die sich niemand hindurchwagte. Icho Tolot stürmte mit Urgewalt durch den Saal, zerschmetterte dabei einige wichtige Einrichtungsgegenstände und blieb zehn Meter vor dem Götzen stehen. Er schrie.

Er wiederholte die übersetzten Worte des Knöchernen. Gleichzeitig fuhr Merkosh seinen Rüsselmund wie eine Fanfare aus und trompetete los, wobei er sorgfältig darauf achtete, daß keiner seiner Freunde in die Richtung der vernichtenden Schallwellen geriet. Rings an den Wänden wütete Zerstörung unter den Maschinen und Geräten.

Der Götze sah aus wie eine negative terranische Mutation ... Der Körper war eine Kleinigkeit größer als zweihundertfünfzig Zentimeter. Sandal verglich das Original mit dem Bild aus dem sprechenden Informationswürfel. Zwei wuchtige und relativ kurze Beine, zwei Arme mit Händen, die offensichtlich nur jeweils zwei Finger und zwei gegenständige Daumen hatten. Der Götze war in hellgelbe Gewänder gekleidet – die Farbe der Eroberer.

Icho Tolot zog sich zurück; sein Schirm glühte unter der Wucht von Strahlen auf, die ihm aus verborgenen Projektoren entgegenschmetterten. Außerdem fühlte er die Einflüsse eines Hemmfeldes.

Takvorian fühlte sie ebenfalls, und er kämpfte mit aller Kraft gegen eine fünfhundertfache Verzögerung an.

Gucky und Balton Wyt setzten ihre telekinetischen Kräfte ein, hoben den riesigen Götzen hoch und schmetterten ihn gegen eine der Wände. Dabei zerstörte er selbst einen Projektor, indem er mitten im Feuerstrahl landete.

Sandal griff ein. In den Portalen tauchten aus dem Rauch, dem Dampf und den Flammen Wachtruppen auf. Sie trugen Rüstungen und schwere Waffen. Sie feuerten auf die Terraner, aber nicht auf Sandal, weil er zwischen zwei rauchenden Schalterschränken stand und relativ unauffällig war – nur seine Pfeile, die er in Halbsekunden-Abständen abfeuerte, trugen Tod und Unheil in die Reihen der Gegner.

Als sich die Öffnungen wieder in Vierecke aus lodernder Glut verwandelt hatten, als die harten Atomstrahlungen gegen die Schutzschirme der

Terraner schmetterten, sah Sandal den Götzen abermals genauer an. Neun Feuerstrahlen aus neun Waffen brannten auf seinem Schutzschirm.

Der Kopf war riesig. Und er sah anders aus als auf den Plastiken und den riesigen Bildern, die Sandal kannte. Dort waren die Gesichter alle stilisiert gewesen – hier sah er die Wirklichkeit.

Etwa siebzig Zentimeter durchmessend, mit zwei großen Facettenaugen, vier fühlerartigen Fortsätzen, die etwa handlang waren und an ihrem Ende vielfach ausgefächert.

Ein lippenloser Mund, wie die Beißwerkzeuge eines Insektes geformt, dreieckig und weit aufgerissen. Aus diesem Mund kam ein Zischen wie von einer großen Schlange. Die Farbe der Haut war, wie man an den Händen und dem Kopf sehen konnte, feuerrot.

Takvorian drohte zu unterliegen. Aber das hemmende Feld, das Y'Xantramon ausstrahlte, war jeweils nur auf einen der Eindringlinge gerichtet. Die Telekineten verwirrten ihn, indem sie ihn hochhoben und auf den Boden schmetterten. Das Feld kam, schwand, irrte ziellos umher.

Icho Tolot und der Ertruser hantierten mit ihren geschützähnlichen Strahlern. Die Schutzschirme des Giganten hielten noch immer.

Schließlich schrie der Haluter, so laut er konnte: »Alle Mutanten arbeiten zusammen ... jetzt!«

Einige Sekunden vergingen. Sie dehnten sich wie kleine Ewigkeiten aus. Sandal Tolk blieb wachsam – er konnte nichts zu diesem Versuch beisteuern.

Schließlich schrie der Haluter: »Die Schirme! Ein Riß im Schirm!«

Eine winzige Lücke schien entstanden zu sein, denn unterhalb der vielfachen Schirme brannten jetzt die gelben Kleider des Fürsten. Unter dem bröckelnden, schwarzen Tuch, das in riesigen Flächen zu Boden sank und dort weiterrauchte, kam ein schwarzer Gliederpanzer zum Vorschein, ähnlich demjenigen, der von den Lacoons getragen wurde.

Atlan schrie: »Sandal!«

Tolk wußte nicht, was er meinte. Eine Rauchsäule versperrte ihm die Sicht. Er bewegte sich blitzschnell aus der Deckung hervor, wechselte seinen Standort und sah dann, zwischen der kugeligen Struktur des Schirmes, dem Rauch und den Bahnen der Energiewaffen etwas, das ihn stutzig werden ließ.

Er blickte über die Achsel – er sah einen Pfeil mit auffallend gelber Befiederung. Die Hitze kräuselte bereits die Kunststoff-Federn. Sandal zog den Pfeil heraus, legte ihn ein und spannte den Bogen.

Zwischen dem Kopf des Götzen und dem ersten Panzerring am Halsansatz leuchtete ein Stück feuerrote Haut.

Sandals Daumenknochen schlugen hart gegen seinen Unterkiefer. Er sah die dünnen Bänder der Sehnen, sah perspektivisch verzerrt den langen Pfeil und hob den Bogen etwas, damit die Spitze nicht auf dem Boden aufstieß und den Pfeil ablenkte. Dann verschmolz sein Blick mit dem Ziel, mit einigen Quadratzentimetern leuchtender Haut. Er ließ die Sehne los.

Der Pfeil heulte durch die Luft, aber niemand hörte das Geräusch.

Der Pfeil raste zehn, fünfzehn Meter durch die Halle, schoß durch das Loch im Schirm, wobei er sich entzündete. Dann traf die halbverschmorte Spitze den Hals des Götzen. Ein chemischer Brandsatz entzündete sich schlagartig, entwickelte eine Hitze von mehreren tausend Grad.

Im Hals des Götzen steckte der Pfeil. Flammenzungen schossen nach allen Seiten.

Y'Xantramon brüllte auf. Er schrie lauter als der Haluter. Atlan hob die Hand, deutete auf Takvorian und Merkosh und versuchte, etwas zu sagen – sein Lautsprecher versagte angesichts des Gebrülls des sterbenden Giganten.

Gucky und Ras verstanden. Sie steckten, während sie losspurteten, ihre Waffen ein und schalteten die Schutzschirme aus. Mit einem gewaltigen Satz sprang der Mausbiber auf den Rücken des Pferdemutanten und verschwand sogleich. Ras Tschubai ergriff den Gläsernen, sagte etwas und verschwand ebenfalls.

Icho Tolot und der Ertruser folgten anschließend.

Dann rannte Sandal auf Tahonka-No und Atlan zu. Der irrsinnige Lärm verhallte, aber als die Energieaggregate des Götzen detonierten, warf es die drei beinahe um. Große Flammen breiteten sich überall aus. Die Terraner scharten sich eng zusammen.

Ras riß Atlan und Sandal mit sich, Gucky nahm Tahonka-No und Balton Wyt mit.

»Start!« schrie Mentro Kosum unter der SERT-Haube hervor.

Ein einziger Funkspruch wurde ausgesandt. Die GEVARI raste durch den Raum, erhielt Antwort von der MARCO POLO und strebte dem Treffpunkt zu.

Die MARCO POLO schleuste sie ein. Die Beiboote wurden angefunkt, stellten ihren Ablenkungskampf gegen die Schwarm-Einheiten ein und rasten ebenfalls durch den Linearraum davon, in Richtung auf den Treffpunkt.

Sandal dachte, als er sich auf sein Lager warf: *Meine Rache ... sie ist also doch wahr geworden. Ich habe mit einem einzigen Schuß einen Götzen getötet, einen Fürsten des Schwarmes. Der erste Götze, für die Völker des Schwarms eine sagenhafte Gottheit, der sie alle blind gehorchten, ist gestorben – das wird ein Schock sein. Für alle.*

Außerdem wußte er, würde die Fabrikation gestoppt werden. Die Ausfälle konnten die Infrastruktur des Schwarms entscheidend verändern und beeinflussen. Das Unheil wütete innerhalb der spiegelnden Schutzschirme.

Dann entspannte sich Sandal. Er schlief ein und lächelte im Schlaf. Es war das Lächeln eines jungen Mannes, der langsam erwachsen wurde.

14.

Du siehst nur einen Teil jener Umwelt, die andere Menschen erblicken, denn dein Gesichtskreis wird eingeengt von einem Cappin-Fragment und einer dünnen Plastikmaske. Obwohl du dich längst an deine verminderte Sehfähigkeit gewöhnt hast, wirken deine Bewegungen manchmal unsicher, zumal du noch groß und hager bist. Du sprichst langsam und holprig, deine Gesprächspartner haben manchmal den Eindruck, daß du nach Worten suchen mußt.

Das Schlimmste jedoch ist, daß du anderen Menschen unheimlich bist. Sie spüren das Fremde an dir. Obwohl ihnen ihre Vernunft sagt, daß du ihnen nicht gefährlich werden kannst, werden unterschwellige Ängste in ihnen wach.

Was ist das für ein Mensch, dessen Gesicht wir nicht sehen können? fragen sie sich.

Das Gesicht ist das Spiegelbild deiner Seele. Weißt du überhaupt noch, wie dein Gesicht aussieht?

Manchmal, wenn du allein in deiner Kabine bist, nimmst du die Plastikmaske ab und blickst in einen Spiegel. Die gesamte Fläche deines Gesichtes, bis auf Augen, Nase und Mund, wird von einem Cappin-Fragment bedeckt.

Wenn andere Menschen diese schillernde Masse ansehen, werden sie wahnsinnig und sterben. Deshalb mußt du ständig eine Plastikmaske tragen. Du könntest dich sonst nicht frei bewegen.

Wie lange ist es schon her, daß du dein richtiges Gesicht gesehen hast? War es damals, während des Kampfes gegen Ribald Corello – oder noch früher? Wie sieht dein Gesicht aus?

Vielleicht existiert es nicht mehr, vielleicht ist es nur noch eine verwüstete rosafarbene Fläche.

Manchmal erwachst du während der Ruhezeit aus schrecklichen Alpträumen, in denen dir wie eine Vision dein Gesicht erscheint: eine vernarbte, bis zur Unkenntlichkeit zerfressene Fratze.

Schweißbedeckt sitzt du in deinem Bett und blickst in die Dunkelheit, bis die Vision sich auflöst. Es kann nicht sein, denkst du. So kannst du nicht aussehen. Unter dem Cappin-Fragment muß dein richtiges Gesicht erhalten geblieben sein.

Was hast du schon alles angestellt, um das Cappin-Fragment loszuwerden!

Die Zahl der Wissenschaftler, die dich untersucht haben, ist Legion. Niemand konnte dir helfen, denn niemand durfte wagen, das Cappin-Fragment während der Untersuchung anzusehen.

Es kommt immer noch vor, daß deine Gedanken in die Vergangenheit zurückeilen. Du erinnerst dich, wie es passiert ist. Es war ein Unfall, ein Ereignis, das sich nach dem Gesetz der Wahrscheinlichkeit überhaupt nicht hätte ereignen dürfen. Du befandest dich zusammen mit einem Cappin in der Desintegratorzone eines Transmitters. Die atomare Zellstruktur deines Körpers verwob sich mit einem Teil jenes Wesens.

Als du aus dem Transmitter tratest, mußten mehrere Menschen sterben, bevor du und die anderen begriffen, was überhaupt geschehen war.

Es gibt Menschen, die sich wundern, wie gelassen du dein Schicksal erträgst. Natürlich bist du ruhig. Du regst dich selten auf. Stets behältst du die Übersicht.

Die anderen sagen, daß du absolut zuverlässig bist. Perry Rhodan überträgt dir wichtige Aufgaben, bestimmt nicht nur, um deinen Seelenfrieden zu sichern.

Dabei bist du verzweifelt!

Du willst diese Maske loswerden, dieses kalte Stück Plastik, das mit zwei Schlingen über den Ohren befestigt wird und sich fest gegen das Cappin-Fragment preßt.

Die Hoffnung, daß du dich eines Tages von diesem Gesicht befreien kannst, hast du doch noch nicht aufgegeben. Immer wieder träumst du davon.

Ein Gefühl sagt dir, daß du deine Chance bekommen wirst. Du wirst sie nicht ungenutzt lassen. Sogar Opfer würdest du bringen.

In den Tiefen deines Unterbewußtseins schlummern schreckliche Gedanken. Du befürchtest, daß du zum Verbrecher werden könntest, nur um dein Cappin-Fragment loszuwerden. Skrupellos würdest du es einem anderen Menschen übertragen.

Jedenfalls glaubst du in deiner Verzweiflung, daß du es tun könntest.

Vielleicht wirst du das Fragment bis zu deinem Tod tragen. Dann wird es dich freiwillig verlassen, denn es braucht einen lebenden Träger.

Oft genug hast du mit dem Gedanken gespielt, Selbstmord zu begehen. Du weißt noch ganz genau, wie du breitbeinig in deiner Kabine standest und die Mündung des Desintegrators gegen deine Schläfe preßtest. Doch du hast nicht abgedrückt. Dein Wille zum Leben war größer.

Ob die anderen merken, was sich in deinem Innern abspielt?

Einige merken es sicher, die Mutanten und so erfahrene Männer wie

Rhodan und Atlan. Die anderen werden es zumindest ahnen. Sie geben sich alle Mühe, dich wie ihresgleichen zu behandeln.

Aber solange du das Cappin-Fragment im Gesicht hast, bleibst du der Mann mit der Maske ...

Bort Desancon hob den Kopf und blickte in den langen Korridor, an dessen Ende sich der Eingang zu einem Antigravschacht befand. Seit zwei Stunden hatte Desancon zusammen mit Ättler Deckwache. Niemand an Bord befürchtete, daß etwas passieren könnte, doch Perry Rhodan war seit dem Überfall der Lacoons vorsichtig geworden.

Desancon versetzte seinem Kameraden einen Rippenstoß. Ättler zuckte zusammen und brummte etwas.

»Du solltest während der Deckwache nicht schlafen«, sagte Desancon ärgerlich.

Ättler erhob sich von der Kiste, auf der er die ganze Zeit über gesessen hatte, und strich sich über seinen ansehnlichen Bauch.

»Du hast gesagt, daß du allein aufpassen wolltest«, erinnerte er den anderen ungehalten. »Was ist überhaupt los?«

Desancon deutete in den Gang. »Ich habe irgend etwas gehört!«

»Tsss! Tsss!« machte Ättler kopfschüttelnd.

Sie sahen sich an. Im allgemeinen kamen sie gut miteinander aus, aber in letzter Zeit hatte Desancon wenig geschlafen und war reizbar geworden. Nach Ättlers Ansicht machte sich sein Freund zuviel Sorgen über den Schwarm und die Zukunft der MARCO POLO. Im Verlauf seines Absetzungsmanövers vom Planeten Kokon hatte das Ultraschiff inzwischen den Kopf des Schwarms erreicht. Hier befand sich das Ballungszentrum jener Planeten, auf denen sich ockergelbe, gebärfreudige Wesen aufhielten. Die sogenannten Frühgeburtler unter den Gelben Eroberern hielten sich ausnahmslos in diesem Gebiet auf.

An Bord der MARCO POLO befanden sich weiterhin genügend Virenkulturen, um einen Großteil der von Ockergelben bewohnten Planeten infizieren zu können. Nach den Erfahrungen während des Unternehmens Gepla I hatte Rhodan jedoch auf weitere Angriffe mit Viruspaketen verzichtet, denn er war sich darüber im klaren, daß es bestenfalls Störmanöver sein konnten.

Perry Rhodan hatte zur Besatzung der MARCO POLO gesprochen und ihr mitgeteilt, sein neues Ziel bestünde in der Ausschaltung der offenbar im Schwarm lebenden Ressortchefs. Nachdem Sandal Tolk einen dieser geheimnisvollen Herrscher besiegt hatte, erschien es den Terranern nicht mehr unmöglich, mit ähnlichen Aktionen den Schwarm endgültig zu stoppen. Die Panik und das Chaos, die sich nach dem Tod des Y'Xantramon entwickelt hatten, bewiesen, daß hier eine empfindliche Stelle des Gegners lag.

Rhodan hatte die achttausend Personen an Bord der MARCO POLO über die neue Situation unterrichtet.

Das Ultraschlachtschiff mit seinen einhundert großen Beibooten stellte innerhalb des Schwarms nach wie vor einen nicht zu übersehenden Machtfaktor dar, wahrscheinlich vor allem deshalb, weil die Machthaber im Innern des Schwarms noch nicht in letzter Konsequenz begriffen hatten, von wem sie angegriffen wurden.

»Da ist es wieder!« drang Desancons Stimme in Ättlers Gedanken. »Es hört sich an wie das Schlurfen von Schritten.«

Auch Ättler hatte ein Geräusch gehört. Er blickte in den Korridor, wo sich niemand aufhielt. Doch das bedeutete gar nichts. Es gab zahlreiche Seitengänge, in die die beiden Männer nicht einblicken konnten.

Aus den Augenwinkeln beobachtete Ättler, wie Desancon nach seinem Strahler griff. Er lachte auf. »Du bist verrückt!«

»Denk, was du willst!« gab Desancon zurück.

Aus einem der Seitengänge taumelte eine Gestalt hervor. Es war ein Mann, der sich offenbar mühsam auf den Beinen hielt.

Ättler griff ebenfalls nach seiner Waffe und rannte los. Desancon folgte ihm. Der Mann, der so unverhofft aufgetaucht war, wandte ihnen den Rücken zu und stützte sich mit einer Hand an der Wand.

Vor dem nächsten Interkomanschluß blieb Ättler stehen und beugte sich über das Mikrophon.

»Hier spricht der Wachhabende Ättler!« rief er. Er wußte, daß irgend jemand in der Deckstation ihn hören würde, vielleicht sogar der Diensttuende Offizier, Major Hughens. »Wir haben einen Mann aufgegriffen. Er scheint betrunken oder krank zu sein.«

Desancon, der an ihm vorbeigestürmt war, hatte den Mann erreicht und machte Ättler heftige Zeichen. Ättler wartete nicht auf eine Antwort oder eine Bestätigung, daß man seine Nachricht verstanden hatte, sondern rannte weiter.

Als er Desancon fast eingeholt hatte, wandte der Fremde sich um. Ättler erkannte ihn sofort. Der Mann war Alaska Saedelaere.

Aus den Augen- und Mundschlitzen von Saedelaeres Plastikmaske zuckten farbige Lichtblitze.

»Saedelaere!« rief Ättler. Er kannte den Transmittergeschädigten von mehreren Besprechungen her. »Ist Ihnen nicht gut?«

Alaska antwortete nicht. Er schien die Anwesenheit der beiden Männer nicht zu registrieren.

»Wie ist er hierher gekommen?« fragte Desancon aufgeregt. »Seine Kabine liegt doch im Hauptdeck?«

»Darüber können wir später noch nachdenken«, sagte Ättler. »Auf jeden Fall müssen wir Hughens unterrichten, damit er die Zentrale informiert. Irgend etwas ist mit Saedelaere nicht in Ordnung.«

Desancon deutete auf die Maske, hinter der es aufleuchtete. »Glaubst du, daß das gefährlich ist?«

Ättler verzichtete auf eine Antwort. Er ging zum Interkomanschluß zurück. »Hier spricht Ättler!«

Diesmal war Hughens zur Stelle. »Geben Sie Ihre Nachrichten immer durch, ohne auf Antwort zu warten, Ättler?« fragte er ärgerlich.

»Tut mir leid«, entgegnete Ättler. »Wir haben Saedelaere aufgegriffen. Er scheint nicht bei Sinnen zu sein. Ich vermute, daß er sehr krank ist.«

Hughens Stimmung schlug sofort um.

»Bleiben Sie bei ihm und lassen Sie niemand an ihn heran. Der Korridor, in dem Sie ihn gefunden haben, wird abgesperrt. Ich unterrichte die Zentrale.«

»Gut«, sagte Ättler.

Als er aufblickte, war Alaska Saedelaere zu Boden gesunken. Desancon stand breitbeinig neben ihm und wußte offenbar nicht, was er nun tun sollte.

Sekunden später flimmerte es am Ende des Korridors. Perry Rhodan und Gucky wurden sichtbar. Ättler begriff, daß der Ilt zusammen mit Rhodan aus der Zentrale direkt hierher teleportiert war, um möglichst schnell bei Alaska Saedelaere zu sein.

Rhodan trug eine verwaschene Hose und ein offenes Hemd. Er übersah die Situation mit einem Blick.

Während er sich zu Alaska hinabbeugte und ihn auf den Rücken drehte, fragte er die beiden Raumfahrer: »Wann haben Sie ihn gefunden?«

»Vor ein paar Minuten«, machte sich Ättler zum Sprecher. »Er kam aus diesem Seitengang. Wir sahen ihn zunächst nicht von vorn und dachten, es wäre irgendein Betrunkener oder ein Kranker.«

Rhodan nickte. »Alaska!« rief er leise.

»Sein Cappin-Fragment ist aktiv«, sagte Gucky mit seiner hellen Stimme. »Ich kann die Mentalimpulse des verdammten Dinges genau spüren. Ich möchte wissen, warum es sich so aufführt. Irgend etwas muß geschehen sein.«

Rhodan überlegte einen Augenblick. »Kannst du mit ihm teleportieren?«

»Du meinst, in die nächste Krankenstation?« erriet der Mausbiber.

Rhodan nickte bestätigend.

»Die Einflußnahme des Cappin-Fragments wird sich zwar störend auswirken, aber dieses kurze Stück werde ich schaffen.« Gucky maß Rhodan mit einem abschätzenden Blick. »Vorausgesetzt natürlich, daß du zu Fuß gehst.«

»In Ordnung«, sagte Rhodan.

Der Ilt berührte Saedelaere am Arm und entmaterialisierte.

»Es ist vielleicht besser, wenn Sie vorläufig den Mund halten«, sagte Rhodan zu den beiden Raumfahrern. »Dieses Ereignis könnte unnötigen Gerüchten Vorschub leisten.«

Desancon rieb sich das Kinn.

»Sie verpassen uns einen Maulkorb«, stellte Ättler fest. »Aber ich denke, daß Sie recht haben.«

»Ich werde mit Major Hughens ebenfalls darüber sprechen«, kündigte Rhodan an.

»Ein paar Wachhabende werden in der Deckstation alles mitgehört haben«, sagte Desancon. »Ich bin nicht sicher, ob sie schweigen werden.«

»Ich werde auch mit ihnen reden«, versprach Rhodan. »Sie haben beide richtig gehandelt.« Er wandte sich ab und ging davon.

»Ob er uns etwas verheimlicht?« überlegte Desancon.

»Ich hatte den Eindruck, daß er selbst nicht genau wußte, was die Aktivität von Saedelaeres Cappin-Fragment ausgelöst hat«, meinte Ättler. »Aber irgendwie ist diese Sache unheimlich. Das Cappin-Fragment reagiert nur auf bestimmte Strahlungen. Jedenfalls hörte ich einmal einen der Ärzte etwas Ähnliches sagen. Irgend etwas ist nicht in Ordnung.«

Desancon ächzte. »Es wird nie alles in Ordnung sein, solange wir uns in diesem verdammten Schwarm aufhalten.«

»Ich habe mich damit abgefunden«, sagte Ättler. »Wahrscheinlich weiß auch Rhodan, daß wir diesen Schwarm niemals besiegen können. Ich nehme an, daß wir nur hier sind, um eine Änderung hervorzurufen, die den Schwarm zum Rückzug zwingen könnte.«

Desancon hielt nicht viel von den privaten Theorien seines Freundes. Er gab seiner Meinung mit einem Achselzucken Ausdruck. Wahrscheinlich verstand keiner von ihnen wirklich, was mit dem Schwarm überhaupt los war. Zwar gab die Zentrale ständig irgendwelche Erklärungen ab, aber diese wurden von den wenigsten Besatzungsmitgliedern einwandfrei verstanden.

Der Zustand, in dem sich Alaska Saedelaere befand, war nur ein weiteres Rätsel, das zu lösen sie der Schwarm zwang.

Saedelaere lag auf dem Rücken und bewegte sich nicht. Aus Mund- und Augenschlitzen seiner Plastikmaske blitzten farbige Lichtimpulse. Um den Körper des Transmittergeschädigten hatte sich eine schwach erkennbare Aura aus reiner Energie gebildet.

Dr. Kennsingby griff mit beiden Händen durch diesen wallenden Energiemantel und schüttelte den Kopf.

»Wenn Sie mich fragen, ist dieses Problem nicht medizinischer, sondern hyperphysikalischer Natur, Sir.«

»Danke, Doc!« Rhodan war von dieser Auskunft nicht überrascht, wenn sie auch nicht dazu angetan war, ihn zu beruhigen.

»Diese Aura aus Energie habe ich noch nie bei ihm beobachtet«, erklärte Ras Tschubai, der zusammen mit Atlan in die Krankenstation teleportiert war. »Ich frage mich, ob es zwischen ihr und der Aktivität der Cappinmasse einen Zusammenhang gibt.«

»Ich habe den Eindruck, daß sich dieses nebelartige Energiefeld um seinen Körper verstärkt«, mischte sich Dr. Kennsingby ein. »Die Tatsache, daß es durchdrungen werden kann, bedeutet nicht, daß es ungefährlich ist.«

»Sie haben recht, Doc«, stimmte Atlan zu. »Wir sollten diese Station unter Quarantäne stellen. Ab sofort darf sie nur noch von den Personen betreten werden, die sich jetzt in ihr aufhalten.«

Rhodan war an einen Interkomanschluß getreten und sprach mit der Zentrale.

»Vollalarm für die MARCO POLO!« befahl er. »Wir müssen uns auf Zwischenfälle aller Art vorbereiten.«

Er erklärte den Offizieren mit knappen Worten, was sich ereignet hatte. Noch während er sprach, rollten ein paar flache Roboter mit Strahlmeßgeräten und Feldprojektoren in die Krankenstation. Atlan leitete die Untersuchung Saedelaeres.

Gucky versuchte eine telepathische Verbindung zu Alaska herzustellen. Es mißlang. »Ich habe den Eindruck, daß er Schmerzen empfindet, obwohl sein Bewußtsein fast völlig ausgeschaltet ist«, sagte der Ilt.

Der Energienebel um Alaskas Körper begann zu wallen und nahm eine andere Form an. Das Cappin-Fragment leuchtete jetzt in allen Farben des Spektrums. Rhodan empfand beim Anblick des Transmittergeschädigten Schmerzen und mußte wegsehen.

Atlan fluchte erbittert. »Er baut ein Energiefeld um seinen Körper auf. Ich möchte wissen, was das zu bedeuten hat.«

Tschubai deutete auf die Meßgeräte. »Wenn mich nicht alles täuscht, besitzt dieses Kraftfeld einen Sextadimcharakter.«

Rhodan und Atlan sahen sich bedeutungsvoll an.

»Wir müssen einen Feldlinienphysiker und einen Hyperphysiker hinzuziehen«, entschied Rhodan. »Auch auf das Risiko hin, daß wir die beiden Wissenschaftler einer großen Gefahr aussetzen.«

Der Interkom wurde eingeschaltet. Rhodan gab weitere Befehle. Minuten später trafen die beiden angeforderten Wissenschaftler ein. Rhodan unterrichtete sie über die Ereignisse der letzten Stunde. Die Männer zeigten sich zunächst überrascht, dann ungläubig. Als sie jedoch Alaska sahen und die Werte auf den Instrumenten ablasen, begannen sie verbissen zu arbeiten.

»Niemand darf Alaska längere Zeit ansehen!« befahl Rhodan. »Es könnte unter Umständen gefährlich sein.«

Er hörte Atlan auflachen. »Niemand wird ihn freiwillig ansehen«, meinte der Arkonide. »Es bereitet Schmerzen, ihn zu beobachten.«

Das war nicht übertrieben. Ein Blick auf den reglosen Körper des Transmittergeschädigten bewies Rhodan, daß sich das Cappin-Fragment im höchsten Aufruhr befand. So aktiv hatte er es noch nie erlebt. Die Maske verschwand fast unter einem Lichtkranz.

»Ähnliche Strahlenquellen haben wir während der Cappin-Invasion und bei der Tätigkeit von Pedotransferern angemessen«, erklärte Dr. Parning, einer der beiden Wissenschaftler.

»Bezieht sich Ihre Feststellung auf das Cappin-Fragment oder auf die Energienebel?« fragte Atlan.

»Auf beides!« lautete die Antwort.

Diese Entdeckung half ihnen nicht weiter. Rhodan vermutete, daß die Ähnlichkeit, die die Wissenschaftler festgestellt hatten, auf der Strahlkraft des Cappin-Fragments beruhte. Wichtig war jetzt, die Ursache für die Aktivität der organischen Masse herauszufinden.

Rhodan näherte sich dem Transmittergeschädigten mit geschlossenen Augen. Durch die Augenlider nahm er die Helligkeit der Strahlung wahr. Die beiden Wissenschaftler hatten Blendkappen aufgesetzt. Sie untersuchten gerade, ob das Energiefeld, das Saedelaeres Körper umschloß, von jeder Materie durchdrungen werden konnte.

Rhodans Hände tasteten sich durch die Aura aus strahlender Energie. Dieser Vorgang bereitete ihm weder Schwierigkeiten noch Schmerzen. Er berührte Alaska an der Brust. Erschrocken zog er beide Hände zurück und öffnete unwillkürlich die Augen.

Durch die Uniform fühlte sich Saedelaeres Körper eiskalt an.

»Kennsingby!« rief Rhodan alarmiert, während er sich geblendet aufrichtete. »Kontrollieren Sie seine Körpertemperatur?«

»Ständig!« rief der Arzt zurück. »Sie ist normal.«

Rhodan rieb sich die schmerzenden Augen. Wie war das möglich? Wurde die Kälte durch den Energiemantel verursacht?

Er überwand seine Abneigung und beugte sich erneut zu Alaska hinab. Seine Hände durchdrangen den leuchtenden Energienebel. Diesmal fuhr er nicht zurück. Er war auf die eisige Kälte vorbereitet. Hastig öffnete er Alaskas Uniformhemd und tastete über die Haut. Er spürte die Knochen des hageren Mannes unter der eiskalten Haut.

Schlangenhaut! durchzuckte es Rhodan.

»Er ist eiskalt!« informierte Rhodan die anderen. »Kennsingby, sind Sie sicher, daß Sie sich nicht täuschen?«

»Sie können gern selbst nachsehen«, empfahl ihm der Arzt beleidigt.

»Schon gut!« besänftigte ihn Rhodan. Er richtete sich auf und wandte Saedelaere den Rücken zu. Dann erst wagte er die Augen zu öffnen. Im Licht des Cappin-Fragments bildeten die Männer in dem großen Raum unwirkliche Schatten an den Wänden.

»Spürst du noch Mentalimpulse von ihm?« fragte Rhodan den Mausbiber.

»Ja«, sagte Gucky. Er war selten so wortkarg. Offensichtlich machte er sich Sorgen um diesen Terraner, den er zu seinen besten Freunden zählte.

Dr. Parning seufzte und schob die Blendkappe in den Nacken zurück.

»Die Strahlung läßt sich nicht genau bestimmen, dazu brauchen wir die empfindlichen Geräte aus dem C-Labor. Aber wir sind sicher, daß es eine Sextadimstrahlung ist.«

»Und was schließen Sie daraus?« wollte Atlan wissen.

Eggny, der zweite Wissenschaftler, rief empört: »Was erwarten Sie von uns? Wir sind Wissenschaftler, keine Zauberer.«

Atlan hob beschwichtigend beide Hände. »Ich weiß, daß Sie nervös sind. Sie werden die anderen Instrumente bekommen.«

»Der Transport wird ihnen nicht bekommen«, befürchtete Dr. Parning. »Wir schlagen vor, Saedelaere ins C-Labor zu transportieren.«

Der Vorschlag war nicht schlecht, aber Rhodan wußte, daß mit dem Transport Saedelaeres zwei Risiken verbunden waren: einmal für Alaska und zum anderen für das Schiff und dessen Besatzung.

Bevor er eine Entscheidung treffen konnte, wurde er durch ein Geräusch abgelenkt. Alaska gab einen klagenden Laut von sich.

Rhodan fuhr herum. Beinahe unvorbereitet wurde er von der vollen Strahlung des Cappin-Fragments getroffen. Er schloß die Augen und lauschte.

Plötzlich wurde es sehr still innerhalb der Krankenstation.

»Alaska!« rief Gucky leise. Wieder der klagende Laut. »Er ist jetzt bei Bewußtsein«, meldete Gucky. »Ich weiß jedoch nicht, ob er sprechen kann.«

Als Rhodan sich zu dem Transmittergeschädigten hinabbeugte, wurde er von einem eisigen Luftzug berührt, der vom Körper des Kranken ausging.

Er traf Rhodan wie ein Schock.

Es geschah so schnell, daß du zunächst überhaupt nicht wußtest, was mit dir geschah. Wahrscheinlich passierte es in dem Augenblick, als du deine Kabine betratest, um dich etwas auszuruhen. Als du wieder zu dir kamst, lagst du in der Krankenstation. Du kannst dich schwach daran erinnern, daß du durch das Schiff geirrt bist.

Du spürst die Lebendigkeit des Cappin-Fragments. Seine Aktivität bereitet dir heftige Schmerzen. Wenn du dich nicht beherrschst, wirst du die Kontrolle über dich verlieren, aufspringen und zu toben beginnen.

Woher kommt dieses eigenartige Leuchten, das deinen Körper umgibt? Wird es vom Cappin-Fragment verursacht?

Es ist sehr kalt. Du spürst diese Kälte immer stärker, sie frißt sich wie mit spitzen Zähnen in deinen Körper.

Du hörst dich stöhnen, die Schmerzen drohen dich zu übermannen. Es fällt dir schwer, etwas von deiner Umgebung zu erkennen, denn fast alles wird vom Licht des Cappin-Fragments überstrahlt.

Aber du weißt, daß jemand in der Nähe ist. Gucky, Rhodan, Atlan und noch ein paar andere. Sie bemühen sich um dich.

Jetzt bist du wieder eine Art Monstrum für sie, das sie in unregelmäßigen Abständen gefährdet und dem sie insgeheim mißtrauen. Gewiß, sie wollen dir helfen, aber manchmal wünschen sie sich sicher, sie könnten das Problem für alle Zeiten lösen.

Sie rufen nach dir. Es ist die Stimme des Mausbibers, der offenbar erkannt hat, daß du dein Bewußtsein wiedererlangt hast.

Du versuchst zu sprechen, aber deine Zunge ist wie aufgequollen. Die Plastikmaske drückt sich in dein Gesicht. Wenn es nur etwas wärmer wäre!

Allmählich beginnst du zu begreifen, was mit dir geschieht. Das Wissen um kommende Dinge macht sich in deinem Bewußtsein breit. Unter normalen Umständen wärst du vielleicht entsetzt darüber, aber das jahrelange Tragen des Cappin-Fragments und der Plastikmaske hat dich abgestumpft. Manchmal ist dir dein Schicksal fast gleichgültig, du sehnst eine gewaltsame Veränderung herbei.

Du willst diesen strahlenden Klumpen loswerden. Du willst wieder Mensch unter Menschen sein.

Ein Gesicht taucht über dir auf. Du erkennst es nur verschwommen. Es gehört Perry Rhodan. Er hat die Augen geschlossen, um sich gegen das grelle Leuchten des Cappin-Fragments zu schützen. Seine Hände durchdringen mühelos den Energiemantel, der dich umgibt.

Doch dann zuckt der Terraner zurück, als hätte ihn etwas Unangenehmes berührt.

»Kalter Wind!« sagte er nach einiger Zeit betroffen. »Eiskalter Wind. Er scheint aus seinem Körper zu strömen.«

Der sechzigjährige Oberst Elas Korom-Khan saß regungslos in seinem pneumatischen Pilotensessel und beobachtete die Bildschirme. Rechts neben ihm saß der Zweite Kosmonautische Offizier der MARCO POLO, Major Trec Lauret. Er machte ein mürrisches Gesicht und blickte immer wieder zu dem Kommandanten hinüber, als rechnete er jeden Augenblick mit einem bestimmten Befehl.

Links neben Korom-Khan saß Leutnant Levus Hinzeman, ein dürrer Terraner, der an Bord der MARCO POLO als Mädchen für alles fungierte. Er hatte Erfahrungen als Einsatzleiter bei allen denkbaren Anlässen.

Hinter dem Sessel des Kommandanten stand Fellmer Lloyd. Der Mutant wirkte noch konzentrierter als der Emotionaut. Im Hintergrund der großen Zentrale wurde leise gesprochen.

Plötzlich hob Korom-Khan einen Arm, deutete auf einen Bildschirm, auf dem zahlreiche Sterne zu sehen waren, und sagte: »Ich möchte wissen, wie die Bewegungsabläufe der Gestirne innerhalb des Schwarms geordnet werden.«

»Können Sie jetzt darüber nachdenken?« fragte Hinzeman verblüfft.

»Woran denken Sie denn?« Die Hände des Obersten strichen beinahe zärtlich über die SERT-Haube, die griffbereit vor ihm auf den Kontrollen lag.

»An Alaska!« gab Hinzeman sofort zu.

»Irgend etwas liegt in der Luft!« mischte Trec Lauret sich ein. »Ich fühle es.«

Korom-Khan drehte den Kopf. »Und was ist mit Ihnen, Fellmer? Haben Sie auch irgendwelche Gefühle?

Der Telepath, der schon vor fast eintausendfünfhundert Jahren für Perry Rhodan gearbeitet hatte, schüttelte nur den Kopf. Er wußte nur zu gut, wie schnell Raumfahrer in angespannten Situationen Stimmungen unterworfen waren. Lloyd hatte sich daran gewöhnt, nur Realitäten anzuerkennen. Das schloß nicht aus, daß er die Bedeutung mancher Vorahnungen akzeptierte.

Korom-Khan wollte eine weitere Frage an Lloyd richten, wurde aber durch das Summen eines Interkomanschlusses unterbrochen. Er beugte sich im Sitz vor. Auf einem Bildschirm der Interkomanlage zeichnete sich das Gesicht eines Technikers ab. Der Mann machte einen aufgeregten Eindruck.

»Ich bin Paul Zeppel!« rief er.

»Ich weiß, wer Sie sind«, entgegnete Korom-Khan ruhig.

Das war nicht übertrieben. Man sagte ihm nach, daß er alle achttausend Besatzungsmitglieder der MARCO POLO dem Namen nach kannte. Bisher hatte er niemals den Beweis antreten müssen, ob das den Tatsachen entsprach.

»Ich arbeite zusammen mit Janki Osnorm und Persenia Alton an der Wasseraufbereitungsanlage im unteren Poldeck«, fuhr Zeppel fort. »Wir haben mit unseren Geräten eine starke Strahlung angemessen, die ...«

Ein Bildschirm flammte auf. Die Stimme Zeppels wurde von einem lauten Ausruf übertönt.

Auf dem zweiten Bildschirm erschien Major Ataro Kusumi, der Leiter der Ortungszentrale.

»Starke Sextadimstrahlung im unteren Poldeck!« berichtete er.

»Ah!« machte Korom-Khan befriedigt. »Ich hätte mich gewundert, wenn Sie es nicht bemerkt hätten.« Er wandte sich wieder an Zeppel. »In Ordnung, Paul. Versuchen Sie, die Strahlenquelle zu finden. Wir benachrichtigen Rhodan und schicken ein paar Spezialisten.«

»Was kann es sein?« fragte Zeppel beunruhigt.

»Alles mögliche«, wich der Kommandant aus. Er nickte Kusumi zu. »Haben Sie eine Idee?«

»Die Strahlung, die wir angemessen haben, gleicht jener, die von Alaska Saedelaere ausgeht.«

»Hm!« Korom-Khan rieb sich das breite Kinn. »Können Sie sich darauf einen Reim machen?«

»Nein«, gestand Kusumi.

»Beobachten Sie weiter!« befahl der Emotionaut, dann stellte er eine Verbindung zur Krankenstation her. Er sprach mit Perry Rhodan.

»Wir wollten Saedelaere gerade ins C-Labor bringen«, erklärte Rhodan. »Unter diesen Umständen warten wir noch ein bißchen. Wir müssen zunächst einmal herausfinden, was diese geheimnisvolle Strahlung bedeutet. Schließlich haben wir nur *einen* Träger eines Cappin-Fragments an Bord.«

Korom-Khan griff nach der SERT-Haube. »Die Sache gefällt mir nicht.«

»Nur keine unnötige Aufregung«, sagte Rhodan gelassen. »Wir werden feststellen, was an Bord geschieht und die entsprechenden Gegenmaßnahmen einleiten.«

Der Oberst dachte an ihre unbekannten Gegner überall im Schwarm.

Was wußten die Terraner von den Fähigkeiten dieser Wesen? Vielleicht besaßen die Schwarmbewohner noch unbekannte Waffen. Es war denkbar, daß in diesem Augenblick schon ein Angriff gegen das Ultraschlachtschiff im Gang war, ohne daß dessen Besatzung etwas davon merkte.

Die Sextadimstrahlung, die von Alaska Saedelaere ausging und jetzt auch in den untersten Räumen des Schiffes festgestellt worden war, gab dem Obersten ein großes Rätsel auf.

Zeppel stieß das Interkommikrophon zurück in die Fassung. Er blickte sich nach seinen beiden Mitarbeitern um: Zu dem breitschultrigen, etwas dümmlich wirkenden Osnorm und zu der schlanken dunkelhaarigen Persenia Alton, von der er annahm, daß sie ihn und nicht Osnorm favorisierte.

Paul Zeppel fluchte unbeherrscht: »Sie lassen uns schwimmen wie Fische auf dem Trockenen«, erklärte er erbittert. »Weil sie selbst nicht wissen, was es bedeutet, halten sie sich zurück. Sie schicken Spezialisten herunter. Inzwischen sollen wir nach der Quelle suchen.«

Persenia griff nach Osnorms Arm.

Er lächelte auf sie hinab. »Du hast doch nicht etwa Angst?«

»Natürlich nicht!« antwortete Zeppel an ihrer Stelle. Er war wütend, daß sie sich schutzsuchend an Osnorm und nicht an ihn gewandt hatte.

Er ging zu ihrem Montageroboter hinüber und löste die Strahlenmeßgeräte aus der magnetischen Halterung.

»Tun wir, was der Kommandant befohlen hat«, schlug er hastig vor. »Vielleicht finden wir etwas.«

Er streckte eines der Instrumente in Osnorms Richtung aus, doch der Techniker war zu sehr mit Persenia beschäftigt, um es zu bemerken.

»Dann suche ich eben allein!« verkündete Zeppel trotzig. Er war ein mittelgroßer Mann mit unordentlichen blonden Haaren und einem schmalen Oberlippenbart.

Diese Bemerkung wirkte. Osnorm löste sich von der Frau und ergriff eines der Geräte.

»Ich gehe voraus!« erklärte er wichtigtuerisch.

Zeppel bewegte sich quer durch den großen Laderaum, in dem sie gearbeitet hatten. In der Mitte hing der konische Behälter aus durchsichtigem Plastikmaterial, in dem das Wasser zur Aufbereitung vorgefiltert wurde. Auf der anderen Seite hingen vier schwere Antigravprojektoren, die auf elektromagnetischen Laufschienen an alle Stellen der großen Schleuse bewegt werden konnten.

»Hier im Laderaum werden wir zweifellos nichts finden«, meinte Zeppel. Er merkte, daß es ihm kalt über den Rücken lief, als er an die zahlreichen kleinen Räume dachte, die wie ein Netz um den Laderaum gruppiert waren. Die meisten waren nur Stabilisierungszellen, in denen im Notfall jemand leben oder Lasten untergebracht werden konnten.

Dort, überlegte Zeppel, konnte sich alles mögliche befinden. Trotzdem griff er entschlossen nach dem Schalter, mit dem er das Eingangsschott öffnen konnte.

»Du kannst hier auf uns warten, Persenia«, schlug Osnorm vor.

Sie schüttelte den Kopf. »Ich komme mit.«

Paul Zeppel blickte auf das Meßgerät in seinen Händen. Er brauchte sich nur nach der Stärke des Zeigerausschlags zu richten. Auf diese Weise würden sie die Strahlungsquelle schnell finden. Zeppel betrat als erster den schmalen Korridor, zu dessen beiden Seiten die kleinen Räume lagen. Ein Blick auf das Instrument bewies ihm, daß er auf dem richtigen Weg war.

Unwillkürlich blieb er stehen. Osnorm prallte gegen ihn.

»Was ist los?« fragte der große Mann. »Warum gehst du nicht weiter?«

»Wir nähern uns der Strahlenquelle«, erklärte Zeppel. Das Gefühl einer nahen Gefahr ließ ihn den Ärger auf Osnorm vergessen.

Osnorm blickte ihm über die Schulter und stieß einen leisen Pfiff aus.

»Wir müssen die Räume in der unmittelbaren Nähe untersuchen«, schlug Persenia vor.

»Wollen wir nicht auf die Spezialisten waren?« fragte Zeppel zaghaft.

»Das ist eine einmalige Chance«, wandte Osnorm ein. »Vielleicht machen wir eine entscheidende Entdeckung, die uns alle drei weiterbringt.«

Zeppel war verstimmt. Er konnte nicht verstehen, daß Osnorm ausgerechnet jetzt an sein persönliches Fortkommen dachte. Wortlos ging er weiter. Sie erreichten die ersten Türen und öffneten sie. Ihre Scheinwerfer leuchteten in kleine halbdunkle Räume. In einigen wurden Ersatzteile gelagert.

»Es muß ganz in der Nähe sein«, sagte Zeppel nervös.

Er bewegte sich auf die nächste Tür zu, riß sie auf und blickte in den kleinen Raum. Am Boden lagen vier bewegungslose Lacoons. Ihre Körper waren in leuchtende Energiefelder eingehüllt.

15.

Der Überfall der Lacoons, der vor eineinhalb Wochen stattgefunden hatte, haftete noch im Gedächtnis der Besatzungsmitglieder der MARCO POLO.

Rhodan mußte an den Kampf denken, als er über Interkom die Nachricht von der Entdeckung der vier Lacoons in den unteren Schiffsräumen erhielt.

»Wie ist das möglich?« wandte er sich an Gucky. »Fellmer und du, ihr hättet die Mentalimpulse dieser Wesen spüren müssen.«

Gucky zupfte sich am Ohr.

»Ich nehme an, daß sie sich in mentaler Starre befinden. Wahrscheinlich sind ihre Gehirnfunktionen völlig unterbrochen. Sie haben sich in ein Versteck verkrochen, bevor sie sich in diesen Zustand versetzten.«

Rhodan dachte angestrengt nach. Wenn die Berichte, die er aus den unteren Räumen des Schiffes erhalten hatte, stimmten, mußten die vier bewußtlosen Lacoons von ähnlichen Energiefeldern umhüllt sein wie Alaska Saedelaere.

Noch erkannte der Terraner keinen Zusammenhang. Alaska und die Schlangenköpfe besaßen nichts Gemeinsames. Es war undenkbar, daß sie zusammengetroffen waren, ohne daß jemand an Bord davon etwas wußte.

»Das Ganze ist äußerst rätselhaft«, sagte Atlan nachdenklich.

Rhodan gab sich einen Ruck. Er mußte handeln, bevor entscheidende Fehler gemacht wurden.

»Die vier Lacoons dürfen nicht behelligt werden!« rief er in ein Interkommikrophon. »Ich werde mit Eggny nach unten gehen und mir die Burschen ansehen.« Er nickte dem Wissenschaftler zu. »Kommen Sie, Doc.«

Eggny und Parning waren durch die Ereignisse verwirrt. Die neue Entdeckung stellte alle Theorien in Frage, die sie über Saedelaeres Zustand entwickelt hatten.

»Laßt Alaska nicht aus den Augen!« befahl Rhodan den Zurückbleibenden. »Ruft mich, sobald sich etwas ändert.«

Atlan, der seinen Freund genau kannte, runzelte die Stirn. »Du hast einen bestimmten Verdacht?«

Ohne zu antworten, verließ Rhodan die Krankenstation. Eggny hielt sich dicht hinter ihm. Er stotterte vor Aufregung, als er sagte: »Wir müssen den Laderaum absichern.«

Rhodan winkte ab. »Wenn die Lacoons angreifen wollen, hätten sie es längst getan. Außerdem glaube ich, daß sie uns unfreiwillig auf sich aufmerksam gemacht haben.«

Der Wissenschaftler war nicht überzeugt, aber er schwieg. Die beiden Männer betraten einen Antigravschacht und ließen sich zum unteren Poldeck hinabschweben. Als sie in den Hauptkorridor traten, sahen sie eine Gruppe von achtzehn Kampfrobotern, die von Captain Alus Komo angeführt wurden.

Rhodan lächelte. »Oberst Korom-Khan hat schnell gehandelt.«

Im Laderaum waren bereits ein paar Offiziere und Wissenschaftler eingetroffen. Zeppel, Osnorm und Persenia Alton, die die vier Lacoons entdeckt hatten, standen mitten unter den Neuankömmlingen und berichteten, was geschehen war. Zeppel schwitzte vor Aufregung.

»Sie sahen uns an, als wollten sie uns jeden Augenblick umbringen«, sagte er gerade.

»Das halte ich für eine Übertreibung!« rief Perry und trat näher heran.

Sofort verstummten alle Gespräche. Zeppel war errötet und blickte Rhodan erwartungsvoll an.

»Ich werde mir die Wesen zusammen mit Dr. Eggny ansehen«, erklärte Rhodan. »Alle anderen warten hier. Ich möchte nicht, daß jemand aus Nervosität auf die Lacoons schießt.«

Die Männer machten Rhodan Platz. Wenige Augenblicke später stand Rhodan vor den Lacoons.

Er sah, daß die vier Wesen völlig starr waren und unter einem Energiefeld lagen. Ihre Augen besaßen keine hypnotische Kraft mehr.

Durch den Korridor hörten sie den Lärm der Besatzungsmitglieder, die sich im Laderaum versammelt hatten und nun heftig darüber diskutierten, ob Rhodans Vorgehen richtig war. Zweifellos hätten es die meisten Raumfahrer gern gesehen, wenn Rhodan sofort die Tötung der Lacoons befohlen hätte. Doch der Terraner dachte nicht daran, einen solchen Befehl zu geben.

»Untersuchen Sie die Energiefelder, von denen die Schlangenwesen eingehüllt werden«, sagte er zu Eggny. »Ich will genau wissen, ob es eine Ähnlichkeit zu der Aura gibt, die Alaska Saedelaere umschließt.«

Eggny zögerte.

»Sie brauchen die Lacoons nicht zu fürchten«, beruhigte ihn Rhodan. »Sie sind völlig starr. Sogar ihre Gehirnfunktionen sind auf ein Minimum beschränkt, sonst wären sie längst von den Mutanten geortet worden.«

Takvorian drängte sich herein und blickte dabei stumm auf die vier Kreaturen.

»Ich hatte gehofft, daß wir keine Schwierigkeiten mehr mit ihnen haben würden«, sagte Rhodan leise.

Er sah zu, wie Eggny seine Hände durch die Energiefelder um die Schlangenkörper schob und langsam nickte.

»Wie bei Saedelaere!« erriet Takvorian.

»Genau«, erklärte Eggny.

Für Rhodan war das nur eine Bestätigung seiner Vermutung. Sie brachte ihn jedoch der Lösung des Rätsels nicht näher.

Es schien unmöglich, daß zwischen Alaska und den Lacoons ein Zusammenhang bestand.

Und trotzdem wurden Saedelaere und diese Wesen von gleichartigen Energiefeldern umschlossen.

Eggny wollte etwas sagen, sah aber, daß Rhodan intensiv nachdachte und schwieg.

Nach einer Weile kamen ein paar Spezialisten mit Meßgeräten herein, um Eggny zu unterstützen.

Rhodan zog Takvorian mit auf den Korridor hinaus.

»Ich glaube nicht, daß eine Gemeinsamkeit zwischen den Lacoons und Alaska Saedelaere besteht«, sagte Perry Rhodan zu dem Movator. »Vielmehr wird es so sein, daß das Cappin-Fragment für die Strahlung um Alaskas Körper verantwortlich ist. Diese organische Masse spricht auf irgend etwas an, was sich eigentlich nur auf die Lacoons auswirkt. Es muß sich um eine Strahlung handeln, die nur innerhalb des Schwarms existiert. Vielleicht sogar um eine Strahlung, die absichtlich für die Lacoons erzeugt wird.«

»Was soll ich dazu sagen?« fragte Takvorian hilflos.

»Ich glaube einen Zusammenhang zu erkennen«, sagte Rhodan leise. Er schnippte mit den Fingern. »Wenn meine Vermutung stimmt, ist Alaska in höchster Gefahr. Ich muß sofort in die Krankenstation zurück.«

Sein Armbandsender summte. Er schaltete auf Empfang. Die Stimme Atlans wurde hörbar.

»Wir brauchen dich hier«, sagte der Arkonide. »Es sieht so aus, als würde sich der Körper des Transmittergeschädigten auflösen.«

Rhodan zuckte zusammen. Das war genau das, was er befürchtet hatte! Im Augenblick sah er keine Rettungsmöglichkeit für Alaska.

Wenn nicht alles täuschte, befand sich der Mann mit der Maske in einer Art Transmitterfeld. Genau wie die vier Lacoons.

Du spürst, daß irgendeine Veränderung mit dir vorgeht. Ab und zu wird dein Körper von zerrenden Schmerzen durchzogen. Gleichzeitig scheint sich die Umgebung aufzulösen. Sie verschwimmt vor deinen Augen. Du nimmst an, daß dieser Effekt durch die Strahlung des Cappin-Fragments hervorgerufen wird, ahnst aber gleichzeitig, daß dies nicht sein kann.

Um dich herum ist alles in Aufregung geraten. Niemand scheint zu wissen, wie man dir helfen kann.

Es wäre gut, wenn du reden könntest. Du mußt dich zusammenreißen, dann wird es dir vielleicht gelingen. Der Prozeß, der vor wenigen Augenblicken begonnen hat, ist noch nicht abgeschlossen. Aber seltsamerweise spürst du keine Furcht; du wartest voller Interesse, was geschehen wird.

Plötzlich siehst du gar nichts mehr. Die Luft, die du ausatmest, scheint vor Kälte zu klirren. Du spürst, daß dein Körper danach drängt, dieses Schiff zu verlassen. Dabei kannst du dir nicht vorstellen, wie das geschehen könnte.

Dann fällst du zurück, bist wieder völlig in der Krankenstation und siehst durch den Lichtkranz des Cappin-Fragments ein paar Gestalten hin und her huschen.

Am Eingang entsteht Unruhe. Du hörst Rhodans Stimme, der soeben zurückkommt und mit Atlan spricht. Wenig später steht Rhodan neben dir und blickt auf dich herab. Du glaubst, diese klaren grauen Augen sehen zu können. Die Nähe dieses Mannes wirkt beruhigend auf dich. Manchmal denkst du, daß er dir in gewisser Beziehung ähnlich ist, auch wenn er nicht durch eine Maske verunstaltet ist. Es ist sein Alter, das ihn von den anderen Menschen unterscheidet und ihn ungewollt in eine einsame Position drängt. Den Sterblichen fällt es schwer, einen Mann zu begreifen, der im Jahr 1936 geboren wurde. Umgekehrt gibt sich Rhodan natürlich Mühe, eine Beziehung zu allen Menschen herzustellen, aber es ist fraglich, ob ihm das immer gelingt.

Vielleicht ahnt er, daß er sich immer weiter von den Menschen entfernt, daß die geistige und seelische Kluft immer größer werden muß. Für viele Menschen ist Rhodan eine Institution, es fällt ihnen schwer, in ihm einen Mann zu sehen, der Männern dieser Zeit gleicht.

Es ist denkbar, daß Rhodan eines Tages seine verantwortliche Position aufgeben muß. Die psychologische Notwendigkeit eines solchen Schrittes zeichnet sich bereits jetzt ab.

Du lächelst unter dem Cappin-Fragment. Ist es nicht seltsam, daß du ausgerechnet jetzt, da du in großer Gefahr bist, an die Probleme eines anderen denkst?

Du hörst Rhodans Stimme. »Ich hoffe, daß Sie mich verstehen können, Alaska.«

Wieder versuchst du zu sprechen, aber es gelingt dir nicht. Deshalb nickst du nur mit dem Kopf. Du hoffst, daß Rhodan es bemerkt.

»In Ordnung«, sagte Rhodan. »Sie hören mich also. Wir haben unten im Schiff vier Lacoons gefunden. Sie scheinen noch am Leben zu sein, obwohl ihre Körperfunktionen stark vermindert sind. Das ist jedoch nicht so wichtig. Interessanter für uns ist, daß alle vier von einem ähnlichen Energiefeld umhüllt werden wie Sie. Von einem energetischen Mantel, der Sextadimimpulse ausstrahlt.«

Diese Nachricht ist sensationell, aber du hast die Fähigkeit verloren, wegen solcher Vorkommnisse schockiert zu sein.

Rhodan erklärt dir, warum man die Lacoons bisher nicht entdeckt hat.

»Wir konnten sie wirklich nicht aufspüren«, fügt Gucky als Erklärung hinzu. »Weder Fellmer noch ich spürten irgendwelche Impulse.«

Was haben die Lacoons mit dir gemeinsam?

Diese Wesen waren dir während ihres Angriffs unheimlich. Du dachtest, sie wären endgültig besiegt worden. Jetzt zeigt sich, daß vier von ihnen sich lebend an Bord der MARCO POLO befinden.

Was bedeutet das? Was haben sie vor?

»Ich kann mir nicht denken, daß sie uns ihren Aufenthaltsort freiwillig verraten haben«, fährt Rhodan fort. »Trotzdem glaube ich, daß die Entstehung dieser Energiefelder kein Zufall ist.«

Im Hintergrund werden Stimmen laut. Es gelingt dir zum erstenmal seit einiger Zeit den Kopf zu heben. Du erkennst Dr. Eggny, der zusammen mit einigen Wissenschaftlern hereinkommt und mit ihnen diskutiert.

»Da kommt Eggny!« ruft Atlan. »Die Spezialisten scheinen eine Entdekkung gemacht zu haben.«

Parning, der Sprecher der Gruppe, tritt vor. »Wir haben eine Theorie entwickelt, Sir«, sagte er zu Rhodan. »Natürlich können wir nur mit den üblichen Vorbehalten darüber sprechen.«

Rhodan sah erleichtert, daß Saedelaere den Oberkörper aufrichtete. Vielleicht war das ein Anzeichen einer Besserung. Das Energiefeld, das um den Transmittergeschädigten lag, machte die Bewegung des Mannes mit. Das konnte nur bedeuten, daß diese Energie eng mit dem Körper verbunden war.

Oder mit dem Cappin-Fragment! verbesserte sich Rhodan.

»Sprechen Sie, Doc!«

Unsere Untersuchungen sind noch nicht abgeschlossen«, sagte der Wissenschaftler. »Das kann niemand von uns verlangen. Die Zeit war zu knapp. Wir sind jedoch zu der Ansicht gelangt, daß es sich bei den Energiefeldern, die sich um die Lacoons und Saedelaere gebildet haben, um Entstofflichungsfelder auf sechsdimensionaler Halbspurbasis handelt.«

»Also um eine Art Transmitterfelder«, ergänzte Rhodan. »Genau, wie ich vermutet habe.«

»Wieso haben Sie das vermutet?« fragte Dr. Parning irritiert. Wie alle Wissenschaftler konnte er sich nicht vorstellen, daß ein Mensch, der ein Laie war, auf eine noch einfachere Lösung gekommen war.

Trotz des Ernstes der Situation mußte Rhodan lächeln.

»Ich habe überlegt, daß die Lacoons sich nicht grundlos in abgelegenen Räumen dieses Schiffes versteckt haben«, erläuterte er. »Sie rechneten sich offenbar eine Chance aus, endgültig von hier zu entkommen.«

»Zwischenfrage!« rief Balton Wyt, der mit den Wissenschaftlern hereingekommen war. »Warum haben diese Vier nicht, wie die anderen, bis zum Tode gekämpft? Und warum haben sich nicht mehr Lacoons auf diese Weise versteckt? Während der Kämpfe wäre das doch durchaus möglich gewesen.«

»Dieser Einwand ist berechtigt«, gab Rhodan zu. »Ich nehme an, daß nicht alle Lacoons die Fähigkeit haben, ein solches Energiefeld um ihren Körper entstehen zu lassen. Immerhin ist es ein überaus komplizierter Prozeß. Wahrscheinlich handelt es sich bei diesen vier Kreaturen um eine besondere Art von Medien.«

»Und Alaska teilt ihre Fähigkeiten«, sagte Atlan.

»Nicht Alaska, sondern sein Cappin-Fragment.« Rhodan nickte den Wissenschaftlern zu. »Sprechen Sie jetzt weiter, Doc.«

Parning räusperte sich durchdringend. Er wartete, bis sich die Aufmerksamkeit wieder auf ihn konzentrierte, dann fuhr er mit gedämpfter Stimme fort: »Wie der Großadministrator schon sagte, handelt es sich bei den Energiefeldern um eine Art variable Transmitterfelder, die unter Umständen in der Lage sein können, einen stofflich stabilen Körper zu entmaterialisieren, abzustrahlen und irgendwo wiederverstofflichen zu lassen.«

Innerhalb der Krankenstation entstand Unruhe.

»Diese Felder werden offenbar nur dann wirksam, wenn die entsprechenden Medien vorhanden sind.« Parning sah Rhodan mit widerwilliger Bewunderung an. »Sie sprachen ja bereits davon. Die Energie, die diese Medien um ihre Körper konzentrieren, hat ihren Ursprung irgendwo im Schwarm. Wir können praktisch nichts dagegen tun.«

»Wir haben uns entschlossen, diese Kraftfelder ›Hypermedium-Implosions-Käfige‹ zu nennen«, fügte Dr. Eggny hinzu. »Im Augenblick fiel uns nichts Besseres ein. Damit niemand ständig dieses lange Wort benutzen muß, haben wir auch eine Abkürzung: HIK-Feld.«

Dann sprach wieder Parning.

»Wir sind sicher, daß das Cappin-Fragment mit seinem Restbewußtsein ein ausgezeichnetes Medium für das Transmitterfeld bildet. Es scheint förmlich danach zu gieren. Alaska ist in diesem Fall zu schwach, um etwas dagegen zu unternehmen.«

Die Männer und Frauen, die sich in der Krankenstation versammelt hatten, blickten nach diesen Worten unwillkürlich wieder in Saedelaeres Richtung. Sie taten es vorsichtig, denn die Wirkung der Strahlung, die von dem Fragment ausging, war unvermindert stark.

Alaska war wieder zurückgesunken, aber er versuchte offenbar, ein Zeichen zu geben.

Rhodan stand neben ihm. »Wir sind sicher, daß Sie alles verstanden haben«, sagte er zu dem Mann mit der Maske. »Jetzt, da wir wissen, wogegen wir kämpfen müssen, haben wir berechtigte Hoffnung, Sie von diesem HIK-Feld zu befreien.«

»Dazu müßten Sie mich erst von dem Cappin-Fragment befreien«, klang Alaskas Stimme überraschend deutlich durch den Raum.

Unwillkürlich zuckte Rhodan zusammen. Er hatte nicht damit gerechnet, daß Alaska sprechen würde.

»Ich will schnell weiterreden, solange ich dazu in der Lage bin«, fuhr Saedelaere hastig fort. »Teile meines Körpers sind zeitweilig gelähmt, doch jetzt kann ich sprechen.«

Eggny und Parning drängten näher heran. Auch die Mutanten umringten den Transmittergeschädigten. Fast alle trugen Blendkappen. Saedelaeres Cappin-Fragment feuerte Serien rotweißer Blitze ab.

»Ich glaube, daß es sinnlos ist, wenn Sie versuchen, mich von diesem Energiefeld zu befreien«, meinte Saedelaere. Seine Stimme verlor an Lautstärke und Deutlichkeit. Er begann zu röcheln. Rhodan vermutete, daß der hagere Mann Schmerzen empfand.

»Weder die Mutanten noch die Wissenschaftler können mir helfen«, sagte Alaska. Seine Worte waren kaum zu verstehen. Er stieß sie jetzt unartikuliert hervor und rang dabei heftig nach Atem.

»Ich befürchte, daß ich von Bord der MARCO POLO verschwinden werde, zusammen mit den Lacoons. Niemand weiß, wohin mich das Transmitterfeld schleudern wird. Es hatte mich vor einigen Minuten fast schon völlig entstofflicht. Ich nehme an, daß sich das in Intervallen wiederholen wird, bis ich endgültig verschwunden bin ...«

Rhodan preßte die Lippen zusammen. Er hatte keinen Grund, an den Worten des Transmittergeschädigten zu zweifeln. Alaska hatte schon immer ein gutes Gespür für gewisse Ereignisse besessen.

»Was können wir für ihn tun?« fragte Atlan leise.

Obwohl seine Frage nur Rhodan gegolten hatte, verstand auch Saedelaere die Worte.

»Das Energiefeld läßt sich durchdringen?« erkundigte er sich.

Rhodan bestätigte es.

»Gut!« fuhr der Mann mit der Maske fort. »Bringen Sie mir einen Kampfanzug mit kompletter Ausrüstung. Legen Sie mir den Anzug an, solange noch Zeit dazu ist. Wahrscheinlich werde ich ihn dort, wohin ich mit den vier Lacoons gebracht werde, gut gebrauchen können.«

»Eine ausgezeichnete Idee!« rief Eggny bewundernd. »Warum sind wir nicht früher darauf gekommen?«

Rhodan gab bereits die notwendigen Befehle. Die Kaltblütigkeit, mit der Saedelaere seine Wünsche äußerte, erstaunte Rhodan nicht. Alaska war nicht mit anderen Menschen zu vergleichen. Das Cappin-Fragment und die Maske hatten ihn zu einem Außenseiter gemacht. Wahrscheinlich gab es an Bord der MARCO POLO niemanden, der den Transmittergeschädigten verstehen konnte. Sogar die Mutanten hatten Schwierigkeiten, wenn es darum ging, die Psyche Saedelaeres zu ergründen.

Ein flugfähiger Kampfanzug wurde hereingebracht. Rhodan überzeugte sich davon, daß es die richtige Größe war, dann begann er zusammen mit Atlan, den Anzug über Alaskas Körper zu streifen. Das war nicht einfach, denn der größte Teil von ihm war gelähmt. Außerdem mußten die beiden Männer nach wie vor darauf achten, daß sie nicht direkt auf die Maske blickten.

Als sie den Anzug endlich verschließen konnten, begann Saedelaeres Körper wieder durchsichtig zu werden. Wieder spürte Rhodan einen eiskalten Luftzug. Er wich davor zurück.

»Die Ausrüstung!« rief er den Umstehenden zu. »Wir müssen sie in seinem Anzug verstauen, solange noch Zeit dazu ist.«

Doch es stellte sich heraus, daß das im derzeitigen Stadium von Alaskas Körper nicht möglich war. Rhodan schob beide Hände in das Einwirkungsfeld des Energiemantels. Sie wurden sofort durchsichtig. Rhodan erkannte die schreckliche Gefahr, die ihm drohte, und zog sie zurück.

»Niemand darf das Feld in diesem Stadium berühren!« warnte er die anderen. »Ich möchte nicht, daß jemand Hände oder Arme verliert.«

Alaska sprach jetzt nicht mehr. Er war nur noch ein schwach sichtbarer Schatten inmitten des HIK-Feldes.

»Glauben Sie, daß er sich jetzt schon völlig auflösen wird?« wandte sich Rhodan an Dr. Parning. »Er sprach von Intervallen, also können wir hoffen, daß er noch einmal sichtbar wird.«

Der Physiker antwortete nicht. Er beobachtete das Schauspiel mit aufgerissenen Augen.

Rhodan schaltete sein Armbandfunkgerät ein und stellte eine Verbindung zum unteren Poldeck her. Er erfuhr, daß die vier Lacoons sich im gleichen Zustand befanden wie Saedelaere.

»Ich bin jetzt vollkommen sicher, daß Alaska und die Schlangenköpfe gleichzeitig beeinflußt werden«, sagte Atlan, der mitgehört hatte. Er sah Rhodan ernst an. »Noch können wir verhindern, daß die Lacoons zusammen mit Saedelaere verschwinden.«

»Wie meinst du das?« erkundigte sich Rhodan.

»Du weißt genau, wie ich das meine«, versetzte Atlan. »Aber vermutlich wirst du nicht zustimmen, wenn ich vorschlage, die vier Lacoons zu töten, solange noch Zeit dazu ist.«

»Sie sind völlig wehrlos«, entgegnete Rhodan. »Es wäre Mord.«

»Nein«, widersprach Atlan. »Sie bedeuten eine große Gefahr für Alaska Saedelaere. Wo immer sie zusammen mit ihm materialisieren, werden sie über ihn herfallen und ihn töten.«

Rhodan merkte, daß ihn die anderen ansahen. Er wußte, daß sie alle ebenso dachten wie Atlan. Niemand an Bord hatte einen Grund, den Lacoons freundlich gesinnt zu sein. Die Kreaturen waren ins Schiff eingedrungen und hatten versucht, es zu vernichten und seine Besatzungsmitglieder zu töten. Keines dieser Wesen hatte auch nur die Spur eines Gefühls gezeigt.

»Sie bleiben am Leben!« entschied Rhodan.

Atlan wandte sich mit einem Ruck ab.

»Er wird wieder sichtbar!« rief Eggny.

Diese Worte wirkten wie eine Erlösung. Bewegung geriet in die Zuschauer. Ausrüstungsgegenstände wurden in aller Eile herangebracht.

»Nicht zuviel!« ermahnte Rhodan die Übereifrigen. »Er soll sich schließlich noch bewegen können.«

Sie warteten, bis Alaska sich wieder völlig stabilisiert hatte, dann füllten sie seine Gürteltaschen und legten ihm Waffen und Armbandgeräte an.

Saedelaere sprach jetzt nicht. Da er sich auch nicht bewegte, nahm Rhodan an, daß der Transmittergeschädigte völlig gelähmt war.

Schneller als die Raumfahrer erwartet hatten, begann Alaska zu verflüchtigen.

»Zurück!« rief Rhodan.

Er wußte noch nicht, ob es gelungen war, Alaskas Ausrüstung innerhalb dieser kurzen Zeit zu vervollständigen.

Der Körper des Mannes mit der Maske wurde jetzt so durchsichtig, daß er kaum noch zu erkennen war. Lediglich das Cappin-Fragment schien mit ungebrochener Kraft zu strahlen. Es schien durch die Strahlung des HIK-Feldes eine nie gekannte Aktivität entwickelt zu haben.

»Ich glaube, daß er diesmal nicht mehr stabil wird«, prophezeite Dr. Eggny.

»Er wird also verschwinden«, stellte Atlan fest.

»Ja.« Eggny machte eine kurze Handbewegung. »Und niemand weiß, wohin ihn dieses Energiefeld schleudern wird.«

Vielleicht, dachte Rhodan, war das der endgültige Abschied von diesem Mann. Er spürte, daß das Gefühl eines schmerzlichen Verlustes in ihm aufstieg.

Rhodan schaute zum Energiefeld, in dem Alaska bereits nicht mehr zu sehen war. *Alles Gute, Alaska!* dachte er.

Von der Umgebung ist nichts mehr zu sehen. Von Schmerzen überwältigt, schwebst du in einem nebelartigen Feld, das deinen Körper allmählich auslöschen wird. Gleichzeitig werden sich deine Kleider, der Schutzanzug und alle Ausrüstungsgegenstände auflösen.

Alles, was man dir in aller Hast noch gebracht hat, wird von diesem Prozeß ergriffen werden.

Irgendwo an Bord dieses Schiffes liegen vier fremde, feindlich gesinnte Lebewesen, die jetzt genau wie du von einem HIK-Feld beeinflußt werden.

Sie werden sich deshalb keine Gedanken machen, denn sie wissen, daß es die einzige Möglichkeit für sie ist, von Bord jenes Schiffes zu entkommen, das sie vergeblich zu vernichten versuchten.

In letzter Konsequenz bedeutet das, daß der Ort, an dem du vielleicht materialisieren wirst, mit dem Ziel der vier Lacoons identisch ist. Darauf mußt du dich vorbereiten.

Du weißt, daß trotz deiner Ausrüstung, die man dir im letzten Augenblick gegeben hat, deine Chancen gering sind. Die Lacoons sind in der Überzahl. Außerdem wissen sie, wo sie herauskommen werden. Es ist denkbar, daß du im Augenblick der Rematerialisation bereits sterben wirst. Schon jetzt richten sich vielleicht Waffen auf jene Stelle, an der du herauskommen wirst.

Du bleibst sehr ruhig. Du wirst von einer starken Spannung beherrscht, die sich auf die Zeit und den Ort deiner Ankunft konzentriert.

Das Cappin-Fragment ist außer sich. So wild hast du es noch niemals zuvor erlebt. Es muß einen Zusammenhang zwischen dem Fragment und dem HIK-Feld geben. Ob energetische Gleichartigkeit die Reaktion des Organklumpens erklären kann?

Der Entzerrungsschmerz wird immer stärker. Diesmal gibt es kein Zurück mehr. Du wirst dich endgültig entstofflichen ...

Du scheinst in einen Abgrund zu stürzen. In weiter Ferne schwebt irgend etwas, eine schwach leuchtende und pulsierende Masse. Der Transmittersprung scheint diesmal nur sehr langsam vor sich zu gehen.

Plötzlich hörst du jemanden pfeifen. Es ist eine klagende, seltsame Melodie.

Du hörst sie nicht zum erstenmal. Die Erkenntnis trifft dich wie ein Schlag. Hättest du nicht deinen Körper verloren, würdest du schreien. Du würdest zittern vor Erregung.

Das Gesicht schält sich aus der Dunkelheit. Das magere Gesicht eines blinden Mädchens. Dunkle Haare umrahmen dieses Gesicht.

Und ehe du das Bewußtsein verlierst, wird die Erinnerung an ihren Namen in dir wach.

Kytoma ...

Das nebelartige Wallen des HIK-Feldes verlor an Intensität und erlosch schließlich völlig. Von Alaska Saedelaere war nichts mehr zu sehen. Über sein Armbandfunkgerät erfuhr Rhodan, daß die vier Lacoons ebenfalls verschwunden waren.

»Sie sind irgendwo im Innern des Schwarms«, sagte Atlan leise.

Rhodan nickte nur. Er begab sich zum nächsten Interkomanschluß und rief die Ortungszentrale des riesigen Schiffs. Kusumi meldete sich. Trotz der Aufregung, die überall im Schiff herrschte, blieb der Major auch jetzt ruhig und freundlich.

»Haben Sie alle Geräte auf Höchstbelastung geschaltet, Major?« erkundigte sich Rhodan.

»Natürlich, Sir«, entgegnete Kusumi. »Es lag auf der Hand.«

»Ich möchte, daß alle Energieimpulse, die wir während der vergangenen Stunde empfangen haben, sorgfältig ausgewertet werden. Das gilt auch für Impulse, die in den nächsten Minuten noch aufgefangen werden.«

»Sie suchen etwas Bestimmtes«, vermutete Kusumi.

»Das ist richtig. Wenn das HIK-Feld tatsächlich wie ein Transmitter arbeitet, muß während der Entstofflichung der fünf Lebewesen ein Schock auf Sextadimspur empfangen worden sein.«

»Das kann ich Ihnen jetzt schon bestätigen.« Kusumis Stimme wurde dabei um eine Nuance lauter. »Wir haben diesen Energieschock ausgewertet.«

Rhodan blickte auf den Bildschirm des Interkoms, wo hinter Kusumis breitem Gesicht ein Teil der Ortungszentrale zu sehen war. Überall flimmerten Lichter.

»Wir gehen von der Voraussetzung aus, daß die fünf Körper irgendwo rematerialisiert werden. Auch das müßte zu einem Schock führen, den wir vielleicht anmessen können.«

»Wir werden uns darum kümmern«, versprach Kusumi. »Der Rematerialisierungsschock ist wahrscheinlich nur mit Hilfe der positronischen Auswertung festzustellen.«

Rhodan wandte sich vom Interkomanschluß ab.

»Wenn wir Glück haben, erfahren wir sehr schnell, in welchem Gebiet Alaska und die Lacoons angekommen sind.«

»Was wirst du dann tun?« fragte Gucky.

»Wir können Alaska nicht seinem Schicksal überlassen. Wenn wir wissen, wo wir ihn ungefähr suchen müssen, werden wir mit der MARCO POLO Kurs auf dieses Gebiet nehmen.«

»Wo man wahrscheinlich bereits auf uns wartet«, meinte Atlan.

Rhodan teilte diese Befürchtung. Er wollte jedoch einer Konfrontation mit den Herren des Schwarms nicht länger ausweichen. Er mußte, wenn er der Galaxis und der Menschheit noch eine Chance geben wollte, die Auseinandersetzung herbeiführen. Die Entscheidung mußte gesucht werden. Der Schwarm lastete wie ein Alpdruck auf ihm. Die Handlungen aller Völker in der Galaxis wurden von diesem Schwarm bestimmt. Sogar die Cynos, die offenbar sehr mächtig waren, ließen sich davon beeindrukken.

Als Rhodan die Krankenstation verließ, folgte ihm Atlan.

»Ein nicht geringer Teil der informierten Besatzungsmitglieder scheint der Auffassung zu sein, daß man wegen Alaska das Schiff nicht in Gefahr bringen sollte.«

»Wir werden rechtzeitig ein Beiboot ausschleusen«, gab Rhodan zurück. »Außerdem hat Saedelaere verdient, daß wir uns um ihn kümmern.«

16.

Bevor die Wiederverstofflichung abgeschlossen ist, beginnt dein Bewußtsein zu funktionieren. Du empfindest jetzt keine Schmerzen mehr, das Cappin-Fragment hat seine Aktivität erstaunlicherweise völlig eingestellt. Vermutlich wurde es durch den transmitterähnlichen Vorgang vollauf befriedigt.

Du weißt, daß du blitzschnell reagieren mußt, wenn du nach völliger Rematerialisation eine Chance zum Überleben haben willst. Die vier Lacoons werden gleichzeitig mit dir ankommen und dich wahrscheinlich sofort angreifen. Außerdem mußt du damit rechnen, daß am Ziel Bewaffnete warten.

Flimmernde Helligkeit zeigt dir, daß du endgültig angekommen bist. Halb betäubt richtest du dich auf. Schwäche droht dich zu übermannen, aber du zwingst dich dazu, aufrecht stehenzubleiben.

Deine Augen gewöhnen sich an die Helligkeit. Einzelheiten werden erkennbar.

Es sieht so aus, als befändest du dich in einer großen Halle. Zu deinen Füßen liegen die vier Lacoons. Sie bewegen sich unsicher. In wenigen Augenblicken werden sie ihre Körper kontrollieren können. Du drehst dich suchend um. Dabei stellst du fest, daß du dich in einer Art Käfig mit weitgespannten Maschen befindest. Über dir hängt ein kugelförmiges Netzdach.

Du liegst innerhalb der Empfangsstation.

Hastig schaltest du den HÜ-Schirm deines Kampfanzuges ein. Das Zischen von Strahlenschüssen dringt an dein Gehör. Du zuckst zusammen, es sind jedoch keine Schützen zu sehen. Der Lärm kommt von draußen, aus anderen Hallen oder aus dem Freien. Es ist ausgeschlossen, daß die Schüsse, die du hörst, dir gelten. Vielleicht sind es auch keine Schüsse, es ist denkbar, daß du dich durch das Geräusch täuschen läßt.

Ob die Maschen weit genug sind, um dich durchzulassen? Du befürchtest, daß sie mit gefährlicher Energie geladen sein könnten. Trotzdem kannst du hier nicht bleiben.

Die Lacoons beginnen sich aufzurichten.

Du ziehst deinen Kombistrahler aus dem Gürtel und bewegst dich auf das Gitter zu. Aufatmend stellst du fest, daß es keine Schwierigkeiten bereitet, nach draußen zu schlüpfen. Du orientierst dich ein paar Sekunden. Die Halle, in der du dich aufhältst, scheint eine Transmittergroßstation zu sein. Du entdeckst mehrere dieser seltsamen Käfige. Der Boden besteht aus einem transparenten elastischen Material, in das versteinerte Tiere eingelassen sind. Du siehst farbenprächtige Insekten bis zu zwei Metern Größe. Einige davon tragen Saugrüssel und meterlange Fühler. Du überlegst, ob sie nur zur Verzierung hier liegen, oder ob es sich bei dem Boden um eine besondere Art von Friedhof handelt.

Die Wände schimmern grün. Energieführende Leitungen bedecken sie wie ein Netzwerk. Die Decke ist eine leuchtende Fläche. Im Hintergrund entdeckst du eine Tür. Sie ist torbogenförmig und fast vier Meter breit. Zu beiden Seiten stehen Sockel, in denen fackelähnliche Stäbe brennen.

Ein Aufschrei dringt an dein Gehör. »Lacoon!«

Du blickst zurück zum Transmitterkäfig. Die Lacoons stehen auf den Beinen, aber sie müssen sich gegenseitig stützen. Es wird nicht lange dauern, dann werden sie dir folgen. Sie besitzen jedoch keine Waffen.

»Lacoon! Lacoon!« *Das Geschrei kommt von draußen.*

Zögernd bleibst du stehen. Wieder hörst du Schüsse. Offenbar wird außerhalb dieser Halle gekämpft. Das muß nicht unbedingt ein Nachteil für dich sein.

Du trittst durch die Tür, die einen nach außen gewölbten Vorbau aus weichem Material hat. Sonnenlicht flutet herein.

Gleich darauf blickst du in ein grasbewachsenes Tal hinab. Die Halle, aus der du kommst, befindet sich innerhalb eines hochaufragenden Gebäudes, das auf einem Hügel steht. Unten im Tal siehst du ein leuchtendes Viereck: eine Landefläche. Daneben einen Kontrollturm und ein paar kleinere Gebäude. Ein einziges Raumschiff steht auf der Landefläche. Es glitzert im Sonnenlicht. Es ist pyramidenförmig und besitzt ungefähr in der Mitte drei dicke kugelförmige Auswüchse, die sich berühren.

Etwa zweihundert Lacoons und etwa dreißig Wesen, die alle aussehen wie Tahonka-No, der Knöcherne, stehen sich im Tal gegenüber und kämpfen um das Raumschiff.

Die Lacoons haben die Knöchernen eingekreist. Der Kampf ist entschieden.

Das alles nimmst du in kürzester Zeit in dir auf. Du verstehst die Zusammenhänge nicht, aber du öffnest den Helm deines Kampfanzuges. Die Tatsache, daß die Knöchernen ohne Schutzhelm kämpfen, beweist dir, daß die Atmosphäre dieser Welt atembar ist.

Es riecht penetrant nach verbranntem Gras. Du machst ein paar Schritte.

»Lacoon!« *schreit es hinter dir.*

Als du herumfährst, siehst du die vier Lacoons aus der Halle stürmen, die zusammen mit dir angekommen sind.

Zu deinem Entsetzen siehst du, daß sie jetzt Waffen tragen. Sie haben sie auf dich gerichtet.

Oben am Hang entdeckte Konasco-Cy eine Bodensenke. Er taumelte darauf zu und ließ sich hineinfallen, obwohl er sich im klaren war, daß dieses Versteck ihm nur vorläufige Sicherheit bieten konnte. Früher oder später würden ihn die Echsenabkömmlinge finden und töten.

Als einziger war er dem so plötzlich aufgetauchten Strafkommando entkommen.

Seine Gelenke und Knochenplatten knackten, als er sich auf den Bauch wälzte und zum Raumhafen hinabblickte. Nur noch ein paar seiner Freunde waren am Leben.

Es war offensichtlich, daß das Strafkommando keine Gefangenen machen wollte. Das Geschrei der Echsenabkömmlinge war bis hier oben zu hören.

Cy preßte das Gesicht gegen den weichen Boden und rührte sich einige Zeit nicht. Vielleicht hätten sie das Raumschiff erreicht, wenn sie schneller geflohen wären. Doch keiner von ihnen hatte vorausahnen können, daß Cryt Y'Torymona so hart reagieren würde.

Cy hob den Kopf. Als er ins Tal blickte, lebte keiner seiner Freunde mehr. Entsetzt mußte er zusehen, wie seine Gegner die Toten ausplünderten und dann aufeinanderwarfen. Sie würden die leblosen Körper mit ihren Waffen zerstrahlen.

»Lacoon! Lacoon!« hallte es zu Konasco-Cy herauf.

Die vom Kampf berauschten Kreaturen prügelten sich untereinander um Beutestücke, die ihnen besonders wertvoll erschienen. Ein paar andere waren mit der Zählung der Toten beschäftigt. Bald würden sie feststellen, daß einer der Flüchtlinge fehlte. Danach würden sie ausschwärmen und nach ihm suchen.

Cy hob die schwere Pistole. Er schätzte, daß er noch achtzehn bis zwanzig Rundgeschosse besaß, mit denen er sich verteidigen konnte. Das letzte Geschoß wollte er für sich aufheben.

Sehnsüchtig blickte er zum Raumhafen hinab. Dort stand ein Schiff der Kreygler. Seine Freunde und er hätten es fliegen können, denn die Technik der Kreygler und die seines Volkes ähnelten einander sehr.

Cy dachte an seine Heimatwelt. Er würde Gedynker Crocq niemals wiedersehen. Wie viele Raumfahrer seines Volkes war er in Ta Physeter, der Hauptstadt des Planeten, geboren worden und auch dort aufgewachsen. Er erinnerte sich nicht gern an seine Jugend, sie war hart und voller Entbehrungen gewesen.

Von Anfang an hatte er sich voll auf das Ziel konzentriert, Raumfahrer zu werden. Auch jetzt bedauerte er seine Entscheidung nicht.

Unten im Tal wurde es still. Die Lacoons hatten sich beruhigt. Sie überprüften ihre Beutestücke und berieten untereinander, was sie nun tun sollten. Sie schienen keine besondere Eile zu haben, mit der Verfolgung des Entkommenen zu beginnen.

Das erstaunte Konasco-Cy wenig. Die Echsenabkömmlinge konnten ihrer Sache sicher sein. Allein war Cy verloren. Wenn er sein Versteck jetzt verließ, würde man ihn sofort entdecken und verfolgen. Wartete er dagegen, konnte er sein Ende noch einige Zeit hinausschieben.

Er preßte die Hände gegeneinander, daß es krachte. Er wollte nicht wie ein Tier sterben, das sich in einer Höhle verkrochen hatte.

Noch einmal konzentrierte er sich, um seine letzten Kräfte zu mobilisieren. Er hatte einen Entschluß gefaßt. In wenigen Augenblicken würde er ins Tal zurückstürmen und versuchen, einen dieser Mörder umzubringen, bevor er selbst den Tod erlitt.

Als er sich gerade aufrichten wollte, nahm er in unmittelbarer Nähe eine Bewegung wahr. Er fuhr herum und hob seine Waffe.

War einer der Schlangenköpfe heimlich heraufgeschlichen, um ihn zu überfallen?

Cy spähte über den Rand der Senke. Dann sah er einen großen mageren Fremden in einem Schutzanzug, der in geduckter Haltung auf das Versteck zukam. Der Knöcherne beobachtete ihn mit gespannter Aufmerksamkeit.

Er hatte niemals zuvor ein solches Wesen gesehen. Woher kam es und warum hielt es eine Waffe in den Händen? Es konnte sich nur um einen Verbündeten der Echsenabkömmlinge handeln.

Konasco-Cy richtete sich ein wenig auf. Schneller als er erwartet hatte, konnte er sich für den Tod seiner Freunde rächen. Er hob die Waffe und zielte sorgfältig. In seiner Situation konnte er sich keinen Fehlschuß leisten.

Zwei Stunden, nachdem Alaska Saedelaere und die vier Lacoons sich innerhalb der HIK-Felder aufgelöst hatten, erhielt Perry Rhodan, der sich in der Hauptzentrale aufhielt, einen Anruf aus der Ortungszentrale. Auf dem Bildschirmanschluß wurde das Gesicht von Major Kusumi sichtbar.

Das Lächeln des Japaners ließ Rhodan vermuten, daß Kusumi interessante Nachrichten für ihn hatte.

»Wir haben die Auswertung abgeschlossen«, begann der Major.

Rhodan unterbrach ihn mit einer Handbewegung. »Sie können sich alle vorbereitenden Erklärungen sparen, Ataro. Uns interessiert lediglich, ob Sie einen Rematerialisierungsimpuls angemessen haben.«

»Es hat den Anschein«, entgegnete Kusumi vorsichtig.

Atlan drängte sich neben Rhodan. »Sie sind nicht sicher?«

»Leider nicht! Der Impuls war sehr schwach. Er wurde nicht direkt geortet, sondern von den Positronikern rechnerisch nachgewiesen. Eine Unregelmäßigkeit im gewohnten Strahlenbild.« Kusumi hielt eine Platte vor sein Funkgerät, damit Rhodan und Atlan sehen konnten, worauf er seine Vermutung stützte. Auf der Platte waren Linien und Kreise eingraviert. An einer Stelle war ein Punkt eingezeichnet.

»Zunächst maß ich der Sache nicht viel Bedeutung bei«, fuhr Kusumi fort. »Solche Unregelmäßigkeiten können hundert Gründe haben, natürlich auch einen Rematerialisationsimpuls. Die Positroniker stellten auf unsere Veranlassung hin Vergleiche an. Dabei fanden sie heraus, daß der schwache Impuls, den wir nachgewiesen haben, eine starke Ähnlichkeit mit jenen Erscheinungen hatte, wie wir sie von den Pedotransferierungen der Cappins her kennen.«

»Das ist aber nicht sehr viel.« Rhodan verbarg seine grenzenlose Enttäuschung nicht.

»Es ist noch nicht alles«, sagte Kusumi. »Manchmal ist es unter diesen Umständen schwierig, die Quelle für die Unregelmäßigkeiten im Impulsbild zu lokalisieren. Das war diesmal sehr einfach, denn sie ist ungewöhnlich groß: Es handelt sich um ein Sonnensystem; roter Riesenstern mit vierzehn Planeten.«

Rhodan stieß einen leisen Pfiff aus. »Gute Arbeit, Ataro.«

»Danken Sie nicht mir, sondern den Männern, die die Positroniken erfunden haben. Ohne die Computer hätten wir es niemals schaffen können. Außerdem muß ich Sie warnen: Es kann Zufall sein. In diesem Sonnensystem kann es ebenso andere Ursachen für den Rematerialisierungsimpuls geben.«

»Schon gut«, sagte Rhodan. »Wir werden nichts überstürzen.«

Er brach die Verbindung ab, nachdem er Kusumi aufgefordert hatte, alle Koordinaten an die Emotionauten durchzugeben.

»Was wirst du jetzt tun?« wollte Atlan wissen.

»Wir werden mit der MARCO POLO Kurs auf dieses System nehmen«, erklärte Rhodan. »Interessant erscheint es mir auf jeden Fall, auch wenn die Chance, daß wir Alaska finden und retten können, mehr als gering erscheint.«

»Warum nennen wir dieses System nicht Intern Beta?« fragte Balton Wyt, der sich in der Nähe der Kontrollen aufhielt.

»Einverstanden«, sagte Rhodan. »Das erspart uns die Arbeit, für jedes System einen neuen Namen zu erfinden.«

Die von der Ortungszentrale durchgeführten Berechnungen ergaben, daß Intern Beta 1815 Lichtjahre von Intern Alpha entfernt war. Die augenblickliche Entfernung der MARCO POLO von Intern Beta betrug sechshundertneunzehn Lichtjahre. Intern Beta befand sich ebenfalls im Kopfbereich des Schwarms, es war nur siebenhundertsechsundachtzig Lichtjahre von der eigentlichen Spitze entfernt.

An Bord der MARCO POLO wurden alle Vorbereitungen für den Weiterflug getroffen. Die kurze Ruhepause für die Besatzung schien vorüber zu sein.

Alaska Saedelaere war längst an einem unbekannten Ort rematerialisiert. Sein Schicksal ließ sich nur erahnen.

Die Lacoons begannen wieder zu schreien, der unverhoffte Lärm lenkte Konasco-Cy einen Augenblick ab und ließ ihn unvorsichtig werden. Sein Kopf ragte über die Senke. Er begriff, daß die Echsenabkömmlinge ihn entdeckt hatten. Noch während er sich wieder zu dem Unbekannten umwandte, begriff er, daß er einer falschen Schlußfolgerung unterlegen war.

Das Geschrei des Strafkommandos galt nicht ihm, sondern dem Fremden. Das ließ Konasco-Cy erneut zögern.

In diesem Augenblick entdeckte ihn der Fremde. Seine Bewegungen wirkten umständlich, trotzdem geschah alles mit unglaublicher Schnelligkeit. Obwohl das Wesen bereits eine Waffe trug, riß es eine andere aus dem Gürtel und gab damit einen Schuß auf den Flüchtling ab. Ein Prikkeln lief durch Cys Körper. Er ließ seine Pistole fallen, seine Hand war kraftlos geworden. Entsetzt registrierte er, daß er von innen heraus erstarrte.

Bevor er nach hinten fiel, sah er die Lacoons den Hang heraufstürmen.

Er krachte auf den Boden, unfähig, diesen Sturz abzumildern. Schnell ergriff die Lähmung seinen gesamten Körper. Er lag auf dem Rücken. Von seiner Umgebung vermochte er nicht viel zu erkennen. Hoch über ihm trieb der Wind regenschwere Wolken vorüber. Dahinter erkannte er ein rotes Leuchten: das Licht der großen Sonne.

Am Rande des Verstecks erschien der Fremde und blickte auf ihn herab. Das Wesen hatte seinen Schutzhelm zusammengefaltet. Sein Gesicht war hinter einer Maske verborgen. Vielleicht handelte es sich um einen Blendschutz oder um eine Atemmaske.

In beiden Händen hielt der Unbekannte Waffen. Er sah schwächlich aus, wie bei vielen Wesen bestand die äußere Schicht seines Körpers aus einer Protoplasmamasse. Darunter jedoch mußten sich Knochen befinden, sonst hätte der Fremde sich nicht so sicher bewegen können.

Die Kreatur schien zu überlegen. Zum zweitenmal kamen Konasco-Cy Zweifel, ob es sich wirklich um einen Verbündeten der Verfolger handelte. Diese Zweifel wurden bestätigt, als er sah, daß der Fremde sich gehetzt umblickte. Er wollte offenbar feststellen, wie weit sich die Verfolger bereits genähert hatten.

Konasco-Cy wollte sprechen, doch seine Organe waren gelähmt. Er konnte überhaupt nichts tun.

Einem plötzlichen Entschluß folgend, kletterte der Ankömmling in die Senke und beugte sich zu Cy hinab. Er streckte die Hände aus und betastete den Paralysierten. Cy war überzeugt davon, daß sein Bezwinger ihn nach Verletzungen untersuchte. Dabei ging er so vor, als wüßte er genau, wo die empfindlichen Körperstellen des Raumfahrers waren.

Konasco-Cy schloß daraus, daß der Fremde nicht zum erstenmal mit Angehörigen seines Volkes zusammentraf. Andererseits hatte er, Cy, niemals von Wesen dieses Aussehens gehört.

Der Lärm, den die Lacoons machten, wurde immer stärker. Wahrscheinlich waren die schlangenköpfigen Bestien nur noch ein paar hundert Meter entfernt.

Der Unbekannte, der breitbeinig über Cy stand, schaltete ein Gerät ein, das er am Gürtel befestigt hatte, und sprach in einer fremden Sprache hinein. Die Stimme des Wesens war starken Schwankungen unterworfen.

Konasco-Cy zuckte innerlich zusammen, als das Gerät plötzlich ebenfalls zu sprechen begann – in der Sprache des Volkes von Gedynker Crocq.

»Wir haben jetzt keine Zeit für Erklärungen«, hörte Cy verblüfft. »Ich bin nicht dein Feind, aber ich mußte dich lähmen, um nicht von dir beschossen zu werden. Die Lacoons werden auch mich töten, wenn sie uns erwischen, denn ich habe vier von ihnen erschießen müssen. Du wirst noch für ein paar Minuten gelähmt bleiben, aber mit Hilfe meines Antigravprojektors können wir von hier fliehen.«

Cy betrachtete den Unbekannten mißtrauisch.

Der Fremde blickte über den Rand der Senke und gab ein knurrendes Geräusch von sich. Konasco-Cy war sicher, daß er eine Verwünschung ausgestoßen hatte, die sich auf die näherkommenden Mitglieder des Strafkommandos bezog.

Danach löste das Wesen zwei eiförmige Gegenstände von seinem Gürtel und schleuderte sie den Hang hinab. Zwei Explosionen erfolgten unmittelbar darauf. Der Fremde hatte sich zu Boden geworfen.

Als das Grollen verstummte, war auch von den Lacoons nichts mehr zu hören.

Wieder spähte der dürre Unbekannte über den Senkenrand. Cy sah ihn zufrieden nicken.

»Sie ziehen sich zurück«, übersetzte das Gerät die Worte des unbekannten Helfers. »Ein paar liegen tot oder verletzt unten am Hang. Aber wir müssen sparsam mit unseren Waffen umgehen. Ich habe das Gefühl, daß bald der gesamte Planet Jagd auf uns machen wird.« Er machte eine Bewegung mit den Armen, die Cy jedoch nicht verstanden hatte. »Ich bin Terraner, wenn dir das etwas sagt. Einer deiner Artgenossen, er heißt Tahonka-No, hält sich an Bord unseres Raumschiffs auf. Er ist unser Verbündeter – ich selbst nenne mich Alaska, das muß vorläufig genügen. Wir können uns mit Hilfe dieses Translators verständigen, er hat das Sprachidiom deines Volkes gespeichert.«

Noch während er sprach, beugte er sich zu Konasco-Cy hinab und umklammerte ihn mit den Armen. Als wäre er plötzlich völlig gewichtlos, stieg Cy auf. Der Fremde, der sich Alaska nannte, hielt ihn fest.

Konasco-Cy konnte das Tal überblicken. Die Lacoons hatten sich zum Rand des Raumhafens zurückgezogen. Die beiden Explosionen hatten zwei große Löcher in den Bogen gerissen. In der Nähe lagen ein halbes Dutzend Mitglieder des Strafkommandos. Cy fühlte Befriedigung. Er selbst war Offizier eines Einsatzkommandos auf dieser Welt, aber er hatte die Art, in der die Schlangenköpfe kämpften, schon immer verabscheut.

Die beiden ungleichen Wesen flogen über den Hang hinweg. Im Hintergrund sahen sie ein Wäldchen mit dichten Büschen und hoch aufragenden Shirk-Bäumen. Überall lagen große graue Felsen. Konasco-Cy wußte, daß sie nicht weit von der Querto-Küste entfernt waren. Dort gab es unzählige Versteckmöglichkeiten. Die Lacoons würden bald Verstärkung erhalten und erneut die Verfolgung aufnehmen. Es war ein Wunder, daß noch keine Suchgleiter aufgetaucht waren.

Erst jetzt merkte Cy, daß es hinter der Maske seines Retters ab und zu aufleuchtete. Vorerst wollte er sich aber keine Gedanken über die Eigenarten dieses Wesens machen.

Nach einer Weile begann es überall in seinem Körper zu prickeln. Die Starre ließ nach. Konasco-Cy ertrug die Unannehmlichkeiten gern, denn er wußte, daß er sich in absehbarer Zeit wieder würde bewegen können.

Der Fremde schien einen sicheren Instinkt zu haben, wohin er sich wenden mußte, denn er flog genau auf das Wäldchen zu und landete neben einem uralten Shirk-Baum. In den Rindenritzen des Baumes hockten ein paar Quartaugen und schauten auf sie herab. Cy wußte, daß sie diese Tiere töten mußten, denn ihre Augen waren Speicherorgane, aus denen die

Lacoons leicht ablesen konnten, wer sich in den letzten Stunden hier aufgehalten hatte.

»Die Lähmung läßt nach«, übersetzte der Translator Alaskas Worte. »Du wirst dich bald wieder bewegen können.«

Cys Kehle entrang sich ein trockenes Krächzen. Vergeblich versuchte er zu sprechen. Alaska legte eine Hand auf seine harte Schulter.

»Nur langsam, Knöcherner! Es wird bald vorüber sein.«

Cy richtete sich auf und zog sich an den harten Rinden des Shirk-Baumes hoch. Die Quartaugen bewegten sich nicht, sie erinnerten ihn an faustgroße Kristalle, die in die Fugen des Baumes eingeklemmt waren.

Konasco-Cy griff nach seiner Waffe, die ihm der Fremde zugesteckt hatte. Alaska verstand die Bewegung falsch und zog den Paralysator.

»Nein!« krächzte Cy. Er deutete auf den Baum.

Zögernd ließ Alaska seine Waffe sinken. Ärgerlich, daß er solange brauchte, um die Gewalt über seinen Körper zurückzufinden, stampfte Cy mit den Beinen auf. Sein Körper tat ihm weh. Er griff nach Alaskas Arm und zog seinen Retter mit sich zurück.

Dann feuerte er eine seiner stärksten Ladungen gegen den Baum ab. Der Shirk-Riese zerbarst, die Quartaugen lösten sich in einer Stichflamme auf.

»Was soll das?« rief Alaska. »Die Energieentladung wird von unseren Verfolgern angepeilt werden.«

»Wir ... müssen ... weg!« rief Konasco-Cy erregt.

»Natürlich! Ich hoffe, daß du dich auf dieser Welt auskennst.«

Der Knöcherne nickte und deutete zur Querto-Küste. »Diese Richtung!«

»Ich werde jetzt mein Flugaggregat nicht benutzen, weil man uns dann anpeilen könnte«, erklärte Alaska. »Wir werden zu Fuß fliehen und meine Ausrüstung nur im Ernstfall benutzen. Das gilt auch für den Mikrodeflektor, mit dem ich mich unsichtbar machen könnte.«

Cy wollte antworten, doch sein Retter hob abwehrend einen Arm.

»Überanstreng dich nicht! Reden können wir später. Jetzt müssen wir uns zunächst einmal in Sicherheit bringen. Du bestimmst Tempo und Richtung!«

Wer immer dieser fremde Raumfahrer war, er war vernünftig und handelte den Gegebenheiten entsprechend. Das machte Konasco-Cy neuen Mut.

Allein hätte er keine Chance gehabt. Zusammen mit dem Fremden jedoch konnte er sich vielleicht retten. Wahrscheinlich besaß Alaska irgendwo Verbündete, er mußte schließlich mit einem Schiff auf diese Welt gekommen sein.

Konasco-Cy übernahm die Führung. Er zwang sich zu einer schnellen Gangart, obwohl seine Beine schmerzten und jeder Schritt in seinem Schädel dröhnte. Er bewegte sich entlang des Wäldchens. Bei dieser Geschwindigkeit bedeuteten die überall in den Baumrinden hockenden Quartaugen keine Gefahr, denn sie konnten nur die Bilder von relativ unbeweglichen Zielen speichern.

An das Wäldchen schloß sich ein Felsenmeer an. Graue Steinblöcke unterschiedlicher Größe lagen zu Tausenden auf dem festen Boden der Moscheira.

Alaska blieb stehen. »Können wir diese Steinwüste nicht umgehen?«

»Ich glaube nicht, daß das klug wäre.« Der Knöcherne atmete schwer, die schnelle Flucht erschöpfte ihn zusehends. »Wenn wir die Felsenwüste durchqueren, erreichen wir die Küste am schnellsten. Außerdem gibt es hier überall gute Versteckmöglichkeiten.«

»Wie sieht es an der Küste aus?« erkundigte sich Alaska. »Gibt es dort Dörfer oder Städte?«

»Atschanischto ist ganz in der Nähe«, erklärte Cy. »Es ist eine große Hafenstadt mit einem industriellen Zentrum. Allerdings«, er deutete auf die Ausrüstung des Terraners, »würdest du dort auffallen. Es gibt zwar fremde Händler, aber sie gehören allen bekannten Völkern an.«

Er klopfte sich mit der Faust gegen den Hinterkopf, um seine Worte zu unterstreichen.

»Trotzdem«, meinte Alaska, »sollten wir nach Atschanischto gehen. Dort sind wir bestimmt sicherer als auf dem offenen Land. Wir müssen uns ein sicheres Versteck suchen, damit wir uns unterhalten können. Ich muß über alle Vorgänge auf dieser Welt unterrichtet werden.«

Sie drangen in das Felsenmeer ein. Zwischen den hohen Steinen war es merklich kühler als auf dem flachen Land. Stark gewundene Pfade führten durch das Felsenmeer, der Boden war seit undenklichen Zeiten von Füßen hartgetrampelt worden.

»Früher gab es hier Dörfer«, erklärte Cy. »Das Felsenmeer war ein Labyrinth, in das sich die Eingeborenen zurückzogen, um ihre religiösen Riten abzuhalten. Ich habe niemals einen dieser Eingeborenen gesehen. Wahrscheinlich sind sie schon seit langer Zeit ausgestorben.«

Alaska wußte, daß er sich dank seiner Ausrüstung vor keinem Angreifer zu fürchten brauchte, aber die Umgebung war ihm doch unheimlich. Manche Felsen waren mit Moos überwuchert oder wiesen seltsame Löcher auf, die wie Augenhöhlen aussahen.

An verschiedenen Stellen waren Zeichen in den harten Stein geritzt, primitive Zeichnungen, die Tiere und bestimmte Szenen des Zusammenlebens darstellten.

»Bist du sicher, daß du die Orientierung nicht verlieren wirst?« erkundigte sich Alaska besorgt.

Der Knöcherne gab ein knarrendes Geräusch von sich, er lachte über die Bedenken seines Begleiters.

Ein durchdringendes Pfeifen wurde hörbar.

»Das sind die Windsignale«, erklärte Konasco-Cy. »Die Eingeborenen haben Löcher in die Felsen geschlagen, in denen sich der Wind fängt. Nach diesem Lärm haben sie sich früher orientiert.«

»Du kennst dich auf dieser Welt gut aus«, meinte Alaska.

Der Knöcherne nickte. »Ich bin noch nicht lange hier, aber ich interessiere mich immer für die Geschichte der Planeten, auf denen ich mich aufhalte.« Seine Stimme klang jetzt heiser. »Heute ist diese Welt ein Rüstungszentrum.«

Alaska horchte auf. »Berichte mir mehr darüber.«

»Weißt du nicht, daß auf dieser Welt Cryt Y'Torymona herrscht?« fragte Konasco-Cy verblüfft. »Du solltest doch den Namen des Heiligen Dämons schon gehört haben?«

Für Alaska bedeutete diese Auskunft, daß auf der Welt, die er erreicht hatte, ein Ressortchef lebte. Dieses geheimnisvolle Wesen hatte etwas mit der Rüstung zu tun. Alaska vermutete, daß er sich auf einem Planeten befand, wo Kampfraumschiffe und Waffen hergestellt wurden. Auch hier galt der Ressortchef als eine Gottheit.

»Wo lebt dieser Dämon?« fragte Alaska seinen Begleiter.

Cy lehnte sich mit dem Rücken gegen einen Felsen und verschnaufte einen Augenblick.

»Du fragst sehr viel!«

»Ich muß es wissen«, beharrte Alaska. »Es hängt viel davon ab.«

Der Knöcherne riß eine handgroße Moosplatte von den Felsen und ergriff ein paar Insekten, die sich darunter verborgen hatten. Er zerquetschte sie zwischen den Fingern und ließ sich die Körperflüssigkeit über das Gesicht laufen.

Alaska sah angeekelt zu, fragte jedoch nicht, was diese Handlungsweise zu bedeuten hatte, denn sein Verbündeter schien sie als selbstverständlich zu empfinden.

»Cryt Y'Torymona lebt angeblich in Nimquo«, sagte Konasco-Cy endlich. »Aber niemand, der nicht erleuchtet ist, darf nach Nimquo gehen.«

Alaska prägte sich den Namen ein; er war entschlossen, sich in dieses Gebiet zu wagen, wo immer es war.

»Warum haben deine Freunde und du gegen die Lacoons gekämpft!« fragte Alaska weiter.

»Wir sind keine Mörder!« sagte Konasco-Cy. »Wir erhielten den Auftrag, einige Karties umzubringen, die als Bittsteller nach Nimquo kamen und forderten, frühzeitig aus dem Schwarm entlassen zu werden.«

»Sie wollten außerhalb des Schwarms gebären«, erriet Alaska.

Der Knöcherne sah ihn erstaunt an. »Du kennst dich anscheinend besser aus, als ich dachte.«

»Wir nennen die Karties Gelbe Eroberer, obwohl sie alles andere als Eroberer sind.« Alaska seufzte. »Ich frage mich, in welchem teuflischen Kreislauf diese unglücklichen Wesen gefangen sind.«

Unvermittelt fragte Cy: »Was trägst du hinter deiner Maske?«

»Den Tod«, antwortete Saedelaere.

Er hob unwillkürlich den Kopf und sah hoch über sich zwischen zwei steil aufragenden Felsen ein dreieckiges Gebilde schweben.

»Wir müssen weiter. Man hat uns entdeckt!«

17.

Cryt Y'Torymona berührte den Grelsen mit der Spitze des Soccostabes und sah ungerührt zu, wie ein Teil der dunkelblauen Haut des Spielers verdampfte. Der Grelsen gab keinen Laut des Schmerzes von sich, obwohl der Schaum, der ihm aus dem Mund troff, bewies, wie sehr der Spieler unter der Mißhandlung litt.

Cryt Y'Torymona bewegte den Stab achtlos hin und her, er sah überhaupt nicht hin, sondern beobachtete auf dem Bildschirm die nächsten Züge seiner Gegner im Yat-Spiel.

Schließlich konnte der Grelsen sich nicht mehr beherrschen und schrie auf. Cryt Y'Torymona durchbohrte ihn mit dem Soccostab und tötete ihn. Zwei Roboter glitten lautlos heran und schleppten den toten Spieler aus dem Raum.

Das Spielzimmer, in dem der Götze sich aufhielt, war sechzig mal sechzig Meter groß. Es besaß eine Spiegelwand, eine Fernsehwand, eine Wand für Spielgeräte und eine Folterwand. Die Decke bestand aus einem riesigen lebendigen Schwamm, der pausenlos pulsierte und dabei seine Poren öffnete und schloß, wobei schmatzende Geräusche entstanden. Durch Elektrodenanschlüsse verabreichte ein Schaltautomat dem Riesenschwamm Elektroschocks, so daß er seine Poren in einem bestimmten Rhythmus bewegen mußte.

Die melodischen Schmatzgeräusche des Schwammes wurden von Cryt Y'Torymona als angenehm empfunden.

Der Boden war warm und weich. Er dämpfte jedes Geräusch und strahlte Massageimpulse aus. Nicht jedes Wesen, das ausgewählt wurde, diesen Raum zu betreten, um mit dem Heiligen Dämon von Nimquo zu spielen, vertrug diese Impulse.

Die Intelligenzen, die in Nimquo lebten, wußten alle von der Spielleidenschaft des Götzen. Es war ihnen bekannt, daß er immer neue Gegner suchte, sie besiegte und tötete. Es war ein ungeschriebenes Gesetz, daß jeder, der den Götzen besiegen konnte, freigelassen wurde. Gerüchte wollten wissen, daß Cryt Y'Torymona erst eine Niederlage hatte hinnehmen müssen – gegen ein kleines blindes Wesen weiblichen Geschlechts, über dessen Herkunft niemand etwas wußte. Die meisten Bewohner von Nimquo bestritten sogar die Existenz eines solchen Wesens, denn für sie galt ihr Heiliger Dämon als unschlagbar. Cryt Y'Torymona schwieg sich über jenes Spiel, bei dem er angeblich unterlegen war, aus.

Der Grelsen, den er zuletzt im Transchan-Schieben besiegt hatte, war offenbar der Ansicht gewesen, daß er die Gunst des Götzen gewinnen könnte, wenn er sich besonders ungeschickt anstellte.

Grelsen waren als Spielpartner sehr unterschiedlich in der Qualität. Es hing offenbar damit zusammen, ob die Yansch-Wurzeln, in denen man sie großzog, in Lehm- oder Humusboden wuchsen. Grelsen, die ihre Kindheit in Lehmböden verbracht hatten, erwiesen sich in den meisten Fällen als intelligenter und widerstandsfähiger.

Das Yat-Spiel, dem sich Cryt Y'Torymona seit zweihundertzehn Jahren menschlicher Zeitrechnung widmete, hatte nichts von seiner Faszination verloren. Sechstausend Lacoon-Medien, deren Körperfunktionen auf ein Minimum herabgesetzt waren, lagen in einem Gebäude außerhalb Nimquos und warteten darauf, von Cryt Y'Torymona in den Hyperraum geschleudert zu werden. Für jeden Lacoon, der im Hyperraum verschwand, wurde sofort ein neuer herbeigeschafft. Genau die gleiche Anzahl Grelsen lebte in einem anderen Gebäude. Jeder Grelsen gehörte zu einem Lacoon. Die Verbundenheit wurde von einem Rechengehirn festgelegt, so daß Cryt Y'Torymona nicht wußte, welcher Grelsen zu dem jeweils ausgewählten Lacoon gehörte. Das verschaffte den Grelsen jeweils einen bedeutenden Vorsprung. Bevor der Götze herausgefunden hatte, wer sein jeweiliger Gegner war, hatte dieser schon eine Anzahl von Punkten gesammelt.

Bisher war es Cryt Y'Torymona jedoch immer gelungen, den Rückstand aufzuholen.

Äußerlich besaß der Götze nichts Göttliches. Er war zu einer Kugel aufgedunsen, seine smaragdgrüne Haut war von schillernden Schuppen besetzt, und seine Gliedmaßen waren von unschönen Auswüchsen bedeckt. Aus seinem runden Kopf ragten lange Fühler, neben den starren Augen fiel vor allem der dreieckige und lippenlose Mund auf.

In letzter Zeit fand Cryt Y'Torymona immer weniger Zeit zum Spielen. Die Ereignisse im Innern des Schwarms hinderten ihn daran. Es wurden weitaus mehr Waffen und Kampfraumschiffe benötigt als früher. Die Produktion war jedoch schon seit Jahrhunderten menschlicher Zeitrechnung nur darauf ausgerichtet, den normalen Verschleiß zu ersetzen. Es war nicht einfach, sie jetzt anzukurbeln. Noch schlimmer war, daß halbverrückte Karties hier auftauchten und um ihr Leben bettelten.

Zu allem Überfluß hatte sich das Einsatzkommando auch noch geweigert, die Bittsteller zu beseitigen.

Der Heilige Dämon hatte eine Menge Ärger. Sein Tagesablauf, an den er sich schon seit undenklichen Zeiten gewöhnt hatte, war empfindlich gestört.

Er wandte die Blicke vom Bildschirm und sah an sich hinab. Es war sinnlos, wenn er sich Sorgen machte. Schließlich war er nicht allein verantwortlich. Er brauchte nur die Waffen zu beschaffen, die die anderen benötigten. Danach würde schon alles in Ordnung kommen.

Sein Alleswisser summte dreimal. Es wurde Zeit für das Bad.

Der Gleiter, der über dem Felsenmeer aufgetaucht war, folgte ihnen beharrlich, so daß kaum Zweifel daran bestanden, daß der Pilot sie entdeckt hatte. Viel schlimmer als die Anwesenheit des Gleiters war die naheliegende Vermutung, daß der Pilot inzwischen irgendeiner Zentrale von seiner Entdeckung berichtet und Verstärkung angefordert hatte.

Alaska und Konasco-Cy krochen unter einen überhängenden Felsen. Der Gleiter verhielt über ihnen. Jetzt wußten sie mit Sicherheit, daß man sie geortet hatte.

Saedelaere fluchte erbittert. »Es ist ein Wunder, daß wir noch nicht angegriffen wurden«, stellte er fest. »Gegen Angriffe aus der Luft sind wir ziemlich schutzlos, obwohl ich natürlich meinen Paratron- und meinen HÜ-Schirm einschalten kann.«

Der Knöcherne rannte weiter.

»Es hat keinen Sinn«, fuhr Alaska fort. »Der Bursche dort oben, wer immer er ist, spielt mit uns.«

Konasco-Cy, der sich bereits in Sicherheit gesehen hatte, blieb stehen und hieb mit einer Faust verzweifelt gegen einen Felsen. Der Transmittergeschädigte blickte sich um. Das Labyrinth sah fast überall gleich aus. Alaska ging ein paar Schritte weiter und blickte in verschiedene Seitengänge.

Er entdeckte eine flach unter einem mächtigen Felsen liegende Bodenöffnung und machte Cy darauf aufmerksam.

»Gibt es hier Höhlen?«

»Ich glaube nicht«, erwiderte der Knöcherne. »Aber wir wollen uns vergewissern.« Er kroch unter den Felsen und kam wenige Augenblicke später zurück. »Ich bin auf einen Gang gestoßen!«

Eine vage Hoffnung stieg in Alaska auf. Er folgte Cy in den Gang. Im Licht seines Scheinwerfers sah er rauhe Wände aus Lehm und Kalk. Sein Verdacht, daß der Gang künstlich angelegt worden war, verstärkte sich. Vielleicht war er früher einmal von den Eingeborenen benutzt worden. Cys Gelächter drang durch die Höhle. »Unsere Verfolger werden uns jetzt vergeblich suchen.«

Für Alaska war dieser Ausbruch der Erleichterung verfrüht, aber er sagte nichts.

Nachdem er einige Zeit steil abgefallen war, verlief der Gang parallel zur Oberfläche. Auf seinem Kompaß stellte Alaska fest, daß sie weiterhin auf die Querto-Küste zugingen.

Sie kamen gut voran, bis einige dicke Wurzeln, die quer durch den Gang liefen, ihnen den Weg versperrten. Alaska zog den Kombistrahler, um sie zu verbrennen, doch Cy fiel ihm in den Arm.

»Was hast du dagegen, wenn ich das Hindernis auflöse?« fragte Alaska erstaunt.

»Ich weiß nicht genau«, entgegnete Konasco-Cy, »aber es könnten junge Grelsen darin stecken.«

Alaska verstand ihn nicht, aber er entschloß sich, auf seinen Plan zu verzichten.

Nach einigen Anstrengungen gelang es ihnen, sich durch das Geflecht der Wurzeln zu zwängen. Ein durchdringender Geruch ging von ihnen aus. Die Berührung mit den Pflanzen war Alaska unangenehm, sie schienen wie Schlangen über seinen Körper zu gleiten.

Als sie wieder im freien Gang standen, blickte Saedelaere aufatmend zurück. Dann leuchtete er dem Knöchernen in das totenkopfähnliche Gesicht.

»Wer oder was sind die Grelsen?«

»Sie gehören einem Volk an, das aus Verbindungen der Eingeborenen mit den Lacoons hervorging. Es sind halbe Symbionten, die ihre frühe Kindheit in Wurzeln verbringen, wie wir sie soeben gesehen haben.«

Alaska hielt das für reine Phantasterei, aber er schwieg dazu, um den Begleiter nicht zu beleidigen.

Zwei Stunden lang kamen sie ohne Aufenthalt weiter. Alaska vermutete, daß sie das Felsenmeer längst hinter sich gelassen hatten. Sie mußten ganz nahe bei der Küste sein. Die Luft, die in den Höhlengang strömte, schien Alaska zunehmend frischer zu werden.

Ab und zu sprach er mit dem Knöchernen und stellte ihm Fragen. Der Götze Cryt Y'Torymona schien der uneingeschränkte Herr über die auf dieser Welt lebenden Wesen zu sein. Irgendwo mußte es riesige industrielle Ballungszentren geben. Dort wurden Raumschiffe und Waffen hergestellt. Der Planet – Alaska nannte ihn Gepla II – war die fünfte von insgesamt vierzehn Welten, die um eine rote Riesensonne kreisten. Die Schwerkraft lag 0,21 Gravos über dem Standard, die Achsenrotation betrug 29 Stunden. Als Alaska im Käfigtransmitter rematerialisiert war, hatte gerade der Tag begonnen.

Auf Gepla II gab es sieben Kontinente. Der größte davon war Kreiqti, dort befanden sich auch die Werften für Kampfraumschiffe. Fast alle Industrien, erfuhr Alaska, arbeiteten vollautomatisiert.

Das wichtigste Volk auf Gepla II waren die Lacoons. Sie waren auf Veranlassung des Götzen vor Jahrtausenden menschlicher Zeitrechnung auf diesen Planeten gebracht worden. Die Kampftruppen des Götzen bestanden fast ausschließlich aus Lacoons.

Das Gespräch der beiden Flüchtlinge wurde unterbrochen, als sie vor sich einen schwachen Lichtschimmer bemerkten. Sie beschleunigten ihre Gangart und entdeckten bald darauf das Ende der Höhle.

Benommen von der Helligkeit des Tages, standen Alaska und Konasco-Cy an einem steilen Abhang. Die Höhle hörte wie abgeschnitten direkt an der Steilküste auf. Alaska blickte einen etwa fünfhundert Meter tiefen Abhang hinab. Weit unter ihnen lag eine Bucht, in der er Gebäude und Hafenanlagen erkannte. Das Meer besaß eine bleigraue Farbe, es war aufgewühlt und warf sich in langen Brechern auf die Felsen tief unter den beiden Flüchtlingen.

»Atschanischto!« rief Konasco-Cy und deutete zur Hafenstadt hinab.

Der Transmittergeschädigte sah zahlreiche Schiffe im Hafen liegen. Sein Herz schlug schneller.

»Wo liegt Nimquo?« fragte er seinen Verbündeten.

»Hoch oben im Norden«, erklärte der Knöcherne. »Unmittelbar am Pol. Niemand, der nicht die Zustimmung des Heiligen Dämons besitzt, gelangt dorthin.«

Alaska schloß sekundenlang die Augen und lauschte auf das Rauschen des Meeres. Als er sie wieder öffnete, hatte der Knöcherne sich bereits an den Abstieg gemacht.

Es war nicht ungefährlich, die Steilküste hinabzuklettern, aber wegen der Ortungsgefahr wagte Alaska nicht, den Antigravprojektor einzuschalten.

In der Nähe der Stadt flogen ein paar Gleiter. Saedelaere glaubte nicht, daß nach ihnen gesucht wurde. Trotzdem mußten sie damit rechnen, daß die Verantwortlichen in Atschanischto gewarnt waren. Ohne besondere Vorsicht konnten sie sich nicht in die Stadt wagen. Man würde sie sofort gefangennehmen oder töten.

Auf einem schmalen Plateau legte der Knöcherne eine Pause ein. Ein paar Dutzend Meter unter ihnen verlief die Küstenstraße.

»Sie führt nach Tarschten«, erklärte der Knöcherne. »Dort befinden sich Großlabors und eine Energiestation. Es ist für uns eine völlig uninteressante Stadt.«

»Welche Pläne hast du?« wollte Alaska wissen.

»Ich will nach Kellsonqua«, eröffnete ihm sein Begleiter. »Auf diesem

Kontinent leben besonders viele Lacoons. Sie werden dort in Kasernen für ihre Aufgabe als Kämpfer ausgebildet.«

»Und warum?« fragte Saedelaere irritiert, »willst du dorthin?«

»In Kellsonqua leben auch viele Angehörige meines Volkes. Ich kann bei ihnen Unterschlupf finden, bis die Sache bereinigt ist. Allerdings befürchte ich, daß der Heilige Dämon versuchen wird, mein Volk zu zwingen, mich zu verraten.«

Nach einem kurzen Zögern schlug Alaska vor: »Komm mit mir nach Nimquo!«

»Wir würden niemals lebend dort ankommen. Und selbst wenn uns das gelänge, was sollten wir dort?«

»Den Götzen ausschalten«, sagte Saedelaere lakonisch.

Konasco-Cy sah ihn auf seltsame Weise an. Saedelaere hatte den Verdacht, daß sein Begleiter ihn für wahnsinnig hielt.

Die Lacoons, die Konasco-Cy hatten entkommen lassen, verloren ihre militärischen Würden und wurden für unbestimmte Zeit in den Kerker geworfen. Der Pilot des Gleiters, der die beiden Flüchtlinge entdeckt und dann wieder verloren hatte, wurde erschossen. Nachdem Cryt Y'Torymona auf diese Weise seinem Ärger Luft gemacht hatte, empfing er Salton Urq, den militärischen Oberkommandierenden von Kreiqti. Salton Urq war damit gleichzeitig Feldherr auf allen anderen Kontinenten.

Als der Lacoon eintrat, schwebte der Heilige Götze in einem Antigravfeld. Sein Körper war – wie immer bei solchen Anlässen – hinter einem Silberschild verborgen.

Das schwere Atmen des Dämons war deutlich zu hören. Mit Unbehagen blickte Salton Urq zur Folterwand hinüber. Auf dem Boden waren Blutspuren zu sehen.

Cryt Y'Torymona deutete den Blick richtig und lachte leise.

»Noch ist es nicht soweit«, meinte er. »Aber du wirst bestraft werden, wenn sich die Fehlschläge häufen. Es sind deine Soldaten, die immer wieder versagen. Es waren auch deine Soldaten, die den Fremden und den Knöchernen entkommen ließen.«

Salton Urq verbeugte sich demutsvoll zum Zeichen dafür, daß er diese harte Kritik unwidersprochen hinnahm. Seit seiner Berufung zum Oberkommandierenden hatte er ein relativ ruhiges Leben geführt; erst durch das Erscheinen der Fremden war die Beschaulichkeit gestört worden.

»Ich entnehme den Berichten deiner Soldaten, daß der Offizier des Einsatzkommandos nur fliehen konnte, weil ihm dieser seltsame Fremde zu Hilfe kam«, fuhr der Götze fort. »Was weißt du über dieses Wesen?«

»Nicht viel«, gab Salton Urq zu. »Wir nehmen an, daß es zusammen mit den vier Soldaten aus dem Transmitter kam.«

»Das würde bedeuten, daß dieses Wesen ein Medium ist.«

»Ja«, sagte Salton Urq. »Es ist aber auch möglich, daß dieses Wesen aus der Moscheira kommt. Sie wurde nie völlig erforscht und ...«

»Still!« schrie der Götze. »Diesen Unsinn kannst du dir sparen. Was sagten die Soldaten, die aus dem Transmitter kamen?«

»Sie waren ziemlich sicher, daß der Fremde zusammen mit ihnen ankam. Ich hatte nur kurze Funkverbindung mit ihnen. Da sie erst später ihre völlige Aktivität zurückgewannen, konnten sie ihn nicht töten. Er erschoß sie, als sie ihn angriffen.«

Salton Urq spürte den Reizimpuls seines Senders auf der Haut und hob den Kopf.

»Ich bekomme eine Nachricht aus der Nähe von Atschanischto«, berichtete er dem Götzen.

Er wartete gespannt, bis die Sendung vorüber war. Cryt Y'Torymona hörte ihn erleichtert seufzen.

»Sie haben die Spur des Fremden und des Knöchernen wiedergefunden und erwarten meine Befehle.« Er verdrehte den Hals. »Wir werden die beiden Flüchtlinge töten.«

»Nein!« widersprach Cryt Y'Torymona. »Der Fremde interessiert mich. Er scheint klug und stark zu sein. Vielleicht wäre er ein guter Spielpartner.«

Der Oberkommandierende gab durch nichts zu erkennen, was er von dieser Idee hielt.

»Wir werden ihn gefangennehmen«, entschied er und dachte kummervoll daran, daß eine solche Aktion nicht ohne Verluste abgehen würde.

Zu Salton Urqs Überraschung sagte der Dämon dann: »Laßt die beiden in Ruhe. Es genügt, wenn ihr sie beobachtet und mir ständig über ihre Schritte berichtet.«

Der Lacoon war bestürzt. Früher oder später würden die beiden Flüchtlinge von Bewohnern irgendeiner Stadt entdeckt und angegriffen werden. Das bedeutete zusätzliche Schwierigkeiten. Salton Urq sah sich bereits gegen Artgenossen kämpfen, um das Leben der Flüchtlinge zu retten.

»Du kennst jetzt meine Wünsche«, sagte die Stimme hinter dem Silberschild. »Es wäre gut für dich, wenn du sie erfüllen könntest.«

Vergeblich versuchte Salton Urq, den Schild mit seinen Blicken zu durchdringen. Er wußte, wie der Götze aussah, denn sein Ebenbild stand als metallene Statue auf vielen Plätzen dieser Welt. Trotzdem hätte er seinem Herrn gern einmal von Angesicht zu Angesicht gegenübergestanden. Es hieß, das wäre nicht ungefährlich. Gerüchte wollten wissen, daß der

Heilige Dämon in der Lage war, andere Wesen allein mit der Kraft seiner Blicke in den Hyperraum zu schleudern.

»Du kannst gehen«, sagte der Götze.

Salton Urq zog sich in gebeugter Haltung aus dem Spielzimmer zurück. Draußen rief er seine Leibwache und erklärte ihr, was sie zu tun hatte. Dann bestellte er seinen Gleiter. Er wollte nach Atschanischto fliegen, um sich an der Beobachtung der beiden Flüchtlinge zu beteiligen. Wahrscheinlich mußte er schnelle Entscheidungen treffen, deshalb war es besser, wenn er am Ort des Geschehens weilte.

Er fragte sich, was die beiden Wesen vorhatten. Bisher waren sie mehr oder weniger blindlings geflohen. Inzwischen hatten sie jedoch Zeit gehabt, einen Plan zu entwickeln. Sie wußten inzwischen sicher, daß ihnen nicht viele Möglichkeiten blieben.

Der Aufwand, den Salton Urq und seine Soldaten jetzt treiben mußten, erschien dem Oberkommandierenden sinnlos. Die beiden Flüchtlinge würden so oder so sterben – spätestens im Spielzimmer des Götzen.

Aus großer Entfernung sah das Fahrzeug, das die serpentinenförmige Küstenstraße herabgefahren kam, wie ein schwarzer Käfer aus.

»Es ist ein Transporter«, erklärte Konasco-Cy, nachdem Alaska ihn auf den Wagen aufmerksam gemacht hatte. »Er verkehrt regelmäßig zwischen Atschanischto und Tarschten.«

»Ein Robotfahrzeug?« erkundigte sich Alaska.

»Ja, aber es befinden sich immer zwei oder drei Grelsen im Kontrollraum, die die Transporte überwachen.«

»Wohin fährt der Wagen?«

»Das weiß ich nicht, sein Ziel liegt irgendwo in Atschanischto, wo er beladen wird.«

Damit stand Alaskas Plan fest. Er würde das Fahrzeug anhalten, die Begleiter paralysieren und mit Konasco-Cy einsteigen. Auf diese Weise konnten sie in die Stadt gelangen, ohne viel Aufsehen zu erregen. Alaska war sich darüber im klaren, daß er ein großes Risiko einging, denn er kannte das Ziel des Wagens nicht. Wenn es ihnen gelang, das Fahrzeug zu übernehmen, konnte es geschehen, daß sie damit direkt in eine Falle fuhren.

Er versetzte seinem Begleiter einen Seitenstoß.

»Schnell! Du mußt dich auf die Straße legen. Das wird die Grelsen zum Anhalten zwingen. Sie werden herauskommen und dich untersuchen. Das gibt mir Gelegenheit, sie zu paralysieren.«

Cy war skeptisch, aber er sprang über die Felsen und betrat die Straße.

Der kastenförmige Transporter mit dem schwarzen Leichtmetallaufbau war nur noch wenige Kurven entfernt.

»Hinlegen!« rief Alaska, dann fiel ihm ein, daß der Knöcherne zwar hören, aber nicht verstehen konnte, weil die Reichweite des kleinen Translators gering war.

Aber Cy wußte auch so, worauf es ankam. Er legte sich flach auf die Straße und rührte sich nicht.

Der Transporter fuhr sehr langsam; Alaska konnte sehen, daß er sich auf axial drehbaren Rollen bewegte. Gespannt sah der Transmittergeschädigte zu, wie der Wagen heranrollte.

Er hält nicht an! durchzuckte ihn ein Gedanke, als der Transporter um die letzte Kurve kam und seine Geschwindigkeit nicht verringerte. Vielleicht hielten sich diesmal keine Grelsen im Innern auf. Aber auch ein vollrobotisch gesteuertes Fahrzeug hätte auf das Hindernis reagieren müssen.

Plötzlich erschien Alaska die Geschwindigkeit des Wagens beträchtlich, er fürchtete um das Leben seines Begleiters, der liegenblieb. Alaska griff nach seinem Strahler. Bevor er zuließ, daß der Knöcherne überrollt wurde, wollte er den Wagen zerstören.

Er wußte, daß dies die Verfolger auf sie aufmerksam machen würde, aber er hatte keine andere Wahl.

Als er abdrücken wollte, kam der Transporter zum Stehen. Er hielt zwei Meter vor Konasco-Cy an.

Danach geschah nichts, und Alaska wollte sich schon enttäuscht erheben, um den Transporter zu untersuchen. Er sah nicht, daß auf der Rückseite eine Tür aufglitt und zwei blauhäutige, schwammig aussehende Wesen heraussprangen.

Als sie um den Wagen herumkamen, duckte sich Alaska wieder hinter die Felsen und hoffte, daß sie ihn nicht gesehen hatten.

Er wartete, ob noch jemand auf die Straße kommen würde. Inzwischen hatten die Grelsen (Alaska nahm an, daß es sich um solche handelte) den wie tot am Boden Liegenden erreicht. Aus Hautwülsten schoben die Fremden Greifarme heraus und berührten damit den Knöchernen. Sie würden jetzt feststellen, daß er nicht tot war. Alaska wartete die Reaktion der Grelsen nicht ab, sondern paralysierte sie. Sie sanken neben Konasco-Cy nieder.

Während der Knöcherne sich erhob, verließ Alaska sein Versteck und rannte auf die Straße. Er winkte Konasco-Cy zu. In diesem Augenblick erschien ein dritter Grelsen hinter dem Transporter. Er hielt eine stabförmige Waffe in den Greifhänden und feuerte damit auf Alaska. Der eingeschaltete HÜ-Schirm des Transmittergeschädigten absorbierte die Energie mühelos, doch ein Blitz, der wahrscheinlich sogar von Atschanischto aus gesehen werden konnte, schlug an den Felswänden hoch.

Alaska zielte mit dem Paralysator und drückte ab. Der Angreifer sank zu Boden.

»Der Lichtblitz!« rief Cy alarmiert. »Bestimmt hat ihn jemand gesehen.«

Alaska nickte nur. Er packte einen der am Boden liegenden Grelsen und trug ihn zur Rückseite des Wagens. Dann schob er ihn hinein. In diesem Augenblick setzte sich das Fahrzeug wieder in Bewegung. Vermutlich reagierte er auf einen Fernimpuls. Es rollte über die beiden noch auf der Straße liegenden Grelsen hinweg und zermalmte sie.

Alaska stand sekundenlang wie erstarrt da, dann rannte er auf Konasco-Cy zu und packte ihn an den Armen. Er schaltete das Energieaggregat ein. Mit Cy in den Armen flog er hinter dem Transporter her.

»Wir können jetzt nicht mehr mitfahren!« rief der Knöcherne entsetzt. »Es wäre Wahnsinn.«

»Sie werden uns überall suchen, nur nicht in dem Transporter«, gab Alaska zurück. »Es ist im Augenblick unsere einzige Möglichkeit. Unsere Verfolger werden in wenigen Minuten hier sein.«

Sie hatten den Wagen eingeholt. Alaska flog durch die offene Tür in der Rückseite ins Innere des Transporters. Bis auf ein paar prall gefüllte Kunststoffsäcke war der Laderaum leer. Es roch durchdringend nach Maschinenöl. Saedelaere schaltete sein Aggregat aus.

Cy schloß die Tür. Alaska entdeckte die Tür zum Kontrollraum. Er war klein, hatte aber eine Aussichtskuppel und mehrere Bildschirme, die alle eingeschaltet waren.

Alaska zuckte zurück. Er war sicher, daß von der Zentrale, zu der dieses Fahrzeug gehörte, in den Kontrollraum eingesehen werden konnte. Er hatte keine andere Wahl, als zusammen mit Cy im Laderaum zu bleiben.

Der Knöcherne deutete auf den paralysierten Grelsen. »Was soll mit ihm geschehen?«

»Er hat eine volle Ladung abbekommen. Er bedeutet ein paar Stunden keine Gefahr für uns.«

Der Transporter rollte geräuschlos und erschütterungsfrei über die Straße.

Die beiden Flüchtlinge schwiegen. Sie waren sich ihrer gefährlichen Lage bewußt; Konasco-Cy, der sich auf Gepla II genau auskannte, noch mehr als Alaska.

Der Transmittergeschädigte wunderte sich über sein Cappin-Fragment. Niemals zuvor hatte es sich so ruhig verhalten. Durch den seltsamen Transmittersprung war es in seiner Aktivität gedämpft worden. Alaska berührte die Maske. Wehmut überkam ihn. Auch hier, auf einer fremden, unheimlichen Welt, konnte er sich nicht von dieser Maske lösen, ohne zum unfreiwilligen Mörder zu werden. Seine Depression war nur von kurzer Dauer, dann beschäftigten sich seine Gedanken wieder mit ihrer Flucht.

Er riskierte es, die Tür zum Kontrollraum ein kleines Stück zu öffnen und durch die Aussichtskuppel zu spähen; das Flugzeug rollte jetzt an ein paar flachen Gebäuden vorüber, die aussahen, als hätte man sie aus einem Stück gegossen. Sie waren fensterlos und mit grellen Farben bemalt. In den Höfen flackerten Feuer, anscheinend wurden dort Abfälle verbrannt.

Der Transporter bog in eine andere Straße ein.

»Wir nähern uns dem Zentrum der Stadt«, erklärte Cy nervös. »Wenn wir jetzt angehalten werden, haben wir keine Chance zum Entkommen.«

Alaska nickte nur. Er war von einer verzweifelten Entschlossenheit befallen. Er kannte diese Stimmung von früheren Erlebnissen her.

Ab und zu dachte er an Kytoma, das blinde Mädchen, das er auf Tapura kennengelernt hatte. Weshalb war ihm ihr Gesicht während des Transmittersprungs erschienen?

Sie hatte ihm bei ihrem ersten Zusammentreffen prophezeit, daß sie ihn wiedersehen würde. Zusammenhänge schien es nicht zu geben, die erste Begegnung war mehr als unwirklich gewesen.

Plötzlich hielt der Wagen an. Alaska schreckte aus seinen Gedanken hoch und stieß eine Verwünschung aus. Cy kauerte neben der Tür am Boden und hielt seine schwere Pistole schußbereit.

Alaska öffnete die Tür auf der Rückseite des Wagens und spähte ins Freie. Der Transporter stand in einem Hof, in dem überall leere Behälter aufgestapelt waren. Im Hintergrund sah Alaska ein paar Lagerhallen.

Arbeiter oder Bewohner der Stadt waren nicht zu sehen. Die normalen Geräusche einer mittelgroßen Stadt drangen an Saedelaeres Gehör: Verkehrslärm, Stimmengewirr und das Summen von Maschinen. Erst jetzt wagte der Transmittergeschädigte, die Tür weiter zu öffnen.

Der Hof war verlassen. Drei Wagen, die sich kaum von dem, mit dem sie gekommen waren, unterschieden, standen unmittelbar neben dem Eingang.

»Wir sind in der Nähe des Hafens«, erklärte Cy mit gepreßter Stimme.

»Woher weißt du das?« fragte Alaska erstaunt.

Das Totenkopfgesicht blieb unbewegt.

»Ich stelle es am Geruch fest. Nachts werden Leuchtamkers im Hafen geschlachtet, damit die Besatzungen einfahrender Schiffe sich an der fluoreszierenden Körperflüssigkeit orientieren können.«

»Warum stellt man nicht einfach Lampen auf?«

»Die Seefahrer gehören einer der ältesten Lacoon-Familien an. Sie achten die Tradition. Sie würden Lampen völlig ignorieren.«

Auch Alaska nahm jetzt einen beißenden Geruch wahr, aber er war nicht sicher, ob er vom Hafen kam.

»Was sind Leuchtamkers?« fragte er.

»Wasservögel mit einem großen Drüsensack am Hals. Sie werden nur gezüchtet, um in den Häfen geschlachtet zu werden.«

»Glaubst du, daß wir eine Chance haben, den Hafen zu erreichen?« fragte Alaska den Knöchernen.

»Nein!« entgegnete Konasco-Cy trocken. »Wir kommen keine fünf Schritte weit, wenn wir diesen Hof verlassen.«

Trotzdem verließ Alaska den Wagen. Er blickte sich im Hof um. Es erschien ihm merkwürdig, daß sich niemand um den Transporter kümmerte. Wurden sie etwa heimlich beobachtet? Erneut blickte er sich um. Niemand war zu sehen. Die Gleiter, die über diesen Teil der Stadt hinwegflogen, wirkten nicht verdächtig.

Über einen Behälterstapel kletterte Alaska auf das Dach einer Lagerhalle. Da alle Gebäude der Stadt flach waren, konnte er einen großen Teil von Atschanischto überblicken. Der Hafen war nur ein paar hundert Meter weit entfernt. Die Signalmasten der Schiffe waren deutlich zu sehen.

Atschanischto war eine alte Stadt, im Vergleich zu Städten auf der Erde erschien sie Alaska schmutzig und düster. Gleichzeitig besaß sie etwas Anziehendes: Auf engstem Raum prallten hier barbarische Sitten und eine hypermoderne Technik aufeinander. Diesem Reiz konnte sich auch Alaska nicht entziehen. Er bedauerte, daß er diese Stadt nicht als freier Mann besuchen konnte.

Er verließ das Dach und kehrte zu seinem Begleiter zurück.

»Du hast recht, der Hafen ist ganz in der Nähe. Aber die Straßen sind zu belebt. Wir müssen warten, bis es dunkel ist, dann schleichen wir uns zum Hafen.«

Konasco-Cy musterte ihn mit einem undeutbaren Blick, schwieg aber.

»Was ist los?« fragte Alaska verdrossen. »Bist du nicht mit meinem Plan einverstanden? Oder sind die Straßen auch während der Nacht so belebt?«

»Im Gegenteil«, erwiderte Konasco-Cy. »Nachts wagt sich niemand auf die Straße. Es ist eines der obersten Gesetze des Götzen, daß nach Einbruch der Dunkelheit niemand mehr sein Gebäude verlassen darf.«

Alaska hielt dieses Gesetz für lächerlich; es schadete zweifellos der wirtschaftlichen Entwicklung und der freien Entfaltung der Einwohner dieser Welt. Aber der Dämon hatte bestimmt einen guten Grund, wenn er ein solches Gesetz erließ.

»Uns kann es nur recht sein«, meinte Saedelaere. »Desto leichter kommen wir ans Ziel.«

Der Knöcherne schien zu erschauern, aber Alaska ließ ihn in Ruhe. Er konnte nicht glauben, daß sein kampferprobter Begleiter irgendwelchen abergläubischen Regungen nachgeben würde.

Die beiden so verschiedenartigen Wesen beratschlagten weiter. Alaska erfuhr, daß die Leuchtamkers von Robotern geschlachtet wurden. Der Knöcherne gab zu, daß er nicht wußte, ob diese Automaten ihnen gefährlich werden konnten.

»Die Seefahrer bleiben nachts an Bord ihrer Schiffe«, berichtete Cy weiter. »Für sie gilt das Gesetz ebenso wie für die Landbewohner.«

Vor seinem geistigen Auge sah Alaska eine gespenstische Szene: Roboter, die an der Kaimauer standen und in der Stille der Nacht Hunderte von Wasservögeln schlachteten, deren ausströmendes Drüsensekret die einzige Beleuchtungsquelle bildete.

Alaska und Cy versteckten sich zwischen einigen Behälterstapeln und warteten. Niemand kam in den Hof. Ein paar Stunden, nachdem sie eingetroffen waren, glitt das große Tor auf, und einer der Transporter rollte lautlos hinaus. Dann schloß sich das Tor wieder.

Als die Sonne unterging, begann es zu regnen. Die Tropfen klickten metallisch wenn sie zersprangen, es hörte sich an, als würden sie gegen ein straff über einen Hohlraum gespanntes Pergament schlagen. Alaska dachte über dieses Phänomen nicht nach, er würde es doch nicht ergründen. Außerdem machte ihm der Knöcherne Sorgen, der immer unruhiger wurde, je näher die Nacht kam.

Schließlich fragte Alaska seinen Begleiter offen, was diese Ursache zu bedeuten hatte.

»Nachts geschehen seltsame Dinge auf den Straßen«, behauptete der Knöcherne. »Niemand weiß genau, was sich dann abspielt, aber morgens werden oft noch Spuren gefunden.«

»Spuren wovon?« Alaska blieb gelassen. Er hielt alles für Aberglauben, der von dem Götzen aus guten Gründen noch geschürt wurde.

»Spuren von schrecklichen Feiern«, Konasco-Cy sprach sehr leise. »Es dringen oft Geräusche in die Gebäude.«

Alaska fragte sich, ob die Bauwerke deshalb keine Fenster besaßen, damit kein Bewohner auf den Gedanken kam, nachts auf die Straße zu blicken.

Er mußte damit rechnen, daß Cy in Panik verfallen würde, sobald irgend etwas Ungewöhnliches geschehen sollte. In aller Heimlichkeit überprüfte Alaska seinen Paralysator. Er war entschlossen, den Verbündeten zu lähmen, bevor dieser irgendeine Dummheit beging.

Schatten fielen auf den Hof herab, das Trommeln des Regens wirkte einschläfernd. In der beginnenden Dunkelheit wirkten die umstehenden Gebäude noch trostloser. Auf den Straßen wurde es unglaublich schnell still. In Minutenschnelle schienen sich alle Bewohner in ihre Gebäude zurückzuziehen. Alaska, der die Mentalität vieler fremder Wesen kannte, maß dem Verhalten der Intelligenzen von Gepla II keine besondere Bedeutung bei.

Dann wurde es endgültig dunkel. Der Knöcherne, der seine Furchtlosigkeit während des gesamten Tages bewiesen hatte, gab ängstliche Laute von sich. Er wimmerte wie ein Kind.

Salton Urq zog die schwere Tür der Fremdenschänke fluchend hinter sich zu und schlug blindwütig auf einen seiner Soldaten ein, der sich nicht schnell genug aus seiner Nähe entfernt hatte. Etwas, womit niemand gerechnet hatte, war eingetreten: Die Flüchtlinge blieben während der Nacht im Freien.

Und er, Salton Urq, war für ihre Sicherheit verantwortlich.

Der Oberkommandierende durchquerte den Schankraum. Überall lagen Lacoons und andere Wesen, die sich vor dem Einbruch der Nacht in dieses Haus geflüchtet hatten, am Boden und schliefen. Salton Urq kümmerte sich nicht darum, daß er sie mit dem Lärm, den er machte, aufweckte. Er ging bis zur Registrierstelle, wo sich gerade ein paar Grelsen eintragen ließen. Rücksichtslos stieß er sie zur Seite und betrat den Funkraum, der hinter der Registrierstelle lag. Ein paar Bildschirme flackerten. Im Halbdunkel war kaum zu erkennen, wer davor saß. Wahrscheinlich Händler, die vor dem Schlafengehen noch mit Geschäftspartnern sprachen. Es konnten aber auch Waffenkonstrukteure sein, die Erfahrungen austauschten.

Obwohl noch genügend Plätze frei waren, schickte Salton Urq die anderen hinaus. »Verschwindet!« zischte er sie an.

Sie erkannten ihn und zogen sich schweigend zurück.

Zögernd nahm der Oberkommandierende vor den Kontrollen Platz. Er wußte, daß er seine Absetzung riskierte, wenn er jetzt mit Nimquo eine Funkverbindung herstellte. Andererseits mußte er sich absichern und den Götzen informieren. Damit, daß der Fremde und der Knöcherne im Freien bleiben würden, hatte Cryt Y'Torymona bestimmt nicht gerechnet.

Noch einmal überzeugte sich der Oberkommandierende davon, daß er sich allein im Funkraum aufhielt, dann stellte er eine Verbindung nach Nimquo her.

Er bekam sofort Kontakt mit einem Diener des Götzen und berichtete, was geschehen war. Die Diener waren stumm, sie antworteten in den meisten Fällen mit Hilfe vorgesprochener Bänder. So war es auch diesmal.

»Bitte warten!« lautete die Antwort.

Salton Urq zischte zustimmend und kauerte sich vor dem Gerät zusammen. Schließlich sagte eine dumpfe Stimme: »Den beiden Flüchtlingen wird in dieser Nacht nichts geschehen. Wahrscheinlich werden sie versuchen, irgendein Schiff zu erreichen. Morgen früh mußt du die Verfolgung wieder aufnehmen, Salton Urq.«

Der Feldherr war nicht sicher, ob er die Stimme des Heiligen Götzen gehört hatte, aber er war vorsichtig und verbeugte sich demutsvoll. Die Sache war schneller erledigt gewesen, als er gehofft hatte. Nun hing alles davon ab, daß seine Soldaten und er am nächsten Morgen sofort wieder die Spur der Flüchtlinge fanden.

Nach anfänglichem Sträuben überwand Konasco-Cy seine Furcht und folgte Alaska auf die verlassene Straße. Es hatte inzwischen aufgehört zu regnen, aber der Himmel war noch immer von Wolken bedeckt. Zu beiden Seiten der Straße brannten vereinzelte Lampen, ihre Helligkeit reichte gerade aus, um den beiden Flüchtlingen den Weg zu weisen. Alaska hatte seinen Scheinwerfer eingeschaltet, er hielt das jetzt für ungefährlich. Den Paralysator hielt er schußbereit in einer Hand. Auch der Knöcherne hatte die Waffe gezogen, er wirkte jedoch so nervös, daß er im Ernstfall wohl kaum einen gezielten Schuß abgeben konnte.

»Es ist alles ruhig«, sagte Alaska. »Du siehst, daß deine Bedenken völlig unbegründet sind.«

Konasco-Cy antwortete nicht. Nach einer Weile hörte Alaska schrille Schreie.

»Das sind die Leuchtamkers in ihren Käfigen«, erklärte Cy. »Man sagt, daß sie ihren Tod vorausahnen können.«

»Ich glaube, das können alle Wesen dieses Universums«, entgegnete Alaska. »Bei einigen ist die Fähigkeit jedoch stärker ausgeprägt, während andere sie fast völlig verloren hatten.«

Cy drängte sich dicht an Alaska. Sie mußten die Straße überqueren. Alaska beobachtete die Gebäude. Sie sahen aus wie Bunker. Überall dort, wo das Licht von Alaskas Scheinwerfer hinfiel, leuchteten die grellen Farben auf.

Ein neues Geräusch drang durch die Nacht: ein langanhaltendes Stöhnen, dem ein blechernes Klirren folgte. Cy warf sich zu Boden und preßte das Gesicht gegen den Kunststoff, mit dem die Straße belegt war.

Alaska mußte den Antigravprojektor einschalten, um seinen Begleiter aufzurichten.

Der Transmittergeschädigte konnte nicht feststellen, aus welcher Richtung der Lärm kam, doch dann erfaßte das Licht seines Scheinwerfers einen fliegenden Gegenstand, der quer über die Straße huschte.

»Robotgesteuerte Lautsprecher!« rief er grimmig. »Geisterstunde auf Bestellung. Reiß dich zusammen, Knöcherner!«

In einiger Entfernung klatschte etwas auf die Straße. Ohne sich darum zu kümmern, zog Alaska seinen Begleiter hinter sich her. Dann begann er zu zweifeln. Hatte er wirklich einen fliegenden Lautsprecher gesehen? Das Ding konnte alles mögliche sein.

Als sie das Hafenviertel erreichten, hatte sich Cy soweit beruhigt, daß er allein weitergehen konnte. Die Positionslampen der Schiffe im Hafen brannten. Die Besatzungen schienen sich im Innern ihrer Schiffe aufzuhalten. Bis auf die Geräusche, die das Wasser und die Leuchtamkers machten, war es völlig still. Auf der anderen Seite des Hafens wurden Wasservögel geschlachtet. Ihr Drüsensekret strömte wie ein feuriger Wasserfall ins Meer. Anscheinend wurde ein Schiff erwartet.

An der Kaimauer war eine lange Reihe von Schiffen verankert.

»Es sind turbinengetriebene Frachter«, erläuterte Konasco-Cy. »Die Seefahrer wehren sich heftig gegen Neuerungen. Ich glaube, ihre Zukunft wird künstlich am Leben erhalten, denn der Flugverkehr ist viel rationeller und billiger.«

Der Dämon hatte bestimmt einen Grund dafür, wenn er die Seefahrer unterstützte. Die Schiffe, so erkannte Alaska beim näheren Hinsehen, waren alt, aber gepflegt. Gegenüber den Gleitern und Transportern, die Alaska auf Gepla II gesehen hatte, waren sie jedoch völlig veraltet.

»Woran kann man erkennen, welches Ziel diese Schiffe haben?«

Cy konnte diese Frage nicht beantworten.

»Glaubst du, daß du an Bord eines dieser Schiffe ein gutes Versteck finden kannst?«

»Vielleicht.« Der Knöcherne blickte Alaska abwägend an und fuhr dann fort: »Die Schiffe sind oft mehrere Wochen unterwegs. Wir würden in unserem Versteck verhungern.«

»Ich habe nicht vor, lange in diesem Versteck zu bleiben. Nach dem Auslaufen überwältigen wir die Besatzung und zwingen sie, Kurs auf Nimquo zu nehmen.«

Der Knöcherne preßte beide Fäuste gegen die Schläfen. »Ich träume«, sagte er. »Das ist bestimmt alles nur ein Traum, aus dem ich bald erwachen muß.«

Alaska lachte rauh. »Wir nehmen das größte Schiff«, entschied er.

»Natürlich müssen wir zunächst einmal feststellen, ob es in den nächsten beiden Tagen auslaufen wird.«

Sie fanden schließlich einen tief im Wasser liegenden Frachter, den Konasco-Cy für geeignet hielt. Der Landesteg war eingezogen, aber für Alaska mit seinem Energieaggregat war das Überwechseln an Bord nicht schwer. Er umklammerte Cy und flog zusammen mit ihm auf das Deck des Frachters.

»Gibt es hier keine Rettungsboote?« fragte er erstaunt.

»Nein«, sagte der Knöcherne. »Die Besatzung tötet sich, wenn ein Schiff dem Untergang geweiht ist. Aber die Schiffe sind sehr sicher und überstehen auch die schwersten Stürme. Es kommt sehr selten vor, daß eines von ihnen untergeht.«

Sie schlichen sich unter Deck und suchten sich ein Versteck in einem Laderaum. Das Schiff war mit maisähnlichen Körnern beladen.

Cy schlief nach wenigen Augenblicken ein.

Anders Alaska. Er fand keinen Schlaf. Seine Gedanken kreisten um verschiedene Probleme. Er dachte an den Ressortchef, der zweifellos auf dieser Welt lebte. Dann beschäftigte er sich mit Kytoma, die ein noch viel größeres Rätsel zu sein schien.

Außerdem fand er es recht erstaunlich, daß Cy und er noch am Leben waren.

Welchem Umstand hatten sie es zu verdanken, daß man sie noch nicht entdeckt hatte? So dumm konnten die Lacoons und ihre Anführer doch nicht sein! Immerhin stand ihnen eine Technik zur Verfügung, die der terranischen offenbar kaum unterlegen war.

In Alaska verdichtete sich der Verdacht, daß man sie absichtlich unbehelligt ließ. Aber weshalb? Studierte man sie mit sadistischer Freude, um sie schließlich doch umzubringen?

Endlich schlief auch Alaska ein, aber sein Schlaf wurde von Alpträumen gestört. Einmal erschien Kytoma; sie trug das Cappin-Fragment im Gesicht aber die Maske hielt sie in den Händen.

»Sie ist zu groß für mich, Alaska!« sagte sie.

Hinter ihr erschien ein dunkler Schatten, er bildete eine schreckliche Drohung, vor der sich das blinde Mädchen entweder nicht zu fürchten schien, oder die sie nicht erkannte.

Alaska erwachte schweißgebadet. Sein Herz klopfte wie rasend. Unwillkürlich tastete er über sein Gesicht. Da war die Maske!

Sein Cappin-Fragment war wie abgestorben. Es rührte sich nicht und strahlte auch nicht mehr. Aber es war nicht völlig tot. Vielleicht hatte es sich erschöpft.

Erneut schlief der Transmittergeschädigte ein. Als er wieder erwachte, hörte er das Stampfen des Schiffes und das Knirschen von Metallverstrebungen.

Durch Ritzen in der Decke schimmerte Tageslicht. Das Schiff befand sich bereits auf hoher See!

Der Krieger, der die Nachricht brachte, daß die beiden Flüchtlinge an Bord der AINORAQUA waren, erhielt herablassendes Lob. Salton Urq ließ sich alle Daten über die AINORAQUA bringen und erfuhr, daß sie Kurs auf Taltoq genommen hatte. Sie würde für diese Reise sechs Tage brauchen.

Taltoq war eine der größten Hafenstädte des Planeten. Salton Urq konnte sich kaum vorstellen, daß die beiden Flüchtlinge dort Sicherheit zu finden hofften.

Salton Urq war unsicher, wagte jedoch nicht, erneut mit einem Diener des Heiligen Dämons zu sprechen. Er würde sich darauf beschränken, die beiden Fremden unauffällig zu beobachten. Auf seinen Befehl stachen drei schnelle Waffenboote in See, während vier Gleiter die Verfolgung in der Luft aufnahmen.

Salton Urq begab sich per Transmitter nach Taltoq, um auf die Ankunft zu warten. Er blieb jedoch nur einen einzigen Tag, dann teilten ihm seine Soldaten über Funk mit, daß die AINORAQUA den Kurs gewechselt hatte.

Der überraschte Oberbefehlshaber erfuhr, daß das Schiff jetzt genau auf Nimquo zuhielt.

18.

Die Besatzung der AINORAQUA bestand aus achtundzwanzig Lacoons, von denen achtzehn in den Maschinenräumen arbeiteten. Die anderen hielten sich im Oberdeck auf, wo sie als Navigatoren, Funker und Steuerleute arbeiteten. Der Kapitän war ein uralter Lacoon mit faltigem Hals und vergilbter Haut. Er saß in einem seltsam geformten Korbstuhl, als Alaska und Konasco-Cy in seine Kajüte eindrangen. In seinem Mund hing ein Schlauchende. Das andere Ende des Schlauches ragte aus einer am Boden stehenden Karaffe hervor. Der Kapitän schlief.

Alaska konnte ihm seine seltsam aussehende Waffe abnehmen, die er am Gürtel trug. Laut Cy handelte es sich dabei um einen Hypnostrahler. Alaska richtete den Hypnostrahler auf ihn und drückte ab. Der Kapitän erwachte einige Augenblicke später. Konasco-Cy gab ihm ein paar Befehle.

Bald darauf standen zehn der achtundzwanzig Besatzungsmitglieder unter der Kontrolle der beiden Flüchtlinge. Die Steuermänner begannen bereits den Kurs zu ändern, als Alaska und Konasco-Cy unter Deck gingen, um auch den anderen Teil der Besatzung zu beeinflussen. Es gelang ohne Schwierigkeiten.

Eine Stunde, nachdem sie alle Lacoons ausgeschaltet hatten, standen der Knöcherne und Alaska auf dem Deck und blickten über die Reling. Das Schiff zog eine Blasenbahn im welligen Wasser. Der Himmel war wolkenlos. Die rote Sonne brannte auf das Deck herab. Die Besatzung der AINORAQUA tat ihre Arbeit.

Sie war derart beeinflußt, daß sie die Anwesenheit der Fremden überhaupt nicht zur Kenntnis nahm.

Inzwischen hatte Cy festgestellt, daß das Ziel des Schiffes Taltoq war. Er machte sich deshalb Sorgen, denn eine Reise nach Nimquo würde drei Tage länger dauern als nach Taltoq. Das bedeutete, daß man spätestens nach sechs Tagen Suchschiffe ausschicken und die AINORAQUA über Funk rufen würde.

»Wir werden uns überlegen, was wir tun«, beruhigte Alaska seinen Verbündeten. »Du weißt, daß das Schiff jetzt Kurs auf Nimquo genommen hat. Du wolltest ursprünglich nach Kellsonqua.«

»Ich bleibe bei dir«, versprach Cy einfach. »Das Glück des Mutigen ist auf deiner Seite. Vielleicht beschützt dich auch der Tod, den du unter deiner Maske trägst.«

Alaska preßte die Zähne aufeinander. Sogar für ein unbefangenes Wesen wie den Knöchernen war er zu einer mysteriösen Erscheinung geworden.

»Ich besitze keine übernatürlichen Kräfte«, erwiderte er heftiger als beabsichtigt. »Ich bin ein Terraner wie jeder andere.«

Das Schweigen des Knöchernen war beredter als tausend Worte.

Cy kümmerte sich um ihre Mahlzeiten. Alaska mußte sich mit den Nahrungsmitteln begnügen, die auch die Lacoons zu sich nahmen. Es gab rosafarbenen Brei, der zwischen den Zähnen klebte, und eine Brühe, die wie abgestandenes Bier schmeckte.

In der ersten Nacht teilten sich Cy und Alaska die Wache. Mitten auf dem Meer schien sich der Knöcherne nicht vor der Dunkelheit zu fürchten. Während der ersten Nacht begegneten ihnen zwei andere Schiffe. Zu Alaskas Erleichterung wurden nur Positionsdaten ausgetauscht.

Der Morgen kündigte sich mit stürmischem Wetter an, doch das Schiff lag sehr ruhig im Wasser. Um Zwischenfälle auszuschalten, behandelte Alaska alle Besatzungsmitglieder ein zweites Mal mit dem Hypnostrahler. Konasco-Cy mußte jetzt durch ein Gebiet, in dem das Wasser von Millionen Quartaugen wimmelte. Sie sahen wie kleine Glaskugeln aus.

»Sie speichern das Tageslicht«, erklärte Konasco-Cy. »Bei Tagesende schwimmen sie in unterseeische Höhlen, wo Grelsen gezüchtet werden. Dort sorgen sie ständig für Helligkeit.«

Auf Gepla II, überlegte Alaska erstaunt, bediente man sich seltsamer Lichtquellen. Er fragte sich, ob das etwas mit der Religion zu tun hatte, die der Götze lehrte.

Die Terraner hatten die Erfahrung gemacht, daß die Ressortchefs die von ihnen beherrschten Völker individuell behandelten. Das bewiesen schon die unterschiedlich klingenden Namen. Die Vermutung, daß es sich um eine einzige heidnische Gottheit handelte, hatte sich als falsch erwiesen.

Alaska wurde den Verdacht nicht los, daß der Schwarm von *einem* Volk beherrscht wurde. Dieses Volk war dank seiner Fähigkeiten allen anderen Bewohnern des Schwarms überlegen und nutzte sie aus.

Aber warum nahmen die Herren des Schwarms die Strapazen der langen Schwarmreise immer wieder auf sich? Warum machten sie sich soviel Mühe mit den Gelben Eroberern, die im Grunde genommen harmlose kosmische Nomaden waren?

Auch dafür, ahnte der Transmittergeschädigte, gab es eine plausible Erklärung.

Der Sturm wurde immer heftiger. Ausläufer regenschwerer Wolken reichten bis zum Meer hinab. Die Sicht betrug nur noch hundert Meter. Das Schiff knirschte in allen Fugen. Alaska und Cy mußten unter Deck gehen. Alaska fragte sich, ob die Lacoons mit den Unbilden der Natur fertig werden konnten. Der Knöcherne schien keine Bedenken zu haben. Er legte sich zum Schlaf nieder.

Der Sturm hielt fast sechzig Stunden an. Als er vorüber war, begaben sich Alaska und sein Begleiter an Deck.

Sie erlebten eine unangenehme Überraschung. Über der AINORAQUA schwebten vier Gleiter. Im Kielwasser des Schiffes schwammen drei gepanzerte Boote.

Mehr als alles andere beunruhigte Alaska jedoch der Energieschirm, der sich wie eine Glocke über dem Schiff spannte und ein Entkommen unmöglich machte.

»Es sieht so aus, als hätte uns das Glück verlassen«, meinte der Transmittergeschädigte leise. »Du hättest nach Kellsonqua gehen sollen.«

Cy zog seine schwere Pistole und richtete sie gegen den Kopf. »Die Lacoons werden mich nicht töten!« rief er entschlossen.

Die Stimme hinter dem Silberschild hatte einen aufgeregten Unterton.

»Es war dein Glück, daß du nicht versagt hast, Salton Urq. Du hast jetzt weiter nichts zu tun, als dafür zu sorgen, daß die AINORAQUA unbehelligt den Hafen von Nimquo erreicht.«

Der Oberkommandierende war vor wenigen Minuten in Nimquo eingetroffen, um dem Dämon persönlich Bericht zu erstatten. Er war froh, daß er den Götzen zufriedengestellt hatte.

Das Verhalten des Dämons war ihm unverständlich. Endgültige Ruhe würde der Oberkommandierende erst bekommen, wenn die beiden Gefangenen den Boden von Nimquo betreten hatten. Danach würde der Götze die Verantwortung übernehmen.

Salton Urq wurde entlassen. Zusammen mit seiner draußen wartenden Leibwache begab er sich zu dem schweren Gleiter, mit dem sie gekommen waren. Er hoffte, daß sich die Verhältnisse innerhalb des Schwarms bald normalisieren würden. Solange es Schwierigkeiten bei der Zellteilung der Karties gab, war der Heilige Götze unberechenbar.

Die Produktionssteigerung der Waffenindustrie ließ jedoch wenig Aussicht auf eine Normalisierung. Salton Urq richtete sich darauf ein, daß sein Leben nur noch von einem Tag zum anderen währte und von den Launen des Götzen abhing.

Der Gleiter hob vom Boden ab und nahm Kurs aufs offene Meer. In wenigen Stunden hatte er die AINORAQUA erreicht und begann über ihr zu kreisen.

»Wir begleiten das Schiff bis zum Zielhafen«, befahl Salton Urq. Er wollte sich persönlich davon überzeugen, daß nichts mehr passieren konnte. Der Fremde, der so unverhofft auf dieser Welt aufgetaucht war, schien ein beachtlicher Gegner zu sein. Salton Urq rechnete nach wie vor mit Überraschungen. Doch es blieb alles ruhig.

Bevor Alaska eingreifen konnte, hatte Cy abgedrückt. Doch zur Überraschung des Transmittergeschädigten geschah nichts. Die Waffe des Knöchernen versagte auch beim zweiten Versuch. Daraufhin untersuchte Alaska seine eigene Ausrüstung und stellte fest, daß alle Instrumente und Waffen ausgefallen waren.

»Dafür ist der Energieschirm verantwortlich!« rief Alaska erregt. »Er neutralisiert unsere gesamte Ausrüstung.«

»Aber das Schiff«, sagte Cy. »Es schwimmt weiter. Warum werden seine Maschinen nicht beeinflußt?«

Alaska begab sich in den Navigationsraum. Die Lacoons, die zur Besatzung gehörten, waren noch immer beeinflußt und störten ihn nicht.

Saedelaere stellte fest, daß alle Geräte an Bord ausgefallen waren. Auch die Maschinen arbeiteten nicht mehr. Trotzdem bewegte sich das Schiff.

»Ich nehme an, daß die AINORAQUA von dem Energiefeld vorangetrieben wird, das sie umschließt«, suchte Alaska nach einer Erklärung. »Offenbar haben unsere Gegner nicht die Absicht, uns sofort zu töten.«

»Sie werden uns foltern und verhören«, befürchtete Cy. »Das ist schlimmer als der Tod.«

Er wollte über Bord springen, doch am Energieschirm, der unmittelbar hinter der Reling begann, prallte er zurück. Er blieb auf dem Boden liegen.

Alaska stellte fest, daß sein Verbündeter noch am Leben war, aber zu resignieren begann.

Der Transmittergeschädigte dagegen blieb vollkommen ruhig. Gespannt wartete er darauf, was in Nimquo geschehen würde. Er hoffte, daß er den Götzen zu Gesicht bekommen würde. Vielleicht interessierte er sich für den Fremden mit der Maske.

Alaska berührte die Plastikmaske mit beiden Händen. Vielleicht konnte er dem Götzen noch eine unangenehme Überraschung bereiten. Saedelaere fürchtete sich vor nichts. Das Schicksal hatte ihn schon hart geprüft. Was konnte schlimmer sein als dieses Cappin-Fragment im Gesicht?

Vor dir liegt Nimquo. Es ist kein von Schnee und Eis bedeckter Kontinent, wie du erwartet hast, sondern eine stählerne Insel von riesigen Ausmaßen. Das Land – wenn man es als solches bezeichnen kann – ist von grauer Farbe. Überall ragen mächtige Gebäude in die Höhe. Es gibt sogar künstlich angelegte Hügel mit terrassenähnlichen Abstufungen.

Das riesige Hafenbecken besitzt die Form eines auf einer Seite nach innen eingeknickten Hufeisens. Es ist so exakt in den stählernen Körper der Insel geschnitten, als hätte es jemand herausgestanzt. Es liegen nicht viele Schiffe dort, dafür aber eine kleine Flotte jener gepanzerten Boote, von denen drei die AINORAQUA bis hierher begleitet haben. Ein besonderes Phänomen ist die Oberfläche des Meeres: Genau in Höhe des Hafeneingangs erstarrt sie zu einer blaugrauen Fläche, die anscheinend weder von Wind noch von Wellen bewegt werden kann. Auf Nimquo scheint es sehr still zu sein, obwohl die AINORAQUA das Hafenbecken bereits erreicht hat, hörst du keine Geräusche.

Die Gebäude, die den Hafen umsäumen, sind zum größten Teil Silos. Ein paar von Antigravprojektoren getragene Lademaschinen schweben über der Kaimauer.

Welch ein Unterschied zu dem Bild, das sich deinen Augen in Atschanischto bot. In Nimquo gibt es nur perfektionierte Technik. Von hier aus herrscht einer der Götzen über den gesamten Planeten.

Deine Augen registrieren die ersten Bewegungen. Auf den Straßen zwischen den Hafengebäuden tauchen bewaffnete Lacoons auf. Offenbar haben sie den Auftrag, die ankommende AINORAQUA zu bewachen. Längst sind die Besatzungsmitglieder des Schiffes aus der Hypnose erwacht. Die Existenz des Schutzschirms und die Tatsache, daß ihr Kurs auf Nimquo genommen hattet, verwirrte die Seefahrer jedoch so, daß sie euch in Ruhe lassen.

Du hast den Kapitän nicht wieder gesehen, er bleibt in seiner Kajüte.

Selbst die Geräusche des Schiffes scheinen an Intensität verloren zu haben. Langsam drängt sich die AINORAQUA an die stählerne Kaimauer und wird mit magnetischen Trossen verankert. Über dem Schiff schweben noch immer die vier Gleiter.

Der Schutzschirm bleibt bestehen. Die Lacoons an Land verhalten sich abwartend. Alle Soldaten scheinen auf Befehle des geheimnisvollen Cryt Y'Torymona zu warten.

Du trittst an die Reling und blickst hinüber zu den grauen Gebäuden.

Konasco-Cy kommt zu dir. Er hat in den letzten Tagen kaum ein Wort gesprochen. Jetzt ändert sich seine Haltung. Vielleicht ist es die Nähe der Häuser, die ihn gesprächig macht.

»Das ist Nimquo!«

»Ich dachte es mir!« gibst du zurück. »Ein künstlicher Kontinent im Polargebiet. Wußtest du, was uns hier erwartet?«

»Ich war noch niemals hier, aber ich habe mit Knöchernen gesprochen, die sich schon in Nimquo aufhielten. Weiter einwärts gibt es einen kleinen Raumhafen. Dort steht in den meisten Fällen auch ein Raumschiff meines Volkes.«

Das also ist die Erklärung für seinen plötzlichen Stimmungswandel! Ein winziger Funke Hoffnung glimmt in ihm. Er überlegt, ob er mit dir diesen Raumhafen nicht vielleicht erreichen und mit einem Schiff entkommen kann.

Ein unsinniger Gedanke angesichts der Vorsichtsmaßnahmen, die von deinen Gegnern getroffen werden. Deshalb gehst du nicht auf die Bemerkung deines Begleiters ein.

Ein paar Roboter erscheinen an der Kaimauer. Es sind plump aussehende Automaten, die sich jedoch außerordentlich geschickt bewegen. Sie bauen ein Gestell auf, auf dem ein Behälter ruht. Du wirst den Verdacht nicht los, daß du in diesem Kasten abtransportiert werden sollst. Die Roboter bestehen aus einem kugelförmigen Körperteil und einem zylinderförmigen Körperteil. Beide Teile sind durch acht elastische Stäbe verbunden. In der Mitte des Körperteils ist ein Drehkranz mit Arbeitsgeräten befestigt. Beine sind nicht zu sehen. Die Roboter schweben hin und her, wobei sie abrupt abstoppen und die Richtung ändern können.

»Was machen die Automaten?« fragte Cy verwirrt.

Du weißt keine Antwort darauf. Deine Vermutung willst du dem Knöchernen nicht mitteilen.

Das Cappin-Fragment in deinem Gesicht gibt schwache Lebenszeichen von sich, das erste Mal seit jenem seltsamen Transmittersprung durch das HIK-Feld, der dich hierher geführt hat. Vielleicht wird es durch unbekannte Energiestrahlung aktiviert.

Erstaunlicherweise bist du noch immer im Besitz deiner Waffen und deiner gesamten übrigen Ausrüstung. Obwohl nichts davon funktioniert, hätte es dich nicht erstaunt, wenn man es dir abgenommen hätte.

Du bist entschlossen, jede noch so winzige Chance zu nutzen. Es ist ein gutes Zeichen, daß bisher kein Versuch gemacht wurde, dich oder den Knöchernen zu töten. Das beweist, daß man andere Pläne mit dir hat.

Cy befürchtet Verhöre schlimmster Art. Dieser Verdacht scheint begründet zu sein. Du bist ein Fremder auf dieser Welt; daher ist es nicht erstaunlich, wenn man erfahren möchte, wer du bist und woher du kommst.

»Ich bin Alaska Saedelaere«, wirst du ihnen sagen, wenn sie dich danach fragen sollten, »der Mann mit der Maske.«

»Was trägst du unter dieser Maske?«

Du wirst sie anlächeln und deine Maske abnehmen. Sie werden dein Lächeln nicht sehen, aber die Strahlung des Cappin-Fragments wird ihnen den Wahnsinn und den Tod bringen.

Konasco-Cy beobachtete ohne große Erleichterung, wie der Schutzschirm um die AINORAQUA plötzlich erlosch. Die Roboter schwebten zum Schiff herüber und umringten ihn und den Terraner. Auch bewaffnete Lacoons kamen an Bord. Unwillkürlich griff Cy nach seiner Pistole. Er rechnete damit, daß sie jetzt wieder funktionierte.

Obwohl ihn niemand berührte, empfand er einen heftigen Schlag gegen den Kopf und stürzte zu Boden. Verblüfft blickte er sich um. Wahrscheinlich war er mit einer unbekannten Waffe angegriffen worden.

Als er sich langsam wieder aufrichtete, streckte er beide Hände demonstrativ von sich. Einer der Lacoons trat auf ihn zu und nahm ihm die schwere Pistole ab.

Alaska mußte seinen Waffengürtel abschnallen, durfte aber seine übrige Ausrüstung behalten. Der Knöcherne war erleichtert. Sie konnten sich wenigstens weiterhin unterhalten.

»Wir müssen auf jede Gegenwehr verzichten«, ermahnte ihn Alaska Saedelaere. »Warten wir ab, wohin uns die Schlangenköpfe bringen.«

Sie wurden vom Schiff gestoßen und auf das Gestell zugetrieben, das die Roboter errichtet hatten. Sie wurden gezwungen, in den Metallkasten zu klettern, der innerhalb des Gestells aufgehängt war. Er war gerade groß genug, um ihnen beiden Platz zu bieten.

»Ich habe noch ein paar Waffen in meinem Schutzanzug versteckt«, eröffnete Saedelaere seinem Verbündeten.

Konasco-Cy war sofort bereit, einen Ausbruchsversuch zu riskieren, aber Saedelaere dämpfte die Entschlossenheit des Knöchernen.

»Jeder Angriff auf die Lacoons zum jetzigen Zeitpunkt wäre Selbstmord. Sie würden uns überwältigen und mir alles abnehmen, was ich noch bei mir trage. Nein, wir müssen einen geeigneten Moment abwarten.«

Cy bezweifelte, daß sie noch einmal eine bessere Chance erhalten würden.

Der Deckel des Kastens schloß sich über ihnen. Wenig später spürten sie eine ruckartige Bewegung. Anscheinend hob das Gestell vom Boden ab. Im Innern des Kastens war es vollkommen dunkel. Vergeblich versuchte Cy, den Deckel anzuheben.

»Eine ziemlich umständliche Transportmethode«, sagte Alaska. »Aber unsere Gegner werden ihre Gründe haben.«

Einen der Gründe glaubte er wenig später zu erkennen, als sie von einer übelriechenden Flüssigkeit übersprüht wurden.

»Will man uns ertränken?« rief Cy alarmiert.

»Bestimmt nicht«, gab Saedelaere zurück. »Wir werden mit diesem Zeug für irgend etwas präpariert. Vielleicht auch nur desinfiziert.«

Winzige Tropfen der Flüssigkeit schienen sich in seiner Nase, seinen Ohren und in seinem Rachen festzusetzen. Danach begannen Vibrationen den Kasten zu durchlaufen, die sich auf seinen Körper übertrugen.

Er kontrollierte sein Bewußtsein, fand es unverändert und nahm die Erschütterungen gelassen hin.

Als die Vibrationen nachließen, war auch die Flüssigkeit innerhalb des Kastens getrocknet. Das seltsame Gestell flog jetzt verhältnismäßig ruhig dahin.

Alaska schätzte, daß sie eine halbe Stunde unterwegs waren, als das Gestell schließlich aufsetzte. Es war vollkommen still.

Der Knöcherne bewegte sich behutsam, um Alaska nicht zu verletzen. Seine harten Gelenke knackten.

»Wir sind gelandet, Terraner.«

»Ja«, bestätigte Alaska. »Wahrscheinlich befinden wir uns jetzt in unmittelbarer Nähe des Götzen.«

Vom Knöchernen kam ein Ausruf des Erschreckens. »Irrst du dich auch nicht?«

»Es ist nur logisch«, meinte der Transmittergeschädigte. »Ich kann mir nur einen Grund dafür vorstellen, daß man uns nicht getötet hat: Der Götze will uns sehen und eventuell verhören.«

»Vielleicht sieht er uns bereits, ohne daß wir ihn erkennen können«, sagte Konasco-Cy mit zitternder Stimme.

»Das wäre denkbar, ist aber kein Grund, ihn mehr zu fürchten als zuvor.« Alaska versuchte, seine innere Ruhe auf seinen Begleiter zu übertragen, denn er wußte, daß sie sich nur aus dieser gefährlichen Situation befreien konnten, wenn sie nicht in Panik verfielen. »Alles, was uns hier begegnen wird, läßt sich mit Mitteln der Wissenschaft erklären.«

Der Knöcherne schien nicht überzeugt zu sein. Er schwieg zu Alaskas Ausführungen.

Die Zeit verging, ohne daß etwas geschah.

Alaska registrierte, daß sein Cappin-Fragment allmählich zu seiner ursprünglichen Aktivität zurückfand. Aus Mund- und Augenschlitzen der Maske fiel Licht in das Kasteninnere. Alaska nahm an, daß der Organklumpen sich vom Transmittersprung erholt hatte.

Plötzlich ertönte ein Klicken. Einer inneren Eingebung folgend, drückte Alaska mit beiden Händen gegen den Kastendeckel. Er ließ sich mühelos hochklappen. Blendend helles Licht fiel herein. Unter der Decke eines großen Raumes sah Alaska eine künstliche Sonne hängen. Er richtete sich auf und blickte in einen Raum mit hellgrauen Wänden und glattem Boden.

In der Mitte des Raumes stand eine Säule. Alaska sah sie nicht zum erstenmal. Die Erinnerung drohte ihn zu übermannen. Auf Gevonia hatte er diese Säule schon einmal gesehen.

Alaska richtete sich auf und stand breitbeinig im Kasten. Erst jetzt erhob sich auch Konasco-Cy und rieb sich geblendet die Augen. Die Säule warf keinen Schatten.

Die Ahnung universeller Zusammenhänge rührte an Alaskas Innerstem und ließ ihn erbeben. Es konnte kein Zufall sein, daß sich diese Säule hier befand, innerhalb des Schwarms.

Dann zog sich alles in ihm zusammen, sein Schädel drohte zu zerspringen: Hinter der Säule trat ein blindes, mageres Mädchen hervor, dessen blasses Gesicht von schwarzen Haaren umrahmt wurde – Kytoma!

19.

Tief in deinem Innern hast du mit diesem Zusammentreffen gerechnet, Kytoma hatte es dir prophezeit. Du schaust vom Kasten auf sie hinab und weißt, daß sie dich trotz ihrer toten Augen sofort bemerkt und erkannt hat.

»Kytoma!« hörst du dich stoßweise sagen. »Wie kommst du hierher?«

Ihre Arme bewegen sich wie zitternde Flügel, als sie auf die Säule deutet.

»Ich brachte sie in den Schwarm zurück, an ihren Platz.«

Du ahnst Zusammenhänge, verstehst aber nichts. Alles, was du begreifst, ist die nüchterne Tatsache, daß dieses Mädchen in der Lage war, die Säule und sich hierher zu bringen.

»Und jetzt?« flüstern deine trockenen Lippen. »Was ist jetzt?«

»Ich bin die Gefangene Cryt Y'Torymonas«, gesteht sie. »Ich habe ihn im Spiel geschlagen, deshalb darf er mich nicht töten. Die Säule kann er sowieso nicht vernichten. Er hält mich in diesem Raum gefangen, aber es geht mir gut. Ich muß noch warten.«

»Warten? Worauf?«

»Der Schwarm hat seine ehemalige Funktion verloren«, klagt das Mädchen, »er wird von bösartigen und mächtigen Wesen beherrscht. Dabei war früher alles ganz anders.«

Sie spricht, als wäre sie früher (wann immer das war) schon dabei gewesen, als kenne sie alle Geheimnisse des Schwarms.

Du kletterst aus dem Kasten und gehst langsam auf sie zu. »Erkläre mir alles!« rufst du ihr zu.

»Du würdest mich entweder nicht verstehen oder mir nicht glauben«, sagt sie traurig. »Aber es sieht so aus, als wäre dein Weg vorgezeichnet, als würden wir uns immer wieder begegnen. Dein Volk spielt eine besondere Rolle. Es ist meine große Hoffnung.«

Du schluckst hörbar. Was bedeuten ihre Worte?

Plötzlich gleitet eine Wand aus dem Boden, die das Mädchen und dich trennt. Du wirfst dich dagegen, aber sie besteht aus Metall. Du willst über sie hinwegklettern, aber sie gewinnt schneller an Höhe, als du reagieren kannst.

Noch einmal hörst du die Stimme des Mädchens.

»Er wird mit dir spielen. Du kannst ihn besiegen. Du besitzt die Kraft dazu, aber es wird dich ein großes Opfer kosten.«

Zum Schluß ist ihre Stimme kaum noch zu hören. Lautlos drückt sich die Zwischenwand gegen die Decke. Jetzt kannst du weder das Mädchen noch die Säule sehen. Sie befinden sich auf der anderen Seite des Raumes.

Der Knöcherne tritt an deine Seite. »Was bedeutet das alles?« fragt er verständnislos. Er beobachtet dich mißtrauisch.

Du bist noch wie benommen, deshalb bist du nicht fähig, ihm zu antworten. Du vernimmst ein Geräusch hinter dir. Als du herumfährst, siehst du, daß sich im Hintergrund eine Tür geöffnet hat. Es ist niemand zu sehen.

»Du wartest hier«, sagst du zu Konasco-Cy. »Ich werde durch diese Tür gehen. Wahrscheinlich führt mich mein Weg direkt zum Götzen.«

Erstaunlicherweise widerspricht der Knöcherne nicht. Er scheint zu ahnen, daß er zu einem Zuschauer geworden ist.

Die offene Tür ist die Herausforderung des Götzen an dich. Irgendwo auf Nimquo wartet er auf dich. Er scheint seiner Sache sicher zu sein, sonst würde er dir mit größerer Vorsicht begegnen. Du weißt nicht genau, welche Fähigkeiten er besitzt, aber er wurde offenbar bisher nur von diesem seltsamen Mädchen besiegt, das trotz allem seine Gefangene zu sein scheint.

Warum befreit sie sich nicht aus dieser Gefangenschaft, wenn sie die Kraft hatte, zusammen mit der Säule von Gevonia aus hierher zu kommen? Bleibt sie freiwillig hier, weil, wie sie sagte, der Platz der Säule hier ist?

Du trittst durch die Tür. Vor dir liegt ein langer Gang, an dessen Ende dich wieder eine offene Tür erwartet. Das Cappin-Fragment bewegt sich immer heftiger.

Cryt Y'Torymona hatte sich hinter dem Silberschild verborgen, als der Fremde hereinkam. Der Götze hielt den Soccostab in den Händen. Die Kreatur, die den Lacoons soviel Schwierigkeiten bereitet hatte, blieb unmittelbar vor dem Eingang stehen, als wäre sie sich darüber im klaren, daß sie ihr Ziel erreicht hatte. Cryt Y'Torymona, der im Verlauf seines Lebens ein sicheres Gespür für Gefahren aller Art entwickelt hatte, richtete sich auf. Dieses Wesen war nicht ungefährlich. Es war weder mit einem Grelsen noch mit einem Lacoon zu vergleichen.

Der Götze ließ den Übersetzungsroboter von der Decke herabschweben. »Ich begrüße dich«, sagte er, obwohl der Automat diese Worte jetzt noch nicht übersetzen konnte.

Zu seiner Überraschung hob der Unbekannte ein kleines Gerät hoch, das er am Gürtel trug. Er sprach hinein, und der Translator sagte in der Sprache des Volkes von Gedynker Crocq: »Ich nehme an, daß ich mich nicht allein in diesem Raum befinde und daß alle, die mich beobachten, diese Sprache verstehen können.«

Cryt Y'Torymona war so zornig, als hätte er eine Niederlage erlitten. Trotzdem schaltete er den Übertragungsroboter ab. Der Fremde würde seinen Hochmut schnell verlieren.

»Komm näher!« forderte er den Ankömmling auf und bediente sich jetzt ebenfalls der Sprache der Knöchernen. »Ich will dich aus der Nähe betrachten.«

Er sah jetzt, daß das Gesicht des Fremden bedeckt war. In der Gesichtsmaske des Wesens befanden sich ein paar Schlitze, hinter denen es geheimnisvoll leuchtete.

Die Kreatur kam selbstbewußt auf ihn zu, so daß Cryt Y'Torymona einen Augenblick glaubte, daß sie ihn sehen konnte. Doch das war unmöglich, der Fremde orientierte sich anhand der Geräusche, die der Götze verursachte.

»Bist du dir darüber im klaren, wo du dich befindest?« fragte Cryt Y'Torymona.

»Ungefähr«, lautete die Antwort.

»Lebt dein Volk innerhalb des Schwarms?«

»Nein.«

So schnell, daß dem Gefangenen keine Zeit zu einer Reaktion blieb, stieß Cryt Y'Torymona den Soccostab durch den Silberschild und berührte den Fremden damit an den Beinen.

Der Schutzanzug des Wesens verschmorte bis zu den Schenkeln hinauf. Sein Träger schrie vor Schmerzen auf.

»Ich wiederhole meine Frage«, sagte Cryt Y'Torymona befriedigt. »Lebt dein Volk innerhalb des Schwarms?«

Diesmal war der Fremde vorsichtiger. Er ließ sich mit der Antwort Zeit.

»Nur ein Teil meines Volkes lebt innerhalb des Schwarms«, sagte er schließlich.

Der Götze beschloß, diese Antwort zunächst zu akzeptieren. Um sein Opfer noch mehr zu verwirren, machte er den Silberschild einen Augenblick transparent, so daß es ihn sehen konnte. Doch der Unbekannte zeigte keine besondere Reaktion.

»Wie nennst du dich?« wollte Cryt Y'Torymona wissen.

»Alaska Saedelaere.«

»Was treibt dein Volk innerhalb des Schwarms?«

»Wir sind hier, um unsere Galaxis zu verteidigen«, antwortete das

Wesen. »Wir wollen nicht zulassen, daß der Schwarm quer durch unsere Galaxis zieht und dabei Tod und Verderben bereitet.«

Der Soccostab schnellte nach vorn, doch Saedelaere brachte sich mit einer blitzschnellen Drehung außer Reichweite. Der Schwarmgötze registrierte es mit widerwilliger Bewunderung. Er entschloß sich, auf ein Spiel mit dem Unbekannten zu verzichten. Das konnte gefährlich werden. Im Augenblick war die Lage innerhalb des Schwarms zu verworren, als daß er sich auf ein kompliziertes Spiel hätte konzentrieren können. Die Karties mußten nach draußen gebracht werden. Außerdem galt es, die Fremden, die in den Schwarm eingedrungen waren, wieder daraus zu vertreiben.

»Saedelaere«, sagte er ruhig. »Ich kann dein Leben nicht verlängern. Du mußt sofort sterben.«

Der Gefangene blickte sich um, als wollte er sich seine Umgebung genau einprägen.

»Es ist bedauerlich, daß du mich töten willst«, sagte er. »Ich hätte gern mehr über dich und über Nimquo erfahren.«

»Einem Toten nutzt Wissen wenig.«

»Ich hätte auch dir Wissen vermitteln können«, behauptete Saedelaere. »Vielleicht hätte es dich interessiert, Einzelheiten über unsere Angriffspläne zu erfahren.«

Der Götze lachte auf. »Alles Wissen, was sich in deinem Gehirn befindet, wurde längst registriert. Die Daten, die wir bekommen haben, werden jetzt ausgewertet.«

Zum erstenmal geriet der Unbekannte außer Fassung. »Wie ist das möglich?« fragte er verblüfft.

Der Götze ließ den Silberschild transparent werden und deutete mit dem Soccostab auf die im Hintergrund des Raumes stehenden Maschinen.

»Deine gesamten Gehirnströmungen werden aufgezeichnet. Wir besitzen ein genaues Muster deines Gehirns.«

Der Gefangene schüttelte den Kopf.

»Das genügt nicht. Damit kannst du bestenfalls feststellen, was mich im Augenblick beschäftigt. Du wirst jedoch nicht herausfinden, was in meinem Gehirn gespeichert ist.«

»Du täuschst dich«, sagte Cryt Y'Torymona überlegen. »Ein einziger aufgezeichneter Impuls genügt bereits, denn er resultiert aus der Summe deines Wissens und deiner Erfahrungen. Von einem einzigen Impuls aus können wir die Entwicklung deines Wissens zurückverfolgen. Das, was wir jetzt aufzeichnen, ist die Spitze eines Datenbergs. Wir brauchen von dieser Spitze aus nur langsam nach unten zu forschen, um *alles* zu erfahren.«

Er beobachtete den Fremden, der über diese Ausführungen nachzudenken schien und sie nur widerwillig akzeptierte.

»Ich habe noch eine Überraschung für dich«, fuhr der Götze fort. »Kein Wesen kann mir in irgendeiner Phase gefährlich werden, denn ich besitze eine mächtige Waffe. Allein mit der Kraft meines Geistes kann ich jeden Gegenstand und jedes Lebewesen entstofflichen und in die Dakkarzone schleudern. Genau das habe ich mit dir vor.«

Du bist wie benommen. Alles, was du erlebst, scheint ein schrecklicher Traum zu sein. Schon allein dieser unwirkliche Raum mit seiner lebenden Decke und dem vibrierenden Boden ist nur schwer als Realität zu akzeptieren. Er ist schlimmer als eine Gruft. Der Götze, den du in all seiner Häßlichkeit bereits zweimal kurz gesehen hast, kauert hinter einer silbernen Scheibe, die aus reiner Energie zu bestehen scheint.

Wenn es stimmt, daß dein gesamtes Wissen im Besitz dieses Wesens ist, gibt es für die MARCO POLO innerhalb des Schwarms keine Sicherheit mehr. Nicht nur das: Die Herren des Schwarms werden veranlassen, daß die Erde angegriffen und vernichtet wird, denn die Terraner sind die einzigen Gegner, die den Götzen zum gegenwärtigen Zeitpunkt gefährlich werden können.

Dein Verstand weigert sich, anzuerkennen, was deine Augen sehen.

»Du kannst ihn besiegen!« *Du erinnerst dich an Kytomas Stimme.* »Du besitzt die Kraft dazu, aber du mußt ein großes Opfer bringen.«

Es ist dir unmöglich, dich auf einen Gedanken zu konzentrieren. Was wollte das Mädchen sagen? Warum gab sie dir keinen besseren Hinweis?

Hinter dem Silberschild bleibt es jetzt still. Der Götze von Gepla II beginnt sein Vorhaben zu verwirklichen, dessen bist du sicher. Wahrscheinlich hat er nicht geprahlt, als er von seiner schrecklichen Fähigkeit sprach.

Das HIK-Feld, mit dessen Hilfe die vier Lacoons und du von Bord der MARCO POLO entführt wurden, kann nur technischen Ursprungs gewesen sein. Das Wesen hinter dem Silberschild jedoch ist in der Lage, ein solches HIK-Feld mit psionischer Energie aufzubauen und jeden beliebigen Gegenstand in die Sextadimdakkarzone abzustrahlen.

Das also ist das Ende!

In diesem Augenblick beginnt das Cappin-Fragment zu toben. Es erahnt offenbar, was bevorsteht.

Deine Gedanken verlieren sich. Tief in deinem Innern flüstert eine Stimme. Andere Gedanken strömen wie lautlose Flügelschläge auf dich ein. Du spürst einen Pulsschlag; es ist der Rhythmus der Zeit, in die du auf geheimnisvolle Weise eingebettet bist. Du glaubst, einer großen Wahrheit sehr nahe zu sein, vor deinem geistigen Auge fügt sich ein Mosaik harmonisch zusammen.

Deine Gesichtsmuskeln zucken, sie verkrampfen sich zu einem Lächeln. Es ist Jahre her, seit du dieses Gefühl zum letztenmal empfunden hast.

Die Maske rutscht von deinem Gesicht, sie hat plötzlich keinen Halt mehr. Und dann begreifst du erschüttert, was geschehen ist: Das Cappin-Fragment ist verschwunden!

Alles, was sich in deinem Innern zusammengeballt hat, löst sich in einem wilden Aufschrei. Dann sinkst du schluchzend zu Boden. Du reißt dir die Maske endgültig vom Gesicht und wälzt dich lachend und schreiend hin und her. Deine Hände tasten über die Wangen, Lippen, Nase und Augenbrauen.

Du fühlst es! Du fühlst dein Gesicht. Es ist frei! Das Cappin-Fragment ist verschwunden!

Saedelaere taumelte auf die Beine. Erst jetzt dachte er wieder an den Götzen. Die Gefahr war noch nicht vorüber. Jetzt, da er das Cappin-Fragment verloren hatte, fühlte Alaska einen unüberwindlichen Lebenswillen.

Endlich hatte er seine Freiheit, nach der er sich seit Jahren sehnte, endlich konnte er wieder Alaska Saedelaere sein – und nicht der geheimnisvolle Mann mit der Maske.

Er gab sich einen Ruck. Zunächst mußte er feststellen, was geschehen war. Er hörte den Dämon leise stöhnen. Der Plan des Ungeheuers hatte sich aus irgendeinem Grund nicht verwirklichen lassen. Alaska vermutete, daß das heftig strahlende Cappin-Fragment die gesamte Energie des organischen HIK-Feldes absorbiert hatte und *allein* in die Sextadimdakkarzone geschleudert worden war.

»Ich lebe noch!« schrie er in Richtung des Silberschilds. »Und ich werde jetzt kämpfen.«

Er riß den Brustteil seines Schutzanzugs auf und zog den winzigen Energienadler aus dem Futteral. Es war eine Pistole mit einer Mikrobatterie, die kleine, aber starke Magnetfelder erzeugte, von denen dünne, giftgefüllte Hohlnadeln abgefeuert werden konnten. Nachträglich empfand Alaska Erleichterung darüber, daß die Lacoons ihm nur den Waffengürtel abgenommen hatten. Der Götze hatte im Bewußtsein seiner Überlegenheit darauf verzichtet, ihn noch einmal zu untersuchen.

Wieder hörte er ihn stöhnen. Das Wesen, das aufgrund seines Aussehens nur ein Insektenabkömmling sein konnte, war aus irgendwelchen Gründen kampfunfähig.

Alaska hob den Energienadler und wollte hinter den Silberschild stürmen.

Da sah er es hinter der glänzenden Scheibe aufleuchten und blieb abrupt stehen. Er kannte dieses Blitzen. Es war charakteristisch.

Nur das Cappin-Fragment gab solche Lichtreflexe von sich.

Das bedeutete, daß der Organklumpen sich nicht irgendwo im Hyperraum befand, sondern auf der anderen Seite der silbernen Scheibe. Am Kopf des Götzen!

Der riesige Kugelschädel des Götzen leuchtet in allen Farben des Spektrums. Nur du, der du dieses Cappin-Fragment schon jahrelang getragen hast, bist immun gegen diesen Anblick und kannst ihn ertragen. Du stehst erschüttert vor dem sich am Boden wälzenden Cryt Y'Torymona, der unartikulierte Laute von sich gibt. Nur allmählich begreifst du, was geschehen ist. Schon einmal an Bord der MARCO POLO, hat sich gezeigt, wie gierig das Cappin-Fragment auf die Energie eines HIK-Feldes ist. Diesmal erzeugte der Götze ein solches Energiefeld. Der cappinsche Organklumpen wechselte sofort auf den angenehmeren Träger über.

Der Schock, plötzlich das Cappin-Fragment zu tragen, war zuviel für Cryt Y'Torymona.

Du weißt, daß das Cappin-Fragment dir das Leben gerettet hat.

Du hebst die Waffe und zielst sorgfältig. Die einmalige Chance, dieses Ungeheuer zu vernichten, wirst du dir nicht entgehen lassen. Du tötest nicht nur das Wesen, das dich umbringen wird, sobald es wieder bei Verstand ist, sondern du tötest den einzigen Schwarmbewohner, der seit wenigen Minuten genau über die MARCO POLO und Terra informiert ist. Schon allein, um ihn an der Weitergabe dieses Wissens zu hindern, mußt du Cryt Y'Torymona erschießen.

Denn die Erde wäre verloren, wenn die Herrscher des Schwarms genau wüßten, welches Sonnensystem sie angreifen müssen, um alle Schwierigkeiten aus dem Weg zu räumen.

Als dein Finger sich jedoch um den Abzug krümmt, zögerst du. Dir wird bewußt, daß das Cappin-Fragment in dem Augenblick in dein Gesicht zurückkehren wird, da Cryt Y'Torymona stirbt.

In einer Wand des Spielraumes war eine polierte Wand eingelassen. Vor der spiegelnden Fläche stand Alaska Saedelaere und betrachtete das Gesicht, das sein eigenes war und das er fast vergessen hatte. Er sah die feinen Linien um die Augen, die hervorstehenden Wangenknochen, die drei steilen Falten in der Stirn und die tiefe Kerbe unter dem Mund.

Seit einer Stunde stand Alaska vor der polierten Metallfläche und beobachtete sein Gesicht. Im Hintergrund des Raumes wälzte sich noch immer der Götze am Boden hin und her.

»Ich habe ein Recht auf dieses Gesicht«, sagte Saedelaere. »Wie jeder andere Mensch habe ich ein Recht darauf.«

Er hörte, daß die Bewegungen des Ungeheuers langsamer wurden, allmählich begann es sich an das Cappin-Fragment zu gewöhnen. In ein paar Minuten würde Cryt Y'Torymona bereits in der Lage sein, irgendwelche Entscheidungen zu treffen.

Es wurde Zeit, daß Alaska Saedelaere floh.

Noch einmal sah er in die spiegelnde Metallwand. Er würde dieses Gesicht nicht wieder aufgeben. Zu lange hatte er darauf verzichten müssen.

Du weißt, daß dir niemand diese Entscheidung abnehmen kann. Du fühlst dich in diesem Augenblick einsamer als jemals zuvor. Die Entscheidung muß innerhalb der nächsten Minute fallen. Entweder tötest du Cryt Y'Torymona und nimmst das Cappin-Fragment wieder auf dich, oder du versuchst zusammen mit Konasco-Cy zu fliehen, solange der Götze noch benommen ist.

Wenn du den Götzen nicht tötest, brauchst du eine Rückkehr des Organklumpens nicht zu fürchten, aber es würde erhöhte Gefahr für die MARCO POLO und die gesamte Menschheit bestehen. Niemand würde dir bei deiner Rückkehr einen Vorwurf machen, sie würden dich verstehen und sich mit dir freuen.

Du stehst jetzt genau in der Mitte zwischen dem Götzen und der spiegelnden Metallfläche. Du triffst deine Entscheidung.

Konasco-Cy sah Alaska Saedelaere durch die Tür kommen, durch die er vor ein paar Stunden den Raum verlassen hatte. Der Terraner hielt eine Waffe in der Hand.

»Schnell!« rief er. »Wir müssen fliehen, solange noch Zeit dazu ist.«

Der Knöcherne begriff nicht, was geschehen war. Wieso war der Terraner zurückgekommen? Hatte er den Götzen etwa besiegt?

Mit einer Waffe, die der Knöcherne zuvor niemals bei seinem Verbündeten gesehen hatte, brannte der Terraner eine metergroße Öffnung in die Wand.

»Kennst du den Weg zum Raumhafen?«

»Nein«, sagte Cy. »Aber es wird nicht schwer sein, ihn zu finden.«

Saedelaere nickte grimmig. »Wir müssen die Lacoons ablenken.« Er griff in eine Brusttasche seines Schutzanzugs und zog ein paar Mikrobomben hervor, die er auf den Boden legte.

»Schnell jetzt!« befahl er. »Sie werden in ein paar Minuten detonieren. Dann müssen wir aus dem Gefahrenbereich sein. Die Explosionen werden die Lacoons ablenken. Sie werden uns zunächst nur in dem Gebäude suchen. Bis sie herausfinden, daß wir geflohen sind, müssen wir den Raumhafen erreicht haben. Bist du sicher, daß wir dort ein Schiff deines Volkes finden werden?«

»Ich weiß es nicht«, gestand der Knöcherne. »Aber es müßte eines dort sein.«

Sie zwängten sich durch die gewaltsam geschaffene Öffnung. Als sie bereits durch den anschließenden Korridor rannten, blieb Alaska plötzlich stehen.

»Kytoma!« rief er entsetzt. »Sie könnte durch die Bomben in Gefahr geraten. Ich habe nicht daran gedacht.« Verzweifelt schaute er in den Gang zurück.

»Wir müssen weiter!« drängte Cy.

»Vielleicht wird sie durch die Zwischenwand gerettet«, meinte Alaska hoffnungsvoll.

Die beiden rannten weiter. Am Ende des Ganges tauchte eine Gruppe Lacoons auf. Die schlangenköpfigen Wesen stießen sofort ihren Kriegsruf aus und stürmten den Fliehenden entgegen. Alaska schaltete seinen Paratronschirm ein und eröffnete das Feuer. Konasco-Cy blieb dicht hinter ihm.

In diesem Augenblick detonierten die Bomben im Gefängnisraum. Eine Stichflamme zuckte durch den Raum. Der Donner der rasch aufeinanderfolgenden Explosionen machte Saedelaere taub. Die Lacoons ergriffen die Flucht.

»Wir folgen ihnen!« schrie Alaska, obwohl er sicher war, daß sein Begleiter ihn nicht verstehen konnte.

Sie sprangen über die tot oder verletzt im Gang liegenden Lacoons hinweg. Alaska war sicher, daß die restlichen Gegner, die sich in kopfloser Flucht zurückzogen, dem Ausgang entgegenstrebten. Inzwischen würden sich andere Lacoon-Gruppen dem Explosionsherd nähern, um die Ursache zu ergründen. Das war Alaska nur recht. Das Chaos konnte überhaupt nicht groß genug sein.

Dann verloren sie die fliehenden Lacoons aus den Augen. Sie mußten in irgendeinem der zahlreichen Seitengänge verschwunden sein.

Alaska traf eine blitzschnelle Entscheidung. »Wir bleiben im Hauptkorridor!«

Wenig später gelangten sie in einen riesigen Schaltraum. Zwei Lacoons und ein Knöcherner hielten sich dort auf. Cy rief dem Knöchernen etwas zu, worauf dieser sofort eine Waffe zog und die beiden Lacoons erschoß. Dann warf er Konasco-Cy seine Waffe zu.

»Er wird sagen, daß wir die Soldaten erschossen haben«, sagte Cy atemlos und machte die Waffe schußbereit. »Der Ausgang liegt in unmittelbarer Nähe.«

Sie ließen sich den Weg zum Raumhafen erklären, der nach Aussagen des unbekannten Knöchernen nur zwei oder drei Meilen entfernt sein konnte.

»Ein kleines Schiff meines Volkes befindet sich dort«, sagte Konasco-Cy erleichtert. »Es sieht so aus, als würdest du mir weiterhin Glück bringen.«

»Glück?« wiederholte Alaska. »Was ist das?«

Als sie den Raumhafen fast erreicht hatten, wurden sie von einer Gruppe Lacoons überfallen, und Konasco-Cy erhielt einen Brustschuß. Er verbiß jedoch die Schmerzen und klammerte sich an Alaska fest, der sein Energieaggregat eingeschaltet hatte und dicht über den Gebäuden dahinflog.

Die Lacoons schwärmten aus, um ihnen den Weg abzuschneiden. Alaska setzte seine letzten Mikrobomben ein und verschaffte ihnen auf diese Weise den Vorsprung, um das kleine Schiff der Knöchernen zu erreichen.

Er schleppte Cy ins Innere und legte ihn auf einen Sitz vor den Kontrollen. Durch die offene Schleuse drang das Geheul der heranstürmenden Lacoons.

»Schnell!« rief Saedelaere. »Wir müssen starten, sonst sind wir verloren.«

Der Knöcherne bewegte sich unglaublich langsam. Er war fast besinnungslos.

»Du mußt es schaffen!« rief ihm Alaska zu.

Die knochigen Hände berührten ein paar Schalter. Die Schleuse glitt zu. Auf den aufblitzenden Bildschirmen sah Alaska einige Gleiter unmittelbar neben dem Raumschiff landen.

In diesem Augenblick hob das kleine Schiff vom Boden ab und raste himmelwärts. Die mächtigen Strahlenfinger der Geschütze von Nimquo erreichten es nicht mehr.

»Sie werden uns eine Kampfflotte nachschicken!« sagte Alaska. »Ich befürchte, daß alles umsonst war.«

Doch wenig später empfingen sie die Funkimpulse eines großen Raumschiffes.

»Die MARCO POLO!« schrie Saedelaere überrascht. »Sie befindet sich in unmittelbarer Nähe. Das ist unsere Rettung.«

Auf den Bildschirmen der Raumortung zeichneten sich kleine Lichtpunkte ab: Die Verfolgerflotte war in diesem Augenblick von zahlreichen der insgesamt vierzehn Planeten gestartet.

»Ihr kommt zu spät!« sagte Saedelaere grimmig, als er die Umrisse der heranrasenden MARCO POLO auf dem großen Bildschirm sah. »Uns bekommt ihr nicht mehr.«

Er legte dem Knöchernen eine Hand auf die Schulter. Der Körper des Gefährten gab unter dem sanften Druck nach und kippte langsam aus dem Sitz.

Konasco-Cy war tot.

Sie bringen dich in die Krankenstation der MARCO POLO, wo du dich von den Strapazen erholen sollst. Aber du weißt, daß du keine Ruhe finden wirst. Längst ist die MARCO POLO aus dem System Intern Beta entkommen. Die Verfolgerflotte hat den Kontakt verloren.

Widerwillig läßt du dich auf ein Bett legen. Allmählich beginnst du deine Entscheidung zu bereuen.

Perry Rhodan tritt an dein Lager und blickt auf dich herab. Du wüßtest gern, was er von dir denkt.

»Sie brauchen Ruhe, Alaska«, sagt er. »Aber wir sind natürlich daran interessiert zu erfahren, was Ihnen auf dieser Welt widerfahren ist. Auf jeden Fall soll ich Ihnen im Namen Ihrer Freunde gratulieren und Ihnen ihre Erleichterung und ihre Freude übermitteln.«

Du nickst nur.

Nach einer Weile beginnst du zu sprechen. Rhodan wird immer ernster. Er versucht dich zu verstehen. Es wird ihm nicht gelingen.

Nach einiger Zeit bist du vom Sprechen so erschöpft, daß du den Kopf zurücksinken läßt.

Deine Hände greifen zum Kopf und rücken die Plastikmaske zurecht, unter der sich das Cappin-Fragment nach seinem zweiten Wechsel innerhalb kurzer Zeit allmählich zu beruhigen beginnt.

»Nun habt ihr es wieder«, hörst du dich sagen. »Euer Gespenst, den Mann mit der Maske.«

20.

Die Cynos
Bericht Tatcher a Hainu

Wir schrieben den 18. Juli 3442 Erdzeit, als ich zusammen mit Riev Kalowont, ebenfalls Mitglied des *Cyno Discovery Commands,* die INTERSOLAR in einer Space-Jet verließ, um ein Experiment im Weltraum anzustellen.

Glitzernd und gleißend dehnte sich vor uns der sogenannte Schmiegeschirm des Schwarms aus, scheinbar von Unendlichkeit zu Unendlichkeit reichend, ein schimmernder Moloch, der auf seinem Weg Planeten und Sonnen verschlang, Zivilisationen vernichtete oder ihre Angehörigen versklavte.

Von der INTERSOLAR aus war der Eindruck schon bedrohlich genug gewesen, aber von Bord unserer kleinen Jet aus, die wir Männer vom CYD-Kommando inoffiziell BUTTERFLY nannten, war er noch viel bedrohlicher. Ich hatte vor wenigen Sekunden mit dem Bremsmanöver begonnen. Vorher waren wir, wie die INTERSOLAR auch, kontinuierlich mit halber Lichtgeschwindigkeit in Richtung Nordwest der galaktischen Ebene geflogen – genau vor dem Kopf des Schwarms her.

Kurz vor dem Beginn des Bremsmanövers hatten die Meßinstrumente angezeigt, daß der Schwarmkopf sich uns näherte, während die INTERSOLAR sich mit gleicher Geschwindigkeit von uns entfernte. Beide Objekte behielten ihre Geschwindigkeit bei, während die BUTTERFLY immer langsamer wurde.

Als wir den Punkt im All erreicht hatten, von dem aus wir den Versuch anstellen sollten, war es genau 15.44 Uhr Standardzeit. Die INTERSOLAR stand als grüner Ortungsreflex auf unseren Schirmen. In exakt einer Minute würde Reginald Bull den Befehl geben, den Anti-Ortungsschirm des Ultrariesen zu aktivieren, und der Reflex würde verschwinden.

Riev Kalowont hatte nämlich am Hypertaster der Space-Jet einige Verbesserungen vorgenommen und behauptet, daß er durch ein neues Zusatzgerät die INTERSOLAR auch dann würde orten können, wenn sie sich im Schutz ihres Anti-Ortungsschirms befand. Diese kühne Behauptung zu beweisen, deshalb waren wir hier draußen.

Im stillen verfluchte ich ihn und seine Erfindung und wünschte mir heimlich, daß sie nicht funktionieren möge. Als dann der grünschimmernde Ortungsreflex der INTERSOLAR pünktlich um 15.45 Uhr erlosch, hielt ich dennoch den Atem an. Kalowont warf mir einen triumphierenden Blick zu, schaltete sein Zusatzgerät ein, und es geschah – nichts.

Es funktionierte nicht. Die INTERSOLAR blieb unsichtbar.

Ich wollte ihm einen ersten Trost spenden und sagen, wieviel schlimmer es gewesen wäre, wenn jetzt Commander Dalaimoc Rorvic bei uns in der Space-Jet gewesen wäre und uns mit seinen hämischen Kommentaren überschüttet hätte, als es geschah.

Ohne jede Vorwarnung brach eine riesige Flotte aus dem Schwarm und verschwand in einer einzigen Massentransition in den Tiefen der Galaxis. Es war für mich, als explodiere das Universum.

Als ich nach Minuten aus der Bewußtlosigkeit erwachte, lag Riev noch neben mir und begann sich auch eben erst zu rühren. Mühsam und unter Schmerzen kam ich auf meine Beine und erhielt von Max, wie wir unsere Positronik nannten, die Auskunft, daß sämtliche Strukturtaster der BUTTERFLY ausgefallen seien.

Der grünliche Reflex erschien wieder auf unseren Schirmen. Gleichzeitig meldete sich Reginald Bull und befahl die sofortige Rückkehr zur INTERSOLAR. Bevor ich bestätigen konnte, durchbrach der zweite Raumschiffspulk von innen den Schmiegeschirm, und abermals gelangten Tausende von Schwarmschiffen in die Milchstraße und gingen in Transition.

Nur der Tatsache, daß ich geistesgegenwärtig den Energieschirm der Space-Jet eingeschaltet hatte, verdankten Riev und ich es, daß es uns diesmal nicht ganz so schlimm erwischte.

Doch es reichte auch so. Kalowont entdeckte, daß sich am Positiv-Pol unseres Waring-Konverters ein unerklärlicher 5-D-Stromwirbel gebildet hatte. Bevor wir uns Gedanken darüber machen konnten, was das zu bedeuten hatte, erhielten wir Bulls Anruf und die Warnung vor einer dritten Flotte aus dem Schwarm. Ich konnte gerade noch den Defekt am Konverter melden, falls es sich überhaupt um einen solchen handelte.

Und wieder dachten wir, das Universum müsse zerplatzen und wir mit ihm. Ich fühlte mich mehr tot als lebendig, als ich den Antrieb für eine winzige Linearetappe einschaltete, die uns zur INTERSOLAR bringen sollte. Was dann geschah, konnten wir später nur rekapitulieren. Jedenfalls kamen wir direkt vor einer Mauer aus gleißendem Licht in den Linearraum zurück, und nur meine schnelle Reaktion bewahrte uns davor, in den Schmiegeschirm des Schwarms zu stürzen, vor dem wir unmittelbar materialisiert waren.

Ich betete, daß es mit der zweiten Linearetappe besser klappte, und als wir dann die INTERSOLAR nur fünfzig Kilometer vor uns sahen, fiel mir ein tonnenschwerer Stein vom Herzen.

Man schickte uns einen Traktorstrahl, sobald unsere Fahrt wieder jener des Schwarms und der INTERSOLAR angepaßt war. Eine halbe Stunde später schlossen sich hinter uns die Tore des Schleusenhangars.

Wir waren wieder zu Hause.

Leider traf unsere Ankunftszeit mit einer der wenigen Phasen zusammen, in denen CYD-Commander Rorvic nicht in Meditation versunken war.

Kaum hatte sich der Schleusenhangar mit Luft gefüllt, als das Mannschott aufglitt und Dalaimoc Rorvic seinen fetten Körper durch die Öffnung schob.

Riev und ich blieben neben dem Schiff stehen.

Er umkreiste die BUTTERFLY, wobei er jeden sichtbaren Quadratzentimeter kritisch musterte, dann hielt er vor uns an. Er betrachtete Riev und mich mit seinen roten Augen. Er erweckte beinahe den Eindruck, als blickte das eine Auge zu mir und das andere zu Kalowont.

»So«, grollte Rorvics tiefe Stimme. »Sie sind wohl froh, wieder an Bord zu sein?«

»Ja, Commander«, versicherte Riev Kalowont.

Dalaimoc verzog keine Miene. »Und Sie, Captain Hainu?« Wie meist, ließ er das »a« einfach weg, obwohl es zum Familiennamen gehörte.

»Seitdem ich Sie wiedergesehen habe, bin ich mir nicht mehr so sicher«, antwortete ich wahrheitsgemäß.

»Aha!« machte er. »Bei meinem Anblick erwachte also Ihr Gewissen, falls Sie überhaupt so etwas besitzen. Ihnen wurde klar, daß Sie durch Ihr irreguläres Verhalten das einzige Einsatzschiff des CYD-Kommandos fast völlig ruiniert haben.«

Ich spürte, wie ich vor Zorn errötete. Diesmal wollte ich dem anmaßenden fetten Albino richtig Bescheid sagen. Doch eine Rundrufdurchsage hinderte mich daran. Wir wurden aufgefordert, auf dem schnellsten Wege in die Kommandozentrale zu kommen.

Staatsmarschall Bull winkte uns zu sich an den Kartentisch, als wir die Zentrale betraten. Er nickte uns zu und sagte: »Fassen wir uns kurz, meine Herren. Sie, Captain a Hainu, hatten per Hyperkom einen Defekt am Linearkonverter Ihrer Space-Jet gemeldet.«

Ich nickte. »Ja, Sir. Es handelt sich um einen Fünf-D-Stromwirbel am Positiv-Pol. Er verstärkte sich während eines Notmanövers, so daß wir beinahe mit dem Schmiegeschirm des Schwarms kollidiert wären. Sonst ist alles in Ordnung, wenn man von den durchgeschlagenen Strukturtastern absieht.«

»Er hat das Schiff völlig ruiniert!« ereiferte sich Rorvic. »Man kann die BUTTERFLY vielleicht noch als Kinderspielzeug gebrauchen, aber nicht mehr für gefährliche Einsätze.«

»Es ändert sich also nichts«, knurrte Bull trocken. »Fein. Ich werde veranlassen, daß die Schäden unverzüglich behoben werden.«

Er rief die Reparaturabteilung über Interkom an und setzte einige Spezialroboter in Marsch. Danach wandte er sich wieder uns zu.

»Bevor Captain a Hainu und Leutnant Kalowont mir über ihre Experimente mit dem verbesserten Ortungsgerät berichten, will ich Sie über die neue Lage aufklären.«

Sein Gesicht wurde ernst.

»Wie Ihnen bekannt ist, haben drei große Flottenverbände den Schwarm verlassen und sich mit Massentransitionen tiefer in die Galaxis hineinbegeben. Was Sie nicht wissen dürften, ist, daß es sich um Verbände von vier- bis siebentausend Einheiten handelte. Ich habe alle fünfzig Beiboote der INTERSOLAR ausschleusen lassen. Sie sind mit zweimal fünfzehn und einmal zwanzig Einheiten den Schwarmverbänden gefolgt.«

Er schaltete den Kartentank ein und betätigte die elektronische Anzeige.

»Der erste Schwarmverband rematerialisierte in einem zweihundertvierzehn Lichtjahre entfernten Sonnensystem und flog den zweiten Planeten an. Es handelt sich hierbei um eine Welt ohne vernunftbegabte Intelligenzen, wenn auch mit üppiger Flora und Fauna. Der zweite Verband wandte sich einem dreihundertzwanzig Lichtjahre entfernten Sonnensystem zu und flog den dritten Planeten an, der von etwa sechshundert Millionen Intelligenzen bewohnt wird, die auf einer der terranischen Steinzeit vergleichbaren Entwicklungsstufe leben. Das alles wäre schon schlimm genug, doch leider kommt es noch schlimmer. Der dritte Zielplanet erwies sich nämlich als eine erdähnliche Welt, auf der zwei Milliarden Arkoniden-Nachkommen leben. Sie haben sich, nach einer längeren Phase der Barbarei, wieder entwickelt, treiben stellare Raumfahrt und sind sogar dabei, ein leistungsfähiges Überlichttriebwerk zu entwickeln.«

Ich hatte das Gefühl, als würde mein Herz von imaginären Händen zusammengepreßt.

»Haben unsere Korvetten festgestellt, ob auf allen drei Planeten Pilzschiffe der sogenannten Schwarminstallateure gelandet sind?« fragte ich mit tonloser Stimme.

Bull nickte. »Die Sekundäranpassung hat bereits begonnen.«

Ich schloß die Augen und versuchte, die Vorstellung des Grauens abzuschütteln, die sich mir aufdrängte. Wir alle wußten, was eine Sekundäranpassung bedeutete. Ihr ging stets eine Landung von riesigen Pilzraumschiffen an beiden Polen der betreffenden Welt voraus. Von diesen Pilzraumschiffen wurde die Sonne des Planeten angezapft und die abgezogene Energie dazu verwendet, die vorhandene Schwerkraft des Planeten auf genau 2,2156 Gravos zu erhöhen und die Lufttemperatur in Bodennähe bis auf 62,7134 Grad Celsius zu steigern.

»Können wir nicht wenigstens die von vernunftbegabten Intelligenzen bewohnten Welten retten?« fragte Riev Kalowont.

Der Staatsmarschall schüttelte resignierend den Kopf.

»Was könnten schon ein paar Korvetten gegen Tausende von Großraumschiffen ausrichten? Die Sekundäranpassung wird von starken Kampfverbänden und Trägerschiffen abgesichert.«

Er drückte eine Taste, als der Interkommelder summte. Die Funkzentrale meldete den Hyperkomanruf des Kommandeurs jenes Beiboots-Verbandes, der dem dritten Schwarmverband gefolgt war.

»Legen Sie das Gespräch zu mir um!« befahl Bull.

Gleich darauf erhellte sich der Bildschirm vor uns. Wir sahen das Gesicht eines Epsalers. Es wirkte verstört.

»Sir«, meldete er aufgeregt, »wir beobachten aus sicherer Entfernung die von Arkoniden-Nachkommen bewohnte Welt Urtaplan. Es ist grauenhaft, was durch die Sekundäranpassung hervorgerufen wird. Furchtbare Wirbelstürme haben die Städte verwüstet, Sturmfluten rasen über die Küstenebenen. Wir haben zahlreiche starke Vulkanausbrüche angemessen. Die polaren Eismassen beginnen zu schmelzen. In absehbarer Zeit werden alle planetaren Ebenen unter Wasser stehen. Wer bis dahin die erhöhte Schwerkraft und die grausamen Temperaturen überlebt hat, wird ertrinken. Sir, wir müssen etwas tun!«

Bull blieb unbewegt. »Wir können nichts tun«, sagte der Staatsmarschall. »Das wissen Sie ebenso gut wie ich. Sind bereits Wabenschiffe gelandet?«

»Ja, Sir.«

Bull nickte. »Die Gelben Eroberer müssen also wieder einmal ihrem Drang zur Teilung nachgeben.«

»Meine Männer sind verzweifelt und deprimiert, weil sie nichts tun können, um den Tod von zwei Milliarden Menschen zu verhindern«, sagte der Epsaler.

»Ich verstehe«, sagte Bull. »Ziehen Sie sich mit Ihrem Verband zur INTERSOLAR zurück.«

Nachdem der Offizier den Befehl bestätigt hatte, ließ der Staatsmarschall sich mit den Kommandeuren der beiden anderen Korvetten-Verbände verbinden und erteilte ihnen ebenfalls den Befehl zum Rückzug. Danach sah er uns prüfend an.

Nach einer Weile nickte er.

»Ich sehe, Sie verstehen, daß mir nichts anderes übrigblieb, als die Beiboote zurückzuholen.«

»Selbstverständlich«, sagte Rorvic. »Welchen Sinn sollte es haben, sie länger dort zu lassen?«

»Außerdem befürchte ich«, meinte Bull, »die Besatzungen könnten sich zu Kurzschlußhandlungen hinreißen lassen und die Schwarmverbände angreifen. Damit würden sie sich ernsthaft gefährden, ohne jemandem zu helfen.«

Er richtete seinen Blick auf mich.

»Captain a Hainu, Sie sprechen natürlich nachher Ihren Bericht. Vorher aber möchte ich noch erfahren, ob der Test positiv oder negativ ausgefallen ist.«

»Negativ, Sir«, antwortete ich. »Der Hypertaster unserer BUTTERFLY ist auch mit dem Zusatzgerät nicht in der Lage, den Anti-Ortungsschirm der INTERSOLAR zu überwinden.«

In meiner Kabine sprach ich den Bericht, schickte ihn ab und bestellte mir etwas zu essen. Nach der Mahlzeit kroch ich in meine Schlafzelle und war bald darauf eingeschlafen.

Als ich erwachte, stellte ich fest, daß ich rund zwölf Stunden geschlafen hatte. Ich duschte ausgiebig, ließ mich von der Pflegeautomatik massieren sowie Finger- und Zehennägel schneiden. Anschließend tastete ich mir ein Frühstück.

Während ich die dritte Tasse Kaffee trank, rief ich die im Kommunikator gespeicherten Bordnachrichten ab und verfolgte die Meldungen auf dem Bildschirm.

Ich erfuhr, daß sich Perry Rhodan immer noch mit der MARCO POLO innerhalb des Schwarms befand und daß die fünfzig Korvetten der INTERSOLAR vollzählig zurückgekehrt waren.

Das erinnerte mich wieder an das grauenhafte Schicksal der Arkoniden-Nachkommen auf Urtaplan und an das der sechshundert Millionen Steinzeit-Lebewesen auf einem anderen, von den Ockergelben befallenen Planeten.

Plötzlich schmeckte mir der Kaffee nicht mehr. Ich ließ ihn stehen, schleuderte den Hausmantel in Richtung des Servo-Roboters und öffnete den Einbauschrank, um eine Bordkombination anzuziehen.

Als der Türmelder summte, aktivierte ich die Blickschaltung, die den

Türöffner betätigte. Leutnant Riev Kalowont trat ein, in eine frische Bordkombination gekleidet und mit einem feucht gezogenen Scheitel in den dunklen Haaren, der an Korrektheit nichts zu wünschen übrigließ.

»Hallo, Tatcher!« sagte er matt und wirkte kraftlos. »Wie fühlen Sie sich?«

»Ausgeruht«, antwortete ich und deutete auf einen Sessel.

Riev schüttelte den Kopf und blieb stehen. »Wollen wir gleich gemeinsam in die Zentrale gehen?«

Ich nickte, schnallte den Waffengurt und den Armband-Telekom um und verließ hinter meinem Kollegen die Kabine. Wir ließen uns im Haupt-Personenlift bis zum sogenannten Chefdeck schweben und betraten das Transportband. Unterwegs begegneten wir nur einem Menschen, einem Techniker. Die INTERSOLAR wirkte wie ausgestorben, da sie immer noch weit unterbesetzt war.

Als wir die Hauptzentrale betraten, verließ Staatsmarschall Bull zusammen mit einigen Offizieren gerade das Tor der Hauptpositronik. Die Männer diskutierten leise über detaillierte wissenschaftliche Probleme, von denen ich als Kosmo-Geologe nichts verstand.

Nachdem Reginald Bull die Offiziere verabschiedet hatte, nickte er Riev und mir zu.

Doch bevor er etwas sagen konnte, heulten die Alarmsirenen.

»Achtung, hier spricht die positronische Ortungs-Auswertung!« erscholl es metallisch durch die Zentrale, als die Sirenen endlich verstummten. »Großraumschiff unbekannter Bauart ist, aus dem Linearraum kommend, dreihunderttausend Kilometer von uns entfernt aufgetaucht. Beschleunigt, wahrscheinlich bis Fahrtanpassung. Das Raumschiff ist scheibenförmig und aus einer schwarzen Metallplastik, die unserem Terkonit ähnelt. Sein Grundflächendurchmesser beträgt eintausendsechshundert Meter, seine Höhe dreihundertzwanzig Meter.«

Noch während die Ortungs-Auswertung sprach, war Bull zum nächsten Rundsprechgerät gehastet – und als die elektronische Stimme verstummte, sagte er: »Hier spricht Reginald Bull. Alle Mann auf Gefechtsstation. Klar Schiff zum Gefecht. Achtung: Niemand eröffnet die Feindseligkeiten. Falls nötig, werde ich den Feuerbefehl erteilen. Ende!«

Ich blickte zu dem großen Bildschirm, auf den die Ortungsautomaten das Abbild des fremden Raumschiffes projizierten. Es sah tatsächlich aus wie eine flache, schwarze Scheibe. Die Triebwerke waren nicht zu erkennen.

»Die Seitenfläche liegt auf gleicher Ebene wie unser Äquatorwulst«, bemerkte Staatsmarschall Bull. »Sie lag schon so, als das Schiff aus dem Linearraum kam. Das und die Tatsache, daß es so dicht bei uns herausgekommen ist, sprechen dafür, daß seine Besatzung unsere Position genau kannte.«

Ich nickte, während ich mit gemischten Gefühlen auf das Dröhnen der Kraftwerke lauschte, die aufgrund des Alarms zusätzlich aktiviert worden waren, um die Energieschirmprojektoren zu beliefern. Selbstverständlich hatte die INTERSOLAR sich in einen dreifachen Schutzschirm gehüllt: in einen aus Normalenergie, einen aus Hochüberladungsenergie und einen aus Paratronenergie.

Bull schaltete den Interkom zur Funkzentrale durch und befahl, eine Strukturlücke in die gestaffelten Schirme zu schalten und eine Hyperkomantenne auszufahren.

»Vielleicht wollen die Fremden Kontakt mit uns aufnehmen«, vermutete er.

Die Funkzentrale meldete sich über Interkom und berichtete, das fremde Schiff habe sich gemeldet.

»Die Fremden kennen unseren Flottenkode, Staatsmarschall«, sagte der Cheffunker aufgeregt. »Sie haben ihren Spruch fehlerfrei verschlüsselt.«

»So!« war Bulls einziger Kommentar dazu. »Und wie genau lautet der Spruch?«

»Ich verlese wörtlich folgendes: »ASA an terranisches Ultraschiff INTERSOLAR. Bitte melden Sie sich!« Das war alles, Sir. Sollen wir antworten?«

Nach kurzem Zögern sagte Bull: »Nein, wir warten noch.« Er wandte sich an mich. »Die Fremden wissen ziemlich viel über uns, Captain a Hainu. Was halten Sie davon?«

»Ich habe ein komisches Gefühl, Sir«, antwortete ich. »Die Begleitumstände, unter denen das schwarze Schiff erschien, die Tatsache, daß die Besatzung unseren Flottenkode kennt und genau weiß, daß sie der INTERSOLAR gegenübersteht, und überhaupt die Form des Schiffes lassen mich befürchten, daß es sich um Cynos handelt.«

»Ich ahnte es, als sie bleich wurden, Captain.« Bull blieb gelassen. »Ist Ihre Furcht vor den Cynos so groß?«

Ich schüttelte den Kopf. »Nein, Sir. Die Cynos fürchte ich überhaupt nicht, aber jedesmal, wenn irgendwo Cynos auftauchten, wurde ich mit Commander Rorvic in den Einsatz geschickt – und jeder Einsatz mit Rorvic läßt ein Stück meiner Seele abbröckeln.«

»Seien Sie nicht albern«, entgegnete der Staatsmarschall. »Sie neiden dem CYD-Commander bloß seine Genialität.«

»Achtung!« meldete die Funkzentrale. »Zweiter Funkspruch aufgefangen. Ich verlese: »ASA an terranisches Ultraschlachtschiff INTERSOLAR. Sie haben auf unseren ersten Anruf nicht geantwortet, deshalb erklären wir, daß das heimliche Imperium Ihre ständigen Einmischungen nicht länger hinzunehmen gedenkt. Wir fordern eine Unterredung mit CYD-Commander Dalaimoc Rorvic, und wir fordern, daß Sie uns nicht hinzuhalten versuchen«!

»Rufen Sie Ihren Commander!« befahl mir Bull. »Rorvic soll in die Funkzentrale kommen. Ich gehe schon voraus.«

Ich schaltete den Interkom zu Rorvics Kabine durch und wartete. Als mein Vorgesetzter sich nach einer Minute immer noch nicht gemeldet hatte, sagte ich zu Riev:

»Gehen Sie zu Bull und richten Sie ihm aus, daß ich den Commander persönlich hole, weil er auf Interkomrufe nicht reagiert. Wahrscheinlich döst er wieder vor sich hin, was er natürlich »meditieren« nennt, um aus seiner Faulheit auch noch Kapital zu schlagen.«

Riev Kalowont wollte etwas sagen, dann aber schloß er den Mund wieder, wandte sich um und ging los. Ich setzte mich ebenfalls in Bewegung, grimmig entschlossen, den Albino auf die einzig wirksame Art zu wecken, die ich kannte ...

21.

Bevor ich Rorvics Kabine aufsuchte, kehrte ich in meine Kabine zurück, um mir einige wichtige Utensilien zu holen.

Der eine Gegenstand war der Impulsschlüssel mit dem kopierten Öffnungskode für Rorvics Unterkunft; der zweite Gegenstand war eine alte verbeulte Kanne, in der Einwohner eines rückständigen Planeten vielleicht einmal Tee oder so etwas wie Kaffee gekocht hatten.

Mit Hilfe des heimlich angefertigten »Zweitschlüssels« öffnete ich das Schott von Rorvics Behausung. Der Vorraum war von einem seltsamen Duft erfüllt. In regelmäßigen Abständen ertönte gedämpft ein elektronischer Gong, und aus einer goldenen Schale kräuselte weißer Rauch zur Decke empor.

Als etwas Weiches durch meine Beine strich und dabei eigenartig klagende Geräusche ausstieß, erschrak ich so, daß ich stürzte und die Kanne fallen ließ. Aus den Augenwinkeln nahm ich eine große Katze mit rotbraunem Fell wahr, die kreischend fortlief und mich aus einem Winkel wütend anfauchte.

Benommen rappelte ich mich auf. Ich hatte bei Rorvic noch nie eine Katze gesehen, und ich konnte mir auch nicht vorstellen, woher sie gekommen war.

Auf weitere Überraschungen gefaßt, schlich ich in den Wohnraum. Dalaimoc Rorvic saß mit untergeschlagenen Beinen auf einem schmuddeligen kleinen Teppich. Die Augen waren halb geöffnet, aber ganz offensichtlich nahm der Albino nichts von seiner realen Umgebung wahr. Er war wieder einmal in tiefe Meditation versunken.

Ich holte tief Luft und schrie: »Commander Rorvic!« Er rührte sich nicht.

Ich drehte mich um und hob die Kanne auf, dann trat ich bis dicht vor Rorvic, holte aus und schmetterte ihm das Gefäß mit aller Kraft an den Hinterkopf, dessen kahle Fläche unter einem dünnen Ölfilm mehrere blaue, gelbe und grüne Flecke aufwies.

Dalaimoc Rorvic holte tief und geräuschvoll Luft, blies sie wieder aus und sagte phlegmatisch: »Ja ...?«

Ich versteckte die Kanne hinter meinem Rücken, und zwar hängte ich sie in einen Karabinerhaken der Bordkombination. Dann trat ich in Rorvics Gesichtsfeld.

»Staatsmarschall Bull wünscht Sie dringend in der Funkzentrale zu sehen, Commander«, sagte ich. »Neben uns ist ein großes Raumschiff der Cynos angekommen, und die Besatzung verlangt, Sie zu sprechen.«

»Sie drücken sich wieder ungenau aus, Hainu«, sagte Rorvic mit tiefer, unendlich gelangweilt klingender Stimme. »Es ist kaum anzunehmen, daß die gesamte Besatzung mit mir sprechen will.« Mit keiner Miene und schon gar nicht mit einem Wort zeigte der Tibeter, ob er überrascht war, daß die Cynos ihn zu sprechen wünschten.

In der offenen Wohnzimmertür erschien die Katze.

»Tasten Sie Philomena ein Schälchen Milch und eine Portion ungewürztes Schabefleisch, Hainu!« befahl Rorvic.

»Das werde ich nicht tun!« widersprach ich. »Die INTERSOLAR ist klar zum Gefecht und ...«

»Papperlapapp!« unterbrach Rorvic mich. »Mehr oder weniger sind wir seit Monaten gefechtsklar, aber wir werden uns nicht überschlagen, nur weil es ein paar Cynos einfällt, mich über Hyperkom sprechen zu wollen.«

»Es kann die ärgsten Verwicklungen geben, wenn wir nicht sofort zur Funkzentrale gehen«, hielt ich ihm vor.

Er schaute mich mit seinen roten Augen so eigenartig an, daß mir ganz flau im Magen wurde. Ich beeilte mich, Philomena mit Milch und Schabefleisch zu versorgen. Das Katzentier strich laut schnurrend um meine Beine, bis das Futter auf dem Boden stand. Dann existierte ich nicht mehr für Philomena.

Als ich mich aufrichtete, betastete Dalaimoc gerade die frische Schwellung auf seinem Schädel. Ein vorwurfsvoller Blick traf mich, dann forderte der Commander mich auf, ihm in die Stiefel zu helfen.

»Ich kann die Dinger nur sehen, wenn sie mindestens zwei Meter von meinen Füßen entfernt sind«, klagte er während der Prozedur, wobei er sich mit der rechten Hand auf meinen Rücken stützte.

»Sie sollten sich mehr Bewegung verschaffen, Commander«, riet ich.

»Wozu?« fragte er verwundert. »Alles ist in Bewegung. Warum sollte ich mich dann auch noch bewegen?«

Mit einem Ruck fuhr er in den zweiten Stiefel. Dabei verlagerte er sein Gewicht so stark auf meinen Rücken, daß ich fast zusammengebrochen wäre.

Endlich war es geschafft. Schnaufend bewegte sich der Koloß hinter mir auf den Gang und stellte sich auf das Transportband. Unterwegs zur Funkzentrale fiel kein einziges Wort.

Als wir eintraten, erhob sich Staatsmarschall Bull von einem Kontursessel und sagte: »Sie kommen spät, Commander Rorvic.«

Dalaimoc zeigte über die Schulter mit dem Daumen auf mich. »Der Kleine da hat wieder herumgetrödelt und mich mit dummen Reden aufgehalten.«

Bull sah mich vorwurfsvoll an. »Captain a Hainu! Sie wußten doch genau, daß es eilte. Moment, drehen Sie sich mal um!«

Ich gehorchte, hakte aber vorher noch schnell die Kanne ab und versuchte, sie vor Bulls Blicken zu verbergen.

Ein neuer Anruf der Cynos rettete mich aus meiner Verlegenheit. Auf dem Schirm des Hyperkoms erschien ein buntes fremdartiges Symbol, dann erschien der Oberkörper eines Menschen.

»Hier spricht Kommandant Otech, Raumschiff ASA. Ich habe mehrmals versucht, mit Ihnen in Kontakt zu kommen und speziell mit CYD-Commander Dalaimoc Rorvic zu verhandeln. Sie haben nicht darauf reagiert.«

»Sendung kommt diesmal im Klartext an, Sir«, flüsterte der Cheffunker. Bull nickte, sagte aber nichts.

»Nunmehr sehe ich mich gezwungen, Ihnen unsere Forderungen zu präsentieren. Das Solare Imperium, beziehungsweise das, was sich hochtrabend so nennt, hat sich ab sofort von dem sogenannten Schwarm fernzuhalten. Wir haben hier spezielle Interessen zu vertreten, und unsere Aktivitäten laufen darauf hinaus, die intelligenten Völker dieser Galaxis vor dem Schwarm zu retten. Falls Sie aber weiterhin Ihre strategisch und taktisch völlig ungeeigneten Aktionen durchführen, können Sie unsere Pläne durchkreuzen und damit den Untergang aller galaktischen Intelligenzen herbeiführen.«

Der Staatsmarschall gab Rorvic einen Wink, sich aus dem Aufnahmebereich unseres Hypersenders zu entfernen, dann schaltete er den Sender ein und sagte: »Hier INTERSOLAR, Staatsmarschall Bull spricht. Ich möchte zuerst einmal klarstellen, daß der Schwarm zumindest in gleichem Maße uns angeht wie das heimlichtuerische Imperium. Falls Ihnen irgendwann jemand eine Spur logischen Denkens beigebracht hat, wissen Sie das, wenn nicht, wäre ein Gespräch mit Ihnen nur Zeitvergeudung. Also?«

»Ihre Formulierung wird von uns nicht akzeptiert«, entgegnete der Cyno. »Natürlich sind auch Sie vom Schwarm bedroht, aber nur wir können die Gefahr abwenden. Sie behindern uns dabei, solange Sie eigenmächtig herumexperimentieren. Wir fordern deshalb, daß sich das Solare Imperium voll und ganz uns unterstellt und alles unterläßt, was von uns nicht gewünscht wird.«

Das Schott hinter mir öffnete sich. Bescrilo Nonderver und Peltrow Batriaschwili betraten die Funkzentrale. Damit war das CYD-Kommando vollzählig versammelt.

»Diese Forderung ist unannehmbar«, widersetzte sich Reginald Bull gelassen. »Es hat meiner Ansicht nach auch keinen Sinn, noch länger mit Ihnen zu sprechen, jedenfalls nicht, solange Sie Ihre wahre Gestalt vor uns verbergen. Fürchten Sie sich, offen aufzutreten?«

Der Cyno ging gar nicht darauf ein, sondern sagte: »Lassen Sie mich mit CYD-Commander Dalaimoc Rorvic sprechen, Staatsmarschall Reginald Bull.«

Bull blickte unauffällig zu Rorvic. Der Albino nickte. Der Staatsmarschall winkte ihn herbei.

Dalaimoc Rorvic bewegte sich plötzlich sehr geschmeidig. Er trat in den Bilderfassungsbereich, lächelte über sein feistes Gesicht und sagte: »Es freut mich, daß Sie meinen Wert zu schätzen wissen, Otech. Wollen Sie mich nicht gelegentlich auf der INTERSOLAR besuchen? Trinken Sie eigentlich Tee – oder hat Ihre wahre Gestalt gar keinen Mund?«

»Darüber spreche ich nicht«, sagte der Cyno. »Commander Rorvic, kennen Sie unsere Forderungen?«

»Ja.«

»Wie stehen Sie dazu?«

»Vergessen Sie alles, was Sie von Staatsmarschall Bull gefordert haben. Ich bin nicht der Weihnachtsmann, der Träume und Wünsche erfüllt. Aber ich denke, daß wir uns über eine Koordinierung unserer Aktionen und gegenseitigen Beistand unterhalten könnten.«

»Abgelehnt!« entgegnete der Cyno schroff. »Es gibt keine Basis für eine Zusammenarbeit. Doch wir sind grundsätzlich bereit, den Terranern klarzumachen, daß sie auf unsere Forderungen eingehen müssen.«

Dalaimoc grinste. »Wie wollen Sie ein solches Wunder fertigbringen?«

»Indem Sie, als Vertreter der Menschheit, zu uns an Bord kommen und an einem unserer Einsätze teilnehmen, bei dem wir Ihnen anschaulich unsere Macht demonstrieren. Wir garantieren Ihnen die Rückkehr zu Ihren Leuten.«

»Aha!« machte Rorvic. »Danach soll ich offenbar den Verantwortlichen des Solaren Imperiums klarmachen, daß die Macht des heimlichen Imperiums so ungeheuer groß ist, daß man sich ihr am besten freiwillig unterwirft, nicht wahr?«

»So ist es.«

»Eine sehr originelle Idee, Kollege Otech.« Rorvics Stimme triefte förmlich vor Sarkasmus. »Aber ich werde trotzdem mit dem Staatsmarschall darüber beraten. Sobald wir zu einem Entschluß gekommen sind, lassen wir es Sie wissen. Bis später dann!«

Als die Hyperkomverbindung unterbrochen war, sagte Dalaimoc Rorvic zu Bull: »Ich bitte Sie, mir die Erlaubnis zu erteilen, an Bord des Cyno-Schiffes zu gehen, Staatsmarschall.«

Reginald Bull sagte nachdenklich: »Ich hoffe, Sie haben sich das genau überlegt, Rorvic. Die Cynos scheinen über Ihre gegen sie gerichtete Tätigkeit recht gut informiert zu sein, folglich wissen sie auch, daß Sie zur Zeit ihr gefährlichster Gegner sind. Ich halte es nicht für ausgeschlossen, daß das heutige Manöver nur dazu dient, Sie auszuschalten.«

Der fette Albino betastete seine frische Beule. »Ich bin nirgends vor hinterhältigen Anschlägen sicher, Staatsmarschall. Doch manchmal muß man eben etwas riskieren. Wenn ich an Bord des Cyno-Schiffes ginge, könnte ich zweifellos zahlreiche Informationen über diese geheimnisvollen Lebewesen, ihre technischen Möglichkeiten und ihre wirklichen Absichten erfahren.«

Ich hob die Hand, um Bull auf mich aufmerksam zu machen.

»Ja, Captain?« fragte der Staatsmarschall freundlich.

»Ich möchte Commander Rorvics Antrag befürworten, Sir«, sagte ich. »Das Angebot der Cynos gibt uns eine wirklich erstklassige Chance, ihr Geheimnis aufzuklären, und niemand ist besser geeignet als CYD-Commander Rorvic, um diese Aufgabe zu lösen.«

Dalaimoc drehte sich um und schenkte mir ein hintergründiges Lächeln.

Mein Herz schlug plötzlich schneller als sonst. Es wäre mir peinlich gewesen, wenn der Albino mich durchschaute. Da fiel mir ein, daß ich mich sehr einfach und risikolos von dem Verdacht reinwaschen konnte, ich hätte Rorvics Vorschlag nur unterstützt, um ihn für immer loszuwerden. Ich brauchte nur eine Bitte vorzutragen, die unerfüllbar war, weil die Cynos sich niemals darauf einlassen würden.

Deshalb fügte ich meinem Vorschlag schnell hinzu: »Ich wäre sehr froh, wenn ich Commander Rorvic begleiten dürfte, um ihm meine bescheidenen Kräfte zur Verfügung zu stellen.«

Der Tibeter lächelte wie ein Faun.

»Danke, Captain Hainu. Ich freue mich sehr, daß Sie sich freiwillig für den nächsten Einsatz des CYD-Kommandos gemeldet haben. Das ist immer wertvoller, als wenn ich Sie dazu verpflichten müßte, wozu ich ohne Ihre Meldung gezwungen gewesen wäre.«

Ich brachte vor Schreck kein Wort heraus.

»Sie wollen Captain a Hainu tatsächlich mitnehmen?« erkundigte sich Staatsmarschall Bull.

»Natürlich nicht nur ihn«, wehrte Rorvic ab. »Ich brauche alle Leute von *Cyno Discovery Command,* damit immer jemand auf den Schrumpfmarsianer aufpassen kann.«

Reginald Bull runzelte unwillig die Stirn und musterte den Commander kritisch.

»Ich begreife Sie manchmal nicht, Commander Rorvic. Warum nehmen Sie denn Captain a Hainu überhaupt mit, wenn er nur eine Belastung darstellt?«

»Aber er stellt nur teilweise eine Belastung dar, Sir«, entgegnete Dalaimoc. »Ich brauche ihn, weil der Gegner uns oft nach ihm einschätzt und uns damit gewaltig unterschätzt.« Er blinzelte mir verstohlen zu.

Wir zuckten alle zusammen, als Bescrilo Nonderver sich lautstark räusperte. Es ist immer wieder eine Art Schock, unverhofft der Lautäußerung eines Mannes von Epsal ausgeliefert zu werden.

»Ich melde mich ebenfalls zu diesem Einsatz«, erklärte der Kosmonaut.

Daraufhin stellten sich Kalowont und Batriaschwili ebenfalls freiwillig zur Verfügung. Ich grinste still in mich hinein, denn schließlich würde Dalaimoc doch allein zu den Cynos gehen müssen. Diese Lebewesen ließen sich bestimmt nicht darauf ein, ein speziell zu ihrer Untersuchung gegründetes terranisches Spezialkommando vollzählig auf eines ihrer Raumschiffe zu lassen.

Staatsmarschall Bull schüttelte den Kopf.

»Normalerweise würde ich Ihren Vorschlag ablehnen, Commander Rorvic.« Er grinste versteckt. »Nachdem ich in rund anderthalb Jahrtausenden mühsam gelernt habe, einen Einsatz sorgfältig und mit Hilfe positronischer Logik- und Wahrscheinlichkeitsberechnungen zu planen, soll ich mich nun auf die impulsiven Eingebungen einiger junger Männer einlassen und damit zu den Methoden meiner eigenen Jugend zurückkehren?«

Dalaimoc Rorvic trat zum Getränkeautomaten, tastete sich einen Becher Milch und trank ihn schmatzend aus. Die anwesenden Ortungstechniker erröteten bei diesem Benehmen.

»Also ...«, begann der Albino abermals und wischte sich den Mund mit dem Ärmel ab, »... ich bin sicher, Staatsmarschall, daß Sie sich manchmal gern an frühere Zeiten erinnern, in denen Sie Ihr Verhalten noch nicht in ein starres Schema zwängen mußten.«

»Das muß ich auch heute noch nicht«, entgegnete Bull. »Ich zwinge mich nur zur Selbstdisziplin, um das Risiko für die Leute, die ich in Einsätze schicke, so niedrig wie möglich zu halten.« Er lächelte. »Aber ich habe Ihren Wink schon verstanden, Rorvic. Wenn Sie sich darüber im klaren sind, daß die Begründung der Cynos für ihre Einladung möglicherweise nur ein Vorwand ist, dann haben Sie meine Zustimmung.«

»Ich bin mir darüber klar«, sagte Rorvic. »Möglicherweise versuchen die Cynos einen Trick, aber ich glaube es nicht. Der Einsatz des CYD-

Kommandos auf Heytschapan hat bewiesen, daß diese Wesen zwar ihre Stärken, aber auch ihre Schwächen haben. Das wissen sie selbst. Folglich könnte es sein, daß sie den wenig guten Eindruck, den sie letztlich hinterließen, wettmachen wollen, indem sie uns ihre Macht besonders überzeugend demonstrieren.«

Bull nickte ernst. »Rufen Sie die Cynos an und versuchen Sie, ihr Einverständnis zur Mitnahme des gesamten CYD-Kommandos zu erhalten.«

Dalaimoc Rorvic gab dem Cheffunker einen Wink. Der Offizier stellte die Verbindung zum Schiff der Cynos her.

Sekunden später erschien das Abbild Otechs im Trivideokubus. »Wie haben Sie sich entschieden, Commander Rorvic?« fragte der Cyno.

»Ich nehme Ihre Einladung an – allerdings unter der Bedingung, daß meine vier engsten Mitarbeiter mitkommen dürfen.«

»Einverstanden«, sagte Otech.

»Gut«, meinte Rorvic. »Wir kommen in etwa einer Stunde zu Ihnen. Haben Sie einen freien Hangar, in dem wir unsere Space-Jet parken können?«

Otech zögerte kurz, dann bejahte er.

»Und wie ist es mit Lebensmitteln?« fragte Rorvic weiter. »Sie sehen zwar aus wie Menschen, aber Sie sind vermutlich keine. Wahrscheinlich unterscheidet sich Ihre Nahrung von der unseren wie die eines besconischen Waldesels von der einer glucaischen Regenbogenqualle.«

Der Cyno lächelte.

»Sie werden bei uns an Bord alles finden, was Sie benötigen, Commander Rorvic. Es gibt nichts, was wir nicht besäßen, oder nicht beschaffen könnten.«

Dalaimoc grinste. »Darauf komme ich bei Gelegenheit zurück. Bis nachher also, Mister Otech. Oder besitzen Sie einen Rang?«

»Ich bin Kommandant der ASA.«

»Aha. Ich glaube, das hatten Sie schon einmal gesagt. Haben Sie keinen militärischen Dienstgrad oder so?«

»Kein Kommentar«, entgegnete der Cyno abweisend und unterbrach die Verbindung.

Der Albino wandte sich wieder uns zu. »Otech kennt sich recht gut im Vokabular terranischer Diplomaten aus, finde ich.« Er betrachtete mich eingehend. »Nanu, Captain Hainu, Sie sehen ja ganz grün im Gesicht aus. Was ist los?«

»Mir ist schlecht«, antwortete ich und stöhnte. »Es ist sehr schade, aber ich fürchte, ich kann den Einsatz nicht mitmachen, Commander.«

Rorvic watschelte auf mich zu und tätschelte mir die Wange.

»Aber, aber! Wie Sie gehört haben, gibt es nichts, was die Cynos nicht besäßen oder nicht beschaffen können. Man wird auf dem Cyno-Schiff Ihre Beschwerden sicher schneller kurieren können als hier, wo das einzige, was wir in überreichlichem Maße besitzen, der Mangel an intelligentem Personal ist.«

Er drehte mir unauffällig das Ohr um und flüsterte: »Spielen Sie kein Theater, Tatcher. Sie konnten es nicht erwarten, mich loszuwerden; nun sind Sie erschrocken, weil Sie mich begleiten dürfen. Glauben Sie nur nicht, ich lasse zu, daß Sie sich in der Krankenstation aalen, während das übrige CYD-Kommando sein Leben riskiert.«

Laut erklärte er: »Es geht ihm schon wieder besser, unserem Kleinen. Oberstleutnant Batriaschwili, Sie als Fachmann sorgen dafür, daß wir die notwendige Geheimausrüstung mitnehmen, Major Nonderver und Leutnant Kalowont werden die instandgesetzte BUTTERFLY startklar machen – und Captain Hainu begleitet mich zu meiner Unterkunft, wo noch einiges vorbereitet werden muß.«

»Was denn beispielsweise?« flüsterte ich wütend.

»Der Futterautomat für Philomena – unter anderem«, antwortete Rorvic mit gönnerhaftem Lächeln.

Langsam glitt die reparierte BUTTERFLY auf das scheibenförmige Cyno-Schiff zu. Backbords leuchtete und flimmerte der Kristallschirm des Schwarms wie eine Zusammenballung angestrahlter gigantischer Seifenblasen, und steuerbords stand scheinbar unbeweglich das Sternenmeer des galaktischen Südwest-Sektors.

»In höchstens zehn Minuten sind wir bei dem Cyno-Schiff; bis dahin muß ich noch allerlei durchdenken«, sagte Dalaimoc Rorvic.

Er ließ die Lider zur Hälfte herabsinken und fixierte einen imaginären Punkt an der durchsichtigen Kanzelwandung. Möglicherweise war dieses Dösen, das er als »Meditieren« ausgab, ein erstes Anzeichen einer fortschreitenden Gehirnerweichung. Man würde den Albino gut beobachten müssen, damit er kein irreparables Unheil anrichtete.

Als die Cynos uns mit einem Traktorstrahl in einen Schleusenhangar ihres Schiffes zogen, tastete ich verstohlen nach der alten Kanne, die ich unter meinem Kontursessel verborgen hatte.

Doch diesmal erwachte Dalaimoc ohne mein Dazutun. Überraschend behende öffnete er seine Anschnallgurte und stand auf.

Peltrow Batriaschwili schaute den Commander verwundert an, denn es war nicht üblich, sich loszuschnallen oder gar seinen Platz zu verlassen, bevor ein Einschleusungsmanöver abgeschlossen war – und das bedeutete, bevor sich das Außenschott nicht geschlossen und die Hangarschleuse nicht mit Luft gefüllt hatte.

Aber Rorvic ignorierte den Blick nicht nur, er klatschte sogar in die Hände und rief: »Bewegen Sie sich, meine Herren! Die Cynos sollen nicht denken, wir vertrauen ihren Fähigkeiten und technischen Möglichkeiten nicht. Man muß Vertrauen zeigen, um Vertrauen zu gewinnen. Was zeigen die Meßinstrumente an, Major Nonderver?«

Der Epsaler blickte auf. »Schleusentore geschlossen, Luftdruck und Temperatur im Hangar normal, Sir.«

»Gut«, lobte Rorvic, »dann steigen wir aus, und zwar in folgender Reihenfolge: Ich, Tatcher, Peltrow, Riev – und zuletzt Bescrilo. Bescrilo, Sie sorgen dafür, daß kein Unbefugter in die BUTTERFLY eindringt, auch nicht mit parapsychischen Kräften.«

Er schnallte den Waffengurt ab und ließ ihn fallen, wo er gerade stand. Wir hängten unsere Gurte über die Lehnen unserer Kontursitze. Zwischen uns war ausgemacht, daß wir das Cyno-Schiff unbewaffnet betreten sollten, da man uns die Waffen sowieso nicht lassen würde. Für den Notfall besaß jeder eine Geheimausrüstung in Mikroausführung, die so genial getarnt in die Versorgungsaggregate unserer Anzüge eingearbeitet war, daß man sie nur fand, wenn man alle Aggregate vollständig zerlegte.

Als ich hinter Rorvics breiter Figur die Bodenschleuse unserer Space-Jet verließ, sah ich vier schwerbewaffnete Cynos. Sie trugen schwarze Kampfanzüge und glichen in Statur und Gesichtsschnitt einander wie eineiige Vierlinge.

Offenbar war es für die Cynos einfacher, sich mit gleichartigen parapsychischen »Masken« zu tarnen, als von Individuum zu Individuum Unterschiede einzubauen. Vielleicht hatte der »Zwillingseffekt« aber auch andere Gründe; wir wußten ja noch viel zuwenig darüber, auf welche Art und Weise die Cynos jemand eine andere körperliche Erscheinungsform vorspiegelten.

Die vier Cynos rührten sich nicht eher, bis wir alle ausgestiegen waren, dann trat einer von ihnen vor und sagte: »Wir werden Sie zu Kommandant Otech begleiten und bitten Sie, nichts zu unternehmen, was gegen die Gastfreundschaft verstieße.«

Er hatte Interkosmo gesprochen, und Rorvic antwortete auf Interkosmo: »Halten Sie sich nicht mit Vorreden auf; wir haben nicht unbegrenzt Zeit.«

Es sah aus, als wollte der Cyno etwas darauf erwidern, doch dann winkte er ab und drehte sich um. Wir folgten ihm, begleitet von den anderen drei Bewaffneten.

Man führte uns in einen großen Raum mit schwarzen Wänden, einem schwarzen, schwammartig federnden Boden und einer violett leuchtenden Decke. Als einziges Mobiliar standen in regelmäßigen Abständen große kastenähnliche Gebilde an den Wänden, jedes etwa drei Meter lang, anderthalb Meter breit und achzig Zentimeter hoch und kupferfarben.

Die drei Cynos, die uns in diesem Raum erwarteten, hatten ebenfalls mit ihrer Fähigkeit der Paramodulation menschliche Gestalt angenommen. Sie trugen allerdings keine Kampfanzüge, sondern weiße Tuniken und darüber irisierend schimmernde Togen.

Und ihre Gesichter unterschieden sich voneinander.

Der Cyno in der Mitte hatte ein hartes, kantiges Gesicht von dunkelbrauner Hautfarbe, eine fleischige breite Nase und ein vorspringendes großes Kinn. Er war uns bereits als Kommandant Otech bekannt. Der Mann links von ihm hatte ein schmales Gesicht mit sensiblen Zügen, eine hohe Stirn, große, ausdrucksvolle Augen, eine schmale Nase und ein normales menschliches Kinn. Er wurde von Otech als »Erster Wissenshüter Kando« vorgestellt. Der Cyno rechts von Otech hatte ebenfalls ein schmales Gesicht, doch war seine Stirn nicht so hoch wie die Kandos. Dafür war seine Nase größer – und er hatte aufgeworfene Lippen.

Ich fragte mich, wozu dieses Theater gut sein sollte, wenn die vorgetäuschte Erscheinungsform nichts über die tatsächliche aussagte. Inzwischen hatte Otech den dritten Cyno als »Zweiter Wissenshüter Pruen« vorgestellt.

Danach sagte er, zu Rorvic gewandt: »CYD-Commander Rorvic, ich begrüße Sie und Ihre Begleiter als meine Gäste. Man wird Ihnen nachher Ihre Unterkünfte zuweisen, und ich hoffe, Sie werden damit zufrieden sein.«

Dalaimoc Rorvic zeigte dem Cyno ein buddahaftes Lächeln.

»Das hoffe ich auch, Kommandant Otech. Allerdings wäre es mir lieber, wenn Sie und Ihre Begleiter sich ebenso wie wir in Ihrer wahren Gestalt zeigen würden.«

»Das ist ganz ausgeschlossen!« entgegnete Otech scharf.

»Es gibt nichts, was man von vornherein ausschließen könnte«, warf ich ein.

Der Erste Wissenshüter sah mich prüfend an. Er gab keine Antwort.

Die Rückwand des Raumes verschwand mitsamt den vor ihr stehenden Möbelstücken. Ich sah dahinter eine Art Kuppelhalle, in der eine Art Solarium untergebracht war.

Die drei Cynos drehten sich um und gingen in das Solarium hinein. Wir folgten ihnen auf einem schmalen Pfad. Links und rechts ragten Bäume und andere Pflanzen empor, die eindeutig zur terranischen Flora gehörten.

Im Mittelpunkt der Kuppelhalle lag eine von dichtem Teppichrasen bedeckte kreisrunde Lichtung, von der fünf Wege abgingen. Am Ende jedes Weges erblickte ich gelblich leuchtende türlose Öffnungen.

»Dort befinden sich Ihre Unterkünfte.« Otech deutete nacheinander auf die Öffnungen und sagte dabei jedesmal, für wen die dahinter liegende Unterkunft vorgesehen war.

»Dann werden wir erst einmal unsere Unterkünfte besichtigen«, meinte Rorvic. »Wie soll es anschließend weitergehen, Kommandant Otech?«

»Lassen Sie sich bitte Zeit«, antwortete der Cyno. »Akklimatisieren Sie sich erst einmal, dann sehen wir weiter.«

»Na schön. Wie Sie wünschen.« Rorvic wandte sich an uns und blinzelte. »Jeder besichtigt seine Unterkunft. In einer Stunde treffen wir uns hier auf dem Rasen. Sie können sich gegenseitig besuchen, aber ich möchte auf keinen Fall gestört werden.«

Ich war bereits auf halbem Weg zu meiner Unterkunft, als er mich zurückrief.

»Für Sie gilt das nicht, Hainu«, erklärte er. »Sie begleiten mich in meine Unterkunft.«

Rorvics Unterkunft bestand aus einem geräumigen Wohnzimmer, einer Körperpflegezelle, einer Schlafzelle und einer Vorratszelle mit Zubereitungsautomatik. Alles war nach dem Stil und der Mode eingerichtet, wie sie bis zum Auftauchen des Schwarms auf der Erde gegolten hatte.

»Die Zeit für Späße ist vorüber«, sagte Rorvic. »Es wird ernst. Stehen Sie auf und suchen Sie nach Geräten, mit denen man die Umgebung des Schiffes beobachten kann!«

Ich gehorchte schweigend. Es gab Zeiten, da blieb einem bei Commander Rorvic nichts anderes übrig. Zu meiner Überraschung fand ich nicht nur ein gutes Außenbeobachtungssystem, sondern auch mehrere in Möbelstücke eingelassene Monitore, auf denen man große Teile des Schiffes beobachten konnte.

Ich schaltete sämtliche Systeme ein und versuchte zu erkennen, ob wir uns noch in der Nähe der INTERSOLAR befanden. Doch von Bulls Schiff war nichts zu sehen.

»Treten Sie etwas zur Seite, Tatcher!« befahl Rorvic. Er musterte aufmerksam die Bildschirme.

Nach einer Weile nickte er.

»Wir sehen die INTERSOLAR deshalb nicht, weil wir uns nicht mehr nordwestlich, sondern östlich des Schwarmkopfes befinden. Aber ich bin sicher, daß Bully uns heimlich gefolgt ist und im Schutz seines Anti-Ortungsschirmes beobachtet.«

»Der Anti-Ortungsschirm dürfte kaum gegen parapsychisch begabte Lebewesen schützen«, entgegnete ich.

»Aber er beweist, daß der Benutzer ein höflicher Mensch ist, der Diskretion zu wahren versucht«, meinte Rorvic.

Er erhob sich ächzend.

»Kommen Sie, Tatcher, wir sehen uns ein wenig im Schiff um. Ich möchte wissen, ob diese Monitoren uns die Wirklichkeit zeigen oder nur gestellte Szenen abspielen.«

»Meinen Sie, daß wir uns frei im Schiff bewegen dürfen?«

»Hören Sie mit Ihrer nervtötenden Fragerei auf!«

»Aber in einer Viertelstunde wollten wir uns mit den anderen auf dem Rasen treffen«, hielt ich ihm vor.

»Wozu habe ich Sie, Tatcher? Laufen Sie und sagen Sie den anderen Bescheid. Sie sollen aber nicht mit uns kommen, sondern auf uns warten. Beeilen Sie sich!«

Ich beeilte mich wirklich, denn an Rorvics Tonfall hatte ich erkannt, daß es in der nächsten Zeit besser war, ihm aufs Wort zu gehorchen. Nachdem ich unseren Gefährten Bescheid gesagt hatte, kehrte ich zu Rorvic zurück.

Der Albino war nicht im Wohnzimmer. Ich fand ihn in der Küche, wo er sich kandierte Zwiebeln in den Mund stopfte.

Als er mich sah, sagte er mit vollem Mund: »Ich habe eine Geheimtür entdeckt, während Sie spazierengingen, Tatcher. Passen Sie auf!«

Er griff in das Fach, aus dem er den Konservierungsbeutel mit den Zwiebeln genommen hatte – und im nächsten Moment sank der schrankgroße Zubereitungsautomat in den Boden, wodurch eine quadratische Öffnung frei wurde.

Ich blickte in einen großen beleuchteten Raum, in dem mehrere durchsichtige Säulen standen, in denen sich eine rosafarbene Flüssigkeit rhythmisch bewegte.

Wir traten durch die Öffnung und gingen zwischen den mannsdicken, durchschnittlich zwei Meter hohen Säulen entlang. Ich konnte mir nicht erklären, was das Auf und Ab der rosa Flüssigkeit zu bedeuten hatte. Doch als ich gegen die Wandung einer Säule klopfen wollte, hielt Rorvic meinen Arm fest.

»Nicht so leichtfertig, Tatcher«, flüsterte er. »Das ist kein rosa gefärbtes Wasser, sondern eine lebende Substanz. Offenbar laufen in ihr sogar Denkprozesse ab, aber ich kann nichts entziffern, sondern spüre nur zeitveränderliche elektrische Aktionsströme.«

Ich erschauerte heftig bei dem Gedanken an ein flüssiges Gehirn und an die Vorstellungen, die sich unwillkürlich damit verbanden. Der

Albino jedoch blieb eiskalt, wie immer, wenn er erst einmal aktiv geworden war.

Plötzlich öffnete sich uns gegenüber ein Schott. Ein Cyno, dem Aussehen nach der Zweite Wissenshüter Pruen, trat ein, gefolgt von zwei Schwerbewaffneten.

»Was haben Sie hier zu suchen?« fragte er scharf, während sich die Waffen seiner Begleiter auf uns richteten.

»Ihr Verhalten befremdet mich«, entgegnete Dalaimoc. »Es befremdet mich sogar sehr. Wir sind Ihre Gäste – Kommandant Otechs Worten zufolge –, und das bedeutet wohl, daß wir uns frei bewegen dürfen!«

»Das ist richtig, Commander Rorvic. Aber Sie werden verstehen, daß wir gewisse Einschränkungen machen müssen. Sie dürfen sich frei bewegen, doch nur auf normalen Wegen. Niemand hat Ihnen erlaubt, diese Tür zu benutzen.«

»Doch!« widersprach Rorvic.

»Wer?« fragte der Cyno.

»Derjenige, der mir meine Unterkunft aussuchte. Ihm mußte klar sein, daß er mir dadurch das Recht zur uneingeschränkten Nutzung einer Sache – in diesem Fall meiner Unterkunft – einräumte, und ich habe nichts weiter getan, als ich meine Räumlichkeiten durch die Hintertür verließ.«

»Es handelt sich um ein bedauerliches Mißverständnis«, behauptete Pruen. »Entschuldigen Sie bitte. Wären Sie so freundlich, in Ihre Unterkunft zurückzugehen und sie durch die – äh – Vordertür zu verlassen. Die Hintertür werde ich von dieser Seite aus blockieren lassen.«

»Eine höflich vorgetragene Bitte schlage ich nur selten ab«, sagte Dalaimoc. »Wir werden tun, worum Sie uns gebeten haben. Nur eine Frage noch.« Er machte eine umfassende Geste. »Wozu dient das?«

»Diese Frage kann ich Ihnen nicht beantworten, Commander Rorvic«, entgegnete der Cyno. »Es tut mir sehr leid.«

»Na, dann eben nicht«, meinte Dalaimoc mit gespieltem Gleichmut. »Gehen wir, Tatcher.«

22.

Als wir Rorvics Unterkunft auf der anderen Seite verließen, sagte er: »Hoffentlich haben Sie aus diesem Zwischenfall etwas gelernt, Tatcher.«

»Ja«, antwortete ich, »daß man das Gastrecht nicht dazu mißbrauchen sollte, in den Geheimnissen des Gastgebers herumzuschnüffeln.«

Er seufzte. »Manchmal sind Sie wirklich schwer von Begriff. Ich wollte von Ihnen hören, daß Sie gelernt haben, wie man es anstellt, daß der Gastgeber sich bei einem höflich dafür entschuldigt, daß er einen beim Mißbrauch des Gastrechts ertappt hat.«

»Ich glaube, das kann man nicht lernen«, entgegnete ich. »Dazu muß man so unverfroren sein wie Sie.«

Wir durchquerten den Raum mit den schwarzen Wänden und den kastenähnlichen Gebilden, in denen uns die drei maßgebenden Cynos dieses Schiffes empfangen hatten.

»Wachen Sie endlich auf!« sagte der Commander unwillig. »Im Umgang mit Gegnern muß man unverfroren sein.«

Wir traten durch das sich automatisch öffnende Schott, wandten uns in dem dahinterliegenden Korridor nach rechts und schwangen uns in das aufwärts gepolte Kraftfeld eines Doppelrohr-Liftschachtes.

Langsam glitten wir an den Öffnungen dreier Decks vorüber. Beim vierten packte Rorvic mich am Ellenbogen und zog mich mit sich hinaus.

»Warum steigen wir gerade hier aus?« fragte ich.

»Das möchte ich Ihnen lieber nicht verraten, denn einen Moment später wüßten es die Cynos«, antwortete er.

»Halten Sie mich für einen Verräter?«

»Nein, aber ich halte die Cynos für telepathisch begabt. In diesem Schiff gibt es eine gewaltige Menge unterschiedlichster psionischer Emissionen. Wahrscheinlich ist jedes Besatzungsmitglied so eine Art kleiner Corello.«

Ich schwieg dazu. Mir wurde beinahe übel bei dem Gedanken, daß ich in jedem Augenblick von Hunderten parapsychischer Impulse durchbohrt wurde. Diese Wesen, die Dalaimoc Rorvic »Cynos« getauft hatte, wurden mir immer unheimlicher.

Commander Rorvic deutete auf die beiden gegenläufigen Transportbänder im Flur.

»Ihre Technik scheint sich größtenteils auf dem gleichen Entwicklungsstand zu befinden wie die terranische. Die Cynos können demnach gar nicht so verschieden von uns sein. Auch die Körpermaße dürften nicht wesentlich von unseren abweichen, denn in den Räumlichkeiten des Schiffes könnten ohne weiteres Terraner wohnen.«

»Vielleicht ist dieses Schiff eine Sonderanfertigung«, gab ich zu bedenken. »Es könnte eigens zu dem Zweck gebaut worden sein, um uns zu Trugschlüssen über die Beschaffenheit der Cynos zu verleiten.«

Rorvic grinste. »Zumindest sind Cynos nicht größer als drei Meter. Das ist nämlich die Höhe der Flure und Räume des Schiffes. Ein Cyno kann uns mittels Para-Modulation zweifellos vormachen, er sein ein Mensch; aber wäre er ein zehn Meter hohes Monstrum, würde er trotzdem durch keine Tür passen.«

»Sie sprechen überzeugend«, gab ich zu. »Dennoch kann ich mich des Gefühls nicht erwehren, als führten die Cynos uns ganz gewaltig irre.«

»Nicht mich!« widersprach Dalaimoc fest. »Kommen Sie, wir steigen auf dieses Band da ...«, er schob mich hinauf, »... und dann sprechen wir eine Weile kein Wort. Das ist ein Befehl.«

»Und wie begründen Sie diesen Befehl?« fragte ich.

Dalaimoc Rorvic antwortete nicht. Er stand statuenhaft unbeweglich neben mir. Ich konnte nicht einmal erkennen, ob er atmete. Nachgebend konzentrierte ich mich auf das, was vor uns lag.

Das Transportband führte einige Zeit durch einen Schiffssektor, in dem ich hinter schweren Panzerschotten das Geräusch starker Fusionskraftwerke hörte, dann wurden die Schotte zahlreicher und dünner.

Ich blickte den Commander von der Seite an. »Dalaimoc!«

Als er nicht antwortete, sagte ich ärgerlich: »Commander Rorvic, Captain a Hainu bittet darum, eine für den Einsatz wichtige Frage stellen zu dürfen. Beim Phobos, stellen Sie sich nicht taub!«

Doch Rorvic antwortete nicht.

Ich spürte, wie der Zorn mein Gesicht blutrot färbte. Mit aller Kraft rüttelte ich an seinem Arm. Das heißt, ich wollte es tun, aber ich griff ins Leere und wäre beinahe gestürzt.

Fassungslos sah ich das an, was ich für Commander Dalaimoc Rorvic gehalten hatte, dann fuhr ich mit der Hand durch die immaterielle Erscheinung. Im nächsten Moment verschwand sie.

Ich begriff, daß Dalaimoc mich nicht in seiner Nähe haben wollte. Deshalb hatte er mich auf ein Transportband geschoben und mir suggeriert, ich stünde neben ihm.

Aber warum?

Mir wurde abwechselnd heiß und kalt, als ich den Grund dafür ahnte.

Der Albino wollte etwas erkunden, wobei ich nur störend gewesen wäre. Wahrscheinlich barg sein Vorhaben außerdem unbekannte Gefahrenmomente.

Ich wechselte auf das andere Band und ließ mich in die Richtung zurücktragen, aus der ich gekommen war. Nach einiger Zeit hatte die Sorge um den Commander ein solches Ausmaß angenommen, daß ich zusätzlich lief.

Dort, wo Dalaimoc mich aufs Band geschoben hatte, sprang ich ab und sah mich um. Hier mußte er etwas entdeckt haben, das ihn veranlaßte, mich im wahrsten Sinne des Wortes abzuschieben.

Aber ich sah nichts Ungewöhnliches. Dann kam mir der Gedanke, daß Dalaimoc seine Entdeckung ja auch schon gemacht haben könnte, während wir eins oder drei der unter uns liegenden Decks passierten.

Ich stieg in das abwärts gepolte Kraftfeld und schwebte langsam hinab. Im Deck darunter stieg ich aus, sah mich um – und entdeckte im nächsten Moment, was dem fetten Albino aufgefallen sein mußte.

Eine breite Tür mit leuchtender Aufschrift war auf eine lange Strecke die einzige auf diesem Deck. Doch das war nicht alles. Ich entsann mich, daß auf ungefähr der gleichen Strecke, aber auf dem darüberliegenden Deck, keine Tür vorhanden gewesen war. Hinter der breiten Tür verbarg sich also wahrscheinlich ein Raum, dessen Höhe dem zweier Decks entsprach.

Was das bedeutete, wußte ich nicht, aber es lohnte sich gewiß, einmal hinter die Tür zu schauen.

Ich ging hin, in der Hoffnung, daß sie sich automatisch vor mir öffnete. Als sie das nicht tat, tastete ich sie mit den Händen ab, um ein eventuell vorhandenes Thermoschloß zu aktivieren. Doch die Tür öffnete sich um keinen Millimeter.

»Phobos und Deimos!« schimpfte ich.

»Phobos und Deimos?« wisperte es echogleich zurück. Doch was dann kam, war kein Echo. »Gehört der, der da sprach, zu den Arval-Brüdern, die Dea Dia opferten und Mars verehrten?«

Ich spürte, wie sich meine Haare sträubten. Als echter Marsianer wußte ich natürlich, wer die Arval-Brüder gewesen waren. Es hatte sich um eine Bruderschaft aus dem Altertum der Menschheit gehandelt, die vor allem mit dem Marskult verbunden gewesen war, ansonsten jedoch ihre Tänze und Opfer der alten agrarischen Gottheit Dea Dia darbrachte.

Aber das liegt Jahrtausende zurück!

»Ich gehöre nicht zur Arval-Bruderschaft«, antwortete ich, »aber ich bin ein Marsgeborener. Deshalb kenne ich die alten Kulte, die sich dem vermeintlichen Gott Mars widmeten. Wer bist du eigentlich?«

»Ich bin Yltuvar, der vor langer Zeit von Fremden, die mit einer schwarzen Scheibe auf die Erde kamen, entführt wurde.«

»Zeige dich, Yltuvar!«

»Das kann ich nicht, denn ich existiere nicht mehr körperlich, sondern in einer aus Elementarteilchen vorgetäuschten Scheinwelt, die gleichzeitig Wächter und Schwelle des Schwarzen Heiligtums ist. Im Laufe der Zeit habe ich gelernt, mich der Scheinwelt zu bedienen – und ich habe hin und wieder einmal mit Gefangenen sprechen können. Dabei lernte ich sehr viel, unter anderem auch, daß Mars in Wirklichkeit kein Gott, sondern ein Planet ist – und daß seine beiden Monde die Namen Phobos und Deimos tragen.«

Die Eröffnungen Yltuvars hätten mich zu einem anderen Zeitpunkt sicher seelisch erschüttert, denn sie verrieten, daß Cyno-Raumschiffe die Erde schon vor vielen Jahrtausenden besucht hatten. Doch ich ahnte, daß Dalaimoc in großer Gefahr schwebte, deshalb verschob ich alle sonstigen Überlegungen.

»Wenn du Wächter und Schwelle des Schwarzen Heiligtums bist«, sagte ich, »dann öffne mir das Tor!«

»Das geht nicht«, gab Yltuvar zurück. »Es ist mir bisher nicht gelungen, den Teil meiner Programmierung zu überwinden, der mir zwingend vorschreibt, das Tor nur auf das Kodewort ›Laren und Manen‹ zu öffnen.«

Ich lächelte flüchtig und sagte: »Laren und Manen!«

Ich vernahm ein leises Kichern in meinem Gehirn, dann glitten die beiden Flügel des Tores auseinander. Dahinter sah ich einen goldglänzenden, leicht ansteigenden Boden und zahllose gläserne Fäden, die von einer unsichtbaren Decke hingen. Das Ganze wurde von mattrosa Licht erhellt.

Und über dem Mittelpunkt der Halle schwebte Dalaimoc Rorvic, umgeben von einer bläulich strahlenden Aura. Ich hörte die Echos eines grauenhaften Schreies, dann stürzte der Commander und schlug auf den Boden.

»Warten Sie, Dalai, ich komme!« rief ich und stürmte los.

Ich hatte die reglose Gestalt noch nicht erreicht, da formte sich hinter Rorvic ein unbeschreibliches Monstrum scheinbar aus dem Nichts. Es pulsierte und strahlte große Hitze aus. Nacheinander durchlief es verschiedene Formen – bis es schließlich in der Gestalt des Schiffskommandanten Otech dastand.

Obwohl mich das Geschehen zutiefst erschreckt hatte, eilte ich weiter zu Rorvic und kniete nieder. Eine kurze Untersuchung bewies mir, daß er nur bewußtlos war und keine Knochenbrüche davongetragen hatte. Vorsichtshalber entnahm ich seiner Medobox ein Injektionspflaster mit Regenerierungs-Wirkstoff und preßte es gegen Rorvics Schläfe.

Nach kurzer Zeit schlug Dalaimoc die Augen auf und fragte: »Bin ich schwer verletzt, Tatcher?«

Ich lächelte erleichtert und antwortete: »Leider nicht, Sie Scheusal. Sie sind anscheinend nicht totzukriegen.«

»Stehen Sie auf, Commander Rorvic!« sagte Otech mit eisiger Stimme, aus der unverhüllte Drohung klang. »Sie sind unbefugt in die Halle des Schwarzen Heiligtums eingedrungen, mit der Absicht, zwei Besucher des Heiligtums in ihrer wahren Gestalt zu überraschen.«

Dalaimoc stützte sich auf meine Schulter und stemmte sich hoch. Er erdrückte mich fast dabei; doch ich war viel zu froh darüber, daß er noch lebte, als daß ich mich beschwert hätte.

»Na und?« entgegnete der Commander. »Sie wissen, wie wir aussehen; folglich wäre es nur fair, wenn wir wüßten, wie Sie aussehen.«

»Wäre Ihr Vorhaben geglückt«, sagte Otech, »lebten Sie nicht mehr.« Sein Arm beschrieb einen horizontalen Kreis. »Sehen Sie!«

Ich sah mich um und entdeckte ringsum an den Wänden Cynos in roten Umhängen. Die Wesen schienen erstarrt zu sein. Nur ihre Augen lebten, und ihre Glut trieb mich beinahe zum Wahnsinn. Ich zweifelte nicht daran, daß sie Rorvic auf parapsychische Weise umgebracht hätten, wenn er hinter das Geheimnis ihrer wahren Erscheinungsform gekommen wäre.

Otech wies auf das Tor. »Gehen Sie! Keiner von Ihnen darf ab sofort noch seine Unterkunft verlassen. Wer bei unerlaubten Tätigkeiten gefaßt wird, muß sterben.«

»Sie sind mir ein schöner Gastgeber«, empörte sich der Commander. »Erst laden Sie uns ein, um uns davon zu überzeugen, daß das Solare Imperium vor der Macht der Cynos zu kuschen hat – und dann lassen Sie uns nichts von Ihrer Macht sehen. Vielleicht sind Sie gar nicht so mächtig, wie sie uns glauben machen wollen.«

»Unsere Macht ist unüberwindbar!« rief Otech aus.

Dalaimoc Rorvic grinste. »Bisher sah ich nichts als Papiertiger. Warum unternehmen Sie nicht einmal etwas gegen den Schwarm? Damit könnten Sie zeigen, wie weit Ihre Macht reicht.«

»Wir werden etwas gegen den Schwarm unternehmen, Commander Rorvic«, erklärte Otech.

Der Tibeter lächelte geringschätzig. »Aber sicher«, spottete er sarkastisch. »Vielleicht eine Flugblattaktion.«

»Nein!« widersprach der Cyno heftig. »Wir werden in den Schwarm eindringen!«

Dalaimoc grinste erneut und tätschelte mir die Wange. »Kommen Sie, Tatcher, jetzt können wir gehen, nachdem Onkel Otech so nett war, uns über seine Pläne zu informieren.«

Wir gingen auf das offene Tor zu.

»Das war ein ganz übler Trick!« schrie Otech hinter uns her.

Dalaimoc Rorvic lachte schadenfroh und sagte über die Schulter: »Aus meiner Sicht betrachtet, muß ich sagen: Er war gar nicht so übel.«

Wir waren in unsere Unterkünfte zurückgekehrt, und Dalaimoc Rorvic hatte uns alle in seinen Wohnraum gebeten. Nachdem der Commander und ich über unseren Erkundungsgang innerhalb des Cyno-Schiffes berichtet hatten, herrschte fast eine Minute lang nachdenkliches Schweigen.

Peltrow Batriaschwili brach die Stille schließlich.

»Wir alle wissen, welche Schwierigkeiten Perry Rhodan hatte, als er die MARCO POLO mit Hilfe des Sextadimtriebwerks durch den Schmiegeschirm brachte«, sagte er. »Und die MARCO POLO ist bedeutend größer als das Schiff unserer Gastgeber. Hoffentlich übernehmen sich die Cynos nicht.«

»Die GEVARI hatte nicht so große Schwierigkeiten wie die MARCO POLO«, erinnerte Rorvic.

»Dafür hatte sie den Supermutanten Corello und eine Sextagoniumbombe«, warf Nonderver mit seinem dröhnenden Baß ein.

Der Albino grinste.

»Ich habe dem Zwerg hier ...«, er deutete auf mich, »... bereits gesagt, daß jeder Cyno eine Art kleiner Corello ist. Wenn sich eine genügend große Anzahl dieser parapsychisch begabten Lebewesen auf psionischer Funktionsebene verbindet, dürften sie zusammen mindestens so stark sein wie Ribald Corello. Und was das Sextagonium betrifft, so spüre ich an der charakteristischen Ausstrahlung, daß es an Bord dieses Schiffes einen kleinen Vorrat dieses Elements gibt.«

Riev Kalowont stieß einen Pfiff aus. »Sextagonium! Woher mögen die Cynos dieses künstliche Element haben?«

»Ich nehme an, sie haben den Durchbruch der GEVARI vor knapp einem Vierteljahr beobachtet und sich die entsprechende Technik angeeignet.«

»Dann sind die Cynos gar nicht so mächtig, wie sie es uns glauben machen wollen«, stellte Nonderver fest. »Ich finde es einfach unverschämt, wenn sie dennoch versuchen, terranische Schiffe vom Schwarm fernzuhalten.«

Rorvics Gesicht glich einer Maske.

»Sie werden ihre guten Gründe dafür haben«, sagte er leise. »In letzter Zeit häufen sich die Anzeichen, daß die Fremden, die sich die heimlichen

Herrscher nennen, irgendwie in die mit dem Schwarm zusammenhängenden Geschehnisse verwickelt sind. Noch gibt es dafür keine eindeutigen Beweise, aber wenn das stimmte, würde es erklären, warum sie uns nicht beim Schwarm haben wollen.«

»Konkurrenzneid?« fragte Batriaschwili.

»So ungefähr«, gab der Albino sinnend zurück. »Man könnte fast glauben, sie betrachteten den Schwarm als ihr Eigentum.«

Er erntete allgemeines Gelächter. Dalaimoc Rorvic bedachte uns mit einem giftigen Blick, dann stand er auf und ging zu der Schaltkonsole für die Bordkommunikation. Er fuhr mit seinen fetten Fingern über die Sensorleiste.

Vor ihm öffnete sich die Wand. Ein Schirm leuchtete auf. Es zeigte den Ersten Wissenshüter Kando.

»Sie wünschen, Commander Rorvic?« fragte Kando.

»Ich wünsche, Kommandant Otech zu sprechen!«

»Der ist leider anderweitig beschäftigt, Commander«, sagte der Erste Wissenshüter. »Aber vielleicht kann ich Ihnen helfen.«

»Vielleicht«, gab der Tibeter mit ausdruckslosem Gesicht zurück. »Ich benötige genaue Angaben über das geplante Durchbruchsmanöver, beispielsweise über den Einsatz instabil werdenden Sextagoniums und das Ziel oder den Zweck des Einsatzes.«

»Wer hat Ihnen das mit dem Sextagonium verraten?« fragte Kando überrascht.

Rorvic lächelte. »Kein Kommentar. Wieviel Gramm wollen Sie verwenden?«

Kando zögerte eine Weile, dann sagte er: »Nun, da Sie über die Verwendung von Sextagonium informiert sind, kann ich Ihnen eigentlich auch sagen, welche Menge wir einzusetzen gedenken. Vielleicht dämpft das Ihre penetrante Arroganz ein wenig, Commander. Wir verwenden nämlich nicht sechshundert Gramm wie Ihr sogenannter Supermutant Corello, sondern nur achtundzwanzig Gramm.«

»Ein gestohlenes Verfahren zu verbessern, ist ebenso leichter, als es selber zu erfinden«, tat der Albino gelangweilt. »Offen gestanden, Kando, halte ich Sie insgesamt für Scharlatane, die den Mund so voll nehmen, daß sie eines Tages daran ersticken werden. Bis jetzt konnte ich jedenfalls keine technische Einrichtung besichtigen, die über dem Niveau der terranischen Technik liegt.«

»Das liegt daran, daß Sie bisher nicht danach suchten, sondern verbotene Sektoren ergründen wollten, Commander Rorvic«, entgegnete der Cyno.

»Woher sollte ich wissen, was verbotene und was erlaubte Sektoren sind, wenn ich mir keinen vollständigen Überblick verschaffen darf, Kando?«

»Das stimmt auch wieder«, gab der Erste Wissenshüter zu. »Ich werde dafür sorgen, daß Sie über Ihre Monitorenanlage sämtliche Schiffssektoren beobachten können – außer den verbotenen natürlich.«

»Vielen Dank, aber das genügt mir nicht. Ich verlange, direkt in der Befehlszentrale Ihres Schiffes anwesend sein zu dürfen. Außerdem müßten Sie mir eine beratende Funktion bei der Leitung des Einsatzes zubilligen.«

»Sie sind größenwahnsinnig!« rief der Cyno. »Wie können Sie als Vertreter einer Lebensform, die noch nicht einmal das Feuer gezähmt hätte, wenn ...« Er stockte.

»Sprechen Sie weiter!« forderte Rorvic ihn auf. »Reden Sie sich alles frei von der Leber, was Sie bedrückt.«

»Sie sind ein höchst gefährliches Individuum«, erklärte Kando. »Wir hätten uns nicht mit Ihnen einlassen dürfen.« Der Bildschirm erlosch.

»Was hat er wohl sagen wollen?« überlegte Riev Kalowont laut. »Ob er meint, die Menschheit würde heute noch nicht das Feuer beherrschen, wenn die Cynos es uns nicht gebracht hätten?«

»Spekulationen nützen uns nichts«, warf Bescrilo Nonderver ein.

»Doch, sie sind oft sehr nützlich«, widersprach ich. »Als ich in das Schwarze Heiligtum eindrang, um den Commander zu retten, unterhielt ich mich mit einem Wesen, das sich Yltuvar nannte ...«

»Das sagten Sie vorhin bereits«, warf Batriaschwili ein.

»Aber ich vergaß zu erklären, daß Yltuvar in seiner körperlichen Gestalt zu den Arval-Brüdern gehört hatte, die Mars anbeteten. Er wurde vor langer Zeit von Fremden, die mit einer schwarzen Scheibe auf die Erde kamen, entführt. Das beweist, daß die Cynos auch in die Geschicke der solaren Menschheit eingegriffen haben.«

»Sie rennen wieder einmal offene Türen ein, Tatcher«, sagte Dalaimoc. »Wir waren uns längst klar darüber, daß die heimlichen Herrscher irgendwann einmal auch auf der Erde herrschten oder zu herrschen versuchten. Vielleicht verstecken sich auch heute noch Cynos auf der Erde oder auf anderen Planeten des Solsystems.«

»Meine Leistungen werden eben nicht gewürdigt«, gab ich gekränkt zurück. »Ohne mich wären Sie nicht mehr am Leben, Dalaimoc, vergessen Sie das nicht.«

Der Albino meinte gequält: »Ihre Einbildungskraft ist ungeheuerlich, Marszwerg. Sie haben mich nicht gerettet, sondern nur meine Konzentration gestört.«

»Nennen Sie es ›Konzentration‹, wenn Sie von parapsychischen Kräften in der Luft festgehalten werden?« fragte ich spöttisch. »Wäre ich nicht dazugekommen, hätten die Cynos Sie bis an die Decke des Saales gehoben – und ein Sturz aus dieser Höhe wäre lebensgefährlich für Sie gewesen.«

»Ich weiß nicht, warum Sie immer auf dem Commander herumhacken, Tatcher«, sagte Peltrow Batriaschwili, »aber jeder klardenkende Mensch erkennt doch, daß Sie nicht über Tatsachen reden, sondern etwas konstruieren, was überhaupt nicht geschehen ist, und daraus ableiten, Sie hätten dem Commander das Leben gerettet.«

»Sie hätten Politiker werden sollen«, entgegnete ich und stand auf, »mit Ihrer Begabung für Wortklaubereien – Sir!«

»Nun seien Sie doch nicht gleich beleidigt, Tatcher!« rief Peltrow. »Wir alle sind doch Freunde.«

Ich antwortete nicht darauf, ging in die Vorratszelle und kehrte nach einer Minute ins Wohnzimmer zurück.

Meine Gefährten saßen halbkreisförmig vor der Monitorwand, auf der zahlreiche technische Einrichtungen des Cyno-Schiffes zu sehen waren.

Ich steuerte meinen Sessel an und sagte: »Also, ich habe es mir genau überlegt ...«

»Schscht!« machte Nonderver.

Ich blieb vor dem Sessel des Epsalers stehen. »Was soll das: *Schscht?*«

»Können Sie nicht still sein, Captain a Hainu?« fuhr Batriaschwili mich an.

»Phobos und Deimos!« schimpfte ich. »Vorhin wollten Sie mir weismachen, wir wären alle Freunde, aber wenn man mal etwas fragen will, dann fahrt ihr einem über den Mund. Ich weiß nicht, ob das unter Freunden allgemein so üblich ist.«

»Unter Freunden ist vor allem gegenseitige Rücksichtnahme üblich«, erklärte Dalaimoc Rorvic. »Wir beobachten hier wichtige technische Abläufe des Schiffes, und da kommen Sie herein und lenken uns in unverantwortlicher Weise ab. Setzen Sie sich und verhalten Sie sich still! In der nächsten Stunde will ich keinen Ton von Ihnen hören!«

Ich zog mich auf meinen Sessel zurück und versuchte, mich auf die Beobachtung der Monitoren zu konzentrieren.

Ich erkannte einen ovalen Raum mit transparenten gewölbten Wänden, hinter denen Tausende seltsamer Lichter flackerten. Hin und wieder bildeten sich in dem Lichtermeer drei- bis fünfdimensionale räumliche Gebilde, denen durch Töne symbolisierte Zeitkoordinaten zugeordnet waren.

Ein einziger Cyno befand sich in dem Raum. Er stand aufrecht, ohne sich zu bewegen. Offenbar steuerte er die technischen Vorgänge mittels seiner parapsychischen Fähigkeiten.

Auf einem anderen Monitor sah ich den Linearkonverter des Schiffes. Er glich annähernd unseren Waring-Kompakt-Aggregaten, enthielt aber eine ganze Menge zusätzlicher Gerätekomplexe, wodurch der Eindruck unerhörter Leistungsfähigkeit hervorgerufen wurde.

Aber etwas stimmte nicht. Ich brauchte fast eine Minute, bis ich herausgefunden hatte, was an dem Bild nicht stimmte: Die zusätzlichen Gerätekomplexe waren zwar sehr eindrucksvoll gestaltet, aber nicht an die Energieversorgung angeschlossen.

Ich lachte leise.

»Worüber lachen Sie, Tatcher?« fragte Rorvic.

Ich erklärte es ihm, woraufhin er den betreffenden Monitor genau musterte.

»Sie haben ausnahmsweise recht«, meinte er. »Das dürfte endgültig beweisen, daß die Technik der Cynos unserer unter dem Strich bestenfalls gleichwertig ist. Es gibt selbstverständlich Gebiete, auf denen sie uns überlegen sind, dafür aber nicht wenige, auf denen sie geradezu rückständig sind.«

»Aber sie gleichen ihre teilweise Unterlegenheit durch ihre parapsychischen Fähigkeiten aus«, sagte ich.

Ein anderer Bildschirm leuchtete auf. Kommandant Otech war darauf zu sehen. Der Cyno erklärte: »Wir gleichen nichts aus, Captain a Hainu; wir sind dank unserer psionischen Kräfte unschlagbar.«

»Das haben schon viele von sich behauptet, die längst besiegt sind«, sagte Rorvic gelassen.

»Wir werden Ihnen bald beweisen, daß wir allen anderen Intelligenzen grenzenlos überlegen sind, Commander Rorvic«, entgegnete der Cyno. »In dreißig Minuten Ihrer Zeit durchstoßen wir den sogenannten Schmiegeschirm.«

Immer mehr verborgene Bildschirme hatten sich in den Wänden gezeigt, aber das Interesse galt vornehmlich dem größten Schirm, der eine große Halle zeigte.

In dieser Halle – Dalaimoc Rorvic hatte festgestellt, daß sie sich im ungefähren Mittelpunkt des Schiffes befand – hatten sich etwa tausend Cynos eng zusammengedrängt. Sie alle beobachteten ein kugelförmiges glitzerndes Gebilde, das über ihnen in der Luft schwebte.

»Das Gebilde muß so etwas wie eine Paralinse sein«, flüsterte Commander Rorvic, »mittels der die psionischen Impulse der Cynos gebündelt und gerichtet werden.«

Ich wartete.

Die rund tausend Cynos hockten immer noch dichtgedrängt beisammen und ließen die glitzernde Paralinse nicht aus den Augen. Da ich nicht fähig war, die fließenden psionischen Impulse aufzufangen, wandte ich meine Aufmerksamkeit schließlich den Bildschirmen der Außenbeobachtung zu.

Ich erkannte, daß sich das Cyno-Schiff sehr dicht an den Kristallschirm heranmanövriert hatte. Die genaue Entfernung ließ sich nicht feststellen; auch Schätzungen waren unmöglich, da der betreffende Bildschirm nichts anderes zeigte als den Energieschirm des Schwarms.

Plötzlich blinkte etwas auf, das noch greller strahlte als der Schmiegeschirm. Kurz darauf verschwand es wieder, und einige Sekunden danach tauchte es wieder auf. Obwohl ich nur etwas blinken sah, aber nicht den Gegenstand, der es hervorrief, schien es mir, als bewegte es sich schnell auf den Schwarmschirm zu.

»Die Cynos haben ihre Sextagoniumbombe telekinetisch auf den Weg geschickt«, berichtete Dalaimoc Rorvic. »Tatcher, stellen Sie mir eine Verbindung zu Otech oder einem anderen maßgebenden Cyno her!«

Ich eilte zur Schaltkonsole für die Bordkommunikation und griff nach der Sensorleiste.

Auf dem Bildschirm erschien der Oberkörper des Zweiten Wissenshüters Pruen.

»Frage an Sie!« rief Rorvic von seinem Sessel aus. »Haben Sie die Sextagoniumbombe losgeschickt?«

»Allerdings«, versetzte Pruen herablassend. »Ich hoffe, Sie ahnen zumindest, welche speziellen Effekte auftreten, sobald das Sextagonium mit dem Schmiegeschirm zusammentrifft und instabil wird.«

»Wir wissen es«, erklärte der Albino. »Hoffentlich sind Sie ebenfalls darauf gefaßt.« Er grinste ironisch. »Vielleicht müssen Sie sich in Ihrer wahren Gestalt zeigen, wenn der Hyperraum aufreißt.«

Pruen schaltete abrupt ab.

Sekunden später brach drüben am Schmiegeschirm die Hölle los. Das instabil werdende Sextagonium gab schlagartig die in ihm gespeicherte geballte psionische Energie frei.

Ich hatte den Eindruck, als würde das Universum von einer ungeheuren Explosion zerrissen. Das war natürlich eine Sinnestäuschung, denn in Wirklichkeit flossen die freigewordenen Kräfte auf die sogenannte Dakkarspur ab. Da die Dakkarspur sechsdimensional war, rissen die psionischen Energien auf ihrem Weg dorthin sowohl das Einstein-Kontinuum als auch den Hyperraum auseinander. Erst dadurch konnte eine Leistungsspur zum Dakkarraum geschaffen werden.

Das alles war uns mehr oder weniger bekannt, seit Ribald Corello gemeinsam mit den Sextadim-Physikern Blazon Alpha und Blazon Beta den Durchbruch der GEVARI bewerkstelligt hatte. Wir waren auch auf die sogenannten Nebeneffekte vorbereitet, aber wieder einmal erwies sich, daß zwischen Wissen und Erfahrung eine erhebliche Diskrepanz bestehen kann.

Unsere Sinne – ausgenommen vielleicht der Rorvics – erfaßten kaum einen Bruchteil dessen, was um uns herum vorging. Als wir entmaterialisierten, wußte ich zwar, daß dies auf einen energetischen Rückschlag zurückzuführen war, aber den Rückschlag selbst nahm ich nicht wahr.

Dafür befand ich mich plötzlich in einer geisterhaften Welt, die eigentlich eher die Bezeichnung »Nichtwelt« verdiente. Ich schwebte, für mich selbst unsichtbar, über ein Meer aus pulsierenden Sphären, die in allen Farben des Spektrums leuchteten. Zarte Töne stiegen pastellfarben aus dem Sphärenmeer empor, drangen in mich ein und verliehen mir eine Art Auftrieb.

Immer schneller und schneller stieg ich empor. Die bunten Sphären wurden kleiner und kleiner, doch Anfang und Ende ließen sich nicht erblicken. Schließlich lag das Sphärenmeer gleich einem metallenen Schild unendlicher Ausdehnung unter mir – und über mir verriet ein farbiger Lichtreflex, daß ich dabei war, mich dem Gegenstück des Sphärenmeeres zu nähern, das ich soeben – oder vor einer Ewigkeit – verlassen hatte.

Jemand oder etwas lachte gellend.

Im nächsten Moment bestand das All aus einer Handvoll golden glitzernder Körper, die jemand mir ins Gesicht geworfen hatte. Schreie ertönten. Schmerzwellen rasten durch meinen Körper, und heftige Vibrationen schienen mir das Fleisch von den Knochen schütteln zu wollen.

Mir wurde schwarz vor den Augen.

Als ich wieder klar sehen konnte, zeigten die Bildschirme der Außenbordbeobachtung, daß wir uns innerhalb des Schwarms befanden. Hinter dem Cyno-Schiff klaffte eine runde Öffnung mit flammenden Rändern.

»Dalaimoc?« sagte ich heiser.

»Still!« flüsterte Peltrow Batriaschwili. »Der Commander konzentriert seine Parakräfte.«

Ich blickte zu Rorvic hinüber. Der fette Albino hockte wie eine Buddhastatue in seinem Sessel, die Augen waren halbgeschlossen.

»Er konzentriert sich nicht, er döst«, murrte ich.

Zweifellos hätte Dalaimoc mit seinen psionischen Kräften feststellen können, ob die INTERSOLAR uns in den Schwarm gefolgt war.

Dalaimoc Rorvic öffnete die Augen, kniff mich in die Wange und sagte: »Reißen Sie sich zusammen, Sie Neurotiker! Wir befinden uns bereits seit fünfzig Minuten im Schwarm, und ich nehme an, daß sich die interne Jagdflotte bald um uns kümmern wird. Die Cynos fliegen mit geradezu provozierender Langsamkeit.«

Das brachte mich endgültig in die Wirklichkeit zurück. Ich richtete mich auf und blickte auf den Bildschirm der Außenbeobachtungen, auf dem ich die Öffnung innerhalb des Schmiegeschirms gesehen hatte.

Von den flammenden Rändern stießen immer wieder grelle Eruptionen in die Öffnung vor; sie kamen nicht weit, denn ungeheure Kräfte bogen sie nach kurzer Strecke jeweils wieder zurück.

»Die Öffnung durchmißt neunzig Kilometer«, erklärte Rorvic gelassen, als beschriebe er ein friedliches Bauwerk auf einem friedlichen Planeten. »Sie besteht jetzt seit ...«, er blickte auf seinen Armband-Chronographen, »... zweiundfünfzig Minuten.« Er lächelte. »Staatsmarschall Bull steht mit der INTERSOLAR dicht davor auf der anderen Seite.«

»Warum kommt er nicht herüber?« fragte ich.

»Weil es unklug wäre, zu diesem Zeitpunkt zu viele Kräfte in den Schwarm zu schleusen. Bull wird allerdings darüber nachdenken, wie viele Großkampfschiffe der Solaren Flotte er in der Zeit, in der die Öffnung besteht, hätte durchschleusen können.«

»Wenn er genügend immune Leute besäße, die diese Schiffe bemannen könnten«, warf ich ein.

»Ja, das ist immer noch ein schwerwiegendes Problem«, meinte der Commander dazu.

Plötzlich veränderte sich seine Miene. Zuerst schien er bestürzt zu sein, dann strahlte er übers ganze Gesicht. Doch im nächsten Moment verdüsterte sich seine Miene wieder.

Mit einer Geschwindigkeit, die angesichts seiner Körperfülle unglaublich schien, bewegte er sich zum Kommunikator und stellte eine Verbindung mit dem Zweiten Wissenshüter Pruen her.

»Hören Sie mir nur zu!« sagte er schnell, als Pruens Oberkörper auf dem Bildschirm auftauchte. »Soeben teilte mir ein Telepath mit, daß wir von etwa fünfzig Jagdschiffen des Schwarms, darunter elf Manips, angeflogen werden.«

»Kein Grund zur Beunruhigung«, erwiderte Pruen. »Die Jagdschiffe wurden bereits geortet. Wir orten auch das Schiff, von dem aus sich ein sogenannter Ilt namens Gucky telepathisch bei Ihnen meldete, Commander Rorvic. Es handelt sich um die MARCO POLO, auf der sich der Großadministrator des Solaren Imperiums befindet.«

Dalaimoc zeigte nicht, welche Gefühle diese Mitteilung in ihm hervorrief. Aber seine Stimme vibrierte leicht, als er sagte: »Dann unternehmen Sie endlich etwas, damit uns die Jagdschiffe nicht abschießen!«

»Wir sind bereits dabei«, antwortete Pruen herablassend. »Beobachten Sie die Bildschirme der Außenbeobachtung! Wir schalten um auf Ortungszeichnung.«

Schlagartig veränderten sich die Bilder, die bisher von den Schirmen der Außenbeobachtung gezeigt worden waren. Ich sah zahlreiche Raumschiffe der schwarminternen Jagdflotte – unter anderem die rochenförmigen Manips, die ihre verderbenbringenden Heckschwänze auf uns richteten ...

Im nächsten Moment blähten sich die Schwarmschiffe in schneller Folge auf und vergingen in grellen Explosionen. Es dauerte höchstens eine Minute, dann existierten unsere Angreifer nicht mehr.

Wir wandten uns um, als sich hinter uns die Tür öffnete. Zusammen mit Kommandant Otech betrat der Erste Wissenshüter Kando den Raum.

»Ich hoffe, dieses Schauspiel hat Sie davon überzeugt, daß unsere Macht unüberwindlich ist«, sagte Otech.

»Keine Macht ist unüberwindlich«, widersprach Dalaimoc Rorvic. »Aber ich gebe zu, daß das Schauspiel recht beeindruckend war. Leider war es ebenso sinnlos, denn Sie hätten dem Kampf ausweichen können und dadurch vermieden, daß die Herrscher des Schwarms Sie als Gefahr betrachten.«

»Davon verstehen Sie nichts«, warf Kando ein. »Wir sind auch nicht gekommen, um mit Ihnen darüber zu diskutieren, sondern wir fordern von Ihnen, daß Sie sich über Hyperkom mit der MARCO POLO in Verbindung setzen. Wir haben Ihrem Großadministrator ein Ultimatum zu stellen.«

Der Albino lachte nur.

Die beiden Cynos schienen peinlich berührt zu sein. Sie sahen sich an, dann sagte Kommandant Otech:

»Wir könnten das Ultimatum auch ohne Ihre Vermittlung zustellen, Commander Rorvic. Aber wir dachten, daß Perry Rhodan zugänglicher sein würde, wenn Sie ihm vorher berichteten, was Sie bisher bei uns erlebten.«

»Wie Sie wünschen«, versetzte Rorvic. »Geben Sie sich aber keinen Illusionen hin. Der Großadministrator läßt sich durch Effekthascherei nicht beeinflussen.«

»Wie meinen Sie das?« fragte Otech.

»Ich sprach davon, daß Sie die Jagdschiffe nicht durch überlegene Kampfkraft besiegten, sondern dadurch, daß Sie die Besatzung auf parapsychische Weise dazu zwangen, ihre Schiffe selbst zu vernichten. Terraner würden sich sehr schnell etwas ausdenken, mit dem sie einem solchen Zwang erfolgreich begegnen könnten. Folglich eignen sich derartige Demonstrationen nicht, einen führenden Terraner zu beeindrucken.«

Als die beiden Cynos schwiegen, fuhr er fort: »Nachdem das geklärt wäre, bin ich gern bereit, mit Perry Rhodan zu sprechen. Würden Sie bitte Ihre Funkzentrale veranlassen, eine Hyperkomverbindung zur MARCO POLO herzustellen!«

Der Erste Wissenshüter streckte die rechte Hand aus und krümmte den kleinen Finger. Auf dem Bildschirm der Bordkommunikation flimmerte sekundenlang das Erkennungssymbol von Rhodans Flaggschiff, dann sahen wir den Großadministrator selbst.

Perry Rhodan saß, in eine Bordkombination gekleidet, in einem Kontursessel. Im Hintergrund erkannte ich die Einrichtung der Funkzentrale der MARCO POLO. Neben Rhodan saßen der Mausbiber Gucky und der Telepath Fellmer Lloyd.

Rhodan mußte im gleichen Moment unser Bild empfangen, denn seiner Miene war anzusehen, daß er sich wunderte. Im nächsten Augenblick lächelte er liebenswürdig und sagte: »Ah, Captain Dalaimoc Rorvic! Es freut mich, Sie zu sehen. Da sind ja auch die anderen Herren, die Sie damals zur Erkundung nach Redmare begleiteten. Wie geht es Ihnen?«

»Den Umständen entsprechend gut, Sir«, antwortete Rorvic. »Wie Sie wohl schon vermutet haben, befinden wir uns an Bord des scheibenförmigen Cyno-Raumschiffes, das vor einiger Zeit den Schmiegeschirm durchstoßen hat.«

»Vor genau einer Stunde und elf Minuten«, bestätigte Rhodan. »Offen gestanden, hatten wir den Durchbruch eines terranischen Schiffes erwartet. Sind Sie Gefangene der Cynos?«

Kommandant Otech trat vor. »Commander Rorvic und seine Leute sind unsere Gäste, Großadministrator«, erklärte er. »Sie kamen freiwillig von der INTERSOLAR herüber.«

»Commander Rorvic?« fragte Perry Rhodan.

»Das konnten Sie nicht wissen, Sir«, antwortete Dalaimoc. »Staatsmarschall Bull geruhte, meine ungeheuren Erfolge dadurch zu honorieren, daß er mich zum Commander des *Cyno Discovery Commands* ernannte.«

Perry Rhodan nahm es lächelnd zur Kenntnis. Dann aber fragte er ernst: »Halten Sie es für vertretbar, derartige Dinge zu erwähnen, während Cynos anwesend sind, Commander Rorvic?«

»Sie wußten es, bevor sie Kontakt mit uns aufnahmen. Außerdem hoffe ich, daß unser Verhältnis sich allmählich normalisiert. Meiner Meinung nach könnten Cynos und Menschen recht gut zusammenarbeiten, wenn die Cynos den guten Willen dazu aufbrächten.«

»Davon bin ich überzeugt«, meinte Rhodan. »Bitte, Commander, berichten Sie, wie es außerhalb des Schwarms aussieht und wie ...«

Kommandant Otech hob die Hand. »Dazu ist keine Zeit, Terraner.«

Dalaimoc Rorvic drehte sich langsam zu dem Kommandanten des Cyno-Schiffes um und fixierte ihn aus seinen roten Augen. Der Cyno wurde unruhig, und schließlich erteilte er Rorvic die Erlaubnis, in Stichworten über die Ereignisse außerhalb des Schwarms zu berichten sowie zu erklären, wie es dazu gekommen war, daß das CYD-Kommando an Bord eines Cyno-Raumschiffes in den Schwarm eingedrungen war.

Der Albino berichtete sehr knapp, aber vollständig. Perry Rhodan und die Mutanten stellten einige Fragen dazu, die Rorvic exakt beantwortete.

Anschließend forderte Otech das Wort. Er wandte sich Rhodan zu und sagte schroff: »Ich muß Sie auffordern, sich mitsamt allen Ihren innerhalb des Schwarms befindlichen Kräften aus dem Schwarm zurückzuziehen und sich künftig von ihm fernzuhalten. Wir geben Ihnen dazu eine Frist von drei Tagen Erdzeit.«

Rhodan lächelte nur ironisch. »Und was geschieht, wenn wir Ihrem Wunsch nicht nachkommen?«

Otech machte eine umfassende Handbewegung.

»Sie haben beobachtet, was mit den Jagdschiffen geschah, die uns angegriffen hatten, Großadministrator. Folglich sollten Sie sich eine Vorstellung von unseren Machtmitteln machen können.«

Über Rhodans Nasenwurzel bildete sich eine tiefe Falte.

»Ich möchte darauf verzichten, auf Unverschämtheiten mit gleicher Münze herauszugeben, Cyno. Im Gegenteil, Ihre Machtdemonstration hat mir gezeigt, daß wir die vom Schwarm ausgehende Gefahr vielleicht abwenden könnten, wenn wir uns verbündeten. Wie ich sehe, kommen Sie und die Männer des CYD-Kommandos recht gut miteinander aus. Warum sollten eigentlich Menschen und Cynos nicht allgemein gut miteinander auskommen?«

Der Erste Wissenshüter trat neben Otech.

»Wie sollen wir gut miteinander auskommen, wenn Sie sich ständig in unsere Angelegenheiten mischen, Großadministrator?« fragte er vorwurfsvoll.

»In *Ihre* Angelegenheiten ...?« echote Perry Rhodan betont. »Begründen Sie bitte, warum Sie den Schwarm als Ihre Angelegenheit betrachten! Gehört er Ihnen etwa?«

»Wir müssen Ihnen gegenüber nichts begründen, Großadministrator«, sagte Otech. »Ich kann nur noch einmal sagen, daß Sie sich von allem, was irgendwie mit dem Schwarm zu tun hat, fernhalten sollen.«

Rhodan schüttelte den Kopf.

»So kommen wir nicht weiter. Der Schwarm geht alle an, die durch sein Eindringen in die Milchstraße bedroht werden. Ich muß Ihr Ultimatum zurückweisen.«

Der Ilt neben ihm ließ seinen Nagezahn sehen und lispelte: »Sie brauchen auch nicht noch einmal zu versuchen, die Besatzung der MARCO POLO parapsychisch zu beeinflussen, Otech. Es wird jedesmal wieder fehlschlagen.«

Er blickte Rhodan an. »Etwa tausend der drüben anwesenden zwölfhundert Cynos bilden einen psionischen Blick. Sie versuchten, unsere Besatzung mittels parapsychischer Impulse dazu zu zwingen, die Rückkehr der MARCO POLO in den Raum außerhalb des Schwarms zu verlangen. Ribald hat die Impulse abwehren können.«

Rhodan erklärte drohend: »Ich warne Sie, Otech! Wir werden uns keinerlei Angriffe gefallen lassen, auch keine Beeinflussungsversuche.«

Zum zweiten Mal streckte der Erste Wissenshüter die rechte Hand aus und krümmte den kleinen Finger. Das Bild aus der MARCO POLO erlosch.

Kurz darauf dröhnten die Antriebsmaschinen des Cyno-Schiffes auf, und auf den Bildschirmen der Außenbeobachtung war zu sehen, daß wir uns schneller durch den Raum innerhalb des Schwarms bewegten.

Ich suchte nach der Öffnung, und als ich sie nicht fand, fragte ich Rorvic danach.

»Sie ist genau eine Stunde zwölf Minuten stabil geblieben und hat sich dann geschlossen«, antwortete der Albino.

Er wandte sich an unsere Besucher.

»Ich bedaure sehr, daß es zu keiner Verständigung zwischen Ihnen und dem Großadministrator gekommen ist, meine Herren. Aber ich kann Ihnen auch verraten, daß Sie die Chancen dafür immer mehr verbauen, wenn Sie weiterhin nur ultimative Forderungen stellen.«

Otech und Kando wandten sich schweigend um und verließen den Raum. Wenig später tauchte das Schiff in den Linearraum ein.

Dalaimoc Rorvic wandte sich an mich und sagte: »Ich habe Hunger, Tatcher, und die anderen sicher auch. Also bereiten Sie uns aus originalterranischen Konserven eine Mahlzeit zu. Riev kann Ihnen dabei helfen.«

23.

Das schwarze Großraumschiff war nach kurzer Beschleunigungsphase in den Linearraum gegangen. Als es in den Normalraum zurückfiel, hatten wir unsere Mahlzeit soeben beendet.

Fasziniert musterten wir die Bildschirme, die uns die Umgebung des Schiffes zeigten. Die Sonnen standen hier so dicht, wie man es sonst nur im Zentrumssektor der Milchstraße fand, und es waren Sonnen aller Typen und Entwicklungsstadien vertreten – fast aller jedenfalls.

Dalaimoc Rorvic aktivierte den Bordkommunikator, und als das Bild von Pruen erschien, sagte er: »Ihre Leistungen würden viel eindrucksvoller wirken, wenn Sie uns auf einem Schirm die wichtigsten Daten übermittelten, Pruen.«

»Dagegen ist nichts einzuwenden«, meinte der Zweite Wissenshüter.

Bald darauf konnten wir auf einem kleinen Bildschirm die ersten Daten lesen. Danach hatten wir mit dem ersten Linearmanöver eine Strecke von neunhundert Lichtjahren zurückgelegt, und zwar vom Kopf aus in Richtung Schwanz. Da der Schwarm aber eine Gesamtlänge von rund elftausend Lichtjahren besaß, befanden wir uns praktisch immer noch im Kopfsektor.

Unwillkürlich richteten wir unsere Aufmerksamkeit immer wieder auf die Sonnen in der nächsten Umgebung, da wir instinktiv erwarteten, sie würden sich auf uns zubewegen beziehungsweise verzerrt erscheinen.

Unser Verstand sagte uns allerdings, daß wir nichts dergleichen zu erwarten hätten. Diese Effekte wären nur aufgetreten, wenn wir unsere Bewegung der des Schwarms nicht schon vor dem Eintauchen angepaßt hätten.

Plötzlich tauchte Otech auf dem Bildschirm des Kommunikators auf.

»Ich protestiere!« sagte der Cyno ungehalten. »Es war nicht abgemacht, daß die MARCO POLO uns verfolgt.«

»Da müssen Sie sich schon an Perry Rhodan wenden«, bedauerte Commander Rorvic.

»Wir haben bereits versucht ...«, begann Otech, doch der Albino winkte ab.

»Sie haben versucht, die Besatzung der MARCO POLO mittels parapsychischer Zwangsimpulse zum Abdrehen zu zwingen, Kommandant

Otech. Es sollte Ihnen zu denken geben, daß diese Versuche mißlangen. Wollen Sie nicht doch mit uns zusammenarbeiten?«

Eine Pause entstand. Offenbar dachte der Cyno angestrengt nach. Dann erwiderte er resignierend: »Es wäre gefährlich, Commander Rorvic. Wer sich mit Terranern einläßt, wird von ihnen vereinnahmt.«

»Das trifft nicht zu«, widersprach Rorvic ernst. »Ich habe den Eindruck, Sie leiden unter Minderwertigkeitskomplexen. Meiner Meinung nach fürchten Sie sich davor, daß wir etwas Bestimmtes entdecken könnten, wahrscheinlich etwas, das Sie für sich beanspruchen. Angesichts der Bedrohung durch den Schwarm halte ich eine derartige Denkweise für kindisch.«

Otech schaltete kommentarlos ab.

Kurz darauf begann die nächste Linearflugphase. Peltrow Batriaschwili räusperte sich.

»Commander Rorvic, Sie sagten zu Otech, Ihrer Meinung nach fürchteten sich die Cynos davor, daß wir etwas Bestimmtes entdeckten. Haben Sie konkrete Vorstellungen von dem, was wir nicht entdecken sollen?«

»Leider noch nicht«, antwortete der Albino. »Doch ich fürchte, die Cynos spielen mit dem Feuer.«

Nach dieser rätselhaften Bemerkung rückte er sich auf seinem Sessel zurecht und meditierte.

Die Stimme des fetten Albinos riß mich in die Wirklichkeit zurück, nachdem ich eine Weile geschlafen hatte.

»Das Schiff hat während Ihrer geistigen Abwesenheit drei Linearetappen durchgeführt, Tatcher. Dabei ist es bis ins hintere Drittel des Schwarms vorgedrungen. Innerhalb des Normalraums wurden Manöver vorgenommen, die es als sicher erscheinen lassen, daß die Cynos etwas Bestimmtes suchen.«

»Jeder sucht etwas«, gab ich zurück, »der eine dies, der andere das. Was soll's also?«

»Reden Sie keinen Unsinn!« fuhr mich der Tibeter an. »Ich ahne, daß die Cynos einen Planeten suchen, und zwar einen sehr alten Planeten. Je näher man dem hinteren Ende des Schwarms kommt, desto ältere Welten trifft man an.«

Ich nickte. Das war uns bereits vor unserem Einsatz bekannt gewesen. Im hinteren Drittel des Schwarms befanden sich viele sehr alte Welten und außerdem solche Himmelskörper, die man bei einer der nächsten Transitionen zurücklassen wollte.

Auf den Bildschirmen der Außenbeobachtung waren nur die eigentümlichen Effekte des Linearraums zu sehen.

»Ende des Linearmanövers!« rief Bescrilo Nonderver, der ständig die

Schirme der Außenbeobachtung und den Datenschirm im Auge behielt. Ich blickte ebenfalls hin.

»Oh!« rief Riev überrascht.

Ich entdeckte die Ursache des Ausrufs im gleichen Moment wie Kalowont. Der Datenschirm zeigte an, daß wir mitten in einem Flottenverband von rund dreitausend Einheiten in den Normalraum zurückgefallen waren.

Plötzlich sprach die Bordkommunikation an. Ohne daß ein Bild erschienen wäre, sagte eine Stimme: »Kommandant Otech an Commander Rorvic. Hören Sie sich Ihren Großadministrator an, wie besorgt er um unsere Sicherheit ist. Wir werden ihm und Ihnen beweisen, daß wir uns vor nichts zu fürchten brauchen.«

Es knackte, dann hörten wir Rhodans unverkennbare Stimme mit eindringlichem Ernst sagen:

»MARCO POLO an Cyno-Raumschiff! Wir orten dreitausend Schwarm-Fahrzeuge, darunter solche der Schwarzen Dämonen, die sich im Anflug auf Ihre Position befinden. Fliehen Sie! Die Schwarzen Dämonen arbeiten mit künstlich erzeugten psionischen Kräften. Ich wiederhole: Die Schwarzen ...«

Ein hartes Krachen beendete die Übertragung. Aus dem Bildschirm fuhr ein greller Blitz. Eine heftige Erschütterung schleuderte mich gegen den Albino, dann verlagerte sich das Zentrum der künstlichen Bordschwerkraft. Der Boden neigte sich um etwa zwanzig Grad.

»Das ist das Ende ...«, hörte ich Riev Kalowont sagen.

Bevor die Bildschirme der Außenbeobachtung erloschen, sah ich mehrere riesige Walzenraumschiffe mit glühenden Kristallkuppeln auf uns zurasen. Dann brach das Inferno über uns herein.

Es war klar, daß die Cynos sich maßlos überschätzt hatten. Ihr Schiffe wurde systematisch zusammengeschossen. Dalaimoc Rorvic gab den Befehl zur Flucht.

Wir verschlossen unsere Kampfanzüge und verließen die Unterkunft. Von den Cynos war nichts zu sehen. Überall krachte, knackte und knallte es, dann fiel die künstliche Bordschwerkraft völlig aus. Schwerelos »schwammen« wir durch die angrenzenden Räumlichkeiten.

Wir drangen in einen langgestreckten Raum vor, in dem unter rotglühenden Energieschirmen unbekannte Maschinen arbeiteten. Dann stieß der Epsaler einen markerschütternden Schrei aus.

Wir fuhren erschrocken herum und sahen, daß Bescrilo Nonderver auf eine der Wände zeigte, in der sich unter einem durchsichtigen Energiefeld humanoide Gestalten in offenbar grauenvoller Qual wanden. Aber bei näherem Hinsehen zerflossen die menschenähnlichen Körper zu einer homogenen Masse, aus der sich anschließend das unübersichtliche Gewimmel ekelerregenden Gewürms bildete.

Riev und Peltrow packten mich an den Armen und rissen mich gewaltsam hoch. Sie zogen mich mit sich fort, obwohl ich mich dagegen wehrte. Allmählich aber ließ mein Widerstand nach.

Unter Rorvics Führung verließen wir den Raum mit den geheimnisvollen Maschinen wieder. Wir mußten die Schutzschirme der Kampfanzüge aktivieren, denn Boden, Wände und Decken glühten bereits. Tiefer im Schiffsinnern mußten furchtbare Gewalten toben.

Dann standen wir vor dem Haupt-Antigravlift und blickten in das Glutmeer, das weiter unten in ihm tobte. Es war unmöglich, tiefer vorzudringen, um vielleicht einige Überlebende zu retten.

Wir wandten uns in die Richtung, in der sich der Hangar mit unserer Space-Jet befand, als vor uns ein Cyno auftauchte. Meiner Meinung nach handelte es sich um den Ersten Wissenshüter Kando. Er schien uns gar nicht zu sehen, sondern wollte offenbar an uns vorbei. Allerdings täuschte er noch immer menschliche Gestalt vor.

Im nächsten Augenblick explodierte der Boden unter uns. Wir vom CYD-Kommando kamen mit dem Leben davon, da unsere Energieschirme aktiviert waren. Aber Kando wurde von einer grellen Entladung getroffen.

Ich hielt unwillkürlich den Atem an, denn wenn ein Cyno starb, mußte er ja seine ursprüngliche Gestalt annehmen. Doch statt dessen wurde Kando nur durchscheinend und zerfloß in einem flackernden Nebelhauch.

»Weiter!« befahl Commander Rorvic.

Wir schalteten unsere Flugaggregate ein und beeilten uns, zum Hangar zu kommen. Um uns gab es immer mehr Explosionen. Das Schiff war eine einzige Hölle, als wir endlich in unsere BUTTERFLY stiegen.

Der fette Albino wuchtete seinen Körper in den Pilotensitz und versetzte mir einen Stoß, der mich vor das Feuerschaltpult beförderte.

Beinahe automatisch aktivierte ich unser Bug-Impulsgeschütz, richtete den Wirkungsbereich auf das Hangarschott und drückte auf den Feuerknopf.

In einer für uns lautlosen Explosion flogen die beiden Schotthälften in den Weltraum. Dalaimoc Rorvic schaltete die Triebwerke zu irrsinnigen Geschwindigkeiten hoch. Kaum lag das Cyno-Schiff hinter uns, da aktivierte der Tibeter auch schon den Linearkonverter.

Das normale Universum verschwand für uns – und mit ihm das glühende Wrack des Cyno-Schiffes sowie die Kampfeinheiten des Schwarms mit den Schiffen der Schwarzen Dämonen.

Nach kurzer Zeit schaltete Dalaimoc den Waring-Konverter wieder aus. Die BUTTERFLY stürzte in den Normalraum zurück, und der Commander paßte sie der Bewegung des Schwarms an.

Die auf normal-lichtschneller Basis arbeitenden optischen Systeme zeigten noch nichts von dem Kampf, der wenige Lichtminuten entfernt stattgefunden und mit dem Untergang des Cyno-Schiffes geendet hatte. Die Hypertaster jedoch wiesen aus, daß dort vor wenigen Sekunden eine heftige nukleare Explosion stattgefunden hatte.

Gleichzeitig fingen wir einen kodierten Hyperkomspruch der MARCO POLO auf, in dem wir gebeten wurden, uns bei einem Koordinatenpunkt einzufinden, der in einem bestimmten Verhältnis zum Explosionszentrum des Cyno-Raumschiffes lag.

Dalaimoc Rorvic klappte seinen Helm zurück, wartete, bis wir es ihm gleichgetan hatten, und sagte: »Bescrilo, Sie übernehmen wieder die Steuerung, nachdem ich die Arbeit praktisch schon allein getan habe. Wir lassen uns von der MARCO POLO an Bord nehmen.«

Er erhob sich und breitete mitten in der Steuerkanzel seinen alten abgeschabten Teppich aus. Ächzend ließ er sich darauf nieder.

»Sie wollen doch nicht etwa vor sich hindösen, während wir an den Schiffen der Schwarzen Dämonen vorbeischleichen?« fragte ich den Albino.

Rorvic sah mich vorwurfsvoll an.

»Ich döse niemals, Tatcher! Das sollten Sie eigentlich inzwischen wissen. Ich will nur mein Inneres Auge öffnen, um vielleicht zu erfahren, warum unsere Gastgeber den Pfad der überheblichen Liebe wandelten, obwohl man der Liebe doch nur in Demut dienen kann.«

»Ich hatte nicht den Eindruck, daß die Cynos uns sehr zugetan waren«, entgegnete ich sarkastisch.

Das fette Vollmondgesicht legte sich in Falten, die es alt erscheinen ließen – alt und beinahe ein wenig weise. Betrübt erklärte Dalaimoc: »Sie liebten uns – und sie fürchteten uns. Das Ergebnis war Ratlosigkeit. So sehe ich es jedenfalls.«

Er ließ seine geschwollenen Lider halb über die Augen sinken und schwieg sich aus, bis wir die MARCO POLO gefunden hatten. Rhodans Schiff holte uns mit einem Traktorstrahl ein.

Zur gleichen Zeit aber hatten auch die Fahrzeuge der sogenannten Schwarzen Dämonen uns gefunden. Unheimliche parapsychische Kräfte griffen nach uns.

Hinterher erinnerte ich mich nur noch an viele gewagte Flugmanöver, gräßliche Halluzinationen und das grelle Aufblitzen sonnenheller Explosionen.

Als ich meine Sinne wieder vollständig unter Kontrolle hatte, lag die BUTTERFLY in einem Schleusenhangar der MARCO POLO, und aus dem Telekom drang Rhodans Stimme.

»Sie sind in Sicherheit«, erklärte er. »Nachdem wir einige gegnerische Raumschiffe abschießen mußten, nahmen wir Sie an Bord und zogen uns in den Linearraum zurück. Ich schicke Ihnen Gucky und Dr. Jensen in Ihre Maschine. – Hm, welche Einsatzbezeichnung trägt Ihre Space-Jet noch? Ich brauche diese Angabe für das Logbuch.«

»BUTTERFLY«, antwortete ich.

»Wie bitte?«

»Ich sagte: BUTTERFLY, Sir. Oder spreche ich so undeutlich?«

Zu meinem Erstaunen lachte Perry Rhodan, und dieses Lachen klang fast jungenhaft, gar nicht so gezwungen, wie wir es seit langem von Rhodan gewohnt waren.

»Ganz im Gegenteil, Captain a Hainu«, sagte der Großadministrator. »Ich freue mich, einige Männer mehr zu kennen, die sich ihre Naturverbundenheit bewahrt haben.«

»Wieso ›Naturverbundenheit‹, Sir?« fragte ich.

Nach kurzer Pause meinte Rhodan: »Nun, wer sein Raumschiff »Schmetterling« nennt, denkt doch an einen über Blüten dahinflatternden Falter ...«

»Oh!« rief ich verblüfft. »Und ich dachte, BUTTERFLY wäre der Name einer Frau ...«

Unter dem Gelächter meiner Gefährten unterbrach Rhodan die Verbindung.

Eine halbe Stunde später saßen wir ihm am Kartentisch der MARCO POLO gegenüber. Dalaimoc Rorvic berichtete.

Als er geendet hatte, herrschte für längere Zeit Schweigen, dann sagte Perry Rhodan: »Ich begreife die Cynos nicht. Vieles an ihrem Verhalten deutet darauf hin, daß sie den Schwarm viel besser kennen als wir. Auf der anderen Seite haben sie sich so benommen, als hätten sie keine Ahnung von den technischen Möglichkeiten der Schwarzen Dämonen. Genau genommen, sind sie wie dumme Jungen in ihren Tod geflogen. Vermag jemand von Ihnen diesen Widerspruch zu lösen?«

»Sie wollten sich uns gegenüber aufspielen«, erklärte ich. »Das ist doch klar.«

»Für einfältige Gemüter wie Sie vielleicht, Captain Hainu«, widersprach Dalaimoc gelangweilt. »Meiner Meinung nach wollten sie uns nur nebenbei ihre Macht beweisen. Der Hauptgrund, weshalb sie ausgerechnet ins hintere Drittel des Schwarms eingeflogen sind, muß ein anderer gewesen sein.«

Er sah uns bedeutungsvoll an und fuhr fort: »Sie haben etwas gesucht – und zwar wahrscheinlich einen Planeten, von dem wir nicht die geringste Ahnung haben. Erst dort sollten wir offenbar Einblick in ihre wahren Möglichkeiten bekommen.«

»Nur kamen ihnen die Schwarzen Dämonen dazwischen«, sagte Perry Rhodan ernst. »Meinten Sie das, Commander Rorvic?«

»Ja, Sir«, antwortete der Tibeter.

Rhodan schüttelte den Kopf.

»Ich kann Ihnen nicht ganz folgen. Schön, die Schwarzen Dämonen kamen offensichtlich unerwartet dazwischen. Aber warum haben die Cynos nicht entsprechend reagiert? Warum haben sie auf ihre parapsychischen Kräfte vertraut, obwohl sie wissen mußten, daß die der Schwarzen Dämonen weit stärker sind?«

»Ich hatte eine Erleuchtung«, berichtete Dalaimoc Rorvic und senkte bescheiden den Kopf. »Danach müssen die Cynos angenommen haben, daß jemand oder etwas die Wirksamkeit der Schwarzen Dämonen aufhebt oder zumindest weitgehend einschränkt. Anders ist ihre offen zur Schau getragene Überheblichkeit gar nicht zu erklären. Es muß ein furchtbarer Schock für sie gewesen sein, als es dann anders ausging.«

Als Rorvic seine »Erleuchtung« erwähnte, lächelte Rhodan ironisch. Doch dann wurde er wieder ernst und folgte aufmerksam den weiteren Ausführungen des Albinos.

»Ich gestehe, daß mir Ihre Erklärung sehr einleuchtet, Commander Rorvic«, sagte er.

Er wurde nachdenklich. »Der Schwarm scheint noch zahlreiche Geheimnisse zu bergen – und die Cynos ebenfalls.« Rhodan lächelte flüchtig. »Eine weitere Gemeinsamkeit. Es ist sehr schade, daß ich Reginald Bull keinen Bericht über die letzten Ereignisse schicken kann.«

»Warum denn nicht, Sir?« fragte Rorvic. »Sie besitzen doch sicher noch Sextagonium. Folglich könnten wir versuchen, mit Hilfe dieser Methode den Schwarm zu verlassen.«

»Das Risiko für Corello ist jedesmal groß«, gab Rhodan zu bedenken.

»Wir brauchen den Supermutanten nicht«, entgegnete Rorvic. »Die Cynos haben ihre achtundzwanzig Gramm Sextagonium telekinetisch auf den Weg gebracht. Wie wäre es, wenn wir dazu eine Rakete nähmen?«

Perry Rhodan schüttelte den Kopf.

»Die Cynos müssen Sie bewußt irregeführt haben, Commander. Der beabsichtigte Effekt einer Entstabilisierung tritt nur dann ein, wenn das Sextagonium mittels Telepsimatrie befördert wurde – und die beherrscht nur Ribald Corello.«

»Irrtum, Sir«, widersprach der Tibeter gleichmütig. »Es kommt nicht auf die Telepsimatrie an, sondern darauf, daß das Sextagonium durch den Hyperraum befördert wird, wobei die Übersättigungsstabilität schwindet, so daß im Zielgebiet die gespeicherte psionische Energie frei wird. Falls Sie also irgendwo in Ihrem Riesenkasten von Schiff ein altes kleines Sprungtriebwerk herumliegen haben ...«

Perry Rhodan erhob sich. Sein Gesicht hatte Farbe bekommen. »Das ist tatsächlich eine Erleuchtung, Commander!«

Dalaimoc Rorvic antwortete grinsend: »Das sagte ich ja bereits, Sir.«

Es erwies sich, daß die Magazine der MARCO POLO wahre Schatzkammern darstellten. Sie enthielten eine Menge sogenanntes Oldtimer-Gerät, womit Aggregate und Fahrzeuge gemeint waren, die früheren technischen Epochen entstammten, aber mit Hilfe der modernen Technik auf Höchstleistung getrimmt worden waren.

Wir wählten als Ladungsträger eine Kurierrakete des ehemaligen Robotregenten von Arkon aus, die ein vorzügliches Transitionstriebwerk besaß. Ribald Corello überwachte persönlich den Einbau der Kapsel mit den 28 Gramm Sextagonium.

Unterdessen war die MARCO POLO nach mehreren Linearetappen im Westsektor des Schwarmkopfes in den Ortungsschutz einer Sonne gegangen. Nachdem alle Vorbereitungen abgeschlossen waren, rief der Großadministrator uns, das heißt das CYD-Kommando, sowie Ribald Corello zu sich.

Er sah uns einige Zeit prüfend an, dann sagte er: »Ich hoffe, der Durchbruch gelingt von innen nach außen ebenso wie umgekehrt.«

»Selbstverständlich, Sir«, versicherte Dalaimoc.

Rhodan lächelte. »Sie scheinen vieles als selbstverständlich hinzunehmen, Commander Rorvic. Vergessen Sie nicht, daß wir mit Hilfe der ›Sexta-Methode‹ bisher nicht von innen nach außen gegangen sind.«

»Ich bin bereit, mich in der Nähe der Durchbruchsstelle aufzuhalten, um im Bedarfsfall eingreifen zu können«, warf Corello mit seiner kindlich hellen Stimme ein.

Ich musterte neugierig den Supermutanten, der in seinem Transportroboter, einem kegelförmigen Gebilde von zwei Metern Höhe, saß und durch die obere Kugelrundung auf uns herabsah. Der Roboter schwebte unbeweglich auf einem Antigravkissen.

»Sie trauen der Technik nicht«, meinte Rhodan.

Corello lachte schrill.

»Ich traue der Technik alles zu, was man ihr zutrauen kann, Sir. Aber wir alle wissen, daß sie nicht alles vermag. Deshalb schlage ich vor, daß ich mich fünfunddreißig Kilometer vom Kristallschirm entfernt postiere, damit ich bei einem Versagen des Transitionstriebwerks mittels Telepsimatrie eingreifen kann.«

»Vielen Dank, Ribald«, sagte Dalaimoc Rorvic und winkte dem zwergenhaften Mutanten zu. »Sie sind ein mutiger Mann.«

»Wie alle körperlich kleingebauten Leute«, warf ich ein.

Der fette Albino streckte einen Arm nach mir aus und rief: »Womit habe ich das verdient?«

Perry Rhodan hüstelte.

»Da ich weiß, Commander, daß Captain a Hainu ausdrücklich von Ihnen als Mitarbeiter angefordert wurde, möchte ich Überlegungen vermeiden, die zu für Sie peinlichen Schlüssen führen müßten.«

Er stand auf. Die Bewegung hatte etwas Endgültiges an sich.

»Die BUTTERFLY startet in zwei Stunden zu ihrem Durchbruchsversuch. Sie, Corello, halten sich bitte zum Eingreifen bereit. Ich stelle Ihnen eine Space-Jet zur Verfügung.«

Rhodan blickte den Albino an.

»Ich werde Ihnen eine Informationsspule für Bull mitgeben, Commander Rorvic – und ich wünsche Ihnen Hals- und Beinbruch.«

»Ich hoffe, Sie haben das nicht wörtlich gemeint«, sagte Rorvic. »Mein Hals ist nämlich sehr empfindlich.« Er grinste. »Warum kommen Sie mit der MARCO POLO nicht nach, sobald das Loch im Schmiegeschirm steht, Sir?«

Perry Rhodan schüttelte den Kopf.

»Unsere Aufgabe hier ist noch nicht erfüllt. Unter anderem will ich wissen, wann und wie die neugeborenen Gelben Eroberer, die auf den drei zuletzt okkupierten Welten heranreifen, in den Schwarm zurückkehren und was mit ihnen geschieht.«

Er drückte uns die Hände und blicke uns nach, als die Männer des Vorbereitungskommandos uns in die Bereitschaftsräume führten, um uns in jeder Beziehung auf die bevorstehende Zerreißprobe vorzubereiten.

Genau zwei Stunden später schoß die BUTTERFLY aus dem Schleusenhangar der gigantischen MARCO POLO, die 100.000 Kilometer vor der Durchbruchstelle auf Warteposition gegangen war. Dieser Sektor des Schwarms war relativ ruhig, und wir durften hoffen, nicht von Jagdschiffen belästigt zu werden.

Fünfunddreißig Kilometer vor dem Schmiegeschirm passierten wir in Sichtweite die Space-Jet Corellos. Der Supermutant hielt die befohlene Funkstille ein, aber er übermittelte uns seine Abschiedsbotschaft auf andere Weise.

Dalaimoc Rorvic, der meditierend auf dem alten Teppich hockte, hob plötzlich den Kopf und sagte mit veränderter Stimme: »Steig einmal, Urschanabi, auf die Mauer von Uruk, geh fürbaß, prüfe die Gründung, besieh das Ziegelwerk, ob ihr Ziegelwerk nicht aus Backsteinen ist, ihren Grund nicht legten die sieben Weisen!«

»Was soll das?« fragte Peltrow Batriaschwili.

Aber der Tibeter schwieg und rührte sich nicht. Er schien zur Statue erstarrt zu sein. Mir wurde unheimlich zumute. Verstohlen griff ich mir die zerbeulte Kanne, schlich auf Dalaimoc zu und hieb sie ihm über den Schädel.

»Gilgamesch-Epos, Elfte Tafel«, flüsterte Rorvic.

Er öffnete die Augen und schaute auf den Signalgeber über Nondervers Schaltpult.

»Major Nonderver, schlafen Sie nicht!« schrie er unvermutet. »Die Rakete ist soeben in Transition gegangen.«

Im nächsten Augenblick tobten unvorstellbare Energien durch den vor uns liegenden Sektor des Kristallschirms. Ein grauenhafter Schmerz raste durch meinen Körper. Es war schlimmer als beim Eindringen in den Schwarm.

Als wir schlagartig wieder rematerialisierten und der damit verbundene Schock abklang, sah ich außerhalb der Steuerkanzel die vertrauten Sterne des Normalraums – und hinter uns waberten Eruptionszungen in die gewaltsam gerissene Öffnung des Schmiegeschirms.

Für den Bruchteil einer Sekunde hatte ich eine Halluzination und erblickte mitten in der Öffnung Corellos lächelndes Gesicht. Aber die Stimme des Commanders riß mich sehr schnell in die Wirklichkeit zurück.

»Tatcher«, sagte Rorvic drohend, »wenn Sie mir noch einmal eine solche Beule beibringen, lasse ich Sie vor ein Disziplinargericht stellen.«

»Das war ich nicht, Dalaimoc«, beteuerte ich. »Es muß eine Nachwirkung des Transitionsschocks sein. Wenn ich auch nur im geringsten dazu beigetragen habe, will ich aus Ihren Stiefeln Kaffee trinken.«

Dalaimoc Rorvic stutzte, äußerte sich jedoch nicht weiter zu diesem Thema.

Während der nächsten Stunden hatten wir damit zu tun, mit mehreren Linearmanövern von der Westflanke des Schwarms wieder vor den Schwarmkopf zu gelangen und Funkkontakt mit der INTERSOLAR aufzunehmen.

Staatsmarschall Bull zeigte sich hocherfreut über unsere Rückkehr. Er übermittelte uns die neuesten Positionsdaten seines Schiffes und holte uns später mit einem Traktorstrahl ein.

Wir hatten Reginald Bull Rhodans Informationsspule übergeben und über unsere Erlebnisse innerhalb des Schwarms berichtet. Der Staatsmarschall zeigte sich erschüttert über den Tod der 1200 Cynos, die sich in dem Scheibenschiff befunden hatten.

»Ich bin sicher«, bemerkte er, »sie wollten uns etwas von Bedeutung zeigen, um uns künftig vom Schwarm fernzuhalten. Fast könnte ich glauben, die Cynos wären gar nicht unsere Gegner, sondern fürchteten uns aus irgendeinem Grund.«

»Ich fürchte mich auch«, erklärte ich.

Bull sah mich überrascht an. »Wovor, Captain a Hainu?«

Ich deutete auf Dalaimoc Rorvic, der in tiefen Schlaf versunken war, nachdem er seinen Bericht beendet hatte. Diesmal meditierte er nicht, sondern schlief tatsächlich.

»Davor, daß dieses unmögliche Monstrum wieder einmal aufwacht und auf den Gedanken kommt, mich in seinen nächsten Einsatz mitzunehmen, Sir.«

»Was ist daran so Schlimmes?«

Ich seufzte. »Der Kaffee, Sir – der Kaffee, den ich demnächst aus Rorvics Stiefeln werde trinken müssen ...«

Ende Bericht Tatcher a Hainu

24.

Hinter ihnen verstummte das helle Summen des Motors. Die Luft flimmerte vor Hitze. Die absolute Stille der felsigen Einöde war bedrückend. Die gleißende Sonne stand fast senkrecht im makellosen Blau des Himmels.

Mittag, dachte Orin Ellsmere, *die Geisterstunde der Hellenen.*

Der Ort war wie aus einer Szene des klassischen Griechenlands. Pinienähnliche Bäume erhoben sich hier und dort aus dem Gewirr der Felsen. Unter der unbarmherzigen Lichtflut der Sonne warfen sie einen kurzen, tiefschwarzen Schatten.

Nur der Obelisk war schattenlos.

Wenige Schritte vor Ellsmere ragte er in die Höhe, fünf oder sechs Meter weit, ein Gebilde aus glattem, grauem Stein. Seine Basis bildete ein Quadrat von kaum einem Meter Seitenlänge. Nach oben hin verjüngte er sich und lief in einer scharfen Spitze aus.

Die Sonne beschien ihn von Süden her, aber Ellsmere hatte ihn umschritten, und Sonnenschein lag auf allen vier Seiten, nicht nur auf der südlichen. Der graue Stein fühlte sich hart an und heiß. Dem tastenden Druck der Finger bot er ein unüberwindliches Hindernis.

Aber nicht dem Sonnenlicht. Es drang durch ihn hindurch, als wäre er nicht da, und erzeugte keinen Schatten.

Der Boden dort, wo der Schatten hätte sein müssen, war genauso heiß wie die Umgebung.

Sergeant Pollack räusperte sich. »Das gefällt mir nicht«, beschwerte er sich. »Ich habe gerne Dinge, die ich begreifen kann!«

Robert C. Hollingsworth, Leutnant und anerkannte Koryphäe auf den Fachgebieten der Liebe und der Liebelei, ließ sich die Gelegenheit nicht entgehen. Lachend bemerkte er: »Mir ist schon aufgefallen, daß du dich mit einer äußerst geringen Zahl von Dingen begnügst.«

»O ja?!« erwiderte King Pollack entrüstet. »Und wer hält hier den Rekord an geistiger Eingleisigkeit, immer nur mit Frauen und Mädchen und so?«

Ellsmere mischte sich nicht ein. Pollack und Hollingsworth hatten im Laufe ihrer mehrjährigen Zusammenarbeit einen Beruf daraus gemacht, einander bei jeder Gelegenheit in den Haaren zu liegen. Da stand, was den

Einfallsreichtum der gegenseitigen Vorwürfe betraf, einer dem anderen nicht nach.

»Eingleisigkeit ist nicht Einfallslosigkeit«, wehrte sich der Leutnant. Dann schien er das Interesse an der Debatte zu verlieren und wandte sich an seinen Vorgesetzten. »Warum wirft das Ding keinen Schatten? Was ist damit los?«

Ellsmere antwortete resigniert: »Ich bin genauso gescheit wie du. Die Obelisken sind völlig neuartige Erscheinungen. Niemand hat sich bis jetzt im Detail mit ihnen befaßt – mit Ausnahme vielleicht von Hung-Chuin. Und seinetwegen sind wir hier. Wenn wir ihn finden, wird er deine Frage womöglich beantworten.«

Er drehte sich um und ließ den Blick über die Hochebene wandern. Die wüstenähnliche Landschaft war auf drei Seiten von sanft gewellten Bergrücken umgeben. Im Süden dagegen öffnete sie sich auf einen schroffen Felssturz. Am Fuß des Sturzes lag die Siedlung Point Chuin, die vor sechs Jahren von einer Gruppe von Wissenschaftlern errichtet worden war. Point Chuin verfügte über einen Raumhafen, der Fahrzeuge bis zur Größenordnung eines Schlachtschiffes aufnehmen konnte. Für Orin Ellsmere und seinen zweieinhalb Kilometer durchmessenden Supertransporter, die UST-3048, war er jedoch zu klein.

Das Schiff lag zwölf Kilometer östlich der Stelle, an der der Obelisk stand. Ellsmere hatte den merkwürdigen Stein bei der Landung erblickt und keine Sekunde verloren, um das eigenartige Gebilde aus der Nähe in Augenschein zu nehmen. Er war mit seinen Begleitern in einem kleinen Shift hierhergekommen. Die Betrachtung des Steines hatte keinerlei Aufschluß über dessen Wesen gebracht. Ellsmere entschloß sich, derart verwickelte Dinge den Fachleuten zu überlassen, und versenkte sich statt dessen in den Anblick seines Raumschiffes, das selbst aus zwölf Kilometer Entfernung noch einen imposanten Eindruck machte.

»Das ist ein altes Gebirge«, sagte hinter ihm Leutnant Hollingsworth. »So etwas sieht man auf der Erde selten. Das ist prä-kambrisches Gestein, mindestens anderthalb Milliarden Jahre alt.«

»Und was kann man sich dafür kaufen?« fragte Pollack.

»Einiges«, antwortete der Leutnant. »Zum Beispiel kann man mit Sicherheit annehmen, daß es in diesem Gebiet keine vulkanische Tätigkeit gibt. Auch keine Erdbeben. Das Land ist viel zu alt dazu.«

Ellsmere schritt auf den Shift zu. »Wir fahren zurück«, erklärte er.

Pollack schwang sich ächzend in den Fahrersitz. King Pollack stammte vom Mars. Seitdem er als Kind zum ersten Mal die Erde mit ihrer dichten Atmosphäre und ihrer für ihn fast erdrückenden Schwerkraft betreten hatte, schnaufte und jammerte er jedesmal, wenn er sich bewegen mußte.

Auch als er sich an die zusätzliche Anstrengung längst gewöhnt hatte, war ihm das Stöhnen als Angewohnheit verblieben.

Ellsmere war der letzte, der einstieg. Er hatte den linken Fuß noch auf dem Boden, als er plötzlich den Eindruck hatte, er befinde sich in einem aufwärts beschleunigenden Aufzug. Es war eine vorübergehende Erscheinung. Das Gefühl verging so schnell, daß er nicht wußte, ob er es wirklich empfunden oder sich nur eingebildet hatte. Die Verwunderung mußte ihm am Gesicht abzulesen sein.

Hollingsworth erkundigte sich: »Was gibt es?«

Ellsmere schüttelte lachend den Kopf. »Wenn du mir nicht eben klargemacht hättest, hier gäbe es keine Erdbeben, dann würde ich behaupten, ich hätte gerade einen leichten Erdstoß gespürt.«

»Es ist schon öfter vorgekommen, daß der Herr Leutnant sich geirrt hat«, bemerkte Sergeant Pollack gehässig.

Hollingsworth wollte darauf antworten, aber im selben Augenblick erwachte der Bordempfänger zu quäkendem Leben.

»Kommandowache an Major Ellsmere!«

Ellsmere beugte sich nach vorne, um dem Mikrophon näher zu sein. »Ellsmere hier. Was ist los, Kochem?«

»Wir haben vor ein paar Augenblicken einen mittelschweren Erdstoß gemessen, Major.«

»Ab!« befahl Ellsmere.

Nur das eine Wort – und der Shift war unterwegs. King Pollack beschleunigte, daß der Staub unter dem steil in die Höhe schießenden Fahrzeug nur so aufwirbelte. Der Motor summte hell, aber über das Summen hinweg drang plötzlich ein dumpfes gefahrdrohendes Geräusch.

»Die Berge!« schrie Pollack. »Sehen Sie sich die Berge an!«

Ellsmere blickte in Fahrtrichtung. In nordöstlicher Richtung, jenseits des Landeplatzes der UST-3048, war die bisher so stille Bergwelt plötzlich in Bewegung geraten. In der von Stürmen glattgeschliffenen Felsflanke eines kuppelförmigen Bergrückens erschien ein Riß, der von der Sohle der Hochebene bis hinauf zum flachen Gipfel lief. In Bruchteilen einer Sekunde erweiterte sich der Riß zum klaffenden Spalt. Die nördliche Hälfte des Berges begann zu wanken. Massiver Fels zerbrach und zerbröckelte. Eine gigantische Staubwolke wirbelte auf. Plötzlich auffrischender Wind trieb das krachende Getöse dem dahinschießenden Fahrzeug entgegen.

Das Schiff kam näher. Ellsmere schaute in die Tiefe. Auch im Boden der Ebene zeigten sich Risse. Das tote Gestein war plötzlich lebendig geworden. Bäume, ihres Haltes beraubt, neigten sich und stürzten krachend. Abgründe taten sich auf und verschluckten Hunderttonnenlasten von Felsgestein in Sekundenschnelle. Überall wirbelte Staub in die Höhe. Der Wind wurde zum Sturm. Der Shift fing an zu bocken.

Ellsmere beugte sich jetzt ein zweites Mal über das Mikrophon. »Kochem ...?«

»Sir?«

»Sind Sie startbereit?«

»Ja.«

»Öffnen Sie Schleuse vierzehn!«

»Ist geöffnet!«

»Bereiten Sie sich auf den Notstart vor! Fahren Sie Schutzschirme auf Vollast, sobald wir das Vierzehner-Außenschott passiert haben, und hauen Sie ab, als wäre der Teufel hinter Ihnen her.«

»Verstanden, Sir, wird gemacht!«

»Wir sind in dreißig bis vierzig Sekunden dort. Viel Glück, Kochem!«

Er hatte das Gerät noch nicht abgeschaltet, da gab es einen mörderischen Krach. Ellsmere wurde mit Wucht in seinen Sitz zurückgeschleudert. Hollingsworth, der mit der Schulter gegen die Dachverkleidung prallte, gab ein wütendes Knurren von sich.

»Treffer!« schrie Pollack. »Jemand wirft mit großen Steinen nach uns!«

Ellsmere sah sich um. Die Welt war hinter einer grauen, wirbelnden Wand aus Staub verschwunden. Ein rötlicher Fleck fesselte seine Aufmerksamkeit. Er lag schräg vorab, nur ein paar hundert Meter nördlich der Stelle, an der auch der Riesenleib des Raumschiffes im Staub verschwunden war.

Er brauchte einen Augenblick, um zu begreifen, was er sah. *Feuer!* Die Erde hatte sich geöffnet. Glühendes Magma brach aus dem Innern des Planeten hervor. Und das in einer Gegend, die Leutnant Hollingsworth noch vor wenigen Minuten als völlig erdbebensicher bezeichnet hatte!

»Hältst du Kurs?« erkundigte er sich bei Pollack. Er mußte schreien, um sich verständlich zu machen. Das Getöse, das die in ihrem Gleichgewicht gestörte Natur vollführte, war ohrenbetäubend.

Pollack nickte verbissen. »Ich habe einen Reflex!« brüllte er. »Wollen nur hoffen, daß er von Schleuse vierzehn kommt!«

Es wurde dunkler, obwohl der rote Feuerschein sich rasch ausbreitete. Die Dichte des Staubes nahm von Sekunde zu Sekunde zu. Ellsmere kam der beunruhigende Gedanke, sie könnten es nicht mehr rechtzeitig schaffen. Wie weit war es bis zum Rand der Hochebene, falls das Schiff starten mußte, bevor sie die Schleuse erreichten? War die Flughöhe des Shifts ausreichend, die Berge zu überwinden?

Ein zweites Mal wurde er zur Seite geschleudert. Blutigrot zuckte es dicht an dem Fahrzeug vorbei. Brennende Hitze erfüllte plötzlich das Innere des Shifts.

Pollack zeterte: »Wenn wir so einen direkt erwischen, sind wir geliefert! Der schmilzt uns glatt den Aufbau zusammen.«

Ellsmere überlief es kalt. Sie flogen in zwölfhundert Metern Höhe. Welch ungeheure Kräfte waren dort unten am Werk, die glühendes Gestein so mühelos so hoch schleuderten?

Da kam es plötzlich heran – ein riesiger, formloser Schatten, finster wie die Nacht. Ellsmere hatte kaum Zeit, in Erwartung des scheinbar unvermeidlichen Aufpralls den Atem anzuhalten, da war es schon vorbei. Helles, blauweißes Licht flammte auf. Die gerätebedeckten Wände einer Raumschiffschleuse wurden sichtbar. King Pollack bremste scharf. Mit blechernem Klang setzte der Shift auf.

Ellsmere sah nach hinten. Captain Kochem hatte blitzschnell reagiert. Das Außenschott schloß sich. Beide Fahrzeugluks klappten nach oben, und im selben Augenblick begannen die Sirenen zu heulen. Das war das Signal für den unmittelbar bevorstehenden Notstart.

Ellsmere hatte selten ein schöneres Geräusch gehört.

Der Auftrag, mit dem Großraumtransporter UST-3048 das System Puntoron-Shin anzufliegen, hatte die fünfzehnköpfige Besatzung aus dem Zustand mürrischer Lethargie unmittelbar in einen Freudentaumel versetzt. Seit dem ersten Einsatz des Schiffes, der infolge der Intrigen eines unzurechnungsfähigen Hybridrechners um ein Haar mit einer Katastrophe geendet hätte, war die UST-3048 zweimal unterwegs gewesen – jedesmal mit dem Auftrag, auf weit entfernten Welten nach Wesen terranischer Herkunft zu suchen, denen es gelungen sein mochte, entweder aus angeborener Begabung oder auch aufgrund eines Zufalls dem verdummenden Einfluß des unheimliches Feldes zu entgehen, mit dem die Herrscher des Schwarms die Galaxis überzogen hatten.

Beide Einsätze waren Mißerfolge gewesen. Auf den Zielplaneten fand sich keine Spur intelligenten Lebens. Die Stimmung der Besatzung, die auf jedem Flug ihr Letztes hergab, um das riesige, unterbemannte Raumschiff sicher ans Ziel und wieder zurückzubringen, sank ins Bodenlose. Nicht nur sah man die eigene Mühe schlecht belohnt, man begann überhaupt zu bezweifeln, ob das ganze Intelligenz-Suchprojekt den Schweiß wert war, der über seiner Gründung und dem Training der ersten Schiffsmannschaften vergossen worden war.

Das Intelligenz-Suchkommando war der Gedankensproß des Cheborparners Cheborparczete Faynybret, wegen der Unaussprechlichkeit seines Namens kurz CheF genannt. Mit einer Rumpfmannschaft solcher, die gegen den Einfluß des verdummenden Feldes immun waren, hatte er sich auf der USO-Trainingswelt USTRAC angesiedelt und sich der nahezu unerschöpflichen Schulungsmittel dieser Welt bedient, um seine Leute zu Allround-Genies zu erziehen. Die Männer und Frauen des ISK lernten, bis ihnen die Schädel zu zerplatzen drohten, und als sie damit fertig waren, beherrschten sie vor allem zwei Künste besser, als sie je in der Geschichte der Menschheit beherrscht worden waren: die Kunst, große Raumschiffe mit einem Bruchteil der vorgeschriebenen Besatzung zu steuern – und die Kunst zu überleben.

So, wie sie vom Trainingsfließband kamen, wurden sie in den Einsatz geschickt. Major Ellsmeres Gruppe war die erste, die sich an Bord eines kritisch unterbemannten Fahrzeugs in den Raum wagte. Damals war die Begeisterung noch jung gewesen und hatte die Leute mitgerissen. Zwei absolute Fehlschläge hatten nicht nur die Begeisterung getötet, sondern zum Teil auch die Hoffnung auf zukünftige Erfolge. Dann, am 25. Juli 3442, kam der dritte Einsatzbefehl. Diesmal drehte es sich nicht nur darum, nach immunen Intelligenzen zu suchen. Diesmal ging es um mehr. Der CheF rief die fünfzehnköpfige Besatzung der UST-3048 zusammen und erklärte ihr, was er im Sinn hatte. Ziel des Unternehmens war der erdähnliche Planet Obelisk im System Puntoron-Shin. Die Sonne, ein gelber G-Typ, stand knapp siebzehneinhalbtausend Lichtjahre von USTRAC entfernt. Sie besaß acht Planeten, darunter war Obelisk der dritte.

In den vergangenen Jahrzehnten und Jahrhunderten war Obelisk, eine nach außen hin paradiesische Welt, mehrmals das Ziel kleiner Siedlerflotten gewesen. Jedoch gab es bis zum heutigen Tag keine ständige terranische Siedlung auf dem Paradiesplaneten. Obelisk brachte Neusiedlern kein Glück. Kaum waren die Schiffe gelandet, da schien sich die Natur der eigenartigen Welt gegen die Eindringlinge zu verbünden. Es kam zu Unfällen, die niemand zu erklären vermochte. Dinge verschwanden, Menschen gingen verloren, wichtiges Gerät wurde beschädigt. Zwei der Siedlerexpeditionen waren, als sie Obelisk wieder verließen, auf weniger als die Hälfte ihrer ursprünglichen Kopfzahl geschrumpft. Die anderen blieben von Verlusten an Menschen verschont, jedoch waren Maschinen, Saatgut und Haustiere dem unheimlichen Wüten der revoltierenden Natur zum Opfer gefallen.

Was sich im einzelnen auf Obelisk zugetragen hatte, war niemals ganz klar geworden. Die Aussagen der Siedler widersprachen einander. Die Leute hatten Übermenschliches erduldet. Es konnte ihnen nicht verübelt werden, daß ihre Perspektive sich verzerrte. Soviel war jedoch klar: Auf

Obelisk war es nicht geheuer. Perry Rhodan persönlich verhängte über die unheimliche Welt eine allgemeine Siedlungssperre.

Die Beobachtung, die in den verworrenen Aussagen der unglücklichen Siedler immer wiederkehrte, bezog sich auf die überall auf der Oberfläche des Planeten verteilten, menhir-ähnlichen Objekte. Es gab deren etwa drei Millionen. Der, dem sie zuerst aufgefallen waren, hatte sie Obelisken genannt, und von da hatte die Welt ihren Namen bezogen. Es gab sie in allen denkbaren Formen, allen vorstellbaren Größen und obendrein noch aus verschiedenerlei Materialien. Die Mehrzahl war aus Stein. Es gab jedoch auch solche aus Eisen, die eine merkwürdige Ähnlichkeit mit uralten, schmiedeeisernen Säulen hatten, die auf der Erde in Vorderindien gefunden worden waren. Obwohl sie schon Jahrtausende alt sein mußten, zeigten sie nicht die geringste Rostspur. Die Obelisken, ob aus Stein oder Metall, waren von überaus regelmäßiger Form und verdankten ihre Existenz auf keinen Fall einem natürlichen Vorgang. Wer sie geschaffen hatte, das allerdings blieb vorerst eine Frage, auf die niemand eine Antwort wußte. Die Siedler waren jedoch fest davon überzeugt, daß ihr Pech mit den Säulen und Obelisken in unmittelbarem Zusammenhang stehe. Wenn man ihnen zuhörte, so ging alles Unheil von den merkwürdigen Gebilden aus – ohne daß die Siedler hatten erklären können, wie es den Obelisken möglich war, auf das Schicksal der Siedlungsexpedition Einfluß zu nehmen.

Vor sechs Jahren hatte sich Perry Rhodan entschlossen, das Geheimnis von Obelisk endgültig zu lüften. Unter Leitung eines genialen Hyperdimregulators, Professor Hung-Chuin, war ein Trupp von 419 Wissenschaftlern nach Obelisk aufgebrochen, um die seltsame Welt eingehend zu studieren und die geheimnisvollen Kräfte, die den Siedlern zum Verhängnis geworden waren, unter Kontrolle zu bringen. Die Forschungsexpedition war für einen langjährigen Aufenthalt auf Obelisk ausgerüstet. Für den Transport wurde eine Flottille von vier großvolumigen Raumschiffen bereitgestellt. Die Forscher schufen sich zuerst einen Ort, an dem sie bequem wohnen und sich wie zivilisierte Menschen fühlen konnten. Die kleine Stadt wurde Point Chuin genannt. Außer den Wohngebäuden enthielt sie Forschungslaboratorien, ein Verwaltungszentrum und den unerläßlichen Hyperkomsender für die Funkverbindung mit der Erde und anderen Welten des Imperiums.

Welche Ergebnisse Professor Chuins Gruppe auf Obelisk erzielt hatte, war der Öffentlichkeit niemals bekannt geworden. In den Nachrichten wurde das Unternehmen, das zuerst so groß herausgestrichen worden war, immer stiefmütterlicher behandelt, bis man es zu guter Letzt ganz vergaß. Dann, nachdem es Hung-Chuin mit seinen Leuten fast fünf Jahre auf Obelisk ausgehalten hatte, war die große Katastrophe über die Milchstraße hereingebrochen, und selbst die Wißbegierigsten hatten Anlaß gefunden, sich über andere Dinge den Kopf zu zerbrechen als darüber, was aus den Forschern auf Obelisk geworden war.

So standen die Dinge, als ein eigenartiges Ereignis nicht der Weltöffentlichkeit, aber doch einigen Verantwortlichen die geheimnisvollen Gegebenheiten auf Obelisk wieder ins Gedächtnis zurückrief. Vor kaum mehr als einem Monat wurden auf der Hundertsonnenwelt, der Heimat des Zentralplasmas im intergalaktischen Raum, vier pyramidenähnliche Gebilde entdeckt, die den Obelisken auf dem dritten Planeten des Puntoron-Shin-Systems unverkennbar ähnlich waren. Die Identifizierung war eindeutig, als festgestellt wurde, daß die Gebilde auf der Hundertsonnenwelt ebensowenig wie die auf Obelisk einen Schatten warfen.

Damit war von neuem der überaus geheimnisvolle Umstand ins Licht gerückt, der damals, zur Zeit der verunglückten Siedlerexpeditionen nach Obelisk, die Phantasie der Öffentlichkeit beflügelt hatte. Die Stein- und Metallsäulen warfen selbst im grellsten Sonnenschein keine Schatten, so wußten viele Siedler zu berichten. Andere wiederum behaupteten, Derartiges sei ihnen nie aufgefallen. Die Wissenschaft verwies daraufhin die Idee vom schattenlosen Obelisken in den Bereich der Einbildung, während die Öffentlichkeit, der die Wahl zwischen Sensation und Nüchternheit niemals schwerfällt, fester denn je daran glaubte, daß die rätselhaften Menhire von Obelisk in der Tat für Sonnenlicht völlig durchlässig waren.

Die Wissenschaft hatte sich übrigens inzwischen eines Besseren besonnen. Hung-Chuin hatte die Schattenlosigkeit der Obelisken ebenfalls festgestellt. Aber davon war der Öffentlichkeit nichts bekannt geworden.

Als die Nachricht von dem Ereignis auf der Hundertsonnenwelt auf USTRAC eintraf, faßte der CheF einen raschen Entschluß. Der Bericht aus dem intergalaktischen Raum enthielt eine genaue Schilderung der Vorgänge bis zu dem Zeitpunkt, an dem die vier Obelisken zum ersten Mal bemerkt wurden – an Stellen, an denen sich nachweislich noch vor kurzem nichts Auffälliges befunden hatte. Es hieß, daß sich an Bord eines terranischen Raumschiffes vier Mitglieder des Volkes der Cynos auf die Hundertsonnenwelt eingeschlichen hatten. Sobald ihre Anwesenheit entdeckt wurde, machte man Jagd auf sie. Es kam zum Kampf. Die Cynos unterlagen. Bevor man ihrer jedoch habhaft wurde, verschwanden sie.

Kurze Zeit später wurden die vier Obelisken entdeckt. Niemand vermochte zu beweisen, daß sie mit dem spurlosen Verschwinden der vier Cynos in irgendwelchem Zusammenhang standen; aber der Verdacht lag nahe.

Cheborparczete Faynybret stellte Major Ellsmere und seinen Leuten eine Doppelaufgabe. Hung-Chuin und seine Wissenschaftler waren von Obelisk zu retten. Außerdem war eine detaillierte Untersuchung der rund drei Millionen Obelisken des Planeten vorgesehen, soweit sie nicht etwa von Chuins Gruppe noch nicht ausgeführt war, wobei besonderes Augenmerk auf mögliche paraphysische und parapsychische Ausstrahlungen der Menhire zu richten war.

Selbst also, wenn Hung-Chuins Gruppe nicht zu retten war, wartete auf die Besatzung der UST-3048 eine Aufgabe, die ernsthaftes Bemühen erforderte und zugleich dazu beitragen mochte, daß das Geheimnis, mit dem die Cynos sich umgaben, gelüftet wurde.

Unter diesen Umständen war die Begeisterung unter den fünfzehn Männern und Frauen verständlich. Der riesige Transporter stand startbereit. Der Abflug erfolgte weniger als zehn Stunden nach der Befehlsausgabe durch den Cheborparner. Der Anflug zum Puntoron-Shin-System verlief ereignislos – wenn man davon absah, daß die fünfzehn Leute keine Sekunde zur Ruhe kamen, weil sie eine Arbeit verrichten mußten, für die Fachleute der Flottengruppe Operation und Kontrolle in der guten alten Zeit mehrere hundert Mann angesetzt hatten.

An der Peripherie des Systems tauchte die UST-3048 aus dem Linearraum auf und versuchte sofort, mit Hung-Chuins Gruppe auf Obelisk Verbindung aufzunehmen. Der Versuch mißlang. Der Transporter begab sich daraufhin in eine Umlaufbahn um den Planeten. Es wurde festgestellt, daß Point Chuin, die Stadt der Forscher, nicht nur verlassen, sondern auch zerstört war. Die Normalfunk- und Hypersender des Schiffes blieben ständig bemannt. Ein wahres Sperrfeuer an Funkrufen prasselte auf die paradiesische Welt ein.

Obelisk jedoch blieb stumm.

Es bestand wenig Zweifel daran, daß die meisten von Chuins Wissenschaftlern, womöglich sogar alle, Opfer des verdummenden Einflusses geworden waren, der aus der Manipulierung der galaktischen Gravitationskonstante durch die Herren des Schwarms resultierte. Allerdings war seit mehreren Monaten, wenigstens bei Wesen irdischer Herkunft, ein allmähliches Wiedererwachen der so plötzlich ausgelöschten Intelligenz zu beobachten gewesen, und Orin Ellsmere wie auch der CheF hatten gehofft, daß von Chuins Leuten wenigstens einer über ausreichende Schlauheit verfügte, um zumindest die simplen Kontrollen eines herkömmlichen Funkgeräts zu bedienen.

Die Hoffnung erfüllte sich nicht. Ellsmere hatte sich, obwohl Point Chuin zerstört war, entschlossen, einen geeigneten Landeplatz in nicht allzu großer Entfernung von der Stadt anzufliegen. Er hatte sich für die Hochebene entschlossen, die sich nördlich der Stadt zwischen zwei Bergketten dahinzog. Die Landung war glücklich verlaufen. Bei einer oberflächlichen Musterung des umgebenden Geländes hatte Ellsmere den knapp sechs Meter hohen Obelisken am Westrand der Ebene entdeckt. Ein kurzer Ausflug, der lediglich der Befriedigung seiner Neugier dienen sollte, schien ungefährlich. Er nahm Hollingsworth und Pollack mit. Captain Kochem übernahm einstweilen das Kommando an Bord der UST-3048.

Dann kamen das Erdbeben und der Ausbruch des Vulkans in einer Gegend, die nach Hollingsworths Aussage so unvulkanisch war wie die sibirische Tiefebene. Das große Raumschiff war, besonders nachdem Kochem die Feldschirme angelegt hatte, dem Toben der Natur mühelos entgangen. Jetzt schwebte es auf einer synchronen Umlaufbahn Tausende von Kilometern hoch über der Stelle, an der sich das unerklärliche Ereignis abgespielt hatte, und die Datenrechner waren damit beschäftigt, die Lage zu analysieren.

Inzwischen war es auf der Hochebene anscheinend wieder ruhig geworden. Staub und Qualm verzogen sich. Das erste Ergebnis, mit dem die automatisch arbeitenden Geräte aufwarteten, gab zu erkennen, daß sich am früheren Landeplatz der UST-3048 ein Krater von zwei Kilometern Durchmesser gebildet hatte. Die Tiefe betrug maximal achthundert Meter, die Temperatur an der tiefsten Stelle lag bei zwölfhundert Grad Celsius.

Leutnant Hollingsworths Feststellung wurde vom Bordrechner bestätigt. Die beiden Gebirgszüge und die dazwischenliegende Hochebene stammten aus der geologischen Frühzeit des Planeten und waren, was vulkanische Tätigkeit anging, als völlig »ausgeruht« zu betrachten.

»Was machst du daraus?« erkundigte sich der Leutnant, der mit Ellsmere zusammen die eingehenden Meßergebnisse überflog.

»Ich denke an die Geschichten, die die Siedler erzählten«, antwortete der Major zögernd. »Die Genauigkeit, mit der der Krater sich genau unter dem Schiff öffnete, ist mir ein wenig unheimlich.«

Hollingsworth pfiff durch die Zähne. »Du glaubst doch nicht etwa ...«

»Doch, ich glaube, daß es sich um eine gezielte Aktion handelte. Daß der Krater nicht von selbst entstand, sondern geschaffen wurde, um das Schiff zu vernichten.«

25.

Hollingsworth brauchte eine Weile, um sich von der Überraschung zu erholen.

»Das gibt doch keinen Sinn!« protestierte er. »Jedermann weiß, daß man mit Magma und Gesteinsbrocken unseren Schirmfeldern nicht beikommt.«

»Das mag richtig sein – von deiner Warte aus betrachtet«, gab Ellsmere zu bedenken. »Was aber, wenn unser geheimnisvoller Widersacher von Schirmfeldern und sonstigen Dingen nichts versteht? Vor anderthalbtausend Jahren, im terranischen Ersten Weltkrieg, schoß die Infanterie mit Karabinern auf Panzerfahrzeuge, weil ihnen nicht einging, daß die Panzerung stärker war als die Durchschlagskraft ihrer Geschosse.«

Hollingsworth schwieg und betrachtete ein Bild, das der automatische Auswurf soeben auf den Tisch geschoben hatte. Es zeigte, in starker Vergrößerung, den westlichen Rand der Hochebene. Der Leutnant zuckte zusammen.

»Schau dir das an!« Er deutete mit dem Finger auf eine Stelle am Fuß des westlichen Bergzuges. »Felsklötze so groß wie Wolkenkratzer sind Hunderte von Metern weit durch die Gegend geschleudert worden, aber unser kleiner Obelisk steht immer noch an seinem Platz.«

Ellsmere lächelte spöttisch. »Wundert dich das? Ich habe den kleinen Stein schwer im Verdacht, bei dem Erdbeben kräftig mitgemischt zu haben.«

Eine Stunde später setzte die UST-3048 von neuem zur Landung an. Orin Ellsmere hatte seinen ursprünglichen Entschluß revidiert. Die zweite Landung würde auf dem Raumhafen von Point Chuin erfolgen. Es war damit zu rechnen, daß die beim Landevorgang zum Einsatz kommenden Stützfelder unter den Gebäuden der benachbarten Stadt Schäden hervorrufen würden. Da die Stadt jedoch verlassen war, brauchte darauf keine Rücksicht genommen zu werden. Ellsmere glaubte jetzt nicht mehr daran, daß Professor Chuin und seine Leute jemals in die Stadt zurückkehren würden.

Über der kleinen Stadt und dem nördlich angrenzenden Felshang lag heller Nachmittagssonnenschein, als die riesige UST-3048 sich auf das kleine Landefeld hinabsenkte. Ellsmere überließ die Landung dem automatischen Monitor und beschäftigte sich mittlerweile, von Hollingsworth, Kochem und Pollack unterstützt, mit dem Ausarbeiten von Suchplänen.

Plötzlich gab die Alarmanlage ein aufdringliches Summen von sich. Im Kommandostand richteten sich alle Blicke auf den großen Monitorschirm.

Ellsmere sprang auf. Auf seinen Befehl hin erfaßte die Außenoptik den unmittelbar unter dem landenden Raumschiff liegenden Geländeausschnitt. Die Wandlung, die dort seit der letzten Beobachtung vor sich gegangen war, verfehlte ihren Eindruck nicht.

Aus der sonnenbeschienenen Landschaft war eine Staubwüste geworden. Ein wütender Sturm peitschte auf das Landefeld und die benachbarte Stadt. Die ohnehin beschädigten Gebäude der Ansiedlung leisteten den taifunartigen Winden kaum Widerstand und wurden Block um Block, Mauer um Mauer abgetragen.

Die Aufschrift auf dem Monitorschirm hatte sich geändert. Ellsmere sah Hollingsworth bedeutsam an.

»Unser heimlicher Widersacher ist wieder am Werk«, sagte er halblaut.

»Ich verstehe das nicht«, beklagte sich Kochem. »Vor fünf Minuten noch strahlender Sonnenschein, und jetzt ...«

Ellsmere ging nicht darauf ein. »Wir landen wie geplant«, entschied er.

Minuten später tauchte die UST-3048 in den Sturm ein. Inzwischen war die mittlere Windgeschwindigkeit auf nahezu dreihundert Kilometer pro Stunde angestiegen. Das Schiff hatte die Feldschirme halb ausgefahren und sank mitten durch die mörderischsten Windströmungen so sanft wie ein fallendes Blatt. Der Ruck beim Aufsetzen war nicht zu spüren.

Im selben Augenblick schien der Sturm zu erlöschen. Das Wirbeln des Staubes wurde weniger hektisch. Kurze Zeit später war die Sonne, die die hochgeschleuderten Staubmassen verdeckt hatten, wieder sichtbar, und zehn Minuten nach der Landung mutete die Außenszene wieder so ruhig und paradiesisch an wie zu Beginn des Orkans.

Von Point Chuin allerdings war kaum ein Stein auf dem anderen geblieben.

Der unbekannte Feind hatte ein zweites Mal zugeschlagen. Wiederum, wie beim ersten Mal, verblüffte die Unwissenheit des Gegners, der von den Verteidigungsmitteln eines terranischen Raumschiffes offenbar nicht die geringste Vorstellung hatte.

Trotzdem machte Orin Ellsmere sich Sorgen. Es war alles nur eine Frage der Zeit, bis der Gegner begriff.

Und selbst wenn er nichts dazulernte – hier, im Innern des Schiffes, waren die Leute vor Vulkanausbrüchen und hurrikanartigen Stürmen sicher. Was aber, wenn sie sich auf die Suche nach Chuin und seinen Wissenschaftlern machten?

Von einer Sekunde zur anderen sah Major Ellsmere das Gefahrenmoment des bevorstehenden Einsatzes in völlig neuem Licht.

Die wichtigste Frage war, wohin Hung-Chuin und seine Leute sich gewandt hatten, nachdem ihre Stadt zerstört worden war. Dabei blieb die Ursache der Zerstörung vorläufig dahingestellt. Die Bilder, die die automatischen Teleskope der UST-3048 vor der Landung, also auch vor den zusätzlich durch den Taifun angerichteten Verwüstungen aufgenommen hatten, deuteten darauf hin, daß die Schäden kaum die Folge einer Naturkatastrophe sein konnten.

Sowenig von der Stadt auch übriggeblieben war, so blieb sie doch weiterhin der Ansatzpunkt, an dem mit der Suche nach den Spuren der Verschwundenen begonnen werden mußte. Orin Ellsmere war aufgrund der bisherigen Erlebnisse auf Obelisk zu der Ansicht gelangt, daß das Schiff unter allen Umständen auf das sorgfältigste gehütet werden müsse. Kurz nach der Landung erließ er die Anweisung, wonach sich an Bord des Transporters zu jedem Zeitpunkt mindestens zehn Mann zu befinden hatten. Somit blieben ihm fünf Mann, aus denen er Suchtrupps bilden konnte. Einen Trupp bildete er selbst mit Sergeant Pollack. Eine zweite Gruppe bestand aus Robert Hollingsworth und Spezialist Zweiter Klasse Kainchen.

Elisa Kainchen. Die Besonderheit der Umstände veranlaßte Ellsmere dazu, Hollingsworth einen weiblichen Begleiter zuzuteilen. Elisa war dafür bekannt, daß sie auf dem Gebiet des Spurenlesens erstaunliche Fähigkeiten entwickelte. Außerdem hatte sie – wie böse Zungen behaupteten – das Äußere eines maghrebinischen Marktweibes – ein Umstand, der dazu beitragen sollte, Hollis Aufmerksamkeit dort zu konzentrieren, wo es sich gehörte, nämlich bei der Suche nach den Verschollenen.

Orin Ellsmere empfand es als eine unschöne Laune des Geschicks, daß die nähere und weitere Umgebung von Point Chuin sich in nahezu allen Richtungen in gleicher Weise als Versteck für Leute eignete, die ohne Zweifel im ersten Schock der vollkommenen Verdummung vor der Zivilisiertheit ihrer Umgebung Angst bekommen hatten und Hals über Kopf geflüchtet waren. Lediglich der annähernd fünfzig Kilometer breite Steilhang, der zu der zwischen den beiden Höhenzügen liegenden Felsebene hinaufführte, schien als plausibler Fluchtweg von vornherein auszuscheiden. Das bedeutete nicht, daß Hung-Chuin und seine Leute nicht doch irgendwo auf der Hochebene Unterschlupf gefunden haben mochten.

Die Berge, die die Ebene im Osten und Westen begrenzten, waren leicht zu überqueren. Östlich und westlich der beiden Bergzüge dehnte sich offenes Buschland. Es war zumeist eben, und die durchschnittliche Höhe des Bewuchses lag bei zweieinhalb Metern. Allerdings bildete der Busch eine verfilzte Decke, in der sich jemand, der es darauf anlegte, bis in alle Ewigkeiten verstecken konnte. Immerhin schien das Buschland jedoch einer intensiven Suche zugänglicher zu sein als der Dschungel, in den das Buschgelände in südlicher Richtung allmählich überging. Im Süden von Point Chuin breitete sich eine annähernd eintausend Kilometer breite Tiefebene aus, die nahe der Küste des Kontinents schließlich in Marschen und Sümpfen überging. Die Durchschnittshöhe des Bewuchses betrug annähernd zehn Meter. Es war Ellsmere nicht sonderlich wohl bei dem Gedanken, Hung-Chuin und seine Leute könnten in der Wildnis des Dschungels Zuflucht gesucht haben.

Unter der Besatzung der UST-3048 befand sich kein Mutant, der mit seinen parapsychischen Gaben bei der Auffindung der Gesuchten hätte helfen können. Orin Ellsmere war allein auf den Spürsinn seiner Leute und auf die wenigen Geräte angewiesen, die auf die Ausstrahlungen eines denkenden Gehirns ansprachen – aber auch nur aus Entfernungen von weniger als ein paar hundert Metern.

Als die beiden Suchgruppen aufbrachen, war Obelisks gelbe Sonne hinter dem nordwestlichen Horizont verschwunden. Captain Kochem hatte dafür gesorgt, daß auf der Außenhaut des Schiffes eine Batterie kräftiger Tiefstrahler montiert wurde, die die verwüstete Stadt in tagesgleiche Helligkeit tauchte.

Point Chuin bedeckte eine Fläche von annähernd fünfzig Quadratkilometern. Es war vorgesehen, daß Hollingsworth und Kainchen am Westrand, Ellsmere und Pollack dagegen am Ostrand der Stadt mit der Suche beginnen sollten. Orin rechnete damit, daß es vier bis fünf Stunden dauern würde, bis sie sich nahe der Stadtmitte trafen.

Im östlichen Randgebiet von Point Chuin hatte der Taifun nicht so mörderisch gewütet wie weiter nach dem Stadtinnern hin. Die ersten Gebäude, die Ellsmere und Pollack sich vornahmen, besaßen noch intakte Mauern, obwohl die Dächer der Wucht des Sturmes fast widerstandslos nachgegeben hatten. Ellsmeres Aufmerksamkeit konzentrierte sich auf einen flachen, langgestreckten Bau, der so aussah, als hätte er früher Laborräume enthalten. Tatsächlich fanden sich einige nahezu unbeschädigte Experimentiertische mit den Überresten einstmals wertvoller Geräte, die Chuins Leute hier zurückgelassen hatten. King Pollack entdeckte im Sockel eines der Tische einen Elektrizitätsanschluß. Ein Test ergab, daß keinerlei Spannung vorhanden war. Auch das war ein Hinweis darauf, daß Point Chuin mutwillig zerstört worden war. Generatoren haben ein zähes Leben. Die Einwirkungen natürlichen Zerfalls hätten Jahrhunderte gebraucht, um einen durchschnittlichen Fusionsgenerator außer Betrieb zu setzen.

Bei der weiteren Suche ging Ellsmere so vor, daß er Pollack mit dem Shift, mit dem sie von der UST-3048 gekommen waren, zunächst Gebäudeblocks in geringer Höhe abfliegen ließ. Sobald er etwas sah, was des näheren Anschauens wert schien, befahl er dem Sergeant zu landen. Westlich an das Laborgebäude schlossen sich die Ruinen kleinerer Häuser an, die Ellsmere für Wohnbauten hielt. Keines hatte mehr als fünf Räume. Hier und dort waren alte, halb zerfallene Möbelstücke zu sehen, die der Sturm irgendwie verschont hatte. Aber nirgends sah es so aus, als hätten Chuins Leute eine Spur hinterlassen, die auf ihren derzeitigen Aufenthaltsort wies. Von Zeit zu Zeit sprach Ellsmere über Normalfunk mit Hollingsworth. Es schien, als hätte Holli bis jetzt ebenfalls nichts Bemerkenswertes gefunden.

Jenseits der kleinen Wohnsiedlung erstreckte sich eine weite, unbebaute Fläche, die früher, wie Baumstümpfe und verrottete Aststücke vermuten ließen, ein Park gewesen war. Pollack setzte in hohem Bogen darüber hinweg. Auf der Westseite des Parks war es interessanter. Dort waren die Mauern einiger dreistöckiger Gebäude stehengeblieben. Ellsmere vermutete, daß die Wissenschaftler in ihnen ihre Verwaltungsbüros untergebracht hatten. Es war möglich, daß sich dort eine Spur fand.

Pollack landete. Er setzte den Shift an der Ostseite des Gebäudes ab. Weder hier noch in der Südwand gab es einen Eingang. Die einzige Mauerlücke befand sich auf der Nordseite. Die Nordseite jedoch lag im Dunkeln. Unter der Lichtflut der Tiefstrahler von der UST-3048 warf das Gebäude einen tiefschwarzen Schlagschatten. Pollack zog eine Lampe aus der Tasche. Der dünne, blauweiße Strahl huschte die von der Witterung angefressene Wand entlang. Die Mauerlücke wurde sichtbar. Es war eine drei Meter breite Bresche, die früher ein Portal enthalten haben mochte. Die Finsternis jenseits der Lücke durchdrang auch Pollacks Handlampe nur ein paar Meter weit.

Ellsmere schritt auf die Öffnung zu. Pollack folgte dichtauf. »Irgendwie«, brummte er, »kommt mir die Sache nicht ganz geheuer vor.«

Ellsmere ergriff die Mauer am Ostrand der Bresche und untersuchte sie auf ihre Festigkeit. Der Plastikguß gab nicht nach. Er schickte sich an, über den Trümmerberg zu klettern, der sich unter der Lücke im Laufe der Jahre angesammelt hatte.

Da leuchtete es vor ihm auf. Instinktiv warf er sich zur Seite. Ein häßliches, fauchendes Geräusch, als zerrisse jemand ein grobes Stück Stoff, durchbrach die Stille der Nacht. Ellsmere fühlte einen Schwall heißer Luft, der sich am Rand der Mauerlücke brach. Er stürzte und schlug mit der Schulter hart auf.

Noch halb benommen, hörte er King Pollacks Geschrei: »Warte, dich kriege ich, du Schweinehund!«

Trümmerstücke polterten. Pollack ächzte wie ein angeschossener Büffel. Ein zweites Mal leuchtete es auf. Ein fauchender Knall kam von der Westecke des Gebäudes. Gleich darauf ertönte ein wimmerndes Heulen, das sich rasch entfernte und bald erstarb. Das alles geschah mit atemberaubender Schnelligkeit. Ellsmere war noch nicht wieder auf den Beinen, da lag die zertrümmerte Stadt so still und ruhig wie zuvor.

King Pollack kam mit schleppendem Schritt auf ihn zu.

»Ich bin sicher, ich habe ihn getroffen«, erklärte er mißmutig. »Aber er lief trotzdem davon.«

»Er – wer?«

»Na, der Kerl, der von dort drinnen auf Sie schoß.«

Pollack schielte durch die Mauerlücke.

»Konntest du ihn erkennen?«

»Mhrrrm«, machte der Sergeant.

»Wie?«

»Ja ... ich denke«, kam es kläglich.

»Wie sah er aus? Einer von Chuins Leuten?«

Pollack schielte immer noch durch die Lücke. Es ging Ellsmere auf, daß er vermied, ihn anzusehen. Da stimmte etwas nicht.

»Wie sah er aus?« wiederholte er seine Frage. »War es einer von Chuins Leuten?«

King Pollack hob mit einem entschlossenen Ruck den Kopf. »Es war kein Mensch«, sagte er wütend.

»Kein Mensch?«

»Nein. Ein zu groß geratenes Känguruh ist der beste Vergleich, der mir im Augenblick einfällt.«

Ellsmere brauchte eine Weile, um das zu verdauen.

»Ein Känguruh hat auf uns geschossen?« Er musterte den Sergeanten mit durchdringendem Blick. »Wenn sie das an Bord erfahren, streichen sie deine Schnapsration, King.«

»Ich weiß«, grollte Pollack. »Aber es war trotzdem ein Känguruh!«

»Gut. Wir sehen nach!«

Der zweite Vorstoß gegen die Mauerlücke erfolgte langsamer. Pollack hob ein paar Steine auf und warf sie ins Innere des zerstörten Gebäudes.

Sie polterten laut, und einer schlug gegen etwas Blechernes und machte eine Menge Lärm. Ansonsten aber blieb es still. Sie durchquerten die Bresche im Laufschritt und fanden sich wenige Meter weiter in einem Raum, der früher ein Innenhof gewesen sein mußte. Wenigstens deuteten die einstmals bunten Bodenkacheln darauf hin. In einer Ecke stand ein metallener Behälter. Der Deckel war offen. Ellsmere trat darauf zu, während Pollack sich bemühte, den Strahl seiner Lampe ins Innere des Behälters fallen zu lassen.

»Waffen«, sagte Ellsmere halblaut. »Handstrahler!«

Die metallene Kiste enthielt etwa zwei Dutzend Handwaffen der Thermostrahlart. Einige ruhten noch in der Originalverpackung. Andere Verpackungen waren angerissen worden. Ein paar waren leer. Obenauf lag ein Strahler, der offenbar in aller Eile dorthin geworfen worden war. Ellsmere nahm ihn auf. Die Energiekammer fühlte sich warm an. Das war die Waffe, aus der Pollacks Känguruh vor wenigen Minuten gefeuert hatte.

Ellsmere sah nach oben. »King, bringst du den Shift hier herein?«

»Allemal.«

Der Sergeant stürmte davon. Augenblicke später wurde in der Höhe das Summen des Shiftmotors hörbar. Von den Strahlern der UST-3048 grellbeleuchtet, senkte sich das Fahrzeug behutsam ins Innere des Gebäudes herab, bis der Schatten der Wände es dem Einflußbereich der Tiefstrahler entzog.

Pollack sprang ab. Gemeinsam hievten sie den schweren Behälter auf die Ladeplattform und befestigten ihn sorgfältig. Im selben Augenblick sprach der Funk an. Hollingsworth meldete sich.

»Melde mich pflichtgemäß«, eröffnete er.

»Was heißt das?« wollte Ellsmere wissen. »Hast du was zu sagen – oder nicht?«

»Das ist es eben«, sagte Holli jammernd und wand sich. »An dieser Meldung liegt mir nichts, aber ich muß sie machen.«

»Los!«

»Wir haben eine Frau aufgestöbert!«

In dem entstehenden Schweigen war eine dritte Stimme zu hören – aufgebracht, zeternd. Elisa Kainchens Stimme. Sie stand anscheinend nicht allzu weit von Hollis Funkgerät.

»Von wegen wir! Sie haben sie aufgestöbert.«

»Ich habe sie aufgestöbert«, bekannte Hollingsworth.

»Eine Frau?«

»Eine Frau. Mir völlig unbekannt, überdies dürftig bekleidet. Jung, gut gewachsen. Hier mitten in den Ruinen. Sie muß sich hier versteckt gehalten haben. Anscheinend kamen wir ihrem Schlupfwinkel zu nahe. Plötzlich erschien sie mitten aus dem Trümmergewirr und lief davon. Ich rief ihr nach. Aber sie hörte nicht.«

Ellsmere holte tief Luft. »Holli?«

»Ja?«

»Geh nach Hause!«

»Das kannst du nicht tun! Ich schwöre dir, ich habe wirklich ...«

»Ich weiß. Wir auch.«

»Ihr auch? Was?!«

»Wir wurden von einem Känguruh unter Beschuß genommen.«

Einen Augenblick war alles still. Dann hörte man Hollingsworth kichern.

»Ich weiß, was du meinst. Aber, ganz im Ernst: Meine Geschichte gefällt mir besser als deine. Was hat man schon von einem Känguruh?«

»In zehn Minuten sehe ich dich an Bord!«

»Ich gehorche, Herr Major! Ein Känguruh ...«

An Bord des Schiffes erwartete die beiden Suchtrupps eine Überraschung. Sowohl die flüchtende Frau wie auch das känguruhähnliche Geschöpf waren von den automatischen Kameras erfaßt und festgehalten worden. Die Bilder lagen vor, als Ellsmere den Kommandostand betrat.

Die Frau war, wie Hollingsworth richtig beobachtet hatte, dürftig bekleidet. Ohne Zweifel bestand ihre Kleidung aus Überresten einer Montur, die früher den Körper nahezu vollständig bedeckt hatte. An gewissen Anzeichen war zu erkennen, daß es sich um die tropische Standardausrüstung der Flotte gehandelt haben mußte. Das und der Umstand, daß die Frau, soweit die Aufnahmen erkennen ließen, völlig humanoid war, legte den Schluß nahe, daß sie zu Hung Chuins Trupp gehörte.

Die Sache mit dem Känguruh war weitaus schwerer zu deuten. Das Tier stand knapp zwei Meter hoch und bewegte sich mittels stark entwickelter Sprungbeine. Die Aufnahmen zeigten eine Sprungweite von annähernd acht Metern. Im Gegensatz zum irdischen Känguruh verfügte diese Kreatur jedoch ebenfalls über stark entwickelte Vorderbeine. Auch die Kopfform war anders als die des australischen Beuteltiers. Der Schädel war fast kugelförmig, und aus dem kräftig entwickelten Rachen glänzten zwei Reihen scharfer, spitzer Zähne.

Der Schuß, der Ellsmere gegolten hatte, war vom Schiff aus nicht sichtbar gewesen, jedoch hatten die Registriergeräte zur fraglichen Zeit eine schwache Energieentladung bemerkt. Pollacks Salve dagegen war eindeutig beobachtet worden. Die Aufnahmen zeigten einen grellen Lichtpunkt an der Basis des dreistöckigen Gebäudes, in dem sich der Zwischenfall ereignet hatte. Allerdings verrieten die Bilder auch, daß Pollack in der Aufregung danebengeschossen hatte. Das Känguruh war nur annähernd in derselben Richtung geflüchtet wie die Frau. Es sah nicht so aus, als bestände zwischen den beiden ein Zusammenhang. Beide hatten sich generell nach Süden gewandt, jedoch hatte die Frau eine mehr südwestliche Richtung eingeschlagen, während das Tier nach Südsüdost, hart am Rande des Raumhafens vorbei, entwich.

Auf dem Rückweg zum Schiff hatte Ellsmere in Erwägung gezogen, daß es auf Obelisk Tierarten mit fortgeschrittener Intelligenz geben mochte, die in der Lage waren, den Gebrauch moderner Waffen zu erlernen. Die Hypothese war nicht sonderlich einleuchtend, denn die Tiere hätten, da sie voraussetzungsgemäß über Intelligenz verfügten, dem Verdummungseinfluß ebenso erliegen müssen wie alles andere intelligente Leben. Ellsmere war eine Zeitlang bereit gewesen zu erwägen, daß die Känguruhs gegen den Verdummungseffekt immun waren. Jetzt jedoch, da er die Aufnahmen sah, warf er seine Theorie endgültig beiseite. Das Tier wirkte primitiv, um nicht zu sagen vorsintflutlich.

Dennoch gab es vorläufig keine andere Erklärung, als daß der Schuß auf Ellsmere von dem Känguruh abgefeuert worden war. Die Waffe, die in der metallenen Kiste zuoberst gelegen hatte, war inzwischen untersucht worden. Spuren einer fellähnlichen Substanz waren daran gefunden worden. Das Känguruh hatte den Strahler in den Pfoten gehabt.

Die Untersuchung der übrigen Waffen brachte ein Ergebnis, das nach den jüngsten Ereignissen kaum mehr überraschend wirkte. Carstairs Ellis, seines Zeichens Kosmobiologe und Erster Spezialist an Bord der UST-3048, hatte darüber ein paar Worte zu sagen.

»Erstens – einige der Waffen, zumal die zuoberst liegenden, sind vor nicht allzu langer Zeit berührt worden. Ich fand ein halbes Dutzend menschlicher Fingerabdrücke. Ich verglich sie mit der Kartei, die wir über Hung-Chuin und seine Gruppe angelegt haben. Ein Abdruck stammt von Chuin selber. Zwei weitere von einer Parapsychologie-Spezialistin namens Maranne. Siu Maranne. Die übrigen drei sind zu verwaschen und können nicht identifiziert werden.«

»Wie alt, würden Sie sagen, sind die Abdrücke?« erkundigte sich Ellsmere.

»Nicht jünger als zehn Tage, würde ich behaupten. Und nicht älter als fünfzig.«

Ellsmere nickte. »Was sonst noch?«

»Die Leute hatten schmutzige Hände. Besonders unter den Fingernägeln hat sich eine Menge rötlichen Blütenstaubs angesammelt. Denselben

Staub findet man außerhalb des Schiffes auf dem Boden, zum Teil auch noch in der Luft. Sehr frisch, höchstens einen halben Tag alt.«

»Der Sturm hat ihn herbeigeweht?«

»Das ist auch meine Vermutung. Der Wind kam aus Süden. Ich habe mit einer Sonde über dem Buschland ein paar Luftproben eingeholt. Kaum eine Spur von Blütenstaub. Das Zeug kommt zweifellos aus dem Dschungel.«

Ellsmere seufzte. »Sie tragen nicht gerade zur allgemeinen Ermunterung bei!«

»Tut mir leid, Major. Aber ich habe etwas gefunden, was Ihnen die Suche unter Umständen erleichtern kann.« Er brachte ein kleines Glassitplättchen zum Vorschein. Darauf ruhte ein winziges, fadenähnliches Stück schwarzer Substanz. Es war zur bequemeren Untersuchung unter dem Mikroskop festgekittet und in der Mitte leicht angeknickt. »Das ist ein Stempel«, erklärte Ellis, »der stielähnliche Fortsatz auf dem Fruchtknoten einer Blüte.«

Ellsmere nickte verstehend.

»Es ist schwer, etwas über die Form einer Blüte auszusagen, von der man nur den Stempel gesehen hat«, fuhr Ellis fort. »Aber es gibt so etwas wie vergleichende Physiologie. Dieser Faden hat gewisse Eigenschaften an sich, die darauf schließen lassen, daß er von einer orchideenartigen Blüte stammt. Wenn das der Fall ist, dann ist die Blüte wahrscheinlich ebenfalls schwarz und etwa acht bis zehn Zentimeter tief.« Er steckte das Plättchen wieder in die Tasche. »Chuin und seine Leute halten sich also irgendwo auf, wo es große schwarze Orchideen gibt. Das müßte Ihnen weiterhelfen.«

Ellis schickte sich zum Gehen an. Er hatte den Kommandostand noch nicht verlassen, da kam Ellsmere ein Gedanke.

»Einen Augenblick noch«, rief er ihm nach. »Diese Siu Maranne! Wie sieht sie aus?«

Ellis grinste. »Sie treffen den Nagel auf den Kopf, Sir. Ungefähr so wie die Frau auf den Bildern.«

26.

Die Suche nach Hung-Chuin und seinen verschollenen Wissenschaftlern begann früh am Morgen des folgenden Tages. Die beiden Such-Teams waren dieselben.

Für die Suche waren zwei mittelschwere Shifts hergerichtet und ausgestattet worden. Nach Ellsmeres Schätzung bestand die Möglichkeit, daß sie mehrere Tage, wenn nicht gar einige Wochen unterwegs sein würden. Das Suchgebiet hatte eine Flächenausdehnung von ungefähr achthunderttausend Quadratkilometern. Selbst mit modernsten Mitteln mußte die Absuchung einer solchen Fläche geraume Zeit in Anspruch nehmen. Obwohl den Besatzungen der beiden Shifts zu jeder Zeit die Wahl blieb, sich zu einer Verschnaufpause oder für die Auswertung von Meßergebnissen zurück an Bord des Schiffes zu begeben, war Ellsmeres ausgedachter Plan darauf ausgelegt, daß beide Teams bis auf eine mehr oder weniger ständige Funkverbindung von der UST-3048 völlig unabhängig operieren würden.

Bei der Festlegung der vorläufigen Suchrichtung hielt man sich an den Kurs, den die flüchtende Frau in der vergangenen Nacht eingeschlagen hatte. Es erschien wenig sinnvoll, dem Fluchtweg des känguruhähnlichen Tieres irgendwelche Bedeutung zuzumessen. Ellsmeres Shift würde sich östlich der Fluchtlinie der Frau bewegen, also annähernd in südsüdwestlicher Richtung, während Hollingsworths Fahrzeug sich westlich hielt, auf einem westsüdwestlichen Kurs.

Beide Teams waren mit Bildkarten ausgestattet, die die automatischen Kameras beim Anflug aufgenommen hatten, und verfügten über eine genaue Beschreibung jedes Mitglieds der Chuin-Gruppe. Proviant war ausreichend vorhanden, und die Bewaffnung war auch für die widrigsten Umstände mehr als hinlänglich. Obendrein führte jedes Fahrzeug eine Reihe von Meßinstrumenten und Auswertegeräten mit sich.

An Bord des Raumschiffes übernahm Captain Kochem von neuem das Kommando. Ihm oblag die Aufgabe, die UST-3048 gegen alle äußeren Einflüsse zu sichern und den beiden Suchgruppen sofortige Hilfe zu leisten, wann immer sie darum baten.

Pollack hielt das Fahrzeug in einer Höhe von zweihundert Metern. Nach kurzem Experimentieren hatte Ellsmere herausgefunden, daß er auf diese Weise die beste Übersicht erhielt. Das Blätterdach des Dschungels, das nur selten von einer Lichtung oder durch einen Flußlauf unterbrochen wurde, lag rund 190 Meter unter ihm. Ellsmere hoffte, daß er die Nähe von Menschen an Rodungen oder aufsteigendem Rauch erkennen werde. Beides konnte ihm aus dieser Höhe unmöglich entgehen.

Aus den mitgebrachten Bildkarten ging hervor, daß die meisten Flußläufe in dieser Gegend in regelmäßigen Abständen über ihre Ufer traten und die dschungelbedeckte Ebene weithin überfluteten. Es war nicht damit zu rechnen, daß Chuin und seine Leute sich ausgerechnet im Fluteinzugsgebiet verkrochen hatten. Auf diese Weise ersparte sich Ellsmere das Absuchen weiter Flächen, deren Gesamtinhalt schon am ersten Tag mehrere tausend Quadratkilometer überstieg.

Das Ziel des ersten Tages war eine Bergkette, die sich etwa zweihundert Kilometer südlich von Point Chuin von Westen nach Osten erstreckte. Die Kette war so lang, daß vermutlich auch Hollingsworth an einem weiter westlich gelegenen Punkt auf sie stoßen würde. Ellsmere unterhielt sich mit ihm darüber über Radiokom, und sie stimmten miteinander darüber ein, daß die Berge den verschollenen Wissenschaftlern ein plausibleres Versteck böten als die feuchtheiße Tiefebene.

Es war gegen vier Uhr nachmittags Ortszeit, als Ellsmeres Shift die Vorberge überflog. Der Tag war ereignislos vergangen. Nicht nur hatten sie keine Spur der Verschwundenen gefunden, auch die Natur hatte sich völlig still und untätig verhalten. Auf Obelisk waren die gefiederten Tiere bei der Entwicklung offensichtlich zu kurz gekommen. Nur selten wurde ein Vogel über den Baumkronen sichtbar.

Im Anblick der Berge stieg King Pollack auf eine Flughöhe von achthundert Meter. Anhand der Bildkarten und aus vergleichender Betrachtung schätzte Ellsmere die höchsten der vor ihnen liegenden Berggipfel auf zweieinhalb- bis dreitausend Meter. Sie waren bis zum Gipfel hinauf mit dichtem Bewuchs bedeckt, nur die Farbe des Laubes schien in größeren Höhen lichter zu werden.

Er dirigierte Pollack auf einen sanft eingeschnittenen Sattel zu, der in knapp fünfhundert Metern Höhe zwischen zwei steil ansteigenden Bergwänden lag. Pollack ging zum Gleitflug über, und wenige Minuten später war der Shift im Zentrum des Sattels gelandet. Der Baumwuchs war hier weniger dicht als sonstwo, vermutlich hatte die Beschaffenheit des Bodens damit zu tun. Infolgedessen war die Übersicht über die Berglandschaft besser, als Ellsmere sie sich vorgestellt hatte. Der Sattel zog sich in der Art eines Hochtales etwa einen Kilometer weit zwischen den beiden

Bergrücken dahin. An seinem südlichen Ausgang ging er unmittelbar in einen sanften Hang über, der in eine trichterförmige Senkung hinabführte. Es sah aus, als sei hier in grauer Vorzeit ein Meteor von beachtlicher Größe abgestürzt.

Nach eingehender Begutachtung der Landschaft entschloß sich Ellsmere, die Nacht am Südausgang des Sattels zu verbringen. King Pollack erhielt den Auftrag, aus dem mitgeführten Proviant ein Abendessen herzustellen.

Er hatte kaum damit begonnen, da prasselte es von der westlich gelegenen Steilwand herab. Ein Schauer kleiner und mittelgroßer Felsen ergoß sich über das provisorische Lager, und Pollack brachte es fluchend und schimpfend gerade noch fertig, seine Utensilien und sich selbst in die sichere Deckung des Fahrzeugs zu retten.

Er blickte die Bergwand hinauf, und was er sah ließ ihn den Groll augenblicklich vergessen. Auf einem Felsvorsprung, kaum hundert Meter über der Talsohle, stand ein zierliches, antilopenähnliches Tier und äugte neugierig auf den Shift herab. Das Geschöpf war mit einem Paar kunstvoll geschwungener Hörner bewehrt, und ein paar Meter weiter hinten sah Pollack die Spitze eines weiteren Horns über den Vorsprung ragen. Es gab da oben also wenigstens zwei Tiere.

Nach einem abfälligen Blick auf die selbstwärmenden Konservenbehälter, mit denen er sich noch vor wenigen Minuten hatte befassen wollen, war Pollacks Entschluß gefaßt. Heute abend stand Antilopenbraten auf der Speisekarte. Er fuchtelte so lange mit den Armen, bis sein merkwürdiges Gehabe endlich Ellsmeres Aufmerksamkeit erregte.

»Wie steht's mit Ihrem Appetit auf frisches Wild?« fragte er und deutete nach oben.

Ellsmere folgte dem Wink. »Nicht schlecht«, meinte er schmunzelnd. »Aber wie kommen wir ran?«

Pollack griff nach dem Strahler. Aber er hatte die Hand noch nicht ausgestreckt, da stieß die kleine Antilope einen meckernden Schrei aus und verschwand.

»Schweinerei!« schimpfte der Sergeant.

»Gib nicht gleich früh auf«, ermahnte ihn Ellsmere. »Das Felsband zieht sich weiter am Berg entlang. Ich glaube, die Biester sind auf dem Weg in den Trichter hinab.«

Sie krochen bis zum Ausgang des Sattels. Ellsmeres Vermutung erwies sich als richtig. Kaum hundert Meter zur Rechten kletterten vier kleine Antilopen die steile Felswand herab. Trotz des schwierigen Geländes bewegten sie sich leichtfüßig und elegant.

»Ich hab's!« flüsterte Pollack. »Sobald sie den Hang hinunter im Unterholz verschwunden sind, schleiche ich mich hinterher. Inzwischen schlagen Sie einen weiten Bogen nach links und kommen von vorne. Ich treibe Ihnen die Tiere zu.«

Ellsmere war einverstanden. Die Aussicht auf frischen Braten war verlockend. Seit der Zeit der ersten Siedlungsversuche war bekannt, daß es auf Obelisk kein ungenießbares Wild gab.

Ellsmere machte sich auf den Weg. Schon nach wenigen Schritten wurde das Gestrüpp so dicht, daß er Pollack, der vorläufig noch auf seinem Posten verharrte, aus den Augen verlor. Ellsmere hielt sich weit nach links.

Schließlich erreichte er den Boden des Trichters. Die westliche Trichterwand stieg weniger steil an als die anderen Wände. Infolgedessen schien die Sonne trotz der späten Tageszeit noch immer auf die Sohle der Senkung. Ellsmere kämpfte sich verbissen durch das Gestrüpp und hoffte, daß er bald auf offeneres Gelände stieß; denn sonst nützte ihm Pollacks sorgfältig ausgeklügelter Plan wenig, weil er weder den Sergeanten noch die Antilopen sehen konnte.

Seine Hoffnung erfüllte sich rasch, allerdings anders, als er es sich vorgestellt hatte. Das Gestrüpp wich plötzlich zur Seite. Er stand am Rande einer Lichtung, die die gesamte westliche Hälfte des Trichterbodens zu umfassen schien. Frei bewegte sich der Blick in alle Richtungen.

Aber das war es nicht, was Ellsmere veranlaßte, reglos stehenzubleiben und die Gegend vor ihm anzustarren, als wäre sie aus einem surrealistischen Film geschnitten.

Es war etwas anderes.

Es waren die Obelisken, die den Boden der Senke bedeckten, in allen Formen und Größen, einer dicht neben dem anderen ...

Hunderte von Obelisken!

Und keiner warf einen Schatten.

King Pollack wartete, bis die Antilopen einen ausreichenden Vorsprung hatten, dann schlich er hinter ihnen her. Er hatte sie, als sie den sanfteren Teil des Hanges betraten, noch ein paar Meter weit beobachten können und war sicher, daß sie auf den Grund des Trichters hinunter wollten.

Wie zuvor Major Ellsmere, schlug Pollack sich nun durch die Büsche. Er war bedacht, so wenig Geräusche wie möglich zu machen, aber ob ihm das gelang, dessen war er nicht so sicher. Nach ein paar Metern blieb er stehen, um sich zu orientieren. Er hatte sich zu schnell bewegt. Ihm war schwindlig, und eine Zeitlang fürchtete er, er hätte sich verlaufen. Da hörte er voraus ein leichtes Rascheln und wußte, daß er nach wie vor auf der richtigen Spur war.

Er arbeitete sich weiter vorwärts. Das Schwindelgefühl hielt an. Wenn nur der verwünschte Wald bald aufhörte!

Die Erfüllung des Wunsches wurde ihm so rasch gewährt, daß er fast das Gleichgewicht verlor. Plötzlich, von einer Sekunde zur andern, öffnete sich der Wald. Vor ihm lag eine weitgestreckte, flache Wiese mit frischem, saftigem Gras. Das Gras war das Ziel der Antilopen gewesen. Ihre Spur zog sich vom Waldrand her durch das Meer der halbmeterhohen Halme, und etwa einhundert Meter vorab sah Pollack vier Hornpaare über das Gras hinwegragen.

Er sah sich weiter um und entdeckte Major Ellsmere, der soeben am gegenüberliegenden Rand der Wiese aus dem Wald hervortrat und ihm zuwinkte. Pollack winkte zurück. Die Jagd mußte erfolgreich sein. Die Antilopen hatten bis jetzt noch keinen der beiden Verfolger gewittert. Pollack traute sich zu, wenigstens eine davon von seinem jetzigen Standort aus zu erlegen; aber er wollte Ellsmere den Spaß nicht verderben.

Nicht einen Atemzug lang schenkte er dem nagenden Gedanken Beachtung, der sich im Hintergrund seines Bewußtseins eingenistet hatte. Wo war der Trichter geblieben?

Es dauerte eine Weile, bis Ellsmere sich von der ersten Überraschung erholte. Dann blickte er die nördliche Wand der Senke hinauf. Er sah eine steile, fast kahle Stelle und eine der Antilopen, die eben wieder im Gestrüpp verschwand. Sekunden später entdeckte er auch King Pollack, der den Tieren dicht auf den Fersen zu sein schien. Pollack bewegte sich mit eigenartiger Ungezwungenheit, fast leichtsinnig. Die Schwierigkeit des Geländes beeindruckte ihn offenbar überhaupt nicht. Er schritt eine schmale Felsleiste entlang, als befände er sich auf einem breiten, wohlgepflegten Gartenpfad, dabei ging es einen halben Schritt neben ihm wenigstens fünfzehn Meter in die Tiefe.

Ellsmere fuchtelte aufgeregt mit den Armen.

»Paß auf, wo du hintrittst!« schrie er quer durch die Senkung, und es war ihm höchst gleichgültig, daß er durch diese Unvorsichtigkeit die Antilopen wahrscheinlich für immer vertrieb.

Pollack mußte ihn gesehen haben. Er winkte. Aber es wirkte mehr wie eine Begrüßung. Es war ein Wunder, daß er dabei nicht das Gleichgewicht verlor.

Die Felsleiste ging einige Meter weiter zu Ende. Die Antilopen hatten sie rechtzeitig verlassen und waren über ein paar schmale Felsvorsprünge, die selbst einem geübten Bergsteiger nicht genug Halt geboten hätten, weiter talwärts geklettert. King Pollack jedoch schritt wacker aus, als führe der Weg ohne Hindernisse bis ans Ende der Welt. In wenigen Sekunden mußte er die Stelle erreicht haben, an der die Leiste mit der Wand verschmolz. Der Sturz mußte ihn auf der Stelle töten.

Ellsmere begann zu laufen. Er hastete zwischen den Obelisken hindurch, stolperte, richtete sich wieder auf und schrie, was die Lungen hergaben. Die Entfernung bis zu Pollack betrug vielleicht zweihundert Meter. Spätestens aus hundert Metern Abstand mußte der Sergeant ihn hören können. Aber würde er es rechtzeitig schaffen? Es sah so aus, als wäre Pollack nur noch drei oder vier Schritte von der Stelle entfernt, an der er unweigerlich abstürzen mußte. Wie konnte er sich ihm verständlich machen, bevor das Unglück geschah?

Er geriet mit dem rechten Fuß in ein Loch, das er nicht gesehen hatte. Einen Atemzug lang verlor er das Gleichgewicht, aber der Schwung trug ihn weiter und warf ihn mit voller Wucht gegen einen Obelisken. Der Aufprall nahm ihm den Atem. Und gleichzeitig ließ er ihn erkennen, was hier gespielt wurde.

Warum war er nicht gleich darauf gekommen? Wie hatte es ihm entgehen können, daß Pollacks Verhalten das eines Hypnotisierten war, der die drohende Gefahr nicht erkennt, weil ihm ein harmloses Bild vorgegaukelt wird? Warum war ihm niemals ein Zweifel an der Richtigkeit der Hypothese gekommen, die Obelisken mit ihren ausgeprägten Psi-Eigenschaften seien unfähig, das Bewußtsein eines Mentalstabilisierten zu beeinflussen?

Diese Fragen schossen ihm in rasender Eile durch den Kopf. Er nahm sich nicht die Zeit, eine Antwort zu finden. Er mußte handeln, wenn er King Pollack retten wollte, und da er mit Worten allein den Bann der Hypnose nicht durchdringen konnte, blieb ihm nur die Möglichkeit, den Hypnotiseur selbst anzugreifen.

Er löste sich von dem Obelisken, an dem er Halt gefunden hatte, und zog die Waffe. Aus fünf Metern Entfernung eröffnete er das Feuer auf das steinerne Gebilde. Ein blitzschneller Blick nach rechts brachte ihm die Gewißheit, daß Pollack in ein oder zwei Sekunden in den Tod stürzen würde.

Vor ihm flammte es auf. Ein violetter Blitz übergoß den Talkessel mit blendender Helligkeit. Das Phänomen dauerte nur den Bruchteil einer Sekunde. Zwischen tanzenden Punkten und feurigen Kreisen hindurch, die ihm die überbelasteten Sehnerven vorzauberten, sah Orin Ellsmere, daß der Obelisk spurlos verschwunden war.

Er zögerte nicht. Der fauchende Strahl des Strahlers erfaßte das nächste

Steingebilde, und als auch es in einem violetten Blitz vergangen war, das übernächste, und dann das vierte, fünfte.

Er feuerte, bis es im Umkreis von vierzig Metern keinen einzigen Obelisken mehr gab. Er hatte sich dabei nicht von der Stelle bewegt, und trotzdem fühlte er sich so erschöpft, als hätte er allein mit der Kraft seiner Muskeln den Gegner bekämpft.

Ein merkwürdiger Geruch lag in der Luft, und ein kaum wahrnehmbarer, bläulicher Nebel lag über dem Talkessel. Zögernd, voller Angst vor dem Anblick, der sich ihm nach menschlichem Ermessen bieten mußte, wandte Ellsmere sich nach rechts und ließ den Blick den Fuß der Talwand entlangwandern, an der King Pollack zerschmettert hätte liegen müssen.

Er fand ihn nicht. Er blickte an der Wand empor und entdeckte am Ende der Felsleiste ein graues Bündel.

Er setzte sich in Bewegung. Trotz seiner Müdigkeit rannte er, was die Beine hergaben, bis er die Wand erreichte. Er legte den Kopf in den Nakken und schrie:

»Pollack, du hirnverbrannter Narr! Bist du dort oben?«

Eine schwache Stimme antwortete ihm. »Ich kann dich nicht hören! Mach dein großes Maul so weit auf wie sonst!«

Pollack war gerettet. Ellsmere erinnerte sich nicht, wann er sich zum letzten Mal so glücklich und erleichtert gefühlt hatte wie in diesem Augenblick.

»Ich kann mich nicht bewegen«, kam es hilflos aus der Höhe. »Mir ist schlecht!«

»Reiß dich zusammen, Pollack! Steh auf und geh den Weg zurück, den du gekommen bist. Kannst du das?«

Eine Minute Schweigen. Dann kam die Antwort, ächzend, stöhnend: »Ich versuche es. Ich glaube, es wird gehen. Oooch ...!«

Ellsmere eilte durch den Talkessel zurück und arbeitete sich auf der eigenen Spur wieder zurück nach oben zum Rand des Trichters. Auf dem Weg wäre er um ein Haar über eine Antilope gestolpert, die sich vor seiner raschen Annäherung nicht rechtzeitig in Sicherheit gebracht hatte. Er grinste vor sich hin. Merkwürdig, wie schnell ihm der Appetit auf Antilopenbraten vergangen war.

Oben am Rand der Senke kam er gerade zurecht, um Pollack die Hand zu reichen und ihn über den letzten Meter der Steigung herauf und in Sicherheit zu ziehen. Der Sergeant schwitzte, und unter der Schweißschicht war sein Gesicht bleich und eingefallen. Aus den Augen schaute die nackte Angst.

Er wollte etwas sagen, aber es dauerte eine Weile, bis er seine Sprechwerkzeuge soweit koordiniert hatte, daß sie verständliche Laute hervorbrachten.

»Sie ... Sie haben mir das Leben gerettet«, sagte er zitternd. »Es war ... es war fürchterlich!«

Schließlich hatten sie doch aus selbstwärmenden Konserven gegessen. Der Appetit auf Antilopenfleisch war ihnen vergangen.

»Eine unserer grundlegenden Theorien hat also seit heute ein Loch«, bemerkte Orin Ellsmere. »Wir betrachten uns als immun. Wir haben der allgemeinen Verdummung widerstanden, und gemäß letzter Meldung waren auch die Psi-Kräfte der Cynos und der Obelisken auf uns ohne Einfluß. Wenigstens glaubten wir das. Nun, seit heute abend wissen wir es besser.«

King Pollack, der den Schock immer noch nicht völlig überwunden hatte, sagte im Selbstgespräch: »Eine Wiese, eine wunderschöne Wiese. Eben und glatt. Einfach zum Hindurchmarschieren.«

»In dem Talkessel befanden sich ursprünglich drei- bis vierhundert Obelisken«, setzte Ellsmere seinen Gedankengang fort. »Ich nehme an, daß es einem einzelnen Stein- oder Metallgebilde unmöglich ist, das Bewußtsein eines Immunen zu beeinflussen. Aber wenn sich eine Menge von ihnen zusammentut, dann sieht die Sache anscheinend anders aus. King – was geschah in den Sekunden, in denen du plötzlich merktest, daß die Wiese in Wirklichkeit gar nicht existierte?«

Der Sergeant schrak auf, als er seinen Namen hörte. »Mm ...?«

Ellsmere wiederholte die Frage.

»Ich sah die ganze Welt plötzlich schaukeln und schwanken«, antwortete Pollack, so langsam, als müßte er über jedes Wort einzeln nachdenken. »Die Wiese wurde immer undeutlicher. Felsen wuchsen ins Bild. Plötzlich sah ich, daß vor mir ein Abgrund lag. Ich hatte den Schritt fast schon getan, der mich in die Tiefe befördern würde. Plötzlich hatte ich fürchterliche Angst. Ich gab mir einen Ruck, und anscheinend habe ich es fertiggebracht, rechtzeitig nach rückwärts zu fallen.« Er grinste hilflos. »Sonst wäre ich jetzt nicht hier.«

Ellsmere dachte nach.

»Aber Sie konnten die Gefahr deutlich sehen, wie?« erkundigte sich King Pollack.

»Ja. Ganz klar. Ich hätte von Anfang an wissen müssen, daß man dir einen Trick spielt.«

»Merkwürdig, daß Sie völlig in Ruhe gelassen wurden, nicht wahr?« meinte der Sergeant nachdenklich.

»Merkwürdig, ja«, gab Ellsmere zu. »Aber man könnte sich ein paar Erklärungen dafür ausdenken.«

»Zum Beispiel?«

»Man muß davon ausgehen, daß die Psi-Fähigkeiten der Obelisken auf Stabilisierte nur von begrenzter Wirkung sind. Wie gesagt: Bisher glaubten wir, sie hätten gar keine Wirkung. Nur wenn sich Hunderte von Obelisken miteinander verbünden, kommt etwas Spürbares zustande. Es ist zum Beispiel denkbar, daß die Kraft selbst der verbündeten Obelisken nur ausreichte, einen von uns beiden zu beeinflussen. Die Wahl fiel auf den, der sich auf dem gefährlichen Gelände bewegte, weil ihm da leichter beizukommen war. Es gibt aber auch einen zweiten Gesichtspunkt. Um zwei Leute so zu hypnotisieren, daß ihre Erfahrungen, ihr Ausblick und was sonst noch einander nicht widersprechen, bedarf es beachtlicher Koordination. Vielleicht war es das, was die Fähigkeiten der Obelisken überstieg. Und schließlich gibt es noch eine dritte Erklärung.«

»Eine dritte?«

»Ja. Niemand weiß, wie das Wahrnehmungsvermögen der Obelisken funktioniert. Sie haben keine erkenntlichen Sinnesorgane. Jedermann nimmt natürlich an, weil die Steine selbst so geheimnisvolle Gebilde sind, daß sie auch geheimnisvolle Warhnehmungsmechanismen besäßen. Das muß aber nicht so sein. Stell dir vor, ihr Sehvermögen funktioniert ebenso auf optischer Basis wie das unsere – dann hätten sie mich gar nicht sehen können, bevor ich aus dem Wald trat, während du die ganze Zeit über in voller Sicht in der Wand herumkletterst.«

»Wodurch, glauben Sie, wurde der Bann gebrochen?« wollte Pollack wissen. »Sie zerstörten, sagen wir, einhundert Obelisken. Die ursprüngliche Zahl minus einhundert war zu wenig, um den Einfluß aufrechtzuerhalten?«

»Keine Ahnung«, meinte Ellsmere zögernd. »Der Kessel enthielt ursprünglich rund vierhundert Obelisken. Jetzt sind es noch dreihundert. Mag sein, daß dreihundert zu schwach sind. Mag auch sein, daß mein Angriff sie verwirrte und ihnen die Fähigkeit der Konzentration nahm. Wer mag das wissen. Etwas anderes stört mich weitaus mehr.«

»Was ist das?«

»Wenn unsere Hypothesen richtig sind, dann handelt es sich bei den Obelisken um eine Materialisierung der Lebensform der Cynos. Mit anderen Worten: Die Obelisken sind lebende, intelligente Wesen, vielleicht im Zustand des Tiefschlafes, vielleicht aber auch nicht. Ich habe also einhundert Cynos kurzerhand ausgelöscht ... und das sitzt mir in der Kehle.«

King Pollack brummte mißbilligend.

»Ihre Feinfühligkeit in allen Ehren, aber schließlich wollten die Dinger uns an den Kragen, nicht wahr? Sie handelten in Notwehr.«

»Ja, das ist *ein* Trost.«

»*Ein* Trost. Haben Sie noch einen zweiten?«

Ellsmere nickte.

»Ich bin nicht sicher, daß die Cynos wirklich vernichtet sind. Die Obelisken verschwanden auf merkwürdige Weise. Es gab keinen Krach, der Stein schmolz nicht. Es blitzte nur, grell, violett ... und dann war der Obelisk verschwunden.«

»Hm«, machte Pollack unbehaglich und kratzte sich über dem Ohr, »richtig unheimlich. Mit Ihrer Erlaubnis legte ich mich jetzt lieber hin, bevor ich mir noch ein paar Alpträume einreden lasse.«

Das Innere des Shifts wurde als provisorisches Lager hergerichtet. Orin Ellsmere rief, bevor er zur Ruhe ging, die UST-3048 und Leutnant Hollingsworth an und berichtete über die Ereignisse des heutigen Abends. Es war wichtig, daß jedermann wußte, woran er mit den Obelisken war.

Es war stockfinster, als Ellsmere aus leichtem, unruhigem Schlaf aufschrak. Am anderen Ende des Fahrgastraums schnarchte King Pollack. Die Szene war völlig normal. Ellsmere fragte sich, was ihn geweckt haben mochte.

Dann hörte er es. Ein mehrtöniges Summen, harmonisch, tief, wie aus den Kehlen eines Männerchores. Es schien aus dem Boden zu kommen, oder wenigstens hörte es sich so an.

Ellsmere öffnete das Luk und stieg aus. Pollack schnarchte weiter. Draußen war das Geräusch deutlicher, lauter. Es schien die ganze nächtliche Welt zu erfüllen und schwang in jeder Felskrume, in jedem Luftmolekül. Es war unmöglich zu bestimmen, woher es kam.

Da leuchtete plötzlich über den Bergen im Südwesten der Himmel auf. Violetter Schein huschte über den nachtschwarzen Himmel und ließ die Silhouetten der dschungelbedeckten Bergriesen deutlich hervortreten. Gleichzeitig wurde ringsum die Tierwelt lebendig. Zetern, Schreien, hysterisches Gekrächze, hektisches Gekecker – ein ohrenbetäubendes Durcheinander von Tierstimmen brandete plötzlich auf.

Mit einem Satz war Ellsmere wieder im Wagen. Er rüttelte Pollack. Verschlafen fuhr der stämmig Sergeant auf.

»Wa... was ...?«

»Hol Holli ans Funkgerät!« befahl Ellsmere. »Ich muß dringend mit ihm sprechen.«

Und während Pollack sich aufraffte, packte er das Gestell mit dem

Theodoliten und kletterte wieder ins Freie. Der Theodolit orientierte sich automatisch, in der Art eines Kompasses, nach dem natürlichen Magnetfeld des Planeten. Ellsmere wartete mit wachsender Ungeduld, bis das Gerät sich eingeschwungen hatte, dann preßte er das Auge gegen das Okular und schwenkte das Teleskop, bis das Fadenkreuz auf der Stelle ruhte, an der das violette Leuchten am intensivsten zu sein schien.

Pollack erschien im Luk. »Leutnant Hollingsworth am Apparat!« meldete er. »Er sagte, er wüßte, was Sie wollten.« Er sprang herab und sagte leise: »Ich wollte, ich wüßte es auch.«

Ellsmere antwortete ihm nicht. Einen Augenblick später hatte er das Mikrophon in der Hand.

»Holli...?«

»Ja, ich weiß schon. Ein violetter Leuchteffekt. Von irgendwo hinter den Bergen.«

»Hast du ihn angemessen?«

»Die unvergleichliche Elisa ist dabei«, versicherte Hollingsworth.

»Ich bin sicher, daß der Vorgang mit dem Zwischenfall im Talkessel zu tun hat«, erklärte Ellsmere. »Ich will es mir aus der Nähe ansehen. Mit unserer Peilung sollten wir den Ausgangspunkt des Leuchtens wenigstens auf ein bis zwei Kilometer genau bestimmen können.«

»Klar«, antwortete Hollingsworth. »Ich mache den Wagen startbereit. Gib mir deine Daten durch.«

»Moment, Pollack soll ...«

Er wandte sich um, um dem Sergeanten einen Befehl zu geben, da stellte er fest, daß das Leuchten verschwunden war.

»Geschwindigkeit ist die Mutter des Rennwagens«, lachte Hollingsworth spöttisch. »Wir waren nicht flink genug.«

Draußen begann die Tierwelt sich zu beruhigen. Das Geschrei verstummte. Ellsmere strengte die Ohren an, aber auch das harmonische Summen war erstorben. »Besser so, als wenn wir schon unterwegs gewesen wären«, antwortete er. »Wir werden uns morgen um die Sache kümmern. Vielleicht läßt sich bei Tageslicht etwas finden.«

Sie tauschten die Meßdaten aus, dann wurde die Verbindung unterbrochen. Pollack setzte sein Schnarchkonzert fort. Nur Ellsmere fand vorläufig noch keine Ruhe. Er nahm eine der Bildkarten zur Hand und trug von seinem und Hollingsworths Standort aus die Linien ein, die die Theodoliten gemessen hatten. Sie schnitten sich in einem Punkt, der achtzig Kilometer südwestlich von Ellsmere und knapp siebzig Kilometer südlich von Hollis Übernachtungsplatz lag.

Die Bildkarte zeigte, daß der Punkt sich inmitten bergigen Geländes befand.

Am nächsten Morgen war der Shift schon früh unterwegs. Die Unruhe hatte Orin Ellsmere gepackt. Der Talkessel mit den Obelisken blieb hinter ihnen zurück. King Pollack brachte das Fahrzeug auf dreitausend Meter Höhe, um von den immer dichter werdenden Berggipfeln nicht zu allzu häufigem Manövrieren gezwungen zu werden. An diesem Tag kam es darauf an, daß jedermann die Augen offenhielt.

Ellsmere fand es beachtenswert, daß das Leuchten ebenso wie die Blitze, die die sich auflösenden Obelisken im Talkessel ausgestrahlt hatten, von violetter Farbe war. Bestand da ein Zusammenhang?

Um neun Uhr lokaler Zeit meldete sich Hollingsworth. Er war soeben aufgestiegen und bewegte sich mit mäßiger Geschwindigkeit nach Süden. Er beschrieb das Gelände unter seinem Fahrzeug als wild zerklüftet und schwer einsehbar. Infolgedessen kam er nicht so schnell vorwärts, wie er es sich wünschte.

Die UST-3048 war inzwischen über den nächtlichen Vorfall informiert worden. Kochem besaß die Koordinaten des Ortes, den Ellsmere und Hollingsworth in der Nacht angemessen hatten. Auf diese Weise brauchte die Suche selbst dann nicht unterbrochen zu werden, wenn den beiden Teams wider Erwarten etwas zustoßen sollte.

Es mochte gegen elf Uhr sein, als Pollack ohne vorherige Warnung den Gleiter plötzlich in Schräglage brachte, um besseren Ausblick nach Westen zu haben. Mit wortloser Geste deutete er auf einen Punkt am Südhang eines mäßig hohen Berges, durch dessen Dschungelbewuchs sich hier und dort die glitzernde Oberfläche eines schmalen Wasserlaufes zeigte.

Ellsmere wußte sofort, was er meinte. Von einem Ort unmittelbar am Nordufer des Flüßchens stieg eine dünne, bläuliche Rauchfahne auf. Es war windstill. Der Rauch stieg senkrecht in die Höhe und war weithin zu sehen.

Pollack handelte, ohne auf Anweisungen zu warten. So schnell, daß sich Ellsmere der Magen hob, drückte er den Gleiter nach unten. Innerhalb weniger Minuten erreichte er die Sohle eines Tales, dessen nördliche Begrenzung von dem Berg gebildet wurde, von dem die Rauchfahne aufstieg. Dicht über die Wipfel der Bäume dahinstreichend, fand er ohne Schwierigkeit die Stelle, an der sich der kleine Fluß in einer Serie von wildschäumenden Stromschnellen von der Flanke des Berges herab ins Tal ergoß.

Die Stelle, an der der Rauch durch die Bäume brach, lag rund zwei Kilometer flußaufwärts und knapp einhundert Meter über der Talsohle. Pollack dirigierte den Shift über die reißenden Schnellen hinweg den Flußlauf hinauf. Hochstämmiger Urwald wuchs zu beiden Seiten unmittelbar bis an die Ufer des Flusses. Nur hier und da gab es eine schmale Bresche, wahrscheinlich eine Wasserstelle größerer Tiere.

Ellsmere setzte Kochem und Hollingsworth über seine jüngste Entdekkung in Kenntnis und beschrieb den Flug flußaufwärts, bis der Shift knapp einen Kilometer von der Stelle entfernt war, an der das Feuer brannte. Pollack entdeckte eine Schneise im Dschungel des nördlichen Flußufers und dirigierte das Fahrzeug hinein.

Von dort aus drangen sie zu Fuß weiter vor. Da der Wald selbst nahezu undurchdringlich war, hielten sie sich am Ufer und kamen watend weitaus schneller vorwärts, als es durch die verfilzte Dschungelwildnis möglich gewesen wäre.

Sechs- oder siebenhundert Meter vom Landeplatz des Shifts entfernt beschrieb der Fluß eine Krümmung. Sie folgten ihr vorsichtig im flachen Uferwasser.

Als das langsam zurückweichende Südufer den Blick auf die Flußstrecke jenseits der Krümmung freigab, sahen sie das Feuer.

Es brannte auf einer kleinen Lichtung, die der Dschungel aus unerfindlichen Gründen ausgespart hatte. Vor ihm, mit dem Rücken zu Ellsmere und Pollack, saß ein Mann. Soweit Ellsmere erkennen konnte, trug er dieselbe Art von Kleidung wie die Frau, die in der vorvergangenen Nacht vor Hollingsworth durch die Ruinen von Point Chuin geflüchtet war – eine alte, zerfetzte Flottenmontur. Der Mann kauerte auf den Hacken, und der Zweck des Feuers war, ein kleines, hasenähnliches Stück Wild, das der Fremde an einem primitiven Spieß über den Flammen drehte, in einen eßbaren Braten zu verwandeln.

Ellsmere musterte die Umgebung. Der Fluß hatte beachtliche Gefälle und erzeugte ein ständiges Rauschen, das das Geräusch ihrer Annäherung, wenn sie sich nur vorsichtig verhielten, verschlucken würde. Trotzdem nahm er den Strahler zur Hand.

Die Ereignisse des vergangenen Tages hatten ihm klargemacht, daß diese Welt ihre Tücken besaß. Er gab Pollack einen Wink, dann schlichen sie weiter auf das Feuer zu.

Im Geist überflog Ellsmere die Bilder der Leute aus Hung-Chuins Gruppe. Der Mann vor ihnen war höchstens mittelgroß und schmalschultrig. Er hatte einen kräftig entwickelten Schädel mit einem stark ausgeprägten Hinterkopf. Die Haarfarbe war braun. Diese Beschreibung paßte auf ein halbes Dutzend von Chuins Männern, aber am ehesten entsprach ihr Terenz Hall, ein Paraphysiker und, wie alle Leute in Chuins Begleitung, eine anerkannte Koryphäe auf seinem Sachgebiet.

Sie mochten noch dreißig Meter von dem Feuer entfernt sein, da stand der Mann plötzlich auf und legte seinen Bratspieß auf einen Stein, so daß der Braten nicht mit dem Boden in Berührung kam. Als Ellsmere die dünnen, knochigen Beine zu sehen bekam, an denen die Knie groteske, knotenartige Auswüchse bildeten, war er noch sicherer als zuvor, daß er Dr. Hall vor sich hatte.

Der Wissenschaftler wandte sich plötzlich um. Ellsmere und Pollack erstarrten mitten in der Bewegung, und der Major ließ ein wenig schuldbewußt die Hand mit der schußbereiten Waffe sinken.

Dr. Hall grinste das unbefangene Grinsen eines Blöden. »Oh!« machte er. »Und ich dachte schon, ich müßte mein Mittagessen ganz alleine verzehren.«

27.

Inzwischen hatte Hollingsworths Shift den unübersichtlichen Teil des Geländes hinter sich zurückgelassen und bewegte sich mit größter Geschwindigkeit südwärts. Dann kam Ellsmeres Anruf und die Beschreibung des Anflugs auf das einsame Feuer im Dschungel.

Als der Empfänger verstummte, seufzte Elisa Kainchen hörbar auf.

»Was gibt's?« erkundigte sich Holli.

»Ich habe Hunger!« erklärte Elisa.

Elisa war kaum mehr als anderthalb Meter groß, dafür jedoch annähernd ebenso breit. Ihre Körperfülle schien anzudeuten, daß sie niemals Bedenken gehabt hatte, ihr Eßbedürfnis auf dem schnellsten Weg zu befriedigen.

»Das ist das dritte Mal heute morgen, daß Sie Hunger haben«, wies Hollingsworth sie ab.

»Das ist richtig. Und habe ich bis jetzt was Anständiges zwischen die Zähne bekommen?«

»Drei Frühstücksrationen«, antwortete Holli. »Eine für jeden Hunger.«

»Das nennen Sie anständig?« Elisa war sichtlich entrüstet.

»Vielleicht geben Sie mir mal Ihre Definition von anständig«, schlug Holli vor.

»Na schön. Ich dachte mir ein lauschiges Plätzchen am Waldrand, duftendes Gras, Sonnenschein und einen großen Korb voller guter Sachen. Auch eine Flasche Wein ...«

Holli musterte die Landschaft in der Tiefe.

»Wissen Sie was?« meinte er. »Ihre Idee ist womöglich gar nicht so schlecht. Von diesem Plateau dort unten müßten wir eine recht gute Aussicht haben. Die Zeit ist also nicht ganz verschwendet. Gehen Sie tiefer!«

Elisa strahlte. »Ich wußte, daß Sie ein gutes Herz haben!«

Sie landete den Shift am steil abfallenden Südrand eines Plateaus, von dem der Blick weit über die dschungelbedeckte Bergwildnis schweifte.

Spezialist Kainchen machte sich dann über den Proviant her und traf ihre Auswahl. Die Portion, die sie zu vertilgen gedachte, hätte dem Appetit eines Nilpferdes alle Ehre gemacht. Elisa brauchte kaum eine Viertelstunde, um sich den Inhalt der diversen Konserven einzuverleiben.

Danach bekannte sie freimütig, sie hätte seit langem nicht mehr so »anständig« gespeist.

Inzwischen hatte Holli die Umgebung ihres Landeplatzes abgesucht und dabei eine schmale Rille entdeckt, die von Norden nach Süden durch die Oberfläche des Plateaus lief und den massiven Felsklotz bis zum Fuß hinunter zu spalten schien. Die Rille war kaum einen Meter breit. Ihre Wände stürzten glatt und senkrecht in die Tiefe, und ein Stein, den Hollingsworth vorsichtig in den Spalt fallen ließ, erzeugte keinerlei Aufschlagsgeräusch.

Elisa, die ihr umfangreiches Mittagsmahl beendet hatte, war neugierig geworden und kam herbei.

»Was gibt es da zu sehen?« erkundigte sie sich und fuhr sich mit dem Handrücken genießerisch über den Mund. »Sieht aus, als hätte hier einer mit einer riesigen Säge gearbeitet.«

Der Vergleich war treffend. Holli konnte sich nur schwer vorstellen, daß die Rille auf natürlichem Wege entstanden sei. Er schickte Elisa zurück zum Shift und trug ihr auf, eine Ultraschallsonde zu besorgen.

Das Gerät war klein. Holli nullte es aus. Dann legte er sich auf den Boden und streckte die Hand mit der Sonde vorsichtig über den Rand der Spalte hinaus. Ein Knopfdruck löste das Signal aus. Er hielt das Gerät ein paar Sekunden lang ruhig, dann zog er den Arm zurück. Die Digitalskala zeigte die Zifferngruppe 0633,

»Sechsunddreißig Meter!« staunte Elisa. »Das ist ganz schön tief!«

»Dabei handelt es sich nicht unbedingt um die Tiefe des Spalts«, berichtigte Holli. »Das Signal kann an einem Vorsprung abgeprallt sein.«

Er überlegte, ob die Spalte es wert sei, daß er sie näher untersuchte, da gab es plötzlich ein knarrendes, knirschendes Geräusch, und gleichzeitig hatte er das Gefühl, er stände auf schwankendem Boden. Das Erlebnis auf der Hochebene nördlich von Point Chuin war ihm noch so deutlich in Erinnerung, daß er völlig instinktiv handelte.

»Zurück zum Gleiter!« schrie er Elisa an.

Dann warf er sich herum und hastete in langen Sätzen auf das Fahrzeug zu. Unterwegs kam ihm zum Bewußtsein, daß Elisa nicht mit ihm Schritt halten konnte. Er hielt an und wartete auf die Unglückliche, die auf ihren zum Rennen wenig geeigneten Gehwerkzeugen nun auch noch die zusätzliche Last eines überreichlichen Mittagessens zu tragen hatte.

Der Boden hatte wirklich angefangen zu zittern. Das Knarren und Knirschen war lauter geworden. Staub wirbelte auf. Es war wie auf der Hochebene. Ein Riß bildete sich in der Decke des Plateaus und schoß in Windeseile an Elisa vorbei. Holli sprang zur Seite, um den Halt nicht zu verlieren. Der Riß verbreiterte sich rasch, und der Leutnant stellte voller

Entsetzen fest, daß er Elisa und ihn vom Shift trennte. Er schnitt unmittelbar vor dem Bug des Fahrzeuges durch das Gestein und erweiterte sich in Sekundenschnelle auf eine Breite von wenigstens fünf Metern.

Elisa stolperte und brach zusammen. Holli packte sie am Kragen und zog sie wieder auf die Beine.

»Nicht schlappmachen!« keuchte er.

Elisa hinter sich herziehend, sprang er, so schnell er konnte, auf den Riß zu. Vielleicht hatten sie noch eine Chance. Wenn nur er hinüberkam, dann konnte er den Shift starten und den Riß überqueren! Er schätzte die Entfernung zum gegenüberliegenden Rand. Knapp sechs Meter. Wenn er einen ausreichenden Anlauf nahm, konnte er vielleicht ...

Da schrie Elisa hinter ihm in Todesangst auf. Er fuhr herum. Dicht hinter ihnen hatte sich eine zweite Spalte gebildet. Der Boden unter ihnen verlor nun endgültig den Halt. Er begann zu bröckeln, zu rutschen. Ein Stück Boden setzte sich mit Holli und Elisa darauf in Bewegung und glitt mit ständig wachsender Geschwindigkeit auf den neuentstandenen Riß zu.

Das ist das Ende! schoß es Hollingsworth durch den Kopf. In einer instinktiv schützenden Geste packte er Elisa bei den Schultern und zog sie zu sich heran. Dann verging die Welt in dröhnendem Krachen und Stampfen. Eine Wolke erstickenden Staubs verhüllte die Szene der Katastrophe. Holli bekam keine Luft mehr. Er keuchte und hustete. Felsstücke hagelten auf ihn ein. Inmitten einer gigantischen Lawine von Gesteinsschutt glitt er mit atemberaubender Geschwindigkeit in die Tiefe.

Dann prallte er gegen ein Hindernis. Der geplagte Körper gab auf. Er verlor das Bewußtsein.

Der vollständige Mangel an Überraschung von seiten ihres Gegenübers wirkte verblüffend. Ellsmere schob den Strahler endgültig in den Gürtel zurück. Er trat auf den freundlich lächelnden Mann zu und streckte die Hand aus. Der Mann betrachtete sie neugierig, machte jedoch keine Anstalten, sie zu ergreifen.

Er hat die Geste verlernt, entschied Ellsmere.

»Ich bin Orin Ellsmere«, stellte er sich vor. »Von der Erde. Und das ist King Pollack.«

Er zog die Hand wieder zurück und kam sich dämlich vor. Der Mann, den er für Dr. Hall hielt, kicherte vor sich hin.

»So, so, ihr seid Orin und King. Ich bin Terry.«

»Terenz Hall?« erkundigte sich Ellsmere.

»Wer ist das?«

Mein Gott, er hat sogar den eigenen Namen vergessen, schoß es dem

Major durch den Sinn. Rasch sah er zu Pollack. Der Sergeant hatte das Gesicht verzogen, als litte er an Bauchschmerzen.

»Woher kommst du?« erkundigte sich Ellsmere, indem er sich der Redeweise des anderen anpaßte.

»Von dort«, antwortete Terry und deutete flußaufwärts.

»Lebst du hier?«

»Nein!« Wieder dieses alberne Kichern. »Nein, natürlich nicht. Ich wohne bei Pershy.«

Pershy? Persh Hankolore, Mathelogiker, einer von Hung-Chuins fähigsten Begleitern.

»Pershy wohnt weit von hier?«

»Nein, nicht weit. Bei den roten Steinen.«

»Wie weit hat man da zu gehen?«

Die Frage schien Terry zu überraschen. »Solange, bis man da ist, natürlich.«

Pollack knurrte wütend.

»Soll ich ihm eine scheuern?« erkundigte er sich halblaut.

Ellsmere winkte ab. Der Mann vor ihm war das Produkt eines fremden Einflusses, der ihn seiner Intelligenz fast vollständig beraubt hatte. Sein Denkvermögen lag auf dem Niveau des Vormenschen. Er wollte niemand auf den Arm nehmen – er gab seine Antworten nach bestem Wissen und Gewissen.

Der Major deutete auf den Braten. »Fang lieber an zu essen«, riet er. »Dein Fleisch wird kalt.«

Terry schnalzte mit der Zunge. »O ja, beinahe hätte ich es vergessen. Wollt ihr ein Stück davon haben?«

»Dein erstes vernünftiges Wort, alter Junge«, meldete Pollack sich bereitwillig; aber Ellsmere kam ihm abermals in die Quere.

»Nein, danke, wir haben unseren eigenen Proviant. King – bring das Fahrzeug hierher!«

King Pollack machte sich gehorsam auf den Weg. Ellsmere verfolgte mit seinem Vorhaben eine bestimmte Absicht. Er wollte Terrys Reaktion beobachten, wenn er den Shift sah. Außerdem wollte er versuchen, ihn eine Probe des Bordproviants kosten zu lassen. Terry hatte früher gewußt, was ein Shift war, und seine Zunge hatte den Geschmack der Flotten-Einheitsnahrung gekannt. Es war möglich, daß ein Teil seiner Erinnerung zurückkehrte, wenn er den beiden altvertrauten Eindrücken von neuem ausgesetzt wurde.

Vorläufig allerdings hatte der ehemalige Wissenschaftler jedes Interesse für seine Umgebung verloren. Er kauerte neben dem Feuer und verzehrte seinen Braten mit unüberhörbarem Genuß.

»Sieh mal, da kommt King zurück!« rief Ellsmere, als der Shift hinter der Flußkrümmung auftauchte.

Terry schaute über die Schulter und machte: »Hmmm ...«

Dann wandte er sich dem Braten zu. King Pollack bugsierte den Shift auf die Lichtung herauf und setzte das Fahrzeug ab. Nichts vermochte Terrys Aufmerksamkeit von seiner Mahlzeit abzulenken. Pollack streckte den Kopf durch das offene Luk und wartete auf weitere Anweisungen.

»Bring ein paar Rationen«, rief Ellsmere ihm zu. »Möglichst welche mit kräftigem Aroma.«

Terry hatte das Stück Wild bis auf die Knochen abgenagt. Er rülpste vernehmlich und warf das Knochengerüst in den Fluß.

»Ich muß jetzt weiter«, sagte er. »Pershy wartet sicher schon. Man darf den Geist nicht warten lassen.« Er stand auf.

»Den Geist? Welchen Geist?«

»Den Geist der Berge. Er zeigte uns das Licht des Zornes. Er will, daß wir uns im Geistertal versammeln.«

King Pollack schleppte drei Rationen herbei. Ellsmere riß eine davon auf und entnahm ihr einen selbstwärmenden Plastikbehälter mit der Aufschrift SERAPH. Seraph war ein synthetisches Stärkungsmittel in Puddingform. Um es appetitlich zu machen, hatte man ihm nicht nur ein farbenfreudiges Aussehen, sondern auch ein starkes, vanilleähnliches Aroma verliehen. Ellsmere ließ den Deckel des Behälters aufschnappen, und ein starker Vanilleduft verbreitete sich über die Lichtung. Terry schnupperte.

»Mmm, das riecht gut!«

Ellsmere hielt ihm die Plastikdose entgegen. »Hier, nimm! Es gehört dir.«

Terry griff zu. Die Finger als Werkzeug benützend, leerte er den Behälter innerhalb weniger als einer Minute. Danach musterte er die Dose, entschied, daß sie ungenießbar sei, und schleuderte sie ebenfalls ins Wasser.

»Gut?« fragte Ellsmere.

»Gut«, bestätigte Terry.

»Wir haben noch mehr gute Sachen«, lockte Ellsmere. »Erzähl uns mehr über den Geist der Berge und das Geistertal.«

»Der Geist ist allmächtig«, antwortete Terry. Seine Stimme klang mechanisch, als leierte er einen auswendig gelernten Spruch herunter. »Wir sind seine Kinder und müssen ihm gehorchen. Er beschützt uns.«

»Die roten Steine. Liegen sie in der Nähe des Geistertals?«

»Ja, ganz nahe.«

»Was ist das Licht des Zornes? Wie sieht es aus? Wann hast du es gesehen?«

»Es sieht fürchterlich aus«, flüsterte Terry. »Wie mörderischer Zorn. Es bedeckt den ganzen Himmel, und man erschrickt bis auf die Knochen. In der letzten Nacht habe ich es gesehen, fürchterlich ...!«

Er bedeckte das Gesicht mit den Händen, als fürchte er sich. Er stand eine Weile reglos da, dann zuckte er plötzlich zusammen. Die Arme sanken herab. Die Augen waren groß und entsetzt.

»Was ist ...«, wollte Ellsmere wissen.

Eine Hand verkrampfte sich über dem Magen. »Oooh ...!« machte Terry.

Er krümmte sich. Beide Hände gegen den Leib gepreßt, stolperte er über die Lichtung und verschwand im Unterholz. Ellsmere und Pollack hörten ein würgendes Geräusch, dann wurde es still.

Der Sergeant fing an zu lachen.

»Ich denke, der Pudding ist ihm nicht besonders gut bekommen.«

Das war, fand Ellsmere, die plausibelste Erklärung. Wer mochte wissen, seit wann Terry keine zivilisierte Nahrung mehr zu sich genommen hatte. Sein Magen hatte sich umgestellt.

Die Stille wirkte bedrückend.

»Terry?« rief Ellsmere. »Terry, wo bist du?«

Aus dem Wald kam keine Antwort. Pollack setzte sich in Bewegung.

»Ich sehe nach!«

Er fand die Stelle, an der der ehemalige Wissenschaftler sich des Stärkepuddings entledigt hatte. Ringsum wuchs dichtes, verfilztes Unterholz. An verschiedenen Stellen gab es Lücken, die groß genug waren, um einen Mann durchzulassen. Pollack zwängte sich durch eine davon, drang zehn oder zwölf Schritte weit vor und fand sich vor einem undurchdringlichen Hindernis in Form eines trockenen Dornbuschs. Er blieb stehen und horchte. Der Wald war still. Von weither drang das Rauschen des Flusses.

Er rief Terrys Namen. Aber der Wald blieb still. Er kehrte zurück und versuchte der Reihe nach die restlichen Pfade, die von der Lichtung weg ins Innere des Dschungels zu führen schienen. Sie alle endeten schon nach wenigen Schritten. Terry war verschwunden, ohne eine Spur zu hinterlassen.

Die Auskünfte, die Terry erteilt hatte, gaben Orin Ellsmere zu denken. Zunächst war da die Tatsache, daß Terry einen Mann namens Pershy, wahrscheinlich also Persh Hankolore, als seinen Führer zu betrachten schien. Was war aus Mart Hung-Chuin geworden?

Hankolores Aufenthaltsort, die Roten Steine, war vermutlich nach einer Geländeeinzelheit benannt. Sie mochten Obelisken sein, aber Ellsmere war seiner Sache nicht sonderlich sicher. Wenn sie groß genug waren, mußte man sie leicht finden können. Es gab in dieser Gegend nicht sonderlich viel rotes Gestein.

Das Geistertal war eine andere Sache. Ellsmere hielt es für so gut wie sicher, daß damit der Ort gemeint war, den er mit Hollingsworth zusammen in der vergangenen Nacht angemessen hatte. Die Stelle, von der das violette Leuchten ausgegangen war. Terry hatte vom Licht des Zornes gesprochen. War damit das Leuchten gemeint? So, wie Terry sich ausdrückte, schien es auch andere Lichter zu geben. Wodurch unterschieden sie sich? Etwa durch die Farbe?

In diesem Fall war die Ortsangabe »Rote Steine« vermutlich nicht besonders zuverlässig. Rot mochte eine Gemütsstimmung anstatt eine Farbe bezeichnen. Vielleicht stand Rot für Geborgenheit.

Alles in allem war die Begegnung mit Terry nur in einer Hinsicht befriedigend gewesen: Außer der Frau, die sie in Point Chuin aufgestöbert hatten und bei der es sich vermutlich um die Parapsychologin Siu Maranne handelte, waren zumindest zwei Leute aus Hung-Chuins Gruppe noch in diesem Augenblick am Leben: Terry und Pershy.

Ellsmeres Plan stand fest. Von jetzt an würde er sich nicht mehr mit nutzlosem Suchen aufhalten. Es ging darum, auf dem schnellsten Wege bis ans Ziel vorzustoßen. Er konnte sich des Eindrucks nicht erwehren, daß bedeutende Ereignisse unmittelbar bevorstanden. Er wollte an Ort und Stelle sein, wenn es losging.

Zunächst jedoch rief er Leutnant Hollingsworth an, um ihm klarzumachen, daß es von jetzt an um jede Minute ging.

Da erlebte er seine erste bittere Enttäuschung. Holli antwortete nicht.

Eine Nachfrage bei der UST-3048 erbrachte den ersten Hinweis auf Hollis wahrscheinliches Schicksal. Die empfindlichen Geräte des Schiffes hatten einen kräftigen Erdstoß an einer Stelle registriert, die genau auf Hollingsworths Kurs und nur zwanzig Kilometer südlich der Position lag, von der er seine letzte Routinemeldung abgegeben hatte. Nachdem Versuche, Holli über Funk zu erreichen, erfolglos geblieben waren, hatte Kochem versucht, ihn per Hyperkom anzusprechen. Auch das mißlang, obwohl die Meßinstrumente anzeigten, daß Hollis Hyperkomempfänger einwandfrei arbeitete. Hollis Shift war also noch funktionsfähig. Die Frage war, was aus Holli selbst und seiner Begleiterin geworden war.

Orin Ellsmere traf eine rasche Entscheidung. Die Möglichkeit, daß Robert C. Hollingsworth, seit mehr als drei Jahren sein Kamerad, Freund und Mitarbeiter, den Vorstoß in den Dschungel von Obelisk mit dem Leben bezahlt hatte, berührte ihn zutiefst. Andererseits hatte er auf dieser

Welt eine Aufgabe zu erfüllen. Die Suche nach Holli konnte anderen überlassen werden. Für ihn selbst mußte es das Wichtigste sein, Hung-Chuins Leute zu finden.

Er befahl Kochem, einen mit allem Notwendigen ausgerüsteten Shift mit drei Mann Besatzung an die mutmaßliche Unglücksstelle zu schicken und dort nach dem Rechten zu sehen. Er selbst, darüber informierte er Kochem im Detail, würde versuchen, den Ausgangsort der violetten Leuchterscheinung so schnell zu erreichen, wie es die Umstände gestatteten. Außerdem verkürzte er das Intervall zwischen zwei aufeinanderfolgenden Routinemeldungen an das Schiff, das bisher bei sechzig Minuten gelegen hatte, auf eine halbe Stunde.

Diesmal übernahm er selbst das Steuer des Fahrzeuges. Er war verbittert und zornig. Er zweifelte keinen Augenblick lang daran, daß Holli und seine Begleiterin auf das Schuldkonto der Obelisken gingen. Sobald er Hung-Chuin und seine Leute gefunden und an Bord des Transporters in Sicherheit gebracht hatte, würde er einiges tun, um das Konto auszugleichen.

In einer Höhe von zwölfhundert Metern folgte er eine Zeitlang dem Fluß, an dessen Ufern sie auf Terry alias Terenz Hall gestoßen waren. Der Fluß bog schließlich nach Süden ab, als sich ihm ein Hindernis in Form eines Dutzende von Kilometern breiten, sanft ansteigenden Hanges gegenüberstellte. Die Steigung des Hanges verlief auf ein Zehntelgrad genau in Ellsmeres Flugrichtung. Er behielt die bisherige Flughöhe bei, was dazu führte, daß er, als die Steigung schließlich aufhörte und der Hang in eine weite Hochebene überging, sich nur noch knapp einhundert Meter über den Baumwipfeln befand.

Nach seiner Rechnung lag das Ziel nicht weiter als fünfunddreißig Kilometer vor ihm. Wenn Pershy und seine Leute sich diesseits des Geistertales versteckt hielten, dann würden sie das Fahrzeug in ein paar Minuten sichten. Ellsmere hatte während der vergangenen halben Stunde intensiv über die verschollenen Wissenschaftler nachgedacht – besonders über Terrys Äußerung, wonach der Geist die Terraner als seine Kinder betrachtete und von ihnen Gehorsam verlangte.

Es bedurfte keiner ausschweifenden Phantasie, um auf die Vermutung zu kommen, daß »der Geist« mit den Obelisken identisch war – wahrscheinlich nicht mit einem einzelnen, eher mit einer Gruppe von Obelisken oder womöglich mit der Gesamtheit aller auf diesem Planeten existierenden Stein- und Metallgebilde. In diesem Fall mußte angenommen werden, daß Pershy und Terry und wer sich sonst noch bei ihnen befand, die Suchgruppe unter Umständen als Feind betrachten würden.

Deswegen lag Ellsmere nichts daran, von Pershys Leuten früher gesehen zu werden, als es unbedingt notwendig war. Er drückte den Shift so weit nach unten, bis das Fahrgestell die Baumkronen beinahe berührte und King Pollack ein warnendes Brummen ausstieß. In dieser Weise flog er mit halsbrecherischer Geschwindigkeit weiter nach Südwesten, und zwanzig Minuten später entdeckte er endlich das erste Anzeichen dafür, daß er vom Ziel nicht mehr allzu weit entfernt war.

Eine Lichtung tauchte auf. Sie war ohne Zweifel künstlich entstanden. Man hatte Feuer benützt, um Unterholz und Bäume zu entfernen. Die Fruchtbarkeit des Dschungels hatte zwar schon eine neue Pflanzendecke hervorgebracht, aber hier und dort war der verbrannte Boden noch zu sehen.

Ellsmere verringerte die Geschwindigkeit. Etwa im Fußgängertempo glitt der Shift weiter. Er wußte nicht, welchem Zweck die Lichtung diente, aber es war möglich, daß sie angelegt worden war, um die Behausungen der ehemaligen Wissenschaftler aufzunehmen. In diesem Fall lag ihr Versteck nicht mehr weit entfernt.

King Pollack richtete sich auf und deutete schräg nach rechts. »Dort!«

Es war das erste Wort, das er im Laufe der vergangenen Stunden ausgesprochen hatte, und es klang rauh, hart. Erstaunt nahm Orin Ellsmere zur Kenntnis, daß Hollis Schicksal dem Sergeanten, der sich Zeit ihres Beisammenseins ständig mit ihm in den Haaren gelegen hatte, ebenso nahegegangen war wie ihm selbst.

Dunst stieg durch die Wipfel der Bäume. Nicht Rauch, sondern flimmerndes Gewabere, als brenne dort ein rauchloses Feuer, das die Luft erhitzte und in die Höhe trieb. Ellsmere hielt den Shift an. Er schwebte jetzt reglos dicht über den Bäumen. Nirgendwo war eine Lücke zu sehen. Er konnte das Fahrzeug nach unten drücken und den Widerstand der Baumkronen mit Hilfe des Antriebs brechen. Das jedoch würde nicht ohne Geräusche abgehen, und Lärm mußte vermieden werden. Die Lage erforderte den Umstand einer geräuschlosen Waffe. Eine solche war vorhanden, jedoch war ihre Energieentwicklung derart, daß die Meßinstrumente an Bord der UST-3048 automatisch Alarm schlagen würden, sobald sie in Betrieb genommen wurde. Ellsmere nahm sich infolgedessen Zeit, Captain Kochem über den unmittelbar bevorstehenden Einsatz des Desintegrators zu informieren. Dann wies er King Pollack an, das Luk sofort zu öffnen und das Blättergewirr unter Feuer zu nehmen.

Der Desintegrator versandte einen weitgefächerten, fahlgrün leuchtenden Strahl, unter dessen Einfluß sich das molekulare Gewebe des Laubs und der Äste auflöste. Unter dem Shift verdampfte buchstäblich der Wald ohne jegliche Hitzeentwicklung. Pollack brauchte knapp vierzig Sekunden, um ein Loch zu schaffen, das groß genug war, um das Fahrzeug aufzunehmen.

Ellsmere landete vorsichtig. Sie stiegen aus und sicherten den Shift, so daß sich kein Unbefugter an ihm zu schaffen machen konnte. Dann verbrachten sie ein paar Minuten damit, die Gegend zu sondieren. Der Dschungel war ohne Geräusche – wie überhaupt der ganze Planet an einer mitunter bedrückenden Geräuscharmut zu leiden schien. Aber die Instrumente, die darauf eingespielt waren, die Anwesenheit höherentwikkelten tierischen Lebens anzuzeigen, schlugen an. Der Ausschlag war am intensivsten, wenn ihre Sensoren in die Richtung zeigten, in der King Pollack zuvor den flimmernden Strom aufsteigender Heißluft beobachtet hatte.

Vorsichtig setzten sie sich in Bewegung. Pollack hatte sich den schweren Desintegrator umgeschnallt. Wo immer das Gestrüpp zu dicht wurde, setzte er ihn rücksichtslos ein. Auf diese Weise kamen sie rasch vorwärts. Sie waren noch keine zehn Minuten von ihrem Fahrzeug entfernt, da wurde die Luft merklich wärmer. Sie näherten sich dem Ort, von dem die heiße Luft aufstieg.

Schließlich gelangten sie an den Rand einer Art Lichtung. Eigentlich verdiente sie den Namen nicht, denn das Laubdach der Bäume bedeckte sie ebenso lückenlos wie den Rest des Waldes. Aber das Unterholz war entfernt worden, so daß unter den an die zwanzig Meter hohen Baumkronen ein Platz entstand, auf dem man sich frei bewegen konnte.

Mitten auf dem Platz lag ein Haufen mächtiger Steine. Von den Steinen ging die Hitze aus, die die flimmernde Luft in die Höhe trieb. Die Wärmeausstrahlung des Steinhaufens war so beachtlich, daß Ellsmere die Gesichtshaut brannte, wenn er den Kopf ein wenig durch das Unterholz hervorstreckte, um die Lichtung besser überblicken zu können.

Am jenseitigen Rand des Platzes standen, an die Stämme der Baumriesen gelehnt, windschiefe Rutengeflechte. Sie erinnerten Ellsmere an die Windfänger, die die Eingeborenen des Großschutzgebietes Australien verwendeten, um sich beim Übernachten gegen die Unbilden der Witterung zu schützen. Von ähnlicher Primitivität mußten die Wesen sein, die diese Lichtung bewohnten. Zwei von ihnen kauerten unweit des Steinhaufens.

Es war Ellsmere unverständlich, wie sie die barbarische Hitze ertragen konnten, aber sie saßen da und betrachteten die Steine, als fühlten sie sich vollkommen behaglich.

Sie waren ebenso gekleidet wie Terry. Ellsmere identifizierte sie versuchsweise als Aburrhaman und DasGupta, zwei indische Mitglieder der Forschergruppe.

Inzwischen hatte King Pollack den großen Steinhaufen aus einem anderen Blickwinkel begutachtet. Er kam zurückgekrochen.

»Ich denke, ich weiß, was sie vorhaben«, flüsterte er.

»Was?«

»Der Trümmerhaufen ist ihr Herd. Auf der Rückseite führt ein Stollen schräg unter die Steine. Wahrscheinlich entzünden sie dort ein mächtiges Feuer, bis die Steine beinahe am Glühen sind. Dann bringen sie das Fleisch und braten es, indem sie es einfach auf die heißen Felsbrocken werfen.«

»Dann müßte doch Rauch zu sehen sein!« widersprach Ellsmere.

»Kommt darauf an, was für Brennmaterial sie verwenden«, argumentierte Pollack. »Außerdem kann es sein, daß das Feuer längst aus ist. Wahrscheinlich ist der Rest der Gruppe auf Jagd.«

Ellsmere erinnerte sich wieder an Terry. Obwohl die Frage die ganze Zeit über im Hintergrund seines Verstandes umhergespukt haben mußte, stellte er sie sich jetzt zum ersten Mal mit Bewußtsein: Wie hatte Terry das hasenähnliche Tier erlegt? Er trug keinerlei Waffen. Sein Bratspieß war ein Aststück, das er ohne Zweifel irgendwo auf dem Boden aufgelesen hatte, und die Fähigkeit, Schlingen zu legen, war seiner Einfalt kaum zuzutrauen. Wie war er also zu dem Braten gekommen?

Seine Nachdenklichkeit wurde unterbrochen. Unter den Bäumen jenseits der Lichtung wurde es plötzlich lebendig. Verhaltene Stimmen waren zu hören. Das Buschwerk knackste und knisterte, und schließlich spazierte eine Gruppe von einhundert Männern und Frauen auf den Platz heraus.

Spazieren war nicht der richtige Ausdruck. Sie bewegten sich auf übertriebene Weise gravitätisch. Sie sahen dabei zu Boden, als gäbe es auf der Welt nichts Wichtigeres, als daß sie einen Fuß richtig vor den anderen setzten.

Einer der beiden Inder sah auf. »Die Hitze ist richtig«, hörte Ellsmere ihn sagen.

Die Männer und Frauen gruppierten sich im Halbkreis um den Steinhaufen. Ellsmere erkannte ein paar Gesichter, die ihm aus den Unterlagen über Hung-Chuins Gruppe bekannt waren. Vor allen Dingen entdeckte er Persh Hankolore, den Afrikaner, der hier den Häuptling zu spielen schien. Inzwischen kamen weitere Frauen und Männer aus dem Dschungel. Die Gruppe wuchs ständig an, bis sie schließlich an die dreihundert Köpfe zählte. Ellsmere suchte nach Mart Hung-Chuin, fand ihn jedoch nirgends. Mit Siu Maranne war er seiner Sache nicht so sicher, aber er wäre notfalls eine Wette darauf eingegangen, daß sie sich nicht unter den Anwesenden befand. Hung-Chuins Gruppe hatte ursprünglich aus 419 Mitgliedern bestanden. Vor ihm befanden sich knapp dreihundert Leute, und der Zustrom aus dem Wald schien aufgehört zu haben. Wo waren die anderen?

Er wurde abermals unterbrochen. Der Funkempfänger meldete sich mit leisem Quäken. Kochem war am Apparat.

»Wir haben die ersten Meldungen von der Unglücksstätte«, eröffnete er das Gespräch. »Die Sache sieht ziemlich merkwürdig aus.«

»Wie meinen Sie das?«

Ellsmere dämpfte die Stimme zu einem halblauten Gemurmel, um draußen auf der Lichtung nicht gehört zu werden. Er war ohnehin nicht sicher, ob das Quäken der Meldevorrichtung ungehört geblieben war.

»Hollingsworths Shift steht am Rand eines mächtigen Felsblocks. Der Block gleicht einer Mesa im mexikanischen Sinn, wenn Sie wissen, was ich damit meine.«

»Ich weiß«, sagte Ellsmere ungeduldig.

»Wenn ich sage am Rand, dann meine ich genau das. Ein paar Zentimeter weiter, und das Fahrzeug wäre in den Abgrund gekippt. Allerdings nehmen wir an, daß es vor ein paar Stunden noch auf sicherem Grund und Boden stand. Der Felsabbruch unmittelbar vor der Bugnase des Shifts ist allerjüngsten Datums. Holli und Elisa müssen sich auf dem Südteil der Mesa befunden haben, als der Bruch stattfand. Das Geröll hat sie mit in die Tiefe gerissen.«

Der Major schluckte hart.

»Ich nehme an, daß am Fuße des Felsens ein Berg von frischem Geröll entstanden ist. Hat man ihn untersucht?«

»Ja, natürlich. Und dabei wurde eine interessante Entdeckung gemacht.«

»Spannen Sie mich nicht auf die Folter!«

»Keineswegs meine Absicht. Es sieht so aus, als sei die Mesa in der Hauptsache in Felsstücke bedeutenden Umfangs zerbrochen. Der Trümmerberg, der sich am Fuß des Felsmassivs angesammelt hat, ist also voll von Hohlräumen. Überdies wurden unterirdisch ebenfalls ausgedehnte Hohlräume durch Sondenmessungen festgestellt.«

»Mann – kommen Sie schon zum springenden Punkt!« forderte Ellsmere. »Irgendeine Spur von Holli oder der Spezialistin?«

Kochem sagte mit Erleichterung in der Stimme: »Keine, Sir. Wir sind so gut wie sicher, daß sie sich zumindest nicht innerhalb des Trümmerbergs befinden.«

Der Major atmete auf. Seine Erleichterung war so allumfassend, daß er sich später nicht mehr daran erinnerte, den Empfänger ausgeschaltet zu haben. Er merkte nur, daß ihn plötzlich jemand an der Schulter packte.

»Vorsicht!« zischte King Pollacks Stimme ins Ohr. »Sie locken uns den ganzen Haufen auf den ... aah, schon zu spät!«

In seiner Erregung hatte Ellsmere sich zu heftig bewegt. Die Büsche am Rand der Lichtung hatten zu rascheln begonnen. Trotz der zur Schau getragenen Apathie waren ein paar Leute jenseits des Steinhaufens darauf aufmerksam geworden. Drei Männer, ihnen voran Persh Hankolore, traten auf die verdächtige Stelle zu. Der mächtige Afrikaner bog das Gebüsch auseinander und entdeckte die beiden Lauscher.

Ohne das geringste Anzeichen der Überraschung setzte er ein freundliches Grinsen auf und verkündete mit tiefer Stimme: »Hier sind Gäste! Wir heißen euch willkommen.«

28.

Ein wenig schafsgesichtig kamen Ellsmere und Pollack aus ihrem Versteck hervor. *Es gehört etwas dazu,* dachte der Major, *sich von total Verdummten aufstöbern zu lassen.* Äußerlich gab er sich freundlich. Er erwiderte Hankolores Grinsen mit einem Lächeln und stellte sich vor.

»Ich bin Orin«, eröffnete er, sich daran erinnernd, daß unter diesen Leuten nur Vornamen Geltung besaßen, »und das hier ist King.«

Hankolore war begeistert. »Orin und King, ihr seid unsere Gäste. Das Mahl wird vorbereitet, ihr müßt daran teilnehmen!«

Sie überquerten die Lichtung und reihten sich unter die anderen, die den Steinhaufen im Halbkreis umgaben. Niemand kümmerte sich sonderlich um sie. Persh Hankolore hatte sie begrüßt und als Gäste geladen, das schien zu genügen.

Orin Ellsmere kam neben Hankolore zu stehen. Wie die anderen hielt der Afrikaner seine Aufmerksamkeit ausschließlich auf die heißen Steine konzentriert, als erwarte er, daß sie in der nächsten Sekunde das Mahl produzierten, von dem er gesprochen hatte.

»Sind das alles deine Leute?« fragte Ellsmere den Schwarzen.

Hankolore löste sich nur mit Mühe vom Anblick der Steine. Er schien verwirrt.

»Meine Leute? Sie sind nicht meine Leute. Wir alle sind Kinder des Geistes.«

»Na schön«, gab Ellsmere bei. »Gibt es noch mehr Kinder des Geistes, oder sind das hier alle?«

»Alle Wesen der Welt sind Kinder des Geistes«, antwortete Hankolore.

Ellsmere sah ein, daß er auf diese Weise nicht vorwärtskommen würde. Er mußte die Sache auf andere Weise anpacken. Er überlegte, unter welchem Namen Hung-Chuin bei dieser Bande von Halbwilden bekannt sein mochte. Sein Vorname war Mart. Persh – Pershy, Terenz – Terry. Mart – Marty? Es war einen Versuch wert.

»Auch der Mann namens Marty ist ein Kind des Geistes?«

»Auch Marty ist ein Kind des Geistes«, antwortete Hankolore ungerührt.

»Wo ist er?«

»Ich weiß es nicht.«

»Kommt er oft hierher?«

»Ich habe ihn seit langem nicht mehr gesehen.«

Ellsmere dachte darüber nach. Es schien, als hätten sich Hung-Chuins Leute in zwei Gruppen gespalten – eine unter Persh Hankolores Führung, die andere wahrscheinlich unter Hung-Chuins. Hankolores Gruppe bestand annähernd aus dreihundert Leuten, machte also rund zwei Drittel der Gesamtmannschaft aus. Es wäre interessant gewesen, den Grund dieser Spaltung zu erfahren; aber Ellsmere zweifelte daran, daß seine Fragetechnik weit genug entwickelt sei, um Persh Hankolore eine sinnvolle Antwort zu entlocken. Nichtsdestoweniger war er bereit, einen Versuch zu wagen. Bevor er jedoch damit beginnen konnte, setzte sich eine neue Entwicklung in Szene.

Von irgendwoher kam plötzlich ein leises, rauschendes Geräusch. Hankolore nahm es ebenfalls wahr. Er hob den Kopf und verkündete freudig: »Das Mahl ist nahe!«

Das Geräusch schwoll an. Ellsmere versuchte es zu identifizieren, aber erst wenige Sekunden, bevor die Ursache selbst in Sicht kam, hatte er damit Erfolg. Er unterschied schließlich das Knacken Hunderter von Ästen, das Brechen und Bersten Dutzender von Gebüschen.

Dann brach es aus dem Unterholz hervor – eine Unzahl von fremdartigen Tieren, kleine Hasen mit kurzen Ohren und langen Schwänzen, hundeähnliche Kreaturen mit Dreiecksohren und weitausladenden Schnurrbärten, Federvieh, das den Gebrauch der Schwingen längst verlernt hatte, Miniaturausgaben von Kühen und Ochsen, gazellenähnliche Geschöpfe – ein ganzer Tiergarten, bestehend aus zwei- bis dreihundert Exemplaren verschiedener Arten.

Sie rasten aus dem Gestrüpp hervor auf die heißen Steine zu. Aber kurz bevor sie die Steine erreichten, fielen sie plötzlich um und blieben reglos liegen.

Bevor Ellsmere und Pollack sich noch von ihrer Überraschung erholt hatten, machten die beiden Inder, die ihre Position niemals gewechselt hatten, sich über die gestürzten Tiere her. Bewaffnet mit zwei metallenen Klingen, die ohne Zweifel aus der ursprünglichen Ausrüstung der Expedition stammten, warfen sie sich auf die reglosen Kreaturen, schnitten ihnen die Köpfe ab, trennten ihnen mit ein paar geschickten Schnitten das Fell vom Leibe, entfernten die Innereien und schleuderten die bratfertigen Stücke auf den heißen Steinhaufen.

Die Menge war erregt. Alle Blicke waren auf die Steine gerichtet, von denen der Rauch bratenden Fleisches aufzusteigen begann. Ellsmere, noch halb betäubt, trat ein paar Schritte nach vorne und begutachtete eines der Tiere, das den Messern der unglaublich flinken Inder bis jetzt entgangen war. Er untersuchte es. Danach glaubte er, mit Sicherheit behaupten zu können, daß das fremde Geschöpf tot war.

Die Tiere waren also hierhergeeilt, um Hankolore und seinen Leuten Proviant zu bieten! Der Vorgang schien keineswegs einmalig zu sein, denn Hankolore hatte die ganze Zeit über gewußt, daß die Tiere kommen würden. Darauf hatte er gewartet.

Erfolgte die Speisung etwa immer auf diese Weise?

Ellsmere trat zurück unter die Wartenden und nahm King Pollack wahr. Der Sergeant sah mit weit geöffneten Augen auf die sich rasch vermindernde Zahl der Opfertiere.

Wenige Minuten später trat Persh Hankolore als erster auf den Steinhaufen zu. Mit geübtem Griff angelte er sich einen saftig rotbraunen Braten und jonglierte ihn von Hand zu Hand, bis er soweit abgekühlt war, daß er ihn zwischen den Fingern halten konnte.

Mit großartiger Geste hielt er Ellsmere das wohlriechende Stück Fleisch entgegen und rief: »Das Mahl beginnt!«

Die Menge stürzte sich auf die Steine. Bratenstücke wurden von den fast glühenden Felsbrocken gerissen. Die Jonglierkünste der ehemaligen Wissenschaftler waren erstaunlich. Entblößte Gebisse gruben sich in das saftige Fleisch. Der Festschmaus hatte begonnen.

Das Merkwürdigste war, daß die Szene sich nahezu lautlos abspielte. Niemand verlor ein Wort. Nirgendwo waren Rufe der Erwartung oder des Wohlbehagens zu hören, wie man sie bei einer solchen Gelegenheit unwillkürlich erwartete.

Ellsmere konnte der Verlockung nicht länger widerstehen. Er tat es den anderen nach. Obwohl völlig ungewürzt, schmeckte das Fleisch vorzüglich. Außerdem hatte er Hunger. Er vergaß seine Umgebung und erinnerte sich ihrer erst wieder, als er nur noch das Gerippe des fremden Tieres zwischen den Fingern hielt.

King Pollack kam mit leuchtenden Augen auf ihn zu. Fett troff ihm über das Kinn.

»So lasse ich mir das Leben gefallen!« rief er begeistert. »Hier siedle ich mich an und eröffne ein Restaurant.«

»Viel Glück«, spottete Ellsmere. »Hast du auch nur einen der Gäste bezahlen sehen?«

Pollack wandte sich um und musterte die Menge.

»Ja, das ist ein Problem«, gab er zu und wischte sich mit dem Ärmel der Montur über den Mund. »Wie machen sie das nur?«

»Frag Hankolore«, riet Ellsmere. »Er kann dir sicherlich Auskunft geben.«

King Pollack schaute ihn mißmutig an.

»Ich habe Sie mit Terry reden hören, und hier mit Pershy«, antwortete er. »Um ganz offen zu sein – beide Unterhaltungen haben mir nicht den Eindruck vermittelt, als könnte ich auch nur ein vernünftiges Wort aus den Kerlen herausbringen.«

Ellsmere wurde ernst. »Das ist wahr. Und erstaunlich.«

»Erstaunlich.«

»Hankolore und seine Leute befinden sich offenbar nach wie vor im Stadium der tiefsten Verdummung. Dabei hat überall sonst in der Galaxis der Bann sich vor kurzem zu lockern begonnen. Leute, die ihre Intelligenz völlig verloren hatten, fingen plötzlich wieder an, Dinge zu verstehen, die ihnen kurz zuvor noch böhmische Dörfer gewesen waren. Auf USTRAC haben wir das mitbekommen. Auf einmal waren bisher hilflos Blöde wieder zu einfachen Handreichungen zu gebrauchen, manchmal sogar schon zu komplizierten. Und hier auf Obelisk? Hier ist alles noch beim alten!«

»Hm«, machte King. Ein zweites Mal musterte er die Menge, die den heißen Steinhaufen umgab und sich mit Hingabe dem Schmaus widmete. Er grinste. »Könnte es vielleicht Täuschung sein? Vielleicht haben sich diese Leute so sehr an das paradiesische Leben gewöhnt, daß sie sich einfach weigern, zum intelligenten Dasein zurückzukehren.«

»Eine Gruppe ausgesuchter Wissenschaftler?« zweifelte Ellsmere.

»Hm, ja, das ist richtig«, gab Pollack zu. »Ich denke, das war keine besonders brillante Idee.«

»Irgend etwas stimmt hier nicht«, behauptete Ellsmere mit Nachdruck, »und ich wette, es hat mit dem sogenannten Geist zu tun.«

»Dem wir hoffentlich bald auf die Spur kommen werden.«

Persh Hankolore trat auf sie zu. »Hat euch das Mahl behagt, Freunde?« erkundigte er sich.

Ellsmere sprach ihm ein Kompliment aus. »Wie oft haltet ihr einen solchen Schmaus?« erkundigte er sich dann.

»Wann immer wir hungrig sind«, lautete die unbeteiligte Antwort.

»Dann heizt ihr die Steine ein?«

»Heizt die Steine ein?« Hankolore war verwirrt. »O nein, die Steine sind immer heiß!«

»Also schön – ihr stellt euch einfach hier auf.«

»Ja. Wenn wir Hunger haben, stellen wir uns hier auf!«

»Und dann kommen die Tiere?«

»Dann kommen die Tiere.«

»Woher kommen die Tiere?«

»Aus dem Wald.«

»Nein – das meine ich nicht. Warum kommen die Tiere?«

Abermals schien der Afrikaner die Frage nicht ganz zu verstehen.

»Weil wir Hunger haben«, antwortete er im Tonfall eines Mannes, den man gefragt hat, warum Wasser naß sei.

»Sendet sie euch – der Geist der Berge?« fragte Ellsmere.

In Hankolores Gesicht zuckte kein Muskel; aber seine Stimme klang verärgert, als er antwortete: »Du weißt nichts vom Geist der Berge! Du sprichst nicht vom Geist der Berge!« Er wandte sich ab und stapfte davon.

»Da sind Sie ganz schön ins Fettnäpfchen getreten«, amüsierte sich King Pollack.

»Ja, anscheinend. Ich frage mich, warum er so empfindlich ist.«

Er beobachtete Hankolore. Der Afrikaner hatte sich unter die Menge gemischt und sprach hier und dort mit einem seiner Leute. Ellsmere konnte nicht erkennen, worum sich das Gespräch drehte. Er hatte damit gerechnet, daß es sich auf ihn und seine letzte Äußerung bezog, aber bei der allgemeinen Lethargie war das schwer festzustellen. Die Leute bewegten nicht einmal den Kopf, während Hankolore mit ihnen langsam sprach.

»Wenn Sie mich fragen«, meldete sich King von neuem zu Wort, »ich bin dafür, daß wir von hier verschwinden. Die Sache gefällt mir nicht.«

»Einverstanden«, stimmte Ellsmere zu. »Wenn wir uns langsam zurückziehen, merken sie es womöglich überhaupt nicht.«

Vorsichtig, scheinbar in angeregte Unterhaltung vertieft, schritten sie am Rand der Lichtung entlang, auf die Stelle zu, an der Persh Hankolore sie entdeckt hatte. Beide hielten den Blick verstohlen auf Hankolore und seine Leute gerichtet. Die Menge schien ihnen keine Beachtung zu schenken. Ellsmere schritt ein wenig schneller aus. Es ergab sich aus der Lage, daß er dem Dschungel zu seiner Rechten keinerlei Beachtung schenkte.

Um so vollkommener war die Überraschung.

Sie waren nur noch ein paar Schritte von der Stelle entfernt, an der der mit dem Desintegrator geschaffene Pfad begann, da stieß King Pollack plötzlich einen spitzen Schrei aus.

Ellsmere wirbelte herum.

Dort, wo sie eben noch unauffällig hatten verschwinden wollen, brach eine Herde übermannsgroßer Tiere durch das Gestrüpp. Sie mußten sich vorsichtig angeschlichen haben, denn weder Ellsmere noch Pollack hatten das geringste Geräusch gehört. Jetzt aber befanden sie sich in voller Bewegung. Sie waren Känguruhs von derselben Art, wie Pollack eines in Point Chuin gesehen hatte. Über ihre Absicht bestand nicht der geringste Zweifel. Sie waren gekommen, um zu töten.

Mit weit aufgerissenen Rachen stürzten sie sich auf die beiden Männer.

Mühsam und schmerzhaft war der Kampf bis hinauf an die Oberfläche des Bewußtseins. Der letzte Gedanke, den Robert C. Hollingsworth mit in die Ohnmacht genommen hatte, war der, daß das Ende dicht bevorstehe. Belastet durch eine solche Hypothek, hatte der Verstand Mühe, zur Kenntnis zu nehmen, daß das Unwiderrufliche schließlich doch widerrufen worden war.

Er lebte noch, das war der erste bewußte Gedanke, der sich in die Finsternis seines benommenen Verstandes schlich.

Er straffte die Muskeln. Es gelang, und gleichzeitig lehrte ihn die Bewegung, daß er auf einer höchst unbequemen Unterlage ruhte. Etwas Hartes, Spitzes stach ihm an mehreren Stellen ins Kreuz.

Er legte die Handflächen flach auf den Boden. Er zog die Arme an, bis die Ellbogen weit nach außen standen. Dann gab er sich einen Ruck und drückte den Oberkörper in die Höhe. Einen Augenblick lang fürchtete er, der Schmerz werde ihm den Schädel spalten. Aber die Welle bohrender Pein verebbte, ohne Hollis Tatendrang merklich zu mindern.

Das Gehör funktionierte plötzlich wieder. Er hörte heftiges Schnaufen. Mitunter ging es für kurze Zeit in ein krächzendes Schnarren über, als sei dem Schnaufenden etwas in die Luftröhre geraten. *Elisa!* schoß es Holli durchs Gehirn. Sie hatte die Katastrophe ebenfalls überlebt.

Er tastete ringsum und fand Steinbrocken jeglicher Größe. Er betastete schließlich sich selbst und fühlte in der Brusttasche den Umriß der kleinen, schreibstiftförmigen Lampe. Plötzlich fing die Hand an zu zittern. Zögernd, als fürchte er sich vor der Eröffnung, die ihm in wenigen Sekunden zuteil werden mußte, zog er die Lampe hervor. Die vollkommene Finsternis, die ihn umgab – war sie wirklich?

Oder hatte er das Augenlicht verloren?

Er drückte auf den Auslöser. Das Gerät klickte leise. Die Finsternis war so undurchdringlich wie zuvor.

Da verließ ihn der Mut. Er kippte einfach zur Seite, als wäre jegliche Kraft aus den Muskeln gewichen. Die kleine Lampe fiel auf die Steine, und im Fallen klickte sie ein zweites Mal.

Schmerzend hell stand der schmale Lichtkegel in der staubigen Luft.

Holli schrie vor Begeisterung. Es war ein krächzender, rauher Schrei. Er mußte pfundweise Staub geschluckt haben. Die Kehle fühlte sich an wie ein Reibeisen, und es schmerzte, wenn er die Zunge gegen den Gaumen rieb. Trotzdem war sein Triumphschrei ein voller Erfolg. Dort, wohin das Licht der Lampe nicht fiel, hörte das schnarchende Schnaufen plötzlich auf, und eine müde Stimme fragte:

»Was ... was ist los? Wer ... schreit ...?!«

Holli richtete den Lichtkegel der Lampe in die Höhe. Auf diese Weise schuf er nicht nur genug Helligkeit, daß Elisa Kainchen sich orientieren konnte, sondern er ermittelte auch, daß der Höhlenraum, in dem sie beide gelandet waren, eine Höhe von knapp drei Metern besaß. Unmittelbar hinter der Stelle, an der Elisa lag, bildete grobes Geröll eine schräg ansteigende Wand, die die Höhle abschloß. In der anderen Richtung jedoch führte der Stollen weiter, als das Licht der Lampe reichte.

Leutnant Hollingsworth, mittlerweile völlig Herr seiner Sinne, hielt es, gelinde ausgedrückt, für ein Wunder, daß er und seine Begleiterin noch am Leben waren. Er selbst war, von Prellungen und Schürfungen abgesehen, überdies unverletzt, und Elisa, die sich in diesem Augenblick ächzend vom Boden aufstemmte, schien auch nichts Ernsthaftes zugestoßen zu sein. Wie das Wunder zustandegekommen war, darüber konnte Holli sich im Augenblick keinerlei Rechenschaft ablegen. Fest stand jedoch, daß sie die Fahrt auf einer wildgewordenen Geröllawine unverletzt überstanden hatten.

Nachdem er dies bedacht hatte, machte er sich klar, daß ihm all sein Glück nichts nützen würde, wenn er nicht schleunigst dafür sorgte, daß sein Aufenthalt an diesem ungastlichen Ort möglichst schnell beendet würde. Er betastete die Taschen seiner Montur und fand das kleine Minikom-Gerät. Mit einem Schalterdruck setzte er es in Betrieb. Das grüne Kontrollicht flammte auf. Der Minikom war sendebereit.

Er meldete sich, beschrieb seine Lage und die Reihenfolge der Ereignisse, denen er die eben erwähnte Lage verdankte. Dann wartete er. Das kleine Gerät blieb stumm bis auf ein helles Summen, das von dem elektronischen Netzwerk ausging. Holli wiederholte seine Botschaft, und als er auch beim zweiten Mal keine Antwort erhielt, da wußte er, daß der Sturz, den er überlebt hatte, in Wirklichkeit viel tiefer gewesen war, als er vor wenigen Minuten angenommen hatte.

Die Flotte benutzte billige Minikome, wann immer der Einsatz der wesentlich teueren Hyperkome nicht überzeugend zu rechtfertigen war – wie zum Beispiel bei einem Oberflächenunternehmen mit kurzem Aktionsradius auf einer vergleichsweise harmlosen Welt. Minikome waren, obwohl sie nach einem uralten Prinzip funktionierten, leistungsfähige, hochverläßliche Geräte. Sie arbeiteten mit einer großen Auswahl von Frequenzen und waren, wenn sie im UHF-Bereich betrieben wurden, selbst für den interplanetarischen Funkverkehr geeignet. Feste Medien allerdings, wie zum Beispiel Erde oder, noch allgemeiner, die feste Substanz eines Himmelskörpers, waren für elektromagnetische Wellen nicht unbegrenzt durchlässig. Holli wußte zum Beispiel, daß Signale aus seinem Gerät eine Erdschicht von mehr als zweihundert Metern Dicke nicht durchdringen konnten. Vorausgesetzt, daß die Oberfläche des Planeten

Obelisk aus annähernd denselben Grundstoffen bestand wie die Rinde der Erde, befand sich diese Höhle also in mindestens zweihundert Metern Tiefe.

Elisa und er waren von der Lawine nicht etwa nur einfach begraben worden – denn die Lawine selbst, so mächtig sie auch gewesen sein mochte, besaß nicht genug Volumen, um einen zweihundert Meter hohen Schotterberg zu bilden. Irgendwie waren sie in die Unterwelt von Obelisk geraten. Die Lawine mußte sie durch einen Schacht in diese Höhle gespült haben.

Elisa war inzwischen auf die Beine gekommen.

»Alles in Ordnung?« erkundigte sich Holli.

»Soweit ich das beurteilen kann«, nickte die Spezialistin. »Wo sind wir hier?«

»Wofür halten Sie mich? Für einen Touristenführer, Spezialist für Höhlen?«

»Na ja, könnte nichts schaden, wenn Sie einer wären«, antwortete Elisa.

»Hier sind wir anscheinend hereingekommen.« Holli wies auf die Geröllhalde. »Hat vermutlich wenig Zweck, dort nach einem Ausweg zu suchen. Wir könnten versuchen, das Gestein mit den Strahlern abzubrennen, aber ich glaube nicht, daß wir genug Geduld dazu hätten. Außerdem wird es höllisch heiß dabei.« Er richtete den Lichtkegel der Lampe dorthin, wo sich die schmale Höhle allmählich im Dunkel verlor. »Am besten probieren wir unser Glück in dieser Richtung.«

Elisa hatte nichts dagegen einzuwenden. Holli übernahm die Führung. Je weiter sie sich von der Einbruchstelle entfernten, desto ebener wurde der Boden. Die Höhle verlief waagrecht und zumeist geradlinig. Ihre Breite schwankte zwischen zwei und vier Metern, und die Decke kam manchmal so weit herab, daß Holli sich bücken mußte, zu anderen Gelegenheiten wich sie so weit nach oben zurück, daß der Schein der Lampe sie kaum noch erreichte.

Sie waren etwa seit einer halben Stunde unterwegs, als Holli bemerkte, daß die Luft plötzlich feuchter zu werden begann. Dabei kam ihm zum ersten Mal zu Bewußtsein, daß die Luft, die sie die ganze Zeit über geatmet hatten, frisch und kühl gewesen war – als stünde der Stollen mit der Oberwelt in Verbindung. Jetzt änderte sich das. Zum ersten Mal erschienen Tropfen auf den Wänden der Höhle. Mit der Feuchtigkeit kam die Wärme, und mit der Wärme ein merkwürdiger, fauliger Geruch wie von altem, feuchtem Laub. Gleichzeitig begann die Höhle sich zu weiten, und als Holli schließlich stehenblieb, hörte er aus der Ferne das regelmäßige Platschen von Tropfen, die in eine größere Menge Wasser zu fallen schienen.

Von jetzt an bewegten sie sich mit größter Vorsicht. Auf merkwürdige, unerklärliche Weise vermittelten die feuchte, warme Luft und der modrige Gestank den Eindruck lauernder Gefahr. Das tropfende Geräusch wurde deutlicher. Es echote von den Wänden, die jetzt so weit zurückgetreten waren, daß die Lampe sie nicht mehr erreichte. Plötzlich blitzte es vor Holli auf. Er erschrak und griff unwillkürlich nach der Waffe. Dann ging ihm auf, daß er vor einem Spiegelbild seiner eigenen Lampe erschrocken war. Zehn Schritte vor ihm lag der Rand einer tiefschwarzen Wasserfläche. Sie hatte den Strahl der Lampe reflektiert, und von der gegenüberliegenden Höhlenwand war das Licht zurückgeworfen worden.

Holli ließ die Lampe kreisen. Der unterirdische See, auf den der Stollen an dieser Stelle mündete, mochte an die hundert Meter breit sein. Wie weit er sich nach rechts und links in die Länge erstreckte, war bei der unzureichenden Beleuchtung nicht zu erkennen. Etwas anderes jedoch wurde offenbar. In der gegenüberliegenden Wand gab es nischenartige Einbuchtungen. Holli richtete die Lampe auf eine, um zu erkunden, ob die Höhle sich dort etwa weiter fortsetzte. Der Strahl der Lampe war zu schwach, als daß er auf so große Entfernung genug Details enthüllt hätte. Unüberhörbar jedoch war ein halblautes Zischen, das in dem Augenblick ertönte, als der matte Lichtkegel die Nische traf. Gleichzeitig hatte Holli den Eindruck, es hätte sich am gegenüberliegenden Ufer des Sees etwas bewegt.

»Haben Sie das gehört?« hauchte Elisa.

»Ja. Wonach klang das?«

»Fast wie ... wie eine Katze. Kann es hier unten Tiere geben?«

Holli wußte keine Antwort. Warum nicht? Die feuchte Höhle und der schwarze See kamen ihm unheimlich genug vor. Der Himmel mochte wissen, was für Überraschungen sie bereithielten.

Elisa schnupperte. »Riechen Sie etwas?«

Im selben Augenblick zog es auch ihm in die Nase. Ein scharfer, stechender Geruch, der fast augenblicklich ein leises Gefühl der Übelkeit hervorrief und schwindlig machte. Holli sah sich nach dem Stollen um aus dem sie gekommen waren. Im schlimmsten Fall würden sie sich dorthin zurückziehen müssen. Beim Umdrehen war der Schein der Lampe an der diesseitigen Wand des Höhlenraums entlanggeglitten, und Holli stellte überrascht fest, daß es auch hier nischenähnliche Einbuchtungen gab. Er wies Elisa an, sich ein paar Schritte in Richtung des Stollens zurückzuziehen, dann bewegte er sich vorsichtig auf die nächstliegende Nische zu. Er wollte kein Risiko eingehen. Er trug den Strahler in der rechten, die Lampe in der linken Hand. Den Lichtkegel der Lampe ließ er zunächst auf dem Boden entlanggleiten. Erst als er der Nische gegenüberstand, hob er den schlanken Leuchtstift und ließ das Licht voll in die Wandöffnung fallen.

Das Resultat war sensationell. Für den Bruchteil einer Sekunde sah er die hektische Bewegung eines unentwirrbaren Gewimmels von Tentakeln oder Lianen. Dann ertönte von neuem, diesmal jedoch weitaus heftiger, das häßliche Zischen, und aus der Mündung der Nische schoß eine graue Rauchwolke.

Noch im selben Augenblick hüllte der stechende Gestank Holli ein. Er würgte. Instinktiv begann er zu laufen. Er hielt die Augen geschlossen, weil sie brannten, und hatte als einzigen Anhaltspunkt das Geschrei, das von dort kam, wo er Elisa zurückgelassen hatte. Er torkelte und keuchte, bis ihn plötzlich eine erstaunlich kräftige Hand am Kragen zu fassen bekam und hinter sich herzog.

Augenblicke später konnte er wieder frei atmen. Er wischte die Tränen aus den Augen und sah, daß er sich wieder im Stollen befand. Neben ihm stand Elisa, die Hände in einer Geste abgrundtiefen Schrecks gegen den Mund gepreßt. Er verstand ihre Frage, ohne daß sie sie auszusprechen brauchte.

»Irgendein Viehzeug«, antwortete er, immer noch würgend. »Es schlägt um sich, wenn man es anleuchtet, und stößt eine Art Giftgas aus.«

Noch im Sprechen dachte er nach. War es wirklich ein Tier gewesen? Warum hatte es ihn nicht angegriffen? Es besaß Hunderte von Tentakeln. Er war nur wenige Meter entfernt gewesen. Warum hatte es nicht nach ihm gefaßt?

Plötzlich kam ihm ein Verdacht. »Elisa – ich probiere es noch einmal«, kündigte er an.

Elisa machte eine protestierende Handbewegung, aber er ließ sie nicht zu Wort kommen.

»Diesmal weiß ich, worum es geht. Ich halte die Luft an, solange ich in der Nähe der Nische bin. Wir sehen uns hier wieder.«

Er kehrte in den Höhlenraum zurück. Diesmal ging er bis zur zweiten Nische. Er vergewisserte sich, daß nichts geschah, solange der Lichtkegel der Lampe auf den Boden gerichtet war. Dann pumpte er die Lungen voll Luft. Schließlich hob er, wie beim ersten Mal, den schmalen Stift und ließ das Licht voll auf die Nische fallen.

Das Resultat war dasselbe wie beim ersten Mal. Zuckend, sich windend, zischend bewegte sich ein unentwirrbares Durcheinander widerlicher Tentakel. Rauch quoll auf, aber diesmal wußte Leutnant Hollingsworth, worauf er seine Aufmerksamkeit konzentrieren mußte. Diesmal entging ihm nichts, und sein jüngster Verdacht war im Handumdrehen bestätigt.

Was er sah, war kein Tier. Was er ursprünglich für Tentakel gehalten hatte, waren die Stengel von Pflanzen, die hier in der Finsternis wuchsen. Sie vertrugen das Licht nicht. Wenn er sie berührte, starben sie, und im Sterben vergingen sie in grauem Qualm. Er sah es mit eigenen Augen. Wie eine rasende Seuche verbreitete sich der vernichtende Einfluß des Lichtes, das aus seiner Lampe kam. Durch den dichten Qualm hindurch sah er, wie das Pflanzengewirr immer weiter hinten in der Nische im Todeskampf zu zucken begann.

Die Pflanzen waren nicht bleich, wie es sonst Gewächse sind, die in der Dunkelheit gedeihen. Sie waren pechschwarz, und an den Enden der Stengel trugen sie eigenartig geformte, ebenfalls schwarze Blüten.

Holli wandte sich ab und begann zu laufen. Die Lungen schmerzten. In ein paar Sekunden würde er nach Luft schnappen müssen. Bis dahin wollte er weit drinnen im Stollen sein.

Er hatte die schwarzen Orchideen gefunden!

Ellsmere feuerte, ohne zu zielen. Eine der Bestien brach unmittelbar vor ihm zusammen. Im Sturz streifte sie ihn mit der Pranke und riß ihm den rechten Ärmel auf. Es brannte wie Feuer. Dicht neben sich hörte er King Pollacks Desintegrator summen. Er hatte keine Zeit, sich nach dem Sergeanten umzuwenden. Zu viele der känguruhähnlichen Ungeheuer drangen von allen Seiten auf ihn ein. Er war in seinen Bewegungen behindert und konnte die Wirkung seiner Waffe nicht voll zur Anwendung bringen. Wenn Pollack ihm nicht bald mit dem Desintegrator zu Hilfe kam, dann war er verloren.

Da merkte er, wie sich vor ihm der Dschungel plötzlich in Nichts auflöste, und mit ihm zwei der Bestien, die soeben zum Sprung auf ihn angesetzt hatten. Das war Pollack! Das war Hilfe in höchster Not! Ein Feuerstoß aus dem Strahler erfaßte eines der Känguruhs mitten im Satz und verwandelte es in eine pechschwarze Qualmwolke. Ellsmere atmete auf. Noch war nichts verloren!

Ellsmere hörte Pollacks wütenden Schrei. Er wollte sich nach ihm umwenden, um zu sehen, was geschehen war. Er kam gerade noch rechtzeitig, um aus dem Augenwinkel eine flüchtige Bewegung wahrzunehmen, die Umrisse einer menschlichen Gestalt zu erkennen.

Dann traf ihn ein mörderischer Schlag auf den Schädel und machte ihn bewußtlos.

Als er zu sich kam, war es fast finster. Von irgendwoher kam ein trüber, roter Schein. Er wollte sich aufrichten, um die Quelle des roten Leuchtens in Augenschein zu nehmen, und stellte dabei fest, daß er gefesselt war. Außerdem schmerzte ihn der ganze Körper, besonders der Schädel, als hätte er eine Stunde lang unter den trampelnden Hufen einer galoppierenden Pferdeherde gelegen.

Immerhin konnte er den Kopf wenden. Da entdeckte er vor sich die Umrisse eines am Boden kauernden Mannes, der ihm den Rücken zuwandte, und an der Silhouette vorbei den Haufen der heißen Steine, der jetzt, in der Nacht, eine verhaltene Glut ausstrahlte.

Nicht, daß es ihm viel geholfen hätte, aber jetzt wußte er wenigstens, warum Persh Hankolores Wohnort »bei den roten Steinen« genannt wurde.

Er wandte sich auf die andere Seite und erkannte King Pollacks reglose Gestalt. Er war ebenso gefesselt wie er und anscheinend noch immer bewußtlos.

»He!« rief Orin dem reglosen Mann zu. »Was ist das für ein Betrug? Warum habt ihr uns niedergeschlagen?«

Der Mann drehte sich gemächlich um. Es war zu finster, um sein Gesicht zu erkennen, aber die tiefe Stimme war unverkennbar.

»Die Tiere hassen euch«, verkündete Persh Hankolore in einem Tonfall, als lese er ein Gebet. »Und ihr sprecht unfreundlich über den Geist des Waldes.«

Von rechts her grunzte es aus der Finsternis. King Pollack war aufgewacht.

»Was habt ihr mit uns vor?« erkundigte sich Ellsmere.

»Der Geist wird darüber entscheiden.«

»Wann?«

»Wann es ihm beliebt.«

»Da hast du dich aber getäuscht, mein Junge«, brach es da grollend aus King Pollack hervor. »Wir sind nicht alleine. Man wird nach uns suchen. Man weiß, wo wir sind. Und wenn unsere Leute uns finden, dann gnade deinem Geist!«

»Niemand hat Macht über den Geist des Waldes«, antwortete der Afrikaner ruhig und gelassen. »Niemand wird euch befreien können. Denn morgen bringen wir euch ins Geistertal, und von dort ist noch keiner entkommen.«

Holli berichtete, was er gesehen hatte. Elisa war ebenso wie er vertraut mit der Vermutung, die Ellis, der Biologe, nach der Untersuchung des Blütenstempels ausgesprochen hatte.

»Das könnte bedeuten«, folgerte sie, »daß ab und zu Leute hierherkommen.«

»Oder daß die Orchideen auch woanders wachsen«, konterte Holli, der keinen verfrühten Optimismus aufkommen lassen wollte.

»Möglich. Aber wir brauchen nicht immer gleich das Schlimmste zu befürchten.«

Der zum Brechen reizende Geruch war schließlich auch in den Stollen gedrungen. Allerdings entwickelte er sich nicht in ausreichender Intensität, um Holli oder seiner Begleiterin ernsthafte Beschwerden zu verursachen. Immerhin jedoch war er stark genug, um Holli das Gefühl zu geben, er hätte einen zuviel getrunken. Als nächstes würden sie versuchen müssen, den unterirdischen See ringsum abzuschreiten und womöglich eine Fortsetzung des Stollens zu finden, durch den sie gekommen waren. Die Aussicht erweckte keine sonderliche Begeisterung. Die Orchideen waren Holli unheimlich. Wenn er aus Versehen an einem Ort, an dem die Luftverhältnisse nicht so vorteilhaft waren wie hier, Licht auf die merkwürdigen Gewächse fallen ließ, dann konnte es ihrer beider Tod sein. Er traute dem Gas nicht über den Weg.

Aber es mußte versucht werden. Er setzte Elisa seinen Plan auseinander. Er war noch keine zwei Sätze weit gekommen, da legte ihm Elisa die Hand auf den Arm und gebot ihm zu schweigen. Er strengte die Ohren an, so gut er konnte, aber Elisas Gehör war offensichtlich um einiges besser als das seine. Sie fing an zu lächeln.

»Ich hatte also doch recht«, flüsterte sie und nahm ihm dabei die Lampe aus der Hand, um sie auszuknipsen. »Jemand kommt. Ich höre Schritte und leise Stimmen.«

Vorsichtig, um kein Geräusch zu verursachen, tasteten sie sich im Finstern bis zum Ausgang des Stollens. Das Giftgas war mittlerweile größtenteils verflogen.

Erst jetzt hörte Holli das leise, rhythmische Platschen nackter Füße auf glattem Gestein und hin und wieder den Laut einer menschlichen Stimme.

»Vier oder fünf Mann«, teilte Elisa flüsternd mit. »Sie kommen das diesseitige Ufer entlang auf den Stollen zu.«

Holli fieberte vor Erregung. Es mußte sich um Hung-Chuins Leute handeln. Und da, wo sie in die Tiefe gestiegen waren, konnte er sich mit Elisa an die Oberwelt retten. Das tappende Geräusch kam näher. Holli befürchtete schon, die Männer hätten es auf den Stollen abgesehen, da hörte er eine klare, helle Stimme:

»Hier fangen wir an!«

Die Schritte verstummten. Es klapperte, als würden hölzerne Behälter zu Boden gestellt. Dann kam ein rauschendes Geräusch. Holli sträubten sich die Haare bei der Vorstellung, die Leute drängen in völliger Finsternis in eines der schwarzen Orchideengestrüppe ein. Es war eigenartig, wie sie sich in der Dunkelheit zurechtfanden. Anscheinend wußten sie, daß die unterirdischen Gewächse das Licht nicht vertrugen. Aber was wollten sie hier unten?

Er hörte leises Knacksen, Brechen, Rauschen und ab und zu den halblauten, unartikulierten Ausruf einer menschlichen Stimme. Das alles war so seltsam, daß er sich keinen Reim darauf machen konnte. Er entschloß sich, keine weitere Zeit mehr zu verschwenden.

Er trat aus dem Stollen hervor und schritt dorthin, woher die Geräusche kamen. Die Männer waren mit ihrer Arbeit viel zu beschäftigt, um ihn zu bemerken. Er war nach seiner Schätzung etwa zehn Meter von ihnen entfernt, als er stehenblieb und die Lampe aufleuchten ließ, den Lichtkegel sorgsam zu Boden gerichtet.

Vor ihm erstarb eine Sekunde lang alles Geräusch. Im Reflex des Lampenlichtes erkannte er fünf Männer, spärlich bekleidet und mit Macheten ausgerüstet. Trotz der unzureichenden Beleuchtung identifizierte er ein Mitglied der Gruppe ohne Schwierigkeit: Mart Hung-Chuin. Auf dem Boden unweit der Mündung einer Nische standen zwei flache, hölzerne Kisten. Sie wirkten primitiv, in aller Eile zusammengehämmert. Aus den Kisten drang grauer Qualm. Holli begriff augenblicklich, was hier vorging. Chuin und seine Männer waren gekommen, um Orchideen zu pflücken. Die gepflückten Blüten kamen in die Kisten. Sie wußten von der Lichtempfindlichkeit der Pflanzen, deswegen waren sie im Dunkeln gekommen.

Und er, obwohl er sich solche Mühe gegeben hatte, den Schein seiner Lampe nur dorthin zu richten, wo er keinen Schaden hervorrufen konnte, hatte all ihre Umsicht zunichte gemacht.

Einer der Männer brüllte wütend auf. Geduckt kam er auf Holli zu. Die anderen folgten ihm. Holli löschte die Lampe und schob sie in die Tasche. Im selben Augenblick erreichte ihn der vorderste Angreifer. Holli nahm einen harten Schlag gegen die Brust und konterte mit einem Schwinger, der den Mann krachend zu Boden schleuderte. Im Nu waren die anderen da. Holli hatte auf USTRAC eine Menge gelernt – unter anderem auch, sich im Nahkampf zu verteidigen. Seine Gegner dagegen hatten offensichtlich seit langer Zeit keine Gelegenheit mehr gehabt, sich im Faustkampf zu üben. Holli steckte eine Menge Schläge ein, aber die, die er austeilte, waren von weitaus besserer Qualität.

Nach zwei Minuten war er unumstrittener Herr der Lage. Er zog die Lampe wieder hervor und schaltete sie ein. Ihm unmittelbar vor den Füßen lag Professor Hung-Chuin und blinzelte in die ungewohnte Helligkeit. Ringsum verstreut lagen, hockten oder kauerten seine vier Begleiter

– der eine mit einem hastig schwellenden Auge, der zweite mit einer blutigen Schramme auf der Wange, der dritte würgend und die Hände vor dem Magen verkrampfend und der vierte schließlich völlig reglos, ausgeschaltet.

Holli griff Chuin unter die Arme und stellte ihn auf die Füße. Die Kisten mit den bisher gepflückten Orchideen waren ziemlich weit entfernt. Sie qualmten immer noch, aber die nach unten gehaltene Lampe ließ den Auslösungsprozeß anscheinend nur so langsam vorwärtsschreiten, daß eine gefährliche Konzentration des Giftgases nicht entstand.

»Ich habe mit Ihnen keinen Streit, Chuin«, erklärte Holli ernst und aufrichtig. »Ich bin nicht Ihr Gegner.«

Chuin musterte ihn verwundert. Er war, wie die meisten Asiaten, um einen guten Kopf kleiner als Hollingsworth, dabei stämmig gebaut und außergewöhnlich jung aussehend.

»Wer sind Sie?« erkundigte er sich mißtrauisch.

Holli stellte sich vor. Seine Antwort gab Chuin zu denken.

»Sie sind hier ... mit einem Raumschiff? Von der Erde?«

»Nicht direkt«, korrigierte Holli. »Wir kommen von USTRAC, um Sie und Ihre Leute zu finden.«

»Mich ... und meine Leute? Warum?«

»Um Sie in Sicherheit zu bringen.«

»Sicherheit? Uns fehlt es hier nicht an Sicherheit.«

Holli schüttelte den Kopf. »Ich fürchte, das können Sie nicht so gut beurteilen.«

Chuin lächelte. »Sie wollen uns fortbringen?«

»Ja.«

»Wohin?«

»Auf die Hundertsonnenwelt.«

Chuin dachte darüber nach. Der Name schien eine Erinnerung in ihm zu wecken. Bevor die Manipulation der Gravitationskonstante ihm die Intelligenz raubte, hatte er natürlich genau gewußt, was die Hundertsonnenwelt war und was es mit ihr auf sich hatte. Im Zustand der völligen Verdummung waren all diese Kenntnisse verlorengegangen. Daß die Erinnerung jetzt wieder einsetzte, bewies, daß er – wie alle Wesen terranischer Herkunft – infolge des allmählich weichenden Bannes seine Intelligenz langsam zurückgewann.

Chuin sah auf. Er lächelte immer noch. »Wir werden gerne mit Ihnen kommen«, versicherte er.

»Gut. Dann lassen Sie uns aufbrechen. Als erstes muß ich wieder an die Oberwelt zurück, um mich mit meinem Vorgesetzten zu besprechen.«

»Aber wir haben es nicht ganz so eilig, nicht wahr? Zuerst müssen wir zwei Kisten voll Orchideen pflücken. Und Sie werden Ihre Lampe dazu freundlichst ausmachen.«

Holli war einen Augenblick lang mißtrauisch. Aber dann sagte er sich, daß er die Lampe jederzeit wieder einschalten konnte. Außerdem hatte er einen Strahler, während Chuin und seine Leute bis auf die Macheten unbewaffnet zu sein schienen.

»In Ordnung«, stimmte er zu. »Wozu brauchen Sie die Orchideen eigentlich?«

Chuin schmunzelte. »Wir bringen damit Opfer.«

»Wem?«

»Dem, der hilft, belehrt und bestraft. Dem Geist des Waldes.«

29.

In der Nacht kehrte Terry ins Lager zurück. Er meldete sich bei Persh Hankolore. Der Afrikaner wies auf die Gefangenen.

»Kennst du sie?« fragte er. »Sie behaupten, sie hätten mit dir gesprochen.«

Die Erinnerung schien Terry Mühe zu machen.

»Ja ... ich glaube«, meinte er. »O ja, jetzt entsinne ich mich. Ich traf sie am Gebirgsbach. Sie gaben mir etwas zu essen, wovon mir schlecht wurde. Da wußte ich, daß sie mir übelwollten. Ich hatte vorher schon so einen Verdacht.«

»Wieso?«

»Sie sprachen leichtfertig über den Geist des Waldes.«

Hankolore nickte gewichtig. »Das haben sie auch hier getan. Deswegen werden wir sie bei Tagesanbruch ins Tal bringen.«

Terrys Gesicht leuchtete auf. »Oh, fein«, sagte er kindisch. »Ein solches Opfer hat der Geist noch nie empfangen. Wird es feierlich werden?«

»Es wird sehr feierlich werden«, versprach Hankolore. »Die Chuinisten sind benachrichtigt worden. Sie bringen die Opfergabe.«

King Pollack war längst wieder eingeschlafen. Aber Orin Ellsmere hatte gewacht und die Unterhaltung mitgehört. Einen Sinn ergab sie jedoch nicht, solange er auch darüber nachgrübelte.

Die Orchideen waren gepflückt. Es schien, als gehöre das Abernten von Orchideenblüten zu den geläufigsten Aufgaben dieser Leute, denn sie entledigten sich ihrer mit erstaunlichem Geschick und wesentlich schneller, als Holli erwartet hatte. Chuin rief ihm zu, er könne jetzt seine Lampe wieder einschalten.

Aus der Nähe und ohne die Aufregung, von der die ersten Minuten der Begegnung erfüllt gewesen waren, erkannte Holli, daß die Kisten in Wirklichkeit nicht so primitiv waren, wie sie zuerst den Anschein erweckt hatten. Sie waren klobig, dafür jedoch lichtundurchlässig. Er konnte die Lampe direkt auf den Kistendeckel richten, ohne daß die Orchideen zu qualmen begannen.

Inzwischen war Elisa Kainchen aus ihrem Versteck hervorgekommen.

Holli machte sie mit Hung-Chuin bekannt, und Chuin seinerseits stellte den Rest seiner Gruppe vor. Holli nahm mit Erleichterung zur Kenntnis, daß, soweit er sehen konnte, keiner der Männer ihm die Prügel nachtrug.

»Wir sind bereit zum Aufbruch!« verkündete Hung-Chuin.

Es stellte sich heraus, daß Chuins Leute sehr wohl mit Beleuchtungsgeräten ausgerüstet waren. Sie besaßen Lampen, die einstmals zur Ausrüstung ihrer Expedition gehört hatten, und verstanden sie zu bedienen. Beim Anmarsch hatten sie auf ihren Gebrauch verzichtet, um den lichtempfindlichen Orchideen keinen Schaden zuzufügen.

Der Rückweg führte am Ufer des Sees entlang. Holli nahm zur Kenntnis, daß die Nischen, in denen die Orchideen wuchsen, nur entlang einer kurzen Strecke des Seeufers vorkamen. Es war möglich, daß sie die frische Luft brauchten, die aus dem Stollen strich. Der See wurde immer schmaler, und dort, wo er in einem kaum zwei Meter breiten Zipfel endete, führte ein Stollen tiefer in den Fels hinein. Der Stollen war etwa zweihundert Meter lang und endete in einem geräumigen Schacht, an dessen oberem Ende ein Funke Tageslicht zu sehen war. Den Schacht herab hing ein oberschenkeldickes, primitives Seil, an dem ein flachrandiger Korb von nahezu drei Metern Durchmesser befestigt war. Zunächst wurden die beiden Kisten auf den Korb geladen. Danach zog Hung-Chuin am Seil, und Augenblicke später setzte sich der Korb ruckartig in Bewegung. Anscheinend gab es da oben eine Gruppe von Leuten, die diesen urtümlichen Aufzug im Schweiße ihres Angesichts bedienten.

Es dauerte eine zeitlang, bis der leere Korb zurückkehrte. Als nächste fuhren Elisa und einer von Chuins Leuten auf. Holli war besorgt. Er hatte keine Ahnung, wie Elisa oben empfangen würde. Beim nächsten Mal war er selbst mit Chuin an der Reihe. Die Auffahrt schien eine Ewigkeit zu dauern. Als sie schließlich über den Rand des Schachtes hinausschwebten, sah Holli Elisa heftig auf eine Gruppe von Männern einreden, die an einer überdimensionierten Kurbel drehten. Die Kurbel bewegte ein Rad einer merkwürdigen Maschine, die wie ein fest eingebauter Flaschenzug aussah. Die Räder waren aus Holz, und das ganze Gebilde wirkte wie ein Museumsstück. Aber Holli war trotzdem beeindruckt. Chuin und seine Leute hatten bei der Wiedergewinnung ihrer Intelligenz in kurzer Zeit beachtliche Fortschritte gemacht.

Während der Korb leer wieder in den Schacht zurückgelassen wurde, um die letzten der Orchideenpflücker emporzubringen, kam Elisa mit weiten Schritten auf Holli zugestürmt.

»Ich versuche, diesen Hornochsen klarzumachen«, sprudelte sie hervor, »daß wir gekommen sind, um sie in Sicherheit zu bringen. Dazu grinsen sie nur und behaupten, sie hätten sich hier noch nie unsicher gefühlt.«

»Das ist verständlich«, antwortete der Leutnant. »Sie können das Ungewöhnliche Ihrer Lage noch nicht erkennen und empfinden sie deswegen als völlig normal. An Ihrer Stelle würde ich nicht mit ihnen darüber reden.«

Es bestand die Gefahr, daß Elisa in ihrem Übereifer die Leute nachteilig beeinflußte. Das mußte vermieden werden. Holli trug ihr auf, an seiner Seite zu bleiben. Auf diese Weise konnte er sie besser überwachen. Vier der Männer, die den antiken Flaschenzug bedient hatten, übernahmen nun den Transport der Kisten. Unter Hung-Chuins Führung setzte sich der Trupp sofort in Bewegung. Sie befanden sich in einem weiten Tal, das ringsum von mäßig steilen Bergen umgeben wurde. Nirgendwo war der charakteristische Umriß der Mesa zu erkennen, auf der ihn und Elisa das Unglück ereilt hatte. Das mochte nicht viel besagen. Holli hatte keine Ahnung, wie die Mesa nach dem Felsrutsch aussah; womöglich war sie gänzlich verschwunden. Die Sonne stand ziemlich niedrig. Auf dem Gras funkelten Tautropfen. Es war Morgen. Aus dem Stand der Sonne erkannte Holli, daß sie sich in südwestlicher Richtung bewegten. Das Tal war mit lichtem Buschwerk und Wald bestanden. Die Gruppe kam rasch vorwärts.

Er zog den Minikom aus der Tasche. Ohne aus seinem Vorhaben ein Geheimnis zu machen, führte er das Gerät zum Mund und begann zu sprechen. An Bord der UST-3048 war man über sein unerwartetes Auftauchen erstaunt und erfreut zugleich. Die Suchtrupps, die nach seinem und Elisas Verbleib forschten, wurden sofort zurückgerufen. Seine Funksendung wurde angemessen und sein derzeitiger Standort ermittelt. Er befand sich, teilte man ihm mit, rund zwanzig Kilometer westlich der Stelle, an der er verunglückt war. Das erklärt, warum er die Mesa nicht sehen konnte. Wahrscheinlich wurde sie von Bergen verdeckt.

Dann erfuhr er, daß Ellsmere und King sich seit dem frühen Nachmittag des vergangenen Tages nicht mehr gemeldet hatten. Wie in Hollis Fall sprach der Hyperkom, der in ihrem Shift eingebaut war, einwandfrei an, nur war niemand da, um ihn zu bedienen. Ungleich der in Hollis Fall gemachten Erfahrung waren hier jedoch auch die beiden Funkgeräte, die Ellsmere und King normalerweise am Leibe trugen, ansprechbar, jedoch konnte ihnen keine Antwort entlockt werden. Kochem hatte sich entschlossen, gegen Mittag, falls sich Ellsmere bis dahin noch nicht gemeldet hatte, eine intensive Suchaktion zu starten. Holli riet ihm, davon vorläufig noch abzusehen, und Kochem ging auf den Ratschlag ein.

Seit der Begegnung am Ufer des unterirdischen Sees hatte Holli so gut wie keine Gelegenheit gehabt, sich mit Hung-Chuin oder einem seiner Leute zu unterhalten. Sie waren unaufhörlich in Bewegung gewesen, und seine Neugierde war weitgehend unbefriedigt geblieben. Diesem Umstand wollte er jetzt ein Ende bereiten. Ohne Elisa von seiner Seite zu lassen, schritt er kräftig aus, bis er Chuin, der an der Spitze des Trupps marschierte, erreicht hatte. Er kam unmittelbar zur Sache.

»Zwei Kameraden, Leute wie ich, haben ebenfalls nach Ihnen gesucht. Man sagt mir, daß sie verschwunden sind. Wissen Sie etwas darüber?«

Der Koreaner lächelte unergründlich.

»Ich habe mich schon gewundert, warum die Neutrinisten zu so ungewöhnlicher Zeit ein Opfer bringen wollten«, antwortete er. »Möglich, daß sie Ihre Kameraden gefangen haben.«

»Die Neutrinisten?«

»Ja. Es gibt zwei Gruppen auf dieser Welt – die Neutrinisten und die Chuinisten. Die letzteren sind wir selbst. Wir befinden uns auf dem Wege der Erleuchtung, während die Neutrinisten erwählt haben, im Dunkel der Primitivität zu verbleiben. Wir wissen nicht, warum das so ist, und halten unsere Lebensweise für die einzig richtige. Aber vor den Augen des Geistes finden offenbar beide Gruppen Gefallen, denn er schützt die Neutrinisten ebenso, wie er uns schützt.«

»Wann werden wir erfahren, ob die Neutrinisten unsere zwei Leute tatsächlich gefangengenommen haben?«

»In kurzer Zeit. Wir werden uns im Dorf nicht lange aufhalten, sondern sofort zum Geistertal weitermarschieren.«

»Wie weit ist das?«

Hung-Chuin sah auf und prüfte den Stand der Sonne. »Die Sonne wird gerade noch zu sehen sein, wenn wir das Tal erreichen.«

»Wie geht das Opfer vor sich?« wollte Holli wissen.

»Unsere Leute bringen die beiden Kisten zum Mittelpunkt der Steine und ...«

»Der Steine?«

»O ja, das Geistertal ist voll von Steinen. Es gibt Tausende davon. Der Mittelpunkt ist ein freier Platz aus blankem Fels, auf dem kein Halm gedeiht. Unsere Leute setzen die Kisten dort ab. Dann ziehen sie sich zurück, denn wir Chuinisten beobachten das Opfer nur von den Hängen des Tals. Die Neutrinisten dagegen öffnen die Deckel der Kisten. Sie stehen still, bis der Rauch sich verzogen hat. Dann kehren sie in den Wald zurück. Sie glauben, regelmäßige Opfer sicherten ihnen die Gunst des Geistes.«

»Was haben unsere beiden Kameraden mit dem Opfer zu tun?« erkundigte sich Holli.

»Die Neutrinisten bieten sie als besondere Gabe an. Ich bin sicher, daß der Geist die beiden Opfer ebenfalls zu Neutrinisten machen wird.«

»Ist so etwas schon einmal vorgekommen?«

»Nein, niemals. Aber ich kenne die Wirkung der Orchideen.« Er blinzelte Holli zu. »Ich bin überzeugt, die Neutrinisten sind so dumm, wie sie sind, nur weil sie andauernd die Orchideen vor ihren Nasen verrauchen lassen. Ganz sicher werden sie die beiden Gefangenen in unmittelbarer Nähe der Kisten aufstellen.«

»Ich werde das zu verhüten wissen«, sagte Holli ernst.

Chuin wiegte den Kopf. »Ich weiß nicht, wie Sie das anstellen wollen. Niemand vermag etwas gegen den Willen des Geistes.«

»Sie verstehen mich nicht. Wir sind hierhergekommen, um Sie zu retten. Selbst wenn Sie sich im Augenblick nicht vorstellen können, daß Sie der Rettung bedürfen. Wir sind gekommen, um Sie von dieser Welt zu holen. Sie, Ihre Leute und die Neutrinisten. Wir haben es eilig. Wir haben keine Zeit, uns Hokuspokus anzusehen und dabei zwei unserer Kameraden in Gefahr zu bringen. Ich werde dafür sorgen ...«

Hung-Chuin blieb stehen und legte ihm die Hand auf den Arm.

»Ich verstehe Sie«, versicherte er ernsthaft. »Aber ebenso sehr, wie Sie uns zu retten wünschen, wollen Sie etwas über diese Welt lernen, nicht wahr? Was werden Sie erfahren, wenn Sie mit brutaler Gewalt zuschlagen? Nichts; denn der Geist weicht der Gewalt aus. Kommen Sie mit uns. Beobachten Sie, was im Geistertal geschieht. Dann entscheiden Sie, was getan werden muß.« Er sprach zwingend, und Holli ließ sich überzeugen.

Der Marsch ging weiter. Eine Stunde vor Mittag erreichten sie das Dorf. Es bestand aus vierzig bis fünfzig Hütten, die aus Stämmen aufgeführt und mit Gras bedeckt waren. Alles wirkte sehr primitiv und dennoch ordentlich. In dem Dorf wohnten einhundertzwanzig Leute, das war die Gesamtzahl der Chuinisten. Chuin hielt sich nur kurze Zeit auf. Er rief seine Anhänger zusammen und erklärte, daß er sich mit einer Gruppe von zehn Mann ins Geistertal begeben werde. Auf die Anwesenheit der beiden Fremden ging er nicht ein. Es gab ein paar neugierige Blicke, aber niemand wagte es, eine offene Frage zu stellen. Unter den Versammelten erkannte Holli die Frau, die vor zwei Nächten vor ihm aus dem Ruinenfeld von Point Chuin geflüchtet war.

Um Mittag brachen sie auf. Gegen drei Uhr erreichten sie den Rand des Tales. Sie zogen durch einen schmalen Paß. Am Ende des Passes erkannte Holli, daß das Tal in Wirklichkeit eine Hochebene war. Vor ihnen senkte sich das Gelände zur dampfenden Dschungelebene hinab.

Er nahm den Minikom hervor. »Kochem?«

»Hier. Was gibt's?«

»Volle Alarmbereitschaft! Wir sind auf dem Weg ins Geistertal. Ich werde mich von jetzt an alle zehn Minuten melden. Bleibt die Meldung aus, kommen Sie uns zu Hilfe.«

»Verstanden.« Kochem schaltete aus.

Erst eine Weile später wurde Holli sich darüber klar, daß er soeben einem Vorgesetzten Befehle erteilt hatte.

Gegen Mittag kam Leben in das Lager am Rand der Lichtung. Bisher hatte jedermann vor sich hingedöst. Jetzt, ohne daß jemand etwas gesagt hatte, war plötzlich alles auf den Beinen. Persh Hankolore war gegen Sonnenaufgang schließlich eingeschlafen, aber inzwischen hatte er sein Schlafbedürfnis längst gestillt und war einer der Aktivsten im Lager – ohne daß man erkennen konnte, worauf seine Aktivität abzielte.

Orin Ellsmere war nachträglich froh darüber, daß er der gestrigen Festmahlzeit so kräftig zugesprochen hatte. Er empfand immer noch keinen Hunger, dagegen begann der Durst ihn allmählich zu quälen. King Pollack erging es ebenso. Er fluchte in einem fort.

Schließlich kam Hankolore, begleitet von fünf Männern, auf die Gefangenen zu und löste ihnen die Fesseln so weit, daß sie aufstehen konnten.

»Wir gehen zum Geistertal«, erklärte er kurz.

»Ich gehe keinen Schritt, solange ich nichts zu trinken bekomme!« sagte King Pollack.

Jemand gab ihnen zu trinken. Es war warmes, faulig schmeckendes Wasser, aber das machte ihnen nichts aus. Dann begann der Marsch, an dem sich die gesamte Gruppe beteiligte. Offensichtlich war den Leuten der Weg zum Geistertal vertraut, denn sie fanden Schneisen und Löcher im Unterholz, wo Ellsmere nur dichten, verfilzten Dschungel sah. Infolgedessen kamen sie recht schnell vorwärts. Das Gelände war zunächst eben. Später begann es sich sanft zu senken, und der Dschungel wurde lichter.

Ellsmere fragte sich, wie lange es noch dauern würde, bis Kochem eingriff. Bisher hatte sein Zögern ihn nicht sonderlich beunruhigt. Die Lage war prekär. Aus den letzten Meldungen, die an die UST-3048 ergangen waren, hatte Kochem entnehmen können, daß der erste Kontakt mit den Gesuchten unmittelbar bevorstand. Er würde also einige Zeit verstreichen lassen, bevor er das Ausbleiben weiterer Meldungen als ein Gefahrensignal deutete und den Bedrängten zu Hilfe eilte. Mittlerweile jedoch waren seit ihrer Gefangennahme an die vierundzwanzig Stunden verstrichen, und Ellsmere begann sich über Kochems Geduld zu wundern.

Mehrmals versuchte er, Persh Hankolore in ein Gespräch zu verwikkeln. Aber der Afrikaner scheute seine Nähe, und wenn Ellsmere ihn doch einmal überraschte, dann war er einsilbig, und seinen Worten war nichts Wissenswertes zu entnehmen. Immerhin erfuhr der Major, daß Hankolore die Geräte und Waffen, die er seinen Gefangenen abgenommen hatte, mit sich führte, um sie dem Geist des Waldes als Opfer zu überbringen. Um den Shift hatte er sich anscheinend nicht gekümmert. Ellsmere erwähnte das Fahrzeug, ohne eine Reaktion zu erzielen.

Es mochte zwei Stunden vor Sonnenuntergang sein, als der Dschungel sich plötzlich vollends lichtete und den Blick auf das vorabliegende Gelände freigab. Die Neigung des Bodens war inzwischen steiler geworden. Ellsmere, der mit King Pollack in der Spitze der Gruppe marschierte, erkannte einen Abhang, der einen halben Kilometer weiter unten in eine breite, ebene Fläche überging. Die Ebene war mit Gras und vereinzelten Büschen bewachsen. Aber das war es nicht, was Ellsmere das Blut in den Adern stocken ließ. Wenn der Anblick des Talkessels, in dem sie auf Antilopenjagd gegangen waren, ihn schon beeindruckt hatte, dann nahm ihm das, was er hier zu sehen bekam, vollends den Atem.

Der Boden des Tales war, soweit er sehen konnte, mit Obelisken bedeckt. Sie standen dicht an dicht, und das Tal war um viele Male größer als der Trichter, in dem Ellsmere King Pollack das Leben gerettet hatte.

Hier gab es Tausende von Obelisken. Soweit das Auge reichte, war der Talgrund mit ihnen bedeckt.

Orin Ellsmere fröstelte, trotz der Hitze, mit der die erbarmungslose Sonne das Tal überflutete.

Auch Persh Hankolore und seine Leute verweilten eine Minute lang, als sie aus dem Dschungel hervortraten und das Blickfeld sich öffnete. Sie standen still, den Blick zu Boden gerichtet, als sprächen sie ein stummes Gebet. Dann ging es weiter. Der Afroterraner führte seine Leute mitten unter die Obelisken. Es ging mehr als einen Kilometer weit, und Orin Ellsmere begann zu glauben, daß er sich verschätzt hatte. Es mußte in diesem Tal Zehntausende von stummen Steingebilden geben.

Und keines von ihnen warf auch nur die Spur eines Schattens.

Schließlich öffnete sich der Obeliskenwald. Ein runder, freier Platz wurde sichtbar. Soweit Ellsmere erkennen konnte, lag er annähernd im Zentrum des Tales. Der Platz war groß genug, um alle dreihundert Anhänger Hankolores aufzunehmen. Persh ließ sich fallen und streckte sich im Gras aus. Seine Leute taten es ihm nach. Es gab keinen Zweifel: Das Ziel war erreicht.

Als er sah, daß sich vorläufig nichts Weiteres ereignen würde, hockte auch Orin Ellsmere sich ins Gras. Pollack nahm neben ihm Platz.

»Was jetzt?« fragte er mit rauher Stimme.

»Wir warten. Irgendwann wird Kochem von sich hören lassen.«

Pollack brummte ungnädig. Dann bemerkte er in völlig verändertem Tonfall: »Wahrscheinlich sollte ich so etwas nicht offen zugeben – aber mir ist es hier unheimlich.«

Ellsmere grinste. »Da bist du nicht alleine, King. Mir geht es ebenso.«

Er sah sich um. Einer von Persh Hankolores Leuten, der sich ständig in seiner Nähe hielt, hatte eine aus Bast geflochtene Tasche mit sich geschleppt. Jetzt lag sie neben ihm im Gras. Niemand sonst hatte eine Tasche mitgebracht. Es war anzunehmen, daß sich in dem Bastbehälter die beiden Strahler, Kings Desintegrator und die beiden Funkgeräte befanden. Wenn man nur an sie herankönnte! Orin zerrte an den Fesseln, die ihm die Arme gegen den Oberkörper preßten; aber es gelang ihm nur, sie etwas zu lockern.

Eine Stunde verging. Da richtete Hankolore sich plötzlich auf. Wie Marionetten folgten seine Leute der Bewegung. Jedermanns Blick richtete sich dorthin, woher sie gekommen waren. Schließlich hörten auch Ellsmere und Pollack das Rascheln von Gras. Am Rande des Platzes erschienen vier Männer, die anscheinend nicht zu Hankolores Gruppe gehörten. Sie trugen zwei flache, längliche Holzkisten und schienen beim Anblick der hier Lagernden zu zögern.

Persh Hankolore erhob sich, und ebenso erhoben sich seine Leute. Er machte eine weit ausholende Geste und rief den Neuankömmlingen zu. »Bringt das Opfer hierher!«

Die Männer gehorchten. Die beiden Kisten wurden auf der Mitte des Platzes abgestellt. Die Träger wechselten ein paar Worte mit dem Afrikaner, dann eilten sie davon, und es war ihnen anzusehen, daß ihnen nichts daran lag, länger als nötig hier zu verweilen. Hankolore musterte die Kisten nahezu andächtig. Dann wandte er sich um und erhob die Arme.

»Das Opfer beginnt!« rief er.

Er bückte sich und faßte den Deckel der ersten Kiste. Ein kräftiger Ruck, und der Deckel sprang auf. Ellsmere hörte ein zischendes Geräusch und sah grauen Rauch sich aus dem hölzernen Behälter erheben. Hankolore sprang zur zweiten Kiste. Auch sie wurde aufgerissen. Auch aus ihr zischte es, und grauer Qualm stieg auf.

Ellsmere erhaschte eine Nase voll davon, und fast augenblicklich wurde ihm schwindlig. Persh Hankolore, der zwischen den beiden Kisten stand und den Qualm aus erster Hand bezog, zeigte keinerlei derartige Wirkung. Er hatte die Arme wieder erhoben. Auf seinem Gesicht breitete sich der Ausdruck höchster Verzückung aus. Er begann mit den Füßen rhythmisch auf den Boden zu stampfen. Er fing an zu singen. Es war ein leiernder, eintöniger Gesang, dessen Worte Ellsmere nicht verstand.

Inzwischen hüllte der Rauch den ganzen Platz ein. Ellsmere würgte. Ihm war so schwindlig, daß er sich kaum mehr auf den Beinen halten konnte. King Pollack röhrte wie ein angeschossener Elchbulle. Hankolores Leute waren ebenfalls in den stampfenden Tanz eingefallen, und ihr eintöniger Gesang vereinigte sich mit dem ihres Führers.

Es war eine beeindruckende Szene, deren Groteskheit Orin Ellsmere besser zu schätzen gewußt hätte, wenn ihm nicht so fürchterlich übel gewesen wäre: Dreihundert terranische Wissenschaftler, die sich dem Ritual einer Götzenverehrung hingaben.

Er würde den Qualm nicht mehr länger aushalten können. King Pollack erging es, wie er sich durch einen Seitenblick überzeugte, nicht besser. Er fühlte sich benommen. Er spürte, wie sein Bewußtsein zu weichen begann und einem fremden, drängenden Einfluß Platz machte. Er fühlte wie ein fremder Geist den seinen unterjochte, und der Vorgang faszinierte ihn so, daß er das Gebot des Augenblicks um ein Haar übersehen hätte.

Er mußte sich wehren!

Mit der Wucht eines Blitzschlags überkam ihn die Erkenntnis. Das war die Sekunde, in der Orin Ellsmere mit schmerzender Klarheit erkannte, daß es hier um sein Leben ging.

Er handelte sofort und zerriß mit einem verzweifelten Ruck seine Fesseln.

Mit einem Satz stürzte er sich auf die große Basttasche, deren Besitzer im Verein mit den anderen sich selbstvergessen in kultischem Tanz bewegte, und öffnete sie. Die Hand fuhr ins Innere des Behälters. Das erste, was sie zu fassen bekam, war der metallene Kolben des Desintegrators.

Er riß die Waffe heraus und drückte auf den Auslöser. Weitausfächernde, wabernde grüne Glut fraß den ersten Obelisken. Es war wie am Vortag im Talkessel. Kaum hatte die Waffe zu wirken begonnen, da verschwand der Stein in einem violetten Blitz.

Für Orin Ellsmere gab es kein Halten. Der Fächerstrahl des Desintegrators faßte nach dem zweiten Obelisken, nach dem dritten ... Ein Stein nach dem anderen leuchtete auf. Der Platz wurde weiter. In wildem Triumph wirbelte Ellsmere um die eigene Achse. Die Tänzer waren zu Boden gesunken und verfolgten seine Bewegungen mit irren, glanzlosen Blicken. Der Strahl der Waffe fauchte über sie hinweg und fraß die steinernen Gebilde auf der anderen Seite des Platzes. *Es ist so einfach,* schoß es Orin Ellsmere durch den Sinn. Die beiden Kisten rauchten immer noch, aber der Qualm machte ihm nichts mehr aus. Es war nicht der Qualm allein gewesen, der ihm den Verstand hatte rauben wollen – es war der Rauch im Verein mit den Obelisken gewesen.

Da fauchte ein wütender Windstoß durch das Tal. Staub wirbelte auf, und der Rauch aus den Kisten stob nach Süden davon. Ein zweiter Windstoß folgte. Ellsmere hörte, wie er durch die endlosen Alleen der Obelisken heranheulte. Er mußte sich gegen ihn stemmen, um auf den Füßen zu bleiben. Sand und Gras peitschten ihm ins Gesicht. Aber er hielt sich aufrecht, und der Strahl des Desintegrators fauchte durch die wirbelnden Staubwolken hindurch weiter gegen die Front der unheimlichen Obelisken.

Der dritte Windstoß riß Ellsmere von den Füßen. Er brachte es gerade noch fertig, die Waffe auszuschalten, bevor sie Unschuldige verletzte. Mit einemmal war ihm klar, was da vor sich ging. Er hatte den Gegner unterschätzt. Diesmal war es nicht genug, ein paar Dutzend Obelisken auszuschalten. Ihre Zahl war so groß, daß er sie nicht zu irritieren vermochte. Sie dagegen wehrten sich gegen die Gefahr, die von seiner Waffe ausging. Der Orkan, der jetzt durch das Tal brauste, war nicht natürlichen Ursprungs.

Es war der Orkan der Obelisken!

Genau zu der Zeit, die Hung-Chuin angegeben hatte, erreichte der Trupp den Rand des Geistertales. Der Koreaner wandte sich an seine Gäste.

»Die Neutrinisten und eure beiden Kameraden sind schon im Tal. Was wollt ihr tun?«

Holli sah an ihm vorbei und bemerkte die breite Spur, die sich in westlicher Richtung durch das Gras zog.

»Wir warten«, entschied er.

»Gut. Dann sollen die Leute die Kisten nach unten bringen.«

Er gab einen Wink. Vier Männer nahmen die beiden Kisten auf und trugen sie im Eilschritt ins Tal hinunter. Es dauerte keine zwanzig Minuten, dann waren sie wieder zurück.

Hung-Chuin deutete in das weite Tal hinunter. »Das Opfer beginnt!« rief er laut.

Über dem Meer der Obelisken stieg grauer Rauch auf. Fasziniert überflog Holli die weite Fläche. Sein Blick suchte Ellsmere und Pollack, aber sie waren nirgendwo zu sehen.

Da zuckte unten ein Blitz auf. Fahl und violett leuchtete er durch den Qualm, der sich zu einer Wolke verdichtet hatte. Ein zweiter Blitz leuchtete auf, ein dritter ...

Hung-Chuin war blaß geworden.

»Der Geist zürnt!« hauchte er. »Jemand hat ihn beleidigt!«

Holli aktivierte seinen Minikom.

»Kochem – hier Hollingsworth. Kommen Sie mit allem, was Sie haben! Es wird ernst!«

Er hatte keine Ahnung, was das fortwährende Blitzen bedeutete, aber es war an der Zeit, daß er Ellsmere und Pollack in ihrer Bedrängnis zu Hilfe kam. Er teilte Hung-Chuin seinen Entschluß mit.

»Sie dürfen nicht gehen!« protestierte der Koreaner. »Es wäre Ihr Tod! Sie sehen, daß der Geist zornig ist ...«

»Der Geist kümmert mich nicht«, unterbrach ihn Holli grob. »Da unten sind zwei Kameraden in Gefahr!«

Er lief einfach davon. Jemand rief seinen Namen. Er drehte sich um und sah Elisa Kainchen den Abhang herabkommen. An sich hatte er sie zurücklassen wollen, aber jetzt hatte er keine Zeit mehr, mit ihr zu debattieren.

Sie hatten den Hang halbwegs hinter sich, da begann der Sturm. Er schien im Zentrum des Tales zu entstehen und breitete sich von dort rasch nach allen Seiten aus. Er trieb Staub und Pflanzenreste vor sich her, und im Nu war das ganze Tal in eine riesige Staubwolke gehüllt. Glücklicherweise boten die Obelisken selbst ein wenig Schutz. Indem er von einem zum anderen sprang, jedesmal im Windschatten eine Sekunde lang verweilend, kam Holli erstaunlich rasch vorwärts, obwohl ihn der Orkan ein paarmal von den Beinen riß. Elisa war klug genug, sich ständig in seiner Nähe zu halten.

Er wußte nicht mehr, wie lange er schon gegen den Sturm angekämpft hatte, als plötzlich unmittelbar vor ihm ein violetter Blitz aufleuchtete. Er warf sich zu Boden – nicht wegen des Blitzes, sondern wegen des fahlen, grünlichen Leuchtens, das er den Bruchteil einer Sekunde zuvor gesehen hatte, bevor der Blitz ihn blendete. Er schrie aus Leibeskräften:

»Nicht schießen! Ellsmere, Pollack ... nicht schießen!«

Eine bullige Gestalt kam durch den rasenden Staub herangetorkelt. King Pollack. Er gestikulierte in die Richtung, aus der er gekommen war, und krächzte: »Ellsmere ... dort ... bewußtlos. An die dreihundert Leute ...«

Dann hob er die Waffe von neuem und fuhr fort, die Obelisken zu bearbeiten. Jedesmal, wenn der grüne Strahl eines der Steingebilde traf, löste es sich in einer violetten Leuchterscheinung auf.

Holli begriff! Er verstand, was zu tun war. Ohne sich um Pollacks Hinweis zu kümmern, rief er die UST-3048 an. Kochem meldete sich sofort.

»Wir haben Sie klar im Visier!« erklärte er. »Ich stehe seitwärts über dem Ostrand des Tales in zehntausend Metern Höhe. Alles ist feuerbereit!«

Holli preßte das kleine Gerät gegen die Lippen, um sich durch das Heulen des Orkans hindurch verständlich zu machen.

»Am Nordrand des Tales steht Hung-Chuin mit etwas über hundert Leuten. Nehmen Sie ihn auf, bevor er ausreißt!«

»Wird schon getan. Die Leute erschraken beim Anblick des Schiffes, aber wir schickten Gleiter hinunter und erwarten die ganze Gruppe in wenigen Minuten an Bord.«

»Gut. Der Orkan wird offenbar von den Obelisken erzeugt. Ellsmere ist in Gefahr, und mit ihm dreihundert Mann von Chuins ursprünglicher Gruppe. Es gibt nur eine einzige Lösung: Die Obelisken müssen vernichtet werden. Desintegratoren sind dazu am besten geeignet. Fangen Sie von den Rändern des Tales her an und arbeiten Sie sich zur Mitte hin vorwärts. Und vergessen Sie nicht, daß wir mittendrin stecken!«

»Wird gemacht!« bestätigte Kochem.

Holli kämpfte sich weiter durch den Staub. Der Orkan schien von Sekunde zu Sekunde an Heftigkeit zuzunehmen. Holli hatte Schwierigkeiten beim Atmen. Augen, Ohren, Nase und Mund waren voller Staub. Er konnte kaum mehr sehen und wäre um ein Haar über Ellsmeres reglosen Körper gestolpert. Elisa kauerte daneben.

»Steinschlag!« schrie sie. »Er bekam einen Stein gegen den Schädel.«

Holli nickte und bückte sich, um Ellsmere aufzunehmen. In diesem Augenblick schlug der Sturm mit neuer Wucht zu. Mitten in der Bewegung wurde Holli von den Füßen gerissen. Der Orkan nahm ihn auf und wirbelte ihn mit sich. Mit mörderischer Gewalt wurde er gegen einen Obelisken geschleudert und verlor augenblicklich das Bewußtsein.

Es war beängstigend still ringsum, als er zu sich kam. Ein eigenartiges Wohlgefühl erfüllte ihn. Er erinnerte sich an seinen häßlichen Sturz und wunderte sich darüber, daß er keinerlei Schmerzen empfand. Er sah sich um und stellte fest, daß er in einer Schiffskabine lag.

Das Schott öffnete sich. Orin Ellsmere, grinsend, musterte den Patienten.

»Ein paar Schrammen hast du, und eine Gehirnerschütterung. Sonst nichts!« Er wurde ernst. »Mir macht die Sache keinen Spaß. Ich wollte, wir hätten uns auf andere Weise heraushauen können. Ich kam gerade rechtzeitig zu mir, um das Ende des Orkans noch mitzuerleben. Hankolores Leute waren zum Teil bewußtlos, zum Teil vor Schreck halb irre. Wir hatten keine Schwierigkeiten, sie an Bord zu nehmen.«

Wenige Minuten später fand Leutnant Hollingsworth sich im Kommandostand des riesigen Schiffes ein. Orin Ellsmere und Kochem waren allein im Kommandostand. Bei der winzigen Besatzung des Raumriesen mußten die Männer über das ganze Schiff verteilt werden, um ihre vielfältigen Funktionen ordentlich versehen zu können.

Ein Summer sprach plötzlich an. Ellsmere war sichtlich bestürzt. Er hatte auf dieser gottverlassenen Welt keine Störung mehr erwartet. Er trat zum Kommandantenpult und bemerkte einen winzigen Punkt auf dem Bildschirm, der an den Taster gekoppelt war.

»Kochem?«

»Hier!«

»Wir bekommen Besuch. Ein kleines Fahrzeug, schnell, im Direktanflug. Ich glaube nicht, daß es uns gefährlich werden kann, aber schalten Sie zwei Strahlgeschütze für jeden Fall auf Feuerbereitschaft.«

Kochem machte sich sofort an die Arbeit. Das fremde Fahrzeug war noch zweihundert Kilometer entfernt, da waren die beiden Geschütze feuerbereit. Der Fremde näherte sich mit beachtlicher Geschwindigkeit. In einem waghalsigen Manöver, das Ellsmere Achtung abnötigte, flog er von Süden her in das Tal ein. Das Fahrzeug wurde optisch sichtbar. Es besaß die Form eines äußerst flachen Diskus.

Es landete einen Kilometer vom unteren Polpunkt der UST-3048 entfernt, also noch innerhalb des Kreises, den der Äquatorialwulst des Raumtransporters bildete. Ein Luk schwang auf, und eine humanoide Gestalt kam zum Vorschein. Es handelte sich um einen Mann von mittlerer Größe, der in eine enganliegende schwarze Montur gekleidet war. Er kam etwa einhundert Meter weiter auf den unteren Polpunkt des Raumriesen zu, dann blieb er stehen.

»Ich glaube, er will etwas sagen«, rief Ellsmere. »Außenmikrophone!«

Mehrere Schalter knacksten. Sekunden später war die Stimme des Fremden zu hören, tief und voll.

»Millionen fanden hier ihren Frieden! Sie gingen im Interesse aller. Warum mußtet ihr sie schädigen?«

Abrupt wandte er sich um und kehrte zu seinem Fahrzeug zurück. Kurze Zeit später setzte sich der schwarze Diskus wieder in Bewegung. Mit beachtlicher Beschleunigung schoß er in den wolkenlosen Himmel und war Minuten später selbst für das scharfe Auge des Tasters verschwunden.

Ellsmere wandte sich um und meinte nachdenklich: »Das war eine recht zahme Moralpredigt – gemessen an dem Schaden, den wir unter den Obelisken angerichtet haben.«

Zwanzig Minuten später startete auch die UST-3048, Kurs Hundertsonnenwelt.

Das Wunder geschah, wie es bisher jedesmal geschehen war. Sobald das riesige Schiff in den Linearraum tauchte, erwachten Hung-Chuin und seine mehr als vierhundert Wissenschaftler wieder zu ihrer früheren Intelligenz.

Im Kommandostand kam es zu einer ersten Besprechung, an der Ellsmere, Hollingsworth, Hung-Chuin und Persh Hankolore teilnahmen.

»Ich kann mir die Sache nur so erklären«, äußerte sich Hung-Chuin, »daß die Obelisken, der was auch immer in ihnen stecken mag, uns als Versuchskaninchen benutzten. Wir wurden in zwei Gruppen gespalten. Die Chuinisten durften sich natürlich entwickeln und gewannen im Laufe der Zeit einen geringen Teil ihrer ursprünglichen Intelligenz wieder zurück. Die Neutrinisten dagegen wurden künstlich im Zustand der äußersten Verdummung gehalten. Dabei müssen die Orchideen eine wichtige Rolle gespielt haben. Der Rauch der Blüten im Verein mit der Anwesenheit der Obelisken hatte einen hemmenden Einfluß auf den Verstand der Neutrinisten. Gleichzeitig vertiefte er ihre Abhängigkeit vom Geist des Waldes. Dieser Einfluß war von begrenzter Dauer. Deswegen mußte das sogenannte Opfer in regelmäßigen Abständen wiederholt werden.«

»Wer, glauben Sie, ist der Geist des Waldes?«

»Die Gesamtheit aller Obelisken«, antwortete Hankolore, ohne zu zögern. »Dieser Name wurde uns ins Gehirn gepflanzt, weil er leicht zu fassen ist.«

»Ich bin überzeugt«, fügte Hung-Chuin hinzu, »daß uns in dem Augenblick, in dem wir unser Denkvermögen wiedererlangten, gleichzeitig eine Menge Erinnerungen abhanden gekommen sind, die wir von unserem Aufenthalt auf Obelisk besaßen. Wir sind erst seit ein paar Stunden unterwegs, und schon ist es mir so, als läge die Obelisk-Episode Jahre in der Vergangenheit. Fest steht jedenfalls, daß die Neutrinisten wie auch die Chuinisten mit dem Geist – oder den Obelisken – in ständigem parapsychischen Kontakt standen.«

»Wenn Sie sich jetzt an die vergangenen Jahre zurückzuerinnern versuchen«, sagte Ellsmere, »kommt es Ihnen dann vor, als wären die Obelisken Ihre Feinde gewesen? Ihre Freunde? Oder neutral?«

Chuin überdachte die Frage eine Zeitlang.

»Sie waren nicht unsere Feinde«, antwortete er schließlich. »Sie hätten uns jederzeit vernichten können. Statt dessen sorgten sie für uns. Sie brachten die Tiere des Waldes dazu, sich tot vor uns niederzuwerfen, so daß wir sie nur zu reinigen und zuzubereiten brauchten. Nein, Feinde waren sie sicherlich nicht. Ihr Interesse für uns war das Interesse für Versuchstiere, wie ich schon sagte.«

»Ich bin derselben Ansicht«, meldete sich Robert Hollingsworth überraschenderweise zu Wort. »Ich denke dabei an das Unglück, das Elisa und mir widerfahren ist.«

Ellsmere nickte. »Sie machen es mir nicht leicht! Je länger wir über die Obelisken reden, in desto freundlicherem Licht erscheinen sie, und um so mehr muß ich bedauern, daß wir so hart mit ihnen zu Gericht gehen mußten.«

Fünf Tage später landete die UST-3048 auf der Hundertsonnenwelt. Da dieser Stützpunkt sich weit außerhalb der Milchstraße im intergalaktischen Raum befand, war hier von der Verdummung, mit der die Milchstraße geschlagen war, nichts zu spüren. Hung-Chuin und seine Leute blieben im Besitz ihrer natürlichen Intelligenz, auch nachdem das Raumschiff den Linearraum verlassen hatte.

Hung-Chuin wurde von Geoffry Abel Waringer empfangen. Er verbrachte eine Stunde damit, Hung-Chuin über die jüngsten Ereignisse in der Galaxis und auf der Hundertsonnenwelt zu informieren. Er berichtete auch von seinen bisher erfolglosen Bemühungen, ein Gerät zu entwickeln, mit dem der verdummende Einfluß, der aus der Manipulierung der galaktischen Gravitationskonstante entsprang, neutralisiert werden konnte.

Hung-Chuin hörte schweigend zu. Dann äußerte er den Wunsch, die vier Obelisken zu sehen, die vor kurzer Zeit auf der Hundertsonnenwelt materialisiert waren. Ohne Begleitung machten die beiden Männer sich auf den Weg.

Ein merkwürdiges Gefühl befiel Hung-Chuin, als er, Tausende von Lichtjahren vom Obelisk entfernt, zum ersten Mal wieder vor einem der Wahrzeichen eines fremden Volkes stand. Er fühlte sich zu dem steinernen Gebilde, das unter dem Glanz der Sonnen keinen Schatten warf, auf eigenartige Weise hingezogen.

Und plötzlich geschah das Wunder. In seinem Gehirn formte sich ein Gedanke, ein Bild, ein Eindruck ...

»Fremder, der von unseren Brüdern kommt ... Freund ...«

Fast eine Stunde lang stand Hung-Chuin vor dem Obelisken, reglos, seine Umgebung nicht mehr wahrnehmend.

Hung-Chuin lächelte. »Ich weiß jetzt, warum Sie mit Ihrem Antiverdummungsgerät keinen Erfolg hatten.«

Waringer gelang es, seine Überraschung zu verbergen. »Sie wissen?«

Hung-Chuin nickte. Und dann tat er den Ausspruch, an den zu erinnern sich für Geoffry Abel Waringer in den kommenden Wochen und Monaten immer häufiger Grund fand: »Den Stein der Weisen gibt es nicht nur auf der Erde. Es gibt ihn auch hier, auf Ihrer Hundertsonnenwelt.«

30.

AUGUST 3442

Oliver Hansen drehte das Netz in den Händen. Die silberroten Metallfäden strahlten hell. Sie waren an einem Band von einem Zentimeter Breite befestigt, das aus dem gleichen Material hergestellt war.

Langsam streifte sich Hansen das Gebilde über den Kopf und betrachtete sich dabei im Spiegel. Er lächelte. Tastend glitten seine Fingerspitzen über die schimmernde Kappe, die jetzt weniger wie ein Gespinst als vielmehr wie eine leuchtende Einheit aussah. Er drehte sich zögernd um und ging einige Schritte bis zu einem elektronischen Hilfsgerät, das mit zahlreichen Kontrollschirmen und Meßinstrumenten ausgestattet war. Er setzte sich auf einen Hocker und griff nach mehreren haarfeinen Kabeln. Einige von ihnen schloß er an das Gebilde auf seinem Kopf an. Dabei überraschte ihn eine dunkelhaarige Assistentin, die durch eine offene Tür in das Labor kam.

»Oliver«, rief sie erschreckt. Sie eilte zu ihm. »Sind Sie verrückt geworden? Das dürfen Sie nicht tun.«

»So?« fragte er und blickte spöttisch lächelnd zu ihr auf. »Und warum nicht?«

»Das wissen Sie sehr genau«, entgegnete sie. »Professor Belcant hat alle Experimente ausdrücklich verboten, die nicht unter seiner Kontrolle durchgeführt werden.«

»Jenna, ich habe alles sehr genau überlegt und durchgerechnet«, erwiderte er und befestigte die letzten Kabel. »Jetzt kann nur noch ein Versuch zeigen, ob Belcant recht hat oder nicht.«

»Oliver, Sie überschätzen sich. Sie können sich mit Belcant nicht messen. Niemand außer ihm, Waringer und Hung-Chuin begreift überhaupt, wie seine Vorstellungen zu verwirklichen sind. Sie haben den Verstand verloren Oliver.«

Hansen antwortete nicht. Er beugte sich vor und warf rasch einige Schalthebel herum. Das Gerät summte auf. Der Assistent begann zu schreien. Seine Hände krallten sich in das Netz. Er wollte es sich herunterreißen. Blaue Blitze zuckten zwischen seinen Fingern hervor.

Die Wissenschaftlerin zog die Kabel aus dem elastischen Band heraus und unterbrach auf diese Weise die energetische Verbindung. Oliver Hansen rutschte vom Stuhl und fiel lang auf den Boden. Sie nahm ihm das Netz ab. Jetzt konnte sie sehen, wie stark die Verbrennungen waren, die er davongetragen hatte. Ihr wurde übel. Ihre Hände zitterten, als sie Unfallalarm gab.

Die Gegensätze hätten nicht krasser sein können.

Neben Professor Dr. Dr. Aronus Belcant wirkte Oberst Horato Tamika wie ein Schwerathlet. Dabei war er sogar zehn Zentimeter kleiner als der Wissenschaftler. Er sah jedoch so massig aus, als sei sein Erbgut durch ertrusische Einflüsse verändert worden.

Als er Belcant die Hand schüttelte, schien er es auf eine kleine Kraftprobe anzulegen. Der Forscher lächelte gequält.

»Ich gratuliere Ihnen, Professor«, sagte Tamika. »Und natürlich wünsche ich Ihnen eine ganze Kiste voll Glück für die Zukunft. Ich würde mich jedoch ganz besonders freuen, wenn Ihnen bald der große Durchbruch gelingen würde.«

Der Offizier blickte Belcant in die dunklen, schwermütigen Augen und lächelte breit. Er war davon überzeugt, genau den richtigen Glückwunsch gewählt zu haben. Der Wissenschaftler sah jedoch nicht sehr froh aus.

»Danke«, entgegnete er. »Ich bin überzeugt, daß Sie es aufrichtig meinen.«

Er hatte den verborgenen Sinn der Worte nicht überhört. Sicherlich hatte Oberst Tamika ihn nicht provozieren wollen, dennoch hatte er zum Ausdruck gebracht, daß er in seinen Augen immer noch zur zweiten Garnitur gehörte. Er stand nach wie vor im Schatten von Professor Dr. Mart Hung-Chuin, mit dem er seit dessen Ankunft auf der Hundertsonnenwelt engstens zuammenarbeitete.

»Wir alle sind fest davon überzeugt, daß es jetzt nur noch eine Frage der Zeit ist, bis das Gravokonstante-Intelligenzkorrektur-Netz einsatzbereit ist«, fügte Oberst Horato Tamika hinzu.

»Wir haben entscheidende Fortschritte gemacht«, wich der Wissenschaftler aus. »Hung-Chuin ist sicher, daß wir es in einigen Tagen geschafft haben können. Nun – das wird sich zeigen.«

Er lächelte unmerklich und führte seinen Gast zur Bar und reichte ihm einen Cocktail. Sie stießen miteinander an und tranken auf den achtzigsten Geburtstag des Hyperdimregulators und Kosmobiologen. Oberst Tamika beobachtete den Chefassistenten von Professor Hung-Chuin, als dieser mit erhobenem Glas auf einige Offiziere zuging und sie begrüßte.

Er fühlte sich unbehaglich in der Nähe Belcants. Er spürte, wie sehr dieser Mann vor Ehrgeiz brannte und fieberhaft nach einer Chance suchte, mit einem Schlag galaxisweiten Ruhm zu gewinnen. Belcant galt als unermüdlicher Arbeiter, der unerschütterlich zu Hung-Chuin stand, obwohl er sich lieber heute als morgen aus dessem Schatten gelöst hätte. In den letzten zwei Wochen war er jedoch kaum in Erscheinung getreten. Gesundheitliche Schwierigkeiten hatten ihn von den praktischen Forschungsarbeiten ausgeschlossen, die dem »Anti-Verdummungsgerät« galten. Tamika kannte den Wissenschaftler sehr gut. Er wäre deshalb nicht überrascht gewesen, wenn dieser ihm eröffnet hätte, daß er entscheidende Teile des Problems durch ausschließlich theoretische Überlegungen und Erwägungen gelöst habe.

Der Offizier blickte durch das Fenster hinaus. Der Blick reichte weit über Suntown hinweg. Natürlich hatte sich Belcant das luxuriöseste Appartement für seine Geburtstagsfeier besorgt. Keiner der Wissenschaftler, die auf der Hundertsonnenwelt arbeiteten, legte so großen Wert auf Repräsentation wie Belcant.

Tamika beobachtete, wie der Wissenschaftler einige Offiziere begrüßte. Der Kontrast zwischen ihnen mit ihren schlichten Uniformen und ihm hätte kaum größer sein können. Belcant trug eine überlange weinrote Jacke mit schmalen Aufschlägen. Sie unterstrich seine schlanke Figur und ließ die hohen, knochigen Schultern auffallend heraustreten. Der flache Brustkorb und der längliche Hals mit dem kleinen, etwas vorgestreckten Kopf bestimmten seine Erscheinung. Das glatte Haar reichte ihm in die Stirn und tief in den Nacken hinab. Die überlange Nase und der verkürzte Unterkiefer ließen ihn hochmütig aussehen. Das war er jedoch keineswegs.

Er galt als ein Mann, der weitaus mehr als andere auf gesellschaftliche Umgangsformen achtete. Wenn sich daher jemand mit ihm nicht verstand, so lag das häufig allein daran, daß er die richtige Sprache nicht fand oder sich ihm gegenüber nicht so benahm, wie Belcant es erwartete. Der Wissenschaftler war bekannt und gefürchtet dafür, daß er selbst sehr hochgestellte Persönlichkeiten kalt abfahren ließ, wenn er ihr Auftreten ihm gegenüber als nicht korrekt empfand.

Oberst Horato Tamika trank seinen Cocktail aus und ließ sich von der Robotautomatik einen neuen mixen. Er lächelte, als er Belcant im Gespräch mit einigen Wissenschaftlerinnen sah. Ihre festliche Erscheinung war dem Geburtstagsempfang angepaßt und schmeichelte ihm sichtlich. Ihre Komplimente versetzten ihn augenblicklich in Hochstimmung.

Tamika ließ sich von der raumfüllenden Musik einlullen und begann, sich wohlzufühlen, obwohl er Veranstaltungen dieser Art eigentlich gar nicht mochte. Er hätte eine ausgelassene und laute Party vorgezogen. Hier aber wäre jede derbe Bemerkung unangebracht gewesen, denn bis auf Professor Waringer und Professor Hung-Chuin war so ziemlich alles vertreten, was Rang und Namen hatte auf der Hundertsonnenwelt.

Mart Hung-Chuin schien wenig erbaut über die Störung zu sein. Er streifte sich seine kurze Jacke über und fragte: »Was gibt es denn?«

»Wir haben einen schweren Unfall gehabt«, antwortete der junge Wissenschaftler. »Ich hielt es für notwendig, Sie davon zu unterrichten.«

»Das hätten Sie doch auch gleich sagen können, Molan.« Er wies den Boten an, ihm vorauszugehen und ihm zu zeigen, wo es zu dem Zwischenfall gekommen war. Dabei schien er zu vergessen, daß er Molan vorher gar keine Möglichkeit gegeben hatte, die Nachricht hervorzubringen. Er hatte ihn nicht zu Wort kommen lassen.

Sie schwebten in einem Antigravschacht nach unten und eilten über einen Korridor zu einem Labor, in dem sich etwa zwanzig Männer und Frauen um eine Trage drängten. Auch Professor Waringer war bereits dort.

»Wie konnte das passieren?« fragte Hung-Chuin. Er beugte sich über den Mann, der regungslos auf dem Transportgestell lag, und suchte nach dem Puls.

»Zu spät«, sagte Waringer. »Er ist tot. Wir konnten ihm nicht mehr helfen. Vermutlich sind wesentliche Teile seines Gehirns verschmort.«

Er reichte dem Hyperdimregulator das schwärzlich verbrannte Netz, das der Tote auf dem Kopf getragen hatte. Hung-Chuin nahm es entgegen und drehte es hilflos in den Händen. Dann sah er die Zusatzgeräte und die herabhängenden Kabel. Er begriff.

»Das ist doch Dr. Hansen, einer der Assistenten von Belcant?« fragte er.

Professor Geoffry Abel Waringer bejahte. Er bat Hung-Chuin in einen Nebenraum, wo sie allein waren.

»Für diesen Zwischenfall ist niemand als Oliver Hansen selbst verantwortlich zu machen«, sagte er.

»Sind Sie sicher?« fragte der Koreaner.

»Wie meinen Sie das?«

»Ich frage mich, weshalb Hansen dieses Experiment gemacht hat. Er ist das Opfer einer Fehlschaltung geworden, gewiß, aber das ist doch nur das äußerliche Zeichen. Hier ist mir zuviel Ehrgeiz im Spiel. Und darüber hinaus gefällt mir nicht, daß Hansen den Versuch ausgerechnet heute unternommen hat.«

Waringer blickte Hung-Chuin beunruhigt an. »Hoffentlich ziehen Sie keine Fehlschlüsse«, riet er.

»Das glaube ich nicht, Waringer. Wir stehen jetzt kurz vor dem Abschluß unserer Arbeiten. In den letzten zwölf Tagen sind wir mit Riesenschritten vorangekommen. Seit wann arbeiten Sie jetzt schon an dem Gerät zur Aufhebung der totalen Verdummung?«

»Seitdem das Problem besteht«, entgegnete Waringer ruhig. »Also seit Ende November 3440. So lange versuchen wir jetzt schon, eine Lösung zu finden.«

»Und Sie haben es im Prinzip auch geschafft«, stellte Hung-Chuin nachdrücklich fest. »Ihre Überlegungen waren absolut richtig. Daran besteht jetzt wohl kein Zweifel mehr.«

»Das Prinzip ist im Grunde einfach«, warf Waringer ein. Er bemühte sich, die Laudatio ein wenig abzuschwächen, doch das ließ Hung-Chuin nicht zu.

»Niemand außer Ihnen wäre in so kurzer Zeit so weit gekommen. Es geht doch darum, die veränderte Gravitationskonstante, die sich so nachteilig auf menschliche Gehirne auswirkt, speziell für jedes Gehirn aufzuheben oder rückgängig zu machen. Diese Frage haben Sie gelöst. Der fünfdimensional strahlende Schwingquarz Howalgonium bot sich als Hilfsmittel an, zumal er nunmehr ja auch in Metallegierungen verwendet werden kann.«

»Sicherlich«, bestätigte Waringer lächelnd. »Ich bin jedoch eindeutig an der Schwelle zwischen fünf- und vierdimensionalen Frequenz- und Einflußbereichen gescheitert – bis Sie kamen, um mir auf die Sprünge zu helfen.«

Hung-Chuin ging auf den scherzhaften Ton nicht ein.

»Der Prototyp des Anti-Verdummungsgerätes liegt ja eigentlich schon vor. Alle Faktoren für das Kopfnetz sind bekannt. Was fehlt, sind doch nur Kleinigkeiten.«

»Nun gut«, sagte Waringer jetzt ebenfalls in ernstem Tonfall. »Wenn es nicht so gewesen wäre, dann hätten wir wohl auch nicht in knapp zwölf Tagen so große Fortschritte machen können. Wir werden vermutlich in vier Tagen einsatzfähige Netze haben. Gut, das ist alles bekannt. Sie haben die noch ausstehenden Fragen beantworten können. Auch gut. Ich weiß jedoch immer noch nicht, worauf Sie hinauswollen, Hung-Chuin.«

Professor Mart Hung-Chuin setzte sich in einen Sessel. Er nahm einen Becher aus einem Tischautomaten und zapfte sich ein Erfrischungsgetränk ab. Er antwortete erst, nachdem er den Becher ausgetrunken hatte.

»Mir gefällt nicht, daß ausgerechnet in diesem Stadium noch ein gewagtes Experiment angestellt wurde. Darüber hinaus beunruhigt mich, daß dieser Versuch ausgerechnet an einem Ruhetag unternommen wurde.

Wir waren uns alle darüber einig, daß an diesen beiden Tagen nicht gearbeitet werden sollte.«

Professor Waringer setzte sich ebenfalls.

»Wenn Hansens Experiment geglückt wäre, dann wäre das eine besondere Geburtstagsüberraschung für Ihren Chefassistenten Belcant gewesen.«

»Eben. Ich würde ihm gönnen, daß er alle anstehenden Fragen allein löst und auf seiner Feier bekannt gibt, welch geniale Arbeit er geleistet hat, aber dieser Vorfall könnte vieles zerstören. Wenn Belcant dafür verantwortlich ist, dann wird er auch die Folgen zu tragen haben.«

»Überstürzen Sie nichts«, bat Waringer. »Vielleicht hat Belcant sich von seinem Ehrgeiz mitreißen lassen, sicherlich hat er aber dabei immer an die große Aufgabe gedacht und nicht nur an sich allein.«

»Wir werden sehen«, sagte der Hyperdimregulator. »Belcant wird mir nach seiner Feier einige Fragen beantworten müssen.«

Nach der Feier war Professor Belcant endlich allein. Er verließ das Appartement mit einem Schweber und landete in der Nähe der vier Obelisken. Er verließ das Fluggerät. In der rechten Hand hielt er ein Glas, das mit einer gelblichen Flüssigkeit gefüllt war. Während er auf die Obelisken zuging, trank er ab und zu einen Schluck. Sein Gang war nicht mehr ganz sicher. Die Nachricht, die er vor einigen Stunden erhalten hatte, hatte ihn mehr mitgenommen, als er es seinen Gästen zeigen durfte.

Fünf Meter vor den säulenartigen Gebilden blieb er stehen. Er schwankte etwas. Seine Blicke suchten den Boden ab. Belcant blickte in den Himmel hinauf, von dem das Licht zahlreicher Sonnen herabstrahlte. Die Säulen hätten mehrere Schatten werfen müssen, aber sie taten es auch jetzt nicht.

Der Wissenschaftler ließ das Glas achtlos auf den Boden fallen. Suchend sah er sich um. Er war allein. Er ließ sich niedersinken, zog die Beine so hoch an, daß er sein Kinn auf die Knie stützen konnte, und umschlang sie mit seinen dünnen Armen. Nachdenklich musterte er die Obelisken.

Sie erschienen ihm noch rätselhafter als bei allen seinen vorherigen Besuchen. Mühsam versuchte er, sich auf sie zu konzentrieren. Er hoffte, gerade jetzt die ersehnte Verbindung mit ihnen bekommen zu können. Der Alkohol umnebelte seine Sinne, baute zugleich jedoch auch Sperren und Hemmungen ab, die er sonst niemals überwunden hätte.

Professor Hung-Chuin war es gelungen, eine geistige Brücke zu schlagen. Er hatte wertvolle Anregungen von den Obelisken bekommen. Für ihn waren sie »der Stein der Weisen«. Dieser Name hatte die Runde gemacht und war jetzt allgemein gültig.

Hier hatte Hung-Chuin entscheidende Impulse erhalten. Daraufhin hatte er Professor Waringer jene Hinweise geben können, durch die die Entwicklungsarbeiten am Anti-Verdummungsgerät bis praktisch zum Abschluß vorangetrieben werden konnten.

Hung-Chuins Überlegungen hatten sich auf den sogenannten »Impulsdichteverteiler« konzentriert. Dieses Gerät befand sich als Anhang am Netz in der Nähe des ersten Nackenwirbels. Es war eine knopfförmige Konstruktion von etwa drei Zentimetern Durchmesser. Dieser Gravoenergiespeicher mit Impulsdichteverteiler und Speicherelement stellte das Herzstück des Netzes dar. Es lud sich von selbst mit fünfdimensionalen, gravitationsgebundenen Energien auf.

Das Gravokonstante-Intelligenzkorrektur-Netz, das jetzt nur noch als »GrIko-Netz« bezeichnet wurde, hatte durch diesen Knopf die entscheidende Ergänzung erfahren. Er bestand – ebenso wie das Netz – aus einem neuentwickelten Material, einer Legierung aus Ynkelonium, Platin und dem fünfdimensional strahlenden Schwingquarz Howalgonium. Allein die Produktion dieses »YPH-Metalls« war mit größten Schwierigkeiten verbunden gewesen, da die Legierung absolut frei von Verunreinigungen sein mußte. In der vorliegenden Form stellte das Material einen vorzüglichen fünfdimensionalen Leiter von bisher unerreichter Leistung dar.

Professor Aronus Belcant hatte die Entwicklung dieses YPH-Metalls überwacht und betrieben, da er mit zu dem engsten Forscherkreis gehört hatte. Er war erst in den letzten Tagen durch gesundheitliche Schwierigkeiten etwas in den Hintergrund gedrängt worden. Dennoch war er so gut wie nur wenige über die Funktionsweise des GrIko-Netzes informiert.

Er wußte, daß das über dem Schädel sitzende Netz die Aufgabe hatte, die von dem Impulsdichteverteiler in das Netz geschickten Impulseinheiten wie ein Sender an das menschliche Gehirn weiterzugeben. Es bewirkte eine Anhebung der Gravitationskonstante um plus 852 Megakalup, sobald man in die Verdummungszone des Schwarms gelangte. Dem unter dem GrIko-Netz liegenden Hirn wurde also der Normalzustand eingegeben, nicht nur vorgegaukelt.

Professor Hung-Chuin hatte von einer »transformierten Impulsgebung an das Gehirn« gesprochen.

Wieder betrachtete Belcant die Obelisken. Hier an dieser Stelle hatte Hung-Chuin die entscheidenden Impulse bekommen. Daraufhin war es ihm gelungen, den Impulsdichteverteiler neu und offensichtlich richtig zu justieren.

Alle Laborversuche waren positiv verlaufen. Belcant ging alle Informationen, die er erhalten hatte, noch einmal im Geiste durch. Hung-Chuin hatte sich nicht geirrt, davon war Belcant überzeugt. Zugleich aber zweifelte er daran, daß sie bereits die perfekte Methode gefunden hatten, den zu geringen Gravitationswert auf die richtige Norm aufzustocken. Für kurze Zeit überlegte Belcant, ob es nicht besser und vorteilhafter sein könne, eine Art Gravostrahlenabsorber zu konstruieren. Er verwarf diesen Gedanken sofort wieder. Waringer und Hung-Chuin waren auf dem rechten Weg. Das GrIko-Netz war kein Absorber. Es stockte den zu geringen Gravitationswert auf. Das war ein entscheidender Unterschied in der Methode. Alle Versuche hatten bewiesen, daß ihre Thesen richtig waren.

Belcant legte die Hände vor das Gesicht. Er schüttelte den Kopf, als könne er sich dadurch von seiner Benommenheit befreien. Er fühlte sich leer und ausgebrannt, und er begriff nicht, weshalb es ihm nicht gelang, in geistigen Kontakt mit den Säulen zu treten.

Was fehlte ihm, das Hung-Chuin besaß?

Jemand räusperte sich hinter ihm. Der Wissenschaftler zuckte zusammen, als habe er einen Stoß ins Gesicht bekommen. Rasch stand er auf und klopfte sich die Kleider ab. Dann drehte er sich langsam um und sah Oberst Horato Tamika vor sich stehen.

»Ich habe Sie nicht kommen hören«, sagte er verlegen.

Der Kommandant des Ultraschlachtschiffs JOHN MARSHALL ging an ihm vorbei zu den Obelisken. Er klopfte mit den Knöcheln an die Säulen.

»Haben Sie eine interessante Unterhaltung gehabt, Professor Belcaut?« fragte er.

»Sie war sehr einseitig«, gestand Belcant.

Tamika lachte. »Dann ist es Ihnen nicht besser ergangen als mir. Ich habe auch keine Antenne für diese Dinger.« Er blickte den Wissenschaftler forschend an. »Was führt Sie hierher?«

Belcant zögerte. Er bückte sich nach seinem Glas und hob es auf. Mit einem Papiertaschentuch wischte er es sauber.

»Sie wissen, was geplant ist, Oberst?«

Horato Tamika nickte.

»Natürlich, wir werden die GrIko-Netze irgendwann in den nächsten Tagen praktisch erproben. Laboruntersuchungen können schließlich keine sicheren Aufschlüsse darüber geben, ob die Netze nun funktionstüchtig sind oder nicht.«

Er verzichtete darauf, von Hansens Tod zu sprechen. Inzwischen wußte er natürlich davon – wie jeder. Belcant hätte es auf der Feier bekanntgeben sollen. Es war egoistisch von ihm gewesen, es nicht zu tun.

Er sagte laut: »Sie haben vollkommen recht, Oberst. Wir werden in die

Galaxis hineinfliegen müssen, um an Ort und Stelle zu prüfen, was die Netze wert sind.«

Tamika runzelte die Stirn. Er zog eine flache Flasche aus seiner Jacke hervor und reichte sie dem Wissenschaftler. Belcants Miene hellte sich etwas auf. Er füllte sein Glas und trank es aus. Tamika ging direkter vor. Er nahm einen kräftigen Schluck aus der Flasche. Belcant hüstelte irritiert.

»Sie sagten, in der Galaxis wird sich zeigen, was die Netze taugen«, erinnerte ihn der Offizier.

Belcant nickte. »Richtig«, entgegnete er. »Und ich fürchte, wir haben einen Fehler gemacht. Ich habe – Angst.«

Oberst Tamika nahm noch einen Schluck aus der Flasche. Das Geständnis überraschte ihn. Damit hatte er nicht gerechnet.

»Ich hoffte, von Ihnen beruhigt zu werden«, gestand er. »Sie aber sagen mir, daß die Netze nichts wert sind.«

»Das habe ich nicht behauptet. Ich bin vielmehr davon überzeugt, daß Waringer und Hung-Chuin eine geniale Lösung gefunden, aber irgendwo eine Kleinigkeit übersehen haben.«

»Was haben sie übersehen, Professor?«

»Wenn ich das wüßte, wäre ich nicht hier. Ich hatte gehofft, von den Obelisken angeregt zu werden. Aber ich habe mich geirrt. Ich kann mich weniger konzentrieren als zuvor.«

Oberst Tamika reichte ihm die Flasche.

»Ich habe hier ein hervorragendes Konzentrat«, sagte er lächelnd. »Das bringt die Geister zusammen. Ich bin überzeugt, daß Sie Waringer und Hung-Chuin noch einen wertvollen Tip geben können.«

Belcant füllte sein Glas erneut. Bevor er trank, blickte er den Kommandanten nachdenklich an.

»Wohin werden wir fliegen, Tamika?« fragte er.

»Ich weiß es nicht«, antwortete der Offizier. »Wenn es nach mir ginge, würden wir zur Erde fliegen. Ich bin verdammt lange nicht mehr dort gewesen.«

Belcant trank das Glas aus.

»Ich vermute, daß die Erde im Augenblick nicht besonders viel zu bieten hat«, sagte er mit schwerer Zunge.

Er schleuderte sein Glas weg. Es prallte gegen einen der Obelisken und zersplitterte. Belcant griff sich stöhnend an den Kopf. Er wurde blaß.

»Ich fürchte, ich habe zuviel getrunken, Tamika. Eben habe ich Stimmen gehört.«

»Wenn es so ist, haben Sie wirklich zuviel getrunken«, antwortete der Offizier lächelnd.

31.

Professor Aronus Belcant blieb unschlüssig in der Tür zum Labor stehen. Als er merkte, daß niemand seinetwegen die Arbeit unterbrach, atmete er auf.

Er schaute auf sein Chronometer, das den 31. August 3442 Erdzeit anzeigte. Dann ging er mit langen Schritten auf Geoffry Abel Waringer und Mart Hung-Chuin zu. Die beiden Männer standen vor einem kompliziert aussehenden Gebilde, das offensichtlich provisorisch zusammengefügt worden war. Kabel, Schaltelemente, elektronische Aggregate verschiedenster Art und einige zusammengeschaltete Computer bedeckten über Tische, Bänke und Fußboden hinweg eine Fläche von etwa dreihundert Quadratmetern. In der Mitte des chaotischen Durcheinanders war ein kleiner Transmitter zu erkennen. Der Bogen erhob sich bis in eine Höhe von etwa anderthalb Metern. Das Transmissionsfeld flackerte immer wieder auf, wurde jedoch nicht stabil. Grüne und blaue Energiefelder bewegten sich zwischen den Polen hin und her, ohne miteinander zu verschmelzen und sich gegenseitig zu ergänzen.

Belcant blieb hinter den beiden Wissenschaftlern stehen und räusperte sich. Waringer drehte sich zu ihm um und nickte ihm zu.

»Der Transmitter funktioniert nicht«, sagte er. »Wir erhalten kein stabiles Strukturfeld, obwohl alle Strukturtaster in Ordnung sind.«

Hung-Chuin schüttelte den Kopf.

»Du solltest dieses Experiment abbrechen, Aron«, riet er. »Wir verschwenden nur unsere Zeit damit. Auf diese Weise werden wir das GrIko-Netz nicht produzieren können.«

Belcant antwortete nicht. Er stieg vorsichtig in das Kabelgewirr hinein. Sein Gesicht ließ nicht erkennen, was er dachte. Er arbeitete schnell und ruhig. Ab und zu fragte er Meßwerte bei seinen Assistenten ab. Daraufhin änderte er einige Schaltungen und fügte noch weitere Spezialelemente ein. Waringer und Hung-Chuin warteten ab, bis Belcant sich schließlich aufrichtete, sich mit dem Handrücken über die Stirn fuhr und sagte: »Warten wir's ab. Ich bin nach wie vor davon überzeugt, daß wir eine vielleicht sehr primitive, aber doch funktionsfähige Kopie des Multiduplikators bekommen werden.«

Hung-Chuin wollte zu einer Erwiderung ansetzen, als eine Explosion das benachbarte Labor erschütterte. Ein Glasplastwand, welche die Abteilungen voneinander getrennt hatte, zerplatzte. Die Glassplitter ergossen sich über das Forschungsobjekt Belcants.

Professor Waringer und Professor Hung-Chuin eilten sofort zur Unfallstelle hinüber, wo schon jetzt einige Matten-Willys Verletzte bargen. Aronus Belcant blickte nur flüchtig auf, machte eine ärgerliche Bemerkung und begann, die Schäden in seinem Experimentierfeld zu beheben. Damit war er auch noch beschäftigt, als Waringer und Hung-Chuin nach einer halben Stunde zurückkehrten. Beide Männer waren erregt. Belcant richtete sich erschöpft auf.

»Der Transmitter arbeitet jetzt einwandfrei«, erklärte er. »Ich habe alles durchgetestet.«

Er griff nach einem GrIko-Netz, das auf einem Prüftisch lag. Sorgfältig löste er die Kontakte ab, die er zuvor an das Rundband geheftet hatte. Das Netz schimmerte und strahlte in seinen Händen. Es schien ein eigenständiges Leben zu entwickeln.

»Aron, nebenan ist ein Kleinsttransmitter zu Bruch gegangen, als Dr. Fsiking versuchte, ihm einige Milligramm Howalgonium einzugeben.«

Belcant krauste irritiert die Stirn. Für einen kurzen Moment sah er sehr besorgt aus. Er fuhr sich nervös mit der Hand durch das Haar, stieg dann über einige Kabel hinweg und kam zu den beiden Professoren.

»Ich kann mich nicht um jeden Unfall kümmern, Mart«, sagte er mit fester Stimme. »Sicherlich, irgendwie sollte mich Fsikings Pech tangieren, aber es berührt mich nicht. Wenn ich mich durch jeden Unfall, der auf der Hundertsonnenwelt geschieht, aufhalten lassen würde, dann käme ich überhaupt nicht mehr zu meiner Arbeit. Es tut mir leid, meine Experimente interessieren mich mehr. Rhodan wartet auf die Netze, also sind sie vorrangig. Alles andere geht mich nichts an.«

Die beiden Chefwissenschaftler antworteten nicht. Hung-Chuin schüttelte unwillig den Kopf. Die Haltung seines Chefassistenten behagte ihm nicht. Er legte Belcant die Hand auf den Arm.

»Hast du nicht gehört, Aron? Fsiking hat versucht, Howalgonium in den Transmitter zu geben.«

»Er ist nicht der erste. Er wird einen Fehler gemacht haben.«

Waringer nahm Belcant das Netz aus der Hand.

»Wie Sie wissen, ist die von Hung-Chuin und mir entwickelte Produktionsmethode sehr weit gediehen«, sagte er. »Wir benötigen vielleicht noch ein oder zwei Tage, um mit der Fertigung der Netze anfangen zu können. Entscheidende Fragen sind also gelöst. Geben Sie es auf, Belcant. Versuchen Sie nicht, einen Multiduplikator sozusagen als Abfallprodukt zu entwickeln. Damit werden Sie mit Sicherheit scheitern, ebenso wie Fsiking.«

Aronus Belcant entfernte sich einige Schritte. Er öffnete einen gepanzerten Laborschrank und entnahm ihm einen quadratischen Block eines schimmernden Metalls.

»Dieser YPH-Block entspricht genau der Menge, die wir für ein GrIko-Netz benötigen«, erklärte der Chefassistent. »Erlauben Sie mir einen einzigen Versuch. Ich bin überzeugt, daß es gelingt.«

Waringer nickte zögernd.

Belcant stieg über das Kabelgewirr hinweg zum Transmitter. Er legte den Ynkelonium-Platin-Howalgonium-Block auf die Eingabeplatte davor und entfernte die schützende Plastikfolie. Dann trat er vorsichtig zurück und ließ den Block in den Materiesender gleiten.

Ein dunkelhaariger Assistent eilte aus einem Nebenraum herbei. Er ging zu Hung-Chuin und Waringer. Als er sah, daß Belcant sich mitten in einem Experiment befand, blieb er stehen.

Der Block aus YPH-Metall verschwand im Transmitter. Eine kleine Stichflamme schlug aus dem Gerät, dann erschien ein nebelartiges, silbrig glänzendes Feld im Empfangsteil des Transmitters. Es raste einige Male um einige Zentimeter hin und her, ohne eine deutlich erkennbare Form zu gewinnen. Dann brannte ein Computer durch. Zunächst stiegen Rauchwolken aus ihm auf, dann unterbrachen mehrere krachende Kurzschlüsse die Stille. Das nebelartige Feld verschwand im Nichts. Ein roter Blitz schlug aus dem Transmitter und zerfetzte einen Verstärker. Vor dem Empfangsteil des Materiesenders rieselte rötlich grauer Staub zu Boden.

Professor Aronus Belcant war blaß geworden. Seine Hände zitterten. Deutlicher hätte seine Niederlage nicht ausfallen können. Hung-Chuin bemerkte den dunkelhaarigen Assistenten neben sich. Er wandte sich ihm zu.

»Was gibt es, Sira?«

»Wir haben es geschafft«, antwortete der junge Mann. »Die Fabrikationsstraße liefert jetzt einwandfreie GrIko-Netze.«

»Wunderbar. Und wie sieht es mit dem Gravoenergiespeicher aus?«

»Bis jetzt hat es keinen Zwischenfall gegeben. Wir sind davon überzeugt, daß die Lösung von Professor Hung-Chuin richtig ist.«

Aronus Belcant hatte die Nachricht gehört. Er reichte Hung-Chuin die Hand. Seine Stimme klang matt, als er sagte: »Ich gratuliere dir, Mart.«

Hung-Chuin schlug Belcant mit der Hand gegen den Oberarm.

»Du hast deinen Anteil an diesem Erfolg, Aron. Das wollen wir nicht vergessen. Wenn wir jetzt auch noch den Impulsdichteverteiler schaffen, dann können wir zufrieden sein.«

»Du wirst das schon machen, Mart«, entgegnete Belcant. Er ging an seinem Chef vorbei und verließ das Labor.

»Um ehrlich zu sein«, sagte Hung-Chuin verärgert. »Manchmal könnte ich ihm kräftig ins Hinterteil treten.«

»Dafür müßten Sie aber auf einen Stuhl steigen, verehrter Kollege«, bemerkte Waringer und blickte auf den Koreaner hinab.

In den Laboratorien der Hundertsonnenwelt herrschte eine geradezu euphorische Stimmung. Die Nachricht, daß es gelungen war, das GrIko-Netz bis zur Produktionsreife fortzuentwickeln und ein entsprechendes Herstellungsverfahren zu finden, hatte sich außerordentlich schnell über den ganzen Planeten verbreitet. Jetzt zweifelte niemand mehr daran, daß Waringer in kurzer Zeit eine umfangreiche Testmannschaft mit dem Netz ausrüsten konnte. Die Abschlußversuche liefen noch am gleichen Tag an.

Aronus Belcant zog sich demonstrativ in sein Appartement zurück. Oberst Tamika war überrascht, als er den Wissenschaftler hier vorfand. Der Hyperdimregulator und Biologe hatte es sich auf einer Antigravliege bequem gemacht.

»Was ist in Sie gefahren, Professor?« fragte der Kommandant der JOHN MARSHALL. »Die Hundertsonnenwelt feiert Waringer, Hung-Chuin und Sie – aber Sie ziehen sich zurück und sehen eine Klamotte, die schon vor fünfzig Jahren als zu albern und idiotisch abgelehnt wurde.«

Er deutete auf den Bildschirm eines Fernsehgerätes, das von dem Ultraschlachtschiff mit einem Unterhaltungsprogramm beschickt wurde.

Belcant erhob sich und schaltete das Gerät aus. »Sie können einem aber auch jeden Spaß verderben«, sagte er ungehalten. »Was gibt es?«

»Ich verstehe Sie nicht. Warum schließen Sie sich jetzt aus? Sie waren doch erheblich an den Forschungsarbeiten beteiligt.«

Belcant mixte zwei Cocktails. Er reichte dem Kommandanten ein Glas und prostete ihm zu.

»Was wollen Sie noch wissen?« fragte der Wissenschaftler.

»Warum spielen Sie jetzt plötzlich den Beleidigten? Nur weil Ihre Party geplatzt ist?«

Aronus Belcant lächelte.

»Das haben Sie hübsch gesagt, Commander, aber Sie irren sich. Ich habe keine Lust, jetzt schon zu feiern. Mein Experiment ist gescheitert, und ich fürchte, ich werde jetzt keine Gelegenheit mehr haben, in der von mir eingeschlagenen Richtung weiterzuforschen. Darüber muß ich erst einmal hinwegkommen.«

»Wenn Sie Erfolg gehabt hätten, dann hätten Sie so etwas wie einen Multiplikator fabriziert. Ist das richtig?«

»Vollkommen.« Belcant machte jetzt einen lebhaften Eindruck. Das

Gespräch wandte sich wissenschaftlichen Fragen zu. Das weckte den Chefassistenten aus seiner Lethargie auf. Oberst Tamika verstand ihn jetzt ein wenig besser als vorher. Belcant war ein Mensch, der sich ausschließlich für wissenschaftliche Probleme interessierte – und für gesellschaftliche Ereignisse, bei denen er im Mittelpunkt des Geschehens stand.

»Wenn es so ist, Professor, warum funktioniert Ihr Gerät dann nicht?«

»Da bin ich überfragt«, entgegnete Belcant. »Vielleicht liegt es am Howalgonium. Vielleicht läßt sich ein fünfdimensional strahlender Schwingquarz überhaupt nicht in den uns zur Verfügung stehenden Transmittern in eine reine Energieform umwandeln. Ich weiß es nicht.«

Oberst Tamika trank sein Glas aus. Er beobachtete den Wissenschaftler verstohlen. Belcant wirkte jetzt keineswegs melancholisch, sondern machte einen fanatischen Eindruck. Tamika fragte sich, ob Hung-Chuin nicht doch recht hatte mit seiner Befürchtung, Belcant könne sich eines Tages von seinem Ehrgeiz zu einer unüberlegten Tat hinreißen lassen. Hung-Chuin mußte ihn eigentlich am besten kennen. Niemand arbeitete schon so lange mit ihm zusammen wie er.

»Warum sagten Sie eben, Sie hätten *jetzt* noch keine Lust, den Erfolg zu feiern, Professor? Zweifeln Sie daran, daß Sie es wirklich geschafft haben?«

»Als Prototyp ist das Netz fertig«, entgegnete der Chefassistent Hung-Chuins. »Wir haben versucht, individuelle Schwankungen weitgehend auszuschalten. Jeder Mensch ist anders. Jedes Gehirn ist anders. Und deshalb muß zwangsläufig auch jeder anders auf das Netz reagieren. Es widerstrebt mir, einen Erfolg schon jetzt zu feiern, von dem ich noch nicht restlos überzeugt bin. Glauben Sie nur nicht, daß mein Fehlschlag mich umgeworfen hat. Forschungen ohne Pleiten gibt es nicht. Wären alle Probleme ohne Fehlversuche zu lösen, dann wäre die Forschung kein Problem.«

»Das sehe ich ein. Aber was geschieht jetzt?«

»Ich vermute, daß Waringer mit wenigstens drei- bis fünftausend Testpersonen in die Galaxis fliegen wird. Dort wird sich zeigen, wie wirksam das Netz tatsächlich ist. Um ehrlich zu sein, ich bin absolut nicht so optimistisch wie Waringer und mein Chef. Ich rate Ihnen, auf dem Schiff alle nur möglichen Sicherheitsvorkehrungen zu treffen, damit es nicht zu einer Katastrophe kommen kann, wenn die Netze versagen.«

»Die Testpersonen können höchstens wieder verdummen.«

»Das ist nicht sicher«, antwortete Belcant. »Das Netz bewirkt nach unseren Berechnungen eine transformierte Impulsgebung an das Gehirn. Die Laborversuche sind gut verlaufen. Theoretisch müßte alles richtig funktionieren. Das GrIko-Netz stockte den zu geringen Gravitationswert auf die richtige Norm auf. Unter diesen Umständen müßten für die Verdummung empfindsame Menschen auch innerhalb der Galaxis geistig normal bleiben. Müßten, Oberst! Erst in der Galaxis wird sich zeigen, was tatsächlich passiert. Waringer und Hung-Chuin sind wie Sie davon überzeugt, daß die Testpersonen höchstens wieder verdummen können. Ich halte andere Konsequenzen für durchaus möglich.«

»Welche beispielsweise?«

»Alle Reaktionen sind denkbar. Ich bin der Ansicht, daß wir überhaupt noch nicht voraussagen können, wie die Gehirne reagieren. Vielleicht werden die Testpersonen nicht nur wieder intelligent, vielleicht werden sie darüber hinaus äußerst aggressiv, zerstörungswütig oder suizid. Niemand kann das voraussagen.«

»Und doch wollen Sie mitfliegen?«

»Die Zeit drängt«, sagte Belcant. »Rhodan braucht voll handlungsfähige Menschen. Wir können nicht mehr länger warten.«

Geoffry Abel Waringer und Mart Hung-Chuin setzten den Gleiter am Rande des Raumhafens ab, als sie Aronus Belcant entdeckten.

Der Wissenschaftler stand neben einem Lastenschweber und unterhielt sich mit dem Mann, der hinter den Steuerelementen des Transportgerätes saß. Waringer erkannte in ihm Wycliff Calembour, den Kommandanten des Explorerschiffes EX-8989. Zahlreiche Männer und Frauen zogen mit persönlichem Gepäck beladen an ihnen vorbei zur JOHN MARSHALL. Als Belcant Waringer und seinen Chef bemerkte, verabschiedete er sich von dem Kommandanten, wartete, bis dieser seinen Schweber gestartet hatte, und schlenderte dann auf die beiden Wissenschaftler zu.

Waringer und der Koreaner verließen das Fluggerät und gingen Belcant entgegen. Der Assistent trug einen lichtblauen Anzug mit silbrig schimmernden Aufschlägen und einer elastischen Metallkordel, die sich um seine Hüften schlang.

»Du willst also doch zur Erde mitfliegen?« fragte Hung-Chuin.

Belcant blickte ihn überrascht an.

»Das stand doch wohl von Anfang an fest«, entgegnete er. »Hast du tatsächlich daran gezweifelt, daß ich an dem Testflug teilnehmen würde?«

»Eigentlich nicht.« Der Koreaner lächelte flüchtig. Spöttelnd fügte er hinzu: »Wie sollten wir es auch ohne dich schaffen?«

»Das habe ich mir auch gesagt«, gab Belcant im gleichen Ton zurück. »Ich bin außerdem schon lange nicht mehr auf der Erde gewesen.«

»Der Aufenthalt dort wird kein reines Vergnügen werden. Wir kommen nicht als Touristen«, sagte Waringer.

»Das ist mir klar. Dennoch bin ich froh.«

»Haben Sie eine Spezialausbildung für militärische Auseinandersetzungen erhalten?« fragte Waringer.

»Selbstverständlich. Ich bin als Pilot und Schütze für kleine Flugeinheiten und für Bodenkampfgeräte ausgebildet worden.«

Waringer lächelte. »Derartige Spezialisten werden wir hoffentlich nicht benötigen.«

»Vermutlich werden wir überhaupt nicht kämpfen müssen«, sagte Hung-Chuin. Er blickte zur JOHN MARSHALL hinüber. Die Hülle des zweieinhalb Kilometer durchmessenden Raumriesen der Galaxisklasse funkelte im Licht der zahlreichen Sonnen, die sich bogenförmig von Horizont zu Horizont über den Himmel spannten.

Das Schiff hatte eine Besatzung von einer Sollstärke von 5000 Mann. Diese Anzahl von Personen war auf der Hundertsonnenwelt leicht aufzutreiben gewesen. Genügend Männer und Frauen brannten darauf, an einem ersten Testflug in die Galaxis teilzunehmen, um selbst mitzuerleben, ob die langwierigen Arbeiten am GrIko-Netz wirklich erfolgreich gewesen waren.

Waringer hatte entschieden, daß die neue Besatzung der JOHN MARSHALL nicht nur von hervorragenden wissenschaftlicher Qualifikation sein, sondern darüber hinaus auch aus bestens geschulten Soldaten und Raumfahrern bestehen sollte. Zum Chef des wissenschaftlichen Teams an Bord hatte er Mart Hung-Chuin ernannt. Der Koreaner hatte darauf bestanden, das Netz an sich selbst zu erproben.

Kommandant des Ultraschlachtschiffes war Oberst Tamika, der sich für Flüge dieser Art schon bestens qualifiziert hatte. Jetzt bewegten sich Schlangen von Menschen aus drei Richtungen auf das Raumschiff zu. Die meisten von ihnen führten Ausrüstungsgüter mit sich.

Einige von ihnen lenkten Transportgleiter, die mit roten Blinklichtern ausgestattet waren. Diese Fahrzeuge hatten absoluten Vorrang vor allen anderen. Auf ihnen wurden die GrIko-Netze in das Schiff gebracht. Versorgungsfahrzeuge unterschiedlichster Art und Bauweise fuhren umfangreiches Ausstattungsmaterial in den Kugelraumer. Eine ununterbrochene Kette von Lastenschwebern flog die höher gelegenen Schleusen an. Matten-Willys unterstützten die Transporte nach Kräften. Zahlreiche Posbis hatten Spezialaufgaben übernommen und erfüllten sie mit absoluter Zuverlässigkeit.

Hung-Chuin reichte seinem Chefassistenten die Hand. »Wir sehen uns nach dem Start in der Kommandozentrale, Aron«, sagte er.

Die JOHN MARSHALL startete sieben Stunden später um 22.20 Uhr am 4. September 3442 Erdzeit.

Das Ultraschlachtschiff hob vom Raumhafen ab, als sei es schwerelos, beschleunigte dann immer mehr, durchbrach die Lufthülle und raste in den freien Raum hinaus. Die meisten Männer und Frauen der Besatzung beobachteten auf ihren Bildschirmen, wie die Kunstsonnen zurückfielen, die den Planeten der Posbis ringförmig umgaben. Der Flug ins Ungewisse begann.

289.412 Lichtjahre trennten die Hundertsonnenwelt der Posbis von der Erde.

Das Raumschiff beschleunigte mit Höchstwerten. Man wollte keine Sekunde Zeit verschenken. Als Oberst Tamika die erste Linearetappe einleitete, erschienen die führenden Wissenschaftler der Expedition in der Zentrale.

Tamika kam Waringer und Hung-Chuin entgegen. »Wir werden in zehn Linearetappen bis an den Rand der Galaxis vorstoßen«, erklärte er. »Bis dahin sollte alles geklärt sein.«

»Am Rand der Galaxis, also nach der zehnten Linearetappe, wird die veränderte Gravitationskonstante akut«, sagte Hung-Chuin. »Das elfte Linearmanöver führt in den gefährlichen Bereich der Außengalaxis hinein. Bis zur Erde sind es dann noch etwa 45.000 Lichtjahre.«

»Wir sollten alle Waffen mit tödlicher Wirkung in einem Sektor des Schiffes zusammenbringen und verschließen«, empfahl Waringer. »Roboter sollten sie absichern und bewachen.«

»Handfeuerwaffen und Geräte, die man notfalls als Waffen gebrauchen könnte, gibt es überall im Schiff«, entgegnete der Kommandant. »Wir werden Tage benötigen, bis wir sie alle eingesammelt und unter Verschluß gebracht haben.«

»Die Zeit müssen wir uns nehmen«, sagte Waringer. »Ich möchte nicht erleben, daß Verdummte mit Mikronuklearsprengsätzen herumspielen. Die Feuerleitzentrale ist ebenfalls hermetisch abzuriegeln und äußerstenfalls durch spezialprogrammierte Roboter zu besetzen. Wir treffen alle nur erdenklichen Vorsichtsmaßnahmen, damit uns absolut nichts überraschen kann.«

Horato Tamika nickte zustimmend.

»Ich werde die entsprechenden Befehle durchgeben«, kündigte er an. »In den unteren Decks gibt es noch genügend Räume, in denen wir die Waffen lagern können. Rufen Sie bitte einige Robotspezialisten zusammen, damit sie sich um die Roboter kümmern können.«

»Das ist Ihre Aufgabe, Belcant«, sagte Waringer. »Lassen Sie sich einen Auszug aus der Besatzungsliste geben, und wählen Sie eine genügend große Zahl von Programmierern aus. Vermutlich sind die Leute froh, wenn sie sich die Zeit mit Arbeit vertreiben können.«

Er lächelte. Professor Aronus Belcant ging zur Hauptpositronik und gab ihr seine Befehle. Schon Sekunden später hielt er eine Plastikscheibe in den Händen, auf der die Kodebezeichnungen der wichtigsten Robotspezialisten verzeichnet waren. Er gab die Scheibe wieder in die Positronik und ordnete an, die Fachkräfte nach Raumschiffsektoren und Robotervarianten einzuteilen und sie danach in einem der Konferenzräume zusammenzurufen. Danach kehrte er zu Professor Waringer zurück, der mit Hung-Chuin weitere Vorkehrungen besprach. Er wußte, daß die Interkomgeräte in den verschiedensten Abteilungen des Ultraschlachtschiffes von der Positronik eingeschaltet wurden, damit diese die Anordnungen der Schiffsführung übermitteln konnte. Gelassen wartete er ab. Er rechnete damit, daß etwa eine halbe Stunde vergehen würde, bis alle Wissenschaftler im Konferenzsaal versammelt waren.

Waringer wandte sich Belcant wieder zu.

»Lassen Sie allen Robotern die Energiekammern ihrer tödlichen Strahlwaffen abnehmen. Die Automaten dürfen höchstens mit Paralysatoren arbeiten, wenn sich ein Kampf entwickeln sollte.«

»Ich kann mir nur schwer vorstellen, daß irgend jemand versuchen sollte, einen Roboter zu bekämpfen«, sagte Belcant lächelnd.

Weder Waringer noch Hung-Chuin oder Oberst Tamika gingen auf diese Bemerkung ein. Sie schienen die Lage anders einzuschätzen als der Assistent.

Aronus Belcant kam sich überflüssig vor. Er verließ die Kommandozentrale. Nach der Unterweisung der Programmierer benötigte er nur knapp eine Minute, um zu seiner Kabine zu kommen, die direkt neben einem der zwanzig Depots lag, in denen die GrIko-Netze verwahrt wurden.

Das Rufzeichen über der Tür zeigte wenig später an, daß ihn jemand sprechen wollte. Aronus Belcant wollte gerade seinen Energiestrahler aus seiner Gepäcktasche nehmen und in den Schrank legen. Er zögerte und schob die Waffe unter die Schaumauflage seiner Liege. Dann öffnete er die Tür. Ein Roboter stand vor ihm. Neben dem Automaten schwebte eine Antigravkiste, die bis obenhin mit Handfeuerwaffen gefüllt war.

»Bitte, geben Sie mir Ihre Energiestrahlwaffe«, sagte der Roboter.

Aronus Belcant drehte sich um und nahm aus seiner Gepäcktasche einen zweiten Strahler. Wortlos reichte er ihn dem Roboter.

»Das ist alles, Sir?«

»Das ist alles.« Belcant stieß die Tür mit dem Fuß zu.

Als Mart Hung-Chuin an der Kabine seines Assistenten vorbeiging, trat Aronus Belcant durch die Tür auf den Gang hinaus. Die Stimmen vor seiner Unterkunft hatten ihn aufmerksam gemacht.

Er sah unausgeschlafen aus. Verstört blickte er auf sein Chronometer.

»Ist es schon soweit?« fragte er Hung-Chuin. Sein Zeitmesser zeigte 10.15 Uhr am 5.9.3442 an.

»Wir haben uns entschlossen, die Netze schon jetzt auszugeben«, entgegnete der Hyperdimregulator. »Wir wollen nicht überrascht werden.«

Aronus Belcant blickte zum Depot hinüber. Einige der anderen Assistenten des Wissenschaftlers teilten die GrIko-Netze an die Mannschaft aus. Die Geräte lagen in gewölbten, sehr dünnwandigen Schaumstoffbehältern. Als einige Männer und Frauen sie herausnahmen und auf den Kopf setzten, wurde es im Gang sichtlich heller. Das YPH-Metall strahlte und tauchte die Szene in ein magisches Licht.

Professor Waringer kehrte aus dem Depot zurück. Er trug das Netz bereits auf dem Kopf. Es funkelte wie eine mit unzähligen Kristallen besetzte Krone. Das breite Band spannte sich fest um die Oberkante der Stirn.

Waringer tastete nach dem selbstaufladenden Gravoenergiespeicher in seinem Nacken. Das knopfförmige Gebilde hing in Höhe des ersten Nackenwirbels. Ein breites Band führte zu dem elastischen Streifen hinauf, von dem aus sich die Netzfäden über den gesamten Schädel wölbten.

Waringer nahm das Netz wieder ab und nickte zufrieden.

»Es sitzt leicht und angenehm«, sagte er. »Wenn man sich daran gewöhnt hat, wird man es kaum noch bemerken.«

Auch die anderen Männer und Frauen nahmen die GrIko-Netze wieder ab. Aronus Belcant betrat das Depot und ließ sich ein Netz, das seiner Kopfgröße angepaßt war, aushändigen. Er probierte es auf und brachte es anschließend in seine Kabine.

»Dann wären wir eigentlich soweit«, sagte er, als er sich wieder zu Waringer und Hung-Chuin gesellte.

»Jetzt heißt es warten«, meinte der Hyperdimregulator. »Alle Vorbereitungen sind getroffen. Wir nähern uns der Galaxis sehr schnell. Oberst Tamika ist sehr zufrieden. Das Schiff ist relativ neu. Alle Aggregate arbeiten einwandfrei. Störungen sind bis jetzt nicht aufgetreten.«

»Und wie verhält sich die Mannschaft?« fragte Belcant.

»Sie ist ruhig und gelassen«, antwortete Hung-Chuin.

»Was sollte auch passieren?« Waringer lächelte. »Wir haben nur Freiwillige an Bord. Alles sind geschulte Wissenschaftler. Alle sind neugierig, aber doch sehr zuversichtlich. Im Grunde glaubt niemand daran, daß unser Experiment scheitern könnte – oder fürchten Sie das?«

Aronus Belcant schob die Hände in die Hosentaschen. Langsam schüttelte er den Kopf.

»Nein«, sagte er, »nein, das kann ich mir eigentlich auch nicht vorstellen.«

»Na also.« Waringer nickte Belcant zu und verabschiedete sich. Auch Hung-Chuin machte sich auf den Weg zur Kommandozentrale.

Aronus Belcant verspürte nicht das Verlangen, ihnen zu folgen. Er war nicht ganz fit. Er hatte sich zuversichtlicher gegeben als er tatsächlich war. Die JOHN MARSHALL näherte sich mit Riesensprüngen der heimatlichen Galaxis. Von jetzt an wurde die Situation von Minute zu Minute unsicherer. Bis zum Start war es für ihn selbstverständlich gewesen, daß er an diesem Testflug teilnahm. Jetzt war er ganz und gar nicht mehr davon überzeugt, daß er sich richtig verhalten hatte. Der Gedanke, daß sie jederzeit wieder aus der Galaxis fliehen konnten, wenn das Netz sich als unwirksam erweisen sollte, beruhigte ihn keineswegs.

Belcant kehrte in seine Kabine zurück. Als er sich auf das Bett legte, fühlte er den Druck der Strahlwaffe, die unter der Schaumauslage versteckt war. Seine Unruhe steigerte sich. Er wußte, daß er die Waffe auch jetzt noch hätte abgeben können, ohne daß ihm jemand einen Vorwurf gemacht hätte. Er hätte sagen können, daß er sie vergessen hatte.

Nachdenklich nahm er die Waffe in die Hand und versteckte sie dann erneut unter der Matratze. Er wollte nicht wehrlos sein, wenn etwas Unvorhergesehenes geschah.

32.

6.9.3442 Erdzeit. 45.037 Lichtjahre von der Erde entfernt.

Kommandant Oberst Horato Tamika gab Vollalarm. Damit beendete er die Wartezeit der 5000 Wissenschaftler und Wissenschaftlerinnen, die bis dahin unterworfen waren. Die Schiffsführung erteilte den Befehl, die GrIko-Netze anzulegen.

Professor Aronus Belcant wurde von dem Alarm aus dem Schlaf gerissen. Er hatte in voller Kleidung auf seinem Bett gelegen. Jetzt schreckte er hoch und brauchte einige Sekunden, um sich zu orientieren. Dann sprang er auf und setzte sich das bereitliegende Schutzgerät auf den Kopf. Schlagartig fiel alle Unruhe von ihm ab. Er blickte in einen Spiegel und lächelte. Das strahlende Metall umgab seinen Kopf mit einem seltsamen Schimmer.

Er erfrischte sich, indem er seine Hände unter kaltfließendes Wasser hielt und sich das Gesicht mit den feuchten Händen abrieb. Mit einem Schluck Kaffee vertrieb er die letzte Müdigkeit. Er verließ seine Kabine und eilte zur Hauptleitzentrale.

Aus den Antigravschächten kamen ihm Wachroboter entgegen, die sich zu den wichtigsten Gangkreuzungen begaben und sich hier postierten. Belcant fühlte, wie sich ihm der Magen verkrampfte. Je näher er der Kommandozentrale kam, desto mehr Robotern begegnete er. Er kam sich hilflos vor und war zugleich beruhigt, da er sich sagte, daß angesichts der großen Zahl der Sicherheitsmaschinen nichts passieren konnte.

Die Hauptleitzentrale war – wie nicht anders zu erwarten – voll besetzt. Die JOHN MARSHALL raste durch den Linearraum in die Galaxis hinein. Der hektische Betrieb in der Zentrale und die zahlreichen, blinkenden Vorwarnlichter sagten Belcant, daß der Kommandant ein ganz besonderes Manöver fliegen ließ.

Zwei Wachroboter drehten sich zu ihm um und blickten ihn prüfend an. Sie identifizierten ihn als einen der wenigen Wissenschaftler, die Zutritt zur Kommandozentrale hatten, und ließen ihn wortlos passieren. Belcant ging zu Waringer und Hung-Chuin, die nebeneinander an einem Tisch standen und den Kommandanten beobachteten. Oberst Horato Tamika schien zufrieden zu sein. Er erhob sich aus seinem Spezialsessel und kam mit kurzen, energischen Schritten zu den beiden Wissenschaftlern. Er schien überrascht zu sein, als er Aronus Belcant bemerkte.

»Ich dachte, Sie würden sich hier überhaupt nicht mehr sehen lassen«, sagte er.

Er trug ebenso wie alle anderen Männer und Frauen in der Zentrale das GrIko-Netz, das ihn vor den Auswirkungen der herabgesetzten Gravitationskonstante innerhalb der Galaxis schützen sollte. Belcant antwortete nicht auf die Bemerkung.

»Wie weit?« fragte er nur.

»Zwanzigtausend Lichtjahre«, antwortete Hung-Chuin für den Kommandanten. »Wir stoßen tief in die Galaxis hinein, ohne uns lange am Rand aufzuhalten. Zielkurs: Erde.«

»Das heißt, daß wir auf jeden Fall von der Verdummungsstrahlung erfaßt werden, wenn wir in das normale Raum-Zeit-Kontinuum zurückkehren«, stellte Belcant fest.

»Genau das wollen wir erreichen«, sagte Professor Waringer. »Dadurch erübrigen sich alle vorbereitenden Tests. Wir wissen sofort, woran wir sind. Sollte sich zeigen, daß das Netz versagt, bringt uns Tamika mit Hilfe einer Spezialschaltung sofort wieder in den Linearraum, in dem wir vor der Verdummung sicher sind. Ist das Netz aber erfolgreich, womit wir ja alle rechnen, dann haben wir keine Zeit verschenkt. Wir wollen zur Erde. Dort werden wir die einhundert GrIko-Netze, die wir zusätzlich mitgenommen haben, an den Menschen prüfen, bei denen die Intelligenz jetzt schon über lange Monate hinweg herabgesetzt ist.«

»Ich bin überzeugt davon, daß es keinen Unterschied zwischen langzeitig Verdummten und anderen Verdummten gibt«, entgegnete Aronus Belcant.

Er bediente sich, als ein Roboter einen Teller mit Sandwiches auf den Tisch stellte, war jedoch schon nach zwei Bissen gesättigt.

Der Hauptbildschirm nahm seine Aufmerksamkeit in Anspruch. Über erregende Farbkompositionen, die vom Linearraum erzeugt wurden, lief der eingeblendete Countdown ab. Belcant spürte, daß sich ihm der Magen umdrehte. Er konnte diese Bilder nicht sehen.

»Noch zwei Stunden«, sagte er.

»Noch zwei Stunden«, bestätigte Oberst Tamika.

Aronus Belcant und die anderen beiden Wissenschaftler setzten sich. Endlos langsam verstrichen die Minuten. Im Schiff herrschte Ruhe. Alles wartete. Überall in der JOHN MARSHALL saßen die Wissenschaftler zusammen und beobachteten die Bildschirme ihrer Interkomgeräte, die ihnen einen Einblick in die Hauptleitzentrale gewährten. Auf den zahlreichen Verbindungsgängen herrschte eine geradezu gespenstische Stille. Es schien, als werde das Schiff ausschließlich von Robotern beherrscht, die überall an den Schaltstellen des Raumgiganten Stellung bezogen hatten.

Der Countdown lief ab.

Zunächst schien die Zeit stillzustehen. Die erste Stunde wollte nicht vorübergehen. Doch dann schmolz die letzte Frist in rasender Eile dahin. Gegen Ende schienen die Minuten zu Sekunden zu werden.

Oberst Tamika bereitete das Wiedereintauchmanöver in den normalen Einsteinraum vor. Die Offiziere in der Hauptleitzentrale begannen schnell und zügig zu arbeiten. Plötzlich blinkten überall Funktionslichter.

Die drei Wissenschaftler am Tisch blickten sich an. In ihren Gesichtern zeichnete sich die Spannung ab. Plötzlich schienen sie alle daran zu zweifeln, daß das GrIko-Netz so vollkommen war, wie sie vor einer Stunde noch geglaubt hatten. Jetzt erinnerten sie sich wieder daran, daß bei der Produktion der fünftausendeinhundert GrIko-Netze bei einigen Geräten Abweichungen aufgetreten waren, die man zwar hatte beseitigen, nicht aber erklären können.

Die letzten Entscheidungen lagen bei Professor Waringer, dem Leiter der Expedition. Oberst Horato Tamika blickte ihn fragend an. Der Wissenschaftler lächelte, dann nickte er.

»Natürlich bleibt alles so wie geplant«, sagte er.

Der Kommandant gab seinem Ersten Offizier einen bestätigenden Wink.

Die JOHN MARSHALL verließ die Zone zwischen dem vierdimensionalen Raum-Zeit-Kontinuum und dem fünfdimensionalen Hyperraum und kehrte in das Einsteinsche Normaluniversum zurück.

Professor Aronus Belcant blickte auf die beiden Ärzte, die kurz vor dem Beginn des Wiedereintauchmanövers die Hauptleitzentrale betreten hatten. Auch sie trugen GrIko-Netze auf dem Kopf.

Unwillkürlich erhob sich Belcant. Die JOHN MARSHALL wechselte in den Normalraum hinüber. Er fühlte keinerlei Veränderung. Alles blieb so, wie es vorher gewesen war.

Die gespannten Züge von Professor Mart Hung-Chuin lockerten sich. Der zierliche Japaner begann zu lächeln. Er strich sich mit der flachen Hand über seine Stachelhaare.

Oberst Horato Tamika wandte sich langsam Professor Waringer zu. In seinem harten Gesicht zeichnete sich Verwunderung ab. Er schien nicht damit gerechnet zu haben, daß er überhaupt nichts merkte.

Professor Waringer begann zu lachen, als er das Gesicht des Kommandanten sah.

»Was ist denn, Oberst?« fragte er. »Sie sind doch nicht etwa enttäuscht?«

»Wir haben es geschafft«, sagte Aronus Belcant. »Mart, wir haben es geschafft!«

Zögernd ging er auf seinen Chef zu, wurde dann immer schneller und rannte Hung-Chuin am Ende fast um. Er ergriff seine Hand und schüttelte sie kräftig.

»Mart, das war ein Geniestreich.«

»Du gratulierst dem Falschen«, entgegnete der Hyperdimregulator lachend. »Waringer hat das GrIko-Netz entwickelt, wir haben nur ein paar unwesentliche Kleinigkeiten hinzugefügt.«

»Keine falsche Bescheidenheit, Hung-Chuin«, bat Waringer. In seinem Gesicht spiegelte sich die Freude über das gelungene Experiment wider. »Ohne Sie wäre ich nie weitergekommen.«

Mart Hung-Chuin schüttelte den Kopf. Er war so vergnügt, wie Waringer ihn eigentlich noch nie gesehen hatte.

»Unsinn, Waringer«, widersprach der Koreaner. »Ich habe die Arbeiten nur ein bißchen beschleunigt. Mehr nicht.«

»Das ist der bescheidenste Verein, den ich je kennengelernt habe«, stellte der Oberst schmunzelnd fest. »Meine Herren, ich möchte Ihnen gratulieren.«

Aronus Belcant drückte die Hand des Kommandanten. Über den Kopf des kleineren Mannes hinweg sah er, daß die anderen Offiziere sich umarmten. Er schaute zu den Bildschirmen, die ihm Einblicke in einige Messen und Sammelunterkünfte gewährten. Überall sah er lachende Menschen, die sich umarmten und auf die Schultern klopften.

Und erst jetzt wurde er sich wirklich bewußt, was der gelungene Test bedeutete. Die gleiche euphorische Stimmung, die alle anderen erfaßt hatte, stieg auch in ihm auf. Er hörte sich lachen und schreien. Er vergaß seine sonst so zurückhaltende und arrogant wirkende Art und schlug Oberst Horato Tamika ebenfalls die Hand auf die Schulter, als dieser ihm seine Begeisterung bekundete.

Irgend jemand hatte die Lautstärkeregler der Interkomgeräte voll aufgedreht. Der Jubel der Besatzung brüllte aus sämtlichen Lautsprechern, aber niemand störte sich daran. Jedermann schien das in Ordnung zu finden.

»Belcant, wissen Sie eigentlich, was das bedeutet?« fragte Waringer den Assistenten und rüttelte an seiner Schulter. »Belcant, jetzt wird der Schwarm sein blaues Wunder erleben. Jetzt können nicht mehr nur die wenigen Immunen gegen die Fremden kämpfen, jetzt werden alle Menschen mit Netzen ausgerüstet. Die Galaxis kann sich endlich wirksam gegen den Schwarm wehren.«

Aronus Belcant befreite sich mit sanfter Gewalt aus den Händen, die ihm fast die Schultern brachen. Die überschwengliche Freude wich ruhiger Betrachtung. Der Assistent zog sich wieder in sich zurück und kapselte sich ab. Er brachte es nicht fertig, sich noch länger an dem lauten Jubel zu beteiligen.

Belcant trat einige Schritte zurück und lehnte sich gegen einen Instrumentenschrank. Noch nie hatte er Mart Hung-Chuin so ausgelassen und jungenhaft vergnügt gesehen. Der Hyperdimregulator wirkte wie berauscht.

Niemand löste sich so schnell wie Belcant aus dem Freudentaumel, und daher bemerkte auch niemand außer ihm sofort, daß der Erste Offizier plötzlich ein handgroßes Rechengerät von seinem Instrumentenpult nahm und es einem der beiden Ärzte mit voller Wucht über den Kopf schlug. Der Arzt brach blutüberströmt zusammen und rutschte unter einen Tisch, wo ihn niemand außer Belcant sehen konnte.

Der Erste Offizier wandte sich dem Assistenten zu. Seine Augen leuchteten in einem unheimlichen Feuer, und auf seinen Lippen bildete sich Schaum.

Aronus Belcant schrie entsetzt. Er hob die Arme schützend vor das Gesicht, als er merkte, daß der Erste Offizier das Rechengerät nach ihm schleudern wollte. Aber das half nicht viel. Als ihn einer der Ingenieure anrempelte, machte er instinktiv eine Abwehrbewegung, und das Gerät traf ihn voll an der Kinnspitze. Aronus Belcant schrie noch lauter als zuvor und brach zusammen.

Jetzt endlich wurden Waringer und Mart Hung-Chuin aufmerksam. Der Hyperdimregulator warf sich auf den Ersten Offizier, der mit beiden Fäusten auf dem Kontrollpult herumhämmerte. Bevor er zwangsläufig eine Katastrophe auslösen konnte, umfing ihn der Koreaner mit beiden Armen. Er hielt ihn fest und stürzte mit ihm zusammen zu Boden.

Oberst Tamika erteilte den Robotern Befehle, doch da er die Situation selbst noch nicht klar übersah, formulierte er zu unklar. Es genügte nicht, daß er die Maschinen aufforderte, einzugreifen. Der einzige, der tatsächlich klar erkannte, was geschah, war Professor Waringer.

Er sah, daß einige Männer hilflos zu Boden gesunken waren. Ein Offizier stand achtlos neben Hung-Chuin und dem Ersten Offizier, die miteinander kämpften. Einer der Bordingenieure beugte sich fassungslos über einen weiblichen Offizier, der versuchte, sich mit einer Gürtelschnalle die Pulsadern aufzureißen. Die anderen Besatzungsmitglieder in der Hauptleitzentrale reagierten völlig normal. Für sie hatte sich überhaupt nichts geändert. Waringers Stimme übertönte das Geschrei des Ersten Offiziers. Er befahl den Robotern, den Raumfahrer sowie die anderen Männer und Frauen, bei denen das GrIko-Netz versagte, zu paralysieren. Mart Hung-Chuin sprang von dem Ersten Offizier zurück, als er das hörte. Er versuchte noch, seinem Gegner das schimmernde Netz vom Kopf zu reißen, doch das gelang ihm nicht. Die Roboter griffen endlich ein. Sekunden später war Ruhe. Nur Professor Hung-Chuins Stimme war zu hören. Er fluchte laut und anhaltend, wobei er sich die rechte Schulter hielt. Er war von einem Paralysestrahl erfaßt worden und teilweise gelähmt.

Aronus Belcant richtete sich langsam auf. Er war noch benommen und hatte Mühe, sich zu orientieren. Als jedoch die Sirenen Vollalarm gaben, sprang er auf. Die Bildschirme begannen zu flackern. Überall auf den Kontrollpulten flammten rote Warnlichter auf.

In der JOHN MARSHALL brach das Chaos aus.

»Antrieb ausschalten«, rief Oberst Tamika. »Space-Jet-Hangar 7 öffnen, bevor dieser Narr uns alle in die Luft sprengt.«

Belcant blickte auf einen Bildschirm, auf den Oberst Tamika zeigte. Er gab das Innere vom Space-Jet-Hangar 7 wider. Irgend jemand war es gelungen, in eine Space-Jet zu kommen. Jetzt versuchte er, das Kleinraumschiff zu starten, obwohl die Hangarschleusen geschlossen waren. Auf dem Boden vor der Space-Jet lag ein zertrümmerter Roboter. Belcant war unerklärlich, wie der Automat hatte zerstört werden können, da niemand mehr eine Energiewaffe zur Verfügung gehabt hatte.

In dem Augenblick, in dem die Space-Jet explodierte, und den Hangar zerriß, erinnerte er sich wieder daran, daß seine Waffe immer noch in seiner Kabine unter der Matratze lag.

Oberst Tamika handelte schnell und konsequent. Er riegelte sofort die gefährdeten Sektoren der JOHN MARSHALL mit Hilfe von Sicherheitsschotten ab. Jetzt war er froh, daß nicht mehr als fünftausend Testpersonen an diesem Flug teilnahmen.

Mit Unterstützung der Wachroboter war es den Wissenschaftlern und den Besatzungsmitgliedern in der Hauptleitzentrale gelungen, die Situation zu meistern.

Zehn Männer und drei Frauen wurden von den Robotern abtransportiert. Waringer hatte ihnen die GrIko-Netze abnehmen lassen und die Geräte sichergestellt.

Jetzt liefen aus den anderen Sektoren des Schiffes Meldungen ein. Roboter und Wissenschaftler teilten mit, daß sie Herr der Lage waren. In einigen Teilen des Schiffes wurde noch gekämpft. Einige Männer und Frauen hatten tödlich wirkende Waffen an sich gebracht. Mit ihrer Hilfe hatten sie die Wachroboter zerstören können. In einem wahren Amoklauf versuchten diese Besatzungsmitglieder, die Energieversorgungsanlagen der JOHN MARSHALL zu stürmen. Horato Tamika beobachtete ihren Vormarsch von der Zentrale aus. Er versuchte sie aufzuhalten, indem er ihnen Panzerschotte in den Weg stellte, doch die Gruppe überwand diese Sperren mit Energieschüssen.

Professor Waringer sprach über die Interkomanlage beruhigend auf die Männer und Frauen ein, aber er hatte keinen Erfolg. Auch Hung-Chuin bemühte sich darum, die Schiffsführung zu unterstützen, aber er erreichte ebenfalls nicht viel.

Tamika atmete auf, als die Bewaffneten den Sturm auf die Energieversorgungsanlagen endlich aufgaben. Jetzt aber wandten sie sich in Richtung Hauptleitzentrale. Sie schossen auf die Roboter, die sich ihnen immer wieder in den Weg stellten, und zerstörten sie. Da die Automaten nicht mit tödlich wirkenden Waffen feuern durften und außerdem ihren Robotgesetzen gehorchen mußten, erzielten sie keinen großen Effekt. Ab und zu brach einer aus der Gruppe der amoklaufenden Wissenschaftler betäubt zusammen, aber dadurch wurde die Schlagkraft nicht entscheidend herabgesetzt.

Aronus Belcant verfolgte den Sturm dieser Testpersonen mit wachsender Besorgnis. Er sah sich außerstande, ebenso wie Waringer und Hung-Chuin aktiv einzugreifen und zu helfen. Er stand an dem Konferenztisch der Zentrale und blickte von einem Bildschirm zum anderen. Er war hilflos – und er fürchtete sich. Die Amokläufer näherten sich unaufhaltsam der Zentrale. Ihre Energiestrahlwaffen vernichteten alles, was sich ihnen in den Weg stellte. Es schien nur noch eine Frage der Zeit zu sein, wann sie die Hauptleitzentrale erreichten. Und auch hier besaß niemand eine ähnlich wirksame Waffe.

Aronus Belcant hatte vergessen, daß die Gruppe nicht verantwortlich zu machen war. Er dachte nicht mehr daran, daß es genügte, diesen Testpersonen das GrIko-Netz abzunehmen. Danach mußte ihre unkontrollierte Reaktion sofort in eine Verdummung umschlagen. Statt dessen sprach er die Amokläufer schuldig.

Er hielt es nicht mehr in der Zentrale aus. Er eilte zum Ausgangsschott und ging hindurch. Ein Roboter wollte ihn aufhalten, ließ ihn jedoch vorbei, als Belcant ihn energisch aufforderte, zur Seite zu treten. Er fürchtete, von den Paralysestrahlen aus den Waffen eines Roboters erfaßt zu werden, doch er wurde nicht behelligt. Kurz darauf erreichte er seine Kabine. Er griff sofort unter die Matratze.

Der Griff des Energiestrahlers war kalt. Eine unglaubliche Beruhigung ging von der Waffe aus. Aronus Belcant atmete wieder ruhiger. Er stützte sich gegen die Liege, setzte sich und schnallte sich dann den Waffengurt um.

Mit ruhiger Hand überprüfte er die Energiekammer. Alles war in Ordnung. Jetzt konnte ihm nichts mehr passieren.

Belcant dachte an die Männer und Frauen in der Hauptleitzentrale. Was sollte er tun? Sollte er ihnen zu Hilfe kommen und sie gegen die Amokläufer schützen? Er schüttelte den Kopf. Allein konnte er nichts gegen diese Gruppe ausrichten.

Er wünschte, Tamika würde die letzte große Linearetappe antreten, die bis zur Erde führen mußte. Nur dort gab es weitere Immune, die ihnen helfen konnten. In seinen Augen war der Testflug bereits gescheitert. Nur in Imperium-Alpha war die notwendige Unterstützung zu bekommen.

Belcant hörte Schritte vor seiner Tür. Die Worte, die ein Mann rief, konnte er nicht verstehen. Dann schabten Fingernägel an der Tür.

Der Assistent richtete den Energiestrahler auf den Eingang. Er war fest entschlossen, sofort zu schießen, wenn jemand versuchen sollte, zu ihm hereinzukommen.

Professor Waringer verfolgte voller Genugtuung, wie Dr. Mart Hung-Chuin gegen die Panik ankämpfte, die unter der Besatzung aufzukommen drohte. Zusammen mit ihm und Oberst Horato Tamika bemühte er sich, die JOHN MARSHALL unter Kontrolle zu bekommen. Nachdem der erste Schock überwunden war, ging alles leichter und besser.

Die Besatzungsmitglieder, bei denen sich das GrIko-Netz als voll wirksam erwies, nahmen den anderen nach und nach die Netze ab. Dabei wurden sie tatkräftig von den Robotern unterstützt, die mit Paralysewaffen eingriffen und die nunmehr verdummten Besatzungsmitglieder betäubten. Eine halbe Stunde nach dem Beginn des Experimentes stellte der Kommandant fest, daß er Herr der Lage war. In der JOHN MARSHALL herrschte Ruhe.

Professor Hung-Chuin verließ die Hauptleitzentrale, während Oberst Tamika festzustellen versuchte, welche Schäden das Schiff davongetragen hatte. Der Wissenschaftler fühlte sich schwach. Erst jetzt spürte er nachhaltig, daß er von einem Paralysestrahl gestreift worden war. Seine rechte Hüfte fühlte sich taub an, und auch das rechte Bein gehorchte ihm noch nicht wieder ganz. Deshalb stützte er sich an der Gangwand ab, als er sich der Kabine seines Assistenten Belcant näherte. Ab und zu blieb er stehen. Sein Bein begann zu schmerzen. Er massierte sich den Oberschenkel und fühlte sich danach etwas wohler.

Vor der Kabinentür Belcants legte er eine letzte Ruhepause ein. Der Gang war leer. Noch nicht einmal ein Roboter war zu sehen. Hung-Chuin drückte auf die Taste neben der Tür und wartete darauf, daß Belcant sich melden würde. Der Assistent schwieg jedoch.

Der Wissenschaftler dachte besorgt nach. In der letzten halben Stunde war außerordentlich viel geschehen. Sollte Belcant ein Opfer der Ereignisse geworden sein?

Er öffnete die Tür und betrat die Kabine.

Aronus Belcant stand vor ihm und zielte mit einem Energiestrahler auf seinen Kopf. Das Abstrahlfeld flimmerte. Der Transmitterspezialist stöhnte auf und ließ die Waffe sinken.

»Entschuldige, Mart«, sagte er. »Ich weiß nicht, was mit mir los ist. Vielleicht vertrage ich das Netz auch nicht.«

»Den Eindruck habe ich nicht«, entgegnete Hung-Chuin kühl. Er deutete auf den Energiestrahler. »Die Waffe läßt vielmehr erkennen, daß du dir schon vorher ziemlich genau überlegt hast, was bei dem Experiment passieren könnte.«

»Das ist nicht wahr, Mart.«

Der Koreaner ging zu seinem Assistenten und nahm ihm die Waffe ab. Er steckte sie sich in den Gürtel.

»Du hast dich in der letzten Zeit seltsam benommen, Aron«, sagte Hung-Chuin. »Ich verstehe das nicht. Wir haben bisher immer hervorragend zusammengearbeitet. Jetzt aber entwickelst du einen Ehrgeiz, der mir nicht gefällt. Du läßt dich auf wissenschaftliche Spekulationen ein, die wir uns in unserer Situation nicht leisten können.«

»Was willst du damit sagen?« fragte Belcant wütend. Er trat auf seinen Chef zu. Hung-Chuin hob abwehrend die Hand.

»Du hast versucht, einen besonderen Herstellungsweg durchzudrükken. Dagegen ist nichts einzuwenden. Deine Überlegungen sind gescheitert. Das ist keine Katastrophe. Ich habe sogar damit gerechnet. Howalgonium ist ein ganz besonderer Stoff. Man kann diesen Schwingquarz offensichtlich nicht nach Belieben umwandeln und umformen.«

»Ich verstehe immer noch nicht, worauf du hinauswillst«, sagte Belcant ärgerlich. »Ich weiß, daß ich gescheitert bin. Es ist mir nicht gelungen, einen Multiduplikator herzustellen. Wie du schon sagtest – das ist keine Katastrophe. Sag mir jetzt endlich, was du tatsächlich von mir willst.«

Die beiden Männer blickten sich stumm an. Hung-Chuin zögerte lange, ehe er weitersprach.

»Ich möchte wissen, Aron, ob du ohne mein Wissen und ohne meine Zustimmung irgend etwas, und sei es noch so geringfügig, am Netz geändert hast.«

»Ich habe mit dem Gedanken gespielt«, entgegnete Belcant sofort, »aber ich habe es natürlich nicht getan. Du weißt, daß ich das nie tun würde!«

Hung-Chuin nickte. »Ich wäre sehr überrascht gewesen.«

Er verließ die Kabine seines Assistenten. Belcant wollte ihm folgen, doch dann überlegte er es sich anders. Er schloß die Tür, die der Koreaner in der Annahme, er werde mitgehen, offengelassen hatte. Er befand sich in einer Situation, die für ihn nahezu unerträglich war. Jetzt verstand er sich plötzlich selbst nicht mehr. Er wußte nicht mehr zu erklären, weshalb er seine Waffe nicht abgegeben hatte. Belcant nahm sich vor, diese Scharte bei nächstbester Gelegenheit wieder auszuwetzen. Damit war der Fall für ihn erledigt. Es wäre ihm zu mühsam gewesen, noch länger über derartige Probleme nachzudenken.

Er schaltete den Interkom auf Unterhaltung und stellte enttäuscht fest, daß Oberst Tamika kein Zerstreuungsprogramm senden ließ. Dabei wäre eine Slapstick-Komödie jetzt am besten geeignet gewesen, ihn wirksam abzulenken.

Er spürte, daß die JOHN MARSHALL leicht erzitterte. Der Kommandant setzte den Flug zur Erde fort. Aronus Belcant streifte sich eine Jacke über und verließ seine Kabine. Mit langsamen, zögernden Schritten ging er in die Hauptleitzentrale.

Oberst Horato Tamika war Herr der Lage. Alle Männer und Frauen, die hier tätig waren, trugen die strahlenden GrIko-Netze. Sie machten einen ganz normalen Eindruck. Wären einige Beschädigungen nicht gewesen, dann hätte nichts auf die beängstigenden Vorfälle in der Zentrale hingewiesen.

Professor Hung-Chuin arbeitete mit einem anderen Wissenschaftler an einem Tisch. Er blickte kurz auf, als Belcant herankam, tat, als sei nichts Ungewöhnliches geschehen und sagte: »Wir haben die ersten Ergebnisse vorliegen, Aron.«

Er gab dem Assistenten einige Aufstellungen.

»Die Erfolgsziffer ist leider nicht hoch«, erklärte er. »Hier sind alle Testpersonen festgehalten und zusammengefaßt, die positiv oder negativ auf das Netz reagiert haben.«

»Nur etwas mehr als die Hälfte positiv«, stellte Belcant enttäuscht fest. »Nur 2900 Personen reagieren normal.«

»Zweiundvierzig Prozent sind negativ. 2100 Besatzungsmitglieder vertragen das Netz nicht. Sie drehen durch. Wir haben nahezu alle möglichen Fehlleistungen des menschlichen Gehirns feststellen können.«

»Wurden ihnen die Netze abgenommen?«

»Natürlich«, bestätigte Hung-Chuin.

»Wie war die Reaktion?«

»Das Netz scheint in den Negativfällen eine Übersättigung hervorgerufen zu haben. Die Testpersonen wurden zunächst wieder völlig normal. Dann trat jedoch die Verdummung ein. Wir mußten alle Negativen isolieren und von Robotern versorgen lassen. Sie sind wie Kinder, völlig unselbständig und stellen keine Gefahr mehr dar.«

Aronus Belcant setzte sich. Wortlos nahm er einen Becher Kaffee entgegen, den ein Roboter ihm reichte.

»Unter den gegebenen Umständen ist eine Erfolgsquote von 58 Prozent durchaus positiv zu bewerten«, sagte er. »Du hast einen wichtigen Teilerfolg erzielt.«

»Wir alle«, verbesserte Hung-Chuin. Er blickte zu Professor Waringer hinüber, der durch das Hauptschott in die Zentrale kam.

Waringer setzte sich ebenfalls an den Tisch. Er machte einen durchaus zufriedenen Eindruck, als er die Aufstellungen des Hyperdimregulators durchsah.

»Ich hatte mit einem besseren Ergebnis gerechnet«, sagte er, »aber auch so wird man uns auf der Erde einen begeisterten Empfang bereiten.«

33.

Die Begrüßung war kurz, aber herzlich. Die Wissenschaftler der JOHN MARSHALL brachten die GrIko-Netze sofort in die unterirdischen Anlagen von Imperium-Alpha. Sie wurden dabei von den Immunen des Flottenhafens und von Robotern unterstützt. Zugleich hielten Waringer, Hung-Chuin, Belcant und Oberst Tamika mit den Solarmarschällen Roi Danton, Julian Tifflor und Galbraith Deighton eine erste wichtige Besprechung ab.

»Professor Belcant hat versucht, eine sehr einfache Form eines Multiduplikators herzustellen, ist dabei aber gescheitert«, erklärte Hung-Chuin. »Für weitergehende Untersuchungen hatten wir bis jetzt keine Zeit. Uns kommt es vor allem jedoch nach wie vor darauf an, festzustellen, wie das Verhalten der GrIko-Netze bei einem Transmittertransport ist.«

»Wir sind der Meinung, daß Versuche mit Transmittern sehr wichtig sind«, fügte Aronus Belcant hinzu. »Wir würden deshalb begrüßen, wenn wir hier sofort entsprechende Versuche aufnehmen könnten.«

»Einverstanden«, entgegnete Roi Danton. »Die militärische Situation hier ist für Sie nicht von Belang. Seit Wochen versucht eine gefährliche Sekte von Heilsbringern, Terra zu erobern. Sie greifen uns auch atomar an. Wir werden sie schon bewältigen. Konzentrieren Sie sich auf die wissenschaftlichen Experimente.«

»Ich habe veranlaßt, daß die Tests sofort weitergeführt werden«, erklärte Professor Waringer. »Ich möchte genau wissen, ob Menschen, die über lange Zeit verdummt waren, genauso auf die Netze reagieren wie wir.«

Roi Danton, der eine schlichte Kombination trug, nickte.

»Ich habe schon vor der Landung, nach unserem ersten Funkkontakt veranlaßt, daß Versuche vorbereitet werden. Schon jetzt werden die Teilintelligenten, die wir hier haben, mit den Netzen versehen. Wenn einige negativ auf die Geräte reagieren, werden die Netze sofort an andere Teilnehmer weitergegeben.«

»Sehr gut«, stimmte Waringer zu. »Auf diese Weise werden wir hoffentlich bald eine maximale Zahl von voll einsatzfähigen Menschen erhalten.«

Ein Funkoffizier betrat den Konferenzraum. Er legte einen Bogen vor Roi Danton auf den Tisch. Der Solarmarschall blickte Oberst Tamika lange an.

»Die Bestätigung für Ihre Ortungsergebnisse. Truppenmassierungen im Südwesten. Hier ist ein Funkspruch von einem Siganesen, der einer Depotüberwachungsspezialistin zugeteilt war. Er meldet, daß ein gewisser Masko Batala mit etwa fünfzigtausend Männern Imperium-Alpha angreifen will.«

»Fünfzigtausend«, sagte Belcant überrascht.

»Es handelt sich bei diesen Heilsbringern um Teilintelligente«, sagte Danton. »Der Siganese macht ausdrücklich darauf aufmerksam, daß sie von Batala aufgehetzt worden sind. Das zwingt uns zu entsprechend vorsichtiger Verteidigung. Wir können nicht mit gleichen Waffen antworten.«

»Warten wir ab, ob sie überhaupt angreifen«, sagte Professor Waringer. »Am HÜ-Schirm über Imperium-Alpha und dem Raumhafen können sie sich nur die Zähne ausbeißen.«

Ein anderer Offizier trat ein. »Die Space-Jets sind startbereit, Sir«, teilte er mit.

»Ich würde gern mit einer Space-Jet in die Kreisbahn gehen«, sagte Aronus Belcant, bevor Danton etwas sagen konnte. »Ich habe auf der Hundertsonnenwelt viel mit Transmittern experimentiert, und ich möchte auch hier die Versuche gern aus besonderer Sicht überwachen und einleiten.«

»Einverstanden«, sagte Professor Waringer. »Ich hätte Sie ohnehin darum gebeten.«

Der Funkoffizier kam erneut in den Konferenzraum. Er wirkte sehr aufgeregt.

»Sir, hier ist ein Rafferspruch, der von dem Computer nicht ausgewiesen worden ist. Die Wartungsmannschaft hat den Fehler erst jetzt entdeckt.«

Er reichte Danton mehrere beschriftete Bogen. »Wenn Sie erlauben, Sir, das ist vielleicht die wichtigste Meldung.«

Er deutete auf einen unterstrichenen Absatz.

»Der Siganese meldet, daß Batala einen Verbindungsmann in Imperium-Alpha hat, der vermutlich eine Strukturlücke im HÜ-Schirm schaffen soll. Das verändert die Situation.«

Er schaltete den Bildschirm eines Gerätes vor seinem Platz ein, als ein Blinklicht aufleuchtete.

Während er einen Zwischenbericht über die laufenden Prüfungen des Netzes und der Auswahl der dafür geeigneten Personen entgegennahm, erhoben sich die beiden Professoren Hung-Chuin und Belcant und verließen den Raum. Ein Offizier führte die beiden Wissenschaftler zu einem der unterirdisch angelegten Hangars, in dem eine Space-Jet stand. Vierzehn Männer und fünf Frauen, die mit GrIko-Netzen versehen waren, warteten auf sie.

Einer von ihnen kam ihnen entgegen und teilte ihnen mit, daß sie die Netze seit nunmehr einer halben Stunde trugen, ohne daß es zu einer Ausfallerscheinung gekommen war.

»Die Testpersonen, die das Netz nicht vertrugen, reagierten schon nach wenigen Minuten negativ«, meldete der Mann, der die Uniform eines Majors trug.

»Gut«, sagte Professor Hung-Chuin beruhigt. »Dann können wir weitere Versuche starten. Fliegen Sie mit meinem Assistenten in eine Kreisbahn um die Erde und kehren Sie dann mit dem Transmitter schnellstmöglich zurück.«

Professor Belcant wartete, bis alle Testpersonen die Space-Jet betreten hatten, dann verabschiedete er sich von Hung-Chuin und betrat das Raumschiff durch die Bodenschleuse. Die neunzehn Netzträger hatten im Laderaum auf festgeschraubten Sesseln Platz genommen. Unmittelbar neben dem zentralen Antigravschacht stand ein Kleintransmitter. Bei einer Gesamthöhe von vier Metern reichte er bis knapp unter die Decke. Die energetischen Zusatzgeräte füllten das unterste Deck der Jet nahezu vollständig aus, so daß nur noch wenig Raum für die Männer und Frauen vorhanden war.

In der Hauptzentrale wurde Aronus Belcant von drei Offizieren erwartet, die ihn auf diesem Flug begleiten sollten. Einer von ihnen trug ein GrIko-Netz. Die anderen waren Immune.

»Zwei Space-Jets sind bereits gestartet, Professor«, meldete der Pilot. Er trug ein Namensschild auf der Brust, das ihn als Captain Somant kennzeichnete. Der Orter Song-We und der Bordingenieur Saltau hatten keine militärischen Ränge auf ihren Schildern. »Sie werden mit den Versuchen jedoch erst dann beginnen, wenn wir unsere abgeschlossen haben.«

Aronus Belcant nickte. Das war für ihn ganz selbstverständlich. Er setzte sich bequem auf den Sessel vor der Waffenkontrolle und der Positronik.

»Starten Sie«, sagte er. »Wir wollen keine Zeit verlieren.«

Aronus Belcant blickte auf die Erde herab, die sich lautlos unter ihnen wegdrehte. Die Schönheit dieser Welt lenkte ihn für einige Minuten von seiner Aufgabe ab, bis der Pilot ihm die Hand auf den Arm legte und nach unten deutete.

Der Chefassistent erhob sich und ließ sich im Antigravschacht bis auf das unterste Deck hinabsinken.

Die Testpersonen erwarteten ihn bereits. Sie machten einen überaus ruhigen Eindruck. Sie vertrauten ihm.

Zwei Transmitterspezialisten hatten den Materiesender bereits in Betrieb genommen.

»Wir können anfangen«, sagte einer von ihnen.

Das Gerät war sendebereit. Das schwarze Transportfeld wurde von einem grünen Energiebogen umspannt. Belcant ging zu einem Bildfunkgerät und nahm Verbindung mit Hung-Chuin in Imperium-Alpha auf. Überrascht stellte er fest, daß der Professor einen unruhigen Eindruck machte.

»Wir werden atomar angegriffen«, erklärte der Koreaner. »Zwei HÜ-Schirm-Projektoren sind ausgefallen.«

Er blickte Belcant an und fuhr dann fort: »Wir lassen uns dadurch nicht aufhalten. Danton glaubt, den Angriff abfangen zu können. Wir gewinnen nichts, wenn wir warten. Und helfen können wir auch nicht. Waringer ist bei Danton im Hauptwaffenleitstand.«

Aronus Belcant schaltete einen anderen Bildschirm ein, der ihm einen besseren Ausblick auf die Erde gewährte. Die Space-Jet befand sich über dem nordamerikanischen Kontinent, also weitab von den Kampfhandlungen.

»Gut«, sagte er. »Ich beginne jetzt mit der ersten Testreihe. Zunächst werden allein die Netze in den Transmitter gehen.«

Er schickte nacheinander zehn GrIko-Netze in den Transmitter. Die Geräte glitten durch das Transportfeld, wurden in Nullzeit atomar zerlegt und als fünfdimensionale Energieform in den Hyperraum geschleudert. Von der Gegenstation im Flottenhafen von Terrania-City wurden sie aufgefangen, aus dem Hyperraum zurückgerissen und gleichzeitig wieder rematerialisiert.

Nur Minuten vergingen, bis Hung-Chuin seinem Chefassistenten mitteilte, daß diese ersten Versuche fehlerfrei verlaufen waren. Die Ergebnisse entsprachen absolut ihren Vorstellungen.

Während Professor Hung-Chuin sprach, begann das Bild leicht zu zittern. Belcant hörte den grollenden Donner der atomaren Explosionen in Imperium-Alpha.

Aronus Belcant sah es über Terrania City aufblitzen. Hung-Chuin blickte ihn vom Bildschirm her an. Er hob beide Hände und lächelte dabei beruhigend.

»Von da oben sieht es vermutlich schlimm aus«, sagte er, »aber wir haben es schon überstanden. Roi Danton ließ mir gerade mitteilen, daß die Angreifer geschlagen sind. Der HÜ-Schirm steht wieder. Leider ist die JOHN MARSHALL beschädigt worden. Oberst Tamika übermittelte eben, daß sie flugunfähig ist. Die Reparatur wird einige Zeit in Anspruch nehmen.«

»Von hier oben sieht es nach einem Weltuntergang aus«, entgegnete Belcant.

»Du kannst beruhigt sein, Aron. Es ist alles in Ordnung. Bitte, schicke mir jetzt die Testpersonen.«

Aronus Belcant nickte. Als er sich umdrehte, sah er, daß bereits vier Männer vor dem Materiesender standen. Sie blickten ihn fragend an.

»Es kann losgehen«, sagte er.

Der erste Mann ging in das schwarze Transportfeld. Er erschien im gleichen Augenblick im Flottenraumhafen auf der Erde. Belcant konnte ihn auf dem Bildschirm sehen, als er aus dem weiß umrandeten Feld heraustrat.

Die anschließenden Untersuchungen dauerten acht Minuten. Dann gab Hung-Chuin das Freizeichen für die nächste Testperson. Von jetzt an verkürzten sich die Zeiten zwischen den einzelnen Experimenten immer mehr, bis der elfte Mann durch den Transmitter ging.

Aronus Belcant stöhnte leise auf, als er sah, daß eine nebelhafte Leuchterscheinung aus dem Transmitter kam. Das seltsame Feld hatte eine nur annähernd humanoide Gestalt. Es verharrte fast eine Minute bewegungslos vor dem Transmitter und wanderte dann offenbar ziellos im Testraum hin und her. Professor Hung-Chuin konnte sich die Erscheinung ebensowenig erklären wie sein Assistent. Fünf Minuten verstrichen, dann rematerialisierte der Mann schlagartig. Verwirrt blickte er sich um, als er merkte, daß er wenigstens vier Meter vom Transmitter entfernt war.

Mart Hung-Chuin ließ Professor Waringer kommen. Eine Stunde verstrich. Der Mann wurde eingehend untersucht. Das GrIko-Netz wurde mehrfach geprüft. Es konnte jedoch kein Unterschied zu anderen Geräten festgestellt werden. Die Testperson hatte keine Erinnerung an die verlorenen fünf Minuten.

Belcant erörterte den Vorfall mit den Frauen und Männern an Bord, kam jedoch ebenfalls zu keiner Erklärung. Waringer stellte es den Versuchspersonen frei, die Tests fortzusetzen.

»Eine unmittelbare Gefahr für Leben und Gesundheit scheint momentan nicht zu bestehen«, sagte er. »Dennoch läßt sich nicht annähernd sagen, ob alle Versuche ähnlich verlaufen werden. Bitte, überlegen Sie es sich ganz genau, was Sie tun wollen, und lassen Sie sich durch nichts beeinflussen.«

Belcant blickte die restlichen Männer und Frauen prüfend an. Einer nach dem anderen nickte. Keiner wollte die Prüfung abbrechen. Eine Wissenschaftlerin erhob sich und ging in den Transmitter.

Die Untersuchungen gingen weiter. Sie erbrachten jedoch auch kein klares Bild. Einige Personen materialisierten sofort auf der Erde. Andere bildeten zunächst nebelhaft umherschreitende Leuchterscheinungen, bevor sie nach exakt fünf Minuten plötzlich wieder verstofflicht wurden. Als die letzte Testperson abgestrahlt worden war, kehrte Belcant in die Hauptleitzentrale der Space-Jet zurück. Vergeblich versuchte er, die Vorgänge zu begreifen oder zu erklären. Er konnte es nicht.

Professor Waringer verabschiedete sich von den Solarmarschällen Galbraith Deighton und Julian Tifflor. Roi Danton wollte ihn noch ein Stück auf das Raumschiffslandefeld hinausbegleiten. Anschließend schüttelte der Wissenschaftler Aronus Belcant die Hand.

»Sie wollen also wirklich hierbleiben?« fragte er.

Belcant nickte. »Ich glaube nicht, daß es ein Fehler ist, wenn ich die Netze im Auge behalte«, sagte er. »Ein Mann, der mit allen Besonderheiten vertraut ist, muß die Arbeiten hier auf der Erde fortsetzen. Außer mir kommt eigentlich niemand in Frage. Dennoch werden Sie mich vielleicht bald wieder auf der Hundertsonnenwelt sehen. Mart und Sie werden das bis jetzt nur teiltaugliche Netz sicherlich bald perfektionieren, und dann sind die größten Schwierigkeiten überwunden.«

Professor Mart Hung-Chuin kam aus dem Kontrollgebäude. Er reichte seinem Chefassistenten die Hand und schüttelte sie kräftig.

»Grüß mir die Hundertsonnenwelt, Mart«, bat Belcant.

Abel Waringer, Mart Hung-Chuin und Roi Danton gingen auf das Landefeld hinaus, wo ein schneller Kurierkreuzer auf die beiden Wissenschaftler wartete.

Alle Unterlagen über die Testergebnisse befanden sich an Bord. Abel Waringer und der Koreaner würden sie zur Posbi-Welt zurückbringen und dann dort ihre Forschungsarbeiten fortsetzen.

Aronus Belcant wartete, bis das Raumschiff gestartet war. Er dachte an die vier Obelisken, die Cynos, und an die Geheimnisse dieses Volkes, das ihnen den entscheidenden Hinweis gegeben hatte, aber andererseits nicht mit den Terranern kooperieren wollte. Dann drehte er sich um und ging zum nächsten Antigrav-Schacht.

ENDE

Perry Rhodan-Buch Nr. 61

Terra im Brennpunkt

erscheint im März 1998
